KB020280

# 마지막 여행이 끝나면

## 3

# 마지막 여행이 끝나면 3

**초판 1쇄 인쇄** 2021년 9월 17일
**초판 1쇄 발행** 2021년 10월 29일

**지은이** 하늘가리기
**발행인** 오영배
**편집** 편집부
**표지·내지디자인** Another
**내지편집** 오정인
**제작** 조하늬

**펴낸곳** (주)삼양출판사 · 피오렛
**주소** 서울시 강북구 도봉로 173
**대표 전화** 02-980-2112 / **팩스** 02-983-0660
**편집부 전화** 02-987-9393 / **팩스** 02-980-2115
**블로그** blog.naver.com/dan_gul
**출판등록** 1999년 3월 11일 제9-00046호

ISBN 979-11-283-7099-1 (04810) / 979-11-283-7096-0 (세트)

fioret 은 (주)삼양출판사의 로맨스 판타지 문학 브랜드입니다.

하늘가리기 장편 소설

# 마지막 여행이 끝나면

3

When the journey ends,

## 1. 모든 물은 바다에서 만난다

플로라의 눈가가 파르르 떨렸다. 그러고는 아무 말도 하지 않고 그대로 시선을 내렸다.

유진은 기억 속에서 진의 말에 앙칼지게 받아치던 플로라의 모습과 전혀 다른 반응에 당황했다.

'와. 애 보통이 아니네.'

이 상황에서는 진이 일방적으로 오랜만에 만난 친구에게 면박을 준 셈이 되었다. 플로라가 뭐라고 한마디만 했으면 차라리 나을 텐데 죄인처럼 기죽은 표정으로 입을 다무는 모습이 참으로 처연해 보였다.

"손님을 계속 세워 두어서는 예의가 아니지요. 아니카 플로라. 앉아요, 어서."

에녹이 말했다. 유진은 흘끔 오라버니를 보았다. 에녹이 상황이 악화하기 전에 끼어든다는 느낌을 받았다. 즉, 전에도 진이 플로라에게 못되게 굴면 주변에서 말리는 일이 빈번했다는 뜻이었다.

'진, 얘는 왜 이렇게 어리석게 못됐지? 내가 나쁜 사람이라고 사방팔방 외치고 다녀서 이로울 게 뭐가 있어?'

그렇다고 플로라에게 동정만 느끼지는 않았다. 진을 진짜 친구로 생각하지도 않으면서, 때때로 수모를 겪으면서도 굳이 진의 곁에 붙어 친구 노릇을 하는 동기가 순수하지는 않을 거다.

'플로라가…… 내 주인공이…….'

저 플로라는 유진의 소설 속에 등장한 영웅과 다른 인물이었다.

유진은 아쉬움을 감추며 플로라에게 거만한 느낌으로 미소 지었다.

"내 결혼 소식을 이제야 제대로 전하게 되었네. 플로라. 이분은 하시 왕국의 주인이서. 나와 삼 년 전에 결혼한 그분이지."

그리고 유진은 카세르에게 고개를 돌려 눈매를 접으며 사르르 웃었다. 진의 미소였다.

"전하. 아니카 플로라예요. 제 오랜 친우이지요."

카세르의 몸이 미세하게 흠칫했다. 그는 자신도 모르게 슬그머니 눈을 피해 시선을 앞으로 돌렸다. 다소 뻣뻣한 그의 표정은 상당히 어색해 보였다. 유진은 속으로 '이 남자가 또 이러네.'라고 중얼거렸다. 뒷걸음질 치던 예전 그날 밤 모습을 떠올리게 했다.

카세르가 플로라를 보며 묵례하고 플로라도 고개를 숙여 인사했다. 플로라는 방금 느낀 어색한 기류를 나름대로 해석했다.

'내 앞에서 행복한 척하려 해도 사실은 그렇지 못했나 봐. 하긴, 그 성격으로는 어딜 가든.'

"그런데 플로라. 웬 꽃이야? 어디 다녀오는 길이었어?"

"아…… 다과회에 참석했거든."

"그렇지!"

갑자기 다나가 탄성을 지르자 모두의 시선이 그녀에게 향했다.

"연회를 열어야겠다. 오랜만에 딸이 돌아왔으니 당연히 화려한 파티를 열어야지. 오랜만에 저택을 단장해야겠구나."

유진이 솔깃한 표정으로 말했다.

"저택에서요?"

"따로 연회장을 대여하는 것보다는 저택 파티가 화제성이 높지."

"하지만…… 사람들이 많이 드나들 텐데 번잡하잖아요. 품도 많이 들어가고요."

"번잡할수록 성공한 파티란다. 말이 나온 김에 날짜를 정해야겠다."

다나는 몹시 흥이 오르는 표정으로 구체적인 계획을 짜기 시작했다. 하녀에게 필기구를 가져오라고 해서 대강의 규모와 일정의 틀을 잡았다.

'……연회? 아르스 저택에서?'

플로라는 믿을 수 없다는 표정으로 진과 다나를 번갈아 보았다. 모녀가 서로를 보며 웃는 표정에 따뜻한 애정이 흘러넘쳤다. 항상 차갑게 굳은 표정으로 진을 외면하던 가주님의 태도가 완전히 달라졌다.

플로라는 갑자기 속이 부대끼기 시작했다. 자신만 홀로 전혀 다른 세상에 내쫓겨진 기분이 들었다. 가족들의 즐거운 모임에 난입한 불청객이 되었다.

동시에 위기감도 들었다. 상제의 뒷배에 온전한 가족의 지지까지 얻은 진에게 더는 빈틈이 없었다. 아르스의 저택에서 연회를 연다고만 해도 다시 진의 이름은 사교계에서 최고로 치솟을 것이다. 지난 3년간 플로라가 쌓은 모래성이 그 파도에 흔적도 없이 사라질 것이다.

플로라가 자리에서 일어났다. 그녀는 자신을 바라보는 사람들에게 꾸벅 고개를 숙였다.

"말씀 중에 죄송합니다. 잠깐 선물만 전해 드리러 들른 것이라서요. 따로 일이 있어서 가 봐야 합니다."

"플로라. 다음에는 내 선물도 부탁해."

유진은 스스로 자신이 얄밉다고 생각하면서 한마디를 보탰다.

플로라가 입술을 꽉 깨물더니 진을 향해 순수하게 웃으며 말했다.

"그래. 다음에는 피데스 경을 데려올게."

순간적으로 유진의 표정이 굳었다. 그녀는 흘끔 카세르를 보았다가 그가 별다른 내색이 없자 안도했다.

플로라의 말에 민감하게 반응한 사람은 유진뿐만이 아니었다. 진이 기사 피데스에게 남다른 마음을 품었다는 사실을 가족들은 모두 알고 있었다. 결혼 전의 일이니 문제 삼을 일은 아니어도 남편이 있는 자리에서 꺼내기에는 무척 경솔한 발언이었다.

에녹은 새삼스러운 눈으로 플로라를 보았다.

'내가 그동안 플로라를 잘못 판단한 건가?'

여동생에게 끌려다니는 마음 약한 아이라고 생각했다. '사람 보는 눈을 더 길러라'라던 어머니 말씀이 계속 마음에 남아 있던 터라 이번 일에 껄끄럽게 딱 걸렸다.

플로라가 돌아가고 나서 잠시 후 집사가 들어와서 고했다.

"사왕 전하께 급한 전언이 있다고 합니다."

집사의 뒤를 따라 들어온 시종이 곧바로 카세르에게 바짝 다가갔다. 시종이 워낙 나직한 목소리로 말해서 옆자리에 앉은 유진에게도 잘 들리지 않았다. 왕가의 저택에 누가 찾아왔다는 의미만 대충 이해했다.

'여자인가? 무슨 부인이라고 한 것 같았는데.'

생소한 이름이라서 완전히 알아듣지 못했다.

카세르가 짧게 고개를 끄덕이고 두 어른을 바라보며 말했다.

"결례의 말씀을 드리겠습니다. 이만 일어나야 할 것 같습니다."

그는 곧바로 유진을 보며 말했다.

"왕비께서는 모처럼 부모님을 뵈었으니 천천히 밀린 이야기를 나누시오. 나는 먼저 가 있겠소."

아직 하지 못한 말이 태산인데 딸이 벌써 갈까 봐 안타까움으로 일그러지던 다나의 안색이 그제야 편해졌다.

카세르가 자리에서 일어나니 모두가 우르르 일어났다. 유진이 가족들을 보며 말했다.

"배웅은 제가 할게요."

다나는 응접실에서 나가는 딸 부부의 뒷모습을 바라보다가 다시 자리에 앉았다.

"여보. 당신이 보기엔 어때요? 당신 사위요."

"둘이 잘 어울리는군."

"정말 그렇게 생각해요?"

패트릭은 무심코 대답했다가 되돌아온 질문이 심상치 않아서 시선을 돌렸다.

"당신이 보기에는 문제가 있어요?"

패트릭은 아까 사왕과 나눈 대화를 통해 사왕에게 후한 점수를 준 상태였다. 성질 고약한 딸을 데려간 사위가 딸을 귀하게 여겨 주니 고마운 마음마저 들었다.

다나는 아들들에게도 물었다.

"너희 생각은 어떠니?"

자신들에게까지 질문이 올 줄은 몰랐던 터라 두 아들이 깜짝 놀란 표정을 지었다.

"두 사람 사이도 좋은 듯하고 잘 어울립니다."

에녹은 대답하면서 솔직한 마음은 속으로만 생각했다.

'진과 결혼해서 저만큼 순탄히 잘 사는 것만으로도 사왕에게 감사해야 하는 거 아닌가요?'

아서는 형님 말에 동조하듯 말없이 고개를 끄덕였다. 그는 진의 성격이 전보다 온화해졌다고 느꼈고 결혼이 진을 긍정적으로 변화시켰다고 생각했다.

다나는 못마땅한 표정으로 자리에서 일어났다. 세 부자가 보는 눈이 엉망이라고 혹평할 일은 아니었다. 딸 부부 사이에 감도는 분위기만 봐도 그들이 서로에게 마음이 있다는 사실은 알 수 있었다.

그러나 저들의 결혼은 처음부터 잘못되었다. 3년 전 사왕과 결혼한 진은 진짜 진이 아니다. 다나는 자신의 금쪽같은 딸이 그 거짓된 가짜의 남편이었던 자와 부부의 연을 맺는 게 몹시 언짢았다.

"여보. 그리고 너희들도. 아까 하지 못한 이야기를 마저 하러 가지요. 집사. 가족들이 나눌 중요한 대화에 누구도 방해하지 않도록 신경 써 주게. 그리고 진이 들어오거든 내 방으로 오라고 하고."

"예, 가주님."


두 사람이 뜰로 내려가는 계단에 이르렀을 때 이미 뜰 앞에 왕가의 마차가 대기해 기다리고 있었다.

카세르가 유진을 돌아보며 말했다.

"더 나올 필요 없어."

"같이 안 가도 돼요? 이렇게 급히 가야 할 정도로 중요한 일이에요?"

"급한 일 아니야. 핑곗김에 당신에게 충분한 시간을 주려는 거지."

"네?"

"오늘 오후부터 밤새도록 당신 어머니와 쌓인 이야기를 모두 나누라는 뜻이야. 내일 딴소리하지 말라고. 아침에 데리러 올 테니까."

유진이 살짝 입술을 삐죽이다가 웃었다.

"내일 마음이 바뀌면 어쩔 건데요?"

"당신을 안고 이 저택의 담을 뛰어넘는 것도 재미있겠군. 성도 사람들에게 볼만한 구경거리가 될 테지."

카세르는 질색하는 표정의 유진을 보며 낮게 웃었다. 그는 손을 들어 유진의 얼굴 가까이 가져갔다가 닿기 전에 내려놓았다. 만지면 놓기 싫을 것 같았다.

"들어가. 갈게."

카세르는 휙 몸을 돌려 계단을 내려갔다. 시종이 열어 주는 마차를 올라타기 직전에 고개를 돌려 아직 계단 위에 서 있는 유진을 잠시 바라보더니 마차에 올라탔다.

유진은 그가 탄 마차가 출발하여 멀어지는 모습을 눈으로 좇았다. 하룻밤은 여기서 자고 가겠다고 고집부린 사람은 자신인데 막상 그가 순순히 가 버리니까 섭섭한 마음이 드는, 자신의 변덕스러운 마음이 이상했다.

이제 되찾은 가족들과의 재회가 기쁘지만, 아직 낯설기도 했다. 자신이 이 세상의 이방인일 뿐이라고 생각하던 시절에 저 남자가 아니었으면 무척 외로웠을 것이다.

'내일 아침에 늦지 않게 와요.'

유진은 마차가 완전히 보이지 않게 된 후에야 돌아섰다.

아르스의 저택을 출발한 마차는 곧바로 왕가의 저택으로 이동했다. 카세르는 마차가 출발할 때부터 차가운 무표정으로 생각에 잠겨 있었다.

곧 마차가 멈추어 서고 바깥에서 시종의 목소리가 들린 후 문이 열렸다. 카세르는 작은 한숨을 내쉬며 마차에서 내려왔다. 그런데 갑자기 소란스러운 소리가 들려서 고개를 돌렸다. 거대한 흑마가 카세르를 향해 벌침 맞아 날뛰는 망아지처럼 돌진해 달려오고 그 뒤를 여럿이 혼비백산하여 뒤쫓아 오고 있었다.

카세르는 마차 아래로 내려선 채 달려드는 아부를 응시했다. 아부는 달려오는 속도를 늦추어 용케 아슬아슬하게 멈추어 섰다. 그리고 이리저리 고개를 돌리며 카세르의 주변을 살피고 아예 문이 열린 마차 안으로 머리를 들이밀었다. 누구를 찾는지 알 것 같았다.

"나 혼자 왔다."

아부가 붉은 눈동자를 크게 부릅뜨며 경직하더니 낙담하듯 말머리를 푹 아래로 숙였다. 하는 꼴이 짐승이라기보다는 사람 같아서 카세르를 헛웃음을 흘렸다. 안 그래도 심란한 기분을 더 끌어내리는 녀석을 짜증스레 노려보았다.

뒤늦게 숨을 헐떡이며 도착한 자들이 왕의 앞에 고개를 번갈아 숙이며 용서를 빌었다. 카세르는 말없이 손짓으로만 데려가라고 신호했다. 고개를 푹 수그린 아부는 고삐를 붙잡아 끄는 사람 손에 힘없이 이끌려 갔다.

한바탕 소란이 대충 수습이 되자 시종이 왕의 곁으로 다가와 고했다.

"바깥 응접실로 모셨습니다."

카세르는 고개를 끄덕이며 걸었다.

그는 바깥 응접실에 도착하여 직접 문을 열고 안으로 들어갔다. 뒤따라 들어오는 자는 아무도 없었다. 응접실 소파에 앉아 기다리는 손님도 혼자였다.

소파에 앉아 있던 흑발의 중년 부인이 문소리가 나자마자 흠칫 놀라며 고개를 들었다. 카세르와 눈이 마주치는 순간 그녀는 자리에서 일어났다.

카세르는 무표정하게 그녀를 바라보며 성큼성큼 소파로 걸어갔다. 고작 몇 걸음의 거리를 두고 마주 섰다. 그는 피식 웃음이 나왔다. 무척 오랜만에 보는 자신의 생모는 기억했던 모습보다 훨씬 나이가 들었고 초라했다.

하시 왕국의 선 왕비, 카세르의 생모는 카세르가 다섯 살이 되던 해에 바로 왕국을 떠났다. 무척 난산이었던 터라 몸을 회복하는 데에 시간이 오래 걸려서 오 년이나 왕국에서 머물렀던 것이지, 아마 금방 몸을 추슬렀으면 그 즉시 성도로 갔을 것이다.

그녀는 성도로 간 후에는 왕국으로 돌아오지 않았다. 그렇다 해도 선왕께서는 후계자를 낳은 왕비가 평생 품위를 유지하며 살 수 있도록 지원했을 것이다.

그런데 그녀는 절대 해서는 안 될 짓을 저질렀다. 차라리 먼저 이혼을 청했으면 최악은 면했을 것이다. 왕비의 신분으로 다른 남자와 정을 통하고 그 사이에서 자식까지 낳았다. 수습이 불가능할 정도로 성도에 추문이 자자하게 났다.

그런 모욕을 참고 넘길 왕은 없다. 선왕은 이혼을 통보하고 왕비로서의 모든 권한을 박탈하며 재정적 지원을 끊었다.

카세르는 선왕의 조치를 이해했다. 다만, 그 당시에 어떤 고뇌의 흔적도 없이 아내와의 연을 끊어 버리는 선왕을 보면서 자신이 태어난 의미를 다시 생각해 보게 되었다. 자신은 그저 왕가의 혈통을 잇기 위한 육체적인 결합만으로 탄생했다는 사실을.

"어쩐 일입니까?"

카세르의 목소리는 건조했다. 형식적인 안부 인사 따위는 필요 없었다. 궁금하지도 않았다. 오래전의 상처는 이미 아물고 새살이 돋았다.

눈앞의 여자는 그에게 자신의 생모, 그 이상의 의미는 없었다. 저 여자가 자신을 배 속에 품었고 낳았다는 사실만큼은 부정할 수 없으니 받아들일 뿐이다.

"직접 여기까지 오다니, 별일입니다."

어려서는 어머니가 자신을 만나러 올지도 모른다고 기대했던 때도 있었다. 하지만 그녀는 카세르의 성장기 동안 단 한 번도 아들을 찾지 않았다.

카세르는 성년이 된 후, 이제는 윌프리드 부인으로 불리는 자신의 생모와 수년 전에 재회했다. 그녀는 선왕이 세상을 떠나고 카세르가 왕위에 오르자 얼마 후에 만나고 싶다며 연락을 전했다.

그는 즉위 후 상제의 축복 세례를 받으러 어차피 성도에 가야 했다. 핑계 삼아 만나는 거라고 생각하면서도 마음 어딘가에서는 만나자는 이유가 궁금했던 것 같다. 조금은 아들이 보고 싶었을지도 모른다는, 어리석은 기대도 했다.

그녀는 돈이 필요하다고 했다. 대충 뒷사정을 알아보니 자의 반 타의 반으로 몹시 생활이 곤궁한 상태였다.

카세르는 그 후 정기적으로 생모에게 재정 지원을 해 주었다. 선왕은 그녀와 이혼하면 남이니까 단칼에 잘라 버릴 수 있었겠지만, 그로서는 자신의 몸에 흐르는 피의 반이 같은 생모가 비참하게 살도록 둘 수가 없었다. 자존심 문제였다.

생모가 왕가의 저택을 방문한 건 오직 그날뿐이었다. 그 후에는 심부름꾼을 보내 돈만 받아 갔다. 카세르가 아내를 구하러 성도에 왔던 3년 전에도 생모는 찾아오지 않았다.

"돈이 부족합니까?"

윌프리드 부인이 움찔했다가 느릿하게 고개를 끄덕였다. 그리고 기어 들어 가는 목소리로 말했다.

"목돈이 좀······."

"말해 두겠습니다. 다른 용건은요?"

윌프리드 부인이 고개를 내저었다. 카세르는 이런 일로 생모를 만나는 자신이 한심했다. 그렇다고 알아서 하라고 아랫사람에게 전부 맡겨 둘 수만도 없었다.

아무리 관계가 소원해도 왕의 생모이니 다들 눈치를 살필 것이다. 왕의 생모라는 지위를 이용해 월권을 휘두르면 막을 수 있는 사람이 없었다.

아예 모른 척하자니 마음에 걸리지만, 그렇다고 카세르는 자신을 버린 생모의 무한한 자금줄이 되어 줄 생각도 없었다. 그가 주는 재물은 어디까지나 체면이 걸린 인도적인 지원이었다.

카세르는 그대로 돌아서서 응접실을 나왔다. 안부 인사가 필요하지 않았던 것처럼 작별의 인사도 필요하지 않았다.

\*　　\*　　\*

긴 이야기를 모두 마친 다나의 눈이 촉촉하게 젖었다. 말하던 중에 저절로 감정이 북받쳐 올라서 저절로 목소리가 잠겼다.

그녀는 수시로 딸과 눈을 마주치면서도 이게 꿈인가 생시인가 싶었다. 누구한테도 이해받지 못하며 홀로 기다려야 했던 지난 세월의 고단함은 기쁨으로 말끔히 씻겼다.

다나가 유진을 보며 손을 뻗었다. 눈시울이 붉어진 유진도 그 곁으로 다가가 어머니의 손을 꼭 잡았다. 온기를 나누며 서로를 보는 모녀의 시선에 많은 감정이 오갔다.

'고마워요. 엄마.'

유진이 다나에게 느끼는 고마움은 뭐라 설명할 수가 없었다. 유진은 언젠가 이름은 누군가에게 불려야만 의미가 있다는 말을 들은 적이 있었다. 그 말대로 그녀는 자신을 기억하고 불러 준 어머니 덕분에 자기 존재를 각성할 수 있었다.

그동안 그녀는 자신이 누구인지, 어디서 왔는지, 답을 알지 못해서 혼란스러웠다. 근원적인 불안감과 죄책감으로 늘 가슴 안쪽에 묵직한 돌을 매단 것 같았다. 그런데 디딜 데를 찾지 못해 허우적거리던 발이 비로소 땅에 닿았다.

이 세상에서 살아갈 자격이 있다고 누구에게나 당당히 말할 수 있게 되었다. 뒤에 가족이 있다는 믿음만으로 자신감이 솟아났다.

"자, 다들. 여보, 너희들도. 드디어 돌아온 우리 진에게 인사해요. 이 아이가 우리 진이에요."

세 부자는 미묘한 표정으로 선뜻 아무 말도 하지 못했다. 처음부터 확신을 품고 딸을 기다렸던 다나와 세 부자의 입장은 아무래도 달랐다. 다나의 이야기는 도무지 상식적으로 이해할 수 없는 내용이었다.

아마 이런 말을 들었을 때 대부분 사람은 다나의 정신 이상을 의심할 것이다. 하지만 아르스 가문에서 가주 다나의 위치는 절대적이었다. 그리고 세 부자가 다나를 믿는 정도는 가족으로서의 신뢰 이상이었다.

두 아들이 어머니의 판단력을 신뢰한다면 패트릭은 자신의 아내를 좀 더 깊이 이해했다. 그는 아내가 평범하지 않은 능력을 지녔다고 전부터 생각했다.

「저 애는 내 딸이 아니에요.」

오래전, 패트릭은 비통하게 말하던 아내의 표정을 잊을 수 없었다. 한동안 정신이 나간 사람처럼 굴던 아내는 곧 괜찮아졌다. 그러나 괜찮은 게 아니라 가주로서, 아내로서, 어머니로서 역할을 놓지 못해 견뎠을 뿐이라는 사실을 알게 되어 도움이 되지 못해 괴로웠다.

딸을 잃어버린 후, 그는 아내가 진심으로 웃는 모습을 보지 못했다. 지금 다나의 표정을 보니까 그녀가 얼마나 행복해하는지 느낄 수 있었다.

얼떨떨해하던 패트릭의 입가에도 미소가 올라왔다. 아내가 웃음을 되찾았으니 아무럼 어떤가.

그는 딸을 향해 팔을 벌렸다. 머뭇거리던 유진이 다나를 쳐다봤다. 눈짓으로 재촉하는 어머니에게 떠밀리듯 패트릭의 앞으로 걸어갔다. 부녀가 조심스럽게 서로를 안았다.

'내 아버지……'

어머니의 품보다 훨씬 단단했다. 어머니는 어떤 일이 있어도 모두 끌어안아 줄 느낌이라면 아버지는 마음껏 기대도 끄떡없을 든든함이었다. 유진은 후끈거리는 눈을 빠르게 깜빡이며 아버지 품에서 빠져나왔다. 조금은 어색한 짧은 포옹이었다.

"이 집에서 자라는 동안의 일은 기억 못 한다고?"

"네……. 그건 제 기억이 아니니까요. 그런데 가끔 떠오르는 장면은 있어요. 제 몸에 남은 기억인 것 같아요."

"그럼 이제, 우리의 새로운 기억을 많이 만들어 보자꾸나."

"네."

패트릭은 순진한 어린아이처럼 활짝 웃는 유진을 보며 위화감을 느꼈다.

그는 다나에게 외면받는 딸이 안쓰러워서 어지간하면 딸의 어리광을 다 받아 주었다. 그 와중에 내색은 못 했지만, 가끔은 진이 거북했다.

단지 아내의 주장이 마음에 걸려서만은 아니었다. 언젠가부터 딸의 눈빛이 순수하지 않다고 느낄 때가 있었다. 극단적으로 말하자면 원하는 것을 얻기 위해 자신의 성적인 매력을 이용한다는 느낌이랄까. 딸이 아버지에게 왜 그러는 걸까. 그로서는 이해할 수 없었다.

진이 교태를 부리는 여자처럼 웃으며 매달리면 패트릭은 불쾌한 죄악감에 빠졌다. 정색하며 밀어내자니 오히려 자신이 이상한 사람이 된 것 같고 누구에게 속내를 털어놓고 상담할 만한 일도 아니었다.

그런데 지금 웃고 있는 딸은 달랐다. 그저 귀여워해 주고만 싶은 자식의 얼굴이었다.

'아아······.'

설명할 수 없으나 패트릭은 다나가 말한 '우리 딸이 돌아왔다'라는 말의 의미를 깨달았다.

"확실히 불러야지. 아버지라고."

유진의 눈이 살짝 커졌다가 흔들리는 눈빛으로 고개를 끄덕였다.

"네. ······아버지."

패트릭이 흐뭇하게 미소 지었다. 그리고 다나가 곁으로 다가오자 그는 자연스럽게 팔을 열어 그녀를 품에 안았다. 부부는 서로 시선만 마주쳤을 뿐인데도 이미 많은 대화를 나눈 표정이었다.

유진은 부모님이 서로 마음으로 교감하는 모습이 몹시 감동적이었다.

'나도······.'

유진은 카세르와 함께하는 미래를 생각했다. 부모님처럼 순간의 뜨거운 사랑이 지나간 후, 나중에는 편안한 사랑으로 서로를 바라보는 부부가 되고 싶었다.

흠, 소리를 내어 에녹이 모두의 시선을 끈 후에 그는 유진을 보며 팔을 벌렸다.

"우리도 새로 인사해야지. 동생아."

에녹은 어머니의 말씀 후 아버지까지 누이동생을 인정했으니 자신도 받아들이자고 결론을 내렸다. 아직 마음으로 인정한다기보다는 대세에 따르는 편에 가까웠다.

어머니의 말씀 그대로를 받아들이기는 아직 어려웠다. 하지만 그는 이전부터 어머니와 누이동생의 비정상적 관계에서 피로함을 느끼고 있었다. 모녀의 관계 개선이 집안의 후계자로서 사신이 풀어야 할 큰 과제라고 생각했던 터라 좋은 방향으로 일이 풀리는데 굳이 딴지 걸지는 말자고 마음먹었다.

유진은 에녹의 앞으로 다가가 멈추어 서서 오른손을 내밀었다.

"반갑고 기뻐요. 오라버니."

감격의 재회를 연출하려고 두 팔을 벌렸던 에녹이 겸연쩍어하며 유진이 내민 손만 잡았다.

"왜 아버지와 나를 차별하나?"

"에이, 오라버니. 다 큰 남매끼리 뭘 안고 그래요. 징그럽게."

"지, 징그……?"

풋, 옆에서 아서가 웃음을 터뜨렸다. 패트릭이 '진이 어린아이도 아닌데 진의 말이 옳다.'라고 말을 보태자 에녹은 억울하다는 표정을 지었다. 우연히 바깥에서 마주치거나 플로라와 함께 있을 때 아는 척하면 보란 듯이 달려와서 덥석덥석 안겨 그를 곤란하게 했던 사람은 오히려 진이었다.

에녹은 아서와도 악수로 인사하는 진을 보며 기분이 묘했다. 같은 사람인데 말투와 표정이 바뀌니까 다른 사람처럼 보여서 신기했다. 그가 기억하는 누이동생과는 확실히 다르지만, 불편하지는 않았다. 약간의 어색함은 시간이 금방 해결해 줄 것이다.

서로 눈을 마주치며 웃는 모녀를 보면서 에녹의 표정이 부드럽게 풀렸다. 어머니가 진을 다정하게 바라보다니. 항상 상상만 했던 장면이었다.

조금 전까지는 '좋은 게 좋은 거지'라고 생각했다면 이제는 정말 궁금해졌다. 지난 이십 년 동안 도대체 무슨 일이 벌어진 것일까.

유진은 온몸이 둥둥 떠 있다고 느꼈다.

'꿈이구나.'

눈을 뜨기 전부터 익숙한 감각이었다. 약간의 몽환적인 기분과 온몸이 가벼워진 느낌.

그녀는 천천히 눈을 떴다가 놀라서 흠칫했다. 벌어진 입에서 흘러나오는 공기 방울이 뽀글뽀글 위로 올라갔다.

항상 보던 장면이 아니었다. 태양이 보이지 않는 푸른 하늘도, 끝없이 펼쳐진 수평선도 보이지 않았다. 그녀의 눈앞에서 새파란 물살이 너울거리며 움직였다. 고개를 돌리니까 사방이 전부가 물이었다. 그녀는 지금 수면 위에 앉아 있는 게 아니라 물속에 잠겨 있었다.

놀라움은 잠시뿐이었다. 이곳은 그녀의 자각몽. 꿈속의 물은 그녀를 해치지 않았다. 숨을 쉬는 데 전혀 불편함이 없고 수압으로 힘들거나 차가워서 몸을 떨 일도 없었다.

유진은 두 팔을 앞으로 뻗으며 인어가 헤엄치는 동작을 흉내 냈다. 그녀의 몸은 그녀의 원하는 대로 물속을 가르며 빠른 속도로 나아갔다. 주변의 물이 휙휙 스쳐 지나갔다. 그녀는 바다를 유영하는 고래처럼 끝이 보이지 않는 물속으로 한계를 모르고 헤엄쳤다.

물은 저항이 되지 않고 오히려 그녀를 떠밀어 주었다. 그녀를 둘러싼 물은 부드럽고 다정했다. 아무리 빨리 헤엄쳐도 전혀 숨이 차지 않았다. 유진은 신나게 한참 헤엄치다가 진심으로 즐거워져서 웃음을 터뜨렸다.

그녀는 수영을 멈추고 고개를 위로 들었다. 점점 기울어지는 몸이 그대로 누웠다. 위로 보이는 물이 까마득하게 높아서 수면 위로 올라가려면 거리가 얼마나 될지 가늠이 안 되었다. 그녀는 다시 몸을 뒤집어 이번에는 바닥이 보이도록 엎드렸다. 깊은 수심의 물이 시퍼렇고 어두워 바닥이 어디인지도 알 수 없었다.

'아아…….'

유진은 긴 숨을 내쉬며 눈을 감았다. 자각몽 속의 물은 촉감이 없으나 그녀는 자신의 영혼을 간질이는 물의 감각을 분명히 느꼈다.

왜 진짜가 아닌 자신이 자각몽을 꾸었는지 계속 고민했다. 그리고 자신이 자각몽의 초대를 받은 거라고 결론을 내렸다. 라미타가 영혼의 힘이라고 해도 육체가 없는 영혼은 의미가 없으니까 자각몽이 협상을 제안한 거라고.

하지만 이제는 안다. 자신은 반쪽짜리가 아니었다. 육체도 영혼도 모두 자신의 것이다. 그러니까 이 자각몽은 오롯이 자신의 것이었다.

'내 라미타…….'

이 무한한 라미타가 전부.

유진은 기이한 전율을 느끼며 눈을 떴다. 거대한 물의 소용돌이가 그녀의 안으로 쏟아져 들어오기 시작했다. 다시 눈을 감았다가 떴을 때 그녀는 침대 위에 누워 있었다.

빈쯤 걷힌 커튼 안으로 새어 들어오는 햇살이 강했다. 아침이 된 지한참 된 듯 침실은 환했다. 어젯밤 어머니와 밤늦도록 수다를 떨다가 어느새 잠들었는데 이미 어머니는 일어났는지 널찍한 침대에 그녀 혼자 누워 있었다.

　유진은 기지개를 쭉 켜면서 일어나 앉았다. 그녀는 자신의 두 손을 내려다보며 주먹을 쥐었다. 온몸을 감싼 기묘한 감각이 낯설면서도 익숙했다. 언젠가 그녀는 카세르에게 물은 적이 있었다.

　*「프라즈가 자신의 몸 안에 존재한다는 사실을 느낄 수 있어요?」*

　그때 그는 대답했다.

　*「느낄 수 있지. 그냥 알아.」*

　그때는 불친절하고 막연한 대답이라고 생각했다. 이제는 그의 말이 무슨 뜻인지 알겠다.

　'느껴져.'

　유진은 주먹 쥔 자신의 두 손을 보며 미소 지었다. 그녀는 자신과 완전히 동화된 라미타를 느꼈다. 그냥, 알 수 있었다.

＊　　　＊　　　＊

　사방이 어두컴컴했다. 바닥에서 뿜어 나오는 희미한 빛이 어느 정도 주변을 밝혀 주었으나 빛이 미치는 범위는 고작해야 바닥에서 성인 남자의 키 높이 정도였다. 바닥과 벽으로 이어지는 구석이나 천장은 빛이 닿지 않아 아예 보이지 않았다.

　판판한 돌바닥에서 뿜어져 나오는 빛의 방향은 일정하지 않았다. 사람 팔 두께만 한 빛의 선이 직선으로 나아갔다가 곡선이 되었다가 소용돌이가 되기도 했다.

워낙 커서 한눈에 모두 담을 수 없으니 그저 특이하게만 보일 뿐이지만, 공중에 높이 떠서 아래를 내려다보면 하나의 형태로서 알아볼 수 있을 것이다. 빛의 선은 거대한 문양을 그리고 있었다.

빛이 그린 문양 한구석에 한 무리의 사람들이 옹기종기 모여 앉았다. 바닥의 빛이 아래에서부터 위로 얼굴을 비추는 데다가 얼굴에 깊이 잡힌 주름이 뚜렷한 음영을 만들어 더욱 험상궂어 보였다. 목소리를 낮추어 수군거리는 모습이 자못 심각했다.

"거 좀 더 부드럽게 안 되나?"

"바짝 말려서 내려보내지 않으면 금방 곰팡이가 나서 안 된다잖아."

"내가 이가 성치 않아서 그래. 빵이 너무 질기단 말이야."

빵의 품질을 논하던 노인들이 일제히 무르를 쳐다봤다. 무언의 요구를 이기지 못한 무르가 대답했다.

"올라가면 방법을 찾아보겠습니다."

─ 대충 처먹을 일이지, 오늘내일하는 노인네들이 음식 투정은.

모두의 머릿속에서 맑은 목소리가 울렸다. 사람들의 시선이 막말을 던진 목소리 주인에게 향했다. 늙수그레한 노인들 틈에 어울리지 않는 이가 한 명 끼어 있었다.

단지 젊어서만이 아니라 외모 자체가 이질적이었다. 어깨를 덮는 긴 머리카락은 불완전한 불빛으로 대충 봐도 금색이었다. 혼신을 담은 예술품처럼 아름다운 외모의 청년은 눈동자가 붉으색으로 빛났다.

"내일 죽으면 밥 먹지 말라는 법이 어딨어?"

"그럼! 먹는 즐거움도 모르는 주제에. 인간에겐 미각이란 것이 있단 말이지. 이게 얼마나 고차원적인 감각인지 넌 절대 몰라."

노인들이 금발의 청년에게 삿대질하며 비난했다. 금발 청년은 코웃음 치며 무시했고 노인들은 그를 노려보며 구시렁거렸다.

"새파란 놈이 예의도 모르고."

금발 청년이 곧바로 반박했다.

**─말을 바로 해야지. 미친 노인네야. 내가 너보다 오래 살았거든?**

노인들이 잠시 움찔했다가 투덜거렸다.

"나이로 유세. 그리고 나이만 먹는다고 어른이 되는 게 아니다."

"아무렴. 지혜와 연륜이 쌓여야지. 넌 그 나이 먹고 한 게 뭐가 있냐? 어중이떠중이 모아 놓고 교주 노릇?"

"그게 재밌다?"

"이 무지렁이들이 진짜. 그만 살고 싶냐?"

버럭 성을 내는 목소리는 귀에 거슬리게 긁히는 탁음이었다.

"오냐. 그만 살란다."

"목소리 내지 말라니까! 눈먼 노인들의 청력까지 망가뜨릴 작정이냐!"

분위기가 험악해지는데도 누구 하나 나서서 말리는 자가 없었다. 당장 드잡이할 듯이 말이 거칠어져도 저러다 말 거라는 사실을 다들 알고 있었다.

그들은 최악의 상황이 벌어져도 두려울 게 없었다. 일곱 명의 노인들은 당장 죽어도 미련이 없는 사람들이었다.

일족을 지키려는 강한 열망은 세월이 흐르며 조금씩 바래고 무디어졌다. 그들에게 남은 것은 한 줌의 책임감뿐이었다. 흘러가는 운명에 몸을 맡길 뿐, 새로운 변화를 일으킬 의욕 따위는 없었다.

영혼 없는 미소만 짓고 대화에 끼지 못하는 무르만 죽을 맛이었다. 족장이 된 후에 최소한 1년에 한 번은 내려왔다. 그래서 처음 보는 광경은 아니지만, 등에서 식은땀이 났다. 살아 있는 귀신이나 마찬가지인 일족의 조상들과 인간 흉내를 내는 라크와의 투덕거림은 도저히 익숙해질 수 없었다.

그는 고개를 돌려 저 멀리 보이는 사람의 형체를 응시했다. 술식의 끄트머리에 그들을 향해 등을 보인 채 아드리트가 앉아 있었다.

'꼬박 하루 이상은 지난 것 같은데……'

진실과 마주한 아드리트의 반응은 무르의 예상보다 차분했다.

「시간을 주십시오.」

아드리트는 그 말만 한 후에 좌정한 채 꼼짝하지 않았다. 먹지도 자지도 않고 굳어 버린 석상처럼 저렇게 꼼짝하지 않았다.

속내를 읽을 재주는 없지만, 무르는 지금 아드리트의 마음에 격렬한 회오리가 휘몰아치고 있을 거라고 짐작했다. 자신이 족장이 되어 진실을 알았을 때는 충격을 감당하지 못해서 며칠을 호되게 앓았다.

'녀석아. 이제 그만하고 나 좀 살려다오.'

무르는 속으로 엄살을 부렸으나 아드리트가 스스로 정리하고 일어날 때까지 얼마가 걸리든 기다릴 생각이었다.

무거운 짐을 대신 지게 될 젊은 녀석이 안타까우면서도 한편으로는 홀가분했다. 앞에서 이끌어야 하는 자리에 앉아 보니까 차라리 따라가기만 하는 편이 쉽다는 사실을 알았다.

그는 작은 한숨을 내쉬며 다시 시선을 돌렸다. 언제 큰소리가 났냐는 듯이 노인들과 금발 청년이 머리를 맞대고 쑥덕이고 있었다.

"호오. 그래?"

"거기가 그렇게 바뀌었어?"

무르는 제법 사이좋게 말을 주고받는 그들을 보다가 사방을 천천히 둘러보았다. 어두워서 잘 보이지 않지만, 이곳은 거대한 지하 공동이었다. 원로들과 족장 외에는 누구도 이곳의 존재를 몰랐다.

이 지하 공동에서 발동하는 주술이 보호막이 되어 일족의 은신처를 지켰다.

'라크의 주술……'

무르는 쓴웃음을 지었다.

하나는 반드시 다른 하나와 교환한다. 주술에서는 아주 엄격하게 적용되는 원칙이었다. 강력한 주술을 발동하기 위해서는 상응하는 매개와 그릇이 필요했다.

라크가 이 지하 공동의 주술 발동을 위한 그릇이 되었다. 라크를 세상으로 불러낸 원죄를 지은 일족이 라크의 힘을 자신들을 보호하기 위해 이용하고 있다는 사실은 감추어진 비밀이었다.

"거, 어린놈이 제법 독하네."

불쑥 말하는 소리를 듣고 무르가 고개를 돌렸다. 방금 중얼거린 노인의 시선은 아드리트를 향해 있었다.

노인은 아드리트의 모습을 뚜렷이 볼 수는 없었다. 그는 오랫동안 어두운 지하 생활을 하면서 시력이 퇴화했다. 아예 눈이 멀지는 않았지만, 대강 형체만 겨우 보였다. 대신 벽과 천장을 반사하는 소리만으로 사물의 위치와 크기까지 판별하는 감각이 생기고, 극도로 발달했다.

"저놈이 몇 살이라고?"

"열아홉 살입니다. 어르신."

— 저러고 자고 있거나 기절했을지도 모르지.

금발 청년이 빈정거렸다. 노인이 청년을 보며 혀를 찼다.

"우리 일족이 얼마나 독한지, 우리를 겪어 봤으면서도 그런 말이 나와?"

금발 청년은 딱히 부정하지 않고 말을 돌렸다.

— 대체 언제까지 이러고 있어야 해? 정말 저 어린 인간이 결정하는 대로 따르겠다는 거야?

노인이 비죽 웃었다.

"그게 우리의 약속이었지. 안 그래?"

아득한 오래전, 방랑족의 조상들은 아주 특별한 라크와 조우했다. 그리고 그들은 서로를 돕는 계약을 맺었다.

라크는 영역을 만들어 일족에게 안전한 은신처를 제공해 주는 대신 일족은 라크가 원하는 주술을 발동해 주기로 했다.

일곱 명의 노인은 그때의 그 조상 중 주술의 매개가 되기로 자원한 자들이었다. 그들은 아무리 장수해도 인간이라면 지금까지 살아남을 수 없을 만큼의 나이를 먹었다. 일족의 역사에서는 이미 모두 죽은 자들이었다. 그들은 목숨을 내놓아 주술을 발동했으며 그 주술 덕분에 아직도 살아 있었다.

다만, 그들은 그때 라크와 계약하면서 조건을 달았다. 주술의 발동은 영원하지 않으며 기간 연장은 족장이 바뀔 때마다 갱신된다.

즉, 새로운 족장이 '끝'이라고 선언하면 일곱 명의 노인들은 주술을 깰 것이고 그러면 주술에서 공급받던 생명력도 끊어지므로 모두 영면에 들

것이다.

무르는 선택권이 주어졌을 때 주술의 연장을 택했다. 주술이 깨지면 일족은 은신처를 잃는다. 그런 엄청난 변화를 감당할 자신이 없었다.

노인은 아무 말도 하지 않는 금발 청년에게 덧붙여 말했다.

"우리는 약속했다. 이제 와서 딴소리는 하지 않겠지?"

━ ……아쉬운 건 너네라고. 은신처가 없어지면 살아남을 수 있을 것 같아?

"그건 후손들 몫이지. 우리는 할 만큼 했어."

━ 매정하네. 인간은 자식을 위해서라면 기꺼이 목숨도 버린다면서?

"자식이야 그렇지. 그런데 후손은 자식과는 좀 다르거든. 그런데 우리 말고 네 걱정이나 하지 그래? 주술이 깨지면 네 위치가 단번에 들통날걸."

말을 주거니 받거니 하던 그들이 동시에 입을 다물었다. 일제히 모두의 시선이 돌아갔다. 아드리트가 천천히 자리에서 일어나고 있었다. 몸이 굳었는지 일어나면서 조금 비틀거렸지만, 몇 번 몸을 뒤틀어 금방 균형을 찾았다.

아드리트가 모여 있는 사람들에게 다가왔다. 그는 눈이 마주친 무르에게 짧은 눈인사만 건네고 일곱 명의 노인들 앞에 넙죽 엎드려 절을 올렸다.

"어르신들께 후손이 인사 올립니다. 어르신들께서 일족을 위해 희생하신 숭고한 뜻은 절대 잊지 않겠습니다."

노인들이 흐뭇한 표정으로 고개를 끄덕였다.

아드리트는 일어난 후 이제는 금발의 청년을 응시했다.

— 결정을 내렸나? 주술은 어쩔 셈이지?

"보류한다."

"보류?"

머릿속에서 울리는 소리가 아니라 거친 목소리가 튀어나왔다.

"이봐. 보류한다잖아. 보류라니. 이건 또 무슨 소리야?"

금발 청년이 노인들을 돌아보며 언성을 높였다. 노인 중 몇 명은 잔뜩 인상을 찌푸리며 두 손으로 제 귀를 막았다.

아드리트가 말했다.

"일족의 운명이 걸린 중대한 결정을 내리려면 모든 정보를 취합해서 충분한 시간을 두고 숙고해야지. 고작 며칠만으로 결정할 일이 아니야. 그래서 네게 묻고 확인할 게 많다. ……마라. 마라라고 부르면 되나?"

마라의 붉은 눈동자에 흥미가 감돌았다. 오랜 세월 동고동락한 일곱 명의 노인들은 보통 인간들이 아니니 그렇다 쳐도 자신의 앞에서 이렇게 담담한 인간은 처음이었다. 그동안 만났던 방랑족의 족장들은 극도의 거부감을 드러내며 아예 말을 나누려고 하지도 않았다.

— 그렇게 불러도 상관없다. 뭘 묻겠다는 거야?

"많다."

— 하나만 질문해라. 그 질문이 뭔지에 따라서 나도 결정하겠다.

잠시 고민한 아드리트가 말했다.

"넌 마하와 무슨 관계지?"

마라가 크게 웃음을 터뜨렸다. 그가 아드리트를 향해 휙 내던진 것을 아드리트가 공중에서 낚아챘다.

아드리트는 손에 쥔 작고 단단한 것을 확인했다. 어두워서 색은 잘 보이지 않지만, 생김새나 크기나 라크의 씨앗 같았다.

**─내 비밀을 알려면 나도 담보가 있어야지. 먹어라. 어차피 이 지하 공동에 내려온 이상 먹어야 하는 거다.**

아드리트는 지하 공동에 내려오기 전에 무르가 했던 말을 떠올렸다.

「……네 몸에 새로운 주술이 걸릴 거다. 그 주술은 너를 감시한다.」

아드리트가 무르를 쳐다보자 무르가 살짝 고개를 끄덕였다. 아드리트는 씨앗을 손안에서 한 번 굴렸다가 입 안에 털어 넣고 삼켰다.

\* \* \*

밤새 꿈을 꾸었는데도 숙면을 든 것처럼 개운했다. 유진은 하녀들의 시중을 받으며 세수와 옷 갈아입기를 마쳤다. 그녀는 하녀가 끌고 온 대형 거울에 비춘 자신을, 정확히는 지금 입은 옷을 응시했다.

아르스의 저택에 올 때는 자고 갈 계획이 없어서 갈아입을 옷은 가져오지 않았다. 하룻밤 사이에 새 옷을 지었을 리는 없고 자신의 몸에 꼭 맞으니 아마 저택에서 보관하고 있던 진의 옷일 것이다.

'진……. 아니, 내 방이지. 내 방 구경 좀 해야겠다.'

"아니카. 아침은 방으로 차려 올릴까요?"

"아침……. 점심 먹을 시각이 거의 다 되었지?"

"한 시간 이상은 기다리셔야 합니다."

"그 정도면 괜찮아. 기다릴래."

유진은 '오전이 거의 다 지나갔네. 내가 정말 늦잠을 잤구나.'라고 생각했다가 깜짝 놀랐다.

"혹시 사왕 전하께서 기다리고 계시니?"

"에, 아니카."

"언제 오셨는데?"

"일찍 오셨습니다."

"그 말을 왜 이제 하는 거야!"

유진은 카세르가 어머니와 함께 담소 중이라는 말을 듣고 더 기겁했다. 어젯밤 어머니와 대화를 나누는 중에 어머니가 '이혼'이라는 말을 꺼내서 얼마나 놀랐는지 모른다.

어머니에게 절대 그런 일은 없을 거라고 펄쩍 뛰면서 사왕은 절대 과거의 진의 남편이 아니었다는 설명도 다 했지만, 어머니가 그에게 무슨 이상한 말을 할까 봐 걱정됐다.

유진은 서둘러 침실을 나와서 응접실로 향했다.


"성도에서는 어느 정도나 머물 예정입니까? 돌아갈 날을 이미 계획하셨습니끼?"

다나의 질문에 카세르는 솔직한 심정으로 '내일 당장이라도'라고 답하고 싶었다. 성도에 도착한 날, 상제를 만나고 돌아와 울음을 터뜨리는 유진을 위로하면서 그는 속이 부글부글 끓었다. 그때는 뒷일이고 뭐고 즉시 왕국으로 돌아갈까, 심각하게 고민했다.

그런데 상제의 꿍꿍이가 의심스러운 것과는 별개로 지금은 유진이 과연 성도를 떠나고 싶어 하는지 확신할 수 없었다.

그녀는 태어나서 자란 고향에 무려 3년 만에 돌아온 것이었다. 게다가 자세한 사정은 모르지만, 그녀와 그녀의 가족들 사이에 있었던 문제가 해결된 것 같았다. 어쩌면 아르스의 저택에서 며칠 더 지내고 싶어 할지도 모른다.

"계획은 아직 없습니다. 그 사람이 원하는 대로 할 생각입니다."

답변을 회피하려는 게 아니라 카세르는 진심이었다. 유진이 바라는 대로 할 것이다. 아니카인 그녀를 억지로 끌고 가는 건 어차피 불가능하고 가능하다 해도 그게 무슨 의미가 있겠는가.

후계자를 얻자는 목적만으로 억지로 부부 관계를 유지해 봤자 끝내 파탄에 이를 것이다. 자신의 부모님처럼.

다나가 고개를 끄덕이며 찻잔을 들었다. 그녀는 특별한 자신의 능력 덕분에 상대방의 말이 진심인지 아닌지 구별할 수 있었다.

그녀의 능력이 언제나 통하는 건 아니었다. 중요한 대화를 나눌 때는 누구나 집중하며 긴장하게 된다. 그럴 때는 그 사람 주변에 자연스레 장벽이 만들어져서 분간하기가 어려웠다. 그런데 의식의 흐름에 따르는 일상 대화에서는 거의 정확히 느꼈다. 귀에만 듣기 좋게 속없는 말을 하는 사람인지, 신중히 생각하고 말하는 사람인지 알 수 있었다.

그녀는 평생 무척 다양한 사람들을 만났다. 그래서 그녀의 머릿속에는 자신 나름대로 정리한 지침이 있었다. 이런 유형의 사람을 만나면 이런 식으로 대처하면 된다, 같은 안내서였다.

그런데 그녀가 정의하지 못하는 존재가 딱 둘이 있었다. 상제와 왕.

아니카는 기본적으로 부모 형제가 평범한 사람이었다. 그리고 라미타라는 특별한 능력을 드러낼 일이 없어서 그런지 다른 이들과 별다르지 않았다.

상제는 사람들과 어울리지 않으니 제외하더라도, 다나가 만나 본 왕은 모두가 성격도 가치관도 인성도 극단적으로 제각각이었다. 인간을 자신보다 열등한 존재로 여기고 내려다본다는 느낌도 받았다.

그래서 다나는 딸의 남편이 왕이라는 사실이 마음에 걸렸다. 딸이 성도에서 멀리 살아서 원할 때 만날 수 없다는 문제는 그에 비하면 사소했다.

부부란 서로 평생 의지하는 동반자인데 과연 왕이 자신의 아내를 진심으로 이해하려고 노력할지, 의문이었다. 왕과 결혼하여 해로하는 아니카가 없다는 점도, 왕이 아니카를 그저 후계자를 얻기 위한 도구로만 보기 때문이라고 생각했다.

오늘 아침에 일찍 사왕이 왔다길래 다나는 속으로 '뭐가 급해서 아침부터 들이닥쳤나.'라고 마땅치 않게 생각했다.

아기처럼 쌔근쌔근 자는 딸이 귀여워서 마음껏 푹 자도록 두고 싶었다. 그런데 아무리 사위라고 해도 왕은 무척 어려운 귀빈이니, 딸이 깰 때까지 기다리라는 말은 할 수 없었다.

다나는 먼저 혼자서 사왕을 맞이했다.

「밤새 밀린 이야기를 나누다 보니 그 아이가 좀 늦게 잠들었습니다. 곧 깨워서 데려오겠습니다.」

그리고 다나는 하녀를 시키지 않고 직접 진을 깨우러 가려 했다. 딸이 조금이라도 더 자기를 바라는 마음에 '천천히 걸어가야지'라는 유치한 궁리도 했다. 그런데 사왕이 대수롭지 않게 말했다.

　*「푹 자도록 두시지요. 아직 여행의 피로가 풀리지 않았을 겁니다. 기다
리겠습니다.」*
　　*「……그 애가 언제 일어날지 아시고요?」*
　　*「괜찮습니다.」*

　이어 읽을 만한 책 한 권만 달라는 말에 다나는 흥미로웠다. 사왕이
아내를 배려하는 척, 알아서 깨워 데려오기를 기대할지도 모른다고 생각
했다.
　다나는 어쩌려나 지켜보는 심정으로 사왕에게 책을 주고 모른 척했
다. 두 시간쯤 후에 다시 응접실로 향하니 사왕은 여전히 소파에 앉아 책
을 읽고 있었다. 의외로 그의 주변을 감싼 기운은 어떤 감정적인 동요 없
이 차분해 보였다.
　다나가 하녀에게 물으니 사왕은 제 아내가 일어났는지 한 번도 확인
하지 않았고, 계속 독서에 집중했다고 했다. 그녀는 그때부터 사위가 마
음에 들기 시작했다.
　그리고 다나는 어젯밤에 슬쩍 이혼 이야기를 꺼냈다가 유진의 강력한
반발에 부딪혔던 기억을 떠올렸다.

　*「어떻게 그런 말씀을 하세요? 그 사람이 저한테 어떤 사람인데. 엄마를
만나기 전에 가짜가 아닌 진짜 저를 알아봐 준 유일한 사람이었다고요.」*

　유진은 3년 전의 결혼이 복잡한 사정에 의한 계약이었고 진짜가 아니
었으며 그래서 지난 그동안 이름만 부부였다는 사실, 자신이 이 세상에

온 이후에 비로소 그와 부부가 되었다는 사실, 카세르는 가짜였던 진과 자신을 확실하게 구별한다는 사실 등을 모두 다나에게 설명했다.

다나는 유진의 말을 진지하게 들으며 중간중간 추임새도 넣었지만, 속으로는 혀를 찼다. '이 아이가 제 남편을 정말 좋아하는구나. 둘을 떼어 놓기는 틀린 건가.'라고 잠깐 낙담하기도 했다.

딸의 말을 모두 믿기에는 의아한 부분이 많았다. 솔직히 3년 동안 전혀 동침하지 않고 이름뿐인 부부로만 지냈다는 말이 믿기지 않았다.

하지만 다나는 아까 그 일로 사왕에게 호감을 느끼면서 사왕이 어떤 사람인지 궁금해졌다. 그래서 슬쩍 차를 내오며 대화를 시도했다. 많은 대화를 나누지는 않았지만, 다나는 기분이 흡족해졌다.

'내 딸이 좋은 사람을 만났구나.'

다나는 마음이 놓였다. 일단 성격은 합격. 사왕은 감정의 진폭이 거의 없는 듯했다. 성격은 무던한 게 최고다.

질문에 대답하는 태도가 아주 신중한 점도 마음에 들었다. 미사여구로 꾸미지 않은 말은 간결했고, 말을 성의 없이 짧게 끊는 게 아니라 책임질 수 있는 말만 한다는 느낌을 받았다.

아무리 봐도 가짜 진과 상성이 맞는 사람이 아닌 듯해서 '3년은 부부가 아니었다'라는 딸의 말이 그제야 그럴듯하게 믿겼다.

머지않아 응접실로 다급히 뛰어 들어오는 사람의 기척을 느끼고 다나와 카세르가 고개를 돌렸다. 달려오느라 숨이 차서 살짝 상기된 얼굴로 유진이 어머니와 남편을 번갈아 보았다. 일단 겉보기에 분위기는 괜찮은 것 같아 유진은 안심했다.

다나는 그런 유진을 보면서 눈을 가늘게 좁혔다.

'요것 봐라. 제 남편 괴롭힐까 봐 달려온 거야?'

기가 막히면서 웃음도 나왔다. 약간은 서운했다. 자식이 어느 정도 나이가 들면 독립하여 제 가정을 꾸리는 것은 자연의 섭리이지만, 이십 년 만에 겨우 만난 딸이다 보니 부모의 울타리 안에서 제대로 품에 끼고 살아 본 적이 없다는 게 안타까웠다.

다나는 일어나서 유진에게 다가갔다.

"일어났구나. 아침은 먹었니?"

"아직이요."

"배고프겠네. 점심은 좀 서둘러 준비하라고 해야겠다."

다나는 유진의 곁을 지나쳐 가면서 손가락으로 딸의 이마를 살짝 쥐어박았다. 유진은 자신이 어떤 마음으로 서둘러 왔는지 엄마에게 들켰다는 사실을 알고 멋쩍게 웃었다.

유진은 카세르에게 다가갔다. 소파에 앉은 그의 바로 옆에 앉았다.

"미안해요. 아무도 안 깨워서 당신이 이렇게 오래 기다리는 줄 몰랐어요."

"내가 깨우지 말라고 했어."

유진은 테이블에 놓인 두 개의 찻잔을 흘끔 본 후 혹시 몰라서 확인했다.

"어머니가 이상한 말씀 하시지는 않았지요?"

"무슨 이상한 말씀?"

"음……. 뭐든, 당신이 들었을 때 불쾌할 만한 내용이요."

"아니."

카세르는 유진을 보며 피식 웃었다. 응접실에 막 들어온 그녀의 표정이 이상하다고 생각했는데 그 이유를 이제 알았다.

"내가 걱정되어 구하러 온 건가?"

"전속력으로 달려왔어요."

유진은 웃음을 터뜨리는 그를 바라보았다. 거의 하루 만에 보는 남편이 오늘따라 더 완벽하게 잘생겨 보였다. 갑자기 초조해졌다. 갈증이 나는 것 같기도 했다. 이런 게 금단 현상일까. 이 남자의 얼굴을 주변의 방해 없이 마음껏 감상하고 싶었다. 어서 빨리 그에게 모든 진실을 이야기하고 당신이 알던 3년 전의 그 사람은 자신이 아니라고 말해 주고도 싶었다.

"가요, 지금."

"음?"

"우리 집에요. 당신에게 할 말이 있어요."

유진을 바라보는 카세르의 표정에서 웃음기가 사라졌다. 유진은 그의 푸른 눈동자가 점점 뜨거워진다고 느꼈다. 자신을 탐욕스럽게 훑는 그의 시선에 그녀는 자신도 모르게 마른침을 삼켰다.

"진."

유진이 흠칫 놀라며 벌떡 일어났다. 응접실로 들어오는 다나가 어색한 분위기의 딸 내외를 보며 웃었다. 그녀는 둘이 입맞춤이라도 하려는 순간에 자신이 방해했나 보다 생각했다.

"곧 식사 준비가 다 될 거야. 밥 먹고 나서……."

"어머니."

"응?"

"저희는 그만 갈게요."

"뭐? 아니, 밥은 먹고 가지 왜. 무슨 일 있니?"

유진이 강하게 고개를 좌우로 흔들었다. 그리고 자신의 옆에 선 카세르의 한쪽 팔을 두 팔로 꽉 안았다.

"집에 가서 이 사람하고 먹을래요. 할 이야기가 많아서요. 어머니와 했던 이야기를 어서 이 사람에게 말하고 싶어요."

"원, 애두. 그렇다고 이렇게 갑자기."

"또 올게요. 멀지도 않은걸요."

유진이 강하게 고집을 부린 덕분에 유진과 카세르는 중대하고 다급한 일이 발생했을 때 서두르는 수준의 속도로 마차에 올라탔다. 두 오라버니는 외출 중, 아버지는 손님맞이 중이라서 어머니의 배웅만 받았다.

다나는 떠나가는 마차를 바라보며 마음 한구석이 쓸쓸했다. 큰아들이 결혼했을 때 느꼈던 소회와 전혀 달랐다. 아들과 딸의 차이일까, 막내라 그런가, 남다른 사연이 얽힌 자식이라 그런가.

가짜가 딸인척하며 호의호식하는 동안 정작 진짜 딸은 무척 많은 고생을 했다기에 어찌나 속상하고 분통이 터지던지. 딸이 지나간 일이라며 자세하게 털어놓지는 않았지만, 얼핏 흘린 내용으로만 추측해도 삶이 녹록지 않았던 듯했다.

'네 행복이 눈에 보이니 이 엄마는 기쁘고 든든하구나. 내 딸. 그동안 못 받은 사랑을 몇 배로 받고 살아야지.'

딸만 행복하다면 또 이십 년을 보지 못하고 살아도 견딜 수 있다.

다나는 마차가 아예 보이지 않은 후에도 한참을 서 있었다.

*　　*　　*

유진은 마차가 저택의 출입문을 통과하여 나가는 풍경을 차창 밖으로 보면서 말했다.

"이상해요. 어제 이맘때쯤에 여기 온 것 같은데."

그녀는 고개를 돌려 카세르를 보며 이어 말했다.

"들어올 때와 나갈 때의 기분이 완전히 달……."

느닷없이 몸이 확 당겨지는 바람에 유진의 말이 끊겼다. 유진은 자신을 강하게 끌어안은 그의 품 안에서 잠시 놀란 표정을 지었다가 두 손을 그의 등 뒤로 둘렀다. 기분 좋은 웃음이 저절로 나왔다. 밀착한 그의 가슴은 널찍하고 단단했다. 구속하듯 강하게 온몸을 옥죄는 힘이 익숙해서 반가웠다.

그가 말없이 안고 있는 시간이 길어질수록 유진은 눈동자를 이리저리 굴렀다.

'무슨 일이 있나?'

왠지 그가 평소와 다른 것 같았다.

카세르는 유진을 꽉 안은 채 주체할 수 없는 자신의 감정을 눌렀다. 그녀에게 마구 키스를 퍼붓고 싶기도 하고 이대로 그녀를 안고 잠들고 싶기도 했다. 지금 느끼는 감정이 아주 복잡해서 한마디로 정의할 수 없었다.

「우리 집에요.」
「집에 가서 이 사람하고 먹을래요.」

그녀는 아주 자연스럽고 스스럼없이 왕가의 저택을 '우리 집'이라고 말했다. 그녀에게 집은 아르스 저택이 아니었다.

성도에 있는 왕가의 저택은 애물단지였다. 왕이 성도에 거의 올 일이 없으니 비어 있는 거나 다름없는데 저택의 규모가 있다 보니까 관리하기가 만만치 않았다. 그렇다고 없앨 수도 없었다. 카세르는 왕가의 저택을 아주 값비싼 숙소 정도로 생각했다.

하지만 갑자기 특별하기 느껴지기 시작했다. 그곳은 집이었다. 자신과 유진의 '우리 집'.

카세르는 자신의 내부에서 일어나는 놀라운 변화를 음미했다. 한겨울에 꽁꽁 얼어붙었던 나무가 따스한 봄 햇살을 받으며 움트는 것처럼, 그는 자신의 혈관을 따라 뜨거운 피가 돌기 시작한다고 느꼈다. 불가능한 감각이지만, 그가 지금 느끼는 기분을 다른 식으로 설명할 방법이 없었다.

그는 감정 변화가 적은 편이었다. 어릴 때도 화내거나 우는 방식으로 자신의 기분을 드러내지 않았다. 애써 참는 게 아니라 실제로 그는 어지간한 일에는 화가 나지 않았다. 그래서 자신이 감정을 잘 느끼지 못하는 성격으로 타고난 줄 알았다.

어제 생모와의 만남 후에도 그는 동요하지 않았다. 그저 일상의 작은 사건인 듯 넘겼다. 오후부터 저녁까지 일에 매달려 저택 수리에 관해 마무리하는 동안 그의 집중력은 전혀 흐트러지지 않았다.

저녁 식사도 제대로 했고 잠도 잘 잤다. 잠들기까지 꽤 오래 뒤척이기는 했으나 그녀와 함께 자는 버릇이 들었으니 빈 옆자리가 허전해서 그런가 보다 생각했다.

그런데 공교롭게도 그는 지금 그녀의 체온을 느끼면서 어제 생모와의 만남 후 내내 기분이 가라앉아 있었다는 사실을 깨달았다. 그는 비로소 '외로움'이 무엇인지 알게 되었다.

무덤덤하게 살았던 그 수많은 날 중 때때로 사막 한복판에 혼자 서 있는 것 같았던, 그리고 어제도 느꼈던 그 정체 모를 기분이 바로 외로움이었다.

그는 외롭지 않은 적이 없어서 오히려 그게 뭔지 몰랐다. 사사로운 감정이 아니라 왕으로서 짊어지는 책임감의 무게라고 생각했다.

그런데 생각해 보면 그런 헛헛한 마음을 잊고 지낸 지 꽤 되었다. 그 시작점에는 유진이 있었다.

그 자신도 모르는 사이에 그녀의 존재는 서서히 스며들어 어느새 절대적인 공간을 차지했다. 그녀가 없는 인생을 상상할 수 없게 되었다.

'우리 집……. 내 아내…….'

몰랐으면 모르는 대로 살았을 것이다. 그러나 이제는 돌이킬 수 없다. 외로움이 뭔지 몰랐던 그때로, 절대 돌아가지 못할 것이다.

유진은 카세르와 마주 끌어안은 채 고민에 빠졌다. 그가 전에 이런 적이 없어서 당황스러웠다. 그를 밀어내고 싶을 만큼 불편한 건 아니지만, 분위기를 무겁게 만들지 않으면서 이유를 묻고 싶었다.

"저와 같이 집에 가서 그렇게 좋아요?"

약간은 농담처럼 가볍게 말했다.

"응. 좋아."

선선한 대답이 곧바로 되돌아오자 유진 표정에서 웃음기가 사라졌다. '좋다'라는 단어에 갑자기 심장이 조여들었다.

이내 유진은 일상의 대화를 의미심장하게 받아들이는 자신이 부끄러워서 얼굴이 화끈거렸다. 지금 그가 자신을 볼 수 없어서 다행이었다. 볼썽사나울 정도로 얼굴이 새빨갛게 물들었을 테니까.

마차가 왕가의 저택으로 달려가는 동안 두 사람은 그렇게 계속 서로를 안고 있었다. 유진은 키스나 애무 등으로 이어지지 않은 담백한 포옹이 길어질수록 자신을 안고 있는 남자에게서 평소와 다른 감정을 느꼈다.

'오늘따라 이 남자 좀…… 귀여워.'

그는 자신보다 체격이 두 배는 크고 힘은 그보다 몇 배는 더 셀 것이다. 그런데 왠지 지금 그가 어리광을 부리는 것 같았다. 자신의 몸이 그의 품 안에 가두어지듯 안긴 상태인데도 오히려 자신이 그를 안아 주는 기분이 들어 묘했다.

마차가 속도를 늦추어 느릿하게 가더니 다시 약간 속도를 내어 얼마간 가다가 멈추었다. 유진이 속으로 '설마 벌써 도착한 건가?'라는 생각을 하자마자 바깥에서 마차를 두드렸다.

"문을 열겠습니다, 전하."

어제 왕가의 저택에서 아르스의 저택으로 갈 때는 한참 걸렸다. 그런데 어제는 긴장하느라 멀다고 착각했던 것인지 예상보다 훨씬 금방 왔다.

유진이 화들짝 놀라 카세르를 밀어냈다. 그녀의 힘만으로 그를 떨쳐내기는 터무니없이 부족하지만, 카세르는 순순히 그녀를 놓았다. 그리고 마차 문이 열리는 소리와 함께 빠르게 다가온 그가 고개를 기울여 유진의 입술에 키스했다. 그저 입술만 부드럽게 머금은 짧은 입맞춤이었다.

유진은 마차 밖으로 나가는 그를 보면서 손끝으로 자신의 입술을 만졌다. 그동안 훨씬 농밀한 키스를 수도 없이 했는데 방금의 입맞춤은 이상하게 마음을 건드렸다. 풋풋한 첫 키스를 한 소녀처럼 심장이 콩닥콩닥 뛰었다.

'오늘 뭔가……'

딱 꼬집어 뭐라고 설명할 수는 없지만, 오늘 그는 평소와 달랐다.

유진이 카세르의 손을 잡고 마차에서 내려오는 중에 요란한 소리가 들렸다. 그녀는 소음이 나는 쪽으로 고개를 돌렸다가 자신을 향해 달려오는 흑마를 보았다.

순식간에 가까이 온 아부가 잔뜩 흥분한 몸짓으로 머리통을 들이밀었다. 사람 키를 훌쩍 넘는 거대하고 새카만 말이 치근대는 모습은 위협적이었으나 유진은 반갑게 웃었다.

"아부."

유진은 다정하게 아부의 콧잔등을 쓰다듬었다.

"마중 나와 준 거니?"

아부가 대답처럼 투레질하며 더 만져 달라는 것처럼 콧등을 유진의 손에 비볐다. 마구간지기들이 허옇게 뜬 안색으로 뒤늦게 쫓아와 숨을 헐떡였다. 유진은 안절부절못하는 그들을 안쓰럽게 보았다. 그녀는 아부의 주둥이를 톡톡 두드리며 말했다.

"아부. 말썽 부리지 말고 얌전히 있어야지."

아부가 항의하듯 길게 울었다.

"알았어, 알았어. 그동안 심심했구나? 이따가 놀아 줄게."

카세르는 인간의 언어와 짐승의 울음으로 대화하는, 그런데 놀랍게도 의사소통이 되는 유진과 아부를 못마땅하게 바라보았다. 그녀는 자신의 아내인데 왜 저 짐승에게 함께할 시간을 나누어 줘야 하는지 이해할 수 없었다.

그녀를 하루 만에 겨우 되찾아 왔다. 아내를 오늘 온종일 자신 혼자 독차지해도 부족했다. 그는 유진의 뒤로 조용히 다가가 한쪽 팔로는 그녀의 등 뒤로 감싸고 한쪽 팔은 그녀의 오금 아래로 넣어 번쩍 안아 들었다.

"아부. 지금은 안 돼. 음, 저녁……."

유진은 아부와 놀아 줄 시간을 협상하던 중에 갑자기 몸이 휙 기울어져 붕 떠오르자 짧은 비명을 질렀다. 카세르가 유진을 안아 든 채 살짝 무릎을 굽혔다가 뛰어올랐다. 그는 가볍게 마차의 지붕 위로 올라갔다.

유진은 휘둥그레진 눈으로 그를 올려보았다.

"선하?"

"한 번 더."

"네?"

카세르가 다시 뛰어오르기 전의 준비 자세에 들어갔다. 유진은 그가 마차에 뛰어오르기 전보다 더 무릎을 깊이 구부리자 후다닥 두 팔로 그의 목을 감았다. 곧 마차 지붕을 박차고 오른 카세르의 몸이 공중에 떠올랐다.

유진은 그의 어깨 너머로 멀어지는 아래쪽 풍경을 내려다보았다. 아주 짧은 순간이 느릿한 화면으로 지나갔다. 입을 떡 벌리며 경악하는 표정으로 올려다보는 사람들 모습이 모두 찍어 낸 것처럼 똑같아서 우스꽝스러웠다.

아부는 붉은 눈동자를 번뜩이며 공중을 향해 포효했다. 흑표범이면 따라올 수 있었을 테지만, 말은 높이 뛰기가 불가능했다. 약이 잔뜩 올라서 발을 바닥에 구르는 모습이 안타까우면서도 웃음이 터지는 광경이었다.

카세르는 마차 위에서 한 번의 도약만으로 거의 날아오르듯 저택 2층의 돌출된 발코니 안쪽에 안정적으로 착지했다.

유진은 그가 발코니 창을 열려는 순간 예전 왕성에서 일이 떠올랐다. 그런데 이번에는 그날과 다르게 창이 잠겨 있지 않아서 깨뜨리지 않고도 방으로 들어갈 수 있었다.

카세르는 안아 든 유진을 잠시 말없이 내려다보다가 말했다.

"일단."

유진은 긴장한 눈빛으로 이어질 말을 기다렸다. 오늘 유난히 충동적으로 보이는 그가 아무래도 심상치 않았다.

"식사부터 하지."

유진은 맥이 풀려서 헛웃음이 나왔다. 기껏 나오는 말이 밥 먹자는 소리라니.

"배고프세요?"

"내가 아니라 당신. 아침도 안 먹었다며."

"……전 괜찮아요."

"굶는 건 안 돼."

유진은 지금 거의 허기를 느끼지 않았다. 그에게 털어놓을 이야기들이 머릿속에 계속 맴돌아 시간이 지날수록 점점 더 흥분됐다. 어서 빨리 모든 비밀을 털어놓고 싶어서 마음이 조급했다. 하지만 카세르는 간단히 먹겠다는 그녀의 의견마저도 기각했다.

제대로 차린 점심 식사를 마치기까지 상당한 시간이 걸렸다. 유진은 식사에만 집중했다. 밥을 먹으면서 할 만한 이야기는 아니었다. 수시로 요리를 나르고 시중을 들기 위한 하녀들이 구석구석에 대기해 서 있는 곳에서는 더더욱 불가능했다.

식사 후 두 사람은 서재로 자리를 옮겼다. 부를 때까지는 절대 방해하지 말라고 주의를 시키고 모두 내보냈다.

드디어 유진은 카세르와 단둘이 되었다. 그녀가 바라던 순간이 왔건만 막상 말을 꺼내려니까 엄두가 나지 않았다. 그가 믿어 주지 않을까 봐, 혹은 그동안 계속 거짓말했던 자신을 비난할까 봐 겁이 났다.

"전하. 혹시 지금껏 살아오며 비현실적이고 황당하다고 생각했던 일이 있었나요?"

"비현실과 황당……."

카세르는 잠시 생각한 후 말했다.

"있지."

"어떤 일인지 물어봐도 돼요?"

"당신."

"네?"

"당신이 기억을 잃고 예전과 다른 사람처럼 바뀐 것. 그보다 황당한 일은 경험한 적이 없어."

"아……. 네."

유진은 떨떠름하게 고개를 끄덕였다. 지금부터 그에게 할 이야기가 워낙 비현실적이라서 그의 동감을 얻기 위해 꺼낸 말이었지만 전혀 도움이 안 될 것 같았다.

그녀는 크게 심호흡한 후 눈을 감고 마음을 가라앉혔다. 눈을 뜨고 자신을 바라보는 그와 눈을 마주쳤다. 잔뜩 긴장한 자신의 마음이 전해졌는지 그의 표정도 딱딱했다.

"어디서부터 시작해야 할지 고민을 많이 했어요. 이 모든 일의 시작이 된, 이십 년 전 사건부터 말할게요. 이십 년 전, 제가 세 살 때 납치당한 적이 있어요. 그 당시에 성도가 발칵 뒤집히고 수많은 수색대와 기사가 동원되어 하수도까지 뒤질 정도였다고 해요."

유진은 어젯밤 다나와 이십 년 전 사건에 대해 많은 이야기를 나누었다.

상제는 그 사건이 재물을 노린 자들의 충동적인 범행이라고 공식 발표하며 마무리 지었다. 그러나 다나는 그 발표를 납득할 수 없었다.

딸의 납치에 관여한 유모는 에녹이 태어났을 때부터 살뜰히 보살피던 사람이었다. 그저 재물 때문에 자신을 신뢰한 사람들을 배신하고 범죄에 가담했다는 게 이해가 가지 않았다.

"어머니는 그 납치 사건을 파헤치셨대요. 상제가 이미 끝난 사건이라고 발표한 이상, 상제와 맞서지 않으려면 조용히 조사하셔야 했어요. 몇 년의 시간을 들여 겨우 단서를 얻으셨지요. 그래서 절 납치한 자들이 마라 교단의 교도들이었다는 사실을 알아내셨어요. 그리고 유모는 마라의 독실한 신자였다고 해요. 주변 사람 누구도 모를 만큼 철저했던 거지요."

진지하게 귀 기울여 듣던 카세르가 말했다.

"당신이 참 큰일 날 뻔했군. 그런데 상제의 꿍꿍이가 의심스럽긴 하지만, 어쨌든 당신은 무사히 돌아왔잖아. 아르스의 가주님께서는 납치 사건의 진상 파악에 왜 그렇게 매달리셨지?"

"아……."

유진의 눈빛이 흔들렸다. 갑자기 그가 핵심부터 짚으니까 심장이 쿵쿵 뛰었다.

"그 얘기를 하려면……. 어머니 쪽 이야기를 먼저 해야 해요. 이건 가족 외에는 아무도 모르는 비밀인데요. 어머니한테 특별한 능력이 있어요. 간단히 말하자면 어머니는 보통 사람은 눈에 보이지 않는, 사람의 기운이 보여요."

"기운? 어떤 식으로?"

"어머니 말씀으로는 사람 주변을 감싼 기운이 보인대요. 색깔이 나타날 때도 있고요. 그런데 사람마다 영혼이 다른 것처럼 고유한 기운이라서 보이는 게 각각 다르대요."

유진은 긴장된 숨을 한 번 삼킨 후 말을 이었다.

"그래서 어머니는…… 이십 년 전에 제가 납치되었다가 다시 돌아온 날, 알아보셨대요. 사흘 만에 돌아온 딸은 어머니의 딸이 아니었다고요."

유진은 자신이 얼마나 터무니없는 이야기를 하고 있는지 말할수록 실감이 났다. 자신은 직접 경험한 당사자이니까 아무런 위화감이 없지만, 입장을 바꿔서 생각해 봤다. 이 세계에 떨어지기 전에 누군가 자신에게 영혼이 바뀌었다고 말했다면 '정신 병원에 가 봐야겠네.'라고 생각했을 것이다.

지금 그녀가 힐 수 있는 최선은 정리한 내용을 최대한 조리 있게 말하는 것뿐이었다. 한번 말문이 막히면 머릿속이 엉망으로 엉킬 것 같아서 유진은 잠시도 말을 멈추지 않았다.

그녀는 어머니가 딸을 되찾기 위해 얼마나 노력했는지를 오랜 시간을 들여 상세히 설명했다. 어머니의 절박한 심정이 그에게 전해지기를 바랐다. 그러면 자신이 말하는 기이한 이야기들을 황당한 헛소리로 여기지 않고 진지하게 들어 줄 것 같았다.

다나는 모든 수단 방법을 동원하여 딸을 되찾을 방법을 수소문했으나 끝내 알아내지 못했다. 다나가 자신의 무력함에 절망하며 고통스러워하는 동안 가짜는 진 아니카의 이름으로 활개를 치고 살았다.

유진이 '진이 진짜 진이 아니라는 사실을 아는 사람은 어머니뿐이었다'라고 말할 때 신중한 표정으로 묵묵히 듣던 카세르의 눈빛이 미묘하게 변했다.

유진은 그가 무슨 생각을 하는지 궁금했지만, 막연한 두려움 때문에 묻지 못했다. 그저 그가 말없이 들어 주는 것만으로도 고마웠다.

"······그래서 눈을 뜨니까 저는 사막 한복판에 누워 있었어요."

유진의 이야기는 드디어 자신이 이 세계에 처음 발 디딘 날에 이르렀다. 말하면서 갈수록 고조된 긴장감이 끝내 한계에 이르렀다. 가만히 앉아 있는데도 숨이 차고 심장이 불안하게 뛰었다.

갑자기 목이 바짝 말라붙은 것처럼 갈증이 나서 그녀는 다 식은 찻잔을 들었다. 그런데 고작 몇 모금의 물이 담긴 찻잔이 바위처럼 무거웠다. 찻잔을 들어 올리기가 버거워서 손이 미세하게 떨렸다. 아무래도 마시기 전에 잔을 놓칠 것만 같았다.

그녀는 다시 찻잔을 내려놓았다. 혀로 살짝 입술을 축이며 계속 이어서 말하려 했다. 이제부터가 진짜 중요한 내용이니까.

하지만 그녀는 달싹이던 입술을 다물었다. 성대가 꽉 막힌 것처럼 소리가 나오지 않았다. 태연한 척 헛기침을 했으나 바람 빠지는 소리만 나자 등에서 식은땀이 났다.

그녀의 맞은편에 앉아 있던 카세르가 일어났다. 유진은 흠칫 놀라 시선을 들었다. 소파테이블을 빙 돌아서 자신의 옆으로 오는 그를 계속 바라보았다.

카세르가 유진의 옆에 앉아 찻잔을 들어 그녀에게 내밀었다. 유진은 두 손으로 찻잔을 받으려 했지만, 그는 찻잔을 건네주지 않고 아예 그녀의 입술에 직접 대어 주었다.

유진은 멋쩍게 웃으며 턱을 들어 그가 먹여 주는 차를 마셨다. 목 안으로 물이 넘어가니까 막힌 숨이 탁 트였다.

"괜찮아?"

유진은 질문하는 뜻을 묻는 표정으로 그를 보았다.

"당신은 지금 당신이 어떤지 몰라서 그래."

카세르는 입 안으로 혀를 차며 혈색 없이 창백한 유진의 볼을 손등으로 쓸었다. 그래도 조금 전보다는 혈색이 돌기 시작해서 안도했다. 그녀가 털어놓는 충격적인 이야기보다도 당장 기절할 것처럼 핏기가 사라지는 그녀의 안색이 훨씬 더 신경 쓰였다.

"……괜찮아요."

힘껏 성대를 울린다는 생각으로 말했는데도 가느다란 목소리만 나왔다. 그래도 아예 목이 막혔던 조금 전보다 훨씬 나아졌다. 유진은 굳어 버린 얼굴 근육을 애써 움직여 그를 보며 미소 지었다. 하지만 그 미소는 몹시 힘겨워 보여서 더 안쓰러웠다.

카세르는 그녀가 느끼는 부담을 덜어 주고 싶었다.

"뒤는 내가 말할게."

유진은 어리둥절한 표정으로 그를 보았다.

"당신이 사막에서 눈을 뜬 날, 그날이 실종된 당신을 찾아낸 수색대와 함께 돌아온 날이겠군. 그렇지?"

유진은 어떤 표정을 지어야 할지 모르는 기분으로 고개를 끄덕였다.

"그리고 그때 난 사막에 나가 있느라 왕성을 비운 상태였고."

"네."

"내가 돌아온 날, 아니, 그 이튿날이었던가? 국보가 사라진 정황에 당신이 관여했다고 생각해서 그 일을 물으러 당신을 찾아갔더니 당신은 사막에 나갔다가 기억을 잃어서 모른다고 말했어."

"네……."

유진의 목소리는 더 작아졌다.

카세르는 그녀를 물끄러미 바라보다가 중얼거렸다.

"그럼 당신은…… 기억을 잃은 게 아니군. 기억 못 한 것이 아니라 원래 기억에 없었던 거였어."

유진은 크게 뜬 눈으로 고개를 끄덕였다. 그녀는 감탄했다. 말이 길어지면서 갈수록 횡설수설했다. 나중에는 자신이 무슨 말을 하는지 헷갈렸다. 생각과 말이 따로 노는 것 같기도 했다.

찻물을 넘기면서 그를 이해시키기 위해서 다시 처음부터 이야기해야겠다고 생각했다. 하지만 자신이 그를 과소평가했다. 그는 모든 이야기의 핵심을 아주 정확히 파악하고 있었다.

그녀는 생각에 잠긴 표정으로 말이 없는 카세르의 눈치를 살폈다. 그의 반응이 좋은 쪽인지, 나쁜 쪽인지 감이 잡히지 않아 조마조마했다.

카세르는 유진이 이십 년 전 사건 이야기를 꺼낼 때만 해도 그녀가 하고 싶은 말이 뭔지 알 수 없었다. 그녀 어머니의 특별한 능력 덕분에 납치된 후 돌아온 딸이 진짜가 아니라고 알아차렸다는 말을 문맥 그대로 받아들이기는 어려웠다.

그 납치 사건으로 아르스의 가주께서 심각한 정신적인 충격을 받아 병을 앓았고 그래서 모녀 사이가 오랫동안 소원했다는 뜻인 줄 알았다.

그런데 그녀의 이야기를 계속 듣다 보니까 어느 순간 의구심이 떠올랐다. '설마?'라는 의혹이 들면서 오싹 소름이 돋았다.

카세르는 시선을 옆으로 돌렸다. 자신을 계속 관찰하고 있었는지 곧바로 유진과 눈이 마주쳤다. 그녀가 안 본 척 슬그머니 딴청을 부렸다.

유진이 찻잔을 드는 모습을 보고 그는 '빈 잔인데.'라고 생각했다. 잔을 확인하자마자 흔들리는 그녀의 눈동자를 보았다. 그녀가 느끼는 당혹스러움이 그의 눈에 보였다. 그녀는 순간순간의 감정 변화에 솔직했다. 억지로 감추려고 하지도 않았다.

저 모습 전부가 그가 알고 있는 그녀였다. 유진. 자신의 아내.

그의 3년의 결혼 생활은 정확한 분기점이 존재했다. 그가 알고 있는 '유진'은 고작 몇 개월 전에 등장했다. 그런데 3년의 결혼 생활 중 그 몇 개월을 제외한 나머지 세월은 그에게 전혀 의미가 없었다.

엄밀한 의미에서 그녀는 환자였다. 몇 년 치 기억이 통째로 날아간 사람이다. 그래서 그녀가 기억을 되찾기를 바라지 않는 자신이 무척 이기적이고 한심하게 느껴졌다. 때로는 그녀에게 과거를 지우라고 강요하는 것 같아서 미안했다.

'다른 사람이라고? 영혼의 바뀜이라고?'

말이 안 된다. 불가능하다. 그의 이성은 계속 부정했다. 문제는 비현실적인 가설이 사실이 될 수밖에 없는 증거가 훨씬 많다는 점이었다.

「기억을 잃었다고 사람의 근본적인 성품도 바뀌나?」

최근에는 유진을 예전의 그녀와 비교 자체를 하지 않게 되었지만, 기억을 잃은 초반에는 달라진 그녀의 모습을 보고 의아하게 생각했다.

한 사람의 본질은 같다. 기억을 잃었다고 전혀 다른 사람이 될 수는 없다는 것이 그의 지론이었다. 그래서 그녀를 보면서 느꼈던 위화감은 그 둘이 전혀 다른 사람이라고 하면 설명할 수 있다. 모든 수수께끼가 풀렸다.

"유진."

"네."

유진이 화들짝 놀라 대답했다.

카세르는 흔들리는 그녀의 눈동자를 응시했다. 그의 침묵이 길어질수록 유진은 점점 불안해졌다. 심각한 표정을 지은 그의 눈빛이 비난으로 느껴져서 그녀는 결국 버티지 못하고 그에게 용서를 빌었다.

"미안해요. 제가 거짓말했어요. 그때는…… 겁이 났어요. 제가 누군지는 어머니를 만나고 나서 알게 된 거고…… 전에는 사고에 휘말려 제가 진의 몸을 빼앗은 줄 알았는데도 이대로 계속 숨기고 살려고 했어요."

"그동안 불안했겠군. 마음고생했겠어."

유진은 방금 자신이 들은 말을 믿을 수 없었다. 그의 말대로 유진은 어머니를 만나기 전까지는 불안함과 죄책감에 시달렸다. 난 누굴까, 갑자기 이 세상에 떨어진 것처럼 어느 날 또 어디론가 사라지는 건 아닐까, 진이 돌아오면 어쩌지?

절대 사라지지 않을 부정적 감정들이 평생 끌어안고 살아야 하는 멍에라고 생각했다.

놀랍게도 그는 비난은커녕 자신을 깊이 이해하는 말을 해 주었다. 유진은 혹시 그는 다른 의도로 한 말인데 자신에게 유리한 쪽으로 억지 해석하나 싶어서 말했다.

"제 말을 이해한 거예요? 저는 당신이 삼 년 전에 결혼한 그 진이 아니에요."

카세르가 멈칫했다가 고개를 끄덕였다.

“이해했어.”

“거짓말.”

유신은 자신도 모르게 불쑥 말했다.

“어떻게…… 이해해요? 이렇게 간단히? 당신은 전혀 놀라지도 않은 것 같다고요.”

유진은 그에게 언성을 높이면서 ‘적반하장’이라는 단어가 떠올랐다. 자신이 무척 뻔뻔하게 느껴졌다. 하지만 거짓 이해를 받느니 차라리 비난을 받는 편이 나았다.

제대로 짚고 넘어가지 않으면 불발탄으로 남아서 언제 터질지 모른다는 새로운 불안을 안고 살아야 할 것이다.

“충분히 놀랐어. 간단히 이해한 것도 아니야. 다만, 당신 말을 듣다 보니까 지난번에 아드리트한테 들은 이야기가 생각났어.”

“……아드리트?”

유진은 생각지 못한 이름이 등장하자 멍하게 중얼거렸다.

“아드리트가 라크는 원래 이 세상에 속한 생물이 아니었다고 했잖아. 고대 일족이 다른 세상으로부터 불러들였다고. 그렇다면 영혼이 바뀌는 일도 얼마든지 가능하겠지. 아마 아드리트한테 그때 그 이야기를 듣지 않았으면 당신 말이 진실이라고 믿기가 지금보다는 더 어려웠을지도 몰라. 그런데…….”

카세르가 말끝을 흐리며 머뭇거렸다. 유진인 이제 진짜 본론이 나오겠다는 생각으로 잔뜩 긴장했다.

“삼 년 전에 나와 결혼한 사람은 당신이 아닌 건가?”

“네. 아니에요.”

유진이 단호하게 대답했다. 카세르가 말없이 유진을 보더니 불만이 담긴 어조로 말했다.

"그래서 어쩌고 싶은데?"

"뭐가요?"

"굳이 따지자면 인간을 규제하는 법과 규칙은 인간의 육체에 적용해. 영혼은 눈에 보이지 않으니까."

"……그래서요?"

유진은 미간을 찡그렸다. 그가 하려는 말을 정확히 이해할 수 없었다.

"영혼이 바뀌었다는 이유는 결혼 무효 사유도, 이혼 사유도 해당 안 돼. 우리 결혼은 절차적으로 완벽하다고."

유진은 그의 말을 뒤늦게 알아들었다. 그가 조금 전 심각한 표정으로 설마 이 문제를 생각했던 걸까.

어이가 없으면서 팽팽하게 당겨진 긴장의 끈이 허무하게 끊어졌다. 저절로 헛웃음이 나왔다.

"정말 신기한 사람이에요. 당신은 정말……."

유진은 말을 다 끝마치지 못하고 입술을 꽉 물었다. 하지만 터지는 울음을 막기는 역부족이었다.

그가 자신한테서 완전히 등 돌리지는 않을 거라고 믿었다. 그래도 그저 좋기만 했던 그동안의 관계에 어느 정도는 불편한 영향을 줄 테니까 각오하자고 마음의 준비를 했다. 그가 조금은 마음에 상처를 주는 말을 해도 감수하자고 생각했다.

높고 험한 산을 넘어야 한다고 각오하면서 언덕을 넘어왔더니 탁 트인 평지가 펼쳐져 있을 때의 기분이 이럴까.

망막에 맺히는 눈물 때문에 제대로 그의 모습이 보이지 않아서 유진은 눈을 꾹 감았다가 떴다. 볼을 타고 흘러내리는 눈물을 손으로 닦아 냈다. 당황하는 그를 보니까 웃음이 터졌다. 울다가, 웃다가, 지금 자신 모습이 제정신이 아닌 사람처럼 보일 것 같았다.

"무슨 말을 해야 할지…… 아무 생각이 안 나요. 준비했던 이야기의 반도 못 한 거 같은데. 진짜 중요한 이야기는 시작도 안 했는데. 내게 묻고 싶은 건 없어요? 뭐든 당신이 말해 봐요."

"궁금한 건 있어."

마치 그가 기다렸다는 듯이 곧바로 말하자 유진은 놀랐다. 잠시 풀렸던 마음이 다시 긴장했다.

"뭔데요?"

"기사 피데스."

"……누구요?"

유진은 그의 말을 알아듣지 못해서가 아니라 왜 갑자기 엉뚱한 사람이 등장하는지 이해할 수 없어서 되물었다.

"그자가……."

카세르는 말을 끝마치지 못하고 입을 다물었다. 충동적으로 말은 꺼냈으나 그녀에게 따져 묻기에는 몹시 유치한 것이라는 자각은 있었다.

어제 들은 플로라의 말이 계속 머릿속에서 맴돌았다. 그자가 왜 유진에게 선물일까.

안 그래도 상제가 피데스에게 편지 심부름을 맡겨 왕국까지 보낸 데다가, 곧장 성도에 오는 유진의 마중까지 시키는 게 이상하다고 생각했다. 상제는 신뢰하는 측근 기사는 늘 가까이에 두었다. 하루 이틀도 아니고 장기 출장을 내보내는 일은 거의 없었다.

유진과 그자 사이에 친분이 있을 거라고는 짐작했다. 그녀는 상제가 특별히 챙기는 아니카이니까 상제가 자신이 아끼는 기사를 통해 그녀에게 연락했다면 두 사람은 꽤 자주 얼굴을 보았을 것이나.

그런데 유진은 피데스를 딱히 안중에 두지 않았다. 그자를 특히 반가워한다거나 친분을 드러내지도 않았다. 그래서 카세르 역시 점점 관심을 거두었다.

그자가 왠지 눈에 거슬렸지만, 당장 눈앞에 보이지 않는 자를 굳이 떠올리며 곱씹을 정도는 아니었다.

어제 플로라의 말을 듣기 전까지는.

"전하. 기사 피데스가 왜요?"

기다려도 그가 말이 없어서 유진은 대답을 재촉했다. 그런데 여전히 그는 말이 없었다.

"혹시 어제 무슨 일이 있었어요? 피데스 경이 찾아왔나요?"

"······그자가."

"네."

"······당신에게 선물인가?"

카세르를 바라보는 유진의 눈이 휘둥그레졌다. 눈물이 쏙 들어갔다.

어제 플로라와 나눈 그 곤혹스러웠던 짧은 대화를 벌써 잊지는 않았다. 하지만 길게 말이 오간 것도 아니고, 못 들은 척 넘어간 가족들처럼 그도 흘려들었다고 생각했다. 게다가 유진에게 그건 자고 나면 잊어버리는, 그냥 지나간 일이었다.

그녀는 눈을 끔벅이며 그를 보다가 자연스레 두루뭉술 넘어갈 시기를 놓친 사실을 뒤늦게 깨달았다. 심지어 전혀 예상하지 못한 질문이라서 아예 준비된 변명이 없었다.

"그, 그게······."

'미쳤니? 말을 왜 더듬어?'

유진은 자신을 비난했다. 이래서는 더 수상해 보일 것이다. 자신은 그에게 거리낄 일은 하지 않았다. 피데스는 상제의 편지를 가지고 왕성에 방문했을 때 처음 봤다. 그 사람에게 개인적인 호감도 전혀 없었다.

하지만 유진은 '플로라가 무슨 뜻으로 한 말인지 모른다'라고 주장할 수는 없었다. 진이 피데스에게 품었던 감정은 기억을 본 덕분에 이미 알고 있었다. 더구나 진이 왜 사왕과 결혼했는지 카세르에게 설명하려면 피데스는 중요한 역할을 담당하므로 빼놓을 수 없다.

그리고 유진은 진과 피데스 사이에 어떤 감정이 오갔는지, 진 혼자만의 감정이었는지, 정확한 사정은 알지 못했다. 고작 몇 장면 봤던 기억만으로는 대강의 추측 정도만 할 수 있었다.

'어제 엄마한테 물어볼걸.'

밤새 어머니와 수다를 떠는 동안 피데스는 아예 생각나지도 않았다. 유진은 어머니와 그저 서로에 관해서만 이야기했다. 다른 이야기가 끼어들기에는 하룻밤은 너무 짧았다.

카세르가 작은 한숨을 내쉬더니 말했다.

"됐어. 내가 쓸데없는……."

"아니, 아니에요! 설명할게요."

유진은 별것 아닌 일을 숨겨서 괜히 크게 만들고 싶지 않았다.

"피데스 경은 진이, 여기서 진은 제가 아니에요. 진이 좋아한…… 진의 첫사랑이에요."

그녀는 순간 표정이 굳는 카세르의 손등에 손을 올리며 다시 강조했다.

"제가 아니에요. 제가 여기 오기 전에 진이 그랬다는 거예요."

그의 표정만으로는 그가 어떻게 받아들이는지 알 수 없었다. 그래서 유진은 자신이 아는 걸 더 말했다.

"주변에서 어느 정도가 알고 있었는지는 모르겠어요. 가족들과 친구인 플로라는 알고 있는 게 분명해요. 그 외에 더 많은 사람이 알 수도 있고 아닐 수도 있어요."

"상제는 알고 있었군."

"……네."

카세르는 자신이 과민한가 생각했는데 진짜 상제의 의도가 개입했음을 알고 어이가 없었다. 일부러 피데스를 보내 유진의 마음을 흔들러 하다니. 질이 낮고 교활한 수법이었다.

기가 막힌다는 듯 코웃음 치는 그의 눈치를 살피다가 유진이 말했다.

"그런데요. 첫사랑이라는 귀여운 단어로 묘사하기엔 좀, 뭐랄까……."

유진은 차마 그에게 말하지 못했던, 결혼에 얽힌 진과 상제의 거래에 관해 털어놓았다. 그녀는 카세르의 표정이 점점 싸늘하게 식는 걸 보면서 식은땀이 났다. 영혼이 바뀌었다는 기상천외한 현상을 설명하는 것보다 이게 더 어려운 줄은 몰랐다. 그래도 언제 어떤 식으로 말해야 하는지 고민했는데, 한편으론 속이 시원했다.

"……그래서 진은 상제에게 피데스를 요구한 대가로 뭘 주기로 했는지는 못 들었어요."

"상제……."

카세르는 속으로만 뒤에 욕설을 덧붙였다. 그리고 이를 악물고 음산하게 중얼거렸다.

"상제는 당신을 원해."

"네?"

"평생을 신께 바치겠다고 했다며. 그게 당신이, 과거의 당신이 주기로 약속한 대가야. 당신은 성도궁에 사제로 들어가겠다고 말한 거야."

"네에??"

"아니카 중에는 사제로 들어가는 사람이 있어. 아니카가 사제가 되어 성도궁에 들어가면 가족과의 연도 모두 끊고 평생 성도궁 바깥으로 나오지 않아."

유진은 아연한 표정으로 중얼거렸다.

"저는 그냥…… 관용적인 표현인 줄 알았어요. 아!"

그녀는 불현듯 떠오른 생각을 말했다.

"그래서 진이 당신과 이름만 부부로 지낸 걸까요? 사제로 들어가려면 순결해야 하니까?"

"사제의 자격과 결혼 여부는 관계없어."

유진은 진이 3년 동안 부부 관계를 피한 이유를 드디어 알아냈다고 생각했는데 그의 말대로라면 상제와의 거래 때문은 아니었다.

'그냥 진은 나중에 결혼을 무효로 만드는 명분을 얻으려고 동침하지 않은 걸까? 근데 굳이 무효로 만들어야 할 이유가 있나? 이혼하면 그만이잖아. 피데스 때문에? 아무리 첫사랑이라도 진이 그렇게 순정을 간직하는 타입은 아닌 것 같은데……. 역시 진이 발동한 수식 때문인가. 본격적으로 주술사라는 자들을 찾아봐야겠어.'

유진이 진의 의도를 고민하는 동안 카세르는 심각하게 생각에 잠겼다. 상황이 쉽지 않았다. 상제에게 아내를 빼앗길지도 모른다는 걱정이 그저 걱정만으로 끝나지 않을 것 같다.

'틀림없이 상제는 유진이 성도를 떠나지 못하게 방해할 거야. 최악을 가정하고 빠져나갈 토끼굴을 여러 개 만들어 봐야겠군.'

"전하. 제가 아니라 과거의 진이 한 짓이에요. 어떻게 상제와 짜고 그런 짓을. 물론, 제 몸으로 한 일이니까 아예 상관없다고 말할 수는 없겠지요. 아까 말씀하신 대로 인간의 법과 규칙은 영혼을 규제하지는 않으니까요. 제가 최면에 걸려 범죄를 저질렀다면 제가 한 짓이 맞아요. 그렇지만……."

카세르는 어쩔 줄 모르는 표정으로 두서없이 말하는 그녀를 바라보았다. 그는 자신을 농락한 상제에게 화는 나지만, 이미 지난 일이었고 이제라도 알았으니 대비할 수 있다. 그리고 그녀가 원하지 않는데 상제가 일방적으로 결혼을 깰 수는 없다.

하지만 카세르는 자신에게 슬금슬금 다가오는 그녀를 보며 잠자코 있었다. 그는 본능적으로 지금은 가만히 있는 편이 자신에게 유리하다고 판단했다.

"저는 기사 피데스에게 아무 관심 없어요. 상제의 뜻대로 움직일 생각도 없고요."

유진은 그의 옆에 바짝 붙어 앉아서 그의 한쪽 팔에 팔짱을 끼었다.

"화났어요?"

그가 아무 말도 하지 않자 유진은 시무룩하게 중얼거렸다.

"멍청한 질문이네요. 당연히 화나겠죠."

유진은 팔짱을 풀고 두 팔을 벌려 그를 끌어안았다. 그의 가슴에 고개를 푹 묻었다가 그를 올려보며 말했다.

"그래도 화내지 마요. 당신 기분이 풀린다면 뭐든 할게요."

"뭐든?"

유진은 이상한 예감이 들었지만, 고개를 끄덕였다. 그가 이런 일을 빌미로 터무니없는 일을 요구할 치졸한 남자는 아니라고 믿었다.

"네. 뭐든지요."

그의 팔이 허리를 감아 유진을 자신의 품으로 당겼다. 단단히 잡힌 느낌이 들자 유진의 눈이 동그랗게 커졌다.

"세 가지가 있어."

'셋씩이나?'

마치 기다렸다는 냉큼 말하는 그의 반응이 의아하긴 했으나 셋이 아니라 열이라고 해도 못 들어줄 이유는 없었다.

"당신이 경험한 일이 아니어도 가끔 과거의 기억을 본다고 했지. 뭘 보든 내게도 말해 줘."

"그럴게요."

유진은 순순히 대답했다. 어차피 그러려고 했다.

"어제 날 혼자 뒀으니까 그만큼 오늘, 아니, 내일 이맘때까지는 당신 시간은 내 거야. 잠시도 내 눈에서 안 보이면 안 돼."

유진의 표정이 미묘해졌다. 농담인가 싶었지만, 그는 진지했다. 그래서 유진도 진지하게 말했다.

"······화장실 가고 싶으면요?"

"같이 갈까?"

유진은 키득거리는 그에게 눈을 흘기며 그의 어깨를 내리쳤다.

'화나지 않았구나.'

긴장이 풀리니까 웃음이 새어 나왔다.

"두 번째도······. 좋아요. 화장실은 빼고요. 마지막 세 번째는요?"

카세르가 한 손으로 그녀의 턱 아래를 감싸 쥐고는 엄지손가락으로 그녀의 입술을 누르며 천천히 쓸었다. 유진은 조금 전까지 화난 듯 표정이 없던 남자의 눈에 갑자기 뜨거운 기운이 감돌자 당황했다.

"당신이 내게 키스해."

"······네?"

"진심을 담아서."

유진은 갑자기 휙휙 바뀌는 분위기에 정신이 없었다. 이 세상에 떨어진 후 완전히 삶이 뒤바뀐 것처럼 오늘 그에게 고백한 후 그만큼의 변화가 있을지도 모른다고 생각했다. 모든 게 예상과 달랐다.

대체 왜 영혼이 바뀌었다는 내용이 어느새 피데스로 바뀌고 지금의 결론에 이르렀는지, 그 맥락이 이해가 가지 않았다.

하지만 이해하는 것보다 지금 눈에 보이는 남자에게 입 맞추기가 훨씬 쉬웠다.

그녀는 천천히 그의 얼굴로 다가갔다. 새삼스레 부끄럽고 가슴이 뛰어 이상했다. 두 사람의 입술이 닿았을 때 유진은 벅차오르는 기분을 가누지 못하여 눈을 감았다. 그의 입술을 자신의 입술로 감싸서 삼킨다는 느낌으로 머금은 후 입술을 뗐다. 그녀는 상기되어 붉어진 얼굴로 그를 올려다보았다.

카세르가 씨익 웃으며 말했다.

"그래서. 키스는 언제 할 거지?"

유진은 그에게 눈을 흘기고 다시 키스했다. 좀 더 길게, 그의 입 안으로 혀도 넣었다. 그녀는 '됐지요?'라는 눈빛으로 그를 보았다.

하지만 카세르는 그녀의 노력을 인정해 주지 않았다. 그는 유감스럽다는 듯 말했다.

"당신 진심은 이 정도야?"

유진은 발끈했다. 이제 오기가 생겼다. 그와 알몸으로 뒤얽혀 보낸 뜨거운 밤이 무수한데 내숭 부릴 이유가 없다는 생각도 들었다. 그녀는 아예 치맛자락을 걷어 올리고 그의 허벅지 위에 올라타 앉아서 두 손으로 그의 목을 감았다.

그녀는 공격적으로 그의 입술을 탐했다. 깊게 섞이는 농밀한 키스가 무엇인지는 충분히 배워서 알고 있었다. 그가 자신에게 하던 대로 입술이 완전히 맞물리도록 고개를 기울이고 그의 입 안으로 혀를 밀어 넣으며 빨아들였다.

맞닿은 그의 몸이 경직하는 것 같았다. 자신이 그를 흥분시켰다고 의기양양한 기분이 든 것도 잠시, 계속 소극적이었던 그의 혀가 유진의 입안으로 가득 밀려 들어왔다. 그의 손은 유진의 뒤통수 아래와 목덜미의 경계를 감싸 도망칠 길을 차단했다.

"흣……."

그의 혀가 그녀의 혀를 휘감아 올리며 문지르자 유진은 흠칫했다. 그의 목을 감았던 팔에서 힘이 빠졌다. 흐느적거리는 그녀의 몸을 감은 그의 팔이 더 힘주어 지탱했다. 유진은 더 바짝 닿도록 그의 허벅지에 당겨 앉게 되었다. 두 다리 안쪽에 닿는 단단한 것의 정체를 깨닫고 그녀는 얼굴이 확 달아올랐다.

카세르는 움츠러드는 그녀의 몸을 더 힘주어 끌어안았다. 잠시 입술을 떼었다가 고개가 기울어지는 각도를 바꾸어 다시 그녀의 입 안으로 파고들었다. 미끄러지는 말캉한 혀를 빨아들이자 그녀가 흘리는 작은 비음이 귀를 간질였다. 고양감이 정수리까지 치솟아 현기증이 났다.

정확히 언제부터인지 모르겠지만, 그는 유진을 보면 갈증이 났다. 아무리 차가운 물을 들이켜도 소용없었다. 오직 그녀만이 해소해 줄 수 있는 갈증이었다.

그녀가 입술만 비비는 귀여운 키스를 할 때부터 이미 그의 감각은 예민하게 일어났다. 아랫배가 욱신 저리며 순식간에 하복부로 피가 몰렸다. 그리고 언제나 그랬던 것처럼 당장 자신의 성기를 그녀의 안쪽에 깊이 묻고 싶은 자신의 욕망을 필사적으로 억눌렀다.

그는 원초적인 본능에 휘둘리고 싶지 않았다. 그녀의 입술을 맛보고 체취를 들이마시고 그녀의 반응을 보는 것. 모든 감각을 동원하여 그녀를 느끼는 건 무척 달콤한 쾌락이었다. 성기의 결합으로 느끼는 쾌감은 정신적 만족에 비하면 하찮았다.

"응……."

유진의 꼭 감은 속눈썹이 파르르 떨렸다. 그의 어깨에 얹은 손이 움찔했다. 혀뿌리가 아릿할 정도로 강하게 빨리며 아래에서 시작된 쾌감이 등허리를 타고 올라갔다.

숨이 차도록 몰아붙이던 그가 입술을 떼더니 그녀의 턱을 깨물고 볼

에 입을 맞추었다. 그녀의 눈두덩이에도 입술을 꾹 눌렀다가 귓불을 핥
으며 속삭였다.

"처음부터 이상하다고 생각했어."

유진은 느릿하게 눈을 떠서 그를 보았다. 카세르는 몽롱하게 풀려 있
는 그녀의 눈동자가 사랑스러워서 눈가에 여러 번의 짧은 키스를 퍼부
었다.

"이 결혼."

그는 그녀의 턱 안쪽에 고개를 디밀어 키스했다. 저절로 유진의 고개
가 위로 들리며 몸의 중심이 흔들렸다. 하지만 등 뒤를 받쳐 잡은 그의
손이 그녀를 안정감 있게 지탱했다.

"아르스 가문의 아니카가, 대체 뭐가 부족해서 나와 결혼했을까."

"훗."

유진은 그의 한쪽 손이 그녀의 가슴을 꽉 움켜잡자 숨을 들이켰다.

"부도 명예도 이미 가진 사람이 뭐가 더 필요해서."

유진도 그가 왜 진과 결혼했는지 의문이었다. 유진이 파악한 그는 신
중하고 꼼꼼한 사람이었다. 아무리 진이 명예를 걸고 약속했다지만 구
두 약속만을 믿고 초야도 보내지 않은 채 3년을 보낸 사실이 의아했다.

그녀는 목덜미에 키스하는 그의 목을 끌어안으며 말했다.

"진이 정말 후계자를 낳아 줄 거라고 믿으셨어요?"

"사실, 약속을 지키지 않을지도 모른다고 의심은 했어."

"그럼 왜…… 아!"

유진은 갑자기 몸이 뒤로 기울어지자 놀라서 그의 목을 단단히 붙잡
았다. 천천히 눕혀지는 그녀의 몸이 소파에 완전히 등을 대고 누웠다. 소
파테이블의 다리는 소파보다 길었다. 그래서 누운 시선 높이에서는 테이
블 상판이 보이지 않았다. 낮아진 시야가 왠지 부끄러워서 그녀는 얼굴

을 붉혔다.

카세르는 완전히 누운 그녀를 내려다보며 한 손으로 상기된 그녀의 볼을 부드럽게 쓸었다. 그는 유진의 뽀얀 피부가 붉게 물드는 순간이 좋았다.

"아마 지금이라면 그 제안을 받아들이지 않았을 거야. 그 당시에는 이런저런 일들이 얽혀서 결혼이라는 목적만 달성하면 뒷일은 생각하고 싶지 않았거든. 참 다행이지. 내가 그때 결혼을 해서 당신을 만났잖아."

유진의 눈이 커졌다.

"당신은 예기치 않은 사고에 휘말려 그동안 마땅히 누려야 할 것들을 갖지 못하고 살았어. 당신은 피해자야. 내게 미안해하지 마."

유진은 뜨거워지는 눈을 꾹 감았다가 떴다.

"그런데 당신의 불행이 내게는 행운이 됐군. 진짜 당신이었으면 삼 년 전에 당신은 나와 결혼하지 않았을 테니까."

"나도……."

유진은 목이 메어 잠시 말을 끊었다.

"행운이었어요. 당신을 만나서."

어머니와 눈물의 재회를 하면서 '왜 내게 이런 일이 일어났을까.'라고 세상을 원망했다. 지구에서의 삶은 몹시 고되고 아팠다. 가족들의 사랑을 받으며 남부럽지 않게 살 수 있었는데 이미 그녀의 마음은 수없이 다쳤다. 한 번 생긴 상처는 아물어도 흔적이 남는다.

그런데 그의 말은 유진이 이 세계에 오기 전까지의 고생을 보상해 주었다. 지난 이십 년은 이 남자를 만나기 위해 치렀어야 하는 대가였을지도 모른다.

그의 말대로 자신이 이 세상에서 태어나 자랐으면 '왕'과 결혼할 생각은 아예 하지 않았을 것 같다. 아니카 젬마처럼 편견에 사로잡혔을 테니까. 그리고 이 남자가 얼마나 좋은 사람인지 알 기회를 영원히 얻지 못했을 것이다.

유진은 자신의 볼을 감싼 그의 손을 잡고 고개를 돌려 그의 손가락 끝에 키스했다. 이를 세워 살짝 깨물면서 도발하듯 그를 올려다보았다. 차분히 가라앉아 있던 그의 푸른 눈동자에 새파란 기운이 확 타올랐다.

그가 완전히 유진의 몸을 타고 올랐다. 유진은 자신을 누르는 남자의 무게가 기분 좋아서 나른한 신음을 흘렸다. 곧바로 입술을 겹치는 그를 입을 벌려 받아들였다.

그의 혀가 그녀의 입 안을 깊이 휘젓고 움찔거리는 작은 혀를 빨아들였다. 한 손으로 그녀의 종아리부터 허벅지까지 쭉 타고 올라가 얇은 속옷으로 덮인 둔덕을 손끝으로 눌렀다.

파득 놀라는 그녀의 입술에 쪽쪽 입을 맞추며 속옷 너머로 만져지는 균열을 느릿하게 문질렀다. 손끝에 축축함이 느껴질 정도로 속옷은 이미 젖어 있었다.

그는 완전히 붉어진 얼굴로 눈을 내리뜬 그녀의 귓불을 입술로 깨물었다.

"손? 아니면 입?"

유진은 낮은 속삭임을 듣고 눈을 치떴다.

속옷 위를 문지르던 손가락이 속옷을 젖히고 질구 안쪽으로 쑥 들어왔다.

"아!"

"손? 입? 어느 쪽?"

유진은 그를 원망스레 보았다. 이런 것까지 의견을 묻는 그의 짓궂은 배려는 고맙지 않았다. 얼굴에 불이 붙은 것처럼 화끈거렸다. 아마 실제로 목덜미까지 새빨갛게 달아올랐을 것이다.

질구 안쪽으로 손가락 한 마디 정도만 진입하던 긴 손가락이 갑자기 깊이 박혔다. 단단한 손가락이 안쪽을 쑤시며 질벽을 문질러 마찰했다.

"흣!"

"손이 좋아?"

유진은 젖은 눈으로 그를 보며 고개를 미세하게 흔들었다.

"말을 해야 알지."

질벽 안쪽을 뭉근하게 누르던 손가락이 빠져나갔다. 그리고 다시 얕게 들어갔다가 입구만 문지르고 나갔다. 끈적하게 흐르는 애액이 그의 손가락에 미끄러져 젖은 소리가 났다.

어딘가 모자란 자극에 유진은 애가 탔다. 그의 집요한 애무를 받고 나면 진이 빠져 몸이 늘어지는 경험을 수없이 했다. 아쉬움에 음부를 덮는 뜨거운 혀의 감촉이 떠올라 허리가 찌르르 울렸다. 금단의 약물의 손을 대고 끊지 못하는 중독자가 된 기분이었다.

그녀는 입술만 달싹이다가 다시 입을 다물고 그에게 손짓했다. 그가 고개를 숙여서 유진의 입에 귀를 가까이 댔다. 유진은 머뭇거리며 그에게 속삭였다.

"입으로…… 해 줘요."

카세르가 입술 끝을 올려 웃으며 잔뜩 가라앉은 음성으로 말했다.

"원하시는 대로."

곧바로 그가 눈앞에서 사라졌다. 그의 손에 치맛자락이 허리 위로 걸어 올라가며 속옷이 내려가고 하복부로 찬바람이 들어왔다.

유진은 허벅지 안쪽이 잡혀 벌려지는 순간에 눈을 질끈 감았다. 서재의 소파 위에서, 이런 시간에, 안쪽이 훤히 보이도록 양쪽 다리를 그의 눈앞에서 벌리고 있다. 수치스러우면서도 기대감에 허리가 떨렸다.

"아!"

축축한 혀가 그녀의 음부를 핥아 올렸다. 혀끝을 세워서 질구 안쪽으로 살짝 파고들고 다시 혀가 음순 아래부터 둔덕의 균열이 시작되는 부분까지 길게 핥았다. 마치 혀의 돌기마저도 느껴지는 것 같아서 유진은 숨을 헐떡였다.

혀로 질구 안쪽을 희롱하던 그가 아예 음부에 입술을 붙였다. 그가 얼굴 각도를 이리저리 돌리자 콧대가 균열을 헤집고 음핵을 자극했다. 그가 음순을 삼켜 버릴 것처럼 강하게 흡입했다.

"흐읏!"

유진의 허리가 들썩였다. 등골이 오싹한 쾌감으로 눈앞이 번쩍했다. 질벽이 확 조여들면서 질구가 경련하고 아래로 물이 쏟아졌다. 그가 흐르는 물을 빨아 삼키는 소리가 적나라했다.

유진은 본능적으로 두 다리를 모으려 했으나 그에게 단단히 잡혀서 꼼짝할 수가 없었다. 볏짚에 머리를 박는 꿩처럼 그녀는 두 손으로 제 얼굴만 감쌌다. 흐느낌 같은 신음이 마구 흘러나왔다.

그가 입술을 모아 부풀어 오른 작은 돌기를 흡입했다. 음핵의 자극은 직격으로 그녀를 후려쳤다. 날카로운 쾌감을 견디지 못하고 유진이 교성을 질렀다.

"흐으, 아⋯⋯!"

고조된 성감이 단번에 정상에 이르렀다. 저절로 떠오른 허리가 잠시 경직되었다가 털썩 내려왔다. 짧은 절정이 지나간 음부가 팔딱팔딱 뛰었다. 그는 경련하는 음부에 입술을 붙여 흐르는 물을 쭉쭉 빨아 삼켰다.

"아웃! 아!"

잠시의 틈도 없이 연달아 자극을 받은 음핵이 움찔거렸다. 쾌감이 칼날이 되어 그녀의 몸을 베어 내는 것 같았다. 그녀는 두 손으로 제 얼굴을 감싼 채 고개를 마구 좌우로 흔들었다.

아예 그는 유진의 두 다리를 제 어깨에 올린 채 그녀의 음부에 고개를 처박고 그녀의 질구에서 왈칵 쏟아 내는 물을 다디달다는 듯이 마시고 삼켰다. 공중에 떠오른 그녀의 다리가 덜덜 떨렸다.

"으응! 아아!"

또 한차례의 절정이 그녀를 집어삼켰다. 발가락 끝이 곱아들고 고개가 뒤로 젖혀졌다. 몸이 쭉 퍼지면서 뻣뻣하게 굳었다. 잠시 후 그녀의 몸이 물먹은 솜처럼 축 늘어졌다.

"하아. 하아……."

유진이 숨을 몰아쉬었다. 지나치게 달콤한 쾌감 뒤에 찾아오는 무기력함 때문에 손가락 하나도 움직이기 싫었다. 잘게 경련하는 질구가 움찔거릴 때마다 그녀는 미간을 찡그렸다.

그의 손에 발목이 잡혀 벌어졌다. 유진은 칭얼거리듯 신음을 흘렸다.

카세르는 유진의 다리를 자신의 장골에 얹으며 선단이 번들거리는 성기를 그녀의 젖은 입구에 댔다. 부드럽게 두어 번 문지른 후 그대로 밀어 넣었다. 부들부들하게 풀린 질구가 두툼한 귀두를 무리 없이 삼키면서 단번에 끝까지 미끄러져 들어갔다.

"흑!"

그녀의 몸이 소스라쳤다. 그는 성기를 사방에서 조이는 쫀쫀하고 뜨거운 질벽에 전율했다. 아찔한 단맛이 나서 혀로 제 입술을 핥았다. 아직 경련이 가라앉지 않은 질벽이 그의 성기를 꽉 물었다가 이완을 반복했다.

그는 느릿하게 허리를 뒤로 물리고 다시 천천히 밀어 넣었다. 인상을 찌푸리고 숨을 할딱이는 그녀의 표정을 살피며 좀 더 빠르게 처올렸다.

"흐읏!"

그의 추삽질이 점점 속도가 붙었다. 그녀의 둔부를 때리는 철썩거리는 소리가 나도록 그는 퍽퍽 치받았다.

"아! 아웃!"

유진은 깊은 안쪽이 찔릴 때마다 몸을 떨며 교성을 질렀다. 아래를 가득 채운 그가 쑥 빠져나가면 속살도 따라서 움직였다. 잠시의 허전함을 느낄 새도 없이 다시 묵직하게 치밀어 올라왔다. 온몸이 저릿저릿하고 저절로 감은 눈이 젖었다.

손끝과 발끝이 따끔따끔하게 저리기 시작했다. 소름 끼치는 감각이 물에 떨어진 잉크 방울처럼 퍼져 나갔다. 오감이 곤두서 있어서 손끝에서 팔뚝을 타고 어깨로, 발끝에서 종아리와 허벅지로 점차 물들어 간다고 느껴졌다.

그녀는 이 감각에 완전히 잠식되는 순간, 무엇이 올지 알고 있었다. 그것은 멀리서 보이는 파도와 비슷했다. 늘 예상했던 순간보다 빠르게 그녀를 덮쳤다.

"아아……!"

길게 교성을 내지르는 그녀의 동공이 확장됐다. 엉덩이가 떠오르며 두 다리가 그의 허리를 감았다. 강하게 들쑤시던 성기가 안을 꽉 채운 상태로 경련하는 질벽을 느릿하게 문질렀다. 수축하는 질벽이 그의 성기에 달라붙어 꿀렁꿀렁 움직였다.

"흐으……."

그녀는 어깨를 들썩이며 흐느꼈다. 눈물이 눈꼬리를 타고 흘러내렸다. 그의 나직한 신음 소리와 함께 안쪽으로 뜨거운 체액이 쏟아졌다. 유진은 덜덜 떨리는 입술을 꽉 물었다. 파정을 해도 내벽을 벌리는 질량감이 여전했다.

유진은 반쯤 뜬 눈을 감았다. 오늘따라 성감이 고조되어 쾌감의 정도가 훨씬 강했다. 온몸이 덜덜 떨리는 절정의 여운이 좀처럼 가라앉지 않았다. 쾌락과 고통의 경계에서 그녀는 힘겹게 숨을 몰아쉬었다.

"홋……."

입술 사이로 신음이 새어 나왔다. 그가 빠져나가는 감각이 적나라했다. 경련하는 내벽을 긁는 느낌에 몸서리가 쳐졌다.

그가 곧바로 다시 덤벼들 줄 알았다. 그는 정사 전의 애무에는 과할 정도로 진득하게 공을 들이다가도 삽입한 후에는 뜨겁게 몰아붙였다.

그런데 카세르는 유진을 완전히 누르지 않도록 팔로 자신의 몸을 지탱하면서 그녀의 얼굴 곳곳에 입을 맞추었다. 혀가 얽히는 짙은 키스가 아니라 입술만 촉촉 붙었다가 떨어지는 부드러운 입맞춤이었다. 다시 정사로 이어질 분위기가 아니었다.

여기서 끝이라고? 유진은 '그럴 리가 없는데.'라고 미심쩍게 생각했다. 몸이 점점 이완되면서 잠시 마음을 놓았다. 몸을 누르던 그의 무게가 사라진 후 몸이 공중으로 휙 들리자 그녀는 가까스로 눈을 떴다.

"여긴 너무 좁아서 안 되겠어."

유진은 '그럼 그렇지.'라고 중얼거리며 다시 눈을 감았다.

카세르는 잔머리가 붙은 그녀의 이마를 사랑스럽게 바라보며 입을 맞출까 말까 고민했다. 그는 이곳에서 더 지체하지 말자는 결론을 내리고 바삐 걸음을 옮겼다.

\*　　\*　　\*

하루의 독점권을 주장한 그의 말은 농담이 아니었다. 대충 각오했으나 곧 유진은 자신의 각오가 부족했음을 깨달았다. 그날은 온종일 침대에서 벗어나지 못했다.

이튿날 아침에 눈을 떴을 때도 카세르가 곁에 있었다. 느지막이 아침 식사를 마치고 식후의 차 한 잔을 마실 때도 그는 자리를 뜨지 않았다. 그리고 두 사람은 저택의 정원이 한눈에 내려다보이는 발코니로 자리를 옮겼다.

시종들에게 발코니에 발까지 올릴 수 있는 소파를 가져다 두게 했다. 두 사람은 누운 것도 앉은 것도 아닌 애매한 자세로 긴 소파에 딱 붙어 앉아서 도란도란 이야기를 나누었다.

"그럼 당신 이름은 이제 진이 되는 건가?"

"……모르겠어요. 유진의 삶에 미련이 없다고 생각했거든요. 그런데 지난 이십 년 동안 살았던 내 정체성을 한 번에 버리기가 쉽지 않네요."

"난 유진이 좋아."

카세르가 냉큼 말했다.

"그 이름이 진짜 당신 같아."

유진은 카세르가 자신을 '진'이라고 부를 때와 '유진'이라고 부를 때를 각각 상상해 보았다. 느낌이 확연히 달랐다. 그가 '유진'이라고 부를 때 훨씬 와닿았다.

하지만 어머니께도 그 이름으로 불러 달라고 할 수는 없었다. 어머니는 아주 오랫동안 딸 '진'이 돌아오기를 기다린 분이었다. 그리고 어머니가 '진'이라고 부드럽게 부르는 느낌은 남편이 부를 때와는 달랐다.

"그냥 둘 다 내가 가질까……."

"그러든지."

유진이 웃으며 말했다.

"이름을 훔치는 것 같아요."

"뭐, 어때. 당신 인생을 통째로 훔쳤던 사람도 있는데."

유진은 배시시 웃으며 그의 가슴께에 기댄 얼굴을 푹 묻었다. 예전이라면 죄책감 때문에 그가 자신의 편이 될 때 고마움과 미안함을 함께 느꼈겠지만, 지금은 그냥 기분만 좋았다.

잠시 대화가 끊겼다. 적당히 불어오는 바람이 스치고 지나갔다. 성도 한복판에 성도에서 규모로 몇 손가락 안에 드는 저택 안에 있는데 외딴 숲에 들어와 있는 것처럼 한적한 기분이 들었다.

그와 함께 있을 때는 침묵마저도 편안했다. 그가 자신을 독점하는 만큼 자신도 그를 독점하고 있었다. 왕성에서는 바쁜 남편의 얼굴 보기 어려운 날도 많았던 터라 온종일 그가 곁에 있으니까 만족스러웠다.

"나도 어머니의 신기한 능력을 물려받았으면 좋았을 텐데, 아쉬워요."

"욕심도 많군. 당신은 아니카라고. 더 이상 특별할 수가 없어."

"원래 내가 가진 것보다 다른 사람이 가진 게 더 탐나는 법이라고요."

두 사람은 다나의 능력에 관해 말을 주고받다가 유진이 어머니 외가의 내력을 말했다. 그러자 카세르가 커진 목소리로 되물었다.

"당신 어머니가 무엔 가문의 핏줄이라고?"

"네."

"……정말 놀라운 얘기군."

유진은 그가 이 정도로 놀라운 기색을 표정에 드러내는 모습이 뜻밖이었다. 영혼이 바뀐 이야기를 할 때도 지금보다는 오히려 온건한 반응이었던 것 같다.

"무엔 가문에 관해 잘 아세요?"

"다른 사람이 아는 만큼만."

"외할머니께서 무엔 가문 사람이라는 사실은 절대 비밀이라고 하셨어요. 우리 가족 중에서도 아버지밖에 모르신대요."

"내게 말해도 괜찮아?"

"괜찮아요. 당신에게 말할 거라고 어머니께 허락받았어요. 당신이 어기저기 말할 사람이 아니니까요."

유진이 '잘했죠?'라는 표정으로 카세르를 올려다보며 생글생글 웃었다. 카세르가 가만히 그녀를 바라보다가 그녀의 어깨를 휘감은 팔에 힘을 주어 당겨 안으면서 그녀의 눈코입에 자잘한 키스를 퍼부었다. 유진이 까르르, 웃음을 터뜨렸다.

유진은 다나한테 무엔 가문이 어떤 곳인지 들었다. 어머니와 밤새 나눈 대화 중에 가장 흥미로운 주제였다.

무엔은 은자의 가문이다. 성도에서 무엔 가문의 존재를 아는 사람은 거의 없었다. 그런데 성도의 유력자치고 무엔을 모르는 사람 또한 없었다.

무엔의 가주는 사람의 운명이나 세상일의 미래를 보는 특별한 능력이 있었다. 그리고 그 능력을 대대로 가주가 물려받았다.

엄연히 신의 대리자로서 상제가 있는데 한낱 인간이 신비한 능력을 발휘한다면 자칫 신을 능멸한다는 오해를 받을 수 있었다.

하지만 무엔 가문의 역사는 오래되었다. 게다가 성도의 권력자들에게 보이지 않는 막강한 영향력을 발휘하는데도 문제가 된 적이 없었다. 상제가 모를 리가 없으니 묵인한다는 결론이 나왔다.

공식적으로 상제가 무엔을 언급한 적은 없었다. 그런데 상제는 자신이 무엔 가문을 비호한다는 말이 돌아도 모른 척했다. 그러니 공공연한 비밀로서 무엔 가문의 뒤에 상제가 있다는 소문은 사실이 되었다.

일부 사람 중에서는 상제께서 인간사에 꼬치꼬치 관여할 수 없으니 그 힘을 일부 나누어 인간의 고통을 어루만지는 거라고, 좋을 대로 해석하는 자도 있었다.

상제는 알현을 통해 성도민을 만나지만, 평생 한 번이라도 상제의 얼굴을 볼 수 있는 자는 소수였다. 상제를 만나는 목적은 신의 축복을 받고자 하는 막연한 기대일 뿐 고민을 상담하려는 건 아니었다.

그런데 현실의 벽에 부닥쳤을 때 구체적인 해답을 갈구하는 인간의 욕구를 무엔 가문이 해소해 주었다.

어쩌면 상제보다 무엔의 가주가 눈에 보이는 신의 힘을 발휘하는데도 무엔의 가주가 신의 대리인으로 추앙받지 않는 이유가 있었다. 가주의 능력은 완벽하지 않았다.

사람이나 사안에 따라 가주가 읽을 수 있는 범위 폭이 차이가 컸다. 때로는 찾아온 사람을 그냥 돌려보내거나 길흉 여부만 말해 주었다. 그런데 어떨 때는 아주 구체적이며 놀라울 정도로 들어맞았다. 특히 사람의 생사 여부는 정확히 알아냈다.

일례로 과거에 어떤 유력자가 실종된 자식의 행방을 찾기 위해 무엔가를 방문한 적이 있었다. 무엔의 가주는 실종자가 이미 이 세상 사람이 아니며 정확히 어느 장소에 시체가 있는지도 알려 주었다. 유력자는 반신반의하며 그 장소에 갔다가 자식의 시체를 발견했다.

이런 유사한 사건을 무엔의 가주가 여러 번 해결하여 무엔 가주의 능력을 의심하는 사람은 없었다.

"이십 년 전에 제가 납치되었을 때도 무엔 가문의 도움을 받았대요. 기사가 와서 무엔 가문의 도움을 받아 저를 찾고 있으니 금방 찾을 수 있다고 위로하더래요. 그래서 소문으로만 돌던 무엔 가문의 뒤에 상제가 있다더라는 말이 정말인가 보다, 라고 생각하셨대요."

"그렇군. 그것도 놀라운 이야기야. 상제가 무엔 가문과의 연결점을 인정한 적이 없거든."

"무엔 가문이 제가 생각한 것보다 유명한가 보네요."

"유명하지."

"근데 왜 소문이 안 날까요? 성도 사람들 대부분은 모른다고 하던데요.”

“내가 말하는 유명하다는 뜻은, 아는 사람들 사이에서만 그렇다는 거야. 무엔 가문에 관해서는 함부로 가십거리 삼아 떠들면 안 돼. 그랬다가는 무엔의 가주가 만나 주는 명단에서 빼 버려.”

“날 만나고 싶으면 말조심해라, 이거군요. 자신감 넘치는 협박이네요.”

“무엔의 가주를 만나려면 반드시 가주를 아는 사람의 소개를 통해야 해. 게다가 선금으로 내야 하는 정보 삯은 어지간한 사람이 감당 못 할 거금이지. 그런데도 지금 만나고 싶다고 연락하면 반년 이상은 기다려야 할걸. 무엔의 가주를 만나려고 줄을 서 있으니까.”

“당신은 무엔의 가주를 만나 본 적 있어요?”

“아니. 무엔의 가주는 왕을 만나지 않아.”

“왜요?”

“왕의 운명은 볼 수 없다더군. 같은 이유로 아니카도 만나주지 않아. 그런데 이상하군. 무엔의 가주가 당신의 실종에 어떻게 관여했지? 무엔의 가주가 할 수 있는 일이 없을 텐데.”

“아……. 그렇네요. 아니카의 운명은 못 보니까.”

둘 중 하나일 것이다. 무엔의 가주가 유진이 아니라 유진을 납치한 유모의 행방을 쫓았거나 왕과 아니카의 운명을 못 본다는 말이 거짓말이거나.

유진은 ‘어머니께 그 일을 더 여쭤봐야지.’라고 중얼거리며 생각에 잠겼다. 어머니가 들려주는 무엔 가문에 관한 이야기를 깊은 생각 하지 않고 그냥 재미있게만 들었다.

지구에도 권력자와 재력가들이 문지방 닳도록 찾아간다는 역술가에 관한 뜬소문이 있었다. 사람 사는 데는 다 똑같구나 싶어서 신기했다.

그런데 지금 카세르와 이야기하다 보니까 몇 가지 의문점이 떠올랐다.

"전하. 무엔 가문 사람을 만났을 때 느끼는 편견 같은 게 있나요? 꺼림칙하다거나."

카세르는 고개를 저었다.

"전혀. 신기하다, 정도?"

"그럼 가족 중 누가 무엔 가문 사람과 결혼하겠다고 하면 반응이 어떨까요?"

"무엔 가문의 후계자와 제 자식을 결혼시키고 싶어서 후계자에 대한 정보를 사는 등 다양한 시도를 해. 가주의 능력이 핏줄로 이어진다면 그 능력을 자손을 통해 얻어 가고 싶은 거지. 그런데 이름 있는 가문이 무엔 가문과 사돈이 되었다는 소식은 듣지 못했어. 그런데 아르스 가문에 무엔의 혈통이 섞이다니……."

"그럼 어머니는 왜 비밀로 하신 걸까요? 어머니는 돌아가신 할머니 외에는 무엔 가문 사람은 만나신 적도 없다고 하셨어요. 왜 피하신 걸까요?"

"무엔을 아는 자들이 모두 호의적이지는 않아. 무엔 가문을 대하는 사람들은 크게 둘로 나뉘어. 무엔의 가주를 어떻게 해서는 만나고 싶어 하는 자와 자신의 운명을 점치기를 거부하는 자. 가주님께서는 후자가 아닐까?"

그가 말하는 이유만으로는 석연치 않았다. 어쨌든 무엔 가문은 어머니의 뿌리였다.

지구에서는 부당의 핏줄을 꺼리는 세간의 인식이 있으니 숨기려 한다. 어머니도 그래서 비밀로 하는 줄 알았다. 하지만, 그의 말을 들으니 이곳은 다르다.

'아무래도 다른 이유가 있을 것 같아. 이것도 어머니께 다시 자세히 여쭤봐야겠다.'

"제가 너무 넘겨짚어 생각하는 건가 싶긴 한데요. 무엔 가문이요. 아드리트가 말한 미래를 보는 일족과 관련이 있지 않을까요?"

카세르의 눈이 커졌다가 고개를 끄덕였다.

"당신 말이 일리 있어."

그는 잠시 생각에 잠겼다가 깨달음을 얻은 사람처럼 중얼거렸다.

"그래. 당신 말대로 무엔의 가주 능력이 미래를 보는 것과 비슷하지."

"상제가 어쩌면 고대 일족이 아닐까, 생각했거든요. 그런데 무엔 가문이 상제와 친밀한 관계라면 제 가설이 터무니없지 않을 것 같아요. 무엔 가문에 관해 파고들면 상제에 대해서 뭔가 나올 거예요."

유진은 수수께끼의 단서를 얻은 기분이 들어 가슴이 두근거렸다. 앞날에 대한 걱정과 별개로 하나씩 하나씩 끼워 맞추는 재미가 좋았다.

"전하."

그녀의 눈빛이 반짝거렸다. 카세르는 좋지 않은 예감이 들었다.

"내일은 성도궁에 가야겠어요."

"……내일?"

"지난번에는 꼬마 덕분에 중간에 빠져나온 거니까요. 상제와 제대로 본론에 들어가지는 않았거든요. 여행의 피로를 풀고 나서 다시 보자고 했으니까 슬슬 방문할 때가 되었지요. 부를 때까지 가지 않으면 상제가 의심할 거예요."

유진은 이번에는 지난번처럼 긴장하지 않을 자신이 있었다. 모든 게 불안했던 그 날과 다르게 이제는 무서울 게 없었다. 마음의 안정이 이토록 중요했다.

자신은 완전한 아군들로 무장했다. 남편이 앞에서 덤벼드는 적을 막아 주는 방패라면 부모는 등 뒤의 적도 막아 주는 든든한 벽이었다.

"이번에는 성도궁에 가면 지난번에 못 갔던 서고에도 들어가 보고, 오는 길에는 어머니께 들를게요. 어머니께 여쭤보고 확인할 게 있어서요. 집에 돌아오면 좀 늦을지도 모르겠어요."

"……."

카세르는 복잡한 기분으로 그녀를 바라보았다. 자신의 품에서 엉엉 울던 게 고작 며칠 전인데 그녀는 그새 완전히 씩씩해졌다.

전에는 유진이 가끔은 불안해하고 기대려 한다고 느꼈다. 안아 주면 품으로 파고드는 그녀가 사랑스러워서 가슴속이 간질거렸다. 그녀가 무력해지면 좋겠다거나 혼자서 아무것도 못 하기를 바라지는 않지만, 옆에 자신이 있다는 사실을 잊고 혼자서 먼저 가 버리지는 않았으면 좋겠다.

유진은 아무 말이 없는 그의 표정을 확인했다.

"괜찮아요. 아무 일 없을 거예요."

그가 걱정해서 그런다고 생각했다.

"……성도궁에 가면 피데스가 있잖아."

카세르가 뚱한 표정으로 투덜거렸다. 진심으로 그자가 신경 쓰이는 건 아니지만, 괜한 어깃장을 놓았다.

유진이 놀라서 그에게 기대 누웠던 몸을 반쯤 일으켰다.

"전하. 저는 피데스 경과 아무 일도 없다니까요."

"하지만 상제는 그자를 자꾸 당신에게 접근시키겠지. 그리고 그자도 분명히 당신에게 흑심이 있어."

"……피데스 경이 저한테요? 무슨 일이 있었어요?"

"눈빛이 수상해."

"아, 정말!"

유진이 어이없다는 표정으로 소리쳤다. 유치한 심술을 부리는 남편 모습이 생소하지만, 나쁜 기분은 아니라서 피식 웃음이 나왔다.

카세르가 그녀의 몸을 끌어 내리며 등을 감싸 안았다. 동시에 그는 일어나 방향을 바꾸었다. 순식간에 유진은 소파에 눕게 되었다. 위에서 유진을 잠시 내려다보던 그가 상체를 숙였다. 두 사람의 코가 아슬아슬하게 맞닿을 정도로 가까웠다.

"반드시 꼬마를 데려가."

유진이 웃으며 팔을 들어 그의 목을 감았다.

"그럴게요."

카세르는 내일 성도궁 근처 적당한 곳에서 기다려야겠다고 마음먹었다. 그런 일이 일어나면 안 되겠지만, 혹시라도 환수가 부를 때 즉시 성도궁으로 뛰어 들어갈 수 있도록.

카세르는 사람의 기척을 느끼고 언짢은 표정으로 고개를 돌렸다. 잠시 후 발코니 창 너머에서 조심스럽게 부르는 시종 목소리가 들렸다.

"전하."

사람 목숨이 왔다 갔다 하는 다급한 일이 아니면 방해하지 말라고 단단히 일러 놓았건만. 별일 아니면 가만두지 않겠다고, 카세르는 내심 별렀다.

"무슨 일이냐."

"왕비님을 뵙겠다고 찾아온 자가 있사온데…… 왕비님께서 임무를 맡기셨다고 합니다. 왕비님께서 언제든 찾아오라고 하셨다며……."

시종은 오기 전에 고민을 많이 했다. 방해하지 말라는 왕의 지시는 '방해하면 후환이 있을 거다'라고 들렸다. 그래서 정체 모르고 높은 신분도 아닌 듯한 낯선 손님의 처리를 고심했다.

왕을 알현하러 왔다고 했으면 나중에 보고했을 텐데 왕비님을 찾아왔다니 중요한지 아닌지 판단할 수가 없었다.

"날 찾아온 손님이라고요?"

유진이 흥미를 보이며 일어나려고 카세르의 가슴을 밀어냈다. 카세르가 유진의 손을 잡아 도와준 덕분에 그녀는 수월하게 몸을 일으킬 수 있었다. 그녀가 완전히 일어나 앉은 후 카세르가 시종에게 들어오라고 말했다.

시종이 왕비를 찾아온 손님에 관해 설명했다.

"그자는 자신이 이야기꾼이며 왕성에서 왕비님을 뵌 적이 있다고 했습니다."

유진은 듣자마자 떠오르는 사람이 있었다.

"혹시 그자가 누구와 함께 왔느냐?"

"예. 노부인을 동반했습니다."

유진은 놀라움으로 눈이 커졌다.

'세상에. 진짜로 외조모를 찾아서 성도까지 데려온 거야?'

돈의 힘이 정말 대단하다고, 그녀는 내심 감탄했다.

"지금 당장……."

만나겠다고 말하려다가 유진은 카세르를 돌아보았다. 그가 선언한 '꼬박 하루'까지는 아직 몇 시간 남았다. 그런데 그 몇 시간을 기다리려니 너무 길었다. 얼른 그 이야기꾼의 외조모를 만나서 주술에 관해 묻고 싶었다.

"전하."

유진이 표정에 미안함을 담아 웃으면서 카세르를 불렀다. 카세르는 작은 한숨을 내쉰 후 시종에게 말했다.

"데려와라."

　　　　　　\*　　　\*　　　\*

"가주님."

의자에 기대앉아 있던 노인이 느릿하게 눈을 떴다. 병색이 완연하여 깡마른 얼굴이지만, 잔뜩 주름진 눈매 사이로 드러나는 눈빛은 형형했다.

"들어오너라."

문이 열리고 사십 대 중년의 남자와 어린 소녀가 들어왔다. 그들은 노인을 보자마자 바로 걸음을 멈추고 고개를 숙였다.

"게 앉아라."

부녀가 소파에 앉은 후 노인이 책상 앞에서 일어났다. 소파까지 걸어가는 노인의 걸음은 느리기는 해도 등을 곧게 세운 자세는 꼿꼿했고 흐트러짐이 없었다.

무엔의 가주 라한은 제 아들을 바라보며 말했다.

"저 아이를 데리고 그곳에 다녀오너라."

낮게 가라앉은 목소리가 걸걸했다. 말끝이 탁하게 걸리더니 밭은기침이 꽤 길게 이어졌다.

무엔의 후계자 타스는 안타까운 표정으로 아버지의 기침이 잦아들기를 기다리다가 말했다.

"그곳이라 하시면, 지하 말씀이십니까?"

무엔 가의 저택 구조상 지하가 없다. 그러니 이들이 주고받는 단어는 일종의 암호였다.

"그래."

"하지만 가주님. 히타샤는 이제 열두 살입니다."

무엔의 자손이 '지하'에 다녀올 기회는 단 한 번이며 시간제한이 있었다. 열다섯 살 생일이 되기 전까지였다.

라한은 손녀를 물끄러미 바라보았다. 자신을 화제로 올리며 두 어른이 알아듣지 못할 이야기를 나누고 있는데도 소녀의 눈빛은 초롱초롱했다.

"내가 그때까지 못 버틸 것 같구나."

"아버지……."

타스의 표정이 일그러졌다. 빈말로라도 '십 년은 거뜬하실 겁니다'라고 말할 수 없어서 참담했다. 부친의 지병은 오래되었고 갈수록 악화했다. 올해 들어서만 몇 번이나 의식을 놓으시고 가끔은 기억도 깜빡깜빡했다.

의사는 고통이 대단할 텐데 일상생활을 유지하는 것만으로도 대단하다고 말했다. 그런데 타스는 부친이 고통스러워하는 표정조차 본 적이 없었다. 눈빛의 총기는 흐려지지 않았고 판단력도 여전하셨다. 부친의 모습이 날이 갈수록 야위지만 않았어도 병자라는 사실을 잊을 것 같았다.

"오늘 해지기 전에 다녀오너라."

"오늘이요? 하지만……."

"미리 동의는 받아 두었다."

"……하긴. 나이가 더 많으면 문제가 될까, 어린데 그쪽이 딴지를 걸 이유는 없겠지요. 애초에 나이 제한이……."

타스는 부친이 낮게 헛기침하자 말을 멈추었다. 그는 흘끔 옆자리로 곁눈질했다. 자신도 모르게 반감을 드러내어 어린 딸을 곁에 두고 말을 가리지 못할 뻔했다. 어차피 딸도 언젠가는 알게 되겠지만, 아직 먼 훗날의 일이다.

후계자에게도 가문의 비밀은 일찍 알려 주지 않는 것은 가풍이었다.

비밀을 알수록 얽매이게 되기 때문이다. 무엔 가문의 후계자로 태어난 건 숙명이지만, 그러한 숙명에서 벗어날 가능성을 남겨 두었다. 실제로 후계자였다가 무엔 가문을 떠나서 평범한 삶을 택한 예가 가끔 있었다.

"내가 히타샤에게 이야기할 테니까 너는 나가서 준비해라."

"예, 가주님."

타스가 나간 후 서재에는 조손만 남았다. 라한은 다정한 할아버지의 얼굴이 되어 손녀를 보며 미소 지었다. 그는 자신의 옆자리를 손으로 두드렸다.

"히타샤. 이리 온."

"예, 가주님."

히타샤가 벌떡 일어나 쪼르르 오더니 라한의 곁에 붙어 앉았다. 라한이 흐뭇하게 웃으며 소녀의 머리를 쓰다듬었다.

"우리 둘만 있으니 할아버지로 하자꾸나."

히타샤가 활짝 웃었다.

"예, 할아버지."

라한은 엄한 아버지였다. 자신의 뒤를 이을 아들을 무척 엄격하게 교육했다. 칭찬보다는 꾸짖음이 많았다. 하지만 손녀에게는 아들 대하듯 하게 되지 않았다. 보기만 해도 예쁘고 귀여워서 웃음이 절로 나왔다.

죽음을 앞두고 이미 마음의 정리는 끝냈지만, 이 고운 아이가 다 자란 모습을 보지 못하는 것만은 아쉬웠다.

"히타샤. 오늘 너는 우리 가문의 아주 큰 어르신을 뵈러 갈 거란다."

"네, 할아버지."

"그분은 우리 가문이 지금 이렇게 존재할 수 있게 해 주신, 우리 가문의 뿌리 같은 분이지. 너는 오늘 그분을 뵙고 나면 다시는 뵐 수 없다."

"그 어르신께서 아주 멀리 계시나요?"

"……아니."

"그럼 제가 자주 찾아뵐게요."

라한이 허허 웃었다.

"규칙이란다, 히타샤. 평생에 단 한 번만 그분을 뵐 수 있어."

"아…… 그럼 어르신을 뵙고 제가 뭘 해야 하는 건가요?"

"너는 인사를 드리러 가는 거야. 네가 태어나서 이만큼 잘 자랐다고 보여 드리는 거지. 어르신께서 뭘 물어보시면 그냥 네가 아는 대로 말씀드리면 된다. 그리고 네가 어르신을 뵈었다는 사실을 누구에게도 이야기하면 안 돼. 평생 지키는 네 비밀로 간직해라."

히타샤가 야무진 표정으로 고개를 끄덕였다.

"네, 할아버지. 명심할게요."

"그리고 혹시…… 어르신께서 이 할아버지에게 전하라는 말씀이 있으면 내게만 살짝 말해 다오. 할 수 있지?"

"네, 할아버지."

이 딱 한 번의 만남이 그분과 무엔 가문의 유일한 연락이었다. 그래서 그 만남으로 가능한 한 많은 것을 주고받으려 했다. 하지만 성년도 되지 않은 아이는 길고 어려운 내용을 이해하지 못해서 제대로 전달할 수 없었다.

어릴 때는 하루라도 더 나이를 먹을수록 영성이 발달하므로 보통 무엔의 자손이 그분을 뵈러 갈 때는 열다섯 살 생일이 되기 전날, 시간제한의 마지막 날을 택했다.

열두 살은 어리다. 그런데 라한은 왠지 자신의 생전에 손녀가 그분을 뵈어야 할 것 같았다. 그는 예지력이 그다지 뛰어난 편은 아니지만, 가끔 불현듯 떠오르는 감이 잘 들어맞았다.

그리고 히타샤가 워낙 영특하여 걱정되지 않았다. 라한은 히타샤의 얼굴 위로 겹쳐 보이는 그리운 얼굴을 떠올렸다. 가끔 손녀를 볼 때마다 생각나는 사람이 있었다.

「라한. 미안해. 네게 너무 큰 짐을 떠맡기는구나.」

아름답고 지혜로웠던 자신의 누님, 오래전 가문을 떠난 후 다시는 보지 못한 누님을 히타샤가 많이 닮았다.

'그러고 보니 누님의 손녀가 며칠 전에 성도에 왔다던데…….'

무엔의 피가 섞인 아니카가 태어나다니. 철저히 함구해야 하는 비밀이었다. 상제가 이 사실을 알게 되면 무엔 가문을 항상 주시하는 감시의 눈길을 아르스 가문에도 향하게 할 것이다.

이미 누님은 이 세상 사람이 아니지만, 라한은 가끔 누님이 이 세상을 살다간 흔적을 좇았다. 그는 누님의 자손들이 이대로 평온하게 살기를 바랐다.

\*　　\*　　\*

유진은 이야기꾼 남자에게 돈주머니부터 쥐어 주었다. 그리고 너의 조모와 이야기할 동안 다른 곳에서 기다리고 있으라고 했더니 남자는 웃음을 감추지 못해 입술을 씰룩거리며 두말없이 하녀와 나갔다.

'효손은 아니로구나.'

유진은 외조모를 걱정하는 척조차 하지 않는 남자를 보며 혀를 찼다. 손자의 돈 욕심에 여기까지 끌려온 노부인이 안 되었다.

고개를 푹 숙이고 마주 앉아 있는 노부인에게 물었다.

"자네 이름은 무엇인가?"

"……베로티입니다."

마지못해서 하는 듯 대답은 늦었고 숙인 고개도 들지 않았다. 유진은 베로티가 즐거운 마음으로 이 자리에 앉아 있지 않다고 짐작했다.

"자네를 해롭게 할 생각은 없네. 자네에게 묻고 싶은 게 있는데 자네가 대답하지 못한다고 해서 자네 손자에게 준 재물을 다시 빼앗을 생각도 없으니 염려 말게."

"……제게 뭘 묻고자 하십니까?"

태도가 갑자기 확 바뀌지는 않았지만, 유진은 베로티가 협조할 뜻을 보인 것만으로도 다행이라고 생각했다.

"내가 자네를 만나려는 목적에 관해 손자한테 들었는가?"

"주술사를 찾으신다고 들었습니다. 혹시 점을 치려 하시는 거라면 다른 주술사를 찾아보십시오. 저는 길을 오가는 사람들을 대상으로 장사를 할 뿐이지, 진실로 그 사람의 운명을 보는 건 아닙니다."

"난 주술에 관해 알고 싶네."

"무슨 말씀이신지……."

"술식, 매개, 그릇."

베로티가 슬쩍 고개를 들었다.

"아는 게 있으면 부디 말해 주게."

유진은 강요나 재촉의 말은 하지 않고 간절하게 바라보기만 했다.

잠시 아무 말이 없던 베로티가 작은 한숨을 내쉬더니 입을 열었다.

"술식은 형식입니다. 눈에 보이는 형태이지요. 술식만으로는 아무것도 할 수 없지만, 술식이 없으면 본질을 끌어내지 못합니다."

유진은 기대감이 가득한 표정으로 베로티의 말에 집중했다.

"매개는 본질과 형식을 이어 줍니다. 주술의 힘은 이 매개가 무엇인가에 달려 있습니다. 큰 물고기를 잡으려면 큰 미끼를 매달아야 하는 이치와 같습니다. 그리고 올바른 매개를 사용해야 합니다. 불을 끄려고 하는데 물을 뿌려야지 기름을 부어서는 안 됩니다."

"잘못된 매개를 쓰면 어찌 되는가?"

"아주 위험합니다. 술사가 죽을 수도 있습니다."

유진은 진이 주술을 발동하기까지 오랜 시간을 들여 준비한 이유를 알게 되었다.

하지만 죽을지 모를 위험이라니. 진이 발동한 주술은 무려 다른 세계의 영혼을 불러오는 힘을 지녔다. 대단히 강력한 주술일 것이다.

그만큼 술사가 감수해야 하는 위험이 클 텐데 진의 성격상 안전이 보장되지 않는 일은 하지 않았을 것 같다. 그런 위험한 일을 하도록 상제가 내버려 둔 것도 이상했다.

"그 부작용을 감소할 방법은 없나?"

베로티는 뭐라고 말하려다가 입을 다물고 고민하더니 말했다.

"위험을 대신 받을 가짜 술사를 세우는 방법도 있습니다. 대신 그들은 원래의 술사가 받을 것보다 훨씬 강력한 반작용을 받게 됩니다."

유진의 머릿속으로 진이 사막으로 동행했다는 다섯 명의 시녀가 떠올랐다. 진은 애초부터 그들을 희생양으로 삼을 셈이었다. 도대체 진은 자신의 몸으로 얼마나 나쁜 짓을 해 왔고 앞으로도 하려 했을까. 생각할수록 분통이 터졌다.

"그릇은 주술의 대상입니다. 주술은 그릇보다 부족한 건 괜찮지만, 넘쳐서는 안 됩니다. 넘치면 그릇이 깨지고 주술은 실패합니다."

"넘치면 무슨 문제가 생기는가?"

"그릇이 사물이라면 물건이 망가지겠지요. 사람을 대상으로 주술을 발동했다면 그 사람은 죽거나 크게 다칠 겁니다."

유진이 고개를 끄덕였다. 베로티의 말을 들으니 주술은 아주 위험했다. 온갖 위험한 물질들을 다루는 화학 실험과 비슷했다. 정확한 재료와 비율을 알지 못하는 자가 마구잡이로 섞었다가는 폭발할 것이다.

"혹시 자네가 보여 줄 수 있는 주술이 있나?"

"없습니다."

베로티의 대답은 단호했다. 알아도 말할 수 없다는 뜻처럼 들렸다.

'베로티는 고대 일족과 관련이 있는 사람이겠지?'

여러 이야기꾼을 불러서 물어도 다들 고개를 저었다. 주술은 널리 알려진 지식이 아니었다. 막힘 없이 이야기하는 베로티는 고대 일족의 후손이거나 후손은 아니더라도 고대 일족과 스승과 제자 같은 특별한 관계로 묶였을 것이다.

죽음 앞에서도 꺾이지 않았던 아드리트를 생각하면 베로티 역시 어떤 강압에도 굴하지 않을 것이다. 유진은 베로티 입을 더 이상 여는 것을 깔끔하게 포기했다. 방금 들은 내용만으로도 기대 이상이었다. 오히려 이 정도나 말해 주어서 뜻밖이었다.

"고맙네. 정말 많은 도움이 되었어. 자네 손자와는 별개로 자네에게도 충분히 보상해 주겠네. 그만 가 보게."

유진은 멀찍이 서 있는 하녀에게 손짓했다.

하녀가 따라오라는 듯 곁에 서자 베로티는 얼떨떨한 표정으로 일어났다. 회유 혹은 협박이 이어질 거라고 예상했던 터라 이대로 순순히 보내 준다는 말이 믿기지 않았다.

베로티는 하녀를 따라가려고 몸을 방향을 바꾸었다가 다시 돌아섰다. 그녀는 단단히 각오한 표정으로 유진에게 말했다.

"아니카 님께서는 언제든 원할 때 상제님을 뵐 수 있다고 들었습니다."

"그렇지."

"그러면 상제께 여쭈어보시면 부족한 저보다는 많은 것을 가르쳐 주실 겁니다."

유진이 미간을 찌푸렸다.

"무슨 뜻으로 하는 말인가?"

"신술의 근본이 주술과 닿아 있습니다. 아니카 님께서는 두 가지를 별개로 생각하시어 소인을 부르신 것 같습니다. 하지만 둘을 하나로 놓고 보시면 아니카 님께서 궁금해하시는 대부분 문제는 해결될 거라고 생각합니다."

베로티가 나간 후 유진은 카세르에게 시선을 돌렸다. 그는 유진과 베로티의 대화에 관여하지 않고 자리만 지키고 있었다. 그는 아래턱을 쓰다듬으며 중얼거렸다.

"신술이라…… 그런 식으로 연결되는 건가?"

"신술이 뭐예요?"

"정기적으로 상제가 신성한 힘을 성도민들에게 보여 주는 행사가 있어. 하늘에서 빛의 기둥이 내려온다거나 공중에서 음악 소리가 들리기도 하지."

유진은 헛웃음을 터뜨렸다.

'뭐야. 특수 효과야? 주술로 사기를 쳤다는 거네.'

유진은 완전히 확신하게 되었다. 상제는 절대 신의 대리인이 아니다.

\*　　\*　　\*

히타샤는 아버지와 함께 마차를 타고 이동했다. 마차는 창문이 없어서 어두운 데다가 아버지와 바짝 붙어 앉았는데도 꽉 찰 정도로 좁아서 갇힌 기분이 들었다.

달리던 마차가 멈추어 선 후 바깥에서 마차 문이 열렸다. 히타샤는 아버지의 뒤를 따라서 마차에서 내리자마자 주변을 둘러보았다.

「그곳이 어떤 모습인지 잘 봐 두어라. 히타샤. 네가 기억한 풍경만으로도 나중에 넌 그곳이 어딘지 찾을 수 있을 거란다.」

히타샤는 할아버지의 당부 말씀대로 보이는 풍경을 꼼꼼하게 눈에 담았다. 기묘한 형태의 단층 건물은 사람이 사는 집 같지 않았다. 사방에 둘러쳐진 담장 위에 꽂힌 섬뜩한 창살, 바닥에 흙처럼 깔린 자갈들도 기억해 두었다.

그러면서 소녀는 깜찍하게도 자신이 주변을 관찰하는 것처럼 보이지 않도록 낯선 장소가 두려워 두리번거리는 척했다.

"히타샤."

"네, 아버지."

타스가 상체를 숙이며 딸의 어깨를 잡고 한 손을 뻗어 단층 건물을 가리켰다.

"저 문이 보이지?"

"네."

"저기까지 너 혼자 가는 거야. 문 앞에 서 있으면 안에서 문을 열어 줄 거야. 그리고 안에 있던 사람이 널 업고 지하로 내려갈 거다. 지하는 깊고 아주 어둡단다. 울지 않고 다녀올 수 있지?"

히타샤는 혼자 가야 한다는 말에 약간 겁먹은 표정을 지었으나 힘차게 고개를 끄덕였다.

"네. 아버지."

"아버지는 여기서 기다리고 있을게. 널 혼자 두고 돌아가지는 않을 테니까 잘 다녀오렴."

"네."

타스는 문으로 걸어가는 어린 딸의 뒷모습을 응시했다. 그리고 수십 년 전 과거로 되돌아가 자신이 저 길을 걸었을 때를 떠올렸다.

그날은 몰랐다. 자신은 자손을 보여 드린다는 명목으로 그분을 옭아매는 인질이었다. 모든 것을 다 알고 나서도 자신의 딸을 또 인질로 그분께 보내는 이 비극을 멈출 수가 없었다.

한 번만 더 그분을 뵐 수만 있다면 묻고 싶은 것이 많았다. 그러나 평생에 단 한 번이다. 예외가 인정된 적은 없었다. 나이 제한 역시 엄격히 지켜야 했다.

「인간은 둘만 모이면 음모를 꾸미지.」

어릴 때만 그분을 뵐 수 있는 것은 아직 스스로 생각하고 판단할 능력이 완성되지 않아서 상제가 말하는 '음모를 꾸밀 능력'이 부족하기 때문이었다.

'교활한 놈.'

타스의 주먹 쥔 손이 부르르 떨렸다. 언제까지 그 괴물의 손아귀에서 놀아나야 하는 걸까. 무력한 자신이 원망스러웠다.

낯선 아저씨의 등에 업혀서 어두컴컴한 지하로 내려가는 동안 히타샤의 심장이 두근거렸다. 꽤 오래 내려가는 동안 무뚝뚝한 아저씨는 한마디도 하지 않았다. 혹시 자신이 무거워서 화가 난 건 아닐까, 어린 소녀는 지레짐작으로 기가 죽었다.

아래에 도착한 후 남자는 히타샤를 내려놓고 철문을 열었다. 따라오라는 소리도 없이 걸어 들어가는 남자를 쫓아서 히타샤는 빠르게 걸었다.

어두운 복도를 걸어가다가 복도를 가로막은 창살 문 앞에 이르렀다. 남자가 창살에 매달린 자물쇠를 풀고 사슬을 벗겨 철창문을 열었다.

"안으로 들어가면 바닥의 문틈 사이로 빛이 나오는 방이 있다. 그 방으로 들어가라."

남자는 허리춤에서 긴 쇠막대기를 꺼내 창살을 툭툭 두드렸다.

"시간이 되면 이걸 두드릴 거다. 소리가 들리면 나오면 돼."

"네. 아저씨."

히타샤는 고저가 없는 남자의 목소리가 마치 재미없는 책을 읽는 것 같다고 생각했다.

어두컴컴한 복도 안쪽으로 혼자 들어가려니 꺼림칙했지만, 히타샤는 씩씩하게 안으로 들어갔다. 몇십 걸음 정도 걷고 뒤를 돌아보니 그다지 멀리 온 것도 아닌데 철창문과 남자의 모습은 어둠에 묻혀 보이지 않았다.

소녀는 크게 심호흡한 후 자신의 두 손을 꼭 잡고 계속 전진했다. 그리고 드디어 희미한 빛이 새어 나오는 문을 발견하자 얼른 그 앞으로 달려갔다.

자신의 키를 훌쩍 넘은 거대한 철문은 굳게 닫혀 있었다. 잠겨 있는 건 아닐까, 걱정하면서 히타샤는 온몸의 무게를 실어 문을 열었다. 녹슨 경첩이 긁히는 소리가 요란했으나 생각보다 수월하게 문이 열렸다. 히타샤가 안쪽으로 조심스레 들어갔다.

소녀는 바닥에서 뿜어나오는 빛의 문양 위에 앉아 있는 사람을 발견했다. 고개를 살짝 숙이고 눈을 감고 있던 노부인이 천천히 고개를 들었다. 눈이 마주치는 순간 히타샤가 숨을 들이켰다.

"아아……."

엘버가 탄식하며 소녀에게 손짓했다. 그녀의 얼굴에 모처럼 미소가 떠올랐다.

"이리 오너라."

히타샤는 엘버에게 다가갔다. 손이 닿을 만큼 가까이 다가갔을 때 엘버가 두 손을 뻗어 소녀의 얼굴을 감싸 쥐고 눈코입을 더듬는데도 가만히 있었다. 자신을 해롭게 할 사람이 아니라는 것쯤은 알았다.

"어쩜. 예쁘기도 하지. 이름이 뭐니?"

"히타샤입니다."

"히타샤. 이름도 예쁘구나. 네 아버지가 라한이니?"

"네?"

히타샤는 할아버지의 성함을 조금 늦게 기억해냈다.

"그분은 제 할아버지예요."

"네가 라한의 손녀라고? 그래…… 어느새 시간이 그렇게 흘렀구나. 그 아이가 벌써 할아버지가 되었어. 그럼 네 아버지는 타스겠구나."

"네."

히타샤는 노부인이 상상했던 모습과 달라서 놀랐다. 겉모습은 오히려 할아버지보다 젊고 목소리도 맑았다. 그런데 할아버지의 이름을 마치 아이 부르듯 하니까 이상했다.

"몇 살이니?"

"열두 살입니다."

"……열두 살? 혹시 라한…… 네 할아버지가 내게 전하라는 말은 없었어?"

"어르신께서 뭘 물으시면 제가 아는 대로만 대답하면 된다고 하셨어요."

엘버는 잠시 생각에 잠겼다가 웃으며 고개를 끄덕였다.

"그래. 네 얘기를 들어 보자꾸나. 너의 가족들 이야기부터 해 볼래?"

재잘재잘 떠드는 아이의 목소리가 노랫소리 같았다. 엘버는 마음이 벅차올랐다. 무척 오랜만에 살아 있다는 느낌을 받았다. 이 사랑스러운 아이의 행복을 위해서라면 자신의 희생은 가치가 있었다.

라한의 셋째 딸을 마지막으로 무엔가의 아이가 다녀간 지 꽤 오래되었다. 아마 이십 년이 훌쩍 넘었을 것이다.

일족의 모든 아이를 만날 수 있다면 더욱 좋았겠지만, 무엔의 아이들을 볼 수 있는 것만으로도 어딘가. 이것도 상제와 그나마 타협한 결과였다.

초반에는 아이와 나누는 대화까지 모두 엿들으며 감시하더니 쓸데없는 수다만 나누니까 어느 날부터는 아이만 들여보내 주었다.

## 2. 탐색

　그녀는 일족의 지키기 위해 괴물과 손을 잡았다. 하지만 일족을 위한
다는 거창한 대의명분만으로는 지금까지 버티지 못했을 것이다.

　무엔. 그녀의 유일한 아들의 이름을 성으로 대대로 물려받아 번성하
는, 그녀의 피를 이어받은 그녀의 자손들.

　저들을 위해 엘버는 기꺼이 모든 고통을 감내했다. 고작해야 십수 년
만에 얼굴 한 번을 보는 자손들이 사무치게 사랑스러워서 엘버는 자신
도 어쩔 수 없는 인간이라고 생각하곤 했다.

　'그 아이가 생각나는구나.'

　엘버가 그동안 만났던 무엔의 아이 중에서 가장 인상적으로 기억에
남았던 소녀가 있었다. 히타샤의 목소리를 듣고 있으니까 거의 오십 년
도 더 된 그 날이 다시 생각났다.

'라한이 할아버지가 되었으니 그 아이도 할머니가 되었겠네.'

레사. 라한의 손위 누이었다. 아주 영특했고 속이 깊었으며 어른스러 웠다. 재능도 탁월했다. 주술을 몇 가지 가르쳐 주었더니 완벽하게 이해 하여 즉시 자신의 것으로 만들었다.

엘버는 보석 같은 그 아이가 무엔의 가주가 되어 평생 상제의 감시 속 에 살아야 한다는 게 무척 안타까웠다. 그래서 소녀에게 말했다.

「레사. 네가 원하는 네 인생을 살아라. 내가 그러지 못했으니 너는 오직
네 행복을 위해 살았으면 좋겠구나.」

그때 했던 말 때문일까.

그 후 만난 다음 세대 무엔의 아이는 라한의 아들, 타스였다. 그리고 타스를 통해 후계자였던 레사가 아니라 둘째 라한이 가주가 되었다는 사실을 알게 되었다.

타스가 '고모는 제가 태어나기 전에 돌아가셨습니다.'라고 하길래 놀 라서 점을 쳐 보았다. 다행히도 레사의 생명선이 아직 끊어지지 않아서 안도했다.

레사는 워낙 재능이 뛰어났다. 더구나 후계자였으니 가문을 떠나도 상제가 끈질기게 감시했을 것이다. 그래서 죽음으로 위장하여 아예 가 문과 연을 끊었을 거라고 짐작했다.

모든 속박에서 벗어나 자유롭게 살고 있을 레사를 가끔 생각하면 저 절로 미소를 짓게 되었다.

"······지나가는 마차를 봤어요!"

잠시 딴생각하는 사이에 엘버는 히타샤의 말을 놓쳤다. 다행히 아니 카라는 단어를 얼핏 들은 기억이 났다.

"아니카?"

"네. 왕과 결혼하고 성도를 떠났다고 하셨거든요. 그런데 며칠 전에 오셨어요. 근데 마차 안쪽은 보이지 않아서 아쉬웠어요."

엘버는 미소 지었다. 아이의 눈에는 다른 외모의 아니카가 신기해 보일 것이다.

"아니카를 한 번도 못 봤니?"

"본 적은 있어요. 근데 그 아니카 님은 어떻게 생기셨는지 꼭 보고 싶었거든요."

"왜?"

"고모할머니를 닮으셨다고 해서요."

"아니카가 왜 레사, 네 고모할머니를 닮아?"

히타샤가 흠칫 놀랐다. 마구 떠들다 보니까 흥분하는 바람에 비밀로 간직했던 말이 불쑥 튀어나오고 말았다.

아무리 영리해도 아이는 아이였다. 능숙하게 말을 돌릴 줄 몰랐다. 엘버는 당황하는 히타샤의 반응에서 기묘한 예감이 들었다.

"히타샤. 무슨 뜻인지 설명해 주겠니?"

"아…… 안 되는데……."

"괜찮아. 네 할아버지가 내가 뭘 묻든지 아는 대로 말하라고 했다면서. 여기서 우리끼리 나눈 이야기는 아무도 모른단다. 그리고 우리는 다시 만날 일이 없다는 건 알고 있지?"

히타샤가 고개를 끄덕였다.

"내게만 살짝 말해 줄래?"

"그게요……."

히타샤는 더듬더듬 말하기 시작했다. 3년 전, 동생과 숨바꼭질하다가 동생이 절대 찾지 못할 장소, 아버지 집무실에 몰래 들어갔다.

책상 밑에 기어들어 가서 숨어 있는데 외출한 줄 알았던 아버지와 할아버지가 들어왔다. 혼나는 것보다도 실망했다고 하실까 봐 무서워서 히타샤는 꼼짝할 수가 없었다.

「오늘은 성도에서 묵고 내일 떠난다고 합니다.」
「왕과 결혼이라니…….」

할아버지와 아버지는 왕과 결혼한 아니카에 관해 대화를 나누었다.

「핏줄은 참 속일 수 없더구나. 네 고모를 많이 닮았어.」
「그렇습니까?」

히타샤는 그날 두 분이 나누는 대화 내용을 전부 이해하지는 못했다. 다만, 왕과 결혼한 아니카가 고모할머니와 닮았다는 말은 확실히 기억에 남았다.

히타샤는 종종 아버지나 할아버지한테 '네 고모할머니를 닮았다'라는 말을 들었다. 그리고 돌아가신 고모할머니가 대단한 미인이었다는 말도 들었다. 그런데 다른 사람이 고모할머니를 닮았다고 하니까 반발심이 들었다. '얼마나 닮았길래?'라는 호기심도 생겼다. 그래서 그 아니카가 누군지 알아내어 기억해 두었다.

'맙소사.'

엘버의 눈동자가 흔들렸다.

'레사의 딸…… 아니, 손녀인가?'

왕과 아니카는 이 세상 누구보다도 신과 맞닿아 있다. 저 오래 묵은 교활한 괴물이 두려워하는 유일한 존재다.

'신의 뜻은 참으로 오묘하구나.'

괴물의 아가리에 목덜미가 물린 부엔의 피를 이어받은 아니카가 태어나다니. 이게 무엇을 뜻하는 것일까. 그녀의 심장이 쿵쿵 뛰기 시작했다.

'아…….'

그녀는 온몸에 소름이 돋아날 정도로 전율을 느꼈다. 주술의 힘을 빌리지 않아도 가끔 그녀는 미래를 볼 수 있었다. 주술처럼 구체적이지는 않지만, 반드시 들어맞는 강렬한 예감이었다.

'만나야 해.'

그 아니카와의 만남으로 흐름이 바뀔 것이다.

깡! 깡!

철창을 내리치는 요란한 소리를 듣고 엘버는 다급히 히타샤에게 말했다.

"히타샤. 내 말을 잘 기억했다가 네 할아버지에게 전해 주겠니? 네 할아버지에게만."

"네."

히타샤는 할아버지한테 들은 말이 있으니 힘차게 고개를 끄덕였다.

히타샤가 돌아간 후 엘버는 떨리는 손으로 오랜만에 점을 쳐 보았다. 그녀는 평소에 무엔 아이들의 생사를 확인하는 점을 치지 않았다. 어차피 그들과 자신의 시간은 다르게 흐르니까.

"……네가 없구나."

레사는 이미 이 세상 사람이 아니었다.

"왜 그렇게 빨리 갔니."

엘버는 바닥에 엎드려 고개를 묻고 흐느껴 울었다. 아들의 죽음을 알았을 때만큼이나 마음이 아팠다.

　　　*　　　*　　　*

　샬럿은 오랜만에 부모님과 재회하여 반갑게 인사를 나누었다. 성도에
도착한 그 날, 외조부를 뵈려고 했으나 공교롭게도 외조부는 소유한 상
회에 문제가 생겨서 며칠 일정으로 성도를 떠난 상태였다.

　외조부가 돌아왔다는 소식을 듣자마자 샬럿은 외조부, 스칸가의 저택
을 방문했다.

　"주인어른께서는 거래처 손님과 중요한 이야기 중이십니다."

　집사의 말에도 샬럿은 실망하지 않았다. 조부가 맨발로 달려 나와 반
겨 줄 거라고는 처음부터 기대하지 않았다. 조부는 잠자는 시간이 아깝
다고 할 정도로 자신의 시간을 다른 사람과 나누는 데에 몹시 인색한 사
람이었다.

　샬럿은 응접실에 홀로 앉아 꽤 오래 외조부를 기다렸다. 그녀가 잘 구
워진 과자를 입에 넣자마자 응접실 문이 벌컥 열렸다. 굽실거리는 젊은
남자들을 곁에 주렁주렁 달고 체격이 건장한 노인이 성큼성큼 걸어 들어
왔다.

　그녀는 마치 쫓기는 사람처럼 조급하게 움직이는 외조부 미첼의 움직
임을 눈으로 좇으며 과자로 가득 찬 입을 오물거렸다.

　샬럿의 앞자리에 털썩 앉은 미첼이 들고 온 서류를 뒤적였다.

　"그래서 재고 확보가 되었다는 거야, 아니라는 거야?"

　"아직 확인이⋯⋯."

　"일을 이따위로 할 거야? 뭘 물어보면 제대로 대답하는 게 없어!"

　호통치는 목소리가 응접실에 쩌렁쩌렁 울렸다. 쩔쩔매는 남자들 표정
은 거의 다 죽어 갔다.

　샬럿은 찻물로 입 안의 과자를 다 넘긴 후 미첼에게 웃으며 말했다.

"할아버지. 오랜만에 보는 손녀와 인사 나눌 시간도 없으세요?"

남자들의 동공이 흔들렸다. 회주께서 말씀하시는 중에 끼어들다니. 틀림없이 엄청난 불호령이 떨어질 거라고 생각했다. 하지만 미첼의 눈썹이 꿈틀했다가 작게 코웃음을 치고 툭 내뱉듯 말했다.

"그놈이 너한테 잘하냐?"

"그럼요, 할아버지. 할아버지의 손녀사위, 괜찮은 사람이에요."

미첼이 남자들을 돌아보며 '나가 봐.'라고 말했다. 남자들이 꾸벅 고개를 숙이고 줄행랑치듯 사라졌다. 꼴사나운 그들의 뒷모습을 보며 미첼이 혀를 찼다.

주변이 조용해진 후 미첼이 샬럿에게 말했다.

"어쩐 일이누?"

"어쩐 일이긴요. 당연히 오랜만에 성도에 왔으니 인사드리러 왔지요."

"번거롭게 무슨. 오다가다 보면 될 일이지."

샬럿은 툴툴거리는 조부의 말투를 신경 쓰지 않았다. 조부는 본래 성격이 괴팍하고 다정한 말을 할 줄 몰랐다.

본인이 아침부터 밤까지 허투루 시간을 쓰는 법이 없기에 자식들의 나태함을 엄격히 단속했다. 그 과정이 설득과 대화가 아니라 호통과 윽박지름이었다. 그래서 그의 자식들은 제 아버지를 어려워하는 만큼이나 싫어했다. 손자들도 할아버지를 무서워했다.

그런데 샬럿만 유일하게 미첼을 무서워하지 않았다. 미첼이 크게 눈을 부라리며 언성을 높여도 울기는커녕 변죽 좋게 웃으며 말대답을 했다.

사람의 본질을 파악하는 샬럿의 재주 덕분이었다. 샬럿은 자신의 조부가 나쁜 사람이 아니라, 그저 표현이 투박한 사람일 뿐이라는 사실을 알아차렸다.

피도 눈물도 없다고 평가받는 스칸 상회의 회주 미첼이 가장 어여삐 하는 손녀가 샬럿이었다. 그러니 샬럿의 부탁을 받고 하시 왕국의 왕비가 된 아니카를 도와주었다. 돈이 안 되고 시간만 쓰는 번거로운 일이었다. 다른 사람이 부탁했으면 어림도 없었다.

"이번에 함께 왔다며?"

다 잘라 낸 질문을 샬럿은 알아듣고 대답했다.

"네. 왕비님 덕분에 편히 왔어요."

"또 네게 무슨 일을 맡기든? 그래서 온 게야?"

샬럿은 속이 뜨끔했다. 역시 조부는 눈치가 귀신이었다.

「백작. 혹시 내가 그대의 조부에게 무슨 부탁을 했는지 알아요?」

샬럿은 유진의 질문에 대답하지 못했다. 그녀는 왕비와 외조부를 중간에서 연결만 해 주었다.

예전에 왕비의 부탁을 받았을 때 미첼에게 '이러저러한 사정이 있으니 왕비님을 도와주실 수 있어요?'라고 서신을 보냈다. 얼마 후 외조부로부터 '내가 알아서 할 테니까 넌 관여하지 마라.'라는 답장을 받았다.

샬럿은 쌀쌀맞은 조부의 말투에 담긴 속뜻을 알아들었다. '괜히 골치 아픈 일에 얽이느니 아예 모르는 편이 낫다'라는 말씀이었다. 샬럿은 외조부 조언에 따랐다. 더구나 그때는 왕비와 가까이 지내고 싶지 않아서 아예 관심도 두지 않았다.

미첼이 넘겨짚은 대로 샬럿은 왕비로부터 새로운 임무를 받았다. 샬럿이 알아내야 하는 내용은 과거에 왕비가 미첼에게 부탁한 것과 받은 것이었다.

『백작, 말했지만, 난 많은 기억을 잃었어요. 지금 나는 여러 단서를 찾아가며 하나씩 알아내어 정리하고 있어요. 그런데 그대의 외조부에게 몹시 중요한 도움을 받은 것 같아요. 그게 무엇인지 꼭 알아내고 싶어요. 그대가 도와줄 수 있어요?』

샬럿은 기꺼이 나섰다. 진솔하게 도움을 청하는 왕비의 부탁을 거절할 수 없었다. 성도까지 여정을 함께하는 동안 인간적인 호감도 느꼈다.

왕비가 기억을 잃은 사실은 감추면서 외조부한테 원하는 이야기를 들어야 했다. 그래서 샬럿은 유진과 의논하여 그럴듯한 이야기를 짜 놓았다. 그동안 연락책이었던 와쿰 백작의 역할을 자신이 맡게 되었으며 제대로 인수인계를 받고 싶다고 말할 생각이었다.

"할아버지. 사실은요, 여쭐 일이 있어요."

*     *     *

유진이 탄 마차가 성도궁에 도착했다. 그녀는 마차 안에서 자기 자신에게 격려의 구호를 외친 후 마차에서 내려왔다. 처음 왔을 때만큼 숨이 턱턱 막힐 정도로 긴장되지는 않지만, 그래서 방심하지 않으려고 더욱 조심했다.

피데스가 마중 나와 있었다. 유진은 그를 보자마자 움찔했다. 그와 함께 기도실로 가면서 계속 의식했다.

'차라리 전에는 아무 생각 없었는데. 이게 다 그 남자 때문이야.'

그녀는 카세르 탓으로 돌리며 속으로 투덜거렸다.

'피데스에 대한 진의 마음이 뭔지 잘 모르겠어. 상제와 거래할 만큼 피데스가 좋았던 걸까? 오늘 엄마한테 아시는 게 있는지 여쭤봐야겠어.'

지난번처럼 마지막 계단은 유진 혼자 내려갔다. 기도실 문 앞에 다다르자 활짝 열리는 문을 보며 작동 원리를 고민했다.

'이것도 주술인가? 자동문 주술이라……'

자동문이라고 정의하니까 뭔가 우스웠다. 세상일은 반드시 한쪽 면만 존재하지 않았다. 그녀는 지난 이십 년 고통스럽게 살았지만, 기술과 문명의 격차가 전혀 다른 세상에서 살다 온 덕분에 마하 사람들과 다른 시선으로 사물을 볼 수 있었다.

**ㅡ 푹 쉬었습니까? 아니카 진. 며칠 전보다 편안해 보이는군요.**

"인사 올립니다, 성하. 성하께서 염려해 주신 덕분에 여행의 피로는 말끔히 씻어 냈습니다."

유진은 상제를 보며 다나와 나눈 대화를 떠올렸다.

「엄마, 상제 성하를 알현하신 적 있지요?」
「최근에는 없어. 꽤 오래전이구나.」
「그럼 엄마, 성하는 어땠어요? 어머니 눈에 보이는 성하의 기운이요.」

다나가 풋, 웃음을 터뜨리며 말했다.

「너도 그게 궁금하니? 네 아버지도 같은 질문을 했어. 사람의 호기심은 비슷비슷한가 보네. 대답하자면 모르겠어. 아무것도 보지 못했거든.」
「엄마는 왕과 아니카의 기운도 본다고 하셨잖아요. 그런데 아무것도 보지 못하셨다고요?」
「상제 성하는 신의 대리인이니까 내가 판단할 수 없기 때문이겠지.」

'상제는 절대 신의 대리인이 아니야. 틀림없이 무슨 수를 쓴 것 같은데. 상제는 엄마 능력을 모르니까 대비했을 리는 없고. 이것도 주술일까? 도대체 이 주술에 관해 누구에게 물어봐야 하지?'

유진은 상제와의 만남을 어서 마무리하고 서고에 가 봐야겠다고 생각했다.

─그대의 기억이 완전하지 않다고 했지요. 아직도 회복되지 않았습니까?

"아직 많은 부분이 기억나지 않습니다."

유진은 침울한 표정으로 말했다.

"성하. 제 안의 뭔가가 텅 비어 버린 것 같습니다."

─그대가 발동한 신술은 고대의 금기입니다. 그러니 매개만 찾아서 내게 연락하라고 한 겁니다. 결과가 좋으니 더는 말하지 않겠지만, 아니카 진. 다시는 내 당부를 어기지 마세요.

상제는 아니카 진이 또 잃어버린 기억 이야기를 꺼내자 단호하게 말했다. 징징거림을 받아 주지 않겠다는 뜻이었다.

"예, 성하. 명심하겠습니다."

유진은 의기소침하게 대답하면서 머릿속으로는 새로 얻은 단서를 끼워 맞췄다.

'신술? 주술의 구성 요소인 술식, 매개, 그릇을 신술에서도 그대로 갖다 쓰나 보네. 상제가 주술을 신술로 이름만 바꿔서 모두를 속인 것 같

아.'

주술은 신비한 힘을 지녔으나 지금 시대의 사람들은 주술에 관해 잊었다. 고대 일족 중 유일하게 주술을 아는 미래를 읽은 일족이 상제와 결탁했다면 얼마든지 세상 사람들을 현혹할 수 있을 것이다.

─아니카 진. 그럼 이제 지난번 끝내지 못한 이야기를 마무리하지요. 그대가 얻은 것에 관해 말해 봅시다.

"예, 성하."

유진은 무의식적으로 자신의 소매를 만졌다. 이번에는 꼬마를 아예 소매 안쪽에 넣어서 겉으로는 보이지 않았다. 꼬마가 부르면 한달음에 달려올 카세르를 생각하니까 불안이 가라앉았다.

'준비한 대로만 대답하면 돼.'

"성하. 저는 라미타를 되찾았습니다. 비로소 자격 있는 아니카가 되어 얼마나 기쁜지 모릅니다. 성하께서 도와주신 덕분입니다. 베풀어 주신 은혜에 감사 올립니다."

상제의 입술 끝이 슬쩍 올라갔다.

'역시 인간은 가진 게 많아야 겁도 많지.'

예전의 아니카 진은 세상 무서운 게 없는 천둥벌거숭이처럼 날뛰었다. 죽을 날을 받아 놓고 막사는 사람 같기도 했다. 그때의 진은 라미타를 찾으면 상제조차도 아래로 볼 것처럼 오만방자했다.

그런데 3년 만에 보는 진은 기질이 바뀌었다. 라미타를 되찾으며 정신도 차렸는지 더 의기양양하게 굴지 않고 오히려 숙이려는 태도를 보였다.

온전한 아니카가 되고 나니까 뒷일 생각하지 않고 경망하게 굴었다가는 잃어버릴 것들이 아까워진 거라고, 상제는 지금 진의 심리를 추측했다.

**─라미타를 되찾았으니 자각몽도 보았겠군요.**

"예, 성하."

예상했던 질문이었다. 그리고 유진은 자신이 본 자각몽을 그대로 말할 생각이 없었다.

"저는 아주 넓은 호숫가에 서 있었습니다. 둔치가 어딘지 찾을 수 없을 정도로 넓은 호수였습니다."

라크를 나무로 만든 자신이 연못이나 우물을 봤다고 뻔한 거짓말을 할 수는 없었다. 그래서 전설의 아니카 록시의 자각몽과 비슷한 규모로 꾸몄다. 다행히 록시의 자각몽은 널리 알려진 편이었다.

**─……호수? 호수라고 했습니까?**

상제가 미간을 찡그렸다. 머릿속으로 전해지는 상제의 음성이 싸늘하자 유진은 긴장하여 대답했다.

"예, 성하."

**─그렇다면 묻겠습니다. 그대가 자각몽에서 물을 만져 보니 느낌이 어땠습니까?**

그때 유진의 귓가에 앳된 목소리가 울렸다.

「아주 물이 맑은 연못을 보았습니다. 성하. 그 속에 제 두 손을 담갔더니 물이 얼음처럼 차가웠어요.」

라미타가 없는 가짜가 자각몽을 봤을 리가 없고 물은 차갑다니. 유진은 가짜의 기억을 뒤늦게 이해했다.

'세상에. 거짓말을 했어? 상제 앞에서?'

가짜는 상제를 신의 대리인으로 믿었을 것이다. 그런데도 그 앞에서 거짓말한 가짜의 대범함이 감탄스러웠다.

'하긴, 그 정도로 뻔뻔하니까 진짜인 척 살았겠지.'

유진은 가짜가 몸이 뒤바뀌었다는 정황을 틀림없이 알았을 거라고 생각했다. 어머니의 이야기가 가설을 뒷받침해 주었다.

다나는 딸이 뒤바뀐 전후의 일을 어제 일처럼 기억했다. 기운이 달라진 것만이 아니라 눈에 보이는 변화도 있었다고 유진에게 말했다.

「네가 세 살 때부터 곧잘 말을 했어. 어휘 수준은 한정적이어도 의사 표현은 다 했지. 그런데 실종되었다가 돌아온 후 전혀 말을 하지 않더라. 가족들이 하는 말을 알아듣지도 못하는 것 같았어. 그 외에 습관이나 버릇도 전부 달라졌어.」

의사는 충격으로 말문이 닫힌 거라고 진단했다. 다시 말문이 트이기까지는 약 1년이 걸렸다고 한다. 가짜가 이 세상의 언어를 익히는 시간이었을 것이다.

"성하."

유진은 죄스럽다는 듯 시선을 내렸다.

"어릴 때는 철이 없어서 성하께 해서는 안 될 거짓말을 했습니다. 자각몽 속의 물은 아무런 감촉이 없습니다."

— ……이번에는 틀림없이 자각몽을 보았군요.

상제는 잠시 아무 말이 없었다. 상제가 침묵하는 동안 유진은 목이 탔다. 상제가 뭘 노리는지 전혀 감이 잡히지 않았다. 상제가 아무리 원해도 아니카의 라미타는 빼앗을 수 있는 힘이 아니었다. 유진의 모든 것을 독차지했던 가짜도 라미타만은 가질 수 없었다.

— 아니카 진.

"예, 성하."

— 내게 그대의 라미타를 보여 주겠습니까?

"예?"

상제가 오른손을 위로 들어 올렸다. 촛대 등을 놓은 협탁 위 작은 바구니가 공중으로 떠올라 유진의 앞으로 날아왔다. '이건 주술이야.'라고 생각하며 봐도 신기한 장면이었다.

바구니 안에는 반투명한 강낭콩이 가득 담겨 있었다. 유진이 그것을 빤히 보고 있으니 상제가 말했다.

— 아니카들의 장난감과 같은 물건입니다. 그대는 만져 본 적 없을 테지만, 다른 아니카들이 어떤 식으로 하는지는 봐서 알겠지요.

이 투명 씨앗이 무엇인지 유진은 전혀 떠오르는 기억이 없었다. 하지만 상제의 말로 대충 추측했다.

'이걸 만지면 라미타를 측정할 수 있는 건가?'

이건 예상하지 못했다.

'어떡하지?'

등에서 식은땀이 났다. 이건 거부할 수 없다. 거부하면 상제가 무슨 짓을 할지 모른다. 오늘 성도궁을 방문한 목적은 상제의 방심을 유도하기 위해서인데 혹을 떼려다 혹을 붙이게 생겼다.

'나를 믿자. 내 라미타를 믿어 보자.'

유진은 바구니 안으로 손을 뻗었다. 라미타는 영혼에 깃든 그녀의 힘이었다. 왕이 프라즈를 자유자재로 다루는 것처럼 아니카도 라미타를 다룰 수 있을 것이다.

그녀는 씨앗을 하나 꺼내 손에 쥐었다. 그리고 속으로 되뇌었다.

'난 호수야. 호수만큼만 라미타를 드러내면 돼.'

손바닥 안에서 씨앗이 부르르 떨렸다. 그녀가 손바닥을 펼치자마자 은은한 빛이 뿜어져 나오는 씨앗의 틈새가 갈라지며 싹이 솟아났다.

쑥쑥 올라가던 줄기는 기도실의 높은 천장에는 닿지 못하고 부스러졌다. 먼지보다 고운 가루가 되어 흩어지면서 유진의 손바닥에는 아무것도 남지 않았다.

'된 건가? 제대로 한 걸까?'

유진은 시선을 들었다. 눈을 감은 상제는 별다른 감정을 드러내지 않았다.

"한 번 더 할까요, 성하?"

─되었습니다. 축하합니다. 아니카 진. 그대는 진정한 아니카가 되

었습니다.

"감사합니다. 성하."
유진은 뿌듯한 표정으로 웃었다.

ㅡ오늘은 이만 돌아가세요.

상제의 태도가 묘하게 쌀쌀맞은 것 같다고 생각하며 유진은 말했다.
"성하. 성도궁에 왔으니 서고에 들르려고 합니다."

ㅡ허락합니다.

"감사합니다. 성하."

ㅡ아니카 진.

"예, 성하."

ㅡ앞으로의 일정이 어떻게 됩니까?

"연회 참석을 하려고 합니다. 오랜만에 성도에 돌아온 터라 성도의 가족들이 저를 환영하는 연회를 열어 준다고 해서요. 큰 규모가 될 거라 무척 기대하고 있습니다."
무척 즐거워하는 유진의 표정은 진심이었다. 상제의 눈에는 온갖 연회를 쫓아다니던 예전의 진과 다를 게 없어 보였다.

**─혹시 그대의 자각몽에 변화가 있다면 바로 내게 알리세요.**

"예, 성하."

유진이 기도실을 나간 후 상제는 잔뜩 미간을 구겼다.

'어떻게 된 거지? 호수라니. 진의 라미타가 플로라 수준이란 말인가?'

투명 씨앗으로 느낀 라미타 등급은 플로라와 거의 유사했다. 그러니 진이 거짓말하지는 않았다.

그러나 그 정도의 라미타로는 터무니없이 부족했다. 기대가 컸던 터라 실망은 거의 절망에 가까웠다.

'다른 아니카들의 자각몽에 변화가 일어난 이유가 뭐지? 진과 무관한 일인가?'

상제가 감았던 눈을 치떴다. 붉은색 눈동자가 사납게 번뜩였다.

'엘버. 내게 거짓말을 했나?'

으득, 이를 간 상제의 몸이 흐릿해지더니 그 자리에서 사라졌다.

서고는 상제의 기도실이 위치한 본궁의 가장 높은 층에 있었다. 가는 길 중간중간에 기사들이 지키고 있어서 삼엄한 경비라는 사실을 느낄 수 있었다.

서고의 문을 밀고 안으로 들어가자마자 입구 쪽 책상 앞에 앉아 있던 사제가 일어나서 유진에게 다가와 고개를 숙였다.

"오랜만에 뵙습니다. 아니카 진."

유진은 인사하는 사제의 얼굴 위로 겹치는 기억을 봤다.

「오셨습니까. 아니카 진. 말씀하셨던 책을 찾아 두었습니다.」

사제가 반갑게 인사하며 책을 건네는 태도가 친밀해 보여서 가짜가 아주 빈번히 서고를 드나들었다고 짐작했다.

"오랜만이에요. 모처럼 성도에 온 김에 옛 생각이 나서 들렀어요. 내가 마지막으로 다녀갔을 때와 내부 배치가 달라진 건 아니겠지요?"

"일부 정리한 구간은 있으나 자주 가시던 구역은 그대로입니다."

"그래요? 그런데 왠지 달라 보이는데요."

유진이 가만히 서서 주변만 두리번거렸다. 사제는 제법 눈치가 있는 사람이었다. '오랜만에 오셔서 그러십니다. 이쪽으로 오시지요.'라고 말하며 앞장서서 유진을 안내했다.

사제는 안쪽으로 한참 들어간 곳의 서가 앞에서 멈추었다.

"필기구도 가져다드릴까요?"

"괜찮아요."

순수한 호의라기에는 사제의 친절함이 과했다. 유진은 가짜가 친절의 대가로 무엇을 주었을지 생각해 봤다.

"잠깐만요."

"예, 아니카 진."

돌아서는 사제를 불러세웠더니 고개를 돌리는 사제의 눈빛에 잠깐이지만 탐욕이 스쳐 지나갔다. 유진은 곧바로 목걸이를 풀어 사제에게 내밀었다.

"계획에 없이 서고에 온 거라서 준비가 부족했어요."

"아, 아닙니다. 아니카 진. 이런 건 받을 수 없습니다."

사제는 펄쩍 뛰며 손을 내저었지만, 유진은 사제복 주머니에 목걸이를 넣었다.

"항상 날 도와주는 사람에게 선물하는 건데 누가 뭐라고 하겠어요."

"과한 선물이라……."

말은 그렇게 하면서도 사제는 목걸이를 돌려주지 않았다. 멀어지는 사제의 뒷모습을 보며 유진은 피식 웃었다.

'그쪽 세상이나, 이쪽 세상이나. 돈이면 참 안 되는 게 없네.'

그녀는 서고의 전체적인 모습을 위아래로 본 후 가까이 다가갔다. 공개된 서고에서 보관하는 자료는 한계가 있겠지만, 뭐라도 건질 수 있기를 기대했다.


성도궁 정문에서 대각선 방향으로 멀찍이 떨어진 곳에 마차 한 대가 서 있었다. 성도궁 가까이에 오래 마차를 세워 두었다가는 근위병의 경계를 살 테니까 이 정도가 최선이었다.

성도궁에서 한 마차가 나왔다. 차창의 커튼 틈새로 카세르가 방금 나온 마차를 확인하고 안도의 숨을 내쉬었다.

마차를 세 번 두드리는 소리가 들렸다. 왕비의 마차가 성도궁에서 나왔다고 알리는 전사의 신호음이었다. 하지만 그에게 신호는 필요 없었다.

그는 아까부터 잠시도 성도궁의 정문에서 눈을 떼지 않았다. 만일의 경우 당장 그녀에게 날아갈 수 있도록 프라즈도 한껏 끌어올려 긴장을 유지한 상태였다. 그의 온몸을 푸른 기운이 아지랑이처럼 감싸고 있었다.

카세르가 천천히 눈을 감았다가 뜨자 프라즈가 그의 몸속으로 갈무리되었다. 그는 새삼스레 자신의 손을 내려다보며 주먹을 쥐었다가 폈다.

'제어가 이렇게 쉽다니.'

프라즈를 발현한 상태였는데도 마차를 끄는 말이 날뛰지 않았다. 프라즈의 기운이 주변에 퍼지지 않도록 완벽히 통제했다는 뜻이었다.

그는 마차 벽을 두 번 쳤다. 잠시 후 마차가 출발했다.

*　　*　　*

유진은 마차가 성도궁 정문을 통과해 나가는 풍경을 보면서 차창의 커튼을 닫았다. 그녀는 왼쪽 소매를 잡아당겨 손목에 딱 맞도록 오므라드는 주름을 폈다. 소매 안쪽에 몸을 웅크리고 있던 작은 다람쥐가 날쌘 움직임으로 빠져나왔다.

다람쥐는 유진의 왼쪽 팔을 타고 어깨로 올라가더니 반대쪽 팔을 타고 오른쪽 손등으로 내려왔다. 유진이 웃으며 손가락 끝으로 꼬마의 턱 밑을 문질렀다.

"고생했어. 좁은 데서 꼼짝하지 않느라 힘들었지?"

그녀는 꼬마의 등을 쓰다듬으며 생각에 잠겼다.

사제가 안내한 서고에는 오래된 책들이 잔뜩 있었다. 왕궁 서재의 비밀 방에서 봤던 고서와 비슷하게 생긴 크고 화려한 책도 있었고 건드리기가 조심스러울 정도로 허름한 표지의 낡은 책도 있었다.

유진이 서고에서 책을 한 권 꺼냈을 때 가짜의 기억을 보았다. 가짜는 서고에 꽂힌 책을 눈으로 훑더니 한숨을 내쉬고는 중얼거렸다.

「오늘은 이쪽부터 보자.」

그때 유진은 서고를 뒤지는 게 소용없는 짓이라는 사실을 깨달았다. 그래서 그대로 돌아서서 서고를 나왔다.

'가짜는 성도궁의 서고를 한두 해 드나든 게 아닐 거야. 원하는 걸 얻기 위해 오랫동안 서고를 뒤졌겠지. 그러니 내가 서고에서 쓸 만한 걸 찾

아내려면 많은 시간을 투자해야 해.'

하지만 그럴 만한 시간이 그녀에게는 없었다. 건기가 끝나기 전에 왕국으로 돌아가려면 성도에서 더 머물 수 있는 기간은 길어 봤자 두 달이었다.

유진은 가짜의 심리를 추측해 보았다. 아홉 살의 소녀가 어느 날 눈을 떴더니 낯선 세상의 다른 사람으로 몸이 바뀌어 있었다. 그리고 바뀐 몸의 주인은 부와 권력을 가진 가문의 고명딸이었다.

'처음에는 주어진 행운이 기쁘기만 했을 거야.'

그런데 언어를 익히고 말을 알아듣기 시작하면서 첫 번째 난관에 부닥쳤다. 다나가 가짜의 정체를 꿰뚫어 보았다.

자신의 정체를 아는 사람이 가까이에 있으니 얼마나 불안했을까. 다나가 방법을 찾아내어 다시 몸이 뒤바뀔까 봐 조마조마했을 것이다. 그런 불안감은 시간이 흐르며 옅어졌을 것 같다. 부족함이 없는 귀한 집 아가씨로 사는 즐거움에도 푹 빠졌을 테고.

그런데 나이가 들면서 두 번째 장해물이 나타났다. 차라리 평범한 아이였으면 걱정 없이 살았겠으나 몸의 주인은 아니카였다. 그러나 가짜에게는 라미타가 없었다.

'가짜는 상제에게 라미타를 되찾겠다고 했지…… 훔치겠다는 표현이 더 정확하겠지만, 어쨌든 가짜는 진심으로 라미타를 간절히 바랐을 거야.'

유진은 하나씩 짚어 가며 생각할수록 가짜에 대한 평가를 다시 했다. 성품이 악하고 목적을 위해 수단을 가리지 않는 인간이지만, 끈기가 있고 머리도 좋았다.

가짜는 자신의 비밀을 털어놓지 못하니까 항상 우회하여 방법을 찾아야 했을 것이다. 혼자서 서고를 뒤지며 주술이라는 생소한 지식을 익혔으니 참 대단했다.

그런데 가짜는 치명적인 실수를 저질렀다. 주술을 얕보았다. 적당히 아는 수준에 이르렀을 때 '난 이제 모르는 게 없다'라는 아마추어의 착각에 빠졌을지도 모르겠다.

그 주술로 모든 게 제자리를 찾았지만, 가짜의 입장에서는 완전히 실패한 주술이었다.

'가짜의 영혼은 어디로 갔을까? 지구로 돌아갔을까? 아직 이 세상에 남았을 가능성도 있어. 그걸 확실히 알기 위해서는 사막에서 발동한 주술이 뭔지 알아내야 하는데……'

가짜는 라미타를 훔치기를 원했고 상제는 잃어버린 라미타를 되찾을 신술을 가르쳐 주었을 것이다. 그 둘이 원하는 것은 비슷한 듯하면서 완전히 달랐다. 아마 거기서부터 괴리가 발생했으리라.

'상제가 왜 라미타를 원하는지, 이건 어디서부터 접근해야 하나……'

풀리지 않는 문제들로 끙끙거리는 사이에 마차는 아르스의 저택에 도착했다.

\*　　　\*　　　\*

유진은 다나에게 차곡차곡 쌓아 두었던 질문을 쏟아 냈다. 유진이 가장 궁금한 것은 신비한 무엔 가문이었다. 하지만 다나는 유진의 질문에 고개를 내저었다.

"네게 말해 줄 것이 없구나. 며칠 전에 네게 말해 준 내용이 내가 아는 전부야."

"왕래를 전혀 안 하신 거예요?"

"네 할머니께서 항상 당부하셨지. 절대 무엔 가문과의 관계를 누구에게도 말해서는 안 된다고. 무엔 가문 사람들은 엄격한 계율을 지켜야 해서 가문을 떠난 사람은 완전히 인연을 끊어야 한다고 말씀하셨어."

"그런데 제가 납치되었을 때 무엔 가문이 도와줬다고 하셨잖아요."

"그건……."

다나는 복잡한 표정으로 생각에 잠겼다가 말했다.

"내가 도움을 청한 건 아니니까."

"무엔 가문에서 어떤 식으로 그때 도와준 건가요? 무엔의 가주는 왕과 아니카의 운명을 볼 수 없다면서요."

"나도 모르겠다. 그때는 경황이 없어서 알아보지 못했어. 나중에는 시간이 너무 지나서 성하께 여쭈어보기도 어려웠고. 그리고 돌아온 너는 진짜가 아니었으니까 온전한 도움을 받았다고 할 수도 없지."

"무엔 가문에서는 엄마가 누군지 알고 있겠지요?"

"글쎄……."

"외할머니께서 사교 활동을 하시면서 자연스레 소식이 이리저리 전해지지 않았을까요?"

"네 외할머니는 바깥 활동을 거의 하지 않으셨단다."

아무 말이 없는 다나의 눈빛이 아련해졌다. 유진은 어머니가 돌아가신 할머니를 기억하며 기분이 가라앉았다고 느끼며 화제를 돌렸다.

"엄마. 피데스 경이 가짜와 무슨 관계였던 거예요?"

유진과 가족들 사이에서 과거의 진은 '가짜'라는 호칭으로 통일했다.

"왜? 무슨 일 있었니?"

"제가 잠깐 예전 기억을 본 적이 있거든요. 그때 피데스 경에게 특별한 감정을 가진 것처럼 보였어요."

유진은 상제가 피데스 경을 이용해서 교묘하게 자신을 흔드는 수작을 부린다는 사실은 말하지 않았다. 상제의 정체를 의심하는 사정도 설명하지 않았다.

아직 상제와 어떤 관계가 될지 아리송했다. 적당한 거리를 두고 경계만 하는 수준으로 지낼지, 극단적으로 대적하게 될지는 모르는 일이다.

어머니를 걱정시키고 싶지 않았다. 어머니는 잃었다가 다시 찾은 딸을 위협하는 존재에 몹시 예민하게 반응할 것이다. 계속 성도에서 살아야 할 어머니가 상제와 척을 지려면 충분한 명분이 필요했다.

"그리고 지난번에 플로라가 한 말도 있고요. 제가 알아 둬야 할 것 같아서요."

플로라 이야기가 나오자 다나가 순간 언짢은 표정을 지었다. 다나는 플로라가 방문하면 자신도 모르게 오랫동안 눈길을 주곤 했다. 아니카 특유의 기운을 보면서 잃어버린 딸을 생각하며 조금은 위안을 얻었다.

그런데 뜻하지 않게 주변 사람들이 다나가 플로라를 마음에 들어 한다고 오해했다. 그리고 아마 플로라 본인도 그런 오해를 한 듯했다.

'괘씸한 것. 내 앞에서 내 딸 체면을 건드리다니.'

그날 그 자리에서 내색은 안 했지만, 플로라가 피데스 이름을 꺼냈을 때 몹시 노여웠다. 성도에서 사교 활동을 활발히 하는 플로라가 말 한마디의 중요성을 모를 리가 없으니 절대 실수가 아니었다.

"나보다는 네 오라버니들이 더 잘 알 것 같구나."

에녹은 오늘 집에 없는 날이라서 다나는 아서를 불렀다. 아서는 아주 간결하게 두 사람 사이를 설명했다.

"가짜가 피데스 경에게 호감이 있다는 감정을 여기저기 티 내고 다녔어. 어지간한 사람은 다 알 거야."

"그 성도없니?"

다나가 미간을 찡그리며 말했다. 그녀는 진이 뭘 하고 다니는지 관심을 두지 않고 집에서 은둔하며 바깥 활동을 하지 않아서 자세히는 몰랐다.

"예, 어머니. 그런데 피데스 경이 영혼의 맹세를 했습니다."

"들은 기억이 나는구나."

"영혼의 맹세요?"

유진이 묻자 다나가 말했다.

"평생 신께 귀의한다는 선언이지."

"가짜는 왜 그렇게 내색을 했을까요? 주변에 다 흘리고 다니면 짝사랑이 아니잖아요."

다나와 아서가 잠시 시선을 마주쳤다. 다나는 아들에게 말했다.

"내가 설명할 테니 나가 보렴."

"예, 어머니. 그리고 저는 일이 있어서 나갔다 오겠습니다. 늦을 것 같습니다."

"그래. 알겠다."

유진은 어머니가 오빠를 쫓아내자 놀란 눈으로 어머니가 꺼낼 이야기를 기다렸다.

"짝사랑이라는 표현이 적당한지 모르겠다."

유진은 이어지는 어머니 설명을 듣고 경악했다.

성도에서 기사를 애인으로 삼는 것은 부유한 귀부인들 사이의 유행이었다. 준수한 외모의 기사일수록 서로 차지하려고 했다. 아르스 가문과 아니카, 이 정도로 사교계에서 높은 위치에 있으면 선언만으로 기사를 선점할 수 있었다.

귀부인이 어떤 기사를 마음에 두었다고 공공연하게 말하고 다니면 그 소문을 들은 당사자인 기사는 그 귀부인을 찾아가는 순서로 이어졌다. 혹은 그 반대로 기사가 귀부인에게 먼저 접근하는 일도 있었다.

기사들의 문란함은 다들 대놓고 말만 하지 않을 뿐 모르는 사람이 거의 없었다. 기혼의 여자가 기사를 애인으로 두는 일도 빈번했다. 한 명의 기사를 두고 여자 둘이 공개 사교 모임에서 서로의 머리카락을 쥐어뜯으며 싸운 사건도 있는데 그 두 여자가 모두 결혼한 상태였다.

유진은 충격이 가시지 않은 표정으로 중얼거렸다.

"기사는 평생 신을 모시며 순결을 지키는 게 아니었어요?"

"신을 섬기는 것과 순결은 상관없지."

유진은 다나가 의아한 표정으로 말하자 또다시 충격받았다. 문득 카세르가 '사제가 되는 것과 순결은 무관하다'라고 했던 말이 떠올랐다. 상식이 무너지는 기분이었다.

"그럼 불륜은 제외하고요. 미혼 여자가 기사와 교제하다가 결혼하기도 하나요?"

"거의 없지."

"왜요?"

"결혼하면 기사는 사임해야 하거든. 기사와 교제하는 여자는 '기사'라는 신분이 좋은 거니까."

"순결과 무관하다면서요."

"결혼만 안 하면 돼."

유진은 미간을 찡그리며 헛웃음을 흘렸다.

"이상해요, 진짜. 상제 성하는 기사의 무절제를 나무라지 않으시나요?"

"성하께서는 그런 건 관여하지 않으셔."

유진은 속으로 코웃음 쳤다. 아니카한테는 집요하게 굴면서 기사는 방임? 상제가 변태 같다는 생각이 들었다.

"하지만 영혼의 맹세를 하면 욕망의 절제가 미덕이므로 이성을 멀리해."

"그럼 피데스 경이 영혼의 맹세를 했다는 건…… 가짜의 공개 고백을 걷어찼다는 뜻이네요."

다나는 재미있는 표현이라며 웃었다.

'가질 수 없는 것에 대한 오기와 집착이었던 걸까.'

피데스에 대한 가짜의 감정이 순수한 애정만은 아닐 것 같았다.

가짜는 몸이 바뀐 이후 몇 번의 좌절을 겪었다. 어머니한테 딸로서 인정받지 못했고 라미타가 없는 아니카로서 불안함과 열등감에 시달렸을 것이다. 그런 와중에 피데스의 거절이 가짜의 어두운 감정을 터뜨리게 하는 계기가 된 건 아닐까.

"가주님."

바깥에서 집사가 문을 두드렸다. 다나가 대답하자 집사가 들어와서 고했다.

"사왕 전하께서 오셨습니다."

유진이 그 자리에서 벌떡 일어났다. 설레는 표정의 그녀 눈빛이 반짝거렸다.

"지금 문밖에 계세요?"

"마차가 들어오는 모습을 보자마자 바로 말씀드리러 온 터라……."

유진은 집사의 말이 채 끝나기도 전에 빠른 걸음으로 집사의 곁을 지나치며 말했다.

"어머니. 제가 마중 나갈게요."

순식간에 사라지는 딸을 보면서 다나는 웃으며 중얼거렸다.

"저렇게 좋을까."


유진이 저택의 현관을 열고 나가자 카세르는 이미 마차에서 내려 계단을 올라오고 있었다. 유진은 자신과 눈이 마주칠 때 그의 눈매가 살짝 휘어지면 손가락 끝이 간질거렸다. 그녀는 자신도 모르게 살짝 두 손의 주먹을 말아 쥐고 그가 점점 다가오는 모습을 바라보았다.

"별일 없었어?"

유진은 고개를 끄덕였다. 코끝이 시큰했다. 성도궁에서 나왔을 때나 어머니 얼굴을 봤을 때는 아무렇지 않았는데 그의 한마디에 서러운 일을 겪은 아이가 된 기분이 들었다.

"제가 여기 있는 줄 어떻게 알고 오셨어요?"

"그냥."

카세르는 모호하게 대답하며 씨익 웃었다. 유진도 마주 보며 웃었다. 얼굴만 봐도 웃음이 나왔다.

"성도궁에서 재미있는 일이 있었어요. 이따가 집에 가서 이야기할게요."

유진은 라미타를 자신의 의지대로 조절한 것을 그에게 자랑하고 싶었다.

그러나 다나는 함께 들어오는 딸 내외를 보자마자 못 박아 말했다.

"오늘은 함께 식사는 하고 가야지?"

유진은 어머니의 미소에서 거역하지 못할 미지의 힘을 느꼈다. 그녀는 멋쩍게 웃으며 먹고 가겠다고 대답했다.

형제 둘은 집에 없으니 참석하지 못한 상태로, 네 명이 함께 하는 식사가 끝날 무렵에 다나가 말했다.

"진. 네가 입을 옷을 좀 사야겠다."

"옷은 충분히 가져왔어요."

"여기에도 네 옷을 좀 둬야지."

"전에 입었던 옷이 있지 않아요? 여기서 자고 갔을 때 갈아입을 옷도 주셨잖아요."

다나가 미간을 굳히며 딱딱한 표정으로 말했다.

"다 갖다 버릴 거다. 그걸 너한테 어떻게 입혀. 지난번엔 당장 옷이 없으니까 어쩔 수 없었어."

유진은 '아깝게……'라고 생각만 했다. 다나의 표정을 보아하니, 결정은 바뀌지 않을 것 같았다.

"그리고 연회 때 입을 드레스도 지어야지. 마담 자네트를 불러서 넉넉히…… 아니지. 직접 나가자."

다나는 옷을 사러 상점을 직접 방문한 게 언제였는지 기억나지 않을 정도로 까마득했다. 항상 재단사를 불러서 맞췄다. 나가면 누군가와 마주치게 될 텐데 의미 없는 인사를 나누는 과정조차도 피곤했다.

하지만 이제는 사람 만나는 게 껄끄럽지 않았다. 세상 사람 누구에게도 내 딸이라고 마음껏 자랑할 수 있었다. 자랑하고 싶었다.

"지금요? 어머니 그건 다음에 와서 할게요."

"말 나온 김에 가지, 급한 일이라도 있니?"

다나는 딸에게 물어보면서 사왕을 쳐다봤다.

카세르가 얼른 들고 있던 찻잔을 내려놓으며 말했다.

"예정된 일정은 없습니다."

이번에는 다나가 딸을 쳐다봤다. 하지만 유진은 곧바로 대답하지 못하고 머뭇거렸다.

어머니를 택하면 자신이 성도궁으로 들어간 후 계속 걱정하다가 아르스의 저택으로 달려온 남편에게 미안하고 남편을 택하자니 어머니께 시간을 내주지 않는 못된 딸이 된 것 같아 죄송했다.

"제가 두 숙녀분을 모시고 가겠습니다."

카세르가 해결법을 내놓았다. 다나가 놀란 눈으로 되물었다.

"옷을 사러 의상실에 가려는데 함께 가겠다는 말씀입니까?"

"예. 가주님께서 불편하지 않으시면요."

다나의 표정이 점점 환하게 밝아지다가 활짝 웃었다.

"좋지요. 아주 좋습니다."

혹시 '당신도 함께 가요.'라는 말이 나올까 봐 패트릭은 말없이 차만 마셨다. 그는 수십 년 전에 겪었지만, 추억이 아니라 장거리 상행보다 힘들었다는 기억으로 남았다.

그의 아내는 어떤 일도 대충하는 법이 없었다. 심지어 쇼핑조차 몹시 전투적이었다. 그는 속으로만 사위에게 위로를 전했다.

\* \* \*

고급 의상실과 보석상이 모인 거리에 여섯 대의 마차가 줄지어 들어왔다. 크고 화려한 마차의 생김새가 범상치 않았다. 방문하는 사람 수가 한정된 곳이라 마차가 지나는 길을 넓게 닦아 놓지 않아서 금세 거리가 꽉 찼다.

거리를 지나던 사람들, 혹은 곳곳에 세워진 마차에 오르내리던 사람들이 모두 움직임을 멈추고 거창한 마차 행렬에 시선을 집중했다.

"어느 가문 마차이지요? 일가친척이 다 출동했나?"

"어머나. 왕가의 마차 같은데요?"

"아…… 정말이네요."

일부 사람은 마차에 그려진 문양을 보고 하시 왕국의 마차라는 것을 알아차렸다.

마차들이 멈추어 선 후 행렬의 앞과 뒤의 마차 문이 열리며 수행원들이 줄줄이 내렸다. 양쪽 어깨에 견장을 달아 전사 신분을 드러낸 호위들이 가장 큰 두 대의 마차를 등지고 주변을 에워쌌다. 시종들은 마차 문 앞에 간이 계단을 설치했다.

사람들은 보기 드문 광경을 호기심 가득한 눈으로 계속 구경했다.

'누굴까?'

왕족이 온 것 같은데 누구일지 짐작이 가지 않았다. 아니카가 낳는 왕의 후계자는 한 명뿐이므로 왕족의 수는 매우 적었다.

게다가 성도를 방문하는 왕족은 대부분 왕이다. 왕의 후계자는 성년이 되기 전에는 왕국을 떠나지 않았다. 왕은 옷이 필요하면 재단사를 호출하지 상점에 직접 오지 않았다.

저 마차 안에 아니카가 타고 있을 수도 있다. 왕과 결혼한 아니카도 이혼하지 않으면 왕족이었다. 그런데 아니카가 왕국을 떠난 이후에는 왕비로서 온전한 예우를 받지 못했다.

재정적 지원은 풍족하게 받지만, 부리는 사람은 모두 성도에서 고용해야 했다. 왕국 백성을 수행원으로 두거나 전사를 호위로 거느리지 못했다.

두 대의 마차 중 뒤쪽의 마차 문이 먼저 열렸다. 모습을 드러내는 사내의 푸른 머리카락은 멀리서 봐도 눈에 띄었다. 왕국의 문양은 구별할줄 몰라도 여섯 왕을 각각 상징하는 색깔을 모르는 성도민은 없었다.

'사왕……'

'사왕이네.'

'며칠 전에 성도에 왔다는 말은 들었지.'

사왕이 마차에서 내려와 앞쪽의 마차로 갔다. 그는 문이 열리는 앞쪽 마차에서 내리는 귀부인을 도와주었다. 멀찍이 서 있던 사람들은 중년 귀부인이 누구인지 보려고 목을 길게 빼거나 눈을 게슴츠레 떴다.

'누구지?'

오랫동안 칩거했던 다나를 알아보는 사람이 많지 않았다. 알아본 사람은 놀라움으로 눈이 커졌다.

"아르스의 가주님이에요."

"정말요?"

다나가 내린 후 뒤이어 흑발의 여인이 사왕의 손을 잡고 마차에서 내려왔다. 이번에는 알아보는 사람이 제법 많았다.

'아니카 진?'

아르스의 가주, 아니카 진, 사왕. 도무지 어울리지 않는 조합이었다.

'왜 저 세 사람이 함께 있지?'

혼인 관계로 묶인 그들이 함께 있는 모습은 지극히 자연스러운데도 사람들은 세 사람의 상관관계를 즉시 이해하지 못했다. 공식적인 자리에서 그들이 어울리는 모습을 누구도 본 적이 없기 때문이었다.

거리는 조용했다. 움직이는 사람은 왕가의 마차에서 내린 사람들뿐, 나머지는 굳은 채 세 사람 모습만 눈으로 좇았다.

세 사람이 의상실로 들어간 후 비로소 멈추었던 시간이 다시 흐르기 시작한 것처럼 거리에 활기가 돌았다. 사람들은 자신이 본 광경을 서로 확인하느라 시끄럽게 떠들었다.

수십 명의 사람이 의상실 주변을 떠나지 못했다. 호기심이 가득한 눈으로 안쪽을 흘끔거리면서도 선뜻 누구도 안으로 들어갈 용기를 내지 못했다. 의상실 주변을 지키고 서 있는 전사들이 문을 가로막을 것만 같았다.

얼마 후 마차 한 대가 의상실 근처에 멈추어 섰다. 마차에서 풍만한 체격의 중년 귀부인이 내렸다. 디티오 부인은 주변에 모인 사람들이나 의상실 앞에 줄지어 서 있는 마차들은 신경 쓰지 않고 곧장 의상실 문을 밀었다.

원래 그녀는 좌우를 잘 둘러보지 않기로 유명했다. 사람들은 디티오 부인이 전사의 제지 없이 의상실 안으로 들어가는 모습을 허탈하다는 표정으로 바라보았다.

의상실 내부는 넓었다. 전시한 드레스 견본과 잡화를 구경하거나 직원들과 거래 중이던 선객들이 꽤 있었다.

크게 술렁인 분위기는 고요한 침묵으로 변했다. 모두 놀라서 커진 눈으로 입을 다물었다.

"세상에. 가주님!"

의상실의 마담, 자네트가 호들갑스럽게 달려 나와 귀빈을 맞이했다.

"직접 여기까지 다 나오셨어요. 부르시면 만사 제쳐 놓고 달려갔을 텐데요."

자네트는 아르스 가문의 의복 전체를 전담하는 재단사였다. 다나는 자네트의 솜씨도 솜씨지만, 입이 무거운 성품을 신뢰해 오래 거래했다. 아마 자네트만큼 아르스의 저택에 드나든 사람은 없을 것이다. 하지만 한 번도 바깥으로 말이 나간 적이 없었다.

"오늘은 모처럼 외출하고 싶었어요. 오랜만에 내 딸이 성도에 왔거든요. 딸아이 옷 몇 벌 해 주고 싶어서요."

자네트의 입가가 순간적으로 파르르 떨렸다. 아니카 진과 사왕까지. 갑자기 거물들이 들이닥쳐서 긴장한 나머지 입 안이 바짝 말랐다.

더구나 자네트는 아르스 가문의 모녀 사이에 찬 바람이 분다는 사실을 알고 있었다. 아르스의 저택으로 가서 진의 옷을 가봉할 때 한 번도 가주께서 들여다본 적이 없었다.

성장기에 키가 크고 치수가 달라지면 보통 어머니는 이것저것 묻기 마련인데 가주께서는 전혀 관심을 보이지 않았다. 모녀가 서로 닮지만 않아도 친딸이 아닌가, 의심했을 것이다.

그런데 오늘은 가주께서 딸을 바라보는 눈빛에 애정이 가득했다. 자네트는 영문을 알 수 없었지만, 내색하지 않고 자연스레 말을 받았다.

"마침 잘 오셨어요. 잘 빠진 디자인이 여럿 나왔답니다. 아니카 진께 아주 잘 어울릴 거예요."

자네트가 조수들을 향해 손바닥을 파닥거렸다. 조수들이 알아듣고 분주하게 움직이기 시작했다.

"아니! 이게 누구야!"

목소리가 쩌렁쩌렁하게 울렸다. 디티오 부인은 요란한 등장으로 모두의 시선을 끌어모은 후 곧장 다나에게 다가가서 다나의 손을 덥석 잡았다.

"가주님을 이런 데서 다 보고. 세상에, 반가워라."

디티오 부인은 다나가 딸 내외를 소개할 때도 과장된 몸짓으로 자신의 흥분을 표현하며 호들갑스럽게 반응했다.

"이제 건강은 괜찮아요?"

다나는 그동안 건강을 핑계로 칩거했다. 민감한 문제인데 디티오 부인은 거침없이 물었다. 디티오 부인은 어떤 말을 해도 악의가 없다고 느끼게 하는 재주가 있었다. 실제로 머릿속 생각을 그대로 말하는 성격이었다.

"딸 덕분에 다 나았어요."

듣기에 따라서는 묘한 말이었다. 아르스 가주의 지병을 아니카 진이 치료했다고 해석할 수 있었다. 아니카 진이 의사는 아니니까 진이 왕과 결혼하여 남편 도움을 받아 귀한 약을 구해 온 거라는 해석도 가능했다.

이런 식으로 온갖 추측이 붙은 소문이 곧 며칠 안으로 빠르게 퍼져 나갈 것이다.

다나가 바라는 결과였다. 그녀는 일부러 소문의 온상지인 의상실을 방문했다.

　시간이 지날수록 카세르는 이곳에서 자신의 역할은 그저 기다리는 거라는 사실을 알아차렸다. 그는 그와 비슷한 처지의 손님을 위해 마련된 소파에 앉았다.

　그는 계속 옷을 갈아입느라 바쁜 유진을 보다가 다른 귀부인과 신경 쓰이는 차이점을 발견했다. 그녀의 목에만 아무런 장신구가 없었다.

　아까 성도에 간다면서 집을 나설 때는 분명히 목걸이를 했던 것 같은데…… 목걸이의 형태까지는 기억이 나지 않아서 긴가민가했다.

　어쨌든 그는 아내의 허전한 목둘레가 눈에 거슬렸다. 아내와 장모님 앞에서 과장된 표정으로 너스레를 떠는 디티오 부인의 목에 치렁치렁한 보석 목걸이가 걸려 있으니 더 비교되었다.

　디티오 부인은 말하는 중에 유난히 동작이 컸다. 그녀가 손을 공중으로 치켜들 때마다 손가락에서 큼지막한 보석 반지가 번쩍거렸다. 유진의 손을 보니까 가느다란 실반지 하나뿐이었다.

　그는 보석 전문가가 아니지만, 보석의 가치가 무조건 크기에 비례하지 않는다는 것쯤은 알고 있었다. 그리고 장신구의 형태는 사람의 취향을 탄다. 저 귀부인 손가락의 새빨갛고 호두만 한 보석 반지가 유진에게 어울릴 것 같지도 않았다.

　그래도 그는 마음이 불편했다. 언제였더라. '그녀는 보석을 무척 좋아한다'라고 기억해 둔 적이 있었다.

　'그래. 보물고에 갔을 때였지.'

　유진이 왕국의 국보 목걸이에서 눈을 떼지 못하며 탄성을 연발하던 모습이 불현듯 떠올랐다. 왜 그녀에게 목걸이를 선물할 생각을 하지 못했을까. 생각해 보니까 아내에게 뭔가를 준 기억이 없었다.

디티오 부인의 반지가 워낙 커서 눈에 띄었는지 다나가 반지에 관해 묻는 말이 얼핏 들렸다.

"이거요? 너무 유난스럽지요? 내 생일에 남편 옆구리 찔러서 받은 거예요. 말하기 전에 알아서 선물해 주면 오죽 좋아요? 하여간, 남자는⋯⋯."

디티오 부인은 자신의 남편을 포함해 남자의 무심함과 둔감함을 싸잡아 흉보는 소리를 길게 늘어놓았다. 울림통이 큰 그녀의 목소리가 카세르의 귀에 쏙쏙 박혔다.

그는 불편한 기분이 들어 시선을 돌렸다. 또 다른 귀부인 손님을 응대하는 직원의 모습을 무심코 스쳐 지나가다가 다시 눈을 돌렸다. 남자 직원이 벨벳을 깐 쟁반을 들고 그 위에 놓인 목걸이를 보여 주고 있었다.

유심히 그 모습을 보던 카세르가 직원을 찾아 주변을 둘러보았다. 마침 나이 지긋한 남자가 눈치 빠르게 카세르의 곁으로 다가왔다. 그는 일개 직원이 아니라 상점의 부점장이었다. 귀빈들이 오신 터라 직원이 실수할까 봐 눈을 부릅뜨고 자리를 지키고 있었다.

"분부하실 일이 있으십니까, 전하."

"이곳에서 보석도 취급하나?"

"예, 전하. 저희는 고객님들께 맞춤으로 제공하는 최고의 디자인에 걸맞도록 품격 있고⋯⋯."

카세르가 손을 들어 자화자찬이 길어지는 남자의 말을 끊었다.

"지금 내가 살 만한 물건도 있나?"

"아⋯⋯."

부점장의 머릿속에서 쾌종이 울렸다. 장사꾼으로서 감이 왔다. 이분은 한 달, 아니 몇 년에 한 번 등장할까 말까 하는 대범한 손님이다!

성도의 거부들이 아무리 재산이 많아도 왕과 비교하면 태양 아래 반

덧붙이었다. 그는 사왕이 말하는 '내가 살 만한'이라는 어구를 '나만 살 수 있는'이라고 해석했다. 머릿속에서는 의상실의 특급 단골손님을 응대할 때 어림짐작으로 잡아 놓았던 한계 금액을 몇 배로 올렸다.

부점장은 정중한 태도로 깍듯하게 허리를 굽혔다.

"귀물은 따로 보관하고 있습니다. 안쪽으로 모시겠습니다, 전하."

부점장이 자줏빛의 두꺼운 커튼을 옆으로 걷어 내자 어디론가 통하는 입구가 드러났다. 카세르는 부점장이 안내하는 대로 안으로 들어갔다. 유진이 고개를 돌렸다가 그의 모습이 커튼 너머로 사라지는 광경을 봤다.

'어디 가는 거지?'

직원을 불러 물어보는 건 너무 유난스러운 것 같았다. 잠시 화장실에 다녀오는 것일 수도 있으니까.

"이건 어떠세요? 아니카 진."

"진. 이 색은 어떠니?"

마담 자네트와 어머니가 연달아 부르는 바람에 유진은 다시 시선을 돌렸다.

새로운 옷과 잡화를 보여 줄 때마다 쉴 새 없이 설명하는 자네트, 옆에서 계속 입어 봐라, 벗어 봐라, 들어 봐라, 말을 보태는 어머니, 자리를 뜨지 않고 일행이 된 것처럼 참견하는 디티오 부인까지. 세 사람한테 둘러싸여 한참 시달리고 났더니 정신이 하나도 없었다.

다나가 자네트가 건넨 디자인 북을 눈으로 훑으며 빠르게 넘겼다. 오늘 유진이 입어 본 옷은 대부분 그 안에 그려져 있었다.

"이거, 이건 빼고. 이거는 허리가 더 가늘어 보이도록 줄여 줘요. 이거는 아까 모자가 영 별로였어요. 뻣뻣한 재질이 어울리지 않아요."

"어머나, 역시 보는 눈이 남다르셔요. 안 그래도 그 모자는……."

옷을 입을 당사자의 의견은 전혀 중요하지 않은 것 같았다. 유진은 주인공에서 갑자기 지나가는 '행인 1'로 밀려난 기분이 들었다. 그런데 어머니의 인형 놀이에 맞춰 준 기분이 나쁘지는 않았다. 어머니는 항상 이런 걸 하고 싶으셨을 테니까.

그녀는 고개를 돌렸다. 언제 돌아왔는지는 모르겠지만, 카세르가 어떤 중년 남자와 이야기를 나누고 있었다. 유진은 자네트와 나누는 대화에 정신이 팔려 자신이 안중에 없는 어머니를 흘끔 본 후에 그에게 다가갔다. 유진이 다가오니 남자가 즉시 자리를 비켰다.

유진은 그의 옆으로 붙어 서서 미안해하며 말했다.

"오래 기다렸지요? 거의 다 끝났어요. 제 옷을 사러 왔는데 어머니가 더 신이 나신 것 같아요."

"고생 많았어."

그가 선택한 표현이 생뚱맞으면서도 아주 정확해서 그녀는 풋, 웃음을 터뜨렸다.

"여기까지 왔는데 당신 옷도 살까요?"

"아니, 괜찮아."

카세르의 대답은 묘하게 빨랐다. 유진은 또다시 웃었다.

그녀는 여전히 자네트와 대화 중인 어머니를 봤다가 다시 고개를 돌리던 중에 근처의 진열장에 시선이 멈추었다. 그녀는 반짝거리는 물건에 이끌려 진열장으로 다가갔다.

높이가 그녀의 허리 정도의 진열장은 내려다보는 구조였다. 뚜껑처럼 덮은 유리 덮개 아래로 다양한 보석 장신구가 진열되어 있었다.

'예쁘다······.'

지구에 있을 때 사 모았던 싸구려가 오히려 세공은 섬세했다. 아무래도 기술 차이가 있을 것이다. 그런데 진짜 보석이 풍기는 고급스러움이 기술의 격차를 뛰어넘어 훨씬 더 인상적이었다.

왕성에 가짜가 소유한 장신구들이 제법 많지만, 그 물건들에 마음이 잘 가지 않았다. '남의 것'이라는 느낌이 들어 불편했다. 그래서 성도에 올 때 거의 가져오지 않았다.

"마음에 들어?"

유진이 놀라서 고개를 들었다. 옆에 그가 서 있었다.

유진은 멋쩍게 웃었다. 구경만 했을 뿐인데 그가 오해했을지도 모른다는 생각이 들었다. 아니라고 대답하려다가 '사 달라고 하는 줄 오해했으면 어때. 남편한테 사 달라고 할 수도 있지.'라고 생각했다. 그래서 고개를 끄덕였다.

카세르가 직원을 찾아 고개를 돌리자마자 부점장의 지시를 받고 달려온 직원 네 명이 두꺼운 유리 덮개의 네 모서리를 잡아 들어 올렸다. 평소에는 눈으로만 보고 주문하는 물건이지, 분실의 위험 때문에 이렇게 사람이 많을 때 노출하지 않았다.

'와……'

투명한 유리막이 사라졌을 뿐인데 실물을 직접 보는 느낌이 또 달랐다. 특히 정중앙에 있는, 루비와 다이아몬드를 엮어서 만든 목걸이가 시선을 강탈했다. 이 진열장 속 수십 점 물건 중에서 단연 주인공이었다.

"착용해 봐도 되나요?"

부점장이 넙죽 대답했다.

"물론입니다. 어느 물건을 말씀하십니까? 아니카 님."

유진이 손가락으로 가리키는 물건을 부점장이 직접 은쟁반에 옮겨 담았다. 그가 쟁반을 들고 유진의 앞에 내밀었다.

'이쪽 세상도 판매 직원 서비스 교육은 잘 되어 있나 봐.'

유진은 부점장의 마음에서 우러나오는 친절을 단순한 서비스로 생각했다. 지금 당장 엎드려 구두라도 핥을 수 있을 부점장의 심정을 유진이 알 리가 없었다.

유진의 손보다 빠르게 카세르가 목걸이를 집어 들었다. 그는 유진의 등 뒤로 가서 그녀의 목에 목걸이를 걸어 주기 위해 앞으로 드리웠다. 유진이 얼른 머리카락을 옆으로 모아 어깨 아래로 내려서 목을 드러냈다.

카세르는 목걸이의 고리를 끼우면서 그녀의 뽀얀 목덜미를 눈에 담았다. 입 맞추고 싶은 충동을 누르고 엄지로 그녀의 목을 살짝 누르며 문질렀다.

은밀한 접촉에 놀란 유진의 얼굴이 붉어졌다. 그녀는 뒤쪽의 그에게 살짝 눈을 흘겼다.

직원들이 대령하는 거울에 유진이 모습을 비추어 보았다. 눈으로만 볼 때는 너무 화려한가 싶었는데 몸에 걸쳐 보니까 목걸이만 튀지 않았다.

마음에 든다. 하지만 반드시 사고 싶을 만큼은 아니었다. 무척 비쌀 것 같은데 간절하지 않은 물건이라서 망설여졌다.

유진은 그의 반응으로 결정하자고 생각하며 슬쩍 운을 띄워 보았다.

"사 줄 거예요?"

카세르가 농담을 들은 사람처럼 웃었다.

"이제 당신 거야."

어디서 '어머나'라고 중얼거리는 소리가 들렸다. 유진은 갑자기 우쭐한 기분이 들면서 얼굴이 확 달아올랐다. 그녀는 뜨거워진 얼굴을 손등으로 눌렀다. 평소에도 완벽한 남편이 이 순간에 더욱 근사해 보였다. 그녀는 남편의 팔을 붙들고 발끝을 들어 그의 볼에 살짝 입을 맞췄다.

카세르는 얼른 고개를 돌리고 딴청을 부리는 유진을 보며 입술 끝을 올렸다.

"부점장."

"예, 전하."

충실한 수족처럼 신속한 대답이었다.

"이 위에 있는 물건 다 포장하게."

"미쳤나 봐, 이 사람이."

유진이 화들짝 놀라서 목소리를 높였다. 그리고 자신들을 주시하고 있는 주변 시선을 뒤늦게 의식하고 얼른 그의 옆에 붙어 목소리를 낮췄다.

"안 돼요. 그러지 마요."

"마음에 안 들어?"

"마음에 들, 그게 문제가 아니에요."

"포장하게."

"예, 전하."

"안 된다니까요."

그들을 바라보는 사람들 표정이 다들 반쯤 얼이 나가 있었다. 눈으로 보면서도 믿기지 않았다. 아니카 진이 왜 왕과 결혼했을까에 관해 사람들은 온갖 이유를 추측했지만, 그 두 사람 사이에 애정이 있다고 생각하는 사람은 아무도 없었다.

"어쩜."

마담 자네트가 감동한 표정으로 두 손을 모아 잡았다. 그렇게 말이 많던 디티오 부인은 조용했다. 휘둥그레진 눈으로 애정을 과시하는 사왕 부부를 바라보았다. 저 모습이 그럴듯한 연극이라고 해도 저만큼 자연스러운 표정과 분위기를 만들어 내는 부부가 사이 나쁠 리 없었다.

"가주님. 아니카 진께서 참으로 행복해 보이시네요."

흐뭇하게 웃으며 딸 내외를 보고 있던 다나가 고개를 돌렸다.

"딸이 결혼하여 잘살고 있으니 기특하지요. 저 아이가 결혼 후에 마음이 안정되나 봐요. 성격이 둥글어졌어요."

자네트가 고개를 끄덕였다. 안 그래도 내심 '이 아가씨가 왜 이렇게 다른 사람 같지.'라고 생각했다. 예전에 저택에서 아니카 진을 만나면 어찌나 까탈스럽고 거만했는지 모른다.

디티오 부인도 예전의 아니카 진을 잘 아는 터라 아까부터 매번 놀라고 있었다. 쇼핑하는 내내 아르스 모녀 곁에 붙어서 참견한 것도 신기해서였다.

디티오 부인은 진을 보면서 '아르스 가주 같은 사람한테 저런 자식이 태어났을까.'라고 종종 생각했다. 그녀에겐 비슷한 나이의 아들이 있었지만, 농담으로라도 아니카 진을 며느리 삼고 싶다고 말한 적이 없었다.

자신의 사람 보는 눈이 잘못되었던 걸까. 한참을 이 옷, 저 옷 입어 보고 가봉하는 동안 제 어머니에게 싫은 내색 없이 사근사근하게 웃으며 말하는 진의 모습이 이여뻤다. 제 남편과 저렇게 알콩달콩한 모습을 보니까 진즉 며느리 삼을 걸 그랬다고 뒤늦게 후회했다.

"내가 이제 건강을 되찾아서 조금씩 바깥 활동을 하려고요. 딸이 오랜만에 성도에 온 김에 겸사겸사 집에서 연회를 열까 해요."

"연회를요? 아르스의 저택에서 연회를 여신다고요? 가주님께서 직접 주최하시게요?"

"워낙 오랜만이라 걱정이네요."

"무슨 말씀이세요. 가주님의 타고난 감각이 세월에 무디어지는 건가요?"

"날짜가 정해지는 대로 초대장은 보내겠지만, 그 진에 미담이 소문 좀 내 줘요."

"내고말고요. 아르스 저택의 연회라니. 초대장 구하려고 전쟁이 나겠네요. 가주님, 제 것은 미리 한 장 빼 주시는 거지요?"

"물론이지요."

자네트가 일부러 수고하지 않아도 지금 귀를 쫑긋 세우고 그들의 대화를 엿듣는 사람들을 통해 소문은 순식간에 번져 나갈 것이다.

아르스의 가주와 사왕 부부가 들어온 후 의상실에서 나간 손님은 아무도 없었다. 다들 미적거리며 물건을 고르는 척 세 사람의 말과 행동에 모든 신경을 곤두세우고 있었다.

자네트의 말대로 아르스 저택의 연회에 참석하기 위해 사람들은 초대장을 구하러 이리저리 뛰어다닐 것이다.

귀가한 오후에 샬럿이 찾아왔다. 은근히 기다렸던 터라 유진은 그녀를 반갑게 맞이했다.

"외조부님을 뵈었습니다. 관련하여 드릴 말씀이 있어서 찾아뵈었습니다. 왕비님."

"어디 들어 봅시다."

유진은 주변 사람을 모두 물렸다. 응접실에 두 사람만 남았다.

"먼저 송구하다는 말씀부터 드리겠습니다. 왕비님의 기대에는 미치지 못할 것 같습니다."

"뭔가 어긋났나요?"

샬럿은 쓴웃음을 지으며 말했다.

"제 외조부님…… 워낙 까다롭고 의심이 많은 분이라서요."

외조부가 자신이 거짓말한다고 의심하는 것 같지는 않았다. 의심했다면 외조부 성격상 그 자리에서 쫓아 버렸을 것이다. 다만, 샬럿이 아니카 왕비와의 사이에서 연락책이 되었던 와콤 백작을 역할을 대신 맡았다는 자체를 몹시 못마땅해했다.

「네가 왜 그런 일에 끼어. 그럴 만한 사정이라도 있는 게야? 내키지 않는 일이면 내가 손써 주마. 내가 그 정도 힘은 있다.」

「그런 거 아니에요. 할아버지.」

「정말 아니야? 네 남편 때문은 아니고? 그런 거면 내가 그놈을 불러다 혼쭐을 낼 참이다. 사내놈이 얼마나 형편없으면 제 아내를 이용해?」

「할아버지. 또 성급하게 판단하신다. 아니라니까요. 우연한 기회에 왕비님과 교류하게 되었어요. 알고 보면 마음이 따뜻한 분이세요.」

미첼은 헛소리 말라는 듯 코웃음을 쳤다.

「할아버지. 소문만 듣고 편견을 가지신 거예요. 왕비님과 직접 만나 본 적은 없으시다면서요.」

「난 없지만 네 할머니는 만났지. 그럼 네 할머니가 내게 없는 말을 지어 내어 다른 사람 험담을 했다는 거냐?」

처음 듣는 이야기라서 샬럿은 아무 말도 하지 못했다. 외조부가 아니카 왕비님을 탐탁지 않아 한다고 느꼈는데 두 사람 사이에 접점이 없으니 소문만 듣고 그러는 줄 알았다.

「네가 한두 살 먹은 애도 아니니 네가 상관없다면 나도 관여하지 않겠다. 하지만 샬럿. 네게 일을 맡기면서 그 일에 관해 제대로 설명해 주지 않는 윗사람은 믿고 따를 만한 인물이 아니냐. 네게 득보다 실이 많아.」

「……네. 할아버지.」

「그리고 네가 내 손녀고 앞으로 연락책이 된다고 해도 그동안 아니카

왕비님과 내가 주고받은 내용을 네게 말해 줄 수 없구나. 거래 관계에서 가
장 중요한 건 신뢰이며 신뢰의 기본은 무거운 입이다.」

샬럿은 정보를 캐내기는커녕 야단만 맞고 돌아왔다.

그녀는 조부와의 대화에서 감정이 상할 만한 민감을 부분은 적당히
빼고 유진에게 전달했다.

"송구합니다. 왕비님."

"아니에요. 백작."

유진이 곧바로 고개를 저었다.

"그대의 외조부께서 옳은 말씀만 하셨어요. 내가 얕은꾀를 부렸군요.
스칸 회주님께서는 손녀가 걱정되어 쓴소리하셨을 거예요. 내가 그대에
게 면목이 없어요."

샬럿은 언짢은 기색 없이 오히려 외조부를 이해해 주는 왕비님께 감
사하면서 편견을 가진 외조부께 야속한 마음이 들었다.

예전에는 왕비가 껄끄러웠지만, 깊은 반감은 아니었다. 오히려 거리
를 두었기 때문에 나쁜 기억도 없었다. 그러니 그때의 왕비님은 낯선 왕
국에 와서 주변을 경계하느라 가시를 세웠던 거라고 이해할 수 있었다.

그리고 경험에 따르면 소문과 그 사람의 진짜 모습이 다른 경우가 꽤
많았다. 성도에 퍼진 왕비님에 대한 소문은 악의적인 공작이 개입된 거
라고 생각했다. 왕비님은 아르스 가문의 아나카이니까 워낙 가진 것이
많은 분이라서 사람들이 시기했을 것이다.

"그리고 백작. 정말 나는 기억이 나지 않아요. 애쓰고는 있는데……
회복이 더디네요. 그대를 기만할 의도는 없었어요."

샬럿이 놀라서 대답했다.

"왕비님. 저는 왕비님께서 거짓말하셨다고 생각하지 않습니다."

"믿어 준다니 고마워요."

유진이 부드럽게 미소 지었다. 샬럿이 시선을 아래로 내렸다. 강압적으로 권위를 내세우지 않는데도 저절로 압도되는 기분이 들었다. 윗분 앞에 앉아 있는 아랫사람으로서 겸허한 마음이 절로 들었다.

"내가 스칸 회주님을 직접 만나겠어요. 자리를 마련해 줘요. 그대가 중간에서 한 번만 더 수고해 주겠어요?"

"예, 왕비님. 이번에는 기대에 충족하도록 최선을 다하겠습니다."

대화를 마친 후 유진은 샬럿을 배웅해 주려고 함께 응접실을 나갔다. 두 사람이 1층의 홀에 이르렀을 때 시종이 유진에게 다가와 고했다.

"왕비님. 자네트 부티크의 부점장이 왕비님께 드릴 물품을 가져왔다고 합니다."

"지금?"

"예, 왕비님. 조금 전 당도하여 바깥에서 기다리고 있습니다."

유진은 의아한 표정을 지었다. 아까 다녀온 곳인데 또 뭘 가져왔다는 걸까. 맞춘 의복이 벌써 제작되었을 리는 없을 것이다. 모자나 구두 등의 잡화는 옷과 함께 배달할 거라고 했다. 그리고 그 물건들은 모두 아르스 저택으로 배송하기로 했다.

'아까 산 보석들은 다 가져왔을 텐데.'

유진은 그 일을 떠올리니까 심란했다. 엄청난 충동 구매를 저지른 사람의 죄책감 비슷한 감정을 느꼈다.

유진이 만류했으나 끝내 그 진열장 물건을 모두 사고 말았다. 카세르는 이미 포장하라고 말을 했으니 '왕은 두말할 수 없다'라는 이유를 들어 철회하지 않았다.

남편이 부자라는 건 알고 있지만, 이런 식의 쇼핑은 유진의 취향이 아니었다. 지금껏 그녀는 한정된 재화에서 최고의 효용을 추구하기 위해 꼼꼼히 살핀 후 정말 갖고 싶은 것만 샀다.

그런데 이제는 과거의 구두쇠 습관을 고집하지 않아도 되니까 '뭐, 어때.'라고 과감히 생각하다가도 '한두 푼도 아닌데 과소비는…….'라는 소심한 마음 사이에서 왔다 갔다 했다.

'혹시 아까 많이 사서 사은품이라도 가져온 건가?'

"나가는 길이니 내가 가 보겠다."

"예, 왕비님."

유진은 샬럿과 함께 저택을 나왔다. 계단 아래로 이어지는 뜰에 샬럿을 태우기 위한 마차가 기다리고 있고 그 옆에 다른 마차가 있었다. 마차 앞에 서 있던 남자들이 유진을 보자마자 얼른 계단을 올라왔다. 앞장선 부점장이 몸이 직각이 될 정도로 허리를 반 접었다.

"아니카 님께 인사 올립니다. 자네트 부티크의 부점장, 제이크입니다."

자기소개를 늘어놓지 않아도 유진은 남자를 알아보았다. 불과 몇 시간 전에 진열장 위 보석들을 쓸어 담아 포장하면서 희희낙락하던 남자의 표정이 아직 눈에 선했다.

"사왕 전하께서 아니카 님께 드리는 선물을 가져왔습니다."

"아까 다 포장해서 가져온 줄 알았는데, 두고 온 게 있었나요?"

"아이구, 아닙니다. 아니카 님. 이 귀물은 아까 그 물건들과는 비교도, 아, 오해는 마십시오. 아까 포장해 드린 물건들도 절대 어디 내놓아도 부족하지는 않습니다. 최상품만 선별해서 진열해 두었다고 자신 있게 말씀드립니다. 다만, 제가 지금 가져온 이 물건에 관해 말씀드리자면."

부점장이 뒤쪽으로 손을 뻗었다. 부점장이 데려온 남자 둘이 나무 상자를 양쪽에서 들고 있었다.

"저희 부티크 최고의, 아니, 감히 성도 최고의 보물이라고 말씀드리겠습니다. 드디어 이 보물이 주인을 찾게 되어 더없이 영광으로 생각합니다. 부디 제게 이 보물을 설명해 드릴 시간을 주시겠습니까?'

그런데 부점장의 기대와 다르게 유진은 감격스러워하지 않았다.

'아니, 이 남자가 또 뭘 산 거야. 적당히를 몰라, 적당히를.'

샬럿은 호기심 가득한 눈으로 나무상자를 흘끔거렸다. 부점장의 자부심 가득한 설명이 와닿지 않는 유진과 다르게 샬럿은 저 상자에 든 것의 정체를 대충 추측했다.

성도의 손꼽히는 보석상은 상점을 대표하는 귀물 몇 가지를 보유하고 있었다. 판매하는 상품이지만, 실제로 사는 사람은 없었다. 워낙 엄청난 가격표가 붙어 있어서 구매력이 있는 고객을 찾기가 어려웠다.

이 정도의 보물급 물건을 가지고 있다는 것 자체가 손님들에게 과시하기 위한 일종의 전시품이었다. 고가의 보석상에는 고객들이 거액을 미리 지급하므로 상점의 신용을 증명하는 담보이기도 했다.

'자네트 부티크의 보물이라고?'

샬럿은 그 물건의 정체가 궁금했다. 성도에서 손꼽히는 보석상이 보유한 보물은 아무에게나 구경시켜 주지도 않았다.

"왕비님. 감히 여쭙옵건대 저 보물의 개봉할 때 구경할 기회를 주시겠습니까?"

"……물론이지요."

유진은 흔쾌히 대답했다. 그깟 보물 구경이 뭐라고, 샬럿의 수고에 대한 보답으로써 내세울 일도 아니었다. 그녀는 그들과 다시 응접실로 돌아갔다.

두 남자가 나무 상자를 내려놓고 물러섰다. 부점장이 나무상자를 봉인한 자물쇠를 풀고 안에 든 작은 상자를 꺼냈다. 그는 소파 테이블에 상자를 놓으며 가장 상단의 덮개를 위로 들어 올렸다. 그러자 상자의 옆면이 사방으로 갈라져 바닥에 펼쳐졌다.

"흡."

샬럿이 두 손으로 막은 입에서 기이한 탄성이 새어 나왔다.

놀라서 커진 눈의 유진 입술도 살짝 벌어졌다.

목과 어깨로 이어지는 모습의 흉상 위에 목둘레를 감쌀 정도로 촘촘하게 엮은 다이아몬드 목걸이가 걸려 있었다.

"이 보물에 관해 말씀드리자면……."

부점장이 흥분해서 떠드는 소리가 제대로 들리지 않았다. 유진은 지금 눈으로 보면서도 실감이 나지 않아 머릿속이 멍했다. 이쪽 세상은 진짜 같은 모조 보석을 만들 만한 기술은 없을 테니까 저게 다 진짜라는 뜻이다. 저 어마어마한 다이아몬드가.

그런데 유진은 왠지 저 목걸이가 눈에 익었다. 하지만 그럴 리가 없었다. 자신이 저런 엄청난 물건을 어디서 봤겠는가.

'아……'

기억났다. 왕성의 보물고.

왕국의 국보인 그 굉장한 목걸이를 봤을 때 느꼈던 감동은 아직도 선명했다. 그 목걸이에 비하면 부점장이 가져온 목걸이는 소박한 수준이었다.

지금 유진의 눈앞에 있는 물건이 엄청난 것은 틀림없지만, 이미 더 대단한 물건을 본 사람이 느끼는 감동의 크기는 상대적으로 작았다.

다만, 유진은 저 목걸이가 보물고의 국보를 비슷하게 닮았다는 사실 자체가 더 와닿았다.

'내가 그때 그 목걸이를 보고 감탄해서 그 남자가 저걸…….'

'혹시'라는 생각은 곧 확신이 되었다. 그 꼼꼼한 남자는 틀림없이 그때 일을 기억해서 저것을 샀을 것이다.

유진은 두 손으로 자신의 얼굴을 감쌌다. 웃음이 나오는데 왜 눈이 시큰거리는지 모르겠다.

유진이 샬럿을 만나는 시각, 카세르는 조사를 맡긴 수하의 보고를 받고 있었다.

그는 무감한 표정으로 몇 장의 문서를 훑어보고 던지듯 책상에 내려놓았다. 그가 잠시 아무 말 없이 생각에 잠긴 동안 보고서를 들고 온 남자는 숨소리를 죽이고 미동도 없이 서 있었다.

"됐다. 나가 봐."

"예, 진하."

남자는 왕께서 추가 지시를 내릴지 모르니까 잠시 기다렸다가 뒤로 물러 나와 집무실에서 나갔다.

카세르는 책상 위에 내려놓은 문서를 물끄러미 바라보았다. 손을 가져다 댔다가 멈칫, 그대로 주먹을 쥐며 손을 뒤로 물렸다.

얼마 전에 생모가 돈이 필요하다며 찾아왔던 날, 카세르는 뒷조사를 은밀히 지시했다. 대충 짐작은 했지만 보고서에 적힌 내용은 한심하고 구질구질했다.

'어리석은 여자 같으니.'

이혼하지 않고 왕비 자리를 끈질기게 붙들고 있었으면 차라리 생모의 인생이 이보다는 나았을 것이다. 도대체 그 여자는 자신의 의지라는 게 있는 걸까. 제 부모와 형제에게 끊임없이 휘둘리는 인생이었다. 상제 역시 아니카를 이용하고 있다는 사실을 최근에 알았으니 그 여자의 정신적 자립을 진정으로 도울 자는 아무도 없었다.

생각에 잠겨 있던 카세르가 책상 앞에서 일어났다. 그는 곧바로 발코니로 나가는 창을 열고 습관적으로 아부를 부르려 했다. 그러나 다양한 높낮이의 건물들이 조밀하게 모여 만들어 내는 풍경을 보고 멈추어 섰다.

여기는 성도다. 가끔 답답할 때 아부를 타고 사막을 내달릴 수 있는 자신의 왕국이 아니었다.

'어이없군.'

이런 엉뚱한 착각을 할 정도로 생모의 소식이 왜 자신의 마음을 어지럽히는지 알 수 없었다.

그는 창을 연 채 잠시 서 있다가 발코니로 나갔다. 보이는 정경을 무의미하게 눈에 담으며 머릿속을 비웠다. 심란할 때는 아무 생각도 하지 않는 것이 도움이 되었다.

뒤쪽에서 인기척이 느껴지는가 싶더니 시종이 그를 불렀다.

"전하. 왕비님께서 납시어 계십니다."

카세르는 곧바로 돌아보며 말했다.

"안으로 모셔라."

시종이 대답하고 물러간 잠시 후 카세르는 집무실로 들어갔다. 곧 문이 열리고 유진이 혼자 안으로 들어왔다. 언젠가부터 두 사람이 함께 있을 때 자연스레 다들 자리를 비켰다.

카세르는 그녀가 자신을 찾으려 열심히 두리번거리는 모습을 바라보았다. 발코니창 앞에 있는 자신을 발견하고 눈이 마주치니까 활짝 웃는 모습이 이상하게 마음 언저리를 건드렸다. 알싸한 통증 같기도 한 묘한 감각이었다.

그는 빠른 걸음으로 다가와 온몸을 부딪치듯 품에 안기는 그녀를 반사적으로 끌어안았다. 유진이 그의 가슴에 얼굴을 비비다가 고개를 들었다. 붉게 물든 볼이 흥분한 그녀의 감정 상태를 드러냈다.

"아까 그 부티크 부점장이 다녀갔어요."

"빠르군. 내일 올 줄 알았는데."

목걸이를 살 때 부점장은 양도 서류 작업 때문에 하루 이상 시간이 걸리겠다고 말했다. 그런데 아까 카세르가 상점 내부에 전시된 장신구를 쓸어 담는 바람에 부점장은 '사왕은 성격이 급하다'라고 판단했다. 미적거리다가 대범한 손님께서 마음을 바꾸면 곤란하니 서둘러서 상품을 전달하자고 계획을 바꿨다.

"마음에 들어?"

"마음에 드냐고요?"

유진이 터무니없는 질문을 들은 사람처럼 웃음을 티뜨렸다.

"정확히 제가 원하는 거였어요. 제가 그런 목걸이를 좋아하는 줄 어떻게 아셨어요? 마음을 읽는 재주라도 있으세요?"

"……그냥 당신이 좋아할 것 같았어."

유진은 그의 가슴에 얼굴을 묻으며 소리 죽여 웃었다. 보물고 이야기를 꺼내지 않고 시치미 떼는 그가 귀여웠다. 그녀는 모르는 척 더 호들갑스럽게 말했다.

"고마워요. 정말 좋아요. 지금까지 받았던 선물 중에서 최고예요."

그녀의 열렬한 반응이 카세르의 마음을 흡족하게 했다. 받은 사람이 이토록 기뻐해 주니까 선물한 사람으로서 보람을 느꼈다.

그의 가슴에 다시 고개를 묻은 채 유진은 속으로만 중얼거렸다.

'이걸 어쩐다.'

그의 집무실로 오는 중에 깨달았다. 성도에 도착하기 전에 세웠던 계획이 완전히 어그러지고 말았다.

서로 냉랭한 척하자고 말을 맞추어 두었는데 오히려 그 반대의 모습을 말 많은 사람들에게 보여 주었다. 소문은 삽시간에 번져 상제의 귀에도 들어갈 것이다.

하지만 그녀는 남편에게 굳이 그 사실을 일깨우지 않았다.

유진은 아까 의상실에서 있었던 일로 자신이 얼마나 속물인지 알게 되었다. 직원들이 장신구들을 포장하는 동안 구경하며 감탄하는 사람들의 반응이 어찌나 짜릿하던지.

어차피 사람들 입에 오르내릴 거라면 부부 금슬이 좋은 모습으로 부러움을 사는 편이 훨씬 나았다. 타인의 눈을 의식하여 자신에게 차갑게 구는 그의 모습을 상상만 해도 기분이 나빴다.

유진은 다시 고개를 들었다.

"우리요. 작전을 바꿔요."

"무슨 작전?"

"상제는 왕과 아니카가 가까워질까 봐 경계하잖아요. 그럼 우리가 사이좋다는 소문을 들으면 신경 쓰겠지요. 상제의 시선을 끄는 사이에 주술이나 고대 일족을 조사하는 거예요."

"오늘처럼 당신에게 선물을 사다가 안기는 일을 몇 번 더 하라는 뜻인가?"

유진은 짐짓 심각하게 말하는 그의 가슴을 살짝 밀쳤다.

"그런 뜻 아니에요."

유진은 새침한 표정으로 이어서 말했다.

"그런데 선물은 사양하지 않아요."

카세르는 나직한 웃음을 터트리고는 한쪽 팔을 그녀의 허벅지 아래를 받쳐 안고는 그녀를 책상에 올려 앉혔다. 두 사람의 눈높이가 거의 비슷해졌다. 그의 오른손이 유진의 볼을 스치듯 만졌다가 그녀의 머리카락을 부드럽게 쓸어 넘겼다.

검은 머리카락에 검은 눈동자. 자신의 생모와 똑같은 외형적 특징을 지닌 그녀는 아니카다.

그의 생모는 아주 무책임한 여자였다. 그런데 왕과 결혼한 아니카는 대부분 비슷했다. 왕의 아내, 왕국의 왕비, 아이의 어머니, 어떤 역할도 제대로 하지 않았다.

그래서 카세르는 아니카에게 반감 비슷한 감정을 품고 있었다. 3년 전, 한 줌의 기대도 없이 결혼했을 때 그는 지극히 냉소적이었다.

그는 고작 몇 개월 사이에 벌어진 자신의 변화가 믿기지 않았다. 자신에게 이토록 사랑스럽고 소중한 존재가 생기게 될 거라고는 상상도 하지 못했다.

그녀 덕분에 알게 되었다. 어떤 사람이 아니카라고 해서 미워하거나 사랑하기 위한 이유가 될 수 없었다.

"유진."

"네."

"내일 다과회에 간다고 했지?"

"네. 정확한 시간은 아직 몰라요."

유진은 내일 다나와 함께 다과회에 참석하기로 했다. 참석인원이 열 명 내외로 작은 모임이지만, 참석자들이 모두 사교계에 영향력이 대단하다고 들었다.

큰 연회를 성공적으로 치르기 위해서는 사전에 이곳저곳에 얼굴을 내밀어 인사 다니는 관행이 있다고 다나가 말했다. 그래서 내일뿐만이 아니라 유진은 한동안 다나와 여러 모임에 참석할 예정이었다.

"성도에서 사교 모임에 참석하다 보면 듣게 될 거야. 혹은 당신이 직접 만날 수도 있고."

"네?"

카세르는 그녀의 반짝거리는 검은 눈동자 속에 오롯이 담긴 자신의 모습을 보며 말했다.

"윌프리드 부인. 내 생모."

유진의 눈동자가 흔들렸다. 그녀는 말없이 눈만 끔벅이다가 중얼거렸다.

"……아."

"지금의 남편과 재혼하여 아니카가 아니라 윌프리드 부인으로 불리고 싶다고 상제에게 요청했지."

"그런 요청을 하면…… 어떻게 돼요?"

"드물지만, 아니카로서 받는 특별한 대우를 버거워하고 거부하는 아니카가 있어. 아니카의 이름을 버리고 모든 특권을 포기한다는 뜻이야."

카세르는 자신이 이렇게 담담하게 생모 이야기를 한다는 게 놀라웠다. 예전의 그는 그 여자를 생각하기조차 싫어했다. 아예 머릿속에서 지워 버린 줄 알았지만, 사실은 원망했다. 고인 감정을 끌어안고 있었다.

그런데 이제는 흘려보낼 수 있을 것 같았다.

"내 생모, 윌프리드 부인은 타고난 환경이 좋지 않았어. 그 여자의 부모는 허세와 욕심이 많았지. 아니카 딸을 이용해 욕심을 채우려 했어."

아니카의 부모는 평생 연금을 받는다. 하지만 윌프리드 부인, 케이티의 부모는 그걸로 만족할 수 없었다.

아니카는 인기 높은 신붓감이었다. 신의 성총을 얻은 자식을 낳고 싶은 자들이 거액의 지참금을 싸 들고 줄을 섰다.

케이티의 부모는 결혼 시장에 딸을 내놓고 약혼한 예비 사위에게 돈을 받아 챙기면서 나중에는 이런저런 핑계로 파혼시켰다. 이런 과정이 몇 번 반복되자 더는 케이티와 결혼하겠다고 나서는 자가 없었다.

케이티의 부모는 상류층이 되기를 갈망했고 그들과 어울리기 위해 사치스러운 생활을 했다. 돈이 떨어져 가자 이번에는 딸을 색다른 결혼 시장에 내보냈다.

"그래서 윌프리드 부인은 선왕과 결혼했지."

유진은 아연한 표정으로 물었다.

"……상제의 축하금 때문에요?"

카세르가 고개를 끄덕였다.

"하지만…… 왕과 결혼하는 아니카는 상제가 결정한다면서요."

"왕의 결혼 상대자로 결정할 만한 아니카가 먼저 자원한다면 상제로서는 안 된다고 할 이유가 없으니까."

케이티의 타고난 라미타 등급은 평균 이하, 집안은 변변치 않았고 본인의 성격은 심약하며 귀가 얇고 의지가 약했다.

그런데 케이티는 사왕의 아이를 낳고 성도로 돌아간 후 자기 뜻대로 살지 못했던 인생에 회의를 느꼈는지, 진짜 사랑에 빠진 것인지, 두고두고 성도 사람들 입에 오르내릴 추문을 일으켰다.

케이티는 사왕과 이혼하지 않은 상태로 호겐 윌프리드라는 남자의 아이를 낳았다. 선대 사왕이 노여워하며 이혼을 통보한 후 절차를 통해 법적으로 이혼이 성립했고 케이티는 호겐과 결혼했다.

이후 아니카 이름을 버리고 윌프리드 부인이 되었으며 호겐과의 사이에서 아이를 둘 더 낳았다. 겉보기에는 다복한 가정을 꾸린 듯하지만, 뒷조사를 통해 카세르가 알아본 바로는 호겐은 질이 낮은 사기꾼이며 도박중독자였다. 그자의 아내로 살면서 버린 자식을 찾아가 돈을 구걸하는 삶은 무척 고단할 것이다.

카세르는 생모의 빈한한 삶까지는 유진에게 설명하지 않았다.

"어디서 윌프리드 부인 이야기를 듣거나 혹시 만나게 되더라도 모른 척해. 나와 이제는 전혀 관련이 없는 사람이니까. 당신이 알아야 할 것 같아서 말하는 거야."

유진은 카세르가 꼬박꼬박 '윌프리드 부인'이라고 칭하는 점을 주목했다. 남 이야기하듯 무덤덤한 그의 말투가 더 마음이 아팠다.

그를 동정할 생각은 없었다. 어설픈 위로는 그의 자존심만 건드릴 것 같았다.

"고마워요. 말해 줘서."

카세르는 두 팔을 뻗는 그녀를 끌어안았다. 그의 표정은 홀가분했다. 그녀에게 말하면서 확실히 알게 되었다. 이제 생모에게 남은 감정이 전혀 없었다. 생모의 소식을 듣고 착잡했던 이유는 그 여자를 그저 한 인간으로서 동정했기 때문이었다.

품 안의 여자가 그를 앞만 바라볼 수 있게 해 주었다. 더는 자신을 버린 생모에게 미련을 가질 이유가 없었다. 이제 자신의 가족은 이 사람이었다.

*　　*　　*

눈을 감은 라한의 주름진 얼굴에 근심이 가득했다. 지하에 다녀온 히타샤가 전달한 '그분'의 말씀 때문이었다.

> 「신께서 주신 레사의 아이를 만나려고 한다. 꿈에 닿을 수 있는 다리를 준비해다오.」

히타샤는 그분의 말씀을 한 글자라도 틀리지 않으려고 집까지 오는 길에 계속 입 안으로 외운 것 같았다. 라한과 단둘이 되자마자 단숨에 말하더니 후련한 듯 한숨을 내쉬었다. 나중에 아들이 말하기를, 집에 돌아가는 길에도 입을 꽉 다물고 짧은 대답조차 하지 않았다고 했다.

귀엽고 영특한 손녀는 기대 이상의 역할을 해 주었다. 그런데 히타샤가 전한 내용이 뜻밖이라서 당혹스러웠다.

'신께서 주신 레사의 아이'는 누이의 손녀인 아니카 진을 일컫는 것이리라. 세상의 미래를 읽는 분이시니 그 사실을 어찌 알았는가는 놀랍지 않았다.

'그분께 꿈을 읽는 능력이 있었을 줄이야.'

주술은 술식, 매개, 그릇, 세 가지 성립 요건을 완벽히 갖추면 누구나 발동할 수 있다. 그런데 주술사가 자격을 갖추어야만 발동하는 특별한 주술이 몇 가지 있었다.

타인의 꿈으로 들어가서 그 사람의 의식과 연결할 수 있는 주술이 그러했다.

'그분께 숨겨 둔 한 수가 있었구나.'

라한은 전율을 느꼈다. 상제가 그 사실을 알았다면 지금처럼 무방비하게 그분과 일족의 아이들을 만나게 해 줄 리가 없었다.

그분은 그 능력을 이용하여 후손들에게 연락을 시도한 적이 없었다. 라한이 지금껏 그분을 꿈에서 뵌 적도, 선대 가주께 들은 말도 없었다. 그분은 능력을 봉인한 채 괴물의 눈을 피해서 꼭꼭 숨겨 두었다. 마지막 한 수로써.

꿈으로 들어가는 방식은 두 가지다. 침략하거나, 접촉하거나.

침략의 방식은 양쪽 당사자 모두의 정신에 손상을 입힌다. 그리고 성공하건 실패하건 발현자의 생명력을 소모하므로 상제가 낌새를 알아차릴 것이다.

그분은 다리를 준비해 달라고 하였으니 접촉을 시도하려는 듯했다. 그런데 접촉하려면 두 가지가 필요했다. 꿈의 소유자가 방문자를 거부하지 않아야 하며 당사자를 특정하는 매개가 있어야 한다. 혈액 같은 신체 조직이 가장 이상적이었다.

라한은 한숨을 내쉬었다. 두 가지 다 막막했다.

알지도 못하는 사람이 느닷없이 나타나서 '너의 친척이다'라고 말하며 피를 요구한다면?

더구나 아니카는 상제와 긴밀한 관계다. 상제에게 모든 것이 발각될 위험이 있었다. 그렇게 되면 무엔 가문에 재난이 닥칠 것이다.

현실에 안주할 것인가, 모든 것을 걸고 모험할 것인가.

라한은 오랫동안 고민했다. 살날이 얼마 남지 않은 자신에게 가문의 미래를 걸고 도박할 자격이 있는가. 어여쁜 손녀 얼굴이 떠올라 눈시울이 뜨거워졌다.

'마지막 기회일지 모른다.'

라한은 눈을 떴다. 그의 눈에서 형형한 안광이 흘러나왔다.

'그분의 희생으로 지금껏 윤택하게 살았다. 만약 일이 잘못되더라도…… 거기가 우리의 끝이면 그것도 신의 뜻이겠지.'

라한은 아들을 불렀다.

"스칸의 회주가 지금도 아니카 진과 연락을 주고받는다더냐?"

"최근 몇 개월은 뜸한 것 같습니다. 아니카 진이 며칠 전 성도에 온 이후에는 어떤지 모르겠습니다. 아직 알아보지 않았습니다."

무엔 가문을 방문하여 가주를 만난 사람의 반응은 다양했다. 지나친 기대를 품고 왔다가 실망하여 돌아가는 자, '사기 아닌가?'라는 삐딱한 마음으로 왔다가 열렬한 신도가 되는 자, 무엔의 가주를 만나기 위해서 지불한 돈 만큼은 도움받는 게 당연하다고 생각하는 자, 작은 조언도 은혜라고 생각하는 자.

스칸 상회의 회주 미첼은 마지막 경우에 해당했다. 그는 젊었을 때 무엔 가주의 조언을 참고하여 사업이 크게 성공했다. 그 후 무엔의 비밀스러운 조력자가 되었다.

상제는 혈육이나 연인을 위해 한계를 넘어 능력을 발휘하는 인간의 특성을 철저하게 이용했다. 엘버와 무엔의 혈족, 양쪽의 목을 움켜쥐고 둘 모두를 이용했다.

그러나 아무리 교활해도 괴물은 인간이 아니므로 인간을 온전히 알지 못했다. 상제는 인간과 인간의 관계를 단편적으로 판단했다.

혈육이 아니어도, 연인이 아니어도, 인간은 때때로 자신의 손해를 감수하며 타인을 돕기도 한다. 상제는 그물처럼 얽히는 인간관계의 복잡함과 이득을 따지지 않는 인간의 선한 의지를 간과했다.

무엔 가문은 성도에 자리 잡은 지 오래되었다. 그동안 무엔 가문한테 크고 작은 도움을 받은 자들이 수없이 많았다. 그리고 그들은 대부분 성도의 상류층이며 성도를 이끄는 주축이었다.

그래서 은둔하는 무엔 가문이 성도에 미치는 영향력은 보이지 않으나 대단했다. 아무리 상제가 철저히 감시해도 무엔의 인맥을 완벽히 파악할 수 없었다.

상제는 무엔 가문이 일족과 교류하거나 가문을 떠난 방계와 접촉하면 집요하게 감시했으나 그 외의 친분에는 관심이 덜했다.

무엔은 괴물의 빈틈을 놓치지 않았다. 두껍고 높은 감시의 벽에 아주 작은 구멍을 팠다.

상제의 눈에 거슬리지 않는 정도로만 일부 사람들과 꾸준히 거래했다. 교류라고 해 봤자 정기적으로 안부 인사를 주고받는 정도에 불과했다. 겉으로 보기에는 그랬다.

스칸의 회주처럼 은밀하게 무엔을 돕는 조력자가 여럿 있었다. 무엔은 조력자의 도움으로 많은 정보를 받았다. 상제는 정보를 통제하여 무엔 가문의 눈과 귀를 막았다고 생각하겠지만, 무엔은 세상 소식에 정통했다.

"스칸 회주에게 연락해서 아니카 진과 만나는 자리를 잡을 수 있는지 알아봐라."

"예."

"네가 아니카 진을 만나라."

타스가 놀란 표정으로 잠시 아무 말도 하지 못했다.

"하지만 상제가……."

"네가 상제 눈을 피해서 나갈 방법을 찾아봐야지. 다른 사람에게는 맡길 수 없다. 가문, 아니, 일족의 명운이 걸렸어."

타스는 굳은 표정으로 부친을 바라보았다. 결의 가득한 부친의 눈빛을 보고 무겁게 고개를 끄덕였다.

*　　*　　*

오후의 다과회 참석을 위해 유진은 조금 이른 시각에 아르스의 저택에 갔다. 집사가 계단 아래까지 마중을 나와서 정중히 인사했다.

"오셨습니까, 아니카 님."

며칠에 걸쳐 몇 번 마주치는 동안 집사의 표정은 훨씬 부드러워졌다. 처음 봤을 때부터 집사의 태도는 흠잡을 데 없이 정중했다. 하지만 몸에 밴 습관대로 형식적인 예의만 차리는 것 같았다.

그런데 집사와 특별히 관계 개선을 시도하지 않았는데도 그저 오다가다 인사를 몇 번 건네었더니 미묘하게 우호적으로 변했다. 모시는 주인께서 딸에 대한 애정을 드러내니까 사용인 처지에서는 눈치를 살필 수밖에 없을 것이다.

"이리로 가져와."

유진이 데려온 하녀를 돌아보며 말했다. 하녀는 유진이 손짓하는 대로 들고 있던 큼직한 바구니를 집사에게 내밀었다. 집사가 의아한 표정으로 바구니를 받았다.

"파이가 맛있게 구워졌길래 챙겨왔어요. 어머니께 올리라는 것이 아니에요. 저택에서 수고하는 사람들끼리 나누세요."

"……예?"

집사가 흔들리는 눈빛으로 바구니를 내려다보았다.

유진은 지난번에 아르스 저택에 왔을 때 집사와 관련한 기억을 봤다. 가짜가 집사에게 뭔가를 집어 던지며 화를 내는 장면이었다. 왕성에서도 시녀를 괴롭혔으니 집에서는 안 그랬을까. 새삼 놀랄 일은 아니었다.

모두에게 '그 못된 애는 내가 아니었다.'라고 설명할 수는 없고 자신이 하지 않은 일로 사과하고 싶지도 않았다. 그냥 앞으로 얼굴 붉힐 일 만들지 말자고 생각했다.

"변변치 않아요."

"아, 아닙니다. 감사합니다, 아니카 님. 모두와 나누어서 잘 먹겠습니다."

"어머니는 계시지요?"

"예. 가주님께서는 외출 준비를 하고 계십니다."

집사가 안내할 것처럼 몸을 틀자 유진이 말했다.

"혼자 갈게요. 어머니 방이 어딘지는 알아요."

집사는 자신의 앞을 지나쳐 가는 유진에게 고개를 숙였다가 잠시 후 고개를 들었다. 계단을 완전히 올라가 안으로 들어가는 유진의 뒷모습이 잠깐 보였다가 곧 사라졌다.

그는 얼떨떨한 표정으로 손에 쥔 바구니 덮개를 들추었다. 안에 종이로 포장한 파이가 가득했다.

'거참, 신기하군.'

집사는 이 집안의 유일한 아가씨가 태어나고 자라 성년이 되는 모습을 지켜보았다. 그는 아르스 가문의 주인 두 분을 존경했지만, 두 분의 따님만큼은 도저히 마음이 가지 않았다. 아가씨의 심술에 마음고생하는 사용인들을 다독이는 일도 중요한 업무 중 하나였다.

그런데 아무리 3년 만이라지만, 사람이 바뀌었다.

아가씨가 돌아온 첫날부터 위화감을 느꼈다. 그러나 첫날은 가주님께서 혼절하시고 분위기가 어수선해서 정신이 없었다.

'뭔가 다르다'라고 확실히 느낀 건 어제의 식사 자리였다. 시중들던 하녀가 작은 실수를 했는데 아가씨는 별일 아닌 것처럼 그냥 넘어갔다.

그리고 오늘은 과자 선물이라니. '맛있게 구워져서 가져왔다'라는 아가씨의 말이 귀에 맴돌았다. 그런 말씀을 할 수 있는 분인지 몰랐다.

집사는 바구니에서 파이를 하나 꺼내 입에 물었다. 한창 업무 시간에, 계단 앞에 서서 먹는 파이 맛은 정말 기가 막혔다. 그는 입 안 가득히 파이를 우물거리며 기분 좋게 미소 지었다.

다과회 장소로 출발하기 전에 유진은 오늘 참석할 모임에 관하여 간단한 설명을 들었다.

한 달에 한 번씩 모이는 이 다과회의 역사는 거의 백 년에 가까웠다. 여자만 참석이 가능하며 모이는 인원은 열 명에서 열두 명 남짓. 규모는 크지 않으나 이 모임이 사교계에서 차지하는 위상은 대단했다. 참석자 모두가 부 혹은 명예를 지닌 성도 명문가 출신이었다.

모임 구성원 수는 일곱 명이 정원이었다. 한 명이 빠져야만 한 명이 새로 들어올 수 있었다. 새로운 구성원으로서 합류하기 위해서는 기존 구성원의 추천을 받아서 전원이 찬성해야 가능했다.

유진은 오늘 손님 자격으로 참석한다. 모임의 구성원은 1명을 동반할 수 있었다. 대부분 딸이나 며느리를 동반했다. 자신이 죽거나 불가피하게 이 모임에서 빠지게 되면 자신의 자리를 물려줄 사람이라는 뜻이었다.

정통 있는 모임이라서 다들 자신의 후임을 이르게 내정했다. 기존의 구성원과 친인척이 아닌 사람이 합류하는 경우는 거의 없었다.

"그런데 엄마. 엄마는 오랫동안 사교 활동을 하지 않았다고 하셨잖아요. 그럼 이 모임도 무척 오랜만이겠네요."

"오랜만이지. 거의 이십 년 만인가……."

"이십 년이나 나가지 않았는데도 탈퇴 처리하지 않아요?"

"탈퇴?"

다나가 피식 웃으며 말했다.

"나를?"

더 설명이 필요하지 않은 한마디였다. 유진은 머쓱한 기분으로 '아, 네…….'라고 대답했다. 어머니의 여유 있는 자신감은 한 남자를 떠올리게 했다. 그는 왕이니까 그러려니 했는데 생각해 보니 어머니의 위치도 왕 못지않았다.

'우리 엄마가 정말 대단한 분이구나.'

유진은 새삼 다나를 우러러보았다. 괜히 어깨가 으쓱했다. 잘난 척을 해도 '그럴 만하지.'라며 고개를 끄덕이게 되는 사람이 자신의 어머니라는 게 신기했다.

"그런데 오랜만에 나가는 모임 장소가 영 마음에 들지 않네."

다나가 인상을 찌푸리며 말했다.

"어딘데요?"

"이제 슬슬 나가야겠다. 가면서 이야기하자."

모녀를 태운 마차가 저택을 나섰다. 다나는 오늘 모임의 장소에 대해 유진에게 설명했다.

원래는 구성원 중 한 명의 집에서 모였다. 그런데 순번이 되는 사람의 사정이 여의치 않을 때 장소를 대여했다.

성도의 번화가인 중앙 광장 주변에는 고급 식당, 숙박업소, 전시장 등이 많았다. 오늘 모임이 예약된 장소는 '낮과 밤'이라는 이름이 붙은 사교 클럽이었다.

사교 클럽은 식당, 호텔, 전시장 등을 모두 갖춘 사교장이었다. 입구에서 출입하는 사람의 자격을 심사하여 아무나 들어갈 수 없었다. 성도의 상류층은 식사, 모임, 숙박, 유흥 등을 모두 이 클럽 안에서 즐겼다.

"클럽은 방마다 분위기가 달라. 우리 모임은 차 마시고 담소 나눌 목적이니 조용한 곳으로 예약했겠지만, 길을 잘못 들었다가는 험한 걸 볼 수도 있으니 조심해라."

"네. 그런데요, 엄마."

유진은 숨을 크게 몰아쉬며 말했다.

"제가 실수하면 어떡하죠? 엄마 체면을 상하게 할까 봐 걱정돼요."

다나가 웃으며 유진의 손등을 토닥토닥 두드렸다.

"괜찮아. 다들 점잖은 사람들이라 곤란한 걸 묻지 않을 거야. 그냥 편하게 있다가 오면 돼."

유진은 그 모임에 디티오 부인도 있다는 말을 듣고 조금 위안이 되었다. 안면 있는 사람이 한 명이라도 있다는 것만으로 감지덕지했다. 그리고 디티오 부인이 좀 말이 많긴 했지만, 성격은 수더분해 보였다.

곧 마차가 클럽 앞에 도착했다. 유진은 마차에서 내리며 거의 5층 높이의 건물을 올려다보았다. 유진의 기준에서 5층이면 고층 건물이라고 할 정도는 아니었다. 다만, 건물 자체가 차지한 부지가 굉장히 넓어서 무척 큰 건물로 느껴졌다.

유진은 마차에서 내리는 순간부터 자유롭지 못했다. 클럽 안으로 들어가 계단을 오르고 복도를 지나 예약된 방에 이르기까지 지나쳐 가는 사람들의 시선이 모두 따라온다고 느꼈다.

흘끔 옆을 보니까 어머니는 모르는 척하는 게 아니라 전혀 의식하지 않는 표정이었다.

'엄마는 타고난 셀러브리티야. 오랜만에 사람들 앞에 나서는 건데 전혀 어색함도 없네.'

유진은 내심 감탄했다.

문을 열고 안으로 들어가니 원탁형 테이블에 여섯 명이 둘러앉아 있었다.

그중 나이 지긋한 세 명의 귀부인이 거의 동시에 일어났다.

"세상에. 다나. 이게 얼마 만이에요."

"오늘 올 거라는 소식을 듣고 얼마나 놀랐는지 몰라요."

"오랜만이에요. 헬렌. 애니타."

이 모임에는 서로를 이름으로만 부르는 규칙이 있었다.

유진은 어머니가 지인들과 가벼운 포옹으로 인사를 나누는 동안 곁에 서 있었다. 그녀는 자신처럼 원탁 테이블에 엉거주춤 서 있는 젊은 여자 셋을 보았다. 세 명의 중년 귀부인과 동행한 딸 혹은 며느리일 것이다.

약간의 시간 차를 두고 차례차례 사람들이 도착했다. 일곱 명이 한 명씩 동반하여 총 열네 명이 모였다. 원탁 테이블은 열네 명이 모두 둘러앉아도 될 만큼 큼직했다.

"꽉 차는 느낌이로군요."

"그러게 말이에요. 이렇게 전부가 모인 것이 도대체 얼마 만인가요?"

"내 기억에는 처음이에요."

"어머. 그런가? ……정말 그러네요."

오랫동안 다나가 불참하였으니 그동안 모이는 인원이 열두 명을 넘을 수가 없었다. 나머지 여섯 명도 매달 모임에 꼬박꼬박 참석하지는 않았다.

참석에 강제성은 없어서 매달 한 명 정도는 개인적인 일로 빠지곤 했다. 1명의 동행도 매달 데려오는 게 아니라 일 년에 한두 번이었다. 그러니 오늘처럼 열네 명을 꽉 채워 모이는 것은 처음이었다.

유진의 예상과 다르게 사람들의 관심이 아르스 가문의 모녀에게 집중되지 않았다. 반가워하는 인사말을 길게 나누었을 뿐 모두가 자리에 앉은 후에는 소소한 일상의 대화를 나누었다.

날씨, 건강, 최근에 본 공연이나 책 등. 마치 어제 헤어져 오늘 다시 만난 사람들처럼 물 흐르듯 이어지는 대화는 매끄러웠다.

시간이 흐르면서 유진은 긴장이 점점 풀어졌다. 일곱 명의 중년 귀부인들은 자신이 데려온 젊은이들이 누군지 소개하지도 않고 자기들끼리 나누는 대화에 빠졌다.

'손님은 그냥 눈도장만 찍는 건가.'

일부만 소외되는 게 아니라 다 똑같은 처지이니 언짢지는 않았다. 어른들이 나누는 평화로운 이야기에 귀를 기울이고 있으니 고즈넉한 기분이 들었다.

'엄마가 왜 이 다과회를 선택했는지 알 것 같아.'

이 다과회는 다나가 다시 사교 활동을 시작하는 첫 무대였다. 그래서 유진은 평범한 다과회가 아닐 거라고 생각했다.

모임의 구성원 모두가 워낙 대단한 사람들이고 딸이나 며느리도 동반한다고 하길래 유진은 팽팽한 기세 싸움이 벌어지는 숨 막히는 분위기를 상상했다.

그런데 다들 선을 넘지 않았다. 무례한 오지랖을 부려서 은근히 언짢아지는 상황을 만들지 않았다. 누구 한 사람만 띄워 준다거나 몇 명씩

무리를 만드는 낌새도 없었다.

유진은 차를 마시며 무심히 시선을 돌리는 척 손님으로 참가한 젊은 여자들을 살펴보았다. 다들 말없이 차만 마시는 모습이 비슷했다.

젊은 사람들끼리 몰아 앉혀 두었으면 대화가 오갈 수 있을 테지만, 손님은 자신을 데려온 사람 옆자리가 지정석이었다. 자연히 손님끼리는 둘 사이에 한 사람이 낀 상태로 말을 주고받아야 한다. 그래서 젊은이들은 굳이 대화를 시도하지 않고 조용히 자리만 지켰다.

'누가 누군지 모르겠네.'

오기 전에 이 모임의 구성원이 누구인지는 들었다. 그런데 다나는 오랫동안 모임이 불참하였으므로 구성원들이 누구를 손님으로 동반할지 몰라서 유진에게 알려 주지 못했다.

'다들 이름만 대면 알 만한 사람들이겠지. 가짜가 왕국으로 떠나기 전에 분명히 저 사람들과 오다가다 얼굴은 마주쳤을 텐데……'

가짜는 활발하게 사교 활동을 했다고 들었다. 떠오르는 기억이 없는 걸 봐서는 친하게 지낸 사람은 없는 것 같았다.

"집에서 연회를 열까 해요. 아직 날짜는 정해지지 않았지만, 내달쯤 될 것 같아요."

다나가 저택에서 여는 연회에 관해 말을 꺼냈다. 다들 놀라는 기색 없이 고개를 끄덕였다.

"직접 준비할 거라면서요?"

유진은 속으로 '어떻게 알았지?'라고 생각했다가 어제 의상실에서 디티오 부인을 만난 사실이 떠올랐다.

'그새 말이 건너간 거야? 빠르네.'

디티오 부인이 다섯 명을 모두 찾아가서 말을 전하지는 않았을 것이다. 그러니 어제 의상실에서 있었던 일이 하루 만에 여러 사람의 입을 통해 퍼져 나간 것이 분명했다.

"워낙 오랜만이라 감이 잘 잡히지 않을 것 같아서요. 딸이 도와주기로 했어요."

모두의 시선이 유진에게 향했다. 유진은 들고 있던 찻잔을 슬며시 내려놓았다.

"내가 원래 이런 걸 캐묻는 사람은 아닌데."

노바 가문의 가주, 키란이 괜한 헛기침을 하더니 이어서 말했다.

"아니카 진이 하고 온 목걸이가 그 목걸인가요?"

키란이 무슨 말을 하려는 걸까, 집중하던 귀부인들이 웃음을 터뜨렸다.

"맞아요. 어제 직접 본 내가 보증하지요."

디티오 부인이 대신 답을 했다.

"어제 사왕께서 자네트 부티크 물건을 다 사셨다는 말은 과장이 아니랍니다. 내 살다가 그렇게 통 큰 소비는 처음 봤어요. 어제 남편을 데려갔어야 하는 건데."

"아유, 아쉬워라. 그 좋은 구경을 놓치다니. 어제 모자를 사러 갈까 말까 했거든요."

"난 처음에 다나가 딸 내외와 함께 의상실에 왔다는 말을 들었을 때는 이상한 헛소문인 줄 알았잖아요."

"나도요. 요즘 사교계가 심심해서 없는 일도 소문으로 만드는구나 했다니까요."

유진은 얼굴이 뜨끈하여 시선을 내렸다. 갑자기 목걸이가 묵직하게 느껴졌다. 과시할 마음으로 그가 사 준 목걸이를 하고 온 건 아니었다.

선물을 진심으로 기쁘게 받아야 선물한 사람이 보람을 느낀다고 생각했다. 그래서 오늘 집을 나서기 전에 그에게 목걸이 한 모습을 보여 주었다. 그가 은근히 기분 좋아하는 것 같아서 유진도 기분 좋게 집을 나왔다.

다행히 삐딱하게 보는 사람은 없는 듯했다. 순수한 호기심을 드러내며 즐거워할 뿐이지 빈정대는 기색은 없었다. 그래도 화제가 다른 내용으로 바뀔 때까지 진땀이 나는 기분으로 앉아 있었다.

얼마 후 유진은 조용히 방을 나왔다. 계속 앉아서 차를 몇 잔 마셨더니 화장실 가고 싶었다. 화장실까지 안내해 주기 위해 직원이 따라 나왔다.

복도를 따라 걸어가다가 모퉁이를 돌아서 더 걸어간 끝에 있는 문 앞에서 직원이 멈추어 섰다.

"안으로 들어가시면 여러 개의 방으로 이어지는 중앙 휴게실입니다. 그 휴게실에서 작은 휴게실이 딸린 화장실로 이어집니다. 안에 누가 있으면 문 앞의 팻말이 뒤집혀 있을 겁니다."

직원은 바깥에서 기다리고 유진만 안으로 들어갔다. 중앙 휴게실은 텅 비어 있었다. 그녀는 주변을 둘러보았다. 총 다섯 개의 문이 있고 뒤집힌 팻말은 하나도 없었다.

'다 비어 있다는 거네. 아무거나 들어가면 되겠구나.'

유진은 가장 가까이 있는 문을 열고 안으로 들어갔다. 그리고 흠칫 놀라 멈추어 섰다. 아무도 없어야 하는 작은 휴게실에 사람이 있었다.

긴 소파에 흑발의 여자가 비스듬히 기대어 누워 있었다. 가슴골이 반쯤 드러날 정도로 옷차림이 흐트러졌다. 조금만 잡아당겨도 가슴이 드러날 것 같았다.

"으-응……."

반쯤 벌어진 여자의 입술 사이로 콧소리 섞인 신음을 흘러나왔다. 풍성한 치맛자락에 가려졌지만, 틀림없이 그녀의 두 다리는 방만하게 벌어저 있을 것이다. 여자의 두 다리 사이에, 치마 안으로 머리를 처박은 사내의 널찍한 등판이 보였다.

너무 놀랐더니 상황 파악에 시간이 걸렸다. 처음 목격하는 생생한 정사 현장에 유진은 휘둥그레진 눈으로 꼼짝하지 못했다.

여자가 인기척을 느꼈는지 게슴츠레 눈을 떴다. 유진을 발견하고 살짝 눈을 크게 떴다가 보란 듯이 비죽 웃었다. 그 뻔뻔한 웃음에 유진은 화들짝 놀랐다.

"시, 실례했어요."

유진은 얼른 작은 휴게실을 빠져나왔다. 중앙 휴게실에서 놀란 가슴을 누르며 잠시 서 있다가 다른 문을 열고 들어갔다. 방금 겪은 일 때문에 이번에는 쭈뼛거리며 들어가서 아무도 없다는 것을 확인한 후에 안도의 숨을 내쉬었다.

"뭐야, 저 여자. 팻말을 뒤집어 놓지도 않고. 참, 나. 기가 막혀."

유진은 뒤늦게 짜증이 나서 투덜거렸다. 남녀의 정사를 모르는 숙맥은 아니지만, 타인의 은밀한 행위는 보고 싶지 않았다.

어머니의 말이 뒤늦게 떠올랐다.

「험한 걸 볼 수도 있으니 조심해라.」

'그런 뜻이었구나.'

화장실을 다녀온 후에야 좀 진정이 되었다. 유진은 화장대 앞에 서서 옷매무새를 정돈하며 생각에 잠겼다.

'누굴까.'

여자는 흑발이었고 나이는 유진보다 많아 보였다. 유진이 성도에 와서 두 번째로 만난 아니카였다.

'애인인지, 남편인지는 모르겠지만 그런 건 집에서 하라고. 아니면 아예 방을 잡던지. 더구나 여긴 여자 화장실이잖아.'

문이 열리는 소리를 듣고 유진은 놀라 고개를 돌렸다. 조금 아까 봤던 아니카가 들어오고 있었다. 유진이 인상을 쓰며 말했다.

"팻말이 뒤집혀 있었을 텐데요."

"그렇더군요."

여자는 심드렁하게 대꾸하며 유진의 옆에 섰다. 유진은 거울을 들여다보며 흐트러진 머리카락을 정리하는 여자를 어이없다는 표정으로 보았다.

"예의를 지켜 주시죠."

"아니카 진."

여자가 유진을 부르며 고개를 돌렸다. 여자의 시선이 아래로 내려가서 유진의 목에 닿았다. 유진의 목에 걸린 목걸이를 뚫어지게 보더니 픽 웃었다.

"소문의 그 목걸이인가 보네요."

유진은 헛웃음이 나왔다.

'무슨 소문이 이렇게 빨라? 여기는 핸드폰도 없잖아.'

"재밌네요."

"네?"

"아르스 가문의 아가씨는 다르다고 말하고 싶은 건가요? 왕이 아니카 왕비를 위해 의상실에서 보석을 산다…… 보는 눈도 많고 듣는 귀도 많고 입은 더없이 가벼운 곳이니 장소 선정은 탁월했어요."

유진은 삐딱하게 고개를 기울였다. 초면인 이니키기 시비를 걸고 있다. 가짜는 이 아니카가 누군지 알고 있을 테니까 '누구냐'라고 물을 수는 없었다. 떠오르는 기억이 없는 걸 보니 잘 아는 사이는 아닌 것 같은데 왜 자신에게 공격적인 태도를 보이는지 모르겠다.

"미안하게 됐어요."

유진은 의아해하는 여자를 보며 입술 끝만 올려 웃었다.

"눈여겨본 목걸이를 본의 아니게 내가 가로챈 모양이네요. 그래도 이런 식의 심술은 유치하지 않나요?"

여자의 눈가가 파르르 떨렸다.

"이 화장실이 마음에 드는 모양이니 내가 양보할게요."

알지도 못하는 사람과 쓸데없이 싸우며 기운 빼고 싶지 않았다.

'이러다 아니카에게 편견 생기겠네.'

플로라, 카세르의 생모, 지금 이 여자까지. 지금까지 알게 된 아니카가 하나같이 다 이상했다. 슬란 왕국에서 만났던 젬마도 처음에는 무례했다.

돌아서는 유진의 등 뒤에서 여자가 목소리를 높였다.

"혼자만 특별한 척하지 마요. 아니카 진. 그래 봤자 왕과 결혼한 아니카는 아이 낳는 도구로 이용당할 뿐이에요."

유진은 여자의 말을 듣고 '혹시?'라는 생각이 들어 다시 돌아보았다.

'왕과 결혼한 아니카인가?'

여자의 나이는 대략 삼십 대 초중반 같았다. 여섯 명의 왕 중에서 슬란의 도왕을 제외한 다섯 명은 나이대가 비슷했다. 사왕보다 몇 살 어리거나 몇 살 더 많았다.

현재 왕비인 아니카는 유진까지 총 세 명이었다.

'둘 중 누구지?'

저 여자의 남편은 암왕 페레드인가, 편왕 아킬인가.

어느 쪽이든 눈앞의 여자는 왕비로서 사는 삶이 무척 불만족스러운 것 같았다.

"자신의 잣대로 세상 사람을 판단하지 마세요. 그리고 본인이 불행하다고 남도 불행해야 한다고 굳이 끌어내리지 말고요."

유진은 목걸이 소문이 이 아니카의 심기를 건드렸다고 짐작했다. 여자는 잔뜩 일그러진 표정으로 쏘아붙였다.

"그 잘난 척이 언제까지 갈 수 있을지 모르겠군요."

여자가 갑자기 깨달음을 얻은 과장된 표정을 짓더니 픽 웃었다.

"아……. 아직 아이가 없지요. 왕께서 절절맬 만하네요."

상대하지 않으려 했던 유진도 이번에는 정말 불쾌했다. 교양이고 뭐고 유진은 말의 수위를 높였다.

"그래서 댁은. 아이를 낳고 나니까 다 쓴 도구가 되어 버려졌나요?"

"뭐라고요?"

"이럴 시간에 아이와 마주 앉아 식사나 함께하시죠. 본인을 도구 취급하는 건 본인 아니에요?"

여자는 하, 냉소적인 웃음소리를 내며 팔짱을 끼었다. 유진은 여자가 자신을 바라보는 시선에 담긴 적대감은 차라리 괜찮았다. 그런데 '그래 봤자 어차피 너도.'라고 말하는 듯 딱하다는 눈빛은 몹시 거슬렸다.

"내 몸을 갉아 내어 괴물을 낳고 나면 생각이 바뀔 거예요."

유진의 얼굴에서 표정이 사라졌다. 이 여자는 정말 최악이었다. 더는 말 섞을 가치가 없다. 그대로 뒤돌아서서 작은 휴게실을 나왔다.

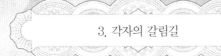

## 3. 각자의 갈림길

중앙 휴게실에는 아무도 없었다. 유진은 밖으로 나가서 기다리고 있던 직원에게 물었다.

"혹시 누가 안에서 나왔나요?"

"계속 여기에 서 있었습니다만, 아무도 나오지 않았습니다."

그럼 아까 그 아니카와 뒹굴던, 등판만 본 그 남자는 아직 저 안에 있다는 말이었다.

'아마…… 왕은 아니었을 거야.'

남편하고 뜨겁게 즐긴 후에 온 세상 불행을 모두 짊어진 사람처럼 굴지는 않을 테니까. 아까 그 장면은 불륜 현장이있다.

유진은 직원과 함께 방으로 돌아가면서 생각에 빠졌다. 그러다 점점 속에서 부글부글 화가 끓어올랐다. 욕이라도 퍼부을 걸, 아니면 뺨 한 대는 칠 걸 그랬나. 분이 풀리지 않아서 체한 것처럼 명치가 꽉 막혔다.

'어떻게 그런 말을……'

괴물이라니. 설마 카세르의 어머니도 그 여자처럼 생각했던 걸까. 제가 낳은 아들을 그런 식으로 괴물 취급했던 걸까.

'그가 얼마나 좋은 사람인데.'

억울해서 분통이 터졌다. 혹시 그 사람이 자신의 어머니한테 그런 끔찍한 말을 들었을까 봐 마음이 아팠다. 울음이 터질 것 같아서 유진은 후끈거리는 눈을 빠르게 깜빡이며 입술을 앙다물었다.

슬란에서 만났던 젬마도 아까 그 여자와 비슷한 말을 했다. 왕의 후계자를 낳은 아니카는 후유증으로 완전히 망가질 것처럼 말했다. 하지만 유진은 저들의 말이 완전히 틀렸고 헛된 망상을 진실처럼 믿고 있다고 생각했다.

왕과 아니카는 서로를 보완하는 관계다. 아드리트의 말에 따르면 이 세상의 섭리에 따라 탄생한 존재였다. 그러니 아니카가 왕의 후계자를 낳는다고 해서 보통 사람보다 더 몸에 무리가 가지는 않을 것이다.

원래 출산은 여자에게 큰 희생이 따랐다. 의학 기술이 발달한 지구에서도 여전히 출산 중에 죽는 여자가 많았다.

'보여 줄 거야.'

유진은 방 앞에 도착해서 표정을 관리했다. 표정이 굳어 있으면 어머니가 걱정하실 것이다.

'모두에게 보란 듯이 행복하게 잘 살 거라고.'

유진은 왕과 아니카의 비정상적인 관계를 깨는 선례를 만들겠다고 결심했다.

\*　　\*　　\*

네 사람 정도가 마주 앉을 수 있는 테이블이 하나 놓인 것만으로도 여유 공간이 없는 작은 방이었다. 테이블에 홀로 앉아 있던 카세르가 창문으로 시선을 돌렸다. 커튼은 없으나 불투명 유리가 끼워져 바깥이 전혀 보이지 않았다. 고정된 창이라서 열 수도 없었다.

카세르는 저 창 너머로 보일 풍경을 상상했다. 대각선 방향으로 클럽 '낮과 밤'이 보일 것이다. 5층의 그 건물은 높이보다 좌우가 더 긴 형태이며 성도 번화가에서 상당히 눈에 띄었다.

지금쯤 그의 아내는 클럽 안에 있을 것이다. 유진한테 오늘 다과회 장소를 들었을 때 그는 내심 마땅치 않았다.

그 클럽은 방종한 사람들이 모여드는 곳이라 사건 사고가 잦았다. 가주님과 함께 갔으니 별일은 없겠지만, 마음이 여린 그녀가 혹시 이상한 사람과 마주칠까 봐 걱정됐다.

그녀의 몸을 차지했던 가짜가 맺은 악연이 꽤 많다고 들었다. 누군가 유진이 모르는 과거를 빌미로 그녀를 공격할지도 모른다. 속 깊은 그녀는 상처받아도 주변에 내색하지 않을 것이다.

'꼬마를 데려가라고 할 걸 그랬나.'

유진이 눈앞에 보이지 않으면 불안했다. 그녀에게 온종일 자신 곁에 있으라고 강요할 수는 없지만, 솔직한 심정으로는 그렇게 하고 싶었다.

똑똑.

문을 두드리는 소리를 듣고 카세르는 반쯤 틀었던 몸을 돌려 자세를 바로 했다. 문이 열리며 머리부터 발끝까지 새카만 로브로 감싼 사람이 안으로 들어왔다. 그는 안으로 성큼 걸어 들어와 카세르의 맞은편 자리에 서더니 후드를 뒤로 넘겼다.

사내의 머리카락은 선명한 녹색이었다. 에메랄드빛 눈동자가 카세르를 미묘한 시선으로 바라보면서 의자를 끌어내 앉았다.

마주 앉은 두 왕의 차림새는 비슷했다. 이 건물로 출입하기 위한 복장 규정에 따라 흑색 로브를 입었다.

두 사람이 만나기로 약속을 잡은 이 장소는 보안을 요하는 이야기를 나누기에 특화된 회의실을 갖춘 클럽이었다.

이 건물에는 방음 시설을 완비한 방 수십 개가 있었다. 회의실 대여는 철저히 익명으로 이루어지며 클럽에 출입할 때는 정체를 추측할 단서가 될 것들을 모두 감추어야 했다.

"길게 말 돌릴 거 없이 본론으로 갑시다."

편왕 아킬이 먼저 말을 꺼냈다. 그는 성도를 중심으로 북동쪽에 자리 잡은 델러노 왕국의 주인이었다.

"무슨 일로 나를 보자고 했습니까? 사왕."

사왕과 편왕. 두 왕은 예전에 스쳐 지나가며 묵례만 했을 뿐 서로 인사말조차 나눈 적이 없었다.

여섯 명의 왕은 암묵적으로 서로 가까이하지 않았다. 왕은 왕국의 지배자이며 유일한 정점이었다. 왕이 상제의 권위를 인정한다지만, 종속 관계가 아니었다. 상제는 왕국의 내정에 전혀 간섭하지 않았다.

그런데 왕끼리는 서로의 관계를 정립하기가 모호했다. 왕은 자국의 이익을 최우선으로 해야 하므로 타국의 왕과 친구는 될 수 없다. 국경은 고정되어 있고 서로 침범하지 않으니 적도 아니었다. 서로를 탐색할 이유가 없었다.

하시 왕국을 제외한 다섯 왕국은 국경 일부를 성도와 접하고 있었다. 왕국에서 성도를 갈 때 왕끼리 마주칠 일이 없었다. 슬란 왕국을 지나쳐 가야 해서 자연스레 슬란의 왕과 친분이 있는 사왕이 특이한 경우였다.

"델러노 왕국을 지나갈 수 있는 통행증이 필요합니다. 어떤 검문도 없고 기록을 남기지 않아도 되는 통행증. 아무나 발급할 수 없을 테니까 편 왕께 직접 요청하는 방법이 가장 빠를 것 같아서 뵙자고 했습니다.”

“통행증?”

아킬은 ‘왜?’라고 물으려다가 어리석은 질문임을 깨닫고 입을 다물었다. 무슨 일에 쓰려는지 구구절절 설명해 줄 거라면 이런 비밀 클럽에서 만나자고 할 이유가 없었다.

아킬은 미간을 찌푸리며 고민했다. 승낙, 거절, 어느 쪽 답도 선뜻 나오지 않았다.

“물론 상응하는 대가는 지급하겠습니다.”

거래인 듯 제안하고 있으나 아쉬운 쪽은 사왕일 것이다. 하지만 거절한다고 말하면 두말없이 깔끔하게 일어날 것 같은 사왕의 표정을 보며 아킬은 호기심이 들었다.

“질문이 있습니다. 이 질문의 답은 꼭 들어야겠습니다.”

“말씀하십시오.”

“사왕께서 그 통행증을 사용할 수도 있습니까?”

“……그렇습니다.”

아킬의 미간이 굳었다. 라크 수십 마리가 날뛰는 것보다 왕 한 명이 훨씬 더 위험했다. 더구나 사왕은 강력한 프라즈를 지녔다. 맹수를 무방비하게 집 안에 풀어놓는 격이었다. 사왕이 다른 왕국에서 패악을 부릴 이유는 없지만, 세상일은 모르는 거다.

“지금 답해야 하는 건 아니겠지요? 생각해 봐야겠습니다.”

“기다리겠습니다. 내달 중순 안으로는 답해 주셨으면 합니다.”

“내달이라…… 시간은 너너하군요. 알겠습니다.”

용건만 주고받는 건조한 대화는 빠르게 끝났다. 분위기를 풀기 위한 빙 둘러 말하는 화교술은 그들 사이에 필요하지 않았다. 서로에게 잘 보일 이유가 없고 지속적인 교류를 기대할 사이도 아니었다.

아킬은 자리에서 일어나 후드를 당겨 머리에 썼다. 이마 아래까지 늘어지는 후드에 그림자가 져서 아킬의 얼굴이 보이지 않았다.

"사적인 질문 하나만 하겠습니다. 라크 나무는 과장된 소문입니까?"

"……사실입니다."

"성하께서 실수를 크게 하셨군요."

아킬은 왠지 통쾌해하는 듯 웃으며 방을 나갔다. 카세르는 아킬이 나가며 닫히는 문을 묘한 시선으로 바라보았다. 그의 어조에서 상제에 대한 반감이 느껴지는 것이 기분 탓은 아닐 것이다.

'하긴. 모르는 척할 뿐이지, 모르지는 않을 테니까.'

상제는 왕과 결혼시키는 아니카를 '평균 이하'로 고른다. 왕들이 그걸 모를 리가 없었다. 상제의 심기를 거슬렀다가는 신붓감을 얻지 못할까 봐 불만을 내색하지 않을 뿐이다.

항상 최고만 가지며 우러름을 받는 왕의 자존심을 건드리는 일이었다. 더구나 결혼한 아니카와 결혼 생활을 순탄히 유지하지도 못한다.

왕들이 작정하고 자신의 결혼이 실패하기를 바라지 않을 것이다. 슬란의 왕이 노력하는 만큼에는 못 미쳐도 나름대로 애쓰는데 안 되는 것이다. 그 모든 시작점에 있는 상제를 원망하는 마음이 들 만했다.

'통행증을 꼭 받아야 할 텐데.'

만약 편왕이 거절하면 더 숙이고 들어갈 생각도 있었다.

카세르는 성도를 떠날 그 날을 미리 대비하는 중이었다. 오늘 만난 편왕뿐만 아니라 조만간 암왕도 만나서 통행증을 달라고 할 계획이었다.

성도에서 남쪽에 있는 두 왕국을 제외하고 북서쪽에 있는 암왕의 왕국, 북동쪽에는 편왕의 왕국. 그리고 북쪽에 있는 슬란 왕국. 이 세 왕국 중 하나를 거쳐야 하시 왕국으로 갈 수 있다.

슬란 왕국이 가장 빠른 지름길이었다. 무사히 성도를 떠날 수 있다면 본래 오가던 길로 가면 된다.

만약 상제가 이상한 수작을 부리며 붙들면 순순히 잡혀 줄 생각이 없었다. 절대 유진만 성도에 두고 떠나지 않을 것이다.

편왕이 간 후에도 카세르는 여전히 테이블에 앉아 있었다. 아직 만날 사람이 남았다. 슬슬 올 때가 되었다고 생각할 무렵에 바깥에서 문을 두드렸다.

잠시 후 문을 열고 흑색 로브를 입은 자가 들어왔다. 사내는 안으로 들어오자마자 곧바로 후드를 벗고 카세르에게 고개를 숙였다.

왕께 받은 임무를 완수하고 돌아온 전사는 왕의 곁으로 다가가 보고를 시작했다.

"그들이 모여 사는 마을이 있었습니다. 성도 남쪽의 외곽지역입니다. 오후가 되면 성도 곳곳으로 나가 점을 치는 장사를 하고 밤이 늦으면 마을로 돌아옵니다."

카세르는 이틀 전에 유진을 찾아와 만났던 주술사의 뒤를 몰래 밟으라고 지시했다. 그 주술사 노인의 손자가 돈 욕심에 조모를 성도까지 데려온 줄 알았더니 노인의 거처가 원래 성도라는 사실을 알게 되었다.

범상치 않은 지식을 가진 그 노인이 혹시 아드리트한테 들은 고대 일족과 관련이 있을지도 모른다고 생각했다. 그래서 노인의 주변을 살펴보라고 추가 지시를 내렸다.

"명하신 대로 멀리서만 살피고 누구와도 접촉하지는 않았습니다. 한데…… 정확하지는 않습니다만, 감시를 받는 것 같았습니다."

"감시라니? 누구외?"

"감시자는 보지 못했습니다. 그런데 마을의 대표인 듯한 자가 아침저녁으로 인원 확인을 해서 기록합니다."

전사 말대로 하루 두 번의 인원 확인은 과했다. 기록까지 남긴다는 것은 그 기록을 누군가에게 보여 줘야 한다는 뜻이다.

카세르는 새로운 지시를 내렸다.

"감시자가 있다면 조만간 접촉하겠지. 지금보다 더 조심해서 지켜봐라. 감시자가 나타나도 절대 무리해서 쫓지 마라."

"예, 전하."

플로라는 매달 열리는 다과회에 참석했다. 모임을 시작한 지는 3년 정도 되었다. 총 구성원은 일곱 명이며 그중 아니카는 플로라뿐이었다.

이 다과회는 유명한 어떤 모임을 본떠서 만들었다. 열리는 날짜도 같았다. 그 모임처럼 백 년이 넘도록 이어지면서 주변에 알게 모르게 영향을 미치는 사교 모임으로 만들어 가자고 포부를 세웠다.

플로라가 이 모임, 저 모임에서 한두 명씩 알게 된 여섯 명과 우연히 동시에 어울린 적이 있었다. 그때 명문가 출신 귀부인 일곱 명의 모임에 관해 말이 나왔다. 마침 자신들도 딱 일곱 명이니까 우리도 만들어 보자고 해서 즉흥적으로 의기투합했다. 시작은 충동적이었으나 지난 3년간 매달 꼬박꼬박 모였다.

플로라는 참석하는 여러 모임 중에서 이 다과회가 가장 마음에 들었다. 플로라를 제외한 여섯 명은 다들 이름만 대면 알아주는 부잣집 딸들이었다. 그들과 함께 있으면 자신도 특별한 사람이 된 기분이 들었다.

오늘따라 플로라는 모임에 집중하지 못했다.

'왜 자각몽을 꾸지 않지?'

플로라는 약 두 달 전에 자각몽을 꾸었다. 그녀의 자각몽 주기는 두 달이므로 다시 자각몽을 꿀 시기가 되었는데 아직 소식이 없었다.

두 달이 주기이지만, 딱 떨어지지는 않았다. 며칠 당겨지거나 며칠 늦추어지기도 했다. 하지만 지난 자각몽에서 찜찜한 변화를 목격한 터라 두 달로부터 하루하루 날짜가 지날수록 초조했다. 그녀는 며칠 내내 자각몽 생각을 하느라 아무 일도 손에 잡히지 않았다.

"아르스 저택에서 연회를 연다면서요?"

"나도 소문은 듣긴 했는데 건너 들은 이야기라서요."

"하긴, 아르스 가문에 관해서는 작은 소문도 크게 부푸니까요."

"직접 들었다면 확실할 텐데요. 아니카 진을 만났다거나."

말을 주고받던 사람들이 플로라를 흘끔거렸다. 플로라는 다른 데에 정신이 팔린 와중에도 '아니카 진'이라는 이름이 귀에 선명히 박혀서 짜증이 났다. 3년 동안이나 잊으려 했는데도 그 이름에서 도저히 벗어날 수 없을 것 같았다.

"소문은 사실이에요."

플로라는 자신이 아르스 저택을 방문하여 진을 만난 사실을 누구에게도 말하지 않았다. 저택에서 연회를 연다는 소식을 제 입으로 퍼뜨리고 싶지 않았다. 하지만 소문이 파다하게 났으니 자신이 입 다물어 봤자 알 만한 사람은 이미 다 알았다. 그렇다면 차라리 정보력의 우위성을 드러내는 편이 나았다.

"직접 아르스 가주님께 들었어요."

"어머나. 역시 아니카 플로라는 아니카 진을 만났군요!"

"하긴, 아니카 진이 성도를 떠나기 전까지 두 사람은 아주 절친했잖아요. 소식을 아는 게 당연하지요."

"아니카 플로라는 당연히 초대받겠지요."

"난 어디서 초대장을 구해야 하나."

'나도 초대장을 구해 줘.'라는 말을 돌려서 표현하는 말을 들으며 플로라는 모르는 척 말없이 미소만 지었다. 마음 같아서는 초대장을 받아도 가고 싶지 않았다. 진은 연회의 주인공으로서 모든 관심을 독차지할 것이다. 진을 돋보이게 할 배경이 될 자신의 처지가 비참했다.

"그럼 그 연회 때 라크 나무 소문의 진상도 알 수 있으려나요?"

누군가의 말에 찻잔을 든 플로라의 손이 움찔했다.

'헛소문이야. 사실일 리가 없어.'

플로라는 입 안의 살을 잘근 깨물며 중얼거렸다. 아니카 진은 라미타가 없다. 없어야만 한다.

*      *      *

며칠 동안 유진은 정오 무렵에 집을 나서서 저녁 늦게 돌아오는 바쁜 나날을 보냈다. 다나를 따라서 이 모임, 저 모임 참석하고 연회 준비를 위한 꾸밈 소품이나 식기 등을 쇼핑했다.

다나와 함께 보내는 시간은 몹시 즐거웠다. 어머니의 애정을 간절히 바랐던 유진이 항상 꿈꾸던 일이었다. 어디를 가든, 누구를 만나든, 내 딸이라고 말하며 뿌듯해하는 어머니 표정을 보면서 행복했다.

한편으로는 다나의 지칠 줄 모르는 체력에 감탄했다. 다나는 날이 갈수록 더욱 생생해지는 것 같은데 유진이 먼저 힘에 부쳤다. 그래서 나흘째 되는 날, 일찌감치 귀가했다.

아직 해가 지지 않은 늦은 오후였다. 마차에서 내리며 올려다보는 저택이 낯설게 느껴졌다. 어둠에 잠겨 있지 않은 저택을 오랜만에 보는 기분이 들었다.

유진은 마중 나온 시종에게 물었다.

"전하께서는 알현실에 계시는가?"

유진이 바쁘게 다니는 동안 카세르도 바빴다. 성도에는 여섯 왕국 출신의 상인들이 적지 않게 활동했다. 그런데 하시 왕국은 성도와 거리가 멀어서 상인들이 왕국과 성도를 자주 오가지 못했다. 그래서 모처럼 왕이 성도를 방문한 기회에 알현하려고 줄을 섰다.

"집무실에 계십니다. 그런데 아까 본국에서 온 관리가 전하를 뵈러 들어가서 아직 나오지 않았습니다. 말씀이 길어지시는 듯합니다."

시종이 대답했다.

"알았다. 이따 내가 뵈러 갈 것이니 내가 왔다고 따로 고할 필요는 없다."

"예, 왕비님."

유진은 침실로 들어가 옷을 갈아입었다. 시중드는 자들이 모두 물러간 후 그녀는 직접 장신구들을 빼서 보석함에 소중히 챙겼다. 화장대 거울을 바라보던 그녀는 거울에 불쑥 비치는 작은 동물을 보고 놀라 시선을 돌렸다.

"꼬마."

다람쥐가 화장대에 올라와 두 발로 서서 꼬리를 좌우로 흔들었다.

"새장에서 몰래 나왔구나?"

꼬마의 새장은 카세르의 응접실에 있었다. 유진은 웃으면서 꼬마의 작은 머리통을 손가락으로 쓰다듬었다.

"너와 아부는 성격이 참 달라."

꼬마는 평소에 있는 듯 없는 듯 얌전하고 사람의 눈에 띄는 걸 좋아하지 않았다. 인간에게 힘을 과시하며 자신을 두려워하는 시선을 즐기는 아부와 달랐다. 그런데 예상치 못하는 돌출 행동을 하는 쪽은 꼬마였다. 꼬마의 경험이 쌓이고 나이가 들면 지능형 말썽꾸러기가 될 것 같았다.

"그러고 보니 너희들을 서로에게 제대로 소개해 준 적이 없네."

아부 생각을 하니까 미안했다. 성도에 온 이후, 도통 아부와 놀아 줄 시간을 내지 못했다. 오히려 꼬마는 성도궁에 함께 가면서 더 자주 보았다.

"꼬마. 이제는 너도 의사소통이 충분히 되니까 정식으로 아부와 인사하자."

유진은 꼬마를 데리고 저택을 나왔다. 저택의 뒤뜰에 따로 마구간 건물이 있었다. 규모가 크고 번듯하게 잘 만들어져서 겉으로만 봐서는 별채 같았다.

그녀는 마구간 안으로 들어갈 필요도 없었다. 마구간이 눈에 보이기 시작할 때 이미 달려오는 흑마가 보였다. 그리고 그 뒤에서 헐레벌떡 쫓아오는 마구간지기도 보였다.

아부는 마치 서운함을 토로하는 것처럼 시끄러운 소리로 투레질했다. 유진은 달래듯 아부의 미간을 토닥토닥 두드리며 쓰다듬었다. 그리고 달려오느라 숨을 몰아쉬는 마구간지기에게 말했다.

"이 아이는 잠시 내가 데리고 산책할 테니까 자네는 가 보게."

"예? 왕비님. 환수가 몹시 사납고 통제가 안 되니 혹시라도……."

마구간지기는 채 말을 끝내지 못했다. 방해하는 마구간지기에게 아부가 공격성을 드러냈다. 갑자기 사나운 소리를 내며 허공을 콱 깨물었다. 흑마의 이빨이 허공에서 따닥 부딪치는 소리는 몹시 위협적이었다.

마구간지기가 히익 비명을 지르며 뒷걸음질 쳤다. 반사적으로 온몸을 웅크리는 모습이 애처로웠다. 마구간지기가 그동안 겪은 고충이 느껴졌다.

유진이 쓴웃음을 지으며 아부의 목덜미 갈기를 움켜쥐어 당겼다.

"전하께서 허락하셨으니 아무 염려 말고 가 보게."

마구간지기는 선뜻 가지 못하고 우물쭈물했다. 혹시라도 왕비가 다치면 자신이 감당할 책임이 두려웠다. 유진이 아부에게 '앉아!'라고 지시하고 아부가 순순히 따르는 모습을 본 후에야 비로소 물러갔다.

유진은 아부를 데리고 인적이 없는 장소로 옮겼다. 그녀는 조금 전 눈이 휘둥그레진 마구간지기 표정을 떠올리며 키득키득 웃었다. 유진에게 순순한 아부 모습이 믿기지 않는 것 같았다.

"아부. 이리 와."

유진이 아부에게 두 팔을 벌렸다. 흑마가 온몸을 부르르 떨더니 흑표범으로 변화했다. 작은 고양이 크기의 흑표범은 유진의 품으로 폴짝 뛰어들었다. 유진은 웃음을 터뜨리며 작은 털 짐승을 꼭 끌어안았다.

"미안해. 며칠 동안 나한테 아주 많은 일이 벌어져서 정신이 없었어."

그녀는 목을 골골 울리는 아부의 보들보들한 털을 쓰다듬었다. 얼마 후 아부를 바닥에 내려놓으며 쪼그려 앉았다.

"아부. 친구를 소개할게."

유진은 자신의 양쪽 어깨를 번갈아 보았다. 하지만 꼬마의 모습이 보이지 않았다.

"꼬마. 어디 있니?"

꼬마는 작은 크기가 되어 유진의 머리 위에 올라가 납작 엎드려 있었다. 유진이 몇 번 부르고 나서야 그녀의 어깨로 내려왔다. 유진은 꼬마를 잡아서 아부가 잘 볼 수 있도록 내려놓았다.

"너희는 둘 다 같은 주인에게 속한 환수야. 그러니까 사이좋게 잘……."

붉은 눈동자로 다람쥐를 가만히 쏘아보던 아부가 갑자기 한입에 덥석 꼬마를 삼켜 버렸다.

"안 돼!"

유진이 경악하여 아부에게 손을 뻗었다. 그녀의 손이 아부의 몸에 닿기 직전이었다. 아부가 물고 있던 다람쥐를 뱉어 내고는 재빠르게 껑충 뛰어서 몸을 피했다. 다시 자유의 몸이 되어 바닥에 나동그라진 꼬마도 수풀 속으로 달려가 몸을 숨겼다.

유진은 자신의 두 손을 내려다보느라 그녀를 피해 도망가는 환수들의 반응을 보지 못했다.

'뭐지?'

방금 자신의 몸에서 이상한 변화가 일어났다고 느꼈다. 몸속에서 뜨겁게 소용돌이치는 기운이 두 손을 통해 쑥 빠져나갈 것 같았다.

생소한 느낌에 당황하여 다급히 끌어당기자 다행히 미지의 기운은 그녀의 의지대로 움직였다. 뜨거운 기운은 잠잠해지고 이제는 아무것도 느껴지지 않았다.

'그거와 좀 비슷한가?'

성도궁에서 상제가 주는 이상한 씨앗을 만져서 라미타를 보여 줬을 때의 느낌과 비교해 보았다.

'아니야. 그거보다는 훨씬……'

"유진."

유진은 고개를 들었다. 어느새 카세르가 그녀의 앞에 서 있었다. 그를 멍하게 올려다보고 있으니 카세르가 상체를 숙여서 그녀의 양쪽 어깨를 잡아 일으켜 세웠다.

"무슨 일이야? 왜 그래?"

유진이 뒤늦게 화들짝 놀라며 소리쳤다.

"아부!"

그녀는 카세르에게 매달리다시피 기대어 다급히 말했다.

"아부가 꼬마를 먹었어요! 아부, 어딨어? 아부!"

유진은 창백한 낯으로 사방을 둘러보며 아부를 소리쳐 불렀다. 부르기만 하면 달려오던 아부의 모습이 보이지 않으니 그녀의 가슴이 덜컥 내려앉았다. 그녀는 자신의 경솔함을 후회했다. 그런 식으로 성급하게 두 환수를 가까이 맞대면하는 게 아니었다.

"유진. 아부와 꼬마, 둘 다 아무 문제 없어."

"하지만 제 눈으로 분명히!"

카세르가 한쪽 팔로 유진의 어깨를 감싸 끌어안으며 고개를 뒤로 돌렸다.

"아부."

잠시 후 아부가 나타났다. 중 고양이 크기의 흑표범은 자신의 건재함을 보여 주고는 멀리서 움직이지 않았다. 카세르가 다시 부르며 재촉하니까 마지못해 몹시 느릿한 움직임으로 천천히 다가왔다. 몇 걸음의 간격을 두고 다시 멈추더니 두 사람을 빤히 보았다.

"꼬마는요?"

"꼬마는 저쪽, 나무 위."

유진은 카세르가 보는 방향으로 고개를 돌렸다. 그녀는 나뭇가지에 올라가 앉아 있는 다람쥐를 발견하고 안도의 숨을 내쉬었다. 작은 다람쥐 머리 위에 자그마한 붉은 뿔이 보였다.

"꼬마. 이리 와."

유진이 손을 내밀어 부르는데도 다람쥐는 움직이지 않았다. 유진은 멋쩍은 표정으로 이번에는 아부를 불렀다. 아부도 반응이 없기는 마찬가지였다. 두 마리 환수가 자신을 거부하자 그녀는 당혹스러웠다.

"쟤네들이 왜 저러지……."

그녀는 카세르를 올려보며 물었다.

"당신은 갑자기 어쩐 일이에요?"

"무슨 일이 있었던 거야? 녀석들이 날 불렀어."

"당신을 불렀다고요?"

"녀석들이 위기를 느끼면 내가 감지하거든. 성도 안에서 녀석들을 위협할 게 없을 텐데 이상해서 왔지."

"위기……?"

유진은 다시 자신의 손을 내려다보았다. 아까의 그 이상하게 움직이던 기운에 환수들이 두려움을 느낀 걸까.

그녀는 왕국에서 자신의 손에 닿은 쥐 라크가 나무로 변하던 광경을 떠올렸다. 그리고 불현듯 아드리트한테 들은 말이 생각났다.

「왕비님께서 죽음, 왕께서 소멸입니다.」

「왕의 힘은 라크를 소멸시킵니다. 그런데 아니카는 라크를 죽음에 이르게 합니다.」

'라크를…… 죽음에 이르게 하는 힘…….'

조금 전, 아부가 꼬마를 잡아먹는 줄 알고 유진은 아부를 붙잡아 제압하려고 했다. 그 순간 무의식적으로 아드리트가 말한 '죽음의 힘'을 쓰려했을지도 모른다.

'큰일 날 뻔했구나.'

두 마리 환수가 잘못되었다면 평생 죄책감으로 괴로웠을 것이다. 종속된 환수는 주인인 왕의 기운과 연결되므로 환수가 크게 다치면 왕에게도 타격이 간다. 돌이킬 수 없는 일이 벌어지지 않아서 천만다행이었다. 그녀는 가슴을 쓸어내렸다.

"아부."

카세르가 다시 아부를 불렀다. 유진이 그를 팔을 붙잡아 만류했다.

"억지로 부르지 마세요. 지금 아부는 제가 거북한 것 같아요."

"저 녀석이 당신을?"

"그게……."

유진은 무슨 일이 있었는지 설명하려다가 이야기가 길어질 것 같아서 입을 다물었다.

"중요한 회의 중이셨지요? 본국에서 관리가 왔다는 말은 들었어요."

"급한 일은 아니야."

"그래도 도중에 나오신 거잖아요. 같이 들어가요. 이따가 천천히 설명할게요."

유진은 카세르를 재촉하여 함께 가다가 슬쩍 뒤를 돌아보았다. 여전히 아부는 멀찍이 떨어진 채 움직이지 않았다. 다시 고개를 돌리며 그녀는 한숨을 내쉬었다. 미안하면서도 서운한 마음이 들었다.

카세르는 침실문을 열고 들어가자마자 화장대에 앉아 있는 유진을 발견했다. 그녀는 생각에 잠긴 듯 시선을 아래로 내린 채 움직임이 없었다. 소리를 내어 문을 닫았는데도 알아차리지 못했다.

그는 어쩐지 시무룩해 보이는 그녀의 모습을 잠시 바라보다가 걸음을 옮겼다. 손을 뻗으면 닿을 정도로 곁에 가까이 가니 그제야 유진이 고개를 돌렸다.

카세르가 유진의 어깨를 부드럽게 어루만지며 말했다.

"낮의 일이 아직도 신경 쓰여?"

유진은 흐릿한 웃음으로 답을 대신했다.

"그 녀석들에게 아무 일도 없었잖아. 둘 다 괜찮아. 내가 느낄 수 있다니까."

유진은 아까 카세르와 서닉 식사를 함께하면서 환수 두 마리를 인사시키다가 벌어진 일들을 설명했다. 그리고 그에게 사전에 말하지 않고 두 마리를 만나게 한 자신의 실수를 사과했다.

카세르는 전혀 대수롭지 않은 일이라는 태도를 보였다. 그는 환수보다 유진이 느꼈던 기운의 흐름에 더 관심을 보였다.

그가 진심으로 개의치 않아 해서 유진은 조금 마음이 가벼워졌지만, 머릿속에서 아까 그 일이 떠나지 않았다. 자신을 경계하듯 바라보는 환수들 모습을 생각하면 속이 따끔거렸다.

"제가 자신들을 해치려 한다고 오해했을지도 몰라요. 아까 그냥 들어오지 말고 오해를 풀어 줬어야 하는 건 아닐까, 그렇게 생각하고 있었어요."

"당신이야말로 오해하고 있어."

카세르는 그녀의 양쪽 어깨를 잡아서 일으켜 세웠다. 그리고 유진의 손을 잡아끌어 소파로 향했다.

그는 유진을 소파에 앉혔다. 그동안 살짝 걸리는 게 있었으나 굳이 문제 삼을 정도는 아니라서 모르는 척했다. 이런 일이 벌어진 김에 그녀에게 확실히 말해 두는 편이 낫겠다는 생각이 들었다.

"유진. 환수는 라크야. 사람에게 길드는 가축이 아니고 야생 짐승과도 달라."

"네. 알아요."

유진은 의아해하며 말했다.

"제가 아부와 꼬마를 귀여워한다고 해서 환수들을 애완동물 취급한 건 아니었어요. 제가 환수들과 거리를 둬야 한다고 생각하세요?"

그녀는 문득 오래전에 잠깐 했던 고민이 떠올랐다. 자신이 환수와 거리감 없이 지내는 모습이 주인의 심기를 불편하게 한 건 아닐까.

"녀석들을 대하는 당신 태도를 지적하는 건 아니야. 당신이 중요한 사실을 잊은 것 같아서 그래. 당신이 생각하는 라크와 야생 짐승의 차이점이 뭐지?"

"……비슷한 점을 찾기가 힘든걸요."

"인간을 대하는 방식에서."

유진은 미간을 찌푸리며 생각에 잠겼다가 '아……' 하고 탄식처럼 중얼거리더니 대답했다.

"라크는 인간에게 공격적이에요."

"맞아. 짐승은 인간을 선제공격하는 일이 거의 없어. 그러나 라크는 인간이 보이는 즉시 공격해. 같은 공간에서 인간과 라크는 공존할 수 없어. 그리고 환수 역시 라크야."

유진은 느릿하게 고개를 끄덕였다. 당연히 알고 있던 사실이 새삼 처음 듣는 내용처럼 다가와 기분이 이상했다.

"건기에 라크가 일으키는 인명 사고는 대부분이 환수가 일으킨 거지. 자기 영역을 침범한 인간을 공격하는 일이 종종 발생하고 인간을 적대하는 환수가 영역을 벗어나서까지 인간을 공격하기도 해."

유진이 생각하는 '환수'는 아부와 꼬마였다. 그래서 환수를 박하게 평가하는 그의 말에 뭔가 변명을 하고 싶었다.

"하지만…… 아부와 꼬마는 종속된 환수잖아요."

"종속된 거지 길들인 게 아니야. 주인의 명에는 복종하지만, 기본적으로 다른 인간에게 무관심해. 때로는 공격적인 태도를 드러내기도 하지."

유진은 아부와 꼬마가 자신을 잘 따르는 모습에 어느새 익숙해져서 당연하게 생각했던 현상이 몹시 특이한 경우라는 것을 새삼 깨달았다.

아부는 예전에 가짜에게 관심을 보이지 않았다고 들었다. 그리고 평소에 아부는 주인인 카세르에게도 그다지 고분고분하게 굴지 않았던 것이 기억났다.

"당신이 환수들에게 마음을 너무 주는 것 같아. 그 녀석들은 당신 생각만큼 섬세하지 않아. 본능에 충실한 라크일 뿐이야. 놈들의 규칙은 간단해. 약한 놈이 강자에게 복종하지."

"⋯⋯아부와 꼬마가 제게 친밀하게 구는 건 제가 강자이기 때문이라는 건가요?"

"전에는 당신을 따르는 녀석들의 행동을 설명할 수 없었어. 그런데 아까 당신이 말한 라크를 죽이는 힘이라는 말을 들으니까 이제 알 것 같아. 아마 그 녀석들은 그전에는 어렴풋이 느끼다가 아까 당신이 자신을 죽이고 살릴 만큼 강하다는 걸 확실히 알게 되었겠지. 그러니까 유진. 그 녀석들은 오해니 뭐니, 그런 감정은 몰라. 그냥 지금은 겁먹고 놀란 상태와 비슷해."

유진은 충격에 빠진 표정으로 그를 바라보았다. 그녀의 마음속에서 보들보들한 무언가가 바사삭 부서지는 것 같았다.

"장담하건대 아마 내일이나, 진정하려면 혹은 며칠 더 시간이 필요할지도 모르겠지만⋯⋯ 어쨌든 녀석들이 아마 납작 엎드려서 당신 말을 더 잘 들을 거야. 군기가 잔뜩 든 신병처럼 당신을 받들어 모시겠군."

유진은 새초롬한 표정으로 카세르를 쏘아보았다. 그는 '당신은 이제 확실한 대장이야.'라고 말을 들으면 자신이 기꺼워할 거라고 생각하는 것 같았다.

카세르는 유진의 떨떠름한 반응에 당황했다.

"내가 뭘 잘못 말했어?"

유진은 작은 한숨을 쉬며 말했다.

"아니에요. 그저⋯⋯ 차가운 현실을 본 기분이라서요."

환수들과 정서적 교감을 나누었다고 생각했는데 힘의 우위였다니. 허탈한 웃음이 나왔다.

동시에 유진은 자신이 자만했다고 반성했다. 다른 건 몰라도 환수에 대한 정보만큼은 누구보다 잘 안다고 생각했다. 그런데 라크를 사냥하고 라크를 환수로 부리는 왕보다 라크의 생태와 특성을 잘 알지는 못할 것이다.

"환수를 힘으로 종속시키는 것보다 좀 더 다른…… 교감 같은 방식은 생각해 본 적 없으세요?"

카세르는 길게 생각하지도 않고 고개를 내저었다.

"전혀."

"힘으로 누르면 힘의 우열 관계가 뒤바뀔 때 역전될 수 있다는 뜻이잖아요."

"약해지면 숙여야지. 강한 쪽이 지배하는 게 당연한 거야."

"……."

유진은 뜻밖에 아주 원초적인 그의 가치관을 알게 되어 놀랐다. 그런데 이해할 수는 있었다. 라크와 싸워야 하는 세계에서 강한 무력을 가진 자가 살아남을 확률이 가장 높았다. 그래서 세상을 지배하는 여섯 명의 왕은 이 세상에서 가장 강한 여섯 명이었다.

"저와 당신이 동시에 명령하면 아부가 무척 곤란해하겠어요."

환수는 당연히 종속된 왕의 명령을 우선시할 것이다. 유진은 답을 알면서도 농담 삼아 말했다.

"곤란하기는. 당신 말을 따르겠지."

"……왜요?"

"당신이 나보다 강하잖아."

"제가요?"

카세르가 고개를 디밀어 그녀의 입술에 짧게 입을 맞추며 속삭였다.

"아니었습니까?"

유진은 놀라 커진 눈으로 그를 보다가 웃음을 터뜨렸다. 제대로 터진 웃음은 그가 유진을 안아 들어 소파에서 침대로 옮겨 눕힌 후까지도 그치지 않았다. 그녀는 그의 입술이 자신의 얼굴 이곳저곳에 닿았다가 떨어지는데도 계속 키득거렸다.

유진이 끈질기게 자잘한 키스를 퍼붓는 그의 목에 두 팔을 감아 꽉 끌어당겼다. 순순히 숙이는 그의 상체가 그녀의 온몸을 누를 것처럼 가까워졌다. 유진은 그의 아랫입술을 삼키고 빨아들이는 키스를 한 후에 당장 덤벼들 것 같은 그의 눈을 보며 말했다.

"당신이 누워요."

"……뭐?"

"강자의 명령에 따라야지요."

카세르는 미묘한 표정으로 유진을 바라보다가 픽 웃고는 몸을 일으켜 침대에 누웠다. 유진은 순순히 말에 따르는 듯하면서도 오히려 주도권을 쥔 사람처럼 여유만만한 그의 태도에 괜히 약이 올랐다. 그가 당황하도록 농락해 주겠다, 마음먹으며 과감하게 그의 배에 올라타 앉았다.

'아…… 생각했던 것과는…….'

당황한 유진의 얼굴이 발그레 물들었다. 그는 정말 커다란 남자였다. 그의 위에 올라앉으면 단번에 기세를 잡을 수 있을 줄 알았는데 오히려 자신이 거대한 맹수 위에 올라탄 작은 동물이 된 기분이었다.

바라보는 시야각이 바뀌어서 그런가. 침대에 닿아 흩어진 푸른 머리카락이라든가, 자신의 응시하는 푸른 눈동자가 에로틱하게 느껴졌다. 그녀는 새삼 그의 깎아 놓은 듯 조각상 같은 외모에 감탄하며 감상하는 심정으로 바라보았다.

그녀는 자신의 발목을 만지며 종아리를 쓰다듬는 손길에 화들짝 놀랐다.

"안 돼요!"

"안 돼?"

"만져도 된다고 허락하지 않았어요."

카세르의 눈썹이 스윽 올라가더니 못마땅한 표정으로, 그러나 순순히 손을 뗐다.

유진은 '뭘 어쩌려는 건데?'라고 묻는 그의 시선을 받으며 부끄러웠다. 마음만 앞섰지 막상 남자를 능숙하게 유혹하며 다루는 여자처럼 흉내 내려니까 민망했다. 의욕 넘치던 자신감이 어느새 사그라졌다.

그녀는 후퇴하듯 슬금슬금 뒤로 물러나 앉으려다가 흠칫 놀랐다. 엉덩이에 닿는 단단한 것의 정체를 깨닫고 얼굴이 달아올랐다. 안쪽에 깊이 파고들어 내벽을 훑는 그의 성기를 떠올리자 아랫배가 저릿하게 울렸다.

'키스하고 싶어.'

고양감이 들면서 수줍은 망설임이 저만치 밀려났다. 오직 그의 입술만 확대되어 보였다. 지금, 이 순간 유진은 충동과 본능에 따르는 심경을 이해했다. 그저 자연스럽게 몸이 움직였다. 그녀는 그의 가슴에 손을 얹고 상체를 숙여 자신의 입술을 그의 입술에 겹쳤다.

그의 입술을 머금고 그의 입술 사이로 혀를 밀어 넣었다. 뜨겁고 탐욕스럽게 자신을 삼키는 그의 키스처럼 그의 혼을 빼놓는 키스를 하고 싶었다.

하지만 이번에도 의욕만 앞섰다. 그녀는 수줍게 그의 혀를 스치고 그의 입 안을 살짝 빨아들이면서 그의 입술을 부드럽게 핥았다.

카세르의 손이 움찔거리다가 주먹을 쥐었다. 감질나서 미칠 지경이었다. 당장 그녀의 온몸을 만지고 구석구석 핥아 준 후에 잔뜩 성난 자신의 물건을 그녀의 뜨거운 속실 안에 파묻고 싶었다.

그런데 그녀가 적극적으로 움직이는 이 상황 자체가 즐거워서 자신의 욕심대로 할 수가 없었다. 그녀가 자신을 원한다는 느낌 자체가 황홀했다.

문제는 그의 인내심이 빠르게 바닥을 드러내고 있었다. 그녀의 작은 혀가 자신의 혀를 문지르는 느낌만으로도 정수리까지 쭈뼛 소름이 돋았다.

유진이 그의 입술을 빨아들이면서 키스를 마무리했다. 그녀는 그의 가슴을 딛고 상체를 반쯤 일으킨 상태로 숨을 몰아쉬었다. 소극적으로만 응하는 그와 키스하려니 은근히 힘이 들었다. 그래도 그와 하는 키스를 온전히 자신이 주도한 기분이 꽤 괜찮았다.

유진은 상기된 얼굴로 배시시 웃었다. 그리고 그녀의 미소는 가늘게 유지되던 그의 인내심의 끈을 완전히 끊어 버렸다.

마치 짐승이 그르렁대는 소리가 그의 목에서 울렸다. 유진이 그 소리에 반응하기도 전에 두 사람의 위치가 바뀌었다. 그는 날쌔게 몸을 일으키면서 두 손으로 유진의 허리를 잡아 부드럽게 침대에 눕혔다. 그녀가 두어 번 눈을 깜빡이자마자 그의 입술이 덮쳤다.

"흡……."

익숙하지만, 언제나 아무 생각할 수 없도록 몰아붙이는 그의 키스가 시작되었다. 그녀의 의지와 상관없이 눈이 감겼다. 입 안으로 깊이 파고드는 혀가 그녀의 치열을 훑고 혀를 감아올렸다.

그가 유진의 혀를 빨아들이면서 한 손으로 그녀의 발목을 감싸 쥐었다. 종아리를 타고 빠르게 올라가는 손이 허벅지에 이르렀다. 반사적으로 오므리는 그녀의 무릎 사이에 그가 다리를 끼워 넣었다. 그가 유진의 귓가를 길게 핥아 올리면서 속삭였다.

"벌려."

탁하게 가라앉은 목소리에 유진이 흠칫했다. 그녀의 무릎이 가늘게 떨리며 천천히 양쪽으로 벌어졌다.

그의 손이 허벅지 안쪽을 느릿하게 더듬다가 서서히 올라갔다. 그러더니 얇은 속옷 한 장으로 덮은 둔덕을 손바닥으로 덮었다. 길고 단단한 중지가 속옷 위로 음부의 갈라진 틈새에 모양을 맞추듯이 누르며 문질렀다. 유진의 턱 아래에 입을 맞추던 그가 그녀의 가슴골에 입술을 붙였다.

"읏……."

파드득 놀란 그녀의 몸이 튀어 올랐다. 그의 입 안에 한쪽 가슴이 전부 삼켜졌다. 뜨거운 점막의 흡입력이 유두를 감싸며 강하게 빨아당겼다. 가슴을 희롱하는 자극으로 손끝이 저릿저릿했다. 움찔거리는 그녀의 손을 그의 한쪽 손이 얽어매 눌렀다.

손가락에 눌리고 마찰하는 음핵이 도톰하게 부풀어 올랐다. 부족한 쾌감을 갈망하며 활짝 열린 그녀의 허벅지가 경련했다. 흘러나오는 애액은 속옷을 흠뻑 적시고 음부에 찰싹 달라붙었다. 축축한 속옷을 옆으로 젖히며 그의 손가락이 마디 끝까지 파고들었다.

"아!"

성기를 박아넣어 추삽질하듯 그가 손가락으로 내벽을 휘저었다. 끈적한 물이 그의 손목을 타고 흘러 떨어졌다. 부드러운 속살은 뜨겁고 쫀쫀했다.

내벽이 손가락을 감싸서 조일 때마다 카세르의 호흡이 거칠어졌다. 숨을 내쉬면 입에서 단내가 나는 것 같았다. 손가락이 파고들었다가 빠져나올 때 그녀의 엉덩이가 반응하듯 흔들리는 모습을 보니까 더는 참을 수가 없었다.

약간 힘주어 잡아당기는 것만으로도 속옷의 가느다란 한쪽 허리끈이 툭 끊어졌다. 속옷을 끌어 내리니 점성 있는 투명한 액체가 길게 늘어졌다. 그 안쪽 균열 사이로 붉은 속살이 유혹하듯이 살짝 모습을 드러냈다.

그는 다급히 허리춤을 내렸다. 억지로 구겨져 있던 성기가 퉁겨져 나왔다. 끝이 번들거리는 선단을 그녀의 작은 입구에 맞추고 그대로 힘주어 허리를 쳐올렸다.

"흐윽!"

유진이 비명을 내질렀다. 단번에 그가 끝까지 꿰뚫는 충격에 눈앞이 번쩍했다. 내벽을 잔뜩 벌리는 묵직한 질량감이 안쪽을 빈틈없이 채우고 숨이 턱 밑까지 차올랐다.

카세르가 숨을 헐떡이며 신음을 삼켰다. 움직일 수도 없게 꽉 무는 내벽의 압박감에 눈앞이 아찔했다. 그는 그녀의 얼굴 옆으로 손을 디뎌 제 몸을 지탱했다.

"좀…… 성급했어. 힘들어?"

유진이 숨을 몰아쉬며 고개를 좌우로 흔들었다. 안쪽을 억지로 벌리는 고통마저도 오싹한 쾌감으로 밀려왔다. 그와 온전히 결합했다는 만족감이 더 컸다.

내벽의 근육이 약간 느슨하게 풀리자 그는 뒤로 물러났다가 다시 강하게 치받았다.

"아!"

그가 퍽퍽 박아 올릴 때마다 유진의 몸이 아래위로 흔들렸다. 그녀는 얼굴 옆에 디딘 그의 팔목을 붙들어 자신의 몸을 지탱하려 했다.

"아! 아앗! 훗……."

쑥 빠져나가면서 좁혀지는 내벽을 다시 한계까지 벌리며 살기둥이 파고들었다. 질구를 파고드는 성기가 음순의 표피를 젖히고 도드라진 음핵과 마찰했다. 온몸이 따끔거리는 쾌감에 그녀는 교성을 내질렀다. 고통인지 쾌락인지 알 수 없는 감각이 머릿속을 새하얗게 비워 버렸다.

"아웅! 아! 흐으윽!"

강렬한 절정의 쾌감이 그녀는 덮쳤다. 저절로 허리가 떠오르고 턱이 위로 들렸다. 확장된 동공이 허공을 응시했다. 반쯤 벌어진 입술 사이로는 가쁜 숨소리만 흘러나왔다.

잠시 움직임을 멈추었던 그가 느른한 몸짓으로 안쪽을 문질렀다. 그녀는 연속되는 자극이 버거워서 흐느꼈다. 눈시울이 뜨거워지는가 싶더니 맺힌 눈물이 흘러내렸다. 나직한 사내의 신음이 그녀의 귓가에 파고들었다. 뜨거운 사내의 씨가 안으로 쏟아지는 감각이 오싹했다.

"흐윽……."

몸이 저절로 덜덜 떨렸다. 움찔거리며 경련하는 질구는 그가 빠져나가는 순간의 감각을 극대화했다. 유진은 입술을 앙다물고 눈을 질끈 감았다.

"하아…… 하아…….."

그녀는 눈을 감고 온몸을 이완하며 늘어뜨렸다. 탈력감으로 늘어지는 몸이 침대에 푹 파묻히는 것 같았다. 몸에 남은 여운이 느릿하게 식어 가는 체온처럼 천천히 흩어지면서 오싹 소름이 돋았다.

그녀의 몸 위에 보들보들한 얇은 이불이 덮였다. 나신에 닿는 선선한 공기가 훈훈한 온기로 바뀌었다. 그의 팔이 유진의 등과 오금 아래로 들어와 감싸더니 안아 들었다.

유진은 몸이 붕 떠오르는 감각을 느끼고 눈을 떴다. 그가 보통 사람과 견주지 못할 힘을 지닌 사실은 알고 있지만, 사람 한 명의 무게 정도는 느끼지 못한다는 듯 자신을 가볍게 들 때마다 기분이 이상했다.

압도적으로 강한 사내의 완력을 느끼면 가슴이 두근거렸다. 본능에 가까운 이끌림이었다. 생태계에서 대부분 수컷이 암컷보다 강한 힘을 갖게 한 조물주의 뜻을 알 것 같았다.

카세르가 이불로 감싼 유진을 안아 든 채 몇 가닥의 머리카락이 달라붙은 그녀의 이마에 입을 맞추며 말했다.

"그 욕조에 가 볼까?"

"……무슨 욕조요?"

"당신이 관심 보인 거 있잖아."

걸음을 옮기는 그에게 안겨 이동하면서 유진은 기억해 내려고 애썼다. 그리고 그가 침실 문을 열기 직전에 유진은 다급히 그를 불러세웠다.

"혹시 그 대리석 욕조 말씀하시는 거예요?"

"오늘 쓸 수 있다길래 준비해 놓으라 했지."

유진은 저택 구경을 하다가 사우나를 연상시키는 목욕탕을 발견했다. 바닥보다 깊게 파서 대리석을 깔아 만든 욕조는 유진이 이쪽 세상에 와서 처음 발견한 형태였다.

유진이 왕국에서 지낼 때 사용한 욕조는 둥근 나무통이었다. 그것도 유진이 왕비라서 누릴 수 있는 호사였다.

하시 왕국은 연중 기온이 높은 편이라서 뜨거운 물로 체온을 높일 필요가 없었다. 우물물을 그냥 퍼서 몸에 끼얹어도 괜찮았다.

그러니 연료를 소모하여 굳이 물을 데워 담아 몸을 담그는 목욕은 피부 미용을 위해 귀족이 즐기는 사치스러운 문화였다.

유진이 쓰던 나무 욕조는 앉으면 물이 목에 닿을 정도로 깊었지만, 폭은 좁았다. 그래서 두 다리를 쭉 뻗어도 넉넉해 보이는 대리석 욕조가 마음에 들었다.

다만, 무척 오랫동안 사용하지 않아서 먼지가 뽀얗게 앉아 있었다. 배수구 등이 막히지 않았는지 확인 작업도 필요했다. 그 욕조를 드디어 사용할 수 있다면 바라던 바이지만, 문제가 있었다.

그 욕조는 저택의 1층에 있다. 그리고 유진의 침실은 2층이었다. 긴 복도를 꽤 걸어가야 한다.

유진은 당장 침실 문을 열고 나갈 것 같은 그에게 '설마'하는 심정으로 물었다.

"지금, 이런 모습으로요?"

"물이 식기 전에 가야지."

"누가 보면 어떡해요!"

유진은 알몸에 이불로만 몸을 감쌌다. 이불 사이로 드러나는 팔이나 맨발만 봐도 그녀의 상태를 짐작할 수 있을 것이다. 카세르 역시 가운 형태와 비슷한 잠옷만 걸쳤다. 부부의 은밀한 시간을 연상하게 하는 느슨한 모습이었다.

"이 시간에 돌아다니지 말라고 미리 말해 놨어."

카세르가 망설임 없이 침실 문을 열었다. 유진은 속으로 '악!' 하고 비명을 질렀다. 그런 말을 사용인들에게 미리 했다는 것이 더 창피했다. 욕조에 부랴부랴 뜨거운 물을 채워 넣고 왕명에 따라 서둘러 제 방으로 돌아갔을 사람들을 상상하니까 얼굴이 화끈거렸다.

"몰라요. 안 볼 거예요."

유진은 이불을 끌어당겨 머리끝까지 덮고 그의 가슴에 완전히 고개를 묻었다. 혹시라도 지나가는 누군가와 마주치는 민망한 상황에 부닥치느니 아예 모르는 쪽이 속 편했다. 머리 위에서 들려오는 웃음소리를 들으며 유진은 이불 속에서 그에게 눈을 흘겼다.

카세르가 복도를 걷고 계단을 내려가는 동안 유진은 계속 그 품 안에 웅크리고 있었다. 그가 목욕탕 문을 열고 들어가서 완전히 멈추어 선 후 비로소 빼꼼히 고개를 들었다.

"와……."

등을 여럿 밝혀 두어서 목욕탕은 환했다. 욕조에 가득 담긴 뜨거운 물

위로 모락모락 수증기가 올라왔다. 진짜 목욕탕 분위기를 물씬 풍기는 광경을 보니까 반가웠다.

유진이 그의 가슴을 밀어내며 몸을 뒤틀자 카세르가 그녀를 내려 주었다. 그녀는 양쪽 손으로 여며 쥐고 있던 이불을 놓았다. 스르륵 흘러내리는 이불이 바닥에 떨어졌다.

그녀는 곧바로 욕조로 다가가 조심스레 한쪽 발을 넣었다. 따끈한 온도가 기분 좋아서 흐뭇하게 웃었다. 완전히 욕조로 들어가 천천히 물에 몸을 담그며 다리를 쭉 펴고 앉았다.

'아, 좋다.'

그녀는 손바닥으로 수면을 찰박찰박 내리치며 장난을 쳤다. 그런데 더 큰 물보라 소리가 들려 반사적으로 고개를 뒤로 돌렸다. 막 욕조에 들어오는 그를, 눈높이 때문에 그의 허리 아래쪽을 정면으로 봤다.

'꺄아.'

유진은 얼른 시선을 앞으로 돌렸다. 도대체 언제부터 저 상태였을까. 굵직한 기둥 같은 그의 성기가 아랫배에 닿을 정도로 꼿꼿하게 기립해 있었다.

처음 보는 건 아니어도 항상 흠칫하게 되었다. 저런 엄청난 것이 조금 전에도 자신의 몸 안에 들어왔다는 게 믿기지 않았다.

방금까지 딱 적당하다고 생각했던 물의 온도가 갑자기 뜨거웠다. 그녀는 열이 올라서 화끈거리는 얼굴에 손부채질했다. 두 다리 안쪽이 조금 따끔거리는 것 같기도 했다.

유진이 들어왔을 때는 아슬아슬하게 찰랑거리던 물이 요란하게 흘러넘쳤다. 크게 너울거리는 수면에 그녀도 같이 흔들렸다. 등 뒤에서 느껴지는 그의 존재만으로도 울렁거리는 자신의 마음 같았다. 뒤에서 뻗은 그의 손이 허리를 끌어안자 그녀는 숨을 들이켰다.

카세르가 유진을 품으로 끌어당겨 안으며 붉게 물든 그녀의 목덜미에 입을 맞췄다.

"물이 좀 뜨거운가? 찬물을 가져오라 할까?"

"괜찮…… 아요."

그의 두 손이 그녀의 허리의 굴곡을 따라 올라가다가 가슴을 부드럽게 움켜쥐었다. 유진이 짧게 신음을 흘리며 그의 어깨에 머리를 기댔다. 단단한 그의 가슴이 등에 닿았다. 그가 손가락 사이에 유두를 끼워 문지르며 그녀의 귓불을 입술로 깨물고 혀로 핥아 올렸다.

"아…….."

유진은 눈을 감고 몸을 어루만지는 그의 애무를 음미했다. 물이 살갗에 닿는 감촉이 어우러져서 간지럽다가도 짜릿한 자극이 감각을 고조시켰다.

조금 전에 한바탕 정사를 나눈 몸은 빠르게 달아올랐다. 도드라진 가슴 끝이 그의 손바닥에 쓸릴 때마다 두 다리 안쪽에서 뜨거운 물이 흐르는 느낌이 들었다.

카세르는 그녀의 목덜미에 촉촉 소리가 나도록 입을 맞추며 말했다.

"내일 같이 외출할까?"

"어딜요?"

"그냥. 밖에서 점심을 먹는 것도 좋고."

"다음에요. 내일은 가야 할 데가 있어요."

그녀의 가슴을 주무르던 손이 잠깐 멈칫했다.

"가주님과?"

"내일은 아니가 정기 모임이 있어요. 거기 갔다가 오후에는 스칸의 회주님을 만나기로 했고요."

갑자기 그가 이를 세워서 목덜미를 깨무는 바람에 유진이 짧은 비명을 질렀다. 아프지는 않았지만, 그녀는 놀라서 고개를 뒤로 돌렸다.

왠지 불만스러워 보이는 그와 눈이 마주쳤다.

"나한테는 언제 시간 내줄 거야?"

"당신도 바쁘잖아요. 알현 일정이 잔뜩 밀려 있다고 들었고……."

"안 바빠."

그의 표정이나 말투나 마치 투정을 부리는 소년 같았다. 유진은 작게 웃음을 터트리며 한 손을 뒤로 뻗어 그의 볼을 쓸었다.

"내일 저녁도 같이 먹어요."

카세르는 마치 우는 아이에게 사탕을 쥐여 주는 것처럼 구는 아내의 뒤통수를 가늘게 좁힌 눈으로 응시했다. 자신은 고작 사탕 정도로 만족할 수 있는 어린아이가 아니었다. 최소한 사나흘은 침실 밖으로 나가지도 못하게 하고 싶은 자신의 심정을 이 여자는 과연 알까.

최근 그는 자기 뜻대로 풀리지 않는 여러 상황이 못마땅했다. 상제의 부름 때문에 성도로 오면서 딱 한 가지는 기대했다. 밀려드는 일을 처리하느라 아내 얼굴을 온종일 보지 못하는 날도 있는 왕성과 다르게 성도에서는 느긋하게 그녀와 함께 시간을 보낼 수 있을 줄 알았다.

그런데 성도에 온 후, 뜻밖에도 그녀가 바빠졌다. 아침에 나가서 해가 진 후에나 들어왔다. 내색하지 않으려 해도 갈수록 속이 꼬였다.

'이러니까 아부 녀석이 꼬마를 삼킨 거라고.'

유진에게는 아부의 행동을 서열 정리라고 설명했지만, 사실 카세르가 보기에는 고약한 심술에 가까웠다.

라크끼리는 어느 정도 수준이 엇비슷해야 싸움이 된다. 아부와 꼬마처럼 차이가 크면 꼬마가 알아서 몸을 사릴 테니까 아부가 굳이 기선 제압을 할 필요가 없었다. 더구나 원래 같은 주인에게 종속된 환수끼리는 서로 소 닭 보듯 하며 부딪치지 않았다.

아부는 진즉에 꼬마의 존재를 느꼈을 것이다. 그리고 꼬마가 유진의 곁에 자주 가까이 있다는 사실도 알았을 것이다. 따라서 아부는 괘씸한 꼬마를 응징하려고 그런 행동을 한 것이 분명했다.

짐승의 심술을 이해하는 자신이 어처구니가 없어서 그는 속으로 구시렁거렸다.

그는 두 팔로 유진의 허리를 꽉 안아 끌어당기며 그녀의 어깨에 턱을 괴었다.

'얼른 돌아가야겠어.'

성도에는 방해 요소가 너무 많았다. 차라리 일이 많은 왕성이 낫다. 급하지 않은 일은 미루거나 다른 사람에게 적당히 맡길 수도 있으니까.

그는 지금 자신의 품 안에 끌어안은 아내를 오롯이 혼자만 독차지하고 싶었다.

* * *

피데스의 일과는 규칙적이었다. 상제의 지시를 받고 따로 움직이는 일정이 없을 때는 항상 자신이 만든 시간표대로 생활했다.

상제의 직속 기사들은 오직 상제의 지시에만 따를 뿐, 그들을 강제하는 계율이 없었다. 상제는 기사가 나태하게 생활해도, 방탕하고 문란한 사생활을 즐겨도 전혀 간섭하지 않았다.

성도궁을 벗어나지 않는 상제가 기사를 호출하는 일은 드물었다. 그나마도 항상 부르는 기사만 불렀다. 99명이나 되는 기사들이 모두 움직인 적은 20년 전의 아니카 진 납치 사선 성도뿐이었다.

기사들끼리 번을 정하여 각자 정해진 시간에 성도궁 주변을 돌아보거나 알현실과 기도실 앞에서 경비를 서는 임무를 마치면 나머지는 자유

시간이었다.

99명의 기사들은 공식적으로 서열이 없었다. 기사의 직분에만 충실한 기사가 제 인생을 즐기는 기사보다 더 권력을 얻는다거나 더 많은 재물을 받지도 않았다.

어디를 가든 우러러보는 명예를 지닌 상제의 기사들이 넘쳐나는 시간과 돈으로 유흥에 빠져드는 것은 어쩌면 당연한 순서였다.

그런데 아주 드물게 신실하게 신을 받들고 상제의 기사로서 사는 삶에 의미를 부여하는 기사가 있었다. 그중에서도 피데스는 무척 고지식한 별종으로 통했다.

피데스는 오후 내내 기도실에서 명상의 시간을 보냈다. 그는 시간이 날 때마다 사색을 통해 자신을 성찰했다. 눈을 감고 있는 그의 미간에 미미한 주름이 생기더니 곧 눈을 떴다.

그는 기도실 문으로 시선을 돌렸다. 아까부터 느껴지는 바깥의 소란스러운 기척이 계속 신경이 쓰였다.

그가 기도실 밖으로 나가자 뛸 듯이 걸어가는 사제가 마침 지나가고 있었다. 피데스는 사제를 불렀다.

"무슨 일이 있습니까?"

"아, 피데스 님."

사제가 몹시 반가워하는 기색으로 말했다.

"기도실로 내려가신 아니카 사제께서 이틀째 신호가 없으십니다. 아시다시피 저희는 성하의 허락 없이 그 기도실에 갈 수 없습니다."

성도궁에는 기사, 사제, 성도궁을 방문한 자들을 위한 기도실이 여러 군데 있었다. 누구나 들어갈 수 있는 기도실이 있고 출입이 제한된 기도실이 있었다. 지하로 내려가는 기도실은 성도궁에서 딱 두 군데뿐이었다. 상제의 기도실, 그리고 아니카 사제들을 위한 기도실이었다.

"성하께 말씀드렸습니까?"

"성하께서는 지금 기도실에 계십니다. 아침에 기도실로 내려가시면서 방해하지 말라는 말씀까지 남기신 터라 어찌해야 할지 모르겠습니다."

피데스는 내심 '또?'라고 생각했다. 요 며칠 상제는 알현 일정까지 모두 뒤로 미루고 기도실에서 두문불출했다. 상제가 원래 대부분 시간을 기도실에서 보내기는 하지만, '방해 금지'라고 명하는 일은 거의 없었다.

"제가 성하께 가 보겠습니다."

사제의 안색이 환하게 밝아졌다.

"그래 주시겠습니까?"

피데스는 사제와 함께 상제의 기도실로 갔다. 기도실로 내려가는 계단 앞은 언제나처럼 기사들이 지키고 서 있었다.

"지금 성하를 뵈어야겠습니다."

지키는 기사들이 고개를 내저었다.

"잘 알지 않습니까? 성하께서 방해하지 말라고 하셨으니 누구도 접근할 수 없습니다."

"다른 사람도 아니고 아니카 사제님과 관련된 일입니다. 모든 책임은 제가 지겠습니다."

원칙을 준수하는 피데스의 평소 성격과 그에 대한 상제의 두터운 신임을 아는 터라 기사들은 잠시 고민한 후에 길을 열어 주었다. 사제에게 기다리라고 한 후 피데스는 혼자 계단을 내려갔다.

그가 기도실 문 앞까지 다가갔는데도 굳게 닫힌 문은 열리지 않았다.

"성하. 피데스입니다. 긴급한 일로 뵙고 드릴 말씀이 있습니다."

그는 몇 번 더 상제를 불렀지만, 안에서는 이떤 반응도 없있다. 나른 때라면 그냥 돌아갔을 것이다. 하지만 상제가 아끼는 아니카의 신변 문제였다. 그는 자신의 월권으로 성하께서 노어워하신다고 해도 받아들이겠다고 마음먹었다. 그는 문을 밀고 안으로 들어갔다.

"……성하?"

피데스는 텅 빈 기도실 내부를 둘러보았다. 탁 트인 공간이라 사람이 숨을 만한 곳이 없었다.

그는 돌아서서 기도실을 나왔다. 계단을 올라가는 그의 눈동자가 혼란스럽게 흔들렸다. 이 기도실은 다른 비밀 통로가 전혀 없는 완벽한 밀실이었다. 만약 상제가 유일하게 외부로 나가는 이 계단을 통해 기도실에서 나왔다면 기사들이 모를 리가 없었다.

그가 계단을 올라가자마자 사제가 성급히 물었다.

"성하는 뵈었습니까?"

"……뵙지 못했습니다."

사제가 실망스러운 표정으로 탄식했다.

"하지만…… 제게 아니카 사제님께 가 보라고 하셨습니다."

자기도 모르게 불쑥 거짓말이 튀어나와서 피데스는 당황했다. 활짝 웃으며 다행이라고 말하는 사제에게 인제 와서 거짓말했다고 말할 수도 없었다.

피데스는 개운하지 않은 기분으로 사제와 함께 기도실로 내려가는 승강기로 갔다. 아니카 사제만 들어갈 수 있는 지하 기도실은 상제의 기도실보다 훨씬 더 깊은 지하에 있었다. 그래서 계단이 따로 없고 곧바로 내려가는 일직선의 통로를 만들었다.

원리는 우물의 두레박과 비슷했다. 한 사람의 무게를 지탱하는 도르래에 거대한 원형 나무통을 달아서 오르내렸다. 승강기 앞에는 항상 사제들이 지키고 서서 아래로 내려간 아니카 사제가 신호를 보내면 즉시 끌어 올렸다.

피데스가 사제가 주는 등을 들고 나무통에 들어가 앉았다. 그를 태운 나무통은 천천히 아래로 내려갔다. 그가 들고 있는 등이 주변을 비추었지만, 그래 봤자 보이는 것은 벽뿐이었다.

'굉장히 깊군.'

이 기도실은 오직 아니카 사제만 들어갈 수 있는 곳이라 기사는 이 근처에 올 일이 전혀 없었다. 피데스는 아니카 사제의 기도실이 이처럼 음울한 느낌을 자아내는 곳인 줄은 몰랐다.

나무통은 꽤 한참 내려가서야 바닥에 닿았다. 그는 까마득한 위의 구멍을 올려다보았다.

'좀 더 편하게 오르내릴 수 있도록 개선하면 좋을 텐데.'

한 사람만 탈 수 있는 승강기이므로 무척 비효율적이었다. 도르래를 더 튼튼한 것으로만 교체해도 세 명은 한 번에 내려올 수 있을 것이다. 성도궁에 돈이 없지는 않을 텐데 이런 불편함을 고집하는 것이 이해가 가지 않았다.

그는 외길 통로를 등으로 밝히며 쭉 걸어갔다. 처음 왔지만, 길이 여럿으로 갈라지지 않아서 그냥 따라 걷기만 하면 되었다. 그는 길의 끝에 다다라 닫힌 문을 발견했다.

피데스는 문을 두드렸다. 잠시 기다렸으나 답이 없었다. 다시 두드린 후에 안에 있을 아니카를 불렀다. 여전히 답이 없었다. 살짝 힘을 주어 밀어 보니까 문이 열렸다. 그는 '들어가겠습니다.'라고 말한 후 안으로 들어갔다.

그는 안으로 들어가자마자 성스러운 기도실이라기보다는 동굴 같다는 느낌을 받았다. 어둡고 습했다. 돌벽 곳곳에 박힌 등은 내부를 환하게 밝힐 만큼 충분하지 않았다. 거칠게 마무리된 천장의 형태를 응시하다가 내부를 살피려고 시선을 돌렸다.

"아니카 사제님?"

그는 사람이 쓰러져 있는 형태를 발견하고 재빠르게 달려갔다. 곧장 축 늘어진 사람을 부축해 안았다. 그리고 흠칫 놀라 '성하?'라고 중얼거렸다. 길게 늘어진 머리카락이 금색이었다.

하지만 사제복을 입고 창백한 낯으로 눈을 감고 있는 노부인은 상제가 아니었다. 피데스는 이 사람이 누구인지 알 수 없었다. 아니카가 사제로 성도궁에 들어온 후에는 기사와 마주칠 일이 거의 없었다. 성도궁에 들어온 지 오래된 아니카라면 본 적이 없을 것이다.

왜 머리카락이 금색인지 모르겠지만, 이 노부인은 아니카가 분명했다. 피데스는 조심스레 노부인의 몸을 흔들다가 반응이 없자 손목의 맥을 짚어 보았다.

그는 흠칫 놀라 손을 뗐다. 그리고 코끝에 손을 대보았다. 숨이 느껴지지 않았다. 다시 목에 있는 맥을 짚었다.

"이럴 수가……."

그는 충격에 빠진 표정으로 천천히 손을 뗐다. 이미 죽은 사람이었다.

피데스는 노부인을 바닥에 반듯하게 눕히고 사제복도 가지런히 정리했다. 지금은 그가 할 수 있는 일이 없었다. 기도실에서 숨진 아니카 사제의 시신을 올바른 절차에 따라 수습하도록 다른 사제들에게 맡겨야 할 것이다.

"부디 영면하십시오. 아니카 사제님께 마하의 축복이 함께 하실 겁니다."

그는 노부인의 시신을 향해 정중히 고개를 숙였다. 그리고 이 슬픈 소식을 알리기 위해 돌아섰다.

그는 멈칫한 후 다시 돌아보았다. 기도실의 벽 일부분이 불룩 튀어나온 형태가 왠지 눈에 거슬렸다. 그 부분만 재질이 다른 것 같기도 했다.

그는 기도실 입구에 내려놓은 등을 가져와 그쪽 벽으로 다가가 비추어 보았다. 아무래도 바위나 흙은 아닌 것 같았다. 빛이 비치는 방향에 따라 반사되어 색이 조금씩 달라 보였다. 더구나 인위적으로 규칙적인 홈이 파여 있었다.

'희한하군. 부조인가?'

그는 좀 더 바짝 등을 가까이 대고 유심히 보다가 고개를 갸웃하면서 돌아섰다. 무심코 다시 돌아본 그는 인상을 찡그렸다. 그는 몇 걸음 뒤로 물러선 후 튀어나온 벽 전부를 한눈에 담았다. 그러자 부조의 형태가 왠지 그가 아는 무언가와 비슷했다.

'……비늘?'

파충류의 비늘이 저것과 닮았다. 물론 저것보다는 훨씬 작았다. 그는 저것을 비늘이라고 가정하고 눈대중으로 크기를 가늠해 보았다. 양쪽 손을 어깨너비의 폭으로 벌린 정도, 혹은 그보다 더 큰 것 같았다. 그리고 그만한 비늘을 가진 짐승의 크기를 상상해 보았다.

그는 말도 안 된다는 듯 고개를 내저었다. 그만큼 거대한 짐승이 존재할 리가 없었다.

그는 기도실에서 나왔다. 이번에는 돌아보지 않았다.

피데스가 아까 타고 내려온 나무통에 올라타서 줄을 흔들어 신호를 보내자 도르래가 작동하기 시작했다. 그는 기다리고 있던 사제들에게 아래의 상황을 설명했다.

"아……."

"그분께서 신의 곁으로 가셨군요."

경건한 태도로 기도를 올리는 사제들은 별로 놀라는 것 같지 않았다. 사제들이 기도를 마친 후 부주하게 움직이는 모습을 보면서 피네스는 돌아섰다. 아까 상제의 기도실까지 함께 갔던 사제가 마중하겠다며 뒤를 따라왔다.

피데스는 덤덤한 말투로 지나가듯 물었다.

"아니카 사제님의 영면을 다들 예상하신 것 같습니다."

"예."

"어디가 편찮으셨습니까?"

"그건 아닙니다."

사제는 자세히 말하기를 꺼리는 기색이었다. 그런데 피데스는 '이런 일이 처음은 아니다'라는 말을 들은 기분이 들었다.

"그런데 그분이 아니카 사제님이 맞습니까? 머리카락이……."

"혹시 금색이었습니까?"

"그렇습니다."

사제가 빙그레 미소를 지으며 고개를 끄덕였다.

"아니카 사제님께서는 신의 품에 안기신 겁니다. 저 같은 평범한 사람은 감히 바라지 못할 신의 은총이지요."

"그 말씀은 오직 아니카 사제님께서 영면하실 때만 나타나는 현상이라는 겁니까?"

"그렇습니다."

피데스는 고개를 끄덕였다. 근거가 될 추가 설명이 없어도 그럴듯하게 들렸다. 상제의 찬란한 금색 머리카락은 신성함을 상징했다. 아니카의 흑발도 신과 가까운 존재라는 의미이니 사제가 된 아니카가 상제처럼 금색 머리카락으로 변하는 현상은 온전히 신의 곁에 다가간 증거라고 해석할 수 있을 것이다.

"한데 왜 그러한 성스러운 기적을 널리 알리지 않는 겁니까? 혹시 알면 안 되는 비밀입니까?"

"비밀은 아닙니다. 하지만 입단속은 합니다. 피데스 님도 그저 마음에만 묻어 주시기 바랍니다."

"왜 그래야 합니까?"

"상제 성하의 뜻입니다. 성하께서는 아니카 사제의 영면을 조용히 기리고 싶다고 하셨습니다. 성하께서는 진심으로 신의 뜻만을 받드는 분이십니다. 그분의 성력을 돋보이게 할 수 있는데도 전혀 사욕이 없으시지요."

"상제 성하께서는 본래 그런 분이십니다."

"예. 그분을 모실 수 있어서 일신의 영광입니다."

피데스와 사제는 주거니 받거니 한마음으로 상제를 향한 지극한 신심을 나누었다.

다시 혼자가 된 피데스는 상제의 기도실로 가서 계단 앞을 지키는 기사들에게 물었다.

"혹시 성하께서 무슨 말씀 없으셨습니까?"

"없었습니다."

돌아서는 피데스의 표정이 어두웠다.

'성하께 무슨 일이 있으신 걸까.'

텅 비어 있던 상제의 기도실 내부가 계속 머릿속에 맴돌았다. 상제의 부재는 그럴 만한 이유가 있을 거라고 이해했다. 상제의 비밀 외출이 그동안 자주 있었고 자신만 몰랐던 일이라고 해도 서운하지 않았다. 자신은 기사이지 상제의 감시자가 아니니까.

다만, 성도궁에서 아니카 사제가 죽었는데 상제의 행방이 묘연하다는 점이 마음에 걸렸다.

'모르실 리가 없다.'

성도궁 안을 손바닥 보듯 들여다보는 분이었다. 피데스는 상제가 틀림없이 아니카 사제의 죽음을 알 거라고 생각했다. 그런데도 상제가 아무 반응이 없는 것은 그보다 더 급한 일이 있다는 의미일 것이다.

'아니카의 죽음보다 급한 일……?'

피데스는 뭔가가 어긋난다고 느꼈다. 그 스스로 뚜렷이 알 수 없는 미묘한 거슬림이었다.

*    *    *

상제는 성도궁 소유의 별채를 아니카 모임 전용으로 내주었다. 공식 모임은 월 1회이지만, 별채의 문은 아니카를 위해 연중 내내 열려 있었다.

상주하는 관리인들이 별채를 아침저녁으로 쓸고 닦았다. 사방 곳곳을 장식한 꽃 한 송이라도 시드는 일 없도록 정성을 다하여 최상의 상태를 유지했다. 간식과 차, 맛 좋은 요리들이 떨어지지 않았다.

때론 깔끔하게 정돈된 침실 중 하나를 골라서 자고 가도 되었다. 심지어 다양한 취미 생활을 즐길 수 있는 작업실과 도구도 갖추어 놓았다. 오직 아니카만 이용할 수 있는 전용 클럽이었다.

성도에 이보다 더 훌륭한 시설을 갖춘 클럽은 없었다. 그래서 정기적인 모임 날이 아니라도 아니카들은 수시로 별채에 드나들었다.

대부분의 아니카는 정기 모임에 꼬박꼬박 참석하지 않았다. 개인 사정으로 빠져도 다음 달 모임이 또 있으니까. 다만, 흥미로운 소식이 있을 때는 ─ 새로운 아니카가 처음 온다거나 ─ 아무래도 출석률이 높았다.

오늘 정기 모임은 아마 역대 최고의 출석률을 기록할 것 같았다. 예정된 정오가 되기 훨씬 전부터 다들 일찌감치 모여들었다. 정오에 가까워질수록 아직 오지 않은 사람 수를 세는 편이 더 빠를 정도로 넓은 홀이 북적거렸다.

정기 모임 날에는 짧은 시간대에 많은 사람이 한꺼번에 몰리므로 음식 등의 준비를 위해 참석자는 사전에 이름을 등록해야 했다.

이틀 전, 아니카 진이 참가 명부에 이름을 올렸다는 소문이 쭉 퍼졌다. 그러자 지난 이틀 동안 아니카들의 정기 모임 참석 신청이 쇄도했다. 오늘 모인 아니카들은 두 명만 얼굴을 맞대도 아니카 진을 화제 삼아 떠들었다.

"라크 나무는 과장된 소문이라면서요?"

"내가 들은 이야기와는 다르네요. 내가 아는 사람의 지인이 하시 왕국의……."

라크 나무 소문의 진실을 여전히 궁금해하는 사람들과…….

"아니카 진이 아르스 가주님의 병을 치료하기 위해 사왕과 결혼한 거래요."

"아, 나도 그 이야기 들었어요. 근데 그건 헛소문 같아요. 상제 성하께서 계시잖아요. 설마 성하께서도 어쩌지 못하는 일을 왕이 할 수 있다는 거예요?"

"그런 이유가 아니라 아니카 진이 사왕과 교제하다가 사랑에 빠져서 결혼했던 거래요. 원래 성하께서 그 결혼을 탐탁지 않아 하셨다고 해요. 그런데 아니카 진이 고집을 부려서 밀어붙인 거죠."

"하긴, 아니카 진이 왜 왕과 결혼했는지 다들 이상하다고 말했죠."

아니카 진과 사왕 부부의 결혼 비화에 관심 두는 사람들도 있었다.

"아르스 가주님께서 요즘 많은 사람을 만나고 다니신다면서요. 굉장히 오랫동안 은둔하셨던 분이라 다시는 바깥 활동을 하지 않으실 줄 알았어요."

"그분께서 중병을 앓으신다는 말이 꾸준히 나돌았는데 다 헛소문이었다는 게 증명됐어요. 여전히 아름다우시더군요."

"맞아요. 그리고 그분의 그 분위기는 정말. 주변을 압도한다고 해야 할까요. 그분이 한마디 하시니까 다들 귀를 기울이면서 좌중이 조용해지고…….”

사교 활동에 관심 있는 아니카들은 아르스 가주의 사교계 귀환을 예민하게 받아들였다.

각자의 관심사에 따라 주제는 조금씩 다르지만, 어쨌든 모든 대화 내용 중심에 항상 아니카 진이 있었다.

홀 한쪽에 마련된 단상에 악사들이 자리를 잡고 연주를 시작했다. 대화를 방해하지 않을 정도의 잔잔한 음악이 배경으로 깔렸다. 홀 곳곳에 놓인 테이블은 다양한 과일, 달콤한 간식, 먹음직스러운 요리들로 풍성했다.

몇 명씩 짝지어 모여 앉은 흑발의 아니카들이 조곤조곤 대화를 나누며 간간이 웃음도 터뜨렸다. 분위기는 자못 평화로웠다. 하지만 누군가 홀에 들어서기만 하면 먹잇감을 노리는 굶주린 짐승처럼 모두의 시선이 그쪽으로 향했다.

새로운 입장객의 정체를 재빠르게 눈으로 훑은 후 흥미로운 대상이 아니라는 사실을 알게 되면 다시 자연스레 하던 대화를 계속했다.

그런데 방금 등장한 사람은 비록 탐스러운 먹잇감에는 미치지 못하지만, 안줏거리 정도는 되었다.

“아니카 케이티가 왔네요.”

“월프리드 부인이라고 불러야 하는 거 아닌가요?”

중년 여인을 바라보는 눈빛이 곱지 않았다.

불륜으로 아이를 낳은 케이티의 추문은 뒷말의 대상은 될지언정 누구도 비난하지 않았다. 아니카들은 그걸 죄라고 생각하지 않았다. 오히려 왕과 결혼한 아니카의 처지를 동정하며 혀를 찰 뿐이었다.

케이티가 아니카의 특권을 포기하고 월프리드 부인이라는 이름을 고집할 때도 다들 이해하려고 했다. 케이티의 부모가 워낙 극성이라는 사실은 유명했고 그녀가 드디어 부모에게서 벗어나 독립하는 거라고 응원하는 사람도 있었다.

케이티가 그대로 조용히 사라졌다면 아니카들은 케이티를 없는 사람 취급하고 뒷말을 자제했을 것이다.

그런데 케이티는 10년 전 상제에게 아니카의 특권을 다시 누리게 해 달라고 요청했다.

케이티가 아니카 특권을 포기할 때 그녀의 부모에게 주어지던 연금도 박탈되었다. 그런데 케이티가 다시 아니카의 이름을 되찾은 후 그 연금권은 호겐 윌프리드가 갖게 되었다. 케이티는 돈 때문에 박차고 나갔던 자리로 다시 돌아온 셈이었다. 그것이 아니카들의 자존심을 건드렸다.

"성하께서는 참 자애롭기도 하시지."

누군가 케이티를 보며 냉소적으로 중얼거렸다. '뻔뻔해.'라고 대놓고 말하는 사람도 있었다.

케이티는 아니카 이름을 되찾은 후부터 이 별채에 빈번히 드나들었다. 다시 돌아온 케이티는 전과 달라진 점이 하나 있었다. 예전에는 주변의 시선을 무척 의식하더니 이제는 주변에서 수군대도 신경 쓰지 않았다.

못마땅한 표정으로 케이티를 흘끔거리던 아니카들은 막 입장하는 사람을 보자마자 관심사가 옮겨 갔다.

"아니카 플로라."

"어서 와요. 아니카 플로라."

어린 아니카들이 플로라 주변으로 모여들었다.

"아니카 진과 함께 오셨나요?"

"아니에요. 아직 아니카 진은 오지 않았나요?"

"네. 아직이에요."

"아니카 플로라. 저쪽에 자리 있어요."

플로라는 아니카들이 이끄는 대로 소파에 가서 앉았다. 언제나 그렇듯 소파의 중앙은 플로라를 위해 비어 있었다.

그녀는 여유롭게 미소 지으며 여기저기서 건네는 인사를 받았지만, 속마음은 초조해서 미칠 것 같았다.

어젯밤, 그토록 간절히 기다리던 자각몽을 꾸었다. 그런데 약 두어 달 전에 꾸었던 자각몽과 또 다른 변화가 있었다.

지난번 자각몽 때 미묘하게 수면이 낮아진 것 같다고 느꼈지만, 잘못 본 거라고 믿었다. 그런데 어젯밤의 자각몽은 플로라의 기대를 저버리고 확실한 차이를 보여 주었다.

흘러넘치던 물의 수위가 내려가서 이제는 호숫가 둔덕이 뚜렷이 보였다. 의심할 여지가 없이 물이 줄었다.

'말도 안 돼. 있을 수 없는 일이야.'

아니카의 라미타는 타고난 힘이다. 능력이 줄어든다는 말은 들어 본 적이 없었다.

원래 두 달의 주기였던 자각몽인데 이번에는 두 달 하고도 일주일이 지난 후에 자각몽을 꾼 것도 마음에 걸렸다. 전에는 차이가 나 봤자 하루 혹은 이틀이었지 이번처럼 일주일이나 늦어진 적은 없었다.

플로라는 원래 이번 정기 모임에 나오지 않으려 했다. 분명히 다들 자신에게 진의 근황을 물을 텐데 생각만으로도 피곤했다.

하지만 이틀 전에 진이 참석한다는 소식을 들은 후에는 망설였다. 자신이 나가지 않으면 분명히 뒷말이 자자할 것 같았다. 그래도 남이 뭐라고 하거나 말거나 눈 한 번 질끈 감으면 그만이니 역시 가지 않는 쪽으로 마음이 기울었다.

그런데 자각몽을 꾼 후 오늘 나오지 않을 수 없었다. 진이 모임에 나오면 라크 나무 소문의 진상을 알게 될 것이다. 진에게 여전히 라미타가 없다는 사실을 확인해야 두 다리를 뻗고 잠을 잘 수 있을 것 같았다.

진은 플로라가 부러워하는 모든 것을 가졌다. 어릴 때는 그 사실이 견딜 수가 없어서 안달복달하며 혼자 많이 울었다.

'그래 봤자 뭐해. 가장 중요한 것을 갖지 못했는데.'

라미타가 없는 아니카라니. 아니카 진은 가짜다. 양심이 있다면 아니카 이름을 반납해야 할 것이다.

플로라는 자신이 아는 비밀을 상제에게 고하지 않는 것만으로도 자신이 진에게 은혜를 베풀었다고 생각했다. 하지만 더는 진이 설치고 다니는 꼴을 봐줄 수가 없다.

'오늘 확실히 드러나겠지.'

자신이 나서지 않아도 주변에서 라크 나무 소문의 진실을 알고 싶어서 부추길 것이다.

플로라의 등장으로 홀의 분위기가 바뀌었다. 그녀는 제각기 흩어져 있던 아니카들을 뭉치게 하는 구심점 같은 존재였다. 플로라의 압도적인 라미타 앞에서는 아니카들의 강한 자존심도 수그러졌다.

갑자기 분위기가 크게 술렁이더니 조용해졌다. 고개를 돌린 플로라는 홀로 걸어 들어오는 유진을 보며 눈동자가 흔들렸다.

"아……."

"이쩜."

여기저기서 아니카들이 작은 소리로 탄성만 흘렸다.

진의 뛰어난 미모는 예전부터 모두가 인정했다. 그런데 플로라가 진과 상반된 느낌을 지닌 미인이라서 그런지 플로라가 더 미인이라고 말하는 사람도 있었다. 호감도는 플로라 쪽이 훨씬 높았다.

그런데 3년 만에 등장한 아니카 진은 개개인의 취향을 무시할 정도로 압도적이었다. 미모에 물이 올랐다는 표현 그대로 마치 후광이 비치는 것 같았다.

유진은 다나와 함께 이런저런 모임을 다니는 동안 어머니의 표정과 태도를 닮고 싶다고 생각했다. 부드러우면서도 빈틈이 없는 미소, 느리지도 빠르지도 않은 말투, 절제된 몸의 동작 등.

그녀는 자신도 모르게 다나를 흉내 냈다. 표정은 사람의 인상을 바뀌게 한다. 그 사람이 만들어 내는 특별한 분위기는 시선을 잡아끌기 마련이었다.

유진이 천천히 주변을 둘러보는 동안 모두 숨을 죽이고 그녀의 미세한 동작 하나하나에 집중했다. 플로라를 향해 시선을 고정한 그녀가 천천히 다가갔다.

유진은 생긋 미소를 지으며 플로라에게 인사를 건넸다.

"먼저 와 있었군요. 아니카 플로라."

아까 플로라를 발견하는 순간에 유진은 몸의 기억을 읽었다. '아니카 플로라'라고 칭하며 존댓말로 인사를 건네는 장면이었다.

가짜가 플로라와 격의 없는 말투로 대화하는 기억을 본 적이 있는 터라 둘만 있는 자리가 아닌 공식적인 장소에서는 서로에게 격식을 갖추어 대한다고 짐작했다. 그런데 플로라의 표정이 이상해서 자신이 실수했나 싶었다.

"……어서 와요. 아니카 진."

뒤늦게 대답하며 플로라가 입술을 끌어 올렸다. 억지로 미소를 꾸민 입가가 파르르 떨렸다.

모두 유진을 쳐다보고 있으니 망정이지 누군가 플로라를 주시했다면 뒷말이 나왔을 것이 분명했다. 그녀는 지금 자신이 표정 관리에 실패했다는 사실을 의식하지 못할 만큼 충격받았다.

얼마 전에 저택에서 진을 봤을 때만 해도 이런 느낌이 아니었다. 며칠 만에 사람이 바뀐 것 같았다.

진과 자주 어울려 다닐 적에 플로라는 진을 보면서 귀하게 자란 아가씨 같지 않다고 생각하곤 했다. 진이 아르스 가주님과 닮은 듯 닮지 않았다고 생각한 것도 진을 시기하는 마음 때문이 아니라 진심이었다.

그러나 오늘의 아니카 진은 영락없이 아르스 가주님의 딸이었다. 그분의 분위기가 느껴졌다. 플로라는 아프게 한 대 얻어맞은 기분이 들었다.

'에휴. 어지간히 악명 높나 보네.'

유진은 자신이 등장하자마자 갑자기 경직된 분위기와 플로라의 반응을 보고 다들 불편해하는 거라고 해석했다. 가짜가 무슨 짓으로 인심을 잃은 것인지 구체적으로 떠오르는 기억은 없었지만, 알고 싶지도 않았다.

그렇다고 지레짐작으로 숙이고 들어갈 생각은 없었다. 어머니께 들은 조언으로 자신이 앞으로 어떻게 대처해야 하는지 기준을 잡았다.

「굳이 네가 예전과 달라졌다는 모습을 드러낼 필요 없어. 누가 너를 고약한 사람으로 오해하고 있거든 오해하도록 둬.」

「……가짜의 흉내를 내라는 말씀이세요?」

「일부러 악명을 쌓으라는 말이 아니야. 친절한 사람이 될 필요가 없다는 뜻이지.」

「하지만…… 그러면 좋은 사람과 좋은 인연을 맺을 수 없을 거예요.」

「진정한 친구를 얻는 만남과 사교 모임을 구별할 줄 알아야지. 그곳은 작은 전쟁터란다. 네 사람됨이 아니라 네가 가진 조건이 중요한 곳이야.」

「조건······.」

「넌 내 딸이고 아니카이며 일국의 왕비야. 어디서든 누구에게든 절대 숙이지 말고 양보하지 마라. 겸손하지 않아도 되는 사람이 겸손하게 굴면 사람들은 감탄하는 게 아니라 약점이 있어서 그런다고 생각한단다.」

유진은 피해자가 나타나서 따지고 들지만 않으면 과거는 덮자고 마음먹었다. 어차피 주변 사람 열 중 셋은 '나'를 이유 없이 싫어한다는 말도 있지 않던가.

"내가 앉을 자리도 있을까요?"

유진은 자신을 멍하게 바라보는 아니카 중 한 명에게 말을 걸었다. 얼굴을 보니까 '아니카 에밀리'라고 부르던 기억이 떠올랐다.

"아니카 에밀리."

에밀리가 흠칫 놀라며 자리에서 벌떡 일어났다.

"그, 그럼요. 이리로 앉으세요, 아니카 진."

에밀리가 플로라와 마주 앉는 방향의 소파를 가리키며 말했다. 이미 그 자리에는 주인이 있었지만, 에밀리가 인상을 쓰며 손을 휘둘렀다. 앉아 있던 사람들이 엉겁결에 에밀리의 지시에 따라 서로 좁혀 붙어 앉으며 빈자리를 마련했다.

"고마워요."

유진이 자신을 위해 마련된 자리를 당연하다는 듯 앉았다. 유진과 플로라를 중심으로 아니카들이 에워싸 앉은 모양새였다. 유진은 분위기를 파악할 겸 말없이 사용인이 방금 내려놓은 찻잔을 들었다.

몇 사람이 플로라를 흘끔거렸다. 예전에 두 사람이 함께 모임에 나오면 진은 도도하게 앉아 있고 플로라가 대화를 이끌었다. 진이 던지는 한두 마디 말을 플로라가 받아서 중심 화제로 끼워 넣었다. 그런 플로라를 아니꼽게 보는 시선도 많았다.

예전과 다르게 플로라는 아무 말이 없었다. 그러자 에밀리가 나서서 유진에게 말을 걸었다.

"오랜만이에요, 아니카 진. 얼마 전에 성도에 왔다는 소식은 들었어요."

에밀리를 시작으로 아니카들이 여기저기에서 앞다투어 인사말을 전했다. 그들은 진과 플로라 사이가 예전 같지 않다고 기민하게 눈치챘다. 그렇다면 아니카 진의 친구 자리를 자신이 차지하고 싶었다.

"반가워요. 삼 년만인데도 아니카 진은 그대로네요."

"다들 아니카 진이 왕국에서 잘 지내고 있는지 궁금해했어요."

유진은 적당한 대답으로 응대하며 속으로는 의아하게 생각했다. 저들이 속마음을 감추고 예의상 친절한 척하는 것치고는 표정이나 말투가 호의적이었다.

'악감정까지는 아닌 건가…… 그나저나 아니카들을 이렇게 한꺼번에 보니까 기분이 묘하네.'

그동안 어디를 둘러봐도 갈색 머리카락의 사람들 틈에서 지냈다. 갑자기 온통 흑발에 검은 눈동자의 여자들을 보니까 다른 인종만 모여 사는 세상에 온 것 같았다.

유진 주변에 모여 앉은 십여 명 남짓한 아니카들은 전부 이십 대 초반보다 어린 아가씨들이었다. 그중에는 소녀라는 표현이 어울리는 앳된 아니카도 있었다.

유진은 어른 틈에 앉아 있는 소녀를 물끄러미 보다가 소녀와 눈이 마주쳤다. 화들짝 놀라며 시선을 내리는 소녀가 어쩔 줄 몰라 하며 얼굴을 붉혔다. 소녀가 귀여워서 유진이 미소 지었다.

소녀에게 계속 시선을 주는 유진을 눈여겨보던 에밀리가 나섰다.

"아니카 진이 오늘 처음 만나는 아니카이겠네요. 얼마 전에 자각몽을 꾸고 모임에 합류했어요. 아니카 마가릿이에요."

유진이 상냥하게 인사를 건넸다.

"만나서 반가워요. 아니카 마가릿."

마가릿이 '저도 반가워요.'라고 자그마한 목소리로 인사를 받았다. 그러더니 한참이나 유진의 얼굴을 빤히 바라보더니 수줍어하며 말했다.

"정말 아름다우세요. 아니카 진."

유진이 작게 웃음을 터뜨렸다. 그동안 성격에 문제 있는 아니카들만 봤다가 순진하고 어린 아니카를 보니까 호감이 샘솟았다. '그들도 이런 어린 시절이 있었겠지.'라는 너그러운 마음도 생겼다.

"고마워요. 아니카 마가릿도 아주 예뻐요."

아니카들이 미묘한 표정으로 서로 시선을 교환했다. 다들 딱 꼬집어 말할 수는 없지만, 아니카 진이 전과 다른 느낌이라고 생각했다.

"아니카 진. 오랜만에 성도에 돌아온 기념으로 연회를 열 거라고 들었어요."

잠시 말을 끊은 캐시가 다소 민망해하며 말했다.

"장소는 아르스 저택이 될 거라고……."

그 연회에 관심이 있다는 노골적인 표현이었다.

유진이 선선히 고개를 끄덕이며 대답했다.

"날짜는 미정이에요. 이 별채에 초대장을 비치해 둘 거예요. 여러분 중 누구라도 참석해 준다면 환영해요."

아니카들의 표정이 일시에 환하게 밝아졌다. 아니카 모두가 상류층의 사교 모임에 참석할 수 있는 것은 아니었다.

타고난 가정 환경이 모두 제각각이라서 지극히 평범한 집안에서 태어났다면 상류층 사람들과 어울리는 데에 한계가 있었다. 그런데 아니카가 된 후에 보고 듣는 수준은 급격히 높아지니 이상과 현실의 괴리감 때문에 상대적 박탈감에 시달렸다.

유진이 아니카 모두를 초대하겠다고 선언하자 그 말이 빠르게 홀 안을 한 바퀴 돌았다. 홀의 분위기에 한껏 흥이 올랐다. 유진과 대화를 주고받는 아니카들의 표정에도 웃음이 넘쳤다.

그러나 유진에게 환호하는 지금 분위기를 못마땅하게 생각하는 사람도 있었다. 아니카는 자기 스스로에 대한 자부심이 커서 서로 비교하거나 누군가 더 우위에 서는 것을 자존심 문제로 생각했다. 압도적인 라미타를 지닌 플로라에게도 모두가 호의적이지는 않았다.

"그런데요, 아니카 진. 아니카 진이 성도에 도착하기 전부터 파다하게 퍼진 소문이 있어요."

데니스가 화기애애한 분위기에 제동을 걸었다.

찻잔을 입에 대는 플로라의 입술 끝이 살짝 올라갔다. 자신이 잠자코 있어도 틀림없이 누군가 나설 줄 알았고 예측은 틀리지 않았다.

유진이 찻잔을 내려놓으며 가볍게 응대했다.

"소문이 한두 가지라야 말이지요."

"그 소문 모두를 해명할 생각은 있나요?"

유진이 픽 웃으며 데니스를 말없이 응시했다. 유진의 시선을 받으며 데니스의 눈빛이 잘게 흔들렸다. 오늘따라 아니카 진의 표정이 부드러워서 왕과 결혼한 후에는 콧대가 꺾였나 보다 생각했는데 아무래도 실수한 것 같았다. 등에서 진땀이 났다.

"취조받는 기분이네요. 내가 무슨 이유로 누구에게 해명해야 한다는 거지요?"

누군가 '그러게'라고 작게 맞장구치는 소리가 데니스를 압박했다.

"……적절하지 못한 표현을 썼어요. 사과할게요. 하지만 다른 건 몰라도 라크 나무 소문은…… 아니카로서 이 소문의 진위는 알고 싶어요."

어느새 홀은 아까보다 조용해졌다. 군데군데 서 있거나 앉아 있는 연배 높은 아니카들이 대화를 멈추고 데니스의 말에 귀를 기울였다. 아니카들의 최우선 관심사는 다른 아니카의 라미타였다. 더구나 아니카 진의 라미타가 어느 정도인지 정확히 아는 사람이 아무도 없었다.

유진은 수많은 시선이 자신에게 대답을 요구한다고 느꼈다. 이런 식으로 몰아가는 분위기가 생소했다. 그동안 어머니를 따라다니며 많은 사람을 만났는데 누구도 소문에 관해 질문하지 않았다.

'그 사람들이 점잖고 교양 있어서? ……아니야. 가십에 열광하는 심리는 다 똑같지.'

그 모임과 오늘 모임의 차이점을 발견하고 속으로 탄식했다. 오늘은 유진을 지켜 주는 어머니의 울타리가 없었다.

유진은 흔들리지 않는 표정으로 찻잔을 들었다. 그녀는 당황하지 않았다. 오히려 속으로 회심의 미소를 지었다.

아니카 진의 라미타 등급은 아주 낮을 것이라는 소문이 거의 사실처럼 퍼져 있었다고 들었다. 그 말을 해 준 아서에게 어이가 없어서 되물었다.

「아니카의 라미타 등급은 비밀 아니었어요?」
「비밀이지. 아는 사람은 다 아는 비밀.」
「그 정보를 유출하는 사람이 있는 거예요?」
「범인은 아니카들이야. 아니카 모임에서 서로의 등급을 알아낸다고 하더라. 나도 어떤 방식인지 자세한 내용은 몰라.」

아서한테 그 말을 들었을 때 상제가 건넸던 반투명한 씨앗이 생각났다. 만약 상제가 그 씨앗을 이용해 아니카의 라미타에 등급을 매기고 능력의 우열을 가리는 거라면.

'상제 그놈이 완전 개새끼지.'

겉으로는 모든 아니카를 차별 없이 아끼는 척, 사실을 등급을 매겨 관리하고 있다는 뜻일 테니까.

유진은 오늘 아니카 모임에서 그 씨앗에 관해 정보를 얻으려 했다. 오히려 먼저 라크 나무 소문 이야기를 꺼내 주어서 고마웠다.

"안 그래도 그 일로 성하께서 한 말씀 하셨어요. 라미타는 신성한 능력인데 소문 거리로 만들었으니 내가 경솔했지요. 하지만 후회는 하지 않아요. 여러분은 성도에서 지내느라 라크가 출몰하는 활동기가 어떤지 몰라요. 내 눈앞에서 사람을 해치려는 괴물을 그냥 두고 볼 수 없었어요."

누군가 유진이 길게 풀은 말을 단순히 정리했다.

"그럼…… 소문이 사실이라는 거군요. 아니카 진이 라크를 나무로 만든 거예요?"

유진이 짧게 고개를 끄덕였다.

"세상에!"

"와아!"

여기저기에서 높은 비명을 질렀다.

"라크를 만지면 어떤 느낌인가요?"

"나무로 변하는 모습은 어땠어요?"

"라크는 실제로 보면 진짜 짐승처럼 생겼다던데 정말로 그래요?"

유진에게 질문이 쏟아졌다. 아니카들은 평생 성도에서 살면서 라크를 본 적이 없고 자신의 라미타를 쓸 일도 없었다. 그게 당연한 줄 알았기에 상상한 적도 없는 경험담에 열광했다.

"성하께서는."

수선을 떠는 소음 사이로 단호한 음성이 파고들었다. 사람들의 시선이 플로라에게 향했다.

"라미타는 함부로 써서는 안 된다고 하셨어요. 물이 마르면 안 되니까요."

플로라는 천연덕스럽게 거짓말하는 진이 가증스러웠다. 라크를 나무로 만들어? 어쩌면 저렇게 뻔뻔하단 말인가.

"그런데 아니카 진은 라크를 나무로 만들 정도라니. 라미타가 정말 대단한가 보네요. 전혀 내색하지 않아서 짐작도 하지 못했어요."

아니카들 표정에 의혹이 떠올랐다. 그러고 보니 아니카 진은 자신의 라미타 등급을 드러낸 적이 없었다.

라미타는 축복받은 능력이다. 라크를 나무로 만들 정도의 강한 라미타를 지녔다면 그동안 숨긴 것이 이해가 가지 않았다.

'아니카 진은 항상 투명 씨앗을 만지려 하지 않았지.'

'라미타 등급이 아주 낮아서 아니카 플로라와 비교되기 싫어서 거부한다고 생각했는데.'

'설마 라크 나무가 거짓말인 걸까?'

'아무리 아니카 진이라지만 그런 거짓말을 할 수 있나?'

다들 미심쩍은 표정으로 시선을 교환했다. 플로라의 한마디는 분위기를 순식간에 바꾸어 놓았다. 유진을 우러르던 눈빛이 의심과 비난으로 변했다.

유진은 플로라를 응시했다. 입술을 비틀어 웃는 미소가 플로라의 입가에 짧게 스쳐 지나갔다.

가짜와 플로라가 의좋은 친구 사이는 아니었다고 짐작했지만, 방금 떠오르는 기억은 충격이었다.

『플로라, 자각몽이란 어떤 거야?』
『물에 손을 담그면 아주 차가워. 얼음물처럼.』

가짜가 상제에게 거짓말한 자각몽 내용이 플로라가 말해 준 것이었다니. 이 정도 거짓말이면 상대방에게 악의가 있다고 해도 될 것이다.

가짜가 자각몽을 꾸었다며 상제를 만난 나이가 열두 살이라고 했다. 그럼 플로라는 이미 어릴 때부터 진에게 비뚤어진 감정을 품었으면서 친구랍시고 계속 붙어 지냈다는 뜻이었다.

'이렇게 꼬인 사람은 정말 싫은데.'

유진은 조금 속이 상했다. 그녀의 소설에 등장한 주인공이 고작 이런 사람이었다니.

유진이 차분한 표정으로 주변 사람들을 둘러보며 말했다.

"내색하지 않은 것이 잘못인 줄은 몰랐네요."

삐끗하면 모두 적으로 돌변할 것 같은 분위기인데도 유진은 전혀 두렵지 않았다. 훨씬 더 많은 사람이 적이 되어도 겁나지 않을 것이다. 자신에게는 무조건 믿어 주는 남편과 든든히 지켜 주는 가족들이 있으니까.

"나는 사실 그대로를 말했을 뿐이에요. 그렇다고 성도에 없는 라크를 나무로 만들어 증명할 수도 없잖아요?"

유진은 마치 남 이야기를 하는 것처럼 대수롭지 않게 말했다. 그녀의 무심한 태연함은 변명보다도 효과적이었다. 아니카들의 눈빛이 갈대처럼 흔들렸다.

"……라크는 없지만 증명할 방법은 있죠."

데니스가 벌떡 일어나더니 바구니를 가져와 소파테이블에 올렸다. 그녀는 모두를 천천히 돌아보더니 유진을 보며 바구니에서 사탕 하나를 꺼냈다. 그리고 바구니를 자신의 옆 사람에게 건넸다.

아니카들은 바구니가 자신에게 올 때마다 하나씩 사탕을 꺼냈다. 플로라도 사탕을 꺼내고 바구니는 옆으로 계속 건너가서 드디어 유진의 앞으로 왔다.

'혹시 이게 그건가?'

유진은 바구니 안에 깊이 손을 넣어서 하나인 척 두 개를 꺼냈다. 그녀가 사탕을 꺼내는 순간에 의심스러워하던 아니카들의 눈빛이 누그러졌다.

"내가 바구니를 가져왔으니까 먼저 시작할게요. 사탕을 꺼낸 순서대로 가지요."

데니스가 사탕 껍질을 벗겨 안에 든 반투명한 씨앗을 꺼냈다. 유진은 모두의 시선이 데니스에게 집중된 틈에 자연스레 장갑을 벗으며 한 개 더 꺼낸 사탕을 장갑 안에 넣었다.

데니스의 손안에서 비죽 솟아난 싹이 두 뼘 길이로 자라더니 성장을 멈추고 곧 바스러졌다. 사람들 시선이 데니스 옆자리의 아니카로 옮겨 가니까 당사자가 사탕 포장을 풀고 투명 씨앗을 손에 쥐었다.

유진은 처음 보는 광경을 흥미롭게 구경했다. 성장하는 줄기의 높이는 사람마다 달랐지만, 큰 차이는 없었다.

'생각보다 다들 대단찮네.'

저들이 평균이라면 자신의 라미타는 대체 어느 정도인 걸까. 수평선이 펼쳐진 자신의 자각몽을 떠올리며 그녀는 소름이 돋았다. 그동안 막연하게 '내 라미타 정도면 상위겠지?'라고만 생각했다.

'내 라미타가…… 엄청난 것 같아.'

플로라의 차례에 이르러 플로라가 말했다.

"나는 평소대로 할까요?"

아니카들이 고개를 끄덕였다.

"그러는 게 좋겠어요."

플로라를 건너뛰고 그 옆자리를 아니카가 투명 씨앗을 쥐었다. 이제 유진의 차례가 되자 유진이 사탕의 포장을 풀기도 전에 유진 다음 순서 사람이 말했다.

"나부터 할게요."

두 사람만 제외하고 모여 앉은 아니카 모두가 빈 사탕 포장지를 테이블에 내려놓았다. 진과 플로라, 둘 중에 누가 먼저 하는 게 순서에 맞을지 계산하는 표정으로 아니카들이 두 사람을 흘끔거렸다.

플로라가 나섰다.

"오늘은 내가 먼저 하겠어요."

'오늘은'이라는 표현이 미묘했다. 오늘 주인공은 자신이 아니라는 겸양인지, 어태 그래 왔던 것처럼 앞으로도 마지막에 압도적인 라미타를 보여 주는 사람은 자신일 거라는 확신인지.

진과 플로라의 차례가 되니까 멀리서 보기만 하던 아니카들이 하나둘 모여들었다. 다들 표정에 호기심이 가득했다. 오늘만큼 흥미진진했던 적이 없었다.

플로라가 투명 씨앗을 쥐었다. 빠른 속도로 솟아오르는 줄기가 높이 뻗어 올라갔다. 처음 보는 광경이 아닌데도 아니카들은 경이로워하며 어기저기에서 탄성을 질렀다.

거의 천장까지 이른 이파리가 끝부터 마르면서 마치 터지는 것처럼 부스러져 공기 중으로 흩어졌다.

플로라는 감흥이 없는 유진의 표정을 보고 속이 비틀렸다.

'계속 그렇게 여유 부릴 수 있을까?'

플로라는 속으로 차갑게 웃었다.

드디어 마지막. 유진의 차례였다. 소음이 잦아든 홀에 긴장이 감돌았다. 유진이 내쉬는 호흡조차도 놓치지 않겠다는 듯이 수많은 시선이 집요하게 들러붙었다. 과연 오늘은 아니카 진이 씨앗을 만질 것일까.

유진은 계속 한 손으로 쥐고 있던 장갑을 무릎에 내려놓고 씨앗의 포장을 풀었다. 가까이에서 보는 반투명한 씨앗은 상제의 기도실에서 봤던 그것과 똑같았다. 그녀는 소리 없이 속으로 호흡을 가다듬었다.

'그날처럼 하면 돼. 난 호수야. 호수만큼만.'

유진이 포장지에서 투명 씨앗을 꺼내 손에 쥐었을 때 아니카들은 '오오?'라는 표정으로 눈을 크게 떴다. 플로라는 진이 마지막에는 어떤 핑계를 대서라도 이 자리를 피할 거라고 생각했던 터라 당혹스러웠다.

'거짓말이 탄로 날 텐데. 어쩌려고 저러지?'

진에게 라미타가 있을 가능성은 전혀 생각하지 않았다.

유진이 쥔 씨앗이 갈라지며 싹이 나오는 순간, 넓은 홀은 그야말로 숨소리조차 들리지 않는 적막에 휩싸였다. 악사들이 아까부터 연주를 멈추었는데 누구도 알아차리지 못했다.

줄기가 쑥쑥 위로 자라 올라갈수록 플로라의 눈빛은 꺼멓게 죽었다. 그녀는 속으로 '말도 안 돼. 이럴 수 없어.'라는 말만 반복했다. 눈으로 보면서도 믿기지 않았다. 세상이 자신을 농락하는 것 같고 까마득한 절망이 자신을 집어삼키는 것 같았다.

거의 천장까지 솟은 줄기가 부서져 가루가 되어 흩어졌다. 플로라는 넋 나간 표정으로 자신의 마음이 줄기의 가루처럼 조각조각 부서지는 소리를 들었다. 아니카들이 지르는 환성과 박수는 아득히 멀리 들렸다.

플로라가 가진 유일하고 가장 강력한 것이 의미를 잃었다. 자신의 손에는 이제 아무것도 남지 않았다.

그녀는 유진과 눈이 마주쳤다. 차라리 자신을 비웃거나 깔아뭉개는 시선이 나았을 것이다. 별것 아니라는 듯 덤덤한 진의 눈빛이 플로라를 진창에 처박고 만신창이로 만들었다.

유진은 일부러 홀에서 멀리 떨어진 휴게실 위치를 물어 그리로 갔다. 오래 걸어간 보람이 있었다. 그녀는 텅 빈 휴게실 내부를 보며 미소 지었다. 음악 소리도 말소리도 들리지 않는 조용한 곳에 혼자 있게 되니까 긴장이 풀리며 저절로 한숨이 나왔다.

그녀는 화장실을 다녀온 후, 잠시 쉬어 갈 요량으로 소파에 앉았다.

'아, 지친다.'

처음 혼자 참석하는, 더구나 아니카 모임이라서 긴장을 많이 했다. 어머니가 얼마나 큰 방패였는지 새삼 깨달았다.

아니카들은 그동안 만난 사람들과 좀 달랐다. 순진한 듯하면서 계산적이고 아니카라는 유대감을 나누다가도 은근히 서로를 견제했다. 말투가 직설적이길래 처음에는 일부 몇 명의 성격 문제인 줄 알았더니 다들 말을 가리지 않고 했다.

'그래도 오늘 오기를 잘했어.'

제법 수확이 많았다. 유진은 다른 세상에서 성장기를 보내서 아니카로서 정체성이 약했다. 오늘 아니카들을 보며 그들의 사고방식을 이해할 기회가 되었다.

아니카에게 최우선 가치는 라미타였다. 라미타를 보여 주기 전과 후, 유진을 바라보는 눈빛이 바뀌었다.

차이를 묘사하자면 호의와 인성이다. 명문가 줄신이라는 조건은 호감의 대상이 될 뿐이며 오직 라미타 등급으로만 인정하는 것 같았다.

그런데 라미타 등급이 낮다고 해서 높은 아니카에게 무조건 숙이지도 않았다. 다 똑같은 아니카인데 사실은 같지 않다는, 그걸 인정하면서도 인정하고 싶지 않은 미묘한 심리를 엿보았다.

'아니카들의 집안 환경은 차이가 크지. 타고난 환경과 상관없이 아니카는 귀하다고 배우다가 나이가 들어 현실을 알면 상처받을 거야.'

아니카의 탄생은 그야말로 무작위. 성도민이라면 누구나 아니카의 부모가 될 수 있으므로 행운의 복권 같은 거였다.

사람들은 성도가 신의 축복을 받은 땅이라서 성도에서만 아니카가 태어난다고 생각했다. 하지만 유진의 생각은 달랐다.

다나의 도움을 받아 관련 자료를 찾아봤더니 왕국 백성이었다가 성도로 이주한 자들은 아니카를 낳은 기록이 없었다. 원래 성도에 터 잡아 살던 토박이만 가능했다. 따라서 마하의 축복 여부가 아니라 혈통 문제라고 결론을 내렸다.

'아드리트는 고대 일족 중 하나가 아니카의 시조라고 했지.'

고대의 세 일족 중 아드리트의 일족과 미래를 읽는 일족은 자신들의 정체성을 유지하고 있다. 그런데 아니카의 시조가 된 일족은 인간과 동화되었다. 그 말은 인간의 피와 섞인 고대 일족의 피가 모든 아니카들의 몸속에 흐른다는 뜻이다.

'성도에서만 아니카가 태어나는 건 동화된 고대 일족 혈통이 성도를 떠나 왕국으로 이주한 적이 없기 때문일 거야. 자의였을까? 아니면 누군가 의도적으로 관리한 걸까?'

답이 나오지 않는 문제를 골똘히 생각하다가 유진은 왼손에 꼭 쥐고 있는 장갑을 내려다보았다. 장갑 안에는 아까 빼돌린 씨앗이 들어 있다.

'틀림없어. 이건 상제가 뿌린 물건이야.'

상제가 아니면 아니카의 라미타를 측정할 수 있는 이런 독특한 물건을 계속 공급할 수 없을 것이다.

'말로는 라미타 등급은 철저히 비밀이고 누구도 차별받아서는 안 된다고 하면서 사실은 측정 도구까지 만들어서 확인하고 있었던 거지.'

상제를 만나서 대화했을 때도 느꼈지만, 상제는 라미타에 집착하고 있다. 그런데 이유를 모르겠다. 무슨 꿍꿍이인지도 모르겠다.

'이걸 내가 가져가서 조사해도 괜찮을까?'

심상치 않은 물건인데 관리가 너무 소홀했다. 바구니 안에 담겨 누가 집어 가도 모를 것 같았다.

'상제가 아니카를 믿어서 그런가?'

유진은 곧 제 생각을 정정했다. 믿음이 아니라 기만이겠지. 상제는 아니카들의 순진함을 이용하고 있다.

'이 씨앗에 추적 장치를 달아 놨을지도 몰라. 저택으로는 가져가지 말고 딴 데 숨겨 둬야겠다. 추적해서 회수하는 물건인지 아닌지 알 수 있겠지.'

유진은 문이 열리는 소리를 듣고 고개를 돌렸다. 중년의 아니카가 휴게실 안으로 들어왔다.

'일부러 멀리 왔는데 여기까지 오는 사람이 있네.'

슬슬 그만 나가 봐야겠다고 생각하며 유진은 소파에서 일어났다. 중년 아니카는 더 들어오지 않고 휴게실 입구에 서 있었다.

'아무도 없는 줄 알았는데 내가 있어서 당황하셨나 보다.'

"저는 이제 나갈 거예요. 편히 쓰셔도 괜찮습니다."

유진은 중년 부인에게 살짝 고개를 숙이며 말을 건넸다.

"아니카 진."

중년 부인 곁을 막 지나쳐 가던 유진이 걸음을 멈추었다. 왠지 불길했다. 아니카와 단둘이 마주쳐서 이름을 불린 후에는 꼭 기분 나쁜 언쟁이 벌어졌다.

내키지 않지만, 한참 연장자를 무시할 수가 없어서 유진은 돌아섰다.

"하실 말씀이 있나요?"

유진을 물끄러미 바라보던 중년 부인은 의아해하는 유진의 표정을 읽고 피식 웃었다.

"날 모르나 보군요."

유진은 내심 당황했다. 혹시 가짜와 잘 알던 아니카인가? 하지만 떠오르는 기억이 없었다.

"유감이라는 말이 아니에요. 날 모르는 아니카가 있다니, 신기해서요. 내 이름은 케이티. 윌프리드 부인이라고 하면 알려나요?"

놀라서 말문이 막힌 유진의 입술이 벌어졌다. 언젠가 한 번쯤 마주칠 거라고 생각했지만, 너무 갑작스러웠다.

'이분이…… 내 시어머니라고?'

카세르한테 이야기를 듣고 막연히 떠올린 모습과 전혀 딴판이었다. 무기력하고 흐릿한 인상의 주눅 든 귀부인, 혹은 매정하게 아들을 버린 매몰찬 인상을 상상했다.

막상 눈앞에 있는 중년 부인은 서늘한 인상의 미인이었다. 얼핏 그녀의 얼굴 생김새 어딘가에서 그녀가 낳은 아들 모습을 발견하자 유진은 기분이 이상했다.

얼어붙은 유진의 반응을 불쾌함으로 해석한 케이티가 말했다.

"오래 붙잡지 않을게요. 한 가지만 묻고 싶어서요."

"……네. 말씀하세요."

"그대의 결혼이 성하의 뜻이 아니라 두 사람이 원한 결혼이라는 말을 들었어요. 정말인가요?"

유진은 힘차게 고개를 끄덕였다. 얼떨떨한 기분이 가라앉으니 원망이

솟았다. 어린 그를 버리고 고독한 성장기를 보내게 만든 그의 어머니에게 그는 사랑받아 마땅한 사람이고 행복하게 살고 있다고 말해 주고 싶었다.

"제가 그 사람을, 아주 많이 사랑해요."

정확히 언제부터인지는 모르겠다. 유진은 그에 대한 감정을 그저 흘러가는 대로 두었다. 그는 상대를 불안하게 만드는 사람이 아니었다. 그래서 단 한 번도 멈춘 적이 없었다. 정신을 차려 보니까 그 남자가 없는 인생을 상상할 수 없게 되었다.

그에게도 아직 하지 못한 말을 그를 버린 어머니 앞에서 한 셈이 되었지만, 구체적인 표현만큼이나 자신의 마음도 뚜렷이 형체를 갖추어 벅차올랐다.

케이티의 눈이 커졌다가 흐릿하게 미소 지었다. 짧은 순간 그녀의 눈빛에 여러 가지 감정이 스쳤다.

"답변해 줘서 고마워요."

"저……."

유진은 돌아서는 케이티를 부르려다 적당한 호칭이 떠오르지 않아 망설였다.

"아니카 케이티. 저도 한 가지 여쭙고 싶은 게 있어요."

케이티가 고개를 돌렸다.

"왕의 아이를 낳은 것을 후회하시나요?"

만약 케이티가 지난번에 클럽에서 만났던 아니카처럼 자신이 낳은 아이를 혐오하고 있다면 유진은 남편 어머니를 죽은 셈 치고 다시는 상대하지 않으리리, 마음먹었다.

케이티의 침묵은 꽤 길었지만, 유진은 기다렸다. 반드시 대답을 듣고 싶었다.

"……나는 형편없는 사람이었어요. 내 의지로 아무것도 하지 못했지요."

케이티가 유진을 바라보며 말했다.

"후회한 적은 없어요. 아이를 낳은 후에 드디어 나는 내 의지로 움직이기 시작했거든요."

더는 대화하고 싶지 않다는 듯 케이티가 휴게실 안쪽으로 들어갔다. 유진은 찜찜한 기분으로 휴게실에서 나왔다. 케이티가 말하는 자신의 의지가 결혼 중 저지른 불륜을 말하는 걸까. 만약 그렇다면 그녀의 당당함은 너무 뻔뻔했다.

유진이 돌아왔을 때 플로라는 가 버리고 없었다.

"정말 아니카 플로라가 돌아갔어요?"

혹시 휴게실에 간 것을 오해하는 건 아닐까 싶어서 물었다.

"다른 일이 있어서 가야겠다고 했어요."

"나도 들었어요."

"정말 일이 있어서 간 것인지, 갑자기 배가 아파서 간 것인지는 모르겠지만요."

비꼬는 말을 하며 아니카들이 키득거렸다. 눈치 빠른 사람이 아니더라도 알아챌 수 있을 만큼 플로라는 내내 잔뜩 어두워진 표정으로 말없이 앉아 있었다. 절망에 빠진 사람처럼 누가 옆에서 말을 걸어도 반응하지 않았다.

유진이 라미타 등급을 보여 준 직후부터 그랬으니 플로라의 기분이 갑자기 저조해진 이유가 아주 명백했다.

유진은 플로라의 심정을 이해했다. 지금껏 플로라는 최고의 라미타 등급을 지녔다는 자부심으로 살았을 것이다. 하지만 얄미운 친구가 자신에 버금간다는 사실을 알게 되었으니 얼마나 속이 쓰렸을까.

'그래도 이런 식으로 티는 내지 말아야지.'

진심으로 플로라의 대처가 안타까웠다. 자신이라면 진심으로 박수를 보내는 척했을 것이다. 속마음은 어쨌건 간에.

'이래서 사회생활을 안 해 본 사람이란.'

가짜가 플로라를 데리고 온갖 사교 모임을 다녔다고 들었다. 그러니 플로라는 사람을 대하는 법에 능숙할 테고 화법이나 표정을 관리하는 법도 터득했을 것이다. 그런데도 쉽게 무너지는 속내를 드러냈다.

'약해…… 아니카들은 세게 쥐면 부서지는 유리잔 같구나.'

유진은 천천히 고개를 돌리며 삼삼오오 모여 대화를 나누는 흑발 여인들을 눈에 담았다. 나이에 상관없이, 심지어 주름이 깊은 노부인까지 웃음이 맑았다. 세상 물정을 모르는 어린아이 같은 표정이었다.

아니카는 태어나면서부터 특권을 누리는 계층이다. 어디를 가도 누구를 만나도 극진한 대우를 받았다. 신분 제도가 존재하는 나라의 공주 처지보다 오히려 나았다.

공주는 권력 싸움에 휘말릴 수 있고 나이가 들면 정략혼의 희생물이 되기도 하지만, 아니카는 어떤 의무도 없이 권리만 누린다.

아니카를 아끼는 상제의 방식이 과연 아니카들을 진정으로 위하는 걸까.

'혼자서는 아무것도 하지 못하는 아니카는 상제를 의지할 수밖에 없어.'

유진은 왕과 아니카의 결혼이 실패하는 이유를 알 것 같았다. 왕과의 결혼이 불명예스럽고 힘겨운 임무라고 세뇌된 아니카에게 먼 왕국에서 혼자 감당해야 하는 모든 일이 견디기 힘든 고통일 것이다.

이기적이고 인내심이 얕으며 고통에 약한 사람으로 성장한 아니카는 자신이 누리던 안락함을 좇아 성도로 돌아간다. 마약을 찾는 중독자처럼.

'그런데 그분은⋯⋯.'

유진은 조금 전 휴게실에서 만난 케이티를 떠올렸다. 그분의 표정에는 삶의 무게가 있었다. 그래서 휴게실에서 나오는 길에 계속 기분이 싱숭생숭했던 것 같다.

그분에 관해 떠도는 소문이 전부 진실일까. 유진이 다나한테 들은 케이티에 관한 소문은 카세르가 말한 내용과 거의 다르지 않았다.

하지만 누구에게도 말하지 못한 숨겨진 사연이 있는 건 아닐까.

어떤 사정이 있었다고는 해도 그분이 아들을 버린 것만은 용서할 수 없다. 유진은 혼자가 된 어린 카세르를 생각하면 마음이 아팠다. 그런데도 유진은 회한이 스치던 케이티의 표정이 떠올라 그분이 싫어지지 않고 오히려 궁금해졌다.

'언제 기회를 잡아 자리를 마련해서 이야기를 나눠 보고 싶다.'

유진은 카세르를 생각하며 쓴웃음을 지었다.

'그 사람을 설득할 수 있으려나.'

그 몰래 케이티를 만날 생각은 없었다. 그러니까 그의 동의를 받아야 할 텐데 왠지 쉽지 않을 것 같았다.

유진은 잡담을 나누며 잠깐 더 앉아 있다가 일어났다. 유진이 그만 가보겠다고 하니 아니카들이 아쉬워하면서 붙잡았다.

"모처럼 참석한 모임인데 좀 더 있다가 가요."

"왕국으로 다시 돌아가야 하지요? 다음 모임에는 참석할 수 있을지 없을지 모르잖아요."

그새 절친한 친구라도 된 듯이 굴었다. 아니카들은 순진한 만큼이나 자신의 욕망을 드러내는 방식도 단순했다. 연회가 열리기 전에 아르스 저택을 방문해도 되느냐, 왕가의 저택을 구경시켜 줄 수 있느냐, 자주 만나서 친해지자, 등을 대놓고 말했다.

"가야 할 곳이 있어요. 미리 약속을 해 두어서 미룰 수가 없네요. 언제 만나서 같이 식사라도 해요."

"그럴까요?"

"꼭 참석할게요. 그러니까 날 빼놓으면 안 돼요."

"나도요."

눈빛을 반짝이는 아니카들을 보며 유진은 '빈말로 하는 작별 인사라고는 생각지 않나 보네.'라고 중얼거렸다. 아무래도 조만간 만남의 자리를 마련해야 할 것 같다.

유진을 배웅한다면서 아니카들이 우르르 따라 나왔다. 유진이 아니카들과 별채의 출입문을 나서자마자 기다리고 있었다는 듯이 시종이 다가와 고개를 숙였다.

"왕비님. 다음 일정으로 자리를 옮기십니까?"

"그래. 마차는?"

"대기하고 있습니다."

시종이 계단 아래에서 대기하고 있는 시종에게 눈짓을 보냈다. 시종이 꾸벅 고개를 숙이고는 서둘러 어디론가 갔다. 그리고 잠시 후 말에 오른 전사들이 호위하는 마차 행렬이 앞뜰로 들어왔다.

대형 마차가 계단 아래에 정확히 정차하고 뒤를 따라온 두 대의 마차도 멈추었다. 앞의 마차에서는 시종들이 우르르 내리며 대형 마차에 간이 계단을 설치했다. 뒤의 마차에서는 어깨에 견장을 매단 전사들이 내려서 왕비를 맞이하는 길을 만들었다.

'아…… 요란하다…….'

유진은 아까 출발할 때 봤으면서도 새삼 한숨을 내쉬었다. 그녀를 따라온 수행원의 숫자가 오십 명에 가까웠다. 호위하는 전사의 숫자만 서른 명이었다.

출발 준비가 다 되었다길래 아무 생각 없이 나왔다가 거창한 무리를 보고 어이가 없었다. 전쟁터라도 나가는 줄 알았다. 왕의 명을 받아 이미 대기하고 있는 자들을 임의로 물릴 수 없어 그냥 출발했지만, 정말 너무 과했다.

유진은 배웅 나온 이들에게 인사를 건네고 계단을 내려갔다. 그녀가 대기해 서 있는 시종과 전사들 앞을 지나칠 때마다 그들은 차례차례 고개를 숙였다. 높은 곳에서 내려다보는 아니카들 눈에는 참 장관이었다.

유진이 마차에 오른 후 시종이 문을 닫고 계단을 거두며 출발 준비하는 모든 과정에 빈틈이 없었다. 자기 역할을 정확히 숙지한 자들은 톱니바퀴처럼 손발이 맞았다.

모든 마차의 문이 닫히고 말을 탄 전사들이 왕비의 마차 좌우에 간격을 맞추어 섰다. 호위를 이끄는 스벤이 손을 들어 출발 신호를 보냈다.

아니카들은 자리를 뜨지 못하고 마차가 출발하여 사라진 방향을 넋놓고 바라보며 서 있었다. 그들은 이렇게 성대한 의전을 받는 모습은 처음 봤다. 전사들의 절도 있는 움직임이라든가, 극상의 예우를 드러내는 태도라든가, '왕비님'이라는 호칭도 근사했다.

"소문이…… 사실인가 봐요."

누군가 중얼거렸다.

"아니카 진이 사왕과 사랑에 빠져서 결혼했다던데……. 왕과 결혼한 아니카가 아이를 낳지 않았는데도 성도에 온 건 처음 아닌가요?"

"그렇죠. 저렇게 많은 전사의 호위라니……. 왕국에서 전사는 나라의 보물 같은 존재라지요."

그들의 머릿속에서 아니카 진과 사왕은 세기의 사랑에 빠져 결혼한 로맨틱한 이야기의 주인공이 되었다.

유진은 스칸 회주의 저택으로 가는 길에 마차를 멈추고 스벤을 불러 장갑을 건넸다.

"이 안에 든 물건을 경이 임의의 장소에 잘 보관해 줘요. 사탕 봉지로 싸여 있는데 절대 안의 내용물을 꺼내서 만지지 않도록 주의하고요. 난 그 물건을 누군가 추적할 수 있을 거라고 의심하고 있어요."

스벤이 빠르게 이해하고 고개를 끄덕였다.

"저희와 연결점을 찾을 수 없는 장소에 보관하되 누가 접근하면 알 수 있도록 주시하겠습니다."

마차가 다시 출발했다. 약속된 시간에 유진이 스칸 회주의 저택에 도착했을 때 샬럿이 마중하러 나와 있었다.

유진은 이미 기다리고 있던 회주 미첼을 바로 만났다.

"처음 인사드리는군요. 미첼입니다. 부족함 많은 손녀를 부디 너그럽게 봐주시기 바랍니다."

"겸양이십니다. 백작은 아주 뛰어난 사람이에요. 많이 배우고 있습니다."

의례적인 인사 몇 마디와 신변잡기의 대화가 오갔다. 미첼이 하시 왕국에서 지내는 손녀사위의 근황을 묻고 유진은 재상의 뛰어난 능력을 잔뜩 칭찬했다.

긴 대화가 오간 것은 아니지만, 미첼의 눈에 이채가 스쳤다. 사람을 첫인상으로 판단해서는 안 되지만, 첫인상의 느낌이 그 사람의 본질에 가까울 때가 많다.

미첼은 몇 년 동안 아니카 진한테 서신을 받고 요청하는 물건 혹은 정보를 보내면서 대충 머릿속으로 어림잡은 형태가 있었다. 미첼이 워낙 다양한 사람을 만나 본 터라 그의 예측은 어긋난 적이 거의 없었다.

그가 생각한 아니카 진은 이해득실에 예민한 사람이었다. 자신이 필요한 것을 얻기 위해서라면 염치를 모르고 상황이 바뀌면 언제든지 태도도 바꿀 것이다. 단발성 거래면 모를까, 장기 거래를 지속할 만한 사람이 아니다.

그런데 미첼은 아니카 진이 자신이 상상했던 사람과 전혀 다른 느낌이라서 흥미로웠다. 손녀가 아니카 왕비의 연락책이 되었다길래 속으로는 혀를 찼는데 아무래도 섣부른 판단을 한 사람은 자신 같았다.

유진은 미첼을 만나기 전에 샬럿에게 들은 말과 다나한테 얻은 정보를 기반으로 대충 어떤 사람일지 상상했다. 미첼은 젊어서 성공하여 현재 거대한 상회를 소유하고 있고 정보력도 뛰어나다.

그러니 가짜가 샬럿에게 사근사근한 태도로 접근하여 미첼을 소개받은 것이리라.

유진은 아직 지구의 개념이 더 편할 때가 많았다. 미첼을 재벌 회장님이라고 생각하니까 얼마나 어려운 사람인지 확 와닿았다.

그래서 상대방을 압도하는 기운이 무척 강한 사람일 거라고 예측했다. 만나는 자리에서 자신이 볼썽사납게 얼어붙으면 어떡하나 얼마나 걱정했는지 모른다.

그런데 막상 만나니까 그다지 부담스럽지 않았다. 그저 나이에 비해 정정해 보이는 노인이라는 생각만 들었다.

'원래 대단한 사람은 더 평범해 보인다는 말이 있지. 그래서 그런가?'

아마 유진이 이 세상에 온 첫날에 미첼을 만났으면 무척 어려워했을 것이다. 그런데 그녀의 남편은 이 세상에서 가장 센 기운을 가진 사람 중 한 명이었다. 그런 남자를 매일 보는 일상이 평범하지 않다는 사실을 생각하지 못했다.

탐색전 같은 곁다리 대화는 제법 길게 이어졌다. 주로 미첼이 묻고 유진이 대답했다. 미첼은 왕국 생활에 대해 다양한 질문을 했는데 민감한 부분은 건드리지 않으면서도 대화가 끊어지지 않도록 자연스럽게 이끌었다. 오늘 처음 만나는 미첼과의 대화가 전혀 지루하지 않고 오히려 즐거워서 유진은 내심 감탄했다.

드디어 미첼이 본론으로 들어가도록 유도했다.

"서신을 통해서만 뵙던 분을 이렇게 직접 만나 뵈어 제가 흥분했나 봅니다. 말이 참 길어졌군요. 제 도움이 필요하시다고 들었습니다."

"혹시 그간 주고받은 서신을 다시 받아 볼 수 있겠습니까?"

유진은 미첼이 왜 그게 필요하냐고 캐물으면 둘러댈 대답을 무척 고민하며 만들어 왔다. 그런데 뜻밖에 미첼은 선선히 고개를 끄덕였다.

"제가 받은 건 따로 두었으니 그걸 드리는 건 어렵지 않습니다. 혹시 제가 보내드린 서신도 필요하십니까?"

"예. 회주님께 무척 번거로운 일이라서 염치가 없습니다."

왕성에는 가짜가 남겨 둔 미첼의 서신이 없었다. 받은 즉시 폐기한 것 같았다.

"제가 받은 서신과 끼워 맞추면 대강 기억은 날 것 같습니다. 정리해서 드리겠습니다."

유진은 미첼이 흔쾌히 수고해 주겠다고 하니까 무척 고마웠다. 그녀는 환하게 웃으며 진심으로 인사를 전했다.

"감사합니다. 덕분에 큰 시름을 덜게 되었습니다. 도움 주신 일을 절대 잊지 않겠습니다."

"별말씀을요."

그때 바깥에서 문을 두드렸다. 미첼이 응접실 문 쪽을 보더니 말했다.

"아, 실례하겠습니다."

미첼이 일어날 때 유진도 따라서 일어났다.

"바쁘신 분 시간을 오래 빼앗을 생각 없습니다. 그만 가 보겠습니다."

"예?"

미첼의 눈빛이 당혹스럽게 흔들렸다.

"아⋯⋯. 잠시 기다리시면 서신을 금방 정리해서⋯⋯"

"천천히 되는 대로 해서 주세요. 급하지 않습니다."

"그럼 잠시만, 잠시만 더 기다려 주십시오."

자신을 붙드는 미첼의 표정이 간절하여 유진은 의아해 하며 다시 자리에 앉았다.


무엔가의 저택은 요 며칠 분위기가 뒤숭숭했다. 가주께서 전염성 열감기에 걸려 침실에서 꼼짝하지 않으며 주치의만 드나들었다. 전염의 우려 때문에 가주의 어린 손녀들을 모두 어제부터 저택을 떠나 다른 곳에서 머물고 있었다.

이번 열병이 아니어도 가주는 오래전부터 건강이 좋지 않았다. 대외적으로는 와병 중이라고 내색한 적이 없지만, 저택에서 지내는 사용인들은 병색이 완연한 라한의 모습을 보면서 대충 짐작했다.

가라앉은 분위기 때문에 사용인들 태도가 저절로 조심스러워졌다. 자기들끼리 모여 있을 때도 잔뜩 목소리를 죽여서 말했다.

"이러다 상 치를까 봐 겁나네. 차도가 있으셔야 할 텐데."

"그러게. 가주님께서 워낙 강단 있는 분이시지만, 젊을 때는 하룻밤 자고 나면 낫는 감기가 노인에게는 큰 병이 될 수 있으니⋯⋯."

"근데 단순한 감기가 맞아? 며느리와 손녀들 전부를 피난 보낸 게 아무래도 심상치 않단 말이야. 우리도 옮는 거 아니야?"

"참으로 말 고약하게 하는구먼. 탈이 날 전염병이면 가주님께서 진즉 우리도 내보내셨겠지. 그분을 한두 해 모신 것도 아니면서 어찌 사람이 이렇게 야박해?"

잔뜩 힐난을 듣게 된 사내가 머쓱한 표정으로 시선을 돌렸다. 분위기가 험악해지기 전에 중년 부인이 끼어들었다.

"그럼. 가주님께서 그럴 분이 아니지. 아가씨들이 아직 어리고 어수선한 분위기에 상처받을까 봐 마음 쓰신 것이지. 가주님의 손녀 사랑이 얼마나 크신지 모르는 사람 있나? 자네는 이거나 장주님께 올리게."

중년 부인은 들고 있던 쟁반을 사내에게 넘겼다. 쟁반 위 접시에는 곡물을 빻아 말린 과자가 소복이 쌓여 있었다.

"난 장주님이 탈 나실까 봐 그게 더 걱정이야. 어제는 저녁 식사를 변변찮게 하시고 오늘 아침도 수프 한 그릇만 비우셨지. 우리가 이러쿵저러쿵해 봤자 식사조차 제대로 못 하시는 장주님 심정에 비할 수 있겠어? 그러니 괜히 쓸데없는 소리 하지 말고 맡은 일이나 합시다."

사내는 엉겁결에 받은 쟁반을 들고 장주의 집무실로 갔다. 문을 두드리고 잠시 기다렸다가 조심스레 문을 열고 안으로 들어갔다. 책상에 앉아 시선을 아래로 내리고 생각에 빠져 있는 타스의 모습이 무척 심각해 보였다.

'부친께서는 저리 누워 계시고 부인과 아이들 없이 혼자 계신 장주님 심정이 참, 말이 아니겠구먼.'

사내는 아까 자신이 생각 없이 떠든 말이 생각나서 괜히 속이 뜨끔했다.

"장주님."

타스가 고개를 들었다. 사내는 차마 눈을 마주치지 못하고 쟁반을 얼른 책상 위에 올려둔 후에 물러섰다.

"글래드 부인이 장주님께 드리라고 하여 가져왔습니다. 너무 빈속으로 계시면 탈이 나십니다."

"……고맙네."

사내가 꾸벅 고개를 숙이고 나간 후 타스는 쟁반에서 과자 하나를 집어 들었다. 그는 과자를 손에 들기만 하고 다시 생각에 빠져들었다. 바깥에서 수군거리는 사람들의 어림짐작과 다르게 타스가 걱정하는 사람은 라한이 아니었다.

라한의 열감기는 꾀병이다. 아마 지금 라한은 침실에서 미리 말을 맞추어 둔 주치의와 담소를 나누는 중일 것이다.

원래의 계획은 지금과 달랐다. 라한의 병세가 갑작스레 악화한다고 꾸며서 어수선한 틈에 타스가 스칸 회주를 만나러 가려 했다. 그리고 미첼은 같은 날, 아니카 진과 만남 약속을 잡아 놓아서 마주치자는 계획이었다.

그런데 계획을 막 시행하려 할 때 상제의 심부름꾼이 방문했다. 상제는 비정기적으로 주술에 필요한 재료를 구해 오라며 목록을 보내곤 했다. 그 재료는 엘버가 받아서 주술을 발동하거나 유지하는 데 썼다.

상제가 무엔 가문의 부흥을 내버려 두는 이유는 엘버를 휘두르는 약점으로 이용함과 동시에 주술 발동에 써먹기 위해서였다. 무엔 가문이 없다면 상제가 수고를 들여 재료를 구해야 했을 것이다.

다만, 마지막으로 재료를 보낸 지 1년이 채 되지 않았다. 재료를 구하는 주기는 보통 5년 이상이었다. 즉, 엘버가 새로운 주술을 발동할 거라는 의미였다.

엘버의 주술은 고도의 술법이라서 필요한 재료는 구하기 어렵거나 몹시 값비쌌다. 후손에게 부담될까 염려되어 엘버는 주술 발동의 간격을 좁히지 않으려 했다.

심부름꾼이 돌아간 후 라한이 탄식했다.

「이런. 한발 늦었다. 그분은 벌써 시작하셨구나.」

상제 심부름꾼의 방문은 엘버가 히타샤를 통해 전한 내용을 시작한다는 신호였다. 엘버가 아니카 진과 꿈을 통해 접촉하기 위해서는 매개가 될 진의 피가 필요하다. 진의 피를 주술의 재료인 척 위장하여 보내라는 의미라고 라한은 이해했다.

문제는 주술 재료를 구할 때 상제의 감시가 더 철저하다는 것이다. 혹시 재료 중에 이상한 걸 끼워 넣을까 봐 의심하며 물건을 구하는 모든 출처를 확인했다. 그동안 무엔의 혈족들이 어디를 가고 누구를 만나는지도 전부 감시했다.

만약 타스가 스칸의 회주를 만난다면 같은 날 아니카 진도 회주를 만나러 방문했다는 사실을 상제가 알게 될 것이다. 상제가 그 점을 이상하게 여길지도 모른다. 아주 사소한 위험성이라도 간과할 수 없었다.

라한과 타스는 머리를 맞대고 고민하다가 계획을 수정했다. 라한이 갑작스러운 열감기로 앓아누우면서 손녀들이 전염될까 봐 며칠 집 바깥에서 자고 오도록 조치했다.

손녀 셋 중에서 둘째와 막내는 제 엄마와 외가로 가고 히타샤는 스칸 회주의 저택으로 갔다. 미첼에게 히타샤 또래의 손녀가 있었다. 둘이 종종 어울려 놀았기 때문에 며칠 신세를 져도 이상한 일이 아니었다.

아니카 진을 만나는 임무는 히타샤가 맡게 되었다. 고작 열두 살 소녀에게 가문의 운명이 걸렸다.

'히타샤.'

속으로 딸의 이름을 되뇌는 타스의 마음이 무거웠다.

'미안하다. 어떤 결과가 나오든 절대 네 탓이 아니란다.'

타스는 가문을 지켜야 하는 후계자로서 어린 딸에게 버거운 임무를 맡겼지만, 딸을 보내 놓고 밤새 한숨도 자지 못했다.

지금 그는 그저 한 아이의 아버지일 뿐이었다. 그의 머릿속에는 아버지도 가문도 없었다. 최악의 결과가 발생했을 때 히타샤가 훗날 자기 자신을 탓할까 봐, 그것만이 걱정스러웠다.

아르스 저택의 온실과 비교하면 규모는 그것의 반의반도 안 되는 것 같았다. 유진은 테이블에 앉아 색색의 화분에 담긴 다양한 식물들을 구경했다.

'엄마의 온실에 비교하면 아기자기한 느낌은 좋네. 크지는 않지만.'

그녀가 이 온실과 비교할 대상은 아르스 저택의 온실뿐이었다.

유진은 저택 안에 온실이 있다는 자체가 부유함의 상징이라는 것, 아르스 저택의 온실은 개인이 소유한 저택 내 온실 중에서 가장 크다는 것도 몰랐다.

'이 온실을 내게 보여 주고 싶었던 걸까?'

유진은 굳이 이 온실로 자리를 옮겨서 기다려 달라고 한 미첼의 의도를 알 수 없었다.

'얼른 집에 가고 싶은데.'

아까 아니카 모임에서 너무 많은 정신력을 소모했다. 모임이 열린 별채에 있을 때는 몰랐는데 그곳을 나와 마차에 올라타서 출발한 순간부터 굉장히 피곤해졌다. 다음 약속이 미첼을 만나는 것만 아니었어도 취소하고 집으로 갔을 것이다.

식물로 둘러싸인 온실에 혼자 덩그러니 앉아 차를 마시는 기분도 이상했다.

유진이 이곳의 관습을 더 숙지했다면 지금 상황을 '중요한 비밀 이야기를 나누고 싶다'라고 해석했을 것이다.

온실은 응접실보다 훨씬 사적인 공간이었다. 아무나 안에 들이지도 않거니와 집주인 사정이 여의치 않으면 보통은 가족 중 누군가 동석하여 말동무가 되었다. 손님을 홀로 온실에 방치하는 일은 예외적이었다.

미첼이 보낸 신호를 모르는 유진은 반쯤 줄어든 찻잔을 보며 생각했다.

'이 차만 다 마시면 일어나자.'

유진은 온실 문이 열리는 소리를 듣고 고개를 돌렸다. 뒤늦게 손님을 대접하러 온 사람이거나 미첼의 말을 전하러 온 고용인인 줄 알았다. 하지만 전혀 예상치 못한 사람이 등장했다.

아직 어린 소녀였다. 유진이 놀라서 말없이 쳐다보자 소녀가 머뭇거리더니 고개를 숙였다.

"안녕하세요."

유진이 미소 지으며 인사를 받았다.

"안녕. 할아버지 말씀을 전하러 왔니?"

유진은 소녀가 미첼의 손녀라서 심부름을 왔다고 생각했다.

히타샤가 고개를 저으며 말했다.

"아니요. 제가 아니카 님을 뵙고 싶었어요."

유진은 생김새가 다른 아니카가 소녀에게 신기해 보였을 거라고 이해했다. 혼자서 심심했는데 마침 잘 되었다. 대화의 속뜻을 해석해야 하는 어른보다는 아이가 훨씬 반가웠다. 그래서 히타샤에게 다정한 목소리로 손짓했다.

"이리 와. 과자 먹을래?"

히타샤가 순순히 가까이 다가가 유진의 맞은편 자리에 앉았다. 유진은 과자가 담긴 접시를 소녀 가까이 밀었다.

히타샤는 접시를 바라보다가 유진을 흘끔 보더니 손을 뻗어 과자를 집었다.

"이름이 뭐야?"

"히타샤······."

히타샤가 과자를 입에 넣고 우물거리면서 말했다.

"예쁜 이름이네. 몇 살이니?"

"열두 살이에요."

유진은 지구에서의 경험을 상식 삼아서 눈앞의 소녀를 대했다. 그래서 스칸 가문 정도의 상류층에서 교육받은 아이의 행동이라기에는 무척 비정상이라는 사실을 몰랐다.

히타샤는 자신이 누군지 먼저 소개하지 않았고, 이름을 말할 때 성을 붙이지 않았으며, 어른과 대화 중에 과자를 먹었다. 누군가 봤다면 '못 배운 집안 자식이네.'라고 생각하며 눈살을 찌푸렸을 것이다.

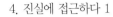

## 4. 진실에 접근하다 1

　지금 히타샤의 머릿속은 딴생각으로 가득했다. 예의 바른 아이의 역할까지 할 정신이 없었다.

　'어떻게 좋은 사람인지 알 수 있지?'

　타스는 딸에게 모든 것을 설명하지 않았다. 가문의 비밀을 모두 알려주기에는 아직 딸이 어렸다.

　「히타샤, 너에게 아주 중요한 심부름을 맡길 거야.」

　히타샤는 아버지한테서 스킨 회주의 집에 가면 한 사람을 만나서 건네주라는 물건을 받았다. 그 사람이 아니카 진이라는 사실에 놀라고 아니카 진이 자신과 친척 관계라는 사실에 더 놀랐다. 그리고 오래전 엿들은 할아버지와 아버지의 대화 내용이 떠오르면서 '그래서 두 분이 그런 말씀을 하셨구나.'라고 이해했다.

> 「원래는 내가 아니카 진을 만나야 하는데 할아버지가 편찮으셔서 갈 수 없게 되었어. 그러니 네가 대신 전해 다오. 하지만 누구에게도 말하면 안 돼. 할 수 있지?」
> 「네, 아버지.」
> 「그런데 히타샤. 이건 선물이라서 나쁜 사람한테는 주고 싶지 않구나. 그러니까 네가 아니카 진을 만나서 나쁜 사람이라고 생각이 들면 주지 마라. 네가 누구인지도 말하지 말고.」
> 「……제가 나쁜 사람인지 아닌지 알지 못하면 어떡해요?」
> 「괜찮아. 그냥 네 마음이 가는 대로 하면 돼. 선물을 나쁜 사람에게 준다고 해서 큰일이 나는 건 아니니까.」

히타샤에게도 역시 예민한 무언가의 피가 흐르기 때문일까. 타스한테 특별한 이야기를 듣지 않았는데도 왠지 가방 속 물건을 아무에게나 주면 안 될 것 같았다.

히타샤는 유진을 보며 '이 사람은 좋은 사람인가?'라고 고민했다. 늘 만나고 싶었던 아니카 진은 굉장히 예뻐서 저절로 시선이 갔다. 그런데 소녀는 아름답다고 해서 반드시 좋은 사람이 아니라는 것쯤은 알고 있었다.

그런데 자신에게 친절하게 대하는 태도에는 호감이 갔다. 혹시 이 집의 아이라고 생각해서 그러나 해서 히타샤는 자신에 대해 더 설명했다.

"전 회주님 손녀가 아니에요. 회주님 손녀는 셀린이고 저는 셀린 친구예요."

"그렇구나. 친구 집에 놀러 온 거야?"

"네."

"친구하고는 뭐 하고 놀아?"

유진은 이쪽 세상에 사는 아이들의 유년 시절이 궁금하여 이것저것 물어보았다. 유진과 히타샤의 소소한 대화가 꽤 오래 이어졌다.

대화를 주고받는 동안 '좋은 사람이어야 해!'라는 히타샤의 강박 관념이 흐려졌다. 영특한 소녀는 아버지의 말씀을 조금 이해했다. 아마 아니카 진이 나쁜 사람이었다면 이런 식으로 계속 대화하고 싶은 마음이 들지 않았을 것이다.

"제 이름은 히타샤 무엔이에요."

"······무엔?"

유진은 굳은 표정으로 하고 싶은 뒷말을 삼켰다. 히타샤가 뭘 알고 하는 말인지 아직 알 수 없었다. 할머니는 생전에 무엔 가문 사람과 만나기는커녕 소식도 전하지 않았다고 들었다. 그만큼 철저히 거리를 둔 데에는 그럴 만한 이유가 있을 것이다.

"제 할아버지의 누님께서 아니카 님의 할머니라고 들었어요."

유진이 놀란 숨을 들이켰다.

"그래."

유진은 감격이 밀려와서 손을 뻗어 히타샤의 손을 잡았다.

"내 할머니가 무엔 가문에서 태어나셨지. 너도 알고 있었구나."

왜 히타샤를 보며 자꾸 낯이 익다는 생각이 들었는지 깨달았다. 히타샤의 모습 어딘가에 자신 혹은 어머니와 닮은 구석이 있었다.

"반가워, 히타샤. 할머니 쪽 친척을 꼭 만나고 싶었어."

유진이 무척 기뻐하자 히타샤도 덩달아 감격했다. 벅차오른 소녀의 얼굴이 발그레 물들었다.

"저도…… 아니카 님을 뵙고 싶었어요."

"그러지 말고 언니라고 불러. 넌 내 동생이잖아."

히타샤가 수줍어하며 언니라고 부를 것처럼 입을 열었지만, 곧 고개를 내저었다.

"안 돼요. 아버지께서 아니카 님하고 친척이라는 건 비밀이랬어요."

유진의 눈빛이 흔들렸다. 역시. 비밀로 해야 하는 사정이 있는 걸까.

"히타샤. 혹시 날 만나러 여기 온 것이 우연이 아니었니?"

"네. 아버지가 아니카 님을 만나라고 하셨어요."

"왜? 혹시 네 아버지도 여기 오셨어?"

"아니요."

히타샤는 온실에 들어올 때부터 어깨에 메고 있던 가방을 열어 가죽 노트 한 권과 원형의 펜던트를 꺼내 테이블에 올렸다.

"아버지가 아니카 님께 드리는 선물이랬어요. 전 이걸 전해 드리러 왔어요."

유진은 집으로 돌아가는 마차 안에서 히타샤가 준 두 가지 물건을 살펴보았다.

그녀는 손바닥 두 배 크기의 노트부터 펼쳤다. 노트 속에 편지가 숨겨져 있나 해서 빠르게 넘겼으나 아무것도 없었다. 혹시나 해서 노트를 첫 장부터 마지막까지 꼼꼼히 살폈지만, 어떤 흔적도 발견하지 못했다. 잔뜩 기대하고 흥분했던 감정이 실망으로 변했다.

히타샤의 말 그대로 단순히 선물인 걸까. 가죽을 얇게 가공한 표지로 감싼 노트는 꽤 고급스러웠다.

'노트는 아무 의미 없고 진짜는 이 펜던트일까?'

유진은 고풍스러운 문양을 새겨 넣은 은제 펜던트를 유심히 살펴보았다. 펜던트 옆에 돌출된 단추를 누르니까 작은 소리를 내며 덮개가 열렸다.

'……초상화네.'

젊은 여자가 측면을 바라보는 반신 초상화가 들어 있었다. 한참 초상화를 바라보던 유진은 점점 가슴이 두근거렸다. 초상화 속 인물이 어딘지 모르게 어머니를 닮았다.

'혹시 이분이…… 할머니인가?'

초상화가 상반신이 아니라 얼굴만 크게 그려졌거나 정면을 바라보는 자세라면 어머니와 닮은 부분을 더 잘 찾을 수 있었을 텐데. 이 작은 초상화만으로는 긴가민가했다.

아르스 저택에는 외할머니의 초상화가 없었다. 생전에 단 한 점의 초상화도 남기지 않으셨다고 들었다. 그 말을 하는 다나의 표정에 아쉬움과 미련이 가득했다.

유진이 초상화를 보며 생각에 잠긴 사이에 마차는 저택에 도착했다. 그녀는 마중 나온 시종에게 물었다.

"전하께서는 공무 중이신가?"

"전하께서는 정오 무렵에 출타하시어 아직 돌아오지 않으셨습니다. 왕비님."

"……그렇군. 오시면 알려다오."

"예, 왕비님."

유진은 저택 안으로 들어가면서 속으로 '안 바쁘기는.' 하고 중얼거렸다. 그가 시간을 허투루 보내는 모습을 본 적이 없었다. 일하는 중이거나 일 때문에 사람을 만나거나 일하러 외출하거나, 항상 그중 하나였다.

그렇게 바쁜 사람이지만, 둘이 함께할 시간은 넘쳐난다는 듯이 굴었다. 어제 그가 한 데이트 신청을 떠올리며 그녀는 미소 지었다. 오늘 있었던 일들을 얼른 그에게 이야기해 주고 싶어서 입이 근질거렸다. 저녁을 함께 먹자고 했으니까 해지기 전에는 들어올 것이다.

그녀는 침실 소파에 앉아서 히타샤가 준 선물들을 다시 꼼꼼히 살폈다. 한참 시간을 들였는데도 여전히 아무것도 찾지 못했다.

"아, 정말 모르겠어!"

유진은 소파테이블에 물건을 내려놓으며 소파에 등을 푹 기댔다. 그녀의 자세가 점점 기울어지더니 아예 두 다리를 소파 위에 올린 채 누웠다.

'히타샤가 중요한 단서를 줬는데 내가 못 알아차린 걸까?'

히타샤와의 만남을 되돌아 생각하던 그녀는 자신도 모르는 사이에 깜빡 잠이 들었다. 갑자기 몸이 공중에 붕 떠오르는 느낌이 들어서 눈을 떴다. 유진의 등이 막 침대에 닿았고 카세르가 그녀를 내려놓는 순간이었다.

유진은 잠깐 졸았다고 생각한 터라 갑자기 눈앞에 그가 있어서 놀랐다.

"……언제 왔어요?"

"조금 전에."

아직 잠기운이 묻어나는 눈을 느릿하게 깜빡이다가 유진은 두 팔을 뻗어 그의 목을 꽉 끌어안았다. 갑자기 그녀가 온몸으로 매달리자 카세르가 기울어지는 몸의 무게중심을 잡았다. 귓가에 들리는 그녀의 웃음소리에 전염되는 것 같았다. 그는 실없이 따라 웃으며 한쪽 팔로 그녀의 등 뒤를 감쌌다.

"재미있는 꿈이라도 꿨어?"

"꿈을 꿀 만큼 오래 안 잤는걸요."

"당신이 낮잠에 든 지 세 시간은 넘었다던데."

"정말요? 완전히 숙면했네요. 근데 눈 뜨자마자 당신 보니까 기분 좋아요. 오늘 좀 피곤했거든요. 당신 얼굴을 보니까 피로가 싹 사라졌어요."

카세르의 눈빛이 흔들렸다. 마음 밑바닥에 깔려 있던 불유쾌한 앙금이 그녀의 말을 듣자마자 모두 사라지는 것 같았다. 그녀가 자신의 기분 상태를 알 리가 없을 텐데 그가 가장 듣고 싶었던 말로 그를 위로해 주었다.

그는 오늘 암왕 페레드를 만나고 왔다. 지난번 편왕을 만났을 때와 같은 용건 때문이었다.

암왕을 만난 목적은 쉽게 달성했다. 암왕은 카세르가 왜 통행증을 부탁하는지, 누가 쓸 것인지도 관심 없는 듯했다.

「통행증? 필요하다면 드리지요. 어려운 일도 아닌데.」

페레드는 자신의 뒤쪽에 서 있는 사내를 보더니 ― 차림새나 덩치를 봐서는 전사는 아닌 듯했다 ― 말했다.

「들었지?」
「예, 전하.」

사내는 카세르에게 꾸벅 고개를 숙이며 말했다.

「며칠 안으로 준비해서 시왕 전하께서 머물고 계신 저택으로 보내 드리겠습니다.」

카세르가 원한 통행증은 특별했다. 소지자를 검문하지 않으므로 추적이 어렵다. 나쁜 목적으로 사용하면 곤란하므로 판단을 보류한 편왕의 대답이 당연했다.

카세르 역시 같은 부탁을 받았다면 무척 신중히 생각한 후 최악의 상황도 염두에 두고 결정했을 것이다. 그런데 암왕은 '귀찮은 일은 알아서 해라.'라는 듯이 아랫사람에게 일임했다.

비록 카세르는 원하는 걸 얻었지만, 차라리 거절당하니만 못했다. 암왕의 경솔함에 화가 났다. 암왕이 국정을 돌보는 일에 관심이 없다는 소문을 들은 적이 있었다. 그런데 정작 그 소문을 직접 확인하자 기분이 더러웠다.

왕이 그 나라를 어떻게 통치하건 다른 나라의 왕이 간섭할 일은 아니다. 그런데 카세르는 여섯 왕 중 한 사람으로서 자존심이 상했다. 자신과 동등한 위치에서 비교할 사람은 이 세상에 다섯 명뿐인데 그중 누군가가 형편없다면 자신마저도 격이 떨어지는 기분이랄까.

암왕과 만난 장소도 최악이었다. 암왕에게 만나자고 청했더니 자신이 있는 곳으로 오라고 했다. 그곳은 성도에서 가장 큰 도박장이었다.

마침 오늘 도박장 내 격투장에서 경기가 열렸다. 마중 나온 암왕의 수하를 따라 암왕을 만나러 들어간 방은 한쪽 벽이 유리창이어서 경기장이 훤히 내다보였다.

유리창 너머로 보이는 경기장에서 근육질 남자 둘이 피투성이가 되어 뒤엉켜 싸우고 있고 경기장 주변을 에워싼 사람들이 반쯤 정신 나간 표정으로 마구 소리를 질러댔다. 그런데 그 모든 소음이 방 안에서는 거의 들리지 않았다.

견고한 방음 시설을 갖춘 특수한 방 같았다. 방 안에서는 바깥을 볼 수 있지만, 그 반대는 불가능한지 유리창 근처에 서 있는 자들 누구도 뒤쪽을 의식하지 않았다.

카세르가 도박장 운영 구조는 모르지만, 그만한 방을 아무에게나 주지는 않을 거라고 짐작했다. 암왕이 도박장을 자주 찾는 특별한 단골이라는 뜻이라고 해석했다.

카세르는 몸이 둘이었으면 좋겠다고 종종 생각할 만큼 언제나 일이 많았다. 도박장에 단골로 드나드는 암왕의 나태함이 한심했다.

삐딱하게 보기 시작하니 거슬리는 점이 계속 눈에 들어왔다. 로브를 입고 도박장에 들어온 카세르와 다르게 암왕은 보라색 머리카락을 감출 생각이 아예 없다는 듯 로브를 덧입지 않았다.

카세르는 어쨌든 자신이 아쉬운 부탁을 하러 온 처지라 전혀 내색하지 않았다. 통행증을 얻었으니 잘된 거라고 생각하며 자리에서 일어났다. 용건이 끝났으면 그만 갔으면 바라는 암왕의 은근한 표정을 눈치챘기에 인사도 짧게 했다.

카세르가 암왕과 대화하는 동안 격투는 절정으로 치닫고 있었다. 사실 아까부터 승패가 눈에 보이기 시작했다. 한쪽이 수세에 몰린 상태가 계속되었다.

그런데 반전이 일어났다. 계속 얻어맞으며 비틀거리던 사내가 마지막 기운을 끌어올리며 반격에 나섰다. 내내 유리한 위치에 있던 사내는 머리를 제대로 얻어맞은 후 그대로 픽 쓰러졌다.

놀라운 광경이라 순간적으로 방 안이 조용해졌다. 나가려던 카세르도 잠시 걸음을 멈추고 그 장면을 바라보았다.

쓰러진 사내는 끝내 일어나지 못했다. 심판이 승패를 결정하자 경기장 주변의 사람들이 일제히 소리를 질렀다. 희비가 극심히 살리는 표정만으로도 누가 돈을 따고 잃었는지 알 수 있었다.

유리창 가까이에 서 있던 도박꾼 한 명이 광소를 터뜨리는 표정이 참으로 적나라했다. 희열이 넘치는 그자의 표정이 추하다고 생각하며 카세르는 돌아섰다. 방을 나가는 순간에 암왕이 픽 웃으며 나직이 중얼거리는 소리를 들었다.

「호겐, 저자가 이번에는 크게 한몫 잡았군.」

호겐.

동명이인일 수 있다. 하지만 호겐이라는 이름을 쓰는 도박꾼이 호겐 윌프리드가 아닐 가능성은?

카세르는 도박장을 나와 마차를 타고 돌아오는 내내 기분이 가라앉아 있었다. 추하다고 생각한 그자의 표정이 자꾸 떠올라서 그의 마음을 어지럽혔다.

고작 그런 자가, 생모의······.

그는 감정 기복이 크지 않고 이미 벌어진 일을 곱씹는 성격이 아니었다. 간혹 언짢은 일이 있어도 시간이 지나면 괜찮아졌다.

그런데 그도 사람이니 홀로 삭히는 시간이 즐거울 리 없었다. 하지만 그는 자신이 감당할 몫이라고 생각했다. 다른 사람의 도움을 받아 기분이 나아질 수 있다고는 생각지 못했다.

지금 카세르는 팔 안에 느껴지는 부드러운 온기에 자신의 마음이 평온을 되찾는다고 느꼈다. 자신을 불쾌하게 한 모든 것들이 부질없다는 생각이 들었다.

암왕이 나태한 왕이거나 말거나 생모의 남편이 도박에 미쳤거나 말거나 무슨 상관이란 말인가. 통행증을 얻었으니 됐다. 그걸로 다 된 거다.

반드시, 무슨 일이 있어도, 야반도주하듯 성도를 떠나 유진을 안고 왕국까지 달려가는 한이 있어도.

절대 그녀만 성도에 두고 혼자 돌아가지 않을 거라고 그는 다시 다짐했다.

"오늘 제가 누구를 만났는지 알면 당신, 놀랄 거예요."

"누구길래?"

카세르는 유진이 일어나 앉도록 도와주며 그녀의 옆에 앉았다.

"무엔가의 사람을 만났어요. 아직 어린아이였지만요. 제 외할머니 남동생의 손녀니까 제법 가까운 친척이죠. 무엔가에서는 할머니가 아르스 가주와 결혼한 사실을 알고 있었더라고요."

유진은 히타샤와 주고 간 물건에 관해서도 이야기했다. 그의 손을 끌고 소파로 가서 테이블에 올려 둔 노트와 펜던트를 보여 주었다.

"아무리 봐도 뭔지 모르겠어요. 분명히 의미가 있는 선물 같거든요. 당신이 좀 봐 줄래요?"

카세르는 백지의 노트를 펼쳐 본 후 잠시 생각에 잠겼다가 말했다.

"이 노트가 당신에게 보내는 편지 같은데……."

"네? 어딜 봐서요?"

"특수 처리를 해서 안 보이는 걸 거야."

카세르는 시종을 불러 화로와 철 쟁반을 가져오라고 지시했다. 화로에 불을 붙인 시종이 물러간 후 카세르는 화로 위에 쟁반을 올렸다. 그리고 노트의 첫 장을 뜯어내어 달구어진 쟁반에 올렸다.

잠시 후 백지에 글씨가 나타나기 시작했다. 어느 정도 뚜렷해져서 읽을 수 있을 정도가 되자 카세르가 꺼낸 후 그다음 장을 뜯어 쟁반에 올렸다. 그는 백지에 아무것도 나타나지 않을 때까지 그 과정을 반복했다. 노트의 대략 빈 정도를 뜯어냈다.

유진은 멍한 표정으로 편지가 만들어지는 과정을 응시했다.

"이게 다인 것 같아."

유진이 그가 모아서 건네주는 편지를 받으며 중얼거렸다.

"내가 되게…… 바보처럼 느껴져요."

"뭐가?"

"제가 얼마나 고민했는데요. 그런데 당신은 보자마자 이게 열을 가하면 된다는 걸 알아차리다니, 대단해요."

유진은 우러르는 눈빛으로 그를 바라보았다.

사실 별것 아니었다. 카세르는 유진이 이 노트를 들고 아르스 저택으로 갔다면 가주님 역시 화로를 가져오라고 했을 거라고 장담할 수 있었다.

중요한 서신을 주고받을 일이 많은 사람이라면 대부분 아는 고전적인 방식이었다. 옛날에 최초로 등장했을 때는 기밀을 주고받는 획기적인 방법이었을 것이다. 그러나 시간이 지나면서 암호를 푸는 방식이 알려지고 특수 잉크를 어렵지 않게 구할 수 있게 되면서 의미가 퇴색했다.

그런데 카세르는 감탄하며 자신을 바라보는 유진의 눈빛을 보니까 그런 사정을 말하고 싶지 않았다. 그는 괜한 헛기침을 하며 시선을 슬쩍 돌렸다.

유진은 집중해서 편지를 읽기 시작했다. 이런 방식으로 보내는 편지의 한계인지 글자가 크고 문장의 간격이 넓었다. 페이지가 열 장이 넘어도 담긴 내용은 많지 않았다.

　

—이런 식으로 첫인사를 나누게 되어 아쉽군요. 내 이름은 타스 무엔. 아니카 진의 외조모가 되시는 레사 무엔이 내게는 고모님이 되십니다. 혹시 외조모께서 무엔 가문 출신이라는 사실을 몰랐다면 아니카 진의 어머니이신 아르스 가주님께 여쭈어보세요. 틀림없이 알고 계실 겁니다.

편지의 서두는 발신자 타스가 자신을 간단히 소개하는 내용으로 시작했다. 서로 소식 한 번 나눈 적이 없다가 처음 인사를 전하는 친인척의 편지라기에는 감정 표현이 담백했다.

군더더기 내용이 없지만, 그렇다고 용건만 전달하는 차가운 느낌은 아니었다. 유진은 편지를 쓴 사람의 성격이 차분하고 신중할 거라는 인상을 받았다.

—집안의 어르신께서 아니카 진을 만나고자 하십니다. 그분이 아니카 진에게 반드시 전해야 하는 중요한 말씀이 있다고 하셨습니다. 그런데 직접 만나는 자리를 마련하기 곤란한 상황입니다.

편지에는 그 어르신이 누구인지, 무슨 목적으로 만나고자 하는지 추가 설명은 없었다. 유진이 궁금해했던 — 왜 그동안 친인척인 관계를 숨기고 모르는 척 지내왔는지 — 같은 사정도 담겨 있지 않았다.

—무엔의 이름을 들어 본 적 있다면 무엔 가문 사람이 특이한 능력을 지녔다는 걸 알고 있다고 생각합니다. 가문의 어르신께서는 직접 대면하지 않아도 아니카 진과 대화를 나누는 방법을 알고 계십니다. 그런데 그 방식을 쓰려면 필요한 게 있습니다.

유진은 편지를 다 읽은 후 잠시 머릿속으로 내용을 정리했다. 편지의 목적이 명료하고 내용이 단순하여 두 번 읽을 정도는 아니었다. 그녀는 고개를 들어 자신을 바라보던 카세르와 시선이 마주치자 그에게 편지를 내밀었다.

카세르가 편지를 받자마자 유진은 곧바로 펜던트를 들고 이리저리 살피기 시작했다.

카세르는 편지를 쥔 채 당혹스러운 표정으로 그새 딴 일에 집중하는 유진을 바라보았다. 그는 유진의 의도를 알 수 없어서 확인하고자 물었다.

"폐기해?"

"아직이요. 읽어 보세요."

유진은 펜던트에서 눈을 떼지 않으며 대답했다.

카세르는 기분이 묘했다. 편지를 보낸 방식이나 형태가 무척 비밀스러우니 일반적인 내용은 아닐 것이다. 더구나 무엔 가문에서 보낸 편지이므로 더욱 범상치 않았다.

그녀가 어떤 내용인지 설명해 줄 거라고는 생각했지만, 아예 읽으라고 줄 줄은 몰랐다. 그만큼 자신을 신뢰한다는 의미 같아서 카세르는 기분 좋게 편지를 읽기 시작했다.

유진은 편지에 쓰여 있던 대로 펜던트를 조작했다.

'오른쪽으로 두 번 돌리고 왼쪽으로 세 번. 그리고 누르면.'

탁 소리와 함께 펜던트 바닥이 서랍처럼 튀어나왔다.

'오. 이게 그건가?'

얇은 두께로 홈이 파인 바닥에 투명하고 점성이 있는 물질이 담겼다. 펜던트를 좌우로 기울이니까 투명 물질이 미미하게 출렁거렸다. 끈적한 물풀 같기도 했다.

그녀는 왼손으로 펜던트를 들고 오른손 검지를 그 물질에 가까이 가져다 댔다. 그런데 닿기 직전에 손목이 잡혔다.

"지금 뭐 하는 거야?"

유진은 심각한 표정의 그와 눈이 마주쳤다.

"그 편지에 설명되어 있어요. 여기에 손을 대면……."

"알아. 읽었어."

카세르는 편지를 다 읽고 나서 찜찜한 기분으로 고개를 들었다. 그리고 유진이 뭘 하는지 발견하자마자 식겁하여 그녀를 제지했다.

"이게 뭔 줄 알고. 이 편지 내용이 어디까지가 진실인지 어떻게 장담해. 그동안 교류가 전혀 없었던 무엔 가문에서 아르스 가문 쪽도 아니고 당신에게 아이를 접근시키는 방식으로 방심을 유도하더니 피를 달라고? 신중하게 더 생각해 보고 조사도 해야지, 다짜고짜 만지려고 하면 어떡해."

유진은 그가 자신에게 이렇게 딱딱한 표정과 말투로 말하는 모습을 처음 봤다. 처음이던가? 예전에 본 것 같은데 기억이 잘 나지 않았다. 그녀는 손에 힘을 빼고 펜던트를 테이블에 내려놓았다. 그리고 일어나서 카세르의 옆에 바짝 붙어 앉아 그의 가슴에 폭 기대어 안겼다.

카세르가 하, 어이없다는 듯 헛웃음을 흘렸다.

"이런 식으로 해결하는 건 안 좋은 습관이야."

유진은 고개를 들어 무구한 표정으로 말했다.

"뭐가요? 그냥 기분이 좋아서 그런 거예요. 당신이 이렇게 걱정해 주면 전 너무 좋더라고요."

카세르는 생글생글 웃는 유진을 보다가 한숨을 내쉬었다. 말려들고 있다는 걸 알면서도 말려드는 자신이 왠지 한심했다.

"무엔 가문이 돌아가신 할머니와 어머니와 교류하지 않고 거리를 둔 중요한 이유가 있을 거예요. 그런데도 제게 연락했으니 그럴 수밖에 없었던 급한 사정이 있는 거겠지요. 안 그래도 무엔 가문 사람을 꼭 만나고 싶었어요. 가문의 어르신이라는 그분을 뵈면 답답함이 해소될 것 같아요."

유진은 시선을 돌린 그의 옆얼굴을 계속 바라보며 말했다.

"할머니를 한 번도 뵌 적은 없지만, 어머니와 대화하다가 할머니를 얼마나 사랑하고 존경하셨는지 느꼈어요. 할머니의 친척들이 제게 해로운 일은 하지 않을 거라고 믿어요."

"……라크 나무 소문을 듣고 당신에게 접근할 것일 수도 있어. 당신이 강한 라미타를 지녔다고 생각할 테니까."

"그럴 수도 있지요. 그런데요. 그 무엔 가문의 어르신을 뵈어야 한다는 예감이 들어요. 저도 무엔 가문의 피를 물려받았다고요. 내가 나를 믿고 내리는 결정이니까 당신도 저를 믿어 줘요."

유진은 대답이 없는 그를 보면서 자신의 어깨에 그의 손이 닿는 감촉을 느끼자 슬그머니 웃었다. 그녀는 카세르의 눈치를 살피며 테이블로 손을 뻗었다. 그의 침묵을 동의로 이해하고 펜던트를 집어 들었다.

시간이 지나면 저절로 펜던트 서랍이 닫히는 모양이었다. 유진은 다시 돌출 단추를 조작하여 서랍을 열었다. 그녀는 안에 든 투명한 물질을 카세르에게 보여 주었다.

"이게 뭔지 알아요?"

"아니. 처음 봐."

"그럼 이제 해 볼게요."

그녀는 투명한 물질에 검지를 가져다 대고 꾹 눌렀다. 순간의 감촉은 물컹했다. 그리고 투명 물질이 손가락을 감싸며 조이는 느낌을 받았다.

바라보던 유진의 눈이 커졌다. 투명한 물질이 점점 붉은색으로 물들었다. 반투명한 붉은색이 곧 완전한 핏빛으로 변했다. 잠시 후 물컹한 물질이 단단해지면서 손가락을 밀어낸다고 느꼈다. 그녀는 천천히 손을 뗐다.

곧바로 카세르가 유진의 손을 쥐고 검지를 확인했다. 매끈한 피부에는 작은 생채기도 없었다.

"신기해요. 이런 식으로 피를 채취하다니."

고도의 의학 기술이 발달한 지구보다도 훨씬 훌륭하다는 생각이 들었다.

유진은 붉은색으로 변한 투명 물질을 유심히 보았다. 펜던트를 흔들어도 전혀 움직이지 않았다. 손톱 끝으로 살짝 두드렸더니 단단히 굳은 상태였다. 아주 진한 붉은색 보석처럼 보였다.

이튿날 오전, 유진은 어제 초대받은 답례로 스칸 회주의 저택에 선물을 보냈다. 찻잎을 포장한 선물 상자 밑바닥에는 펜던트가 들어 있었다.

*      *      *

"아니카 플로라. 어쩐 일이십니까?"

"성하께 알현을 청합니다."

사제는 플로라의 갑작스러운 방문을 이례적이라고 받아들였다.

플로라는 아니카 중에서 특히 예의가 바르고 규칙을 준수했다. 평소 사제들은 자신들을 은근히 아래 사람처럼 부리는 아니카들을 달가워하지 않았지만, 플로라를 싫어하는 사제는 없었다. 그녀를 돕는 역할은 누구나 나서서 하려 했다.

플로라는 상제의 부름을 받아 성도궁을 방문할 때가 아니면 꼭 미리 알현을 신청한 후에 방문했다. 상제와의 알현을 특권으로 즐기며 불쑥 찾아오던 다른 아니카들과 달랐다.

"성하께서 다른 일정이 있으시면 기다리겠습니다."

"아닙니다. 지금 기도실에 계시는데 기도실을 봉문한다는 지시는 없으셨습니다. 아니카 플로라의 방문이니 성하께서는 반갑게 맞이해 주실 겁니다."

사제는 장담하면서 플로라를 기도실로 곧장 데려갔다.

상제는 기도실에서 눈살을 찌푸리며 정신을 집중하고 있었다.

'역시. 누가 씨앗을 빼돌렸군.'

투명 씨앗을 평소 보관하는 장소인 성도궁 혹은 별채가 아닌 다른 곳에서 씨앗의 기운이 잡혔다.

성도궁에서는 비슷한 일이 벌어진 적 없지만, 별채에 두는 투명 씨앗은 가끔 분실되곤 했다. 호기심에 아니카가 들고 가기도 하고 홀에서 일하던 자가 훔쳐 간 적도 있었다.

상제는 분실된 투명 씨앗은 반드시 회수했다. 투명 씨앗이 여기저기 분산되어 있으면 정신이 사나웠다.

그 투명 씨앗에는 정수라고 할 만한 상제의 본질에 가까운 기운이 심어 있었다. 그 씨앗을 통해 역추적하는 것도 가능했다. 어지간한 능력으로 역추적했다가는 오히려 역류하는 기운에 잡아먹히겠지만, 추적이 가능한 괴물이 하나 있었다.

마라. 그놈 손에 들어가면 곤란했다.

'씨앗이 있는 곳이 성도 외곽 같은데…… 아니카 짓 같지는 않군.'

상제가 기도실 문 쪽으로 고개를 돌렸다. 잠시 후 목소리가 들렸다.

"성하. 플로라입니다. 뵙고 드릴 말씀이 있습니다."

기도실 문이 저절로 활짝 열렸다. 눈을 감은 상제는 정확히 플로라가 들어오는 방향으로 서 있었다.

플로라가 기도실 안으로 걸어들어와서 상제 앞에 고개를 숙였다.

"인사 올립니다. 성하. 갑자기 찾아뵙는 무례를 용서하시어요."

─ 무례라니, 당치 않습니다. 언제나 그대를 환영합니다. 아니카 플

로라.

"성하. 지난번 자각몽을 꾸고 뵈었을 때 다음 자각몽에서 변화가 있으
면 알려 달라고 하셨습니다. 그 일로 뵈러 왔습니다."
상제의 감은 눈이 당장 뜨일 것처럼 잘게 경련했다.

**─ 변화가 있었습니까?**

"예, 성하."

**─ 어떤 변화입니까?**

플로라가 숙였던 고개를 들었다. 그녀는 천천히 눈을 감으며 벅차오
르는 듯 숨을 크게 몰아쉬었다. 다시 눈을 뜨는 플로라의 눈동자는 어둡
게 가라앉았다.
"물이 불어났습니다. 호수의 둔덕이 거의 보이는 곳이 없었습니다."

\*　　\*　　\*

"왕비님."
유신이 느릿하게 고개를 돌렸다. 조금 전 문을 두드리는 소리를 들었
고 하녀가 들어오는 기척을 느꼈으면서도 유진은 뒤늦게 반응했다. '왜?'
라고 짧게 묻는 음성은 가라앉아 있었다.
하녀는 유진의 눈치를 살피며 긴장했다. 오늘 오전부터 왕비님 심기
가 불편하다고 느꼈다. 왕비께서 아랫사람에게 분풀이하지 않아도 하녀

는 윗전의 기분 상태를 살필 수밖에 없는 처지였다.

"아르스 가문에서 꽃을 보내셨습니다."

무표정하던 유진의 표정이 밝아졌다.

"정기적으로 보내 주신다던, 그 꽃 말이지?"

"예, 왕비님."

"그럼 정원의 방을 꾸며 둔 꽃을 새로 온 것들로 오늘 교체하는 건가?"

"예, 왕비님. 곧 작업을 시작하려 합니다."

"구경하러 가야겠구나."

유진의 정원의 방에 도착했을 때는 이미 일꾼들이 오래된 꽃을 수거하고 있었다.

'아직 멀쩡해 보이는데. 아깝다.'

생화보다 건조 식물이 훨씬 비싸다는 말을 들었다. 실내 정원으로 꾸민 방의 크기가 작지 않아서 이 안을 가득 꾸민 꽃값이 얼마나 될지 계산할 엄두도 나지 않았다.

유진은 일꾼들이 한 아름씩 안고 들어오는 꽃다발을 아직 덜 치운 기존의 꽃과 비교해 보며 확연한 차이를 알게 되었다. 멀쩡하다고 생각한 꽃은 지나치게 바짝 말랐고 색도 바랬다. 새로 들어온 건조화는 생화처럼 싱싱했다.

그녀는 색색의 꽃으로 채워지는 정원의 방을 바라보다가 돌아섰다. 문득 부모님이 뵙고 싶었다. 만나고 싶으면 언제든 갈 수 있는 가까운 거리에 부모님이 계신다는 사실이 오늘따라 기쁘게 와닿았다.

카세르는 회의 중이어서 유진은 시종을 통해 전언만 남긴 후 집을 나섰다. 지난 며칠간 그녀는 미첼이 정리해서 보내 준 편지를 읽느라 저택에서 꼼짝하지 않았다. 아르스 저택에 거의 일주일 만에 방문했다.

"어서 와라."

다나가 무척 반가워하는 표정으로 마중 나왔다. 유진은 기쁘게 상기된 어머니 안색을 보니까 죄스러웠다. 엊그제 다나가 심부름꾼을 보내 저녁 식사 초대를 했는데 유진이 할 일이 있다는 이유로 거절했다. 그날 오후에는 아니카들을 초대해서 몇 시간 동안 그들에게 둘러싸여 대화했더니 저녁에는 조용히 쉬고 싶었다.

'이래서 내리사랑이라고 하나 봐.'

어머니와 재회한 지 얼마나 되었다고 벌써 그때의 애틋함이 옅어진 것 같아서 반성했다. 자신이 성도에 언제까지 있을 것도 아닌데 자주 찾아뵈어야겠다고 다짐했다.

"아버지는요? 오라버니들은 집에 없어요?"

유진은 응접실에서 어머니와 마주 앉으며 가족의 근황을 물었다.

"네 아버지는 지금 손님을 만나고 계셔. 에녹과 아서는 지금 집에 없고."

"다들 바쁘시네요."

"왜? 누구한테 따로 용건이 있어?"

"아뇨…… 근데 엄마. 오라버니들은 집에 있는 모습을 거의 못 본 것 같아요."

"한창 일할 나이니까. 아무리 내 자식이어도 난 게으르고 무능한 녀석에게는 아무것도 물려주지 않을 거야."

절대 빈말로 들리지 않았다. 어머니라면 틀림없이 말씀대로 할 것 같다. 유진은 자신에게는 한없이 너그럽고 부드러운 어머니가 오빠들한테는 엄격하다고 느꼈다. 어머니께서 한 말씀 하시면 오빠들이 두말하지 않고 딱 입을 다무는 모습을 몇 번 보면서 짐작했다.

"오늘 보내 주신 꽃 잘 받았어요."

유진은 꽃을 보낸 사람이 다나는 아닐 거라고 생각하면서도 모르는 척 말했다. 가짜가 부르는 어머니라는 호칭도 용납하지 않았던 분인데 지난 몇 년 동안 왕가의 저택으로 꽃을 보냈을 리가 없었다.

"꽃이라니?"

역시 다나는 어리둥절한 표정으로 물었다.

"오늘 건조화가 잔뜩 들어왔어요. 아르스 저택에서 보내 주셨다고 하더라고요. 어머니가 아니면 아버지일까요? 아니면 오라버니들?"

"네 오라버니들이 그런 기특한 일을 할 리가 없지. 네 아버지가 보냈나 보다. 건조화라면 네 아버지 상회에서 취급하는 물건이니까."

"그럼 아버지께 감사 인사를 드려야겠어요."

아무래도 그동안 아버지가 왕가의 저택으로 꽃을 보낸 사실을 어머니는 모르는 것 같았다. 아버지가 어머니 몰래 한 일이라면 들통났을 때 아버지가 곤란해질 것이다. 그래서 유진은 군이 그 말은 하지 않았다.

다나는 유진을 유심히 보더니 말했다.

"진."

"네."

"무슨 일 있니?"

유진의 놀란 눈이 흔들렸다.

"표정이 안 좋아서."

"제가요?"

유진은 당황하며 손으로 제 얼굴을 더듬었다. 그렇게 티가 났나? 어머니가 걱정하실까 봐 일부러 더 밝아 보이려고 표정을 꾸몄는데 소용없는 노력이었다니.

"무슨 일이야? 남편하고 싸웠니? 너한테 무슨 잘못이라도 했어?"

"아니에요. 싸우기는요."

유진은 고개를 저으면서도 눈시울이 뜨거워졌다. 넘어진 어린아이가 엄마 얼굴을 보면 울음이 터지는 기분이 이런 것일까. 괜히 서러워서 주르륵 흘러내리는 눈물을 멈출 수가 없었다.

"왜 그래? 진, 아가."

다나가 화들짝 놀라며 딸을 끌어안았다.

"누가 우리 딸을 속상하게 했어. 엄마한테 다 말해. 엄마가 혼내 줄게."

유진은 울면서도 웃음을 터뜨렸다. 자신의 어린아이처럼 어르는 어머니한테 한없이 어리광을 부리고 싶었다.

"아무 일 없어요. 그냥 제 기분 문제예요. 오늘 아침부터 월경을 시작했거든요."

"원래 기분이 많이 오락가락해?"

"그건 아닌데⋯⋯."

유진은 눈물을 닦아 내며 머뭇거렸다. 울고 났더니 막힌 가슴이 뚫린 것처럼 기분이 한결 나아졌다. 어머니는 남편과 다른 의미로 의지가 되었다. 아무리 남편하고 비밀 없이 모든 것을 공유한다고 해도 미묘한 감정적인 문제는 어머니가 더 편했다.

"⋯⋯좀 실망한 것 같아요."

"뭘?"

유진이 대답하지 못하고 시선을 내렸다. 다나가 깨달음을 얻은 표정으로 유진의 손을 잡았다.

"임신 문제로 고민하고 있었니? 시왕이 너를 압박해?"

"아니요."

유진이 곧바로 반박하며 고개를 흔들었다.

"그 사람은 그런 부담 주지 않아요."

유진이 의아하게 생각할 정도로 그는 전혀 후계자 이야기는 꺼내지 않았다. 처음 유진이 이 세계에 와서 가짜인 척할 때만 해도 그는 아이를 낳겠다는 계약을 지키지 않으면 가만두지 않을 것처럼 굴었다.

그런데 언젠가부터 그는 후계자에 전혀 관심 없다는 듯 행동했다. 새삼 되돌아 생각해 보니까 그의 태도 변화는 자연스럽지 않았다.

'날 배려해서 그러는 걸 거야. 다정한 사람이니까.'

"……제 탓인 것 같아서요."

"네 탓이라니? 혹시 네가 네 남편 모르게 이상한 거라도 먹었어? 피임약이라든가."

"먹은 적 없어요."

"그런데 왜 네 탓이야. 아이를 너 혼자 만드니? 아니면 혹시 그런 쪽으로……."

"아뇨."

유진의 얼굴이 붉게 물들었다. 아무리 엄마라지만, 그런 이야기는 민망했다. 그리고 아이를 만들기 위한 노력은 부족은커녕 지나칠 정도로 하고 있다.

"사실…… 임신하고 싶지 않았어요. 마음의 준비가 안 되었고, 제가 이쪽 세상으로 처음 왔을 때는 모든 게 혼란스러웠거든요. 그래서 월경이 시작될 때마다 속으로는 좋아했어요. 그래서…… 혹시 제가 아이를 거부해서 이제 아이가 오지 않을지도 모른다는 생각이 들어서……."

"으이그."

고해성사하듯 주절주절 떠들던 유진은 다나의 이상한 추임새에 고개를 들었다. 다나의 두 손이 쓱 다가와 유진의 두 볼을 꼬집어 흔들었다.

"이 어린 걸 어쩌면 좋아. 응? 네가 몇 살이니? 이런 철없는 것을 결혼시켜 보냈으니 내가 안심이 안 돼."

다나는 말로는 타박하면서도 부루퉁한 표정을 짓고 있는 딸이 그저 예쁘다는 듯 웃었다.

"네가 네 남편하고 진짜 부부가 된 지 고작 몇 개월이라면서. 왜 이렇게 조급해. 임신이 그렇게 쉬운 줄 알아? 마음을 편히 하지 않으면 더 안 돼. 그리고 네가 원하건 원치 않건 임신은 네 의지로 조절할 수 있는 게 아니야. 그런 기본적인 것도 몰라?"

"하지만 전…… 아니카잖아요."

"아니카면? 아니카는 원할 때만 임신하는 능력이 있다니? 그런 말은 들어 본 적 없어."

"……."

유진은 점점 부끄러움이 밀려왔다. 자의식이 넘치는 아니카들을 보며 '왜 저래?'라고 했으면서 자신 역시 '난 아니카니까 특별해.'라는 우월감에 빠졌던 것 같다.

"진. 오히려 지금 임신하면 안 돼. 임신 초기에 얼마나 조심해야 하는데. 왕국까지 가는 먼 길을 네 몸이 버티지 못할 수도 있어."

"아……."

"그럼 네가 성도에 남아야 할지도 몰라. 그럼 성도에서 아이를 낳게 되겠지. 지금껏 왕의 후계자는 예외 없이 왕국에서 태어났어. 난 그 원칙은 깨지 말아야 한다고 본다. 예외가 발생하면 아니카들이 다들 성도에 와서 아이를 낳으려 하겠지. 아예 왕국으로 가려고도 하지 않을 것 같구나. 왕국 땅을 밟아 본 적 없는 왕비라니. 얼마나 터무니없는 일이야."

"네, 엄마. 엄마 말씀이 맞아요."

유진은 활짝 웃으며 다나를 끌어안았다.

"고마워요, 엄마. 마음이 가벼워졌어요. 역시 엄마가 최고예요. 전 아버지께 감사 인사드리러 가 볼게요. 아직 손님이 계시면 다시 돌아오면 되지요, 뭐."

금세 표정이 발랄해져서 응접실을 나가는 딸의 뒷모습을 보며 다나가 미소 지었다. 하지만 그 미소 어딘가가 쓸쓸했다.

'그럴 수만 있으면······.'

딸에게는 원칙을 말했지만, 속으로는 '성도에서 지내는 동안에 임신하면 얼마나 좋을까.'라고 이기적인 생각을 했다.

그럼 진을 한동안 곁에 두고 보살필 수 있겠지. 진이 아이를 낳을 때 옆에 앉아 손을 잡아 줄 수 있을 텐데.

다나는 딸이 성도를 떠날 날만 생각하면 벌써 마음이 텅 빈 것 같았다.


카세르는 성도에 머무는 동안에도 꾸준히 왕국 소식을 받아 보았다. 재상이 전서새를 통해 보내는 보고서가 이틀에 한 번꼴로 저택에 도착했다. 하지만 전서새 서신에는 기밀이나 복잡한 내용은 담을 수 없으므로 관리가 직접 서류를 들고 왕성과 성도를 오가며 내용을 보완했다.

카세르는 회의가 끝난 후 관리를 따로 불렀다. 관리는 내일 새벽에 왕성으로 떠나는 임무를 맡았다.

"재상에게 전하라. 직접 전해야 한다."

관리는 왕이 건네는 서신을 받으며 고개를 숙였다.

"명심하겠습니다. 전하."

관리가 나간 후 카세르는 머릿속으로 날짜를 가늠했다. 재상에게 서신이 도착할 시기와 재상이 움직이기 시작하기까지 걸리는 시간을 계산해 보았다.

'최대 앞으로 한 달. 그쯤인가.'

카세르는 성도로 출발하기 전, 상제가 유진을 성도에 붙잡아 둘 확률이 높다고 생각했다. 그래서 미리 재상과 말을 맞추어 두었다.

카세르가 신호를 보내면 베루스가 급보를 보내기로 했다. 그는 왕이 반드시 왕국으로 급히 돌아갈 수밖에 없는 명분을 만들 것이다.

아까 관리에게 준 서신이 그 신호였다. 만약을 대비하여 서신에는 일반적인 당부 사항만 적었다. 혹시 서신을 누가 본다고 해도 이상한 점은 전혀 찾을 수 없을 것이다.

시종이 들어와서 전사가 뵙기를 청한다고 고했다. 잠시 후 들어온 전사는 일전에 카세르한테 주술사 마을의 동향을 살피라는 지시를 받았다.

전사는 그 마을에 찾아온 자들이 있다고 보고했다.

"기사들이었다고?"

"예, 전하. 다섯 명이었습니다."

"기사들인지 어떻게 알았지? 설마…… 기사 갑주를 입고 있었나?"

"예. 멀리서 봐도 확실히 알 수 있었습니다."

은색의 갑주와 붉은 망토. 기사의 차림새는 무척 화려하여 눈에 띄었다. 그들이 가짜 기사일 가능성은 적었다. 기사를 사칭한 죄는 살인죄보다 무겁게 처벌했다.

카세르는 기사들이 정체를 감추지 않고 당당히 그 마을에 온 의미를 생각해 봤다.

'기사는 오직 상제의 명만 받지.'

기사들이 상제의 지시를 받아 그 마을 사람들의 거취를 정기적으로 감시하고 있다. 이미 기사들은 감시를 정당한 임무로 받아들이고 있을 것이다.

'하긴. 그 마을을 감시해야 하는 타당한 이유는 상제가 뭐든 꾸미면 그만이지. 몰래 감시하라고 하는 것보다 그편이 나아. 외진 마을을 감시한다고 해서 누가 신경 쓸 일도 아니고.'

"기사들에게 들키지는 않았겠지?"

"예, 전하. 기사들이 보이기에 멀리 후퇴하고 접근하지 않았습니다."

"잘했다."

카세르는 잠시 생각에 잠겼다가 지시를 내렸다.

"철수해라."

카세르는 감시자가 누군지 파악한 후 마을 거주민들에게 접근하려 했던 계획을 접었다. 기사가 며칠에 한 번 방문하는 감시는 겉으로만 허술해 보일 뿐, 분명히 마을 안에 기사들과 동조하는 배신자가 있을 것이다. 수상한 자가 접근하거나 마을에 변화가 일어나면 숨어 있는 배신자가 고변할 것이다.

그 마을에 간자를 침투시키려면 시간을 들여 은밀하게 접근해야 한다. 하지만 그럴 만한 시간이 없었다. 카세르는 한 달 후에는 성도를 떠나기로 마음을 굳혔다.

전사가 나간 후 카세르는 시종을 불렀다. 주술사들에 관한 소식은 유진이 궁금해하던 정보라서 마침 다음 일정까지 시간이 비었으니 그녀에게 말해 주려 했다.

"왕비를 모셔 오너라."

"전하. 왕비님께서는 출타하셨습니다. 아르스 저택으로 가신다는 말씀을 남기셨습니다."

"언제?"

"회의 중이실 때였습니다. 왕비님께서는 방해하지 말고 나중에 전하라고 하셨습니다."

"왕비께서 남긴 말씀은 그것뿐인가?"

"예, 전하."

카세르는 유진이 아르스 저택에 갈 거라는 말은 듣지 못했다. 평소 외출 계획이 잡히면 미리 언제 어디를 간다고 말해 주는 그녀답지 않았다. 오늘 아침까지만 해도 별말이 없었으니까 즉흥적인 결정이었을 것이다.

언제 귀가할 거라는 말도 남기지 않다니. 아침 식사 중에 자꾸 딴생각 하던 그녀 모습이 떠오르면서 생각할수록 점점 신경 쓰였다.

"마차를 준비해라."

카세르는 시종이 미처 대답하기도 전에 자리에서 일어났다.

곧 그를 태운 마차가 아르스 저택으로 들어갔다. 카세르는 마차 문을 열고 밖으로 나오자마자 계단에서 내려오는 유진과 눈이 마주쳤다. 자신을 마중 나온 그녀의 표정이 밝아서 그는 안심했다.

유진은 그를 보니까 반가우면서도 한편으로는 걱정이 되어 말했다.

"무슨 일 있는 건 아니죠?"

"당신에게 알려 줄 정보가 있어서."

유진은 '정보'라는 단어에 민감하게 반응했다. 두 사람은 부모님께 인사만 드린 후 조용히 대화를 나눌 수 있는 곳으로 자리를 옮겼다.

"상제가 그 사람들을 감시하고 있다는 거군요……."

유진은 주술사들이 마을에 모여 산다는 말을 들었을 때 그들이 아드리트가 말했던 고대 일족 중 미래를 보는 일족과 관련이 있을 거라고 생각했다.

그런데 이해가 가지 않는 점이 있었다. 미래를 읽는 신비한 능력을 타고나는 데다가 주술의 지식마저 독점한 그들이 마음만 먹으면 세상을 지배할 수 있었을 것이다.

하지만 주술사들은 성도에서 하층민이었다. 그들에 대한 세간의 인식이 좋지 않았다. 재미로 점을 치는 자늘조차 수술사를 그럴듯한 말로 상대를 현혹하는 사기꾼 취급했다.

혹시 그들도 방랑족처럼 조상의 죄를 대대로 짊어지며 비천하게 살기를 자처하는 것일까.

"전 상제가 고대 일족인 줄 알았어요. 그런데 아무래도 이상해요. 상제가 고대 일족이고 그 주술사들도 고대 일족의 후손이라면 상제가 그들을 그런 식으로 대우하는 게 말이 안 돼요. 당신 생각은 어때요?"

"내 생각도 그래. 일족을 배척하는 게 아니라 자신의 힘으로 만들어야지."

"혹시 일족 안에서 의견이 갈린 거라면요? 그래서 상제가 자신을 반대하는 자들을 감시하는 거죠."

"글쎄. 굳이 그럴 이유가 없지. 만약 상제가 고대 일족이라면 신의 대리자인 척 세상 사람을 속이고 있는 셈이지. 자신을 반대하는 자들이 비밀을 알고 있다? 살려 두기엔 위험 부담이 커."

"……그건 그래요."

카세르는 골똘히 생각에 잠긴 그녀를 바라보았다. 중요한 정보를 알려 주러 급히 달려온 척했지만, 시급을 다투는 일은 아니었다. 전부 핑계였다. 사실은 그녀가 보고 싶어서 온 거다.

그는 갈수록 자신의 증세가 심해진다는 생각이 들었다. 잠시만 눈에서 보이지 않으면 보고 싶었다. 때로는 한창 일에 집중하다가 문득 그녀가 생각나곤 했다. 일하는 중에 집중력이 흐트러진 적이 없었던 그에게는 당혹스러운 경험이었다.

그래서 가끔은 겁이 났다. 사람에게 빠지는 감정이 이렇게 깊은 것인 줄 몰랐다. 아무리 들어가도 바닥이 보이지 않았다.

"우리, 주술사를 만나러 가 볼까요?"

갑자기 그의 얼굴이 확 다가와 유진의 입술에 짧게 입을 맞추고 물러났다. 놀란 유진이 눈을 깜빡였다.

"그 마을에 가 보자는 거라면 좋은 선택이 아니야."

아무 일도 없었다는 듯 대화가 이어졌다. 유진은 얼떨떨한 표정으로 말했다.

"아뇨, 거기 말고 주술사에게 점을 치러……."

또다시 카세르가 유진의 입술에 키스했다. 유진이 웃음을 터뜨리며 그의 팔을 내리쳤다.

"왜 그래요?"

카세르가 또 쪽, 소리가 나도록 키스하며 '그냥.'이라고 대답했다.

"지금 중요한 이야기 중이잖아요. 그러니까…… 아, 내가 무슨 이야기를 하던 중……."

유진은 다시 집중력을 모으려 했으나 연달아 키스 공격을 받으니 말을 제대로 잇지 못했다. 입술만 닿던 가벼운 키스는 횟수가 거듭될수록 접촉하는 시간이 길어졌다. 그가 유진의 턱을 그러쥐고 고개를 들어 입술을 포갰다. 입술이 깊게 맞물렸다.

장소를 의식하는 유진의 반응이 소극적이었다. 지난번에 에녹한테 키스 장면을 들킨 후 무척 민망했다. 하지만 적극적으로 그녀의 입술 사이를 가르고 파고드는 그의 혀가 그녀의 혀를 감아올리자 머릿속이 흐물흐물해졌다.

그는 탐욕스럽게 그녀를 갈구했다. 그녀의 여린 살을 문지르고 뒤섞이는 타액을 삼켰다. 할딱이는 작은 숨소리가 귀여워서 절로 웃음이 나왔다.

그는 모든 인내심을 끌어모아서 가까스로 제동을 걸었다. 여기가 어디인지 잊어버리기 전에 멈춰야 했다. 그는 그녀의 말캉한 혀를 빨아들이면서 입술을 뗐다. 도톰해신 섲은 입술을 혀로 핥으면서도 무척 아쉬웠다.

"점치러 온 손님인 척 주술사를 만나러 가 보자, 이거지?"

유진은 발갛게 물든 얼굴로 뒤늦게 고개를 끄덕였다. 그녀는 얼른 주변을 돌아보며 아무도 없다는 걸 확인한 후 두 손으로 달아오르는 얼굴을 감쌌다. 어쩐지 아까보다 느긋해진 그의 표정은 만족스러워하는 것처럼 보였다.

한마디 하고 싶었지만, 유진은 그를 흘겨보기만 하고 아무 말도 하지 못했다. 예측 못 한 갑작스러운 키스가 굉장히 달아서 자신도 모르게 평소 이런 걸 기대했나 싶어 부끄러웠다.

두 사람은 이따 아르스 저택으로 돌아와 저녁을 먹기로 하고 저택을 나섰다.

주술사는 완전한 번화가에서는 벗어난 거리에 모여 있었다. 그들은 작은 천막을 쳐 놓고 손님이 들어오면 점을 쳐 주었다.

오래전에는 지금의 번화가처럼 번성했던 시가지였지만, 상권이 옮겨지면서 규모가 작은 상점 혹은 길거리 장사치들이 자리를 차지했다. 예스럽고 지저분한 거리 특유의 분위기는 색다른 구경거리가 되어 많은 사람이 찾았다.

마차는 옛 시가지로 들어서는 근처에 멈추었다. 옛날에 조성된 거리라서 마차길을 넓게 내지 않았다. 비좁은 거리에 사람과 마차가 함께 다니다가 사고가 빈번히 발생하자 마차를 통제하기 시작했다.

카세르는 마차에서 내리기 전에 다시 확인했다.

"정말 괜찮겠어? 당신, 사람들 시선 모이는 거 안 좋아하잖아."

둘이 함께 나가면 단번에 눈에 띌 것이다. 두 사람은 모습을 가릴 수 있는 옷차림도 하지 않았다. 유진이 상관없다면서 저택에서 곧바로 출발했다.

"괜찮아요. 죄지은 것도 아닌데 숨어 다닐 이유가 없잖아요."

유진은 속물 같은 자신의 솔직한 마음은 감추었다. 그녀는 자신의 남편을 사람들에게 자랑하고 싶었다. 왕과 아니카 결혼에 관해 사람들이 가진 편견도 깨고 싶었다.

두 사람이 마차에서 내려와 걷기 시작하면서 수많은 시선이 달라붙었다. 흘끔거리는 자들, 대놓고 눈을 크게 뜨고 쳐다보는 자들, 호들갑스럽게 다른 사람을 부르며 손가락질을 하는 사람 등 반응은 다양했다.

유진이 사람의 시선을 받는 것은 처음이 아니었다. 왕국에 있을 때 몇 번 왕국 백성들 앞에 나선 적이 있었다. 하지만 그들은 백성으로서 지배자를 바라보는 시선이라서 아주 조심스러웠다.

그런데 여기서 지나치는 사람들 눈빛에는 흥미와 호기심이 가득했다. 쳐다보며 지나가는 경우는 그나마 나았다. 슬금슬금 따라오는 자들이 점점 늘기 시작했다.

유진은 모르는 척, 속으로는 쓴웃음을 지었다.

'대체 왜 따라오는 거야. 내가 연예인도 아니고.'

두 사람 주변에 호위로 따라오는 전사들이 버티고 있어서 그나마 가까이 오지는 못했다.

"당신은 전에 여기 와 본 적 있어요?"

"전에 한 번."

"왜요? 당신이 점을 치러 왔을 리는 없고."

"성도에 올 때마다 틈틈이 전부 다녀 봤어. 지리를 알아 두려고. 저거야."

카세르가 손으로 가리키는 방향을 보고 유진은 잠시 말을 잊었다. 그녀는 좀 더 그럴듯한 천막을 상상했다. 누더기를 기워 덮은 천막은 몹시 허름하여 금방이라도 무너질 것 같았다.

"더 안쪽으로 들어가면 곳곳에 저런 천막이 있지."

좀 더 가까이 다가갔을 때 천막의 형태가 더 뚜렷이 보이자 유진의 눈앞에 가짜의 기억을 떠올렸다.

「감히 내게 그런 헛소리를 지껄이다니.」

희끗희끗한 머리의 노인이 바닥에 엎어져 있고 근처에는 온갖 잡다한 물건들이 어지럽게 널려 있었다. 한눈에 봐도 봉변을 당한 모양새였다. 가짜가 카랑카랑한 목소리로 소리쳤다.

「아니카를 저주한 너를 가만두지 않겠다. 뭐 하고 있어? 당장 끌고 가지 않고!」

이 기억이 왠지 낯설지 않았다. 유진은 피데스를 처음 만났을 때 봤던 기억이 문득 생각났다.

「그대가 아니카라는 사실을 모르는 사람이 없습니다.」
「그 미친 늙은이는 그 사실을 모르더군요. 죄를 저질렀으면 대가를 치러야지요.」

'아…… 이런.'
유진은 탄식했다. 가짜가 예전에 이곳에서 제대로 난동을 부린 적이 있는 듯했다.
'어쩌지?'
주술사들이 모두 한 마을에 모여 사는 일족이라면 서로의 사정을 빤히 알고 있을 것이다. 그때 가짜한테 봉변당한 주술사가 아니더라도 자신에게 반감을 품었을 가능성이 컸다.

'그래도 기왕 여기까지 왔으니까……'

유진은 그에게 말했다.

"더 안으로 들어가요."

이곳에 온 목적이 주술사를 만나는 거라고 보이지 않도록 두 사람은 거리를 거닐며 주변을 구경했다. 은근히 햇빛이 따갑다고 생각하던 터에 유진은 좌판을 깔고 파는 모자 상인을 발견했다. 그녀가 그쪽으로 움직이니까 덩달아 우르르 대규모 사람들이 이동했다.

유진은 쪼그려 앉아서 모자를 골랐다. 모자는 모두 얇은 나무껍질을 엮어 만들었는데 물을 들였는지 색이 다양했다. 그녀는 챙이 넓은 하얀 모자와 흑색 모자 두 개를 들고 일어났다. 번갈아 두 개의 모자를 썼다가 벗는 모습을 카세르에게 보여 주며 물었다.

"어떤 게 나아요?"

"둘 다 잘 어울려."

"그런 대답은 안 돼요. 하나만."

카세르는 신중하게 고민했다. 최근에 이 정도로 진지하게 고민한 일은 없었다.

"검은색."

검은색 모자가 얼굴을 가리는 그림자 색이 더 짙은 것 같다는 이유로 그걸 택했다. 그는 아까부터 헤벌쭉 풀어진 눈으로 그녀를 바라보는 뭇 시선들이 언짢아서 속이 부글부글했다.

"좋아요. 그럼 검은색으로."

유진이 모자를 머리에 눌러 쓰고 그를 향해 활짝 웃었다. 그는 또다시 속이 불편해졌다. 저 예쁜 미소를 자신 혼자 봐야 하는데. 그는 유치한 욕심을 내색하지 못하고 속으로만 전전긍긍했다.

주변에 모여든 사람들은 '이게 무슨 일이야?'라는 어리둥절한 표정으로 시선을 교환했다. 왕과 아니카 왕비가 거리 장터를 걸어 다니며 물건을 사다니. 이런 풍경은 상상해 본 적도 없었다.

이른바 성도의 상류층이라는 사람들은 항상 마차를 타며 이동했고 다니는 곳만 다녔다. 성도에 사는 대다수의 보통 사람들은 그들과 활동 반경이 아예 분리되어 있었다.

"저 아니카가 아르스 가문 가주님 딸이라네."

"허어. 어쩐지. 귀티가 나더라."

세상 소식에 어두운 사람들에게까지 알음알음 말이 전해졌다.

두 사람은 적당히 구경 다니다가 동시에 천막을 발견하고 멈추어 섰다. 두 사람이 눈짓을 주고받으며 천막 안으로 들어갔다. 호위하던 전사들이 천막 주변 반경을 빙 둘러싸 사람의 접근을 막았다.

천막 안에는 작은 탁자가 하나 놓였고 그 앞에 중년 남자가 앉아 있었다. 지루한 표정으로 앉아 있던 남자는 사람의 기척을 느끼고 고개를 들었다. 그들을 보자마자 잠시 얼어붙은 듯 꼼짝하지 않던 남자가 즉시 맨바닥에 엎드렸다.

유진이 당황하여 얼른 말했다.

"놀라게 하려던 건 아니었어요. 점을 치러 온 것뿐이에요."

"미천한 잡기를 익힌 놈이 어찌 고귀하신 두 분을 상대로 헛된 소리를 지껄일 수 있겠습니까. 이놈의 능력 밖의 일이니 부디 말씀 거두어 주시옵소서."

"……혼자 생각인가요, 아니면 모든 주술사가 다 같은 뜻인가요?"

엎드린 주술사는 아무런 말이 없었다. 유진은 남자를 바라보다가 한숨을 내쉬며 카세르의 옷자락을 잡았다.

"그만 가요."

"다른 데로 가 보자."

"아니에요. 소용없을 것 같아요. 그냥 가요."

마차에 올라탄 후 유진은 주술사를 상대로 행패를 부렸던 기억을 카세르에게 말했다.

"내가 누군지 알아봐서 거절한 것일 수도 있고, 그 일을 계기로 아예 아니카를 상대로 점치는 일을 하지 않게 된 것일 수도 있어요."

그녀는 두 손으로 얼굴을 감쌌다.

"아, 정말…… 당신 보기 부끄러워요."

카세르가 유진의 두 손을 잡아 감춘 얼굴을 드러내게 했다. 그는 잔뜩 울상을 짓고 있는 그녀를 부드럽게 바라보며 말했다.

"당신이 왜 부끄러워."

"어쨌든 제 몸이 한 일이잖아요. 그게 내가 아니라는 걸 세상 사람들이 아는 것도 아니고요."

"세상 사람이 무슨 상관이야. 당신이 알고 내가 알면 됐지."

유진은 조금 풀어진 표정으로 고개를 끄덕였다.

"저녁 식사 시간까지는 아직 시간이 있으니 다른 데서 기분 전환하고 들어갈까?"

"……어디서요?"

카세르는 그녀의 옷차림에 도통 어울리지 않는 투박한 나무껍질 모자를 보며 말했다.

"모자 사러."

유진이 웃음을 티뜨렸다. 마차는 고급 상점이 모여 있는 번화가로 향했다.

\*　　\*　　\*

아니카 모임에서 진이 라미타를 드러낸 날, 플로라는 충격에 빠져 집으로 돌아왔다. 그녀는 생각할수록 이해할 수 없었다. 분명히 진에게는 라미타가 없었는데.

되짚어 생각해 보니까 걸리는 일들이 있었다. 상제는 틀림없이 진에게 라미타가 없다는 사실을 알았을 것이다. 신의 대리인이 진의 거짓말을 간파하지 못할 리가 없다. 그런데도 그동안 상제는 진을 추궁하기는 커녕 이상할 정도로 관대했다. 진이 갑자기 왕과 결혼한 것도 이상했다.

플로라는 상제가 앞뒤 사정을 모두 알고 있다는 결론에 이르렀다.

그녀는 고민 끝에 상제를 찾아갔다. 하지만 상제에게 솔직히 물어볼 수는 없었다. 진이 라미타가 없다는 사실을 알면서도 그동안 모른 척했다는 사실이 들키면 상제가 자신을 다시 볼 것이다.

진상을 알고 싶다는 열망과 가장 강력한 라미타를 지닌 아니카 위치에서 밀려나고 싶지 않은 욕심이 더해져서 그녀는 거짓말을 했다. 자각몽 변화를 정반대로 꾸며 말했다. 물이 줄어든 게 아니라 불어났다고.

「성하, 저는 두렵습니다. 저는 라미타는 타고나는 것이며 변하지 않는다고 배웠습니다. 제게 일어난 변화가 대체 무슨 뜻입니까?」

「염려하지 마세요, 아니카 플로라. 자각몽의 변화는 다른 아니카들도 경험한 일입니다.」

다른 아니카들도 변화가 있었다는 사실은 처음 알게 되어 플로라는 움찔했다. 그녀는 거짓말했다는 불안과 죄책감을 억누르며 말했다.

「하오나 성하, 아니카 진은 제게……」

플로라는 말실수한 것처럼 입을 다물었다.

「아니카 진이 그대에게 무슨 말을 했습니까?」

플로라가 머뭇거리자 상제가 재촉했다.

「괜찮습니다. 아니카 플로라. 내 앞에서는 어떤 말을 해도 허물이 아닙니다.」
「……아니카 진은 자신의 라미타가 변화한 건 성하 덕분이라고……」

플로라는 말을 하면서 흘끔 시선을 들었다. 엉뚱하게 넘겨짚은 것일까 봐 조마조마했다. 그런데 침묵하는 상제의 모습을 보며 자신이 제대로 맞췄다는 사실을 알게 되었다.

「아니카 플로라. 라미타는 외부의 힘으로 개입할 수 없습니다. 아니카 진에게는 잠재된 라미타가 있었고 그것을 끌어낼 수 있도록 조언했을 뿐입니다.」

그 말을 듣자마자 플로라는 속이 탁 트이는 것 같았다. 그녀는 이런저런 생각할 여지도 없이 그대로 그 자리에 무릎을 꿇었다.

「성하. 간절히 바라옵니다. 부디 제게도 조언을 내려 주시옵소서. 제 자각몽이 변화했으니 제게도 잠재된 라미타가 있다는 뜻이 아닙니까?」

플로라는 필사적이었다. 진의 라미타가 자신보다 높을 가능성을 생각만 해도 속이 바짝 타들어 갔다. 진보다 자신이 부족하다고 생각하지 않았다. 진에게 잠재력이 있다면 자신에게도 있을 것이다.

그리고 오늘, 플로라는 다시 성도궁을 방문했다. 서고를 지키는 사제가 인사를 건넸다.

"아니카 플로라. 무척 오랜만의 방문이십니다."

"네. 오랜만이군요."

플로라는 자신이 마지막으로 서고에 온 때가 언제인지 기억나지 않았다.

사람들은 성도궁의 비밀 서고에 세상의 비밀이 숨겨져 있을 거라고 생각했다. 이 서고에 하루만 들어올 수 있다면 그날까지만 살아도 여한이 없다는 학자도 있었다.

하지만 상제는 제한된 사람에게만 서고 출입을 허락했다. 기사 혹은 사제라고 해서 무조건 허락받지 못했다. 오직 아니카만이 출입 신청만으로 드나들 수 있었다.

많은 학자가 부러워하는 특권을 누리면서도 정작 아니카들은 서고에 관심이 없었다. 어릴 때 호기심으로 몇 번 들어갔다가 금세 흥미를 잃었다. 눅눅한 책 냄새가 가득한 서고에 틀어박혀 있는 것보다 재미있는 일이 훨씬 많았다.

플로라 역시 마찬가지였다. 책을 읽고 싶으면 서점에 가면 된다. 서고 어딘가에 세상 사람들이 말하는 비밀이 있을지도 모르지만, 그런 걸 찾는 데 흥미 없었다.

아마 서고에 가장 자주 드나든 사람은 진이었을 것이다. 늘 진과 붙어 다닌 플로라는 진이 책을 즐겨 읽지 않는다는 사실을 알기에 왜 자꾸 서고에 가는지 궁금했다.

「서고에 재미있는 책이라도 있어?」

「아니야. 뭘 좀 찾느라고」

「오래 걸리는 것 같은데 도와줘?」

「못 찾은 게 아니야. 찾을 게 많아서 그런 거지. 혹시 너…… 신술에 관해서 좀 알아?」

「아니, 전혀.」

「됐어, 그럼.」


플로라는 그때 진이 신술을 조사하는 이유를 알 것 같아 속으로 웃음을 삼켰다. 라미타가 없는 진이 뭐든 방법을 찾으려고 발버둥 치고 있구나. 하지만 헛수고일 것이다. 원래 라미타가 없는데 뭘 어쩔 수 있겠는가.

플로라는 안일하게 생각했던 자신이 한심했다. 정말 신술로 라미타를 얻다니!

그녀는 미리 적어 온 목록을 사제에게 내밀었다.

"여기 적힌 책을 찾고 있어요."

사제가 목록을 살피더니 고개를 끄덕였다.

"이쪽으로 오십시오, 아니카 플로라."

플로라가 성도궁에 오자마자 서고로 갔다는 소식이 상제의 귀에 들어갔다. 아니카의 서고 출입이 금지된 적이 없기에 사제의 보고는 형식적 절차였다. 상제는 알았다는 대답으로 사제를 내보냈다.

'뜻밖이야. 플로라에게 그런 면이 있었다니.'

상제는 그동안 플로라를 욕심이 없고 고지식한 성격이라고 판단했다. 그런데 플로라의 의외의 모습이 나쁘지 않았다. 강한 욕망을 가진 인간일수록 의도대로 움직이기가 쉽다.

'과연 진이 플로라에게 그런 말을 했을까?'

상제는 플로라가 진실을 말했는지 굳이 확인할 생각이 없었다. 플로라를 움직이게 한 동기가 타인보다 우월하기를 원하는 욕망이면 되었다. 그러한 욕구에 사로잡히는 인간이 스스로 내려놓는 경우는 거의 없으니까.

'플로라의 자각몽이 변화했다니…… 물이 불어났다는 아니카는 처음이로군. 진이 아니라 플로라인가?'

상제는 미간을 찌푸리며 고개를 저었다.

'부족해. 호수 정도로는 어림없어. 추가적인 변화가 더 있는지 지켜봐야겠군. 플로라가 신술 덕분에 라미타가 늘어났다고 생각하면 그것도 괜찮지.'

상제는 플로라가 믿고 싶은 대로 믿도록 내버려 두었다. 진에게 알려 준 술법에 관해 플로라에게도 말해 주었다. 거짓말은 아니지만, 진실도 아니었다. 진은 라미타를 되찾았을 뿐이지 술법의 도움으로 라미타가 생긴 건 아니다.

상제는 아득한 세월에 걸쳐 아니카들을 지켜보았고 라미타를 강화시키기 위해 수많은 시도를 했다. 하지만 라미타는 아니카 고유의 힘이라서 절대 간섭할 수 없다는 결론만 나왔다.

"성하. 부르심을 받고 왔습니다."

상제가 기도실 문 쪽으로 고개를 돌렸다. 문이 열리면서 피데스가 안으로 들어왔다.

**─피데스. 그대에게 맡길 일이 있습니다.**

"하명하시옵소서."

―얼마 전, 허락받지 않은 자가 성물을 가져갔습니다. 그대가 회수해 오세요.

피데스는 도둑질한 무도한 자에게 분노하며 고개를 숙였다.
"예, 성하."
상제가 손짓하자 반투명한 씨앗이 피데스의 앞으로 날아갔다.

―월말이 거의 다 되었으니 그대 안의 성력이 약해져 성물을 추적하기 어려울 겁니다.

"예, 성하."
피데스가 황송하다는 듯 투명 씨앗을 두 손에 받아 입 안에 넣었다.
기사들은 매월 초, 성물을 삼켜 성력을 얻었다. 성력을 얻은 기사는 오감이 발달하여 기척에 예민해지고 기사끼리 서로의 존재를 느낄 수 있으며 마라의 악종을 감지하는 능력도 생겼다.
그런데 성력은 시간이 흐를수록 감소하기 때문에 한 달에 한 번씩 주기적으로 성물을 섭취했다.
상제는 피데스에게 도난당한 성물의 위치를 대강 알려 주었다. 그 근처에 가면 피데스가 정확한 위치를 감지할 수 있을 것이다.
"임무 완수 후 보고드리겠습니다."

―잠깐.

"예, 성하."

─만약 성물이 숨겨진 장소 근처에 범인이 없다면 회수하지 말고 그냥 오세요.

씨앗은 며칠 동안 이동하지 않고 있었다. 대충 그 위치를 가늠해 보니 인적이 없는 외곽 지역이었다. 처음엔 회수만 하려 했으나 누가 무슨 목적으로 훔쳤는지 알아내야겠다고 마음을 바꿨다.

지금까지의 도난과 유형이 달랐다. 아니카가 집어 간 경우 자신의 집에 보관했다. 다른 자는 암거래로 판매를 시도했다. 만약 숨겨 둔 채 정황을 지켜보고 있는 거라면 그 신중한 자가 누구인지 궁금했다.

*     *     *

눈을 뜨니까 소파에 앉아 있는 상태였다.

'내가 깜빡 졸았나?'

유진은 시간을 확인하려고 침실을 둘러보다가 고개를 갸웃했다. 낯익은 침실이 낯설었다. 앞뒤가 맞지 않는 표현이지만, 지금 그녀가 느끼는 위화감을 달리 설명할 방법이 없었다.

'내 침실이 맞는데…….'

그녀는 헉, 소리를 내며 벌떡 일어났다.

'여긴…… 왕성이잖아.'

하루아침에 왕성으로 돌아와 있다니. 침실에는 그녀 혼자였다. 유진은 이 상황을 설명해 줄 사람을 찾기 위해 밖으로 나가려고 문을 열었다.

문고리를 당겼다고 생각한 순간 눈앞이 흔들리면서 풍경이 바뀌었다. 그녀는 복도에 서 있었다. 시선을 돌리니까 방금 나온 침실 문이 보였다.

그녀가 침실로 들어가려고 문에 손을 뻗으니 다시 장면이 바뀌어 침실에 들어와 있었다.

유진은 '아아······.' 하고 탄식하며 고개를 끄덕였다. 갑자기 깨달음이 왔다.

"꿈이구나."

유진은 주변을 천천히 둘러보며 복도를 걸어갔다. 그녀가 기억하는 성내 모습 그대로였다. 개인의 경험이 그대로 꿈에 반영되는 것은 당연한 일이겠지만, 이런 꿈은 신기했다.

보통 꿈이란 꿈을 꿀 당시에는 무척 생생하다고 느껴도 깨고 나면 금방 흐릿해지기 마련이었다. 그런데 유진은 자신이 꿈을 꾼다고 자각하면서도 깨지 않았다. 아주 맑은 정신력으로 꿈속 풍경을 감상하고 있었다.

'자각몽도 무척 생생하긴 했지만······ 이런 꿈은 처음이야.'

현실에서 왕성 복도를 걸어갈 때와 다른 점이 한 가지 있었다. 이곳에 그녀는 혼자였다. 한참을 걷고 계단을 올라가도 지나가는 궁인은 없었다.

비록 꿈이지만, 모처럼 왕성에 돌아와 반가웠다. 그녀는 들뜬 기분으로 계단을 올라가면서 자신이 왕성을 그리워했다는 사실을 깨달았다.

'그곳에도 갈 수 있을까?'

유진은 왕성에 있을 때 자신이 즐겨 찾았던 장소, 성탑 사이를 잇는 구름다리가 궁금했다. 그 다리 위에 가져다 놓은 테이블에 앉아 저녁놀을 바라보며 마시는 차 맛은 참 기가 막혔다.

고작 몇 개월 전의 일이건만. 그때의 유유자적한 시간이 무척 옛날일 같았다. 성도로 출발할 무렵에는 본격적으로 왕비로서 왕성 살림을 맡으며 바빠지는 바람에 거의 가지 못했다.

'와. 있네. 있구나.'

유진은 계단을 다 오른 후 탁 트인 정경을 보며 환호성을 질렀다.

"어쩜. 테이블도 있잖아."

그녀는 빠른 걸음으로 다리 중앙까지 가서 의자를 끌어내 테이블에 앉았다. 시선을 돌려 다리 너머 하늘을 바라보니 노랗고 붉게 반쯤 물들어 있었다. 가장 기가 막히게 아름다운 노을이 진 하늘이었다. 이 모든 게 환상이라는 걸 알면서도 잠시 넋을 놓았다.

유진은 텅 빈 자신의 맞은편 자리를 바라보았다. 그녀는 마치 눈앞에 카세르가 앉아 있는 것처럼 턱을 괴고 바라보았다.

'내가 당신을 참 많이 좋아하나 봐요.'

이 아름답고 평화로운 순간을 혼자서 즐길 수가 없었다. 함께 하기를 바라는 사람의 얼굴이 계속 아른거렸다. 할 수만 있다면 그를 자신의 꿈에 초대하고 싶었다.

― **진.**

유진은 화들짝 놀라며 주변을 돌아보았다. 하지만 눈 앞을 가리는 것 없이 탁 트인 다리 위에 그녀 말고는 아무도 없었다.

― **진. 내 말이 들리면 대답하세요.**

먼 곳에서 확성기를 대고 부르는 것처럼 사방에서 울리는 목소리였다. 유진은 마른침을 삼킨 후 허공을 바라보며 조심스레 물었다.

"누구…… 세요?"

― 내가 그대를 만나러 갈 거라고, 무엔의 아이가 그대에게 전했을 겁니다.

"아아……."

히타샤가 준 편지에 '집안 어르신께서 꿈을 통해 만나러 가실 예정이다'라고 쓰어 있었다. 추가 설명은 전혀 없었다. 그래서 유진은 은유적인 표현이려니 했지 정말 꿈에서 만나는 거라고는 생각하지 못했다.

'이대로 대화하는 건가? 어르신이라고 했으니 연세가 많으시겠지? 인사를 해야 할까?'

그녀는 당황하여 적절한 대답이 떠오르지 않았다.

― 진. 그대의 꿈에 나를 초대해 주겠습니까? 허락한다면 내 이름을 불러 주세요. 내 이름은 엘버입니다.

목소리는 잔잔하면서 힘이 있었다. 저음이지만, 남자 목소리라기에는 미성이었다.

"네. 초대할게요. ……엘버."

잠시 아무 소리도 들려오지 않았다. 잔뜩 긴장하고 있던 유진이 움찔했다. 그녀가 바라보는 다리 위 허공에 작은 실금이 가면서 빛이 새어 나왔다. 틈새가 점점 벌어지며 뿜어져 나오는 빛은 점점 강해졌다.

공간을 찢고 나온다는 표현이 아주 적절했다. 사방으로 뻗어 나오는 광선과 빛무리에 휩싸인 덩어리가 미지의 세상 너머에서 건너와 다리 위로 모습을 드러냈다.

빛이 잦아들면서 덩어리는 사람의 형태를 갖추었다. 아무런 무늬가 없는 순백의 옷을 입은 여인은 머리카락이 땅에 끌릴 정도로 길었다.

'어르신이라며.'

유진은 무척 나이가 지긋한 노인을 상상했다. 그런데 엘버라는 여인은 유진보다 고작 몇 살 더 많아 보일 뿐이었다.

갑자기 유진의 꿈에 등장한 낯선 여인은 말없이 어딘가를 바라보며 꼼짝하지 않았다.

유진이 그 시선을 따라가 봤더니 하늘을 물들인 저녁노을이 있었다. 하늘은 아까부터 계속 저 상태였다. 찰나의 노을을 계속 보고 싶다는 유진의 의지가 꿈에 반영되었는지 해가 지지 않았다.

"……아름다워요."

엘버가 중얼거렸다. 비록 환상에 불과하더라도 저 자연의 예술을 마지막으로 언제 봤는지 기억나지 않았다. 그녀의 마음속에 순수한 감동이 휘몰아쳤다.

이제는 그 어둡고 눅눅한 감옥을 벗어나도 찬연한 붉은 노을을 분간하지 못할 것이다. 오랜 세월을 어둠 속에서 보내면서 시력이 손상되었기 때문이다.

엘버가 유진에게 시선을 돌렸다. 유진이 무안한 기분이 들 정도로 한참을 물끄러미 보더니 미소 지었다. 엘버의 자애로운 미소는 젊은 여자의 표정으로는 어울리지 않았다.

"많이 닮았네요."

"네?"

"그대는 레사의 아이가 틀림없군요."

손으로 얼굴을 더듬어 기억한 레사의 이목구비는 엘버의 머릿속에서 어여쁜 모습으로 완성되었다. 그래서 유진의 얼굴을 보니까 한눈에 알 수 있었다.

엘버가 스스럼없이 이름을 불러서 유진은 레사가 외할머니 성함이라는 사실을 뒤늦게 기억해 냈다. 그래서 엘버가 눈에 보이는 모습과 다르게 무척 나이가 많은 분이라고 짐작했다.

'여기가 꿈이라서 그런가? 실제로 뵈면 백발의 할머니이실지도 모르지.'

"제 할머니는 어떤 분이셨나요?"

유진의 마음속에서 경계심이 누그러졌다. 낯선 여인과 자신 사이에 있는 외할머니라는 연결고리가 마음의 거리를 좁혀 주었다.

"영특하고 속이 깊었지요. 사랑스러운 아이였답니다."

유진은 자신을 바라보는 엘버가 자신의 모습 너머로 할머니 모습을 투영한다고 느꼈다. 할머니는 돌아가셨지만, 그분의 유전자가 자신의 몸 안에 살아 있다. 왠지 마음이 뭉클했다.

"그런데 여기는 어디인가요? 성도 같지는 않군요."

"여긴 왕성…… 하시 왕국의 왕성이에요."

"하시 왕국? 사왕이 다스리는?"

"네, 맞아요."

엘버가 의미심장한 눈빛으로 유진을 보며 말했다.

"나는 오늘 그대를 만나려고 그대가 꿈을 꾸도록 유도했어요."

"아, 그럼…… 역시 평범한 꿈이 아니었군요."

"하지만 어떤 꿈을 꾸는지는 그대의 선택이에요. 방문을 요청받은 자는 무의식중에 자신에게 가장 편하고 안전한 장소를 택하지요."

유진은 잠시 생각에 잠겼다가 고개를 끄덕였다. 이 세상에서 처음 눈을 뜬 하시 왕국이 자신에게 고향처럼 각인된 것 같았다.

성도로 출발하기 전에는 이 세계의 중심지라고 할 만한 성도의 모습이 궁금했다. 그런데 막상 도착한 후에는 성도의 번성한 모습에 그다지 감흥을 받지 못했다.

자신이 고층 빌딩이 즐비한 대도시 삶에 익숙한 사람이라 그런 줄 알았다. 그런데 이 꿈을 통해 왕성에 돌아오니까 맞춤옷을 입은 것처럼 편안했다. 여기가 자신의 집이었다.

"우선…… 이쪽으로 앉으세요."

엘버는 유진이 권유하는 테이블 의자로 이동했다. 그런데 걷는 것이 아니라 마치 공중에 뜬 것처럼 스르륵 움직였다.

두 사람이 마주 앉은 후 엘버는 노을 진 하늘만 바라보며 아무 말이 없었다. 그 모습이 기쁘면서도 슬퍼 보여서 유진은 기분이 이상했다.

"제게 전해야 하는 중요한 말씀이 있다고 들었어요."

엘버는 작은 한숨을 내쉬었다. 어디서부터 시작해야 할지 엄두가 나지 않았다. 할 말은 끝이 없다. 사흘 밤낮을 꼬박 새우며 이야기해도 시간이 부족할 것이다. 그런데 말하는 것보다 듣는 사람이 어디까지 받아들이고 이해할 수 있을지가 더 중요했다.

"나는 때로는 논리적이 아니라, 말로는 설명하기 어려운 예감에 따라 움직여요. 그런데 그대를 반드시 만나야 할 것 같았어요. 내 몸 안에 흐르는 조상님의 피가 나를 그대에게 인도했다고 생각합니다."

엘버는 한마디도 놓치지 않겠다는 듯 집중하는 표정의 유진을 보며 왠지 이 만남이 헛되지 않을 거라는 예감이 들었다.

"시작은 문답이 좋겠군요. 그대가 내게 질문하면 내가 대답하지요."

"혹시 제한이 있나요? 질문의 가짓수나 질문 내용이나."

"어떤 제한도 없으니 부담 없이 뭐든 말해요."

유진은 내심 '이건 기회인가?'라는 생각이 들었다. 그동안 그녀가 궁금해하는 것들을 어디에도 물어볼 데가 없었다. 갈수록 해결되지 않는 수수께끼만 쌓여서 속이 답답했다.

"어르신께서……."

유진은 젊은 분을 어르신이라고 부르려니 어색했지만, 다른 적절한 호칭이 떠오르지 않았다.

"무엔 가문의 어른이시라고 들었어요. 그러니까 무엔 가문 사람과 친족 관계이신 거죠?"

엘버는 고개만 끄덕였다.

"그렇다면 무엔 가문은 고대 일족과 어떤 관계인가요? 무엔 가문이 미래를 읽는 일족의 한 갈래인가요?"

엘버는 분위기를 부드럽게 만들어 소탈한 대화를 나눌 기회를 마련하고자 문답 방식을 제안했다. 질문 내용을 전혀 기대하지 않았던 터라 방금 들은 말을 믿을 수가 없었다.

"지금 뭐라…… 어떻게 그걸……."

"어르신께서 제 꿈에 찾아온 방식은 주술인가요? 고대 주술의 지식은 아직 전승되고 있는 거지요?"

엘버는 아득히 오랜 세월을 사는 동안 감정이 마모되었다. 미치지 않으려면 극한의 감정을 느끼지 않도록 절제해야 했다. 그래서 엘버가 느끼는 기쁨과 슬픔의 강도는 보통 사람의 감정과 비교하면 바람 한 점 불지 않는 호숫가의 잔잔한 수면과 같았다.

그런데 엘버는 모처럼 심장이 뛴다고 느꼈다. 통증이 느껴지도록 심장이 격렬하게 박동 쳤다.

'안 돼.'

엘버는 흥분을 가라앉혔다. 자신의 몸은 주술의 매개가 되어 상제와 연결되어 있다. 신체의 이상 증상이 커지면 상제가 알아차릴 것이다.

"무엔가에서 무슨 이야기를 들었나요?"

"아니요. 무엔 가문은 저와의 친족 관계를 드러낸 적이 없어요. 그동안 전혀 교류가 없었고 이번에 받은 연락이 처음이었어요. 저는 다른 사람, 아드리트한테 들었어요. 아드리트는 방랑족 출신이에요."

"방랑족?"

이번에는 유진이 당황했다.

"방랑족을 모르세요?"

"처음 듣는군요."

"아드리트는 자신이 고대 일족 중 라크를 이 땅에 불러낸 생명을 창조하는 일족의 후손이라고 했어요. 조상의 죄를 참회하며 영원히 떠도는 형벌을 받고 있기에 방랑족이에요."

엘버의 입술이 살짝 벌어졌다. 그녀는 탄식처럼 한숨을 내쉬며 눈을 감았다.

"……그렇군. 그들이 방랑족…… 그렇게 살아가고 있었구나."

'왜 방랑족이라는 이름을 모르지?'

유진은 의아했다. 아드리트의 일족이 방랑족으로 불린 지 오래되었다. 예전에 카세르와 이야기하다 얼핏 들은 기억이 났다. 선대 사왕이 살아 있을 때도 그들은 방랑족이었으니까 최소한 수십 년은 넘었다.

'아드리트는 미래를 읽는 일족과 교류하지 않는다고 했지. 소식이 끊어져서 몰랐나?'

하지만 무엔 가문은 막강한 영향력을 지녔다. 당연히 정보에도 밝을 것이다. 그들이 방랑족이라고 부르는 정보조차 몰랐다는 건 말이 안 되었다.

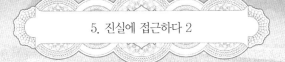

"그대는 특별한 인연을 맺었군요."

상제는 아니카를 통제하려는 주도권을 틀어쥐고 있다. 아니카를 넓은 새장에 가둔 후 눈과 귀를 가리고 선별된 정보만 알려 줄 것이다.

자신이 사는 세상을 전부라고 아는 자는 세상 바깥을 상상하지 못한다. 그러니 진과 고대 일족 후손의 만남은 기적이었다. 아니카 진이 다른 세상을 보는 기회가 되었을 것이다.

엘버는 오묘한 신의 뜻에 감탄했다. 그래서 아니카 진을 만나야 한다는 강력한 예감을 느낀 걸까.

"그대가 무슨 이야기를 들었는지, 내게 말해 주겠어요?"

엘버는 이 어린 아니카에게 과연 어디까지 말해도 괜찮을지 궁금했다. 그건 전부 진의 마음이 얼마나 열려 있는지에 달려 있었다.

"네."

유진은 아드리트한테 들은 고대 일족의 역사와 라크 등장의 비사, 방랑족이 살아가는 모습에 관해 말했다.

"아드리트는 자신이 아직 어려서 아는 게 많지 않다고 했어요. 일족의 지식은 나이가 들수록 깊은 내용을 배울 수 있다고 해요. 혹시…… 제가 들은 내용 중에서 잘못된 것이 있나요?"

"그대가 들은 내용은 전부 진실입니다."

엘버는 무거운 표정으로 쓴웃음을 지었다.

"무척 오래된 옛이야기이군요. 참 오랜만에 듣습니다."

모든 것은 이 세계에 괴물이 나타나면서 시작되었다. 엘버는 알고 있었으면서도 사실 잊고 지냈다.

엘버가 어릴 때 이미 세상에는 라크가 그득했다. 사람들은 괴물과 싸우는 일상은 당연하게 받아들였다. 먼 조상이 금기의 술법으로 괴물을 불러들였다는 이야기는 엘버에게 그저 전설일 뿐이었다.

그래서 억울했다. 자신이 태어나기 전에 벌어진 아득히 먼 옛날 일을 왜 지금의 후손들이 책임져야 하는가. 고대에 세상을 지배했다던 조상의 찬란한 과거는 들어 봤자 코웃음만 나왔다.

과거의 영광이 무슨 소용이라고. 지금은 쓰지도 못하는 지식을 끌어안고 세상을 등지며 숨어 살 뿐인 것을. 일족은 결국 도태되어 사라지고 말 것이다.

젊은 엘버는 모든 게 불합리하다고 생각했다.

'나는 참으로 어리석었다.'

조상의 죄를 참회하며 묵묵히 고된 삶을 살아가는 방랑족의 이야기를 들으니 엘버는 한없이 부끄러웠다. 자신의 생전에 그들을 만나게 된다면 발치에 엎드려 경외하는 마음으로 고개를 조아릴 것이다.

유진은 엘버가 회한이 가득한 표정으로 생각에 잠긴 동안 조용히 기다렸다.

엘버가 유진을 바라보며 말했다.

"그대의 질문에 대답할게요. 무엔 가문 사람은 미래를 읽는 일족의 피를 물려받았습니다. 갈래라고 말할 정도까지는 아니군요. 일족의 한 집안일 뿐이에요."

'와…… 그럼 무엔 가문의 배후에 더 어마어마한 힘이 있는 거야?'

유진은 세상에 존재도 알려지지 않은 고대 일족이 무엔 가문의 배경으로 버티고 있는 모습을 상상했다. 성도에서 무엔 가문은 보이지 않는 영향력을 발휘하는 가문이라고 들었다. 그런데 그런 무엔 가문이 그저 빙산의 드러난 일부일 뿐이었다니.

그런데 반가운 진실은 아니었다. 상제가 고대 일족과 관련 있을 거라는 의혹이 더 짙어졌다.

'역시 미래를 읽는 일족이 상제를 내세워 세상을 지배하고 있는 걸까?'

그렇다면 무엔 가문이 그런 음모에 동조하고 있는 건가. 자신의 외가가 교활한 막후의 권력자라니. 상제와 맞서면 결국 친족들과 싸워야 하는 건가.

그동안 교류가 없었고 기억에도 없는 친척에게 특별한 감정은 전혀 없었다. 다만, 어머니가 마음에 걸렸다. 돌아가신 할머니께 애틋한 정이 두터우니 마음 아파하실 것이다.

'이분은 날 왜 만나자고 한 거지? 내 라미타 때문에?'

유진의 속이 뻐딱해졌다. 카세르에게 자신의 친척이 나쁜 사람들은 아닐 거라고 큰소리 땅땅 쳤는데 어쩌면 그의 말이 맞을지도 모르겠다.

'일단은 내가 궁금했던 거라도 물어보자. 주술을 알아야 해.'

유진이 가장 궁금한 것은 자신에게 벌어진 일이었다. 이십 년 전, 어쩌다가 자신과 가짜의 영혼이 뒤바뀌었을까. 가짜는 무슨 수법으로 자신을 다시 이 세계로 데려왔을까. 자신이 이 세계로 돌아온 것은 가짜의 실수인가, 아니면 의도한 결과인가.

"어르신. 주술은 무엔 가문에 이어져 내려오고 있지요?"

"내가 아는 주술 대부분이 무엔의 혈족들에게 전해질 거예요."

"저는 고대 일족의 지식. 주술이라는 힘을 배우고 싶어요. 제가 일족의 피를 이어받았으니 자격이 있다고 생각합니다. 무엔 가문에서 저를 가르쳐 주셨으면 해요."

"……물론 그대는 자격이 있어요. 하지만……."

엘버의 침묵은 유진을 절망하게 했다. 손에 닿았다 싶으면 번번이 어긋나는 것이 몇 번째인지 모르겠다.

그녀가 주술을 배우고자 하는 의지는 단순한 탐구욕이 아니었다. 그녀에게는 죽고 사는 문제였다.

유진은 여전히 불안했다. 만약 가짜가 이 세계 어딘가에 아직 남아 있다면? 자신을 지구에서 이 세계로 데려오는 데 성공했으니 다시 지구로 보내는 것이 가능할지도 모른다.

어느 날 아침 눈을 뜨니까 지구에 돌아가 있다는 가정은 상상만 해도 끔찍했다. 이미 그녀는 이십 년 동안 살았던 저쪽 세상을 잊었다. 이제 이 세계에 소중한 모든 게 있었다. 사랑하는 사람과 가족들. 그들을 잃으면 살아갈 의지도 잃을 것이다.

모든 사건에는 주술이 관련되어 있었다. 그래서 유진은 주술에 집착했다. 그런데 성과가 없어서 초조했다.

얼마 전, 가짜와 스칸 회주가 주고받은 서신을 구했지만, 기대와 다르게 얻은 것이 없었다. 특정한 고서를 구해 달라는 요청과 물건을 구했으며 곧 보내겠다는 답변이 대부분이었다.

와콤 백작이 고서 판매상이 아니라 그저 심부름꾼이었다는 사실은 알아냈다. 가짜가 원하는 고서를 스칸 회주가 구해서 와콤 백작을 통해 보내는 방식 같았다.

　　"진. 그건 내가 결정할 수 있는 일이 아니에요."

　　"무엔 가문의 어른이시라면서요. 그 정도 발언권도 없으세요?"

　　"……이름뿐인 어른이지요. 내가 할 수 있는 일은 거의 없어요."

　　엘버가 힘없이 웃으며 대답했다. 엘버의 반응이 격앙된 유진의 감정을 누그러뜨렸다. 유진은 고개를 숙이며 사과했다.

　　"죄송해요. 제가 무례하게 굴었어요."

　　"괜찮아요. 형식적인 예의에 구애받을 필요 없어요. 이곳은 꿈속이니까요."

　　엘버가 부드럽게 미소 지으며 말했다. 엘버의 표정이나 말투 어디에도 권위적인 모습이나 노회한 권력자 같은 느낌을 풍기지 않았다. 그래서 유진은 혼란스러웠다. 만약 이 모습이 전부 꾸며 낸 것이라면 무척 실망스러울 것 같았다.

　　"그대가 정 주술을 배우고 싶다면 다른 방법이 있어요."

　　유진은 반짝거리는 눈빛으로 이어질 말에 귀를 기울였다.

　　"다른 이름으로 불리지만 근원이 같아요. 신술이라고 들어봤을 거예요."

　　유진의 어깨가 아래로 처졌다.

　　"그건 알고 있어요."

　　얼마 전에 만났던 주술사도 같은 말을 했다.

　　'아, 근데…… 그럼 주술사, 그 사람들은 뭐지?'

　　그들은 절대 막후의 권력자들 같지 않았다. 그들은 고대 일족이 아닌 걸까. 아니라면 어떻게 주술에 관해 알고 있을까.

"제가 얼마 전에 주술사를 만났어요."

"주술사? 어떤 의미의 주술사인가요?"

"말 그대로 주술사예요. 사람들은 그들을 주술사라고 불러요. 그들은 사람을 상대로 점을 쳐서 돈을 벌고 사람들은 재미로 점을 쳐요. 그들이 치는 점이 들어맞는다고 믿는 사람은 거의 없는 것 같아요."

경직된 낯으로 유진의 말을 듣던 엘버의 표정이 풀어졌다. 주술사라는 이름을 붙인 요즘 시대의 광대인가 보다, 생각했다. 하지만 이어지는 유진의 말에 엘버의 입매가 딱딱하게 굳었다.

"그 주술사가 제게 어르신과 똑같은 조언을 했어요. 주술을 알고 싶으면 신술을 배워 보라고요."

"……주술사라고요?"

"네."

'주술사를 모르시는 것 같은데? 방랑족도 모르시더니. 왜 모르지?'

유진은 조금씩 뭔가가 어긋난다고 느꼈다.

"그 주술사라는 사람들에 대해…… 아는 걸 전부 말해 줄래요?"

"네."

유진은 그들에 대한 세간의 인식과 그들이 모여 사는 낙후된 마을, 그들이 감시받고 있다는 사실까지 말했다. 그런데 아직 무엔 가문과 상제와의 연관성을 알 수 없어서 감시자의 정체는 모르는 척했다.

엘버는 넋 나간 표정으로 중얼거렸다.

"주술사…… 감시……."

엘버는 모든 정보를 통제당했다. 상제는 엘버를 이용하기 위해서 꼭 필요한 정보만 주었다. 엘버가 만나는 외부인은 몇 년 혹은 몇십 년 만에 만나는 무엔의 어린 혈족뿐이었다.

무엔의 아이들은 어릴 때부터 바깥세상과 교류를 최소한으로 하며 모든 교육도 집 안에서 받았다. 그러니 아이들은 세상 소식에 어두웠고 엘버를 만나서 전해 주는 정보가 아주 적었다.

"진. 그대가 보는 무엔 가문은 어떤 모습인가요?"

"제가 경험해서 아는 건 없어요. 전부 다른 사람을 통해 들은 이야기뿐이에요."

"뭐든 좋아요. 그대가 생각하는 무엔 가문에 대해 말해 봐요."

"음…… 숨겨진 힘을 가늠할 수 없는 막강한 실력자? 성도의 평범한 대부분 사람은 무엔의 이름조차 모른대요. 무엔의 이름을 아는 것만으로도 이미 성도에서 상위 계층의 사람이라는 뜻이지요."

"……."

엘버는 젊은 시절 일족 내에서 가장 촉망받는 기재였다. 그녀는 예지력이 뛰어날 뿐만 아니라 주술의 재능도 남달랐고 사고력도 뛰어났다. 그때의 반짝이던 영혼은 헤아릴 수 없는 세월에 걸쳐 후회와 절망 속에 잠식되었지만, 그녀의 타고난 재능은 여전했다. 그녀는 조각조각 떨어진 정보를 이리저리 연결하여 곧 모든 진실을 알아차렸다.

"나를 속였어."

엘버는 이를 악물고 억눌린 음성으로 중얼거렸다. 주먹 쥔 그녀의 두 손이 부들부들 떨렸다.

"네놈이 나를 속였구나."

유진은 엘버의 분위기가 심상치 않아서 그녀가 당장 격렬한 분노를 표출할 거라고 생각했다. 하지만 엘버는 허공을 바라보며 웃음을 터뜨렸다. 마치 우는 것 같은 웃음이었다.

엘버는 일족을 위해 상제와 손을 잡았다. 그 괴물은 엘버에게 일족의 영광을 약속했다.

하지만 상제는 일족들을 정기적으로 만나게 해 달라는 엘버의 요청은 거절했다.

「인간은 둘만 모이면 모략을 꾸며. 네가 일족들을 만나 무슨 음모를 꾸
밀지 모르는데 널 어떻게 믿지? 대신 내 직계 자손들과는 정기적으로 교류
할 수 있게 해 주겠다.」

엘버는 아들 무엔의 피를 이어받는 자손들만 만날 수 있었다. 아이를
만나면 아이의 부드러운 피부, 천진한 말투, 입은 옷차림의 원단 재질 등
을 통해 아이의 환경을 추측했다. 무엔의 아이들은 모두 풍족한 지원을
받으며 부족함 없이 자란 것 같았다. 당연히 그런 삶을 일족 모두가 누리
고 있다고 생각했다.

'그놈이 일족 사이를 이간질했구나.'

진의 이야기를 듣고 깨달았다. 일족 중에서 부와 권력을 가진 자들은
무엔의 혈족뿐이다. 다른 일족은 조롱 섞인 의미의 '주술사'라고 불리며
감시 속에서 힘겹게 살아가고 있다.

모든 원흉은 상제이지만, 일족의 눈에는 상제나 무엔 가문이나 한통
속으로 보일 것이다. 그들의 삶이 힘들고 무엔 가문의 부와 권력이 더 강
해질수록 상제보다는 오히려 무엔을 더 원망할 것이다.

'아둔하였다. 그놈이 약속을 지킬 거라고 믿은 내가 아둔하였어.'

엘버는 상제가 무엔 가문을 감시한다는 사실을 알고 있었다. 그래서
희생하는 자신의 자손들에게 미안했다. 무엔이 상제의 감시를 받으며
상제의 갖가지 요구에 따르는 대신 일족들은 비교적 자유롭게 살아가는
줄 알았다.

그런데 상제는 일족을 둘로 갈라 양손에 쥐고 흔들면서 둘 사이에 깊
은 감정의 골을 파 놓았다.

‘우리 일족이 거리에서 점을 친다고?’

엘버는 비통한 마음을 가눌 수 없었다. 애초에 엘버가 바란 일족의 영광은 거창하지 않았다. 죄인처럼 숨지 않고 그저 세상에 떳떳하게 모습을 드러내어 삶의 기쁨을 누리며 살아가기를 바랐다.

분노는 곧 슬픔으로 바뀌었다. 엘버는 자신의 무력함이 한스러웠다. 사람이 아닌 것을 믿었으니 누구를 탓하랴. 그 괴물에게 약속 운운하며 추궁해도 비웃음만 살 것이다.

엘버가 가진 패는 자신의 목숨뿐이었다. 매개가 사라지면 주술이 깨진다. 하지만 그래 봤자 아무것도 해결되지 않을 것이다.

자신이 죽으면 그저 그 괴물의 가면만 벗겨질 것이다. 그마저도 확실하지 않았다. 그 교활한 괴물이 무슨 수작을 부릴지 알 수 없다. 만에 하나 백일하에 모든 진실이 드러난다 해도 무슨 소용인가. 수많은 목숨이 죽고 세상은 혼란에 휩싸일 것이다.

모든 것을 뒤엎을 거라면 예전에 마음을 결단을 내렸어야 했다. 그때는 이미 늦었다고 생각했지만, 지금 되돌아보면 그때만 해도 늦지 않았다. 하지만 지금은 정말 늦었다. 괴물은 속내를 가늠할 수 없게 교활해지고 견고한 자신의 성을 쌓았다.

엘버는 죽음이 두려워 지금껏 버틴 게 아니었다. 오히려 사는 것이 더 힘들었다. 가끔은 차라리 홀가분하게 떠나고 싶다는 충동이 들었다. 하지만 모진 목숨을 억지로라도 이어 나갔다. 죽음이 속죄가 아니라 비겁한 회피라는 사실을 알기 때문이었다.

그녀는 그동안 어떻게 해서든 방법을 찾으려 했다. 세상의 피해를 최소한으로 하면서 그 괴물을 제거하고자 다양한 시도를 했다. 그런데 자신 혼자 힘으로는 한계가 있다는 사실만 번번이 깨달았다. 변화의 바람을 일으킬 외부의 힘이 필요했다.

'외부의 힘……'

엘버가 유진을 바라보았다. 자신의 피를 이어받은 이 어린 아니카가 기적을 일으킬 수 있을까.

엘버의 표정을 흘끔거리던 유진은 슬쩍 시선을 내렸다. 유진은 엘버가 주술사에 관한 이야기를 들은 후 급격한 감정 변화를 드러낸 이유를 추측하며 머릿속으로 가설을 세웠다.

'거리의 주술사들은 고대 일족의 관련자인 듯하고, 그들은 부당한 대우를 받고 있는데 이분은 그걸 모르셨던 것 같아.'

유진은 그보다 더 근본적인 의문이 떠올랐다.

'이분은 대체 누구지?'

타스가 보낸 서신에서는 가문의 어르신이라고 했다. 생각해 보면 어르신이라는 표현은 애매했다. 타스는 엘버가 무엔 가문과 정확히 어떤 관계인지 설명하지 않았다. 심지어 이름조차도 이 꿈에서 처음 들었다.

히타샤를 통해 서신을 보내고 피를 받아 간 방식이 아주 조심스러웠으니 그런 정황으로 미루어 짐작하건대 아마 비밀 유지를 위해서였을 것이다.

무엔가에서 엘버와 유진의 만남을 성사하기 위해 공을 들였다는 뜻이다. 아마 엘버는 무엔가에서 중요한 사람일 것이다.

'그런데 왜 모르시는 게 많지? 집안에 영향력 있는 큰 어른이라면 정보만큼은 꽉 잡고 있잖아.'

"그대는 신술과 주술이 같다는 걸 알면서도 왜 군이 무엔을 통해 주술을 배우려고 하나요?"

유진은 상제와 만나는 자리를 가능한 한 피하려 했다. 만남이 빈번하면 자연스레 대화가 늘고 그러면 말실수할 가능성도 크다. 주술을 배울 수 있다고 해도 상제의 도움을 받는 선택지를 아예 제외했다.

무엔가와 상제의 관계를 정확히 모르는 이상, 유진은 상제에 대한 반감이나 꺼리는 마음을 드러낼 수 없었다. 그래서 엘버의 물음에 돌려서 대답했다.

"……제가 궁금한 주술을 성하께서는 모르실 것 같아서요."

"신술로 못하는 것을 주술로 가능할 거라고 생각해요?"

"그렇다기보다는…… 결이 다른 것 같아요. 신술은 성스러운 신의 힘이고요."

엘버가 짧게 피식 웃었다.

"주술은 삿된 힘이라는 건가요?"

"음…… 좀 더 현실적인……?"

"신술은 비현실적인가요?"

"대부분 사람은 직접 눈으로 보는 것을 무척 신뢰하지요. 그래서 신술은 증명인 것 같아요. 사람들은 보여 줘야 믿으니까요."

두 사람은 말을 주고받으며 서로의 표정과 눈빛을 유심히 살폈다. 그들은 서로를 탐색 중이었다. '상제'는 두 사람에게 모두 작동하는 핵심 키워드였다. 상대방이 상제와 같은 편이라고 판단하면 절대 자신의 속내를 드러낼 수 없었다.

마음이 답답하여 엘버는 시선을 돌렸다. 여전히 노을 진 하늘이 그녀의 눈에 담겼다.

'내가 또 실수할 뻔했구나.'

실제로 시간은 저 하늘처럼 멈추어서 기다려 주시 않는다. 무엔의 아이들이 위험을 무릅쓰고 마련한 이 기회를 헛되이 보낼 수는 없었다. 어차피 최후의 도박이라는 마음으로 진을 만나러 왔다.

그녀는 느릿하게 눈을 감았다가 떴다. 유진을 바라보는 눈빛이 한층 강렬했다.

"진."

유진은 긴장하여 대답했다.

"네."

"나는 그대에게 도움을 청하러 왔어요."

"……제게요?"

엘버가 고개를 좌우로 흔들었다.

"아니에요. 그대에게 진실을 알려 주고 싶다는 쪽이 더 정확하겠군요. 그대가 모든 진실을 안 후 어떤 선택을 할지는 내가 관여할 수 없으니까요."

엘버는 자신이 아무리 뻔뻔해도 어린 자손에게 먼 조상이 지은 죄를 대신 해결해 달라고 할 수 없었다. 정작 자신은 젊은 시절 조상을 원망하여 돌이킬 수 없는 짓을 저질렀는데 무슨 자격으로.

진이 모든 것을 알고 난 후 다 덮고 현실을 살아가기를 택한다고 해도 전혀 비난하지 않을 것이다. 신의 뜻이 그러하다고 그저 받아들이리라.

"지나치게 긴 이야기이니 핵심만 간추려 이야기하겠습니다. 듣다가 터무니없다고 생각되어도 끝까지 들어 줘요."

"네. 말씀하세요."

엘버가 허공을 응시했다. 그녀의 기억이 아득히 먼 옛날로 거슬러 올라갔다.

그때는 라크가 이 세상에 등장한 지 천 년 가까이 지나 라크와 인간이 맞서 싸우는 것이 당연하던 시대. 그 시대에 막 성년의 나이가 지난 엘버가 살았다.

고대 일족이 세상을 지배하던 이야기는 전설로도 남지 않아서 대부분 인간이 잊었다. 왕과 아니카를 제외하면 모두가 평범한 인간들이 살아가는 인간의 시대였다.

라크를 소환한, 지금은 방랑족이라 불리는 고대 일족은 어디론가 떠나 행방을 알 수 없었고 미래를 읽는 일족은 꽁꽁 봉인한 주술을 간직한 채 은거하며 살아가고 있었다.

엘버의 일족은 인간들이 모여 사는 땅 ─ 지금의 성도 ─ 에서 멀리 떨어진 광산 근처에 마을을 이루고 살았다. 일족은 광산에서 옥을 캐 인간에게 팔아 생계를 유지했다.

광산은 매장량이 풍부한 대신 품질은 그저 그랬다. 가치가 높지 않으니 광산을 노리는 자들은 없었으나 그래서 일족은 빈한한 삶을 벗어나지 못했다.

가난함은 차라리 나았다. 활동기가 되면 라크와 싸우다가 죽는 사상자가 항상 발생했다. 일족에게는 자신들을 지켜 주는 왕도 아니카도 없었다. 엘버는 희망이 보이지 않는 삶이 진저리났다.

"난 족장의 후계자였어요. 그리고 난 개혁가이자 몽상가였지요. 내 손으로 일족의 부흥을 이루어 내고 싶었어요."

유진은 엘버의 절박한 심정을 이해하며 고개를 끄덕였다. 아드리트도 생각났다. 먼 조상의 죄를 짊어지고 힘겹게 살아가는 모두가 가여웠다.

"그러던 어느 날, 난 그걸 만났어요. 그것은 처음에 뱀의 모습을 하고 있었지요. 그것은 내게 말을 걸었어요. 이마에 난 두 개의 뿔과 붉은 눈동자만 아니었어도 난 그것이 신이 보낸 사자라고 생각했을 거예요. 놀랍도록 영리했어요. 사람의 심리를 읽으며 신경전을 할 줄도 알았어요."

엘버의 일족은 라크에 관한 정보를 얻으면 모두 기록하여 보관했다. 오랜 세월에 걸쳐 방대한 자료가 쌓였다. 아마 그들만큼 라크에 관해 잘 아는 자들은 없을 것이다.

라크는 인간에게 적대적이며 환수는 인간에게 접근하지 않는다. 그런데 '그것'은 어디에도 해당하지 않았다. 엘버가 전혀 배운 적 없는 유형의 라크였다.

"진. 환수가 나이를 많이 먹으면 인간에게 의사를 전달할 수 있을 정도로 영성이 발달해요. 알고 있나요?"

"네."

유진은 고개를 끄덕였다.

"얼마 전에 그런 환수를 만났어요."

"놀랍군요. 흔치 않은 경험을 했네요. 난 환수가 말할 수 있다는 사실을 몰랐어요. 일족 누구도 몰랐지요. 내가 만난 그것이 인간의 언어를 시작한 최초의 환수라고 생각해요."

처음에 엘버는 라크의 말을 무시했다. 그런데 그 라크는 다양한 짐승으로 변신하여 꾸준히 엘버를 찾아왔다.

"그러지 말았어야 했는데…… 자꾸 보니까 친근해지더군요. 라크와 대화를 하다니, 나만의 특별한 친구가 있다고 우쭐했던 것 같기도 해요. 그것과 대화를 나누면서 몇 가지 사실을 알아냈어요. 그것은 무척 오랫동안 인간 틈에서 살았어요. 인간의 습성과 지식을 익히며 갈수록 지능이 발달했고 끝내는 인간처럼 사고할 수 있는 능력이 생겼어요. 그리고 그것은 인간만이 할 수 있는 의문을 품기 시작했지요."

유진은 엘버의 이야기에 완전히 빠져들었다.

"자신의 존재와 근원에 관한 고찰. 괴물이 철학적 사고를 시작한 거에요."

"아……."

"그것은 자기 자신이 뭔지 알아내기 위해 인간의 지식을 탐식했어요. 아주 오랫동안."

고대 일족의 이야기는 완전히 잊힌 줄 알았는데 그래도 어딘가 기록이 남아 있었던 모양이었다. '그것'은 라크가 고대 일족의 주술로 다른 세상에서 소환되었다는 사실을 알아냈다. 조사와 추적을 통해 미래를 읽는 일족의 자취를 좇아 조력자를 구하러 왔다가 공교롭게도 엘버와 만났다.

"그 괴물은 내게 서로를 돕자고 제안했어요."

괴물은 주술로 자신을 도와주면 그 힘을 이용해서 일족이 풍요롭게 살도록 돕겠다고 했다. 라크라는 존재를 잊지 않은 엘버가 번번이 단호하게 거절해도 괴물은 끈질겼다. 엘버가 더 나이가 들고 결혼하여 아이를 낳은 후에도 괴물은 여전히 주변을 맴돌았다.

활동기의 어느 날, 그 괴물은 라크의 공격으로 어머니를 잃고 비탄에 빠져 있는 엘버의 약한 틈을 파고들었다. 엘버는 그날 돌이킬 수 없는 결정을 하고 말았다. 어머니의 죽음 자체가 괴물의 사악한 꿍수였다는 사실을 그때는 몰랐다.

처음에는 흥미롭게 듣기만 하던 유진은 들을수록 점점 표정이 굳었다.

"제가 어르신 말씀을 제대로 이해한 거라면…… 그 괴물이 상제인가요?"

엘버가 놀라 눈을 크게 떴다. 이렇게 대놓고 물을 줄은 몰랐다.

"……그대가 이해한 대로예요."

"상제가 라크가 맞다고요? 신의 대리인이 아니라, 인간도 아니라. 라크?"

엘버는 고개를 끄덕였다. 그녀는 유진의 충격이 클 거라고 짐작했다. 긴장한 상태로 유진의 반응을 살피느라 이미 유진이 상제에게 존칭을 붙이지 않았다는 사실을 눈치채지 못했다.

엘버는 새삼스레 치미는 분노를 삼키며 이를 악물었다.

'참으로 교활한 괴물이지.'

현재 그 괴물은 인간들한테 반신처럼 군림하고 있다. 차라리 권력자라면 끌어내릴 명분을 만들기 쉽다. 그러나 상제는 신의 대리인이자 믿음의 대상이었다.

상제를 부정하면 현재 성도에서 살아가는 사람들의 사상적 기반도 무너진다. 대부분 사람은 자신이 믿고 따르던 대상이 가짜라는 걸 인정하느니 차라리 진실을 외면할 것이다.

유진은 퍼즐의 조각이 맞추어지는 기분이 들었다.

'그래서…… 그 거북이 환수가 말하는 방식이 상제와 똑같았구나.'

"사실 저는 상제가 정말 신의 대리인인가 의심하고 있었어요. 그래서 전 상제가 고대 일족이고 혹시 무엔 가문이 협조하고 있는지도 모른다고 생각했거든요."

엘버가 인상을 찡그렸다. 유진의 담담한 말투는 엘버가 각오한 반응과 완전히 동떨어졌다. 수용 범위를 넘는 충격적인 사실을 알았을 때의 전형적 반응, 경악과 불신을 격렬히 드러낼 거라고 예상했다.

그래서 오히려 엘버는 유진이 하는 말을 순간 이해하지 못했다. 자신이 아둔한 것 같다고 느낀 것은 태어나 처음이었다. 엘버가 멀뚱히 바라보기만 하자 유진이 확인을 구했다.

"무엔 가문이 상제의 조력자가 아니라는 말씀이지요?"

"절대 아니에요!"

이 질문만큼은 분명히 알아들었다. 엘버는 고개를 저으며 대답했다. 살짝 언성도 올라갔다.

"다행이에요."

유진이 안도의 숨을 내쉬었다.

솔직히 유진은 상제가 자신에게 해를 끼치지만 않으면 무슨 짓을 하든, 관여하고 싶지 않았다. 이기적이라도 해도 할 말 없다. 그런데 자신의 행복을 보장하지 않은 상태로 이타적인 인간이 될 생각은 전혀 없었다.

그런데 유진이 이리저리 따져 보니까 상제와 반드시 충돌할 가능성이 컸다.

상제는 아니카를 통제하려 한다. 특히 아니카가 왕과 가까워지지 못하도록 교묘히 간섭했다. 통제를 벗어난 아니카는 가만두지 않았다. 도왕의 죽은 왕비처럼.

그리고 상제는 라미타에 집착했다. 계속 라미타 등급을 속일 수 있다는 보장이 없었다. 자신의 진정한 라미타가 들통나면 자신을 성도에 반드시 붙잡아 두려 할 것이다. 이미 왕성으로 돌아간 후라도 강제로 끌고 오려 할 것이다.

상제의 배후에 무엔 가문이 있다면 외가 친척과 싸워야 한다. 그러한 상상만으로 몹시 스트레스를 받았다.

이번에는 엘버가 미심쩍은 표정으로 물었다.

"그대는 내 말을 믿어요? 놀라지 않았어요?"

"놀랐어요. 상제가 라크였다니, 누가 상상할 수 있겠어요."

유진은 엘버의 미묘한 표정을 보고 그제야 자신의 반응이 이상하게 보였겠다는 생각이 들었다.

그녀는 불과 얼마 전에 이 세계로 돌아왔다. 원래 여기가 자신이 태어난 곳이라지만, 그녀는 전혀 다른 사상과 문화가 지배하는 세상에서 성장기를 보냈다.

본래 종교가 없었던 터라 신의 대리인이라는 상제에 대한 감상은 '신기하다' 정도였다. 상제의 정체가 괴물이었다고 해도 놀랐을 뿐이지 정신적인 충격은 없었다. 오히려 홀가분했다.

맞서 싸워야 하는 적이 친족이 아니고 같은 인간도 아니라 라크라는 괴물이라니. 인간이 무리를 지어 대립할 때 절대 선도 절대 악도 없다는 문제가 가장 어렵다. 인간이 지구를 침공한 외계인과 싸울 때는 고민할 여지가 없을 것이다.

그리고 그녀는 음모론에 익숙한 현대인이었다. 보이는 게 진실이 아니라고 매일 배웠다. 수십 년 동안 성자로 추앙받던 사람이 사실은 성도착 범죄자였다, 따위의 반전 뉴스가 허구한 날 기사로 떴다.

그런데 유진은 복잡한 개인 사정이 얽힌 자신의 심리를 설명할 방법이 떠오르지 않았다. 그래서 그녀는 슬쩍 화제를 돌렸다.

"어르신 말씀을 믿고 싶지만, 이해가 안 되는 것이 몇 가지 있어요."

"무엇이지요?"

"아드리트는 환수는 절대 인간 모습으로 변할 수 없다고 했어요. 아드리트가 잘못 알고 있는 건가요?"

엘버가 멈칫하더니 한숨을 내쉬었다.

"그대가 알고 있는 게 맞아요. 라크는 인간으로 변할 수 없지요."

"그럼 상제는요?"

엘버의 표정이 무겁게 가라앉았다. 그 괴물이 모두를 속일 수 있도록 도운 것이 자신의 가장 큰 죄였다.

"고대의 주술은 굉장히 발달한 술법이었어요. 그리고 현실과 밀착한 정교한 기술이었지요. 주술은 실험실 속 학문이 아니었어요. 인간의 편의를 돕기 위해 연구와 발전을 거듭했어요. 주술 중에는 직접 만나지 않고도 연락을 주고받는 방법이 있었어요."

'전화인가?'

"술식이 새겨진 그릇을 통해 사람의 모습을 형상화하여 기억했다가 말을 전달했다고 해요. 편지처럼요."

'영상 통화?'

"그 주술이 등장한 초기에는 짧은 인사말 정도만 기록해서 보낼 수 있었지만, 나중에는 술식이 개량되어 얇은 판 형태의 그릇 위에 가짜 모습이 구현되면 실시간으로 대화를 주고받기도 했대요."

'입체 영상? 우와, 굉장하다.'

유진은 진심으로 감탄했다. 그녀는 처음 주술의 존재를 알았을 때 미신 비슷한 거라고 생각했다. 혹은 흑마법처럼 소수가 독점한 기괴한 사술인 줄 알았다. 그런데 이제 보니까 주술은 지구와 전혀 다른 방식으로 발전한 과학이었다.

"사람의 모습을 가짜로 구현한다면 고대에 그 주술은 악용되는 사회문제로 비화했을 것 같아요. 가짜 모습으로 범죄를 저지를 수 있으니까요. 아니지. 제한이 있었으려나. 사람 형태를 온전히 구현하지 못하게 한다던가, 크기를 작게 해야 한다던가……."

유진은 혼자 생각에 빠져 중얼거렸다. 뒤늦게 조용하다고 느껴서 시선을 들었다가 자신을 빤히 바라보는 엘버와 눈이 마주쳤다.

"훌륭해요. 그대는 내가 말하는 주술이 뭔지 설명만 듣고 완벽히 이해하는군요. 난 무척 어렵게 이해했거든요."

엘버가 흐뭇하게 웃었다. 그녀는 영특한 무엔의 아이를 만나면 몹시 뿌듯했다. 두 번 다시 그 아이를 보지 못할 텐데도 아이가 돌아간 후 한동안은 혼자 들뜬 기분으로 웃곤 했다.

수십 년 전 레사를 만났을 때 그랬고 오늘 레사의 손녀를 만나서 그때의 기쁨을 다시 느꼈다.

유진은 멋쩍게 웃었다. 이미 개념을 알고 있는 덕분에 알아들었는데 과분한 칭찬이었다.

"그런데 그대가 우려하는 일은 벌어지지 않았어요. 그 주술로 구현된 모습은 반투명한 형태라서 진짜 사람으로 착각할 수 없었지요."

유진은 속으로 '그럼 상제는?' 하고 중얼거렸다. 직접 만난 상제는 전혀 위화감이 없었다. 그녀의 의문을 짐작한다는 듯 엘버가 이어 말했다.

"그 주술은 다른 이유로 널리 쓰이지 못했어요. 무척 비효율적이었기 때문이에요. 그 주술의 매개는 사람의 기운이에요. 생명력이라고 해야 할까요? 완벽한 사람의 형태를 유지하려면 목숨을 걸어야 할 정도였어요."

"······상제가 자신의 생명력으로 그 모습을 유지하고 있다는 말씀인가요?"

"맞아요."

엘버가 쓴웃음을 지으며 말했다.

"내 얄팍한 수에 내가 넘어간 꼴이 되었지요."

원래 상제는 엘버를 앞에 내세우려 했다. 즉, 지금 상제의 역할을 엘버에게 맡길 작정이었다. 하지만 엘버는 괴물을 배후에 둔 채 악역만 자신이 맡게 될 가능성을 생각했다. 그랬다가는 언젠가 자신은 물론 일족마저 파멸로 이어지는 결과에 이를 거라고 예감했다.

엘버는 자신의 예감을 믿었다. 그래서 괴물에게 역으로 제안했다. 주술을 통해 인간 행세가 가능하도록 도울 테니까 너와 나의 역할을 바꾸자고.

그 주술은 엄청난 생명력을 소모시킨다. 야금야금 생명력이 소진되어 머지않아 괴물이 소멸하면 완벽한 결말이었다.

그러나 세상일에는 언제나 변수가 있다. 엘버는 미래를 보는 자신의 능력을 믿고 오만했다. 신이 그녀의 오만함을 벌하듯 엘버가 예상하지 못한 변수가 발생했다.

"그놈은 내 예측을 뛰어넘는 엄청난 괴물이었어요. 고대에 주술로 소환된 최초의 라크 중 하나라고 추측해요. 그놈의 생명력은 무한에 가까위요. 그리고 그 주술로 소진되는 생명력은 내 예측보다 훨씬 적었어요. 그놈의 본체는 깊은 잠을 자고 있어요. 본체가 따로 움직이지 않으니까 소모되는 기운이 적더군요."

유진은 불쑥불쑥 튀어나오는 질문을 꾹 참고 일단은 엘버가 하는 말을 조금도 놓치지 않으려고 집중했다.

"그리고……."

엘버는 말을 멈추고 인상을 썼다.

"이건 확실하지 않아요. 그놈이 생명력을 어디선가 보충하는 것 같은데…… 만약 그렇다고 해도 난 알아낼 방법이 없으니까요."

엘버가 생각하는 최악의 가정이었다.

"어르신. 그럼 그놈의 본체는 어디에 있어요?"

"그대는 그놈을 만나 봤겠지요?"

"네. 성도궁에서요."

"성도궁 전체가 방금 말한 주술의 그릇이에요."

"고대에 주술로 사람 모습을 구현하기 위해 쓰였던 얇은 판 역할을 성도궁이 하고 있다는 말씀이지요?"

"역시 그대는 이해가 빠르네요. 맞아요. 주술은 그릇 위에서만 완전하니까요. 그놈은 상제 모습을 유지한 채 성도궁 밖에 나갈 수 없어요. 성도궁에서 나가면 형태가 일그러지고 투명해지지요. 그런 불완전한 형태조차도 그릇에서 멀리 떨어지면 불가능해요. 그리고 주술의 매개와 그릇은 서로 가까이 있어야 소진하는 기운이 적어요."

유진이 소름이 끼친다는 표정으로 말했다.

"그럼 본체가…… 성도궁에……."

엘버가 고개를 끄덕였다.

"혹시 본체를 보셨어요?"

"온전한 모습을 본 적은 없어요."

유진은 거대한 흑표범으로 변화했던 아부를 떠올렸다. 그때도 지나치게 커서 저절로 공포를 느꼈는데 성도궁 어딘가에 있을 그 괴물은 아부와 비교할 수 없이 클 것이다. 도대체 얼마나 거대할지 상상이 되지 않았다. 저절로 숨이 꿀꺽 넘어갔다.

'그런 괴물을 어떻게 상대해?'

"어르신. 도대체 그 괴물이 어르신과의 거래로 뭘 얻으려 한 건가요?"

유진은 엘버의 긴 이야기를 듣는 동안 도무지 괴물의 목적을 알 수 없었다. 상제의 꿍꿍이를 알 수 없어서 느꼈던 답답함이 전혀 해소되지 않았다.

상제의 탈을 쓴 그 괴물은 아주 오랫동안 신의 대리인 역할을 했다. 주술의 힘을 이용해 인간을 현혹했다고 해서 그 오랜 세월 자리를 지킬 수가 없다. 상제의 존재가 인간의 이익과 충돌하지 않았기 때문이다.

유진은 지구에서 종교 흥망의 역사를 배웠다. 종교의 쇠락은 세속적 욕망을 탐하면서 시작된다. 그런데 상제는 인간의 세속적인 욕망, 부와 권력 등에 관심을 보이지 않았다.

부유함은 성도궁을 유지할 만큼만, 권력은 아니카를 통제하는 정도에 그쳤다. 상제는 인간의 정치와 경제에 전혀 관여하지 않았다. 영리하게도 상제는 인간과 부딪치지 않고 신의 대리자 역할에만 충실했다.

만약 그것조차 상제가 의도한 거라면, 그래서 그 괴물은 도대체 무엇을 얻고자 하는가.

"처음에는……."

엘버가 무거운 한숨을 내쉬었다. 이제 그녀가 저지른 또 다른 무거운 죄를 고백할 차례였다.

"그놈이 제 뿌리를 찾기를 원한다고 했어요. 자신이 어디서 왔는지 알고 싶다고. 그러니 자신이 본래 태어난 세계로 가고 싶다고 했어요."

다른 세계의 생명을 불러오는 고대의 주술은 금기의 술이 되어 봉인되었다. 그 주술은 절대 누구도 익힐 수 없고, 시도하려고 해서도 안 된다. 그런데 엘버는 금기를 범했다.

그때는 괜찮을 거라고 합리화했다. 괴물이 누구를 해치겠다는 것도 아닌데 일족의 밝은 미래와 교환하는 대가로 과하지 않다고 생각했다.

"나는 일족의 규칙을 어기고 금기의 주술을 꽁꽁 싸맨 봉인을 내 손으로 풀었어요."

그러나 그 주술은 완전하지 않았다. 언젠가 후손이 어리석은 짓을 할 거라고 예상한 것일까. 조상들은 그 주술을 셋으로 나누었다. 그리고 세 일족이 나누어 가졌다. 셋을 합쳐야 비로소 완전했다.

라크를 불러낸 일족은 행방을 모른다. 인간과 동화된 일족이 가져간 주술 일부는 어디에서 찾아야 하는지 알 수 없었다. 그래서 엘버는 자신의 일족이 가진 일부분만으로 고대 주술을 복원해 나갔다.

엘버는 천재 주술사였다. 그녀는 어느 정도는 원형에 가깝게 주술을 완성했다.

"나는 그 주술이 얼마나 위대하고 위험한 술법인지 뒤늦게 깨달았어요. 무작위가 아닌, 특정한 세계의 문을 여는 것은 불가능에 가까웠어요. 내가 완성한 주술이 어떤 결과를 가져올지 전혀 예측할 수 없었지요. 난 두려워서…… 결국 그 주술을 발동하지 못했어요."

다른 세계의 문.

유진은 자신이 휘말린 모든 일에 엘버가 말하는 주술이 관련되었다고 직감했다. 가슴이 두근거렸다. 생각지 못한 단서를 얻었다.

"그럼 그 주술은…… 어떻게 하셨어요?"

"다시 봉인했어요."

"괴물의 반응은 어땠나요? 약속했던 거래를 할 수 없게 된 거잖아요."

"내가 주술 복원에 매달리는 동안 무척 많은 시간이 흘렀어요. 그 사이에 그놈은 생각이 바뀐 듯했어요. 내가 주술을 발동할 수 없다고 하니까 기다렸다는 듯이 곧바로 새로운 제안을 했어요. 태어난 세계로 돌아갈 수 없다면 이 세계에 속하고 싶다더군요. 그놈은 그걸……."

엘버가 다시 생각해도 가소로워서 냉소를 지었다.

"마지막 여행을 끝내고 싶다고, 우리 일족의 격언으로 표현했어요."

"마지막 여행…… 들어 봤어요."

유진은 아드리트한테 그 말을 들었을 때 무척 인상적이었던 터라 그후에도 가끔 생각나곤 했다.

"전 그 표현을 방랑족들만 쓰는 줄 알았는데, 무척 오래된 문구인가보네요."

"내가 어릴 때부터 들은 말이니까 아마 고대로부터 일족의 후손들에게 이어져 내려왔을 거예요."

"그럼 괴물이 말하는 마지막 여행을 끝내고 싶다는 의미가 설마 죽고싶다는 뜻이에요?"

"음…… 그런 해석도 무방해요."

유진은 혼란스러웠다.

"저는 이해를 못 하겠어요. 괴물이 원하는 것이 죽음이라고요? 이 세계에 속하고 싶다는 게 왜 죽음이에요?"

"단순한 죽음이 아니에요. 함의를 파악하려면 마지막 여행의 뜻을 알아야 해요."

"저는 아드리트한테 그 말의 뜻을 들었어요."

유진의 설명을 듣고 엘버는 쓸쓸히 중얼거렸다.

"삶은 끝이 보이지 않는 고된 여행이라…… 틀린 말은 아니네요. 하지만 내가 어릴 때 들었던 뜻은 달라요. 아마 내가 알던 뜻이 원형에 가까울 것 같군요."

엘버는 마음이 아팠다. 오래된 격언의 뜻이 변화할 만큼, 방랑족이라는 이름을 갖고 살아가는 그들이 얼마나 힘겨운 삶을 버티고 살아왔는지 알 것 같았다.

"우리는 이 세상에 왔다가는 손님이에요. 여행자이지요. 우리는 이 세계의 초대를 받아 삶을 시작해요. 세계가 나를 불러 주지 않으면 태어날 수 없어요. 그러니 삶은 축복이에요."

엘버는 어릴 때 할머니의 무릎에 앉아 듣던 이야기를 떠올렸다. 일족의 아이들은 조부모 혹은 부모로부터 우리의 삶이 얼마나 아름다운지 들었다. 그녀는 언젠가 자신이 할머니가 되었을 때 아이를 무릎에 앉혀 똑같은 이야기를 하게 될 줄 알았다.

"초행길에 오른 여행자는 모든 게 낯설어요. 올바른 길로 가는 사람이 있지만, 길을 잘못 드는 사람도 있어요. 여행을 끝냈을 때는 아쉬움이 남아요. 자신의 실수가 안타깝고 후회가 되지요. 그러면 세계는 우리에게 다시 기회를 줘요. 이번 여행은 멋지게 마무리 지어 보라고요. 우리는 여러 번의 여행을 해요. 비록 지난 여행은 기억하지 못하지만, 우리도 모르는 사이에 영혼은 점점 성장해요. 그리고 언젠가 마지막 여행을 하는 날이 와요. 마지막 여행을 끝내면 우리는 더는 손님이 아니에요. 완전히 이 세계와 하나가 되는 거예요."

유진의 눈시울이 붉어졌다. 뭉클한 감동이 밀려왔다. 아드리트한테 들은 마지막 여행과 완전히 의미가 달랐다. 엘버가 설명하는 마지막 여행은 아름답고 희망이 가득했다. 왠지 위로를 받는 기분도 들었다.

"그 괴물이 바라는 건…… 그 전에 라크란 무엇인지, 그걸 먼저 설명해야겠네요."

라크. 고대 일족이 주술을 통해 소환한 다른 세계의 생명체.

그것이 본래 어떤 모습이었는지는 누구도 알지 못했다. 미래를 읽는 일족이 가진 라크에 관한 방대한 자료 속에도 그 내용은 없었다.

라크는 일정한 시기에는 씨앗의 형태로 잠들어 있다가 일정한 시기가 되면 깨어났다. 깨어난 모습은 이 세계에 살아가는 생명체와 같았다. 두 개의 뿔과 붉은 눈동자만이 라크 고유의 것이었다.

라크는 인간을 제외한, 세상에 존재하는 대부분 생명체로 변할 수 있었다. 다시 말하면 존재하지 않는 생명체 모습을 창조하지 못했다. 그리고 한 가지 제약이 더 있었다. 반드시 땅에 발을 디디는 생물이어야 했다. 새나 어류로는 변하지 않았다.

그리고 라크는 인간을 공격하기 이전에 동족상잔을 한다. 씨앗에서 깨어나는 순간부터 처절한 전쟁을 시작했다. 큰 놈은 작은 놈을 잡아먹고 더 큰 놈이 큰 놈을 잡아먹고. 놈들은 동족을 섭취하여 힘과 생명력을 키웠다.

엘버의 설명을 듣는 유진의 표정이 묘했다.

'전부 내가 아는 내용이야.'

그녀는 자신이 쓴 소설을 새삼 떠올렸다. 소설 줄거리가 완전히 어긋나서 최근에는 잊고 지냈다. 그런데 전에도 이 세계에 대한 지식만큼은 거의 들어맞는다고 생각했다.

'난 어떻게 그런 걸 알지?'

그 소설은 정말 자신이 쓴 걸까. 미지의 힘이 개입한 결과는 아닐까. 비유하자면 기억이 담긴 칩을 자신의 머릿속에 끼워 넣은 것 같았다. 다만, 누가 왜 그랬는지는 모르겠다.

"우리 일족은 라크를 관찰하고 기록해 왔어요. 하지만 일방적인 관찰 일지는 불완전할 수밖에 없어요. 그런데 말이 통하는 그 괴물을 만난 덕분에······."

엘버는 잠시 말을 멈추고 '덕분이라······ 그것도 덕분이라고 말할 수는 있겠군.' 하고 중얼거렸다.

"그놈을 통해 알아낸 사실이 있어요. 라크가 가장 두려워하는 대상은 왕이에요. 오직 왕만이 라크를 소멸시킬 수 있어요. 그전에는 인간들이 라크의 핵을 파괴해도 라크가 소멸하는 줄 알았어요."

모르는 내용이 나오자 유진의 눈동자에 반짝 빛이 감돌았다.

"차이점이 뭐예요?"

"왕의 프라즈가 핵을 파괴해야 라크는 소멸해요. 소멸이란 이 세계에 존재하는 라크의 수가 줄어든다는 것을 뜻해요. 그렇지 않은 핵의 파괴는 그저 흩어질 뿐이에요. 비유하자면 버섯의 포자 같다고 할까요? 흩어진 포자는 씨앗이 되어 다음 활동기가 되면 라크로 변하지요."

"포자······ 그럼 숫자도 늘어나나요?"

"그렇지요."

"왕이 라크 한 마리를 죽일 때 인간이 한 마리를 죽이면 라크의 숫자가 훨씬 늘어난다는 거잖아요."

유진이 아연한 표정으로 목소리를 높였다.

"그렇다면 왕 외에는 라크를 사냥하면 안 되는 거군요."

"왕이 모든 라크를 사냥할 수 있다면 그래야겠지요."

"······."

하지만 왕의 몸은 하나다. 여기저기 출몰하는 라크를 사냥하는 것은 불가능했다.

"······라크가 무한히 늘어날 거예요."

"그렇지는 않아요. 말했듯이 라크는 서로를 포식해요. 그래서 일정한 숫자가 유지되는 것 같아요. 세상의 섭리란 참 신비로운 거예요."

"하지만…… 그러면 이 세계에서 라크가 완전히 사라지는 건 불가능하네요."

"……맞아요. 조상이 지은 죄는 쏟아진 물이에요. 절대 다시 담을 수 없어요."

잠시 무거운 침묵이 감돌았다.

"왕은 라크를 소멸시키고, 아니카는요?"

"아니카의 라미타는 라크에게 죽음을 줘요."

유진의 눈이 커졌다.

「죽음과 소멸을 만나면 내 말을 전해라.」
「왕비님께서 죽음, 왕께서 소멸입니다.」

거북이 환수와 아드리트가 했던 말이 스쳐 지나갔다.

"죽음은…… 소멸과 다른가요?"

"그 괴물은 다르다고 했어요. 소멸은 사라지는 것, 죽음은 이 세계의 순환에 편입되는 거라고요. 라크가 나무로 변하는 것은 라크의 생이 끝나고 이 세계의 새로운 생명으로 탄생한다는 거지요. 그놈의 말이 전부 사실인지는 알 수 없지만, 앞뒤가 맞는 건 있어요. 라크는 아니카를 해치지 않거든요. 왕한테는 덤벼드는데 말이에요. 그놈 말에 따르면 라크는 본래 이 세상 것이 아니었기에 세계의 질서에서 배척받는다고 하더군요. 그래서 본능적으로 죽음을 바란다고 해요."

"아……."

유진은 문득 왕성에서 거대 쥐 라크가 자신을 따라오던 모습이 생각났다. 그때는 두려워서 도망쳤지만, 지금 생각해 보니 해치려고 쫓아온 게 아니었다. 이해할 수 없었던 것들이 하나씩 맞아떨어지며 오싹 소름이 돌았다.

그때 유진은 곧바로 정신을 잃어서 나중에 전해 들었다. 그 쥐가 나무로 변할 때 다른 라크들이 이상 행동을 보였다고 했다. 하늘을 바라보며 처연하게 울었다고, 카세르는 그 묘사가 어처구니없지만 달리 표현할 말이 없다는 표정으로 말했다.

'라크들이…… 그 쥐 라크의 죽음을 부러워한 걸까?'

그녀는 자신의 두 손을 내려다보았다.

'내가…… 아니카가 라크에게 안식을 주는 거야?'

라크가 이 세상에 소환된 후 세계는 스스로 방어하기 위해 왕과 아니카를 만들었다. 하지만 라크를 말살해야 하는 적으로만 인식하지 않았다. 아니카를 통해 괴물을 포용할 여지를 두었다. 유진은 눈에 보이지 않는 세계의 질서가 참 다정하다는 생각이 들었다.

"그놈은 자신에게 죽음을 줄 수 있는 아니카를 찾고 있어요."

유진이 움찔 놀라 고개를 들었다.

"난 그놈이 원하는 미래를 찾기 위해 주기적으로 미래를 보는 주술을 발동했어요."

유진은 잔뜩 인상을 찌푸린 엘버의 안색을 살피며 물었다.

"괴물의 죽음을 바라지 않으시나요?"

"난 그놈의 말을 믿지 않아요. 죽음을 원한다고 하면서 다른 꿍꿍이가 있을지 몰라요. 그 괴물은 오랜 세월 인간들과 살면서 거의 인간이 다 되었어요. 무척 교활해요. 거짓말도 서슴지 않아요. 그리고 애초에 그놈의 소망은 불가능해요. 아니카의 라미타는 한계가 있어요. 대체 어떤 아니카가 그런 괴물을 나무로 만들 수 있겠어요?"

"……."

유진은 '나도 안 될까?'라고 생각했지만, 일단은 잠자코 있었다.

엘버가 봤던 미래 중에는 성도궁이 무너지는 장면이 있었다. 아주 잠깐 봤던 장면이고 다시는 비슷한 미래를 보지 못했지만, 그 미래의 가능성을 간절히 꿈꾸었다.

그녀는 외부에서 누군가 상제의 정체를 파악하고 힘을 결집해 주기를 바랐다. 내부에서는 자신이 어떻게 해서든 괴물의 기운의 소진시키고 외부에서는 왕들이 협력하여 괴물을 처단해 준다면…….

엘버는 한숨을 내쉰 후 말했다.

"내 이야기는 이걸로 끝이에요."

그녀는 자신이 꿈꾸는 계획을 말할 생각이 없었다. 자신의 역할은 진실을 알려 주는 것으로 끝났다. 뒷일은 현실을 살아가는 자들의 몫이었다.

엘버는 여전히 노을 진 상태로 멈추어 있는 하늘을 보며 중얼거렸다.

"이제 시간이 거의 다 되었군요. 곧 아침이에요."

유진은 지금껏 들은 이야기를 머릿속으로 정리하다가 화들짝 놀랐다. 벌떡 자리에서 일어나 소리쳤다.

"안 돼요!"

엘버가 놀란 눈으로 왠지 간절해 보이는 유진을 쳐다봤다.

"아직 전 궁금한 걸 하나도 여쭈어보지 못했어요. 벌써 가신단 말이에요? 혹시 다음에 또 오실 수 있나요?"

"주술을 또 발동하려면 매개가 필요해요."

"제 피라면 얼마든지……."

엘버가 고개를 저었다.

"두 번 시도하는 건 위험해요. 이번에는 미래를 보는 주술을 발동한다는 핑계로 그대와 접촉했어요. 난 그놈이 주술을 요구하면 이런저런 핑계로 계속 피했어요. 내가 먼저 나서서 하겠다고 하면 의심할 거예요. 아주 의심이 많은 놈이거든요."

"그럼 시간 연장은 안 되나요? 제발요. 이대로 가시면 안 돼요."

유진이 두 손을 모아 잡고 간절히 애원했다.

"가능은 하지만……."

"네."

"내가 그대의 꿈에 오래 머물면 부작용이 있어요. 현실 시간으로 약 하루 정도. 내가 최대한 그만큼은 더 있을 수 있어요. 그런데 아마 그대는 몹시 피로함을 느낄 거예요."

"피로요? 그것뿐인가요?"

"아마 사나흘 정도는 잠에서 깨지 못할 거예요. 그리고 외부에서 억지로 깨우면 나와 꿈에서 나눈 대화를 거의 기억하지 못할 거예요. 그래도 괜찮겠어요?"

"아……."

유진은 자신이 며칠 동안 깨어나지 못하면 어떤 일이 발생할지 상상해 보았다. 카세르, 그 남자가 과연 가만히 있겠는가. 난리가 날 것이다.

"절 무척 걱정할 사람이 있어서요. 혹시 잠깐 일어나서 말을 전할 수 있다거나……."

유진은 말하다가 말고 제 머리를 부여잡았다.

"아, 그럼 꿈에서 깨니까 안 되겠구나."

엘버는 끙끙거리는 유진을 보며 미소 지었다. 무엔의 피를 물려받은 아니카는 예상과 다른 사람이었다. 표정이 생생하고 인간미가 있었다. 레사를 닮은 자신의 어린 자손이 무척 마음에 들었다.

"잠깐은 가능해요. 내가 꿈을 붙잡고 있을 테니까 다녀와요."

그 말에 감사 인사를 하기도 전에 유진은 몸이 어디론가 쑥 빨려 들어가는 느낌이 들면서 눈을 떴다. 새벽이었다. 어스름한 빛이 침실 안을 감돌았다. 그녀는 눈을 뜨자마자 보이는 남편의 자는 얼굴에 손을 뻗었다. 그의 이목구비에 음영이 져서 잘생긴 남편 얼굴이 훨씬 입체적으로 보였다.

"카세르."

그녀는 작게 속삭였다. 곧바로 남자가 눈을 떴다. 마치 잠을 자고 있지 않았던 사람처럼 반응했다.

고작 이름 한 번 불렀을 뿐인데 유진은 벌써 잠이 쏟아졌다. 엘버가 말한 '잠깐'은 표현 그대로 '잠깐'인 듯했다. 대화를 나눌 시간이 없다. 마음이 급해진 유진은 그에게 전달하고 싶은 말을 빠르게 쏟아 냈다.

"중요한 꿈을 꾸고 있어요. 며칠 걸릴 거예요. 절대 깨우지 말아요. 깨우면 안 돼요."

"유진."

말하는 중에도 이미 유진의 눈은 반쯤 감겼다. 견딜 수 없는 수마가 그녀를 덮쳤다. 그녀는 그의 얼굴에 닿은 손을 움직였다. 상상 속에서는 그를 향해 활짝 웃으며 손으로 그의 볼을 감싸고 쓸었다. 그러나 몸이 의지대로 움직여지지 않았다. 실제로는 보일 듯 말 듯 한 미소를 지으며 손가락 끝만 움찔했을 뿐이었다.

"걱정하지 마요. 돌아와서…… 예뻐해 줄게요."

그녀는 정신이 있는 동안은 계속 말하려고 애썼다. 하지만 머릿속이 몽롱해서 자신이 정확하게 무슨 말을 하는지도 몰랐다. 그를 안심시키기 위해 유진은 끊임없이 웅얼거리듯 중얼거리다 결국 그녀는 완전히 잠에 빠져들었다.

카세르는 숨죽여 그녀의 다음 말을 기다렸다. 그러나 깊이 잠든 사람처럼 고른 숨소리만 들리자 그는 미간을 찡그렸다.

'무슨 잠꼬대를…….'

그는 아주 작은 소리로 그녀를 불렀다.

"유진."

그는 좀 더 크게 그녀를 부르려다가 멈칫했다.

'정말 잠꼬대인가?'

「깨우면 안 돼요.」

그녀에게 잠꼬대하는 잠버릇은 없었다. 자다가 이불은 곧잘 걷어찼다. 그러면 카세르는 이불을 다시 덮어 주곤 했는데 날이 싸늘하지만 않으면 가끔은 그냥 두었다. 한기를 느낀 유진이 자신의 품에 파고드는 게 좋았다.

그는 곰곰이 생각하다가 기척을 내지 않도록 조심하며 일어나 앉았다. 아무래도 잠꼬대가 아닌 것 같다.

어쨌든 완전히 잠이 다 달아나 버렸다. 그는 새벽에 난데없이 잘 자는 사람을 깨워 놓고 혼자서 단잠을 자는 유진을 내려다보았다.

"이 여자가 정말……."

어이가 없어서 헛웃음이 나왔다. 그는 유진을 보며 혼자 실실 웃다가 공연히 멋쩍은 기분이 들어 손으로 자신의 입가를 더듬었다. 잔뜩 올라간 입꼬리가 내려올 생각을 하지 않았다.

「카세르.」

그는 원래 삼귀가 밝은 편이지만, 그녀가 부르는 이름을 듣자마자 얼음물을 뒤집어쓴 것처럼 정신이 확 들었다. '그래. 그게 내 이름이었지.'라고 뒤늦게 깨달았다. 지금껏 누구도 그를 이름으로 부르는 사람이 없었다. 부모님한테도 불린 적 없으니까.

그녀가 '전하'라고 부를 때와는 색다른 기분이 들었다. 낯설지만……
나쁘지 않다.

카세르는 자신도 모르게 그녀에게 손을 뻗었다가 닿기 직전 멈추었
다. 만지면 깰까. 그녀는 평소에 그다지 예민한 편이 아니었다. 잠든 얼
굴에 가볍게 입을 맞추는 정도로는 깬 적이 없었다.

하지만 중요한 꿈이라고 했으니까, 혹시 뭐가 잘못될까 봐 그는 꾹 참
고 손을 내렸다. 그는 기척을 숨기는 야생 짐승처럼 소리 없이 몸을 움직
였다. 한쪽 팔로 머리를 기대고 모로 누웠다. 서로 몸이 닿지 않을 만큼
만 간격을 유지하며 그녀 옆에 바짝 붙었다.

그녀를 내려다보는 눈빛이 부드러웠다. 어서 일어나서 무슨 일인지
설명해 줬으면 좋겠다고 생각하면서 그는 그대로 해가 뜰 때까지 유진
을 바라보았다.

*        *        *

아드리트는 투박하게 깎아 만든 테이블에 앉아 생각에 잠겼다. 팔짱
을 끼고 시선을 아래로 내린 채 한참 전부터 꼼짝하지 않았다.

테이블 위에는 생쥐 한 마리가 제집처럼 퍼져 앉아 긴 꼬리를 이리저
리 흔들고 있었다. 일족이 비록 소박하게 살아도 청결에는 신경 썼다. 쥐
가 테이블 위까지 올라오다니, 누가 봤다가는 기겁했을 것이다.

하지만 아드리트는 전혀 신경 쓰지 않는 눈치였다. 사람을 두려워하
지 않는 쥐의 여유로운 모습도 특이했다. 생쥐가 간간이 입을 쩍쩍 벌리
고 하품하는 모습이 지루함을 참는 것처럼 보였다.

아드리트가 동굴에서 나온 지 꽤 되었다. 그 안에서 조상뻘인 어르신

들로부터 기나긴 이야기를 들었다. 그리고 마을로 돌아와 어수선한 마을 분위기를 수습했다.

마을은 언제 과격한 충돌이 있었냐는 듯 평화를 되찾았다. 원로들이 젊은이들의 요구를 모두 수용하면서 물러났다. 어른들이 양보하니 젊은이들도 송구스러워하며 예의를 차렸다. 누구도 배제하지 않는, 모두가 함께 미래로 나아가자고 뜻을 모았다.

아무것도 달라진 것 같지 않지만, 모두가 변화를 느꼈다. 전보다 활기가 돌았다. 희망이 생긴 일족들의 표정에 웃음이 많아졌다.

아드리트를 족장으로 추대하는 절차는 아직 마무리 짓지 않았다. 당분간은 족장 무르가 자리를 유지하며 하나씩 권한을 승계하기로 했다. 일족을 위한 새로운 법을 만들기로 했기에 할 일이 많았다.

그런데 이 바쁜 시기에도 아드리트는 집에만 틀어박혀 있었다. 그는 갈림길 앞에서 고민에 빠졌다. 눈앞에서 알짱거리는 생쥐, 정확히는 생쥐에게 깃들어서 그를 졸졸 쫓아다니는 마라가 고민의 근원이었다.

아드리트가 동굴에서 나올 때 주술은 유지하기로 합의했다. 아직 일족에게는 은신처가 필요했다. 일족이 새로운 터전을 마련할 때까지는 안전하게 아이들이 자랄 수 있는 은신처를 포기할 수 없었다.

주술 유지에 관한 합의는 되돌릴 수 없다. 하지만 아드리트는 문제 될 것 없다고 생각했다. 계약의 갱신은 족장이 바뀔 때마다 이루어진다. 기간의 제한이 아니므로 만약의 경우 아드리트가 족장 자리를 다른 사람에게 넘기면 다시 합의할 수 있다.

정신없이 바쁜 나날을 보내던 중, 며칠 전 아침에 눈을 뜨니까 눈앞에 생쥐 한 마리가 있었다.

「인간」

쥐덫을 놔야겠다고 생각하다가 아드리트는 머릿속에서 목소리가 울리는 바람에 흠칫했다. 자신과 빤히 눈을 마주치는 쥐가 아무래도 범상치 않았다.

「넌…… 마라? 그 꼴은 뭐지? 쥐로 변한 건 아닐 테고.」

「내 능력이라고 해 두지. 나와 거래하지 않겠냐?」

「무슨 거래?」

「네가 늙은이들에게 재미있는 이야기를 했더라고. 널 도와준 아니카 말이야. 그 아니카와 꽤 친한 것 같던데. 나와 만나게 해 줘.」

「내가 왜?」

「어차피 그 아니카와 난 만난 적 있어. 다시 만날 기회를 잡으려 했는데 일이 잘 안 되어서 그렇지. 어떤 인간에게 맡겼는데 그놈이 영 시원찮아서 말이야.」

마라는 거래의 대가로 호흡 비늘을 몇 개 더 주겠다고 했다. 지하 호수를 건널 때 쓰는 비늘은 한 개뿐이라서 일족이 호수를 건너려면 제한이 많았다.

아드리트는 절대 은혜를 원수로 갚을 생각이 없었다. 그깟 비늘, 없어도 그만이었다. 그런데 비늘이 탐이 나서가 아니라 다른 이유로 그는 고민에 빠졌다.

동굴에서는 마하에 관해 물었을 때 마라는 '그놈은 나의 적'이라고만 말하며 정확한 대답을 피했다. 그런데 쥐의 모습으로 찾아온 마라는 마하의 정체를 밝히면서 그러니 아니카와 만나도록 자리를 주선해 달라고 말했다.

'상제가 마하. 더구나 그놈이 마라와 마찬가지로 라크였다니. 이 사실은 반드시 왕비님께 알려드려야 해.'

아드리트가 고개를 들었다. 그는 생쥐를 노려보았다. 왕비님께 마하의 정체를 알리겠다는 결심은 확고했다. 다만, 저놈을 그분께 데려가도 괜찮을까.

'마하를 상대할 방법은 나만 알아'라는 저놈의 주장만 믿고 왕비님께 데려가는 것이 올바른 선택인지, 아닌지 확신이 없었다.

"만약."

생쥐의 귀가 쫑긋하더니 아드리트에게 고개를 돌렸다.

"네가 왕비님께 해를 입힌다면 내 모든 걸 걸고서라도 반드시 대가를 치르게 하겠다."

― 알았다고. 어차피 난 아니카를 해치지 못해.

"내가 말하는 건 직접 해치는 것뿐만이 아니라……."

― 알았다니까! 넌 젊은 놈이 매사가 이렇게 심각하냐? 그럼 언제 출발해? 왕성까지 가려면 한참이야. 서둘러야지.

아드리트는 기묘한 표정으로 생쥐를 바라보았다. 마라와 이야기하다 보면 입담이 걸쭉한 노인과 대화하는 기분이 들었다.

그는 어두컴컴한 지하 속에서 아득히 오랜 세월을 보냈으면서도 유머를 잃지 않았던 조상 어르신들을 떠올렸다. 그분들과 오랫동안 함께 지낸 라크가 일족의 구원자이자 영웅이신 그분들을 닮았다는 사실이 그다지 불쾌하지는 않았다. 거래였다고는 해도 일족은 이 라크에게 은혜를 입었다. 은신처가 아니었으면 일족이 지금껏 명맥을 유지하기 어려웠을 것이다.

아드리트는 하시 왕국으로 가자고 마음먹었다. 주목적은 왕비님을 만나는 것이지만, 그 일이 언제 끝날지 알 수 없다. 그는 왕비님을 뵙고 그쪽 일을 해결한 후에는 어차피 나간 김에 떠돌아다니는 일족들을 찾아볼 생각이었다. 그러면 생각보다 오랫동안 돌아오지 못할지도 모른다.

지혜로운 어른들과 선량한 청년들이 있으니 뒷일은 걱정되지 않았다. 아드리트는 몇몇 사람에게만 말한 후 조용히 은신처를 떠나려 했으나 이튿날 새벽, 이미 사람들이 호수 입구에 나와 그를 기다리고 있었다. 아드리트는 정이 듬뿍 담긴 배웅을 받으며 호수를 건넜다.

사막을 향해 걸음을 내딛는 그의 허리춤 주머니 속에는 생쥐 한 마리가 들어 있었다.

**— ……그래서 내가 그 노인네들에게 그랬거든. 우리 서로에게 이득이 되는 거래를 해 보지 않겠느냐고.**

주머니 속 생쥐는 쉴 새 없이 떠들었다. 더구나 했던 얘기를 또 하고 또 했다. 머릿속에서 울리는 소리니까 귀를 막아 봤자 소용없었다.

'……시끄럽군.'

고독한 사막 여행을 그리워하는 날이 올 줄이야. 아드리트는 오늘따라 사막이 아득히 넓다고 생각했다.

\*　　\*　　\*

엘버에게 꿈에 머무는 시간을 연장해 달라고 매달린 것은 정말 잘한 결정이었다. 유진은 그대로 꿈을 끝냈으면 후회했을 거라고 몇 번이나 생각했다. 그만큼 엘버한테 얻은 정보는 무엇 하나 버릴 게 없었다.

엘버가 유진의 물음에 답했다.

"마라는 라크예요."

"아……."

엘버는 어떤 질문을 해도 막힘이 없었다. 유진은 누구도 풀지 못하는 어려운 문제집의 정답지를 손에 넣은 듯 설레었다.

'마라도 라크였다니…….'

오랫동안 사람들이 괴물들에게 농락당했다는 생각이 들어 은근히 부아가 났다.

"그럼 마라는 뭘 꾸미고 있는 거지요?"

"나도 그건 모르겠어요. 괴물이 그 라크와 악연인 것 같은데 내게 자세한 내용은 말하지 않았어요. 얼핏 듣기로는 그 라크를 상대로 뭔가 일을 꾸몄다가 어긋난 듯했어요. 자신이 실수했다고 하더군요."

엘버는 최근 — 최근이라고 해도 수백 년 전이지만 — 에 마라의 존재를 알게 되었다. 마라가 상제처럼 종교 단체의 수장 노릇을 하며 교도를 거느리고 그 성세가 점점 커지자 비로소 상제는 엘버에게 자신과 비슷한 짓을 하는 라크가 있으니 그놈의 위치를 찾으라고 닦달했다.

엘버는 돕고 싶지 않았다. 적의 적은 아군이라는 말처럼 상제가 싫어하는 그 라크가 오랫동안 상제를 괴롭혀 주었으면 했다.

하지만 상세가 그놈을 찾아내라고 하도 난리를 치길래 이러 가지 주술을 발동하여 방법을 찾아보았다. 그런데 번번이 실패했다. 뭔가 막힌 것처럼 어떤 흔적도 찾을 수 없었다.

"괴물이 그 라크를 신경 쓰고 성가서하는 건 확실해요. 얼마 전에는…… 그게 벌써 거의 이십 년 전이네요. 그놈이 마라의 교도를 전부 잡아 죽이겠다고 길길이 날뛰더군요."

'이십 년?'

유진은 자신의 납치 사건에 마라의 교도가 관련했다고 들은 기억이
났다.

"라크한테 농락당한 인간이 무슨 죄가 있겠어요. 그래서 내가 그 괴물
한테 그랬지요. 내가 미래를 보니까 그 교도들을 죽이면 네가 찾는 아니
카가 태어나지 못할지도 모른다고."

"정말 그런 미래를 보셨어요?"

엘버가 픽 웃었다.

"미래는 무한해요. 누구도 모르지요."

'거짓말하셨다는 거구나.'

유진은 엘버의 타고난 성품이 아주 단단하다고 생각했다. 그 괴물에
게 그토록 오랫동안 핍박당했으면서도 괴물을 증오할지언정 두려워한
다는 느낌은 없었다.

다나한테 들은 말이 떠올랐다.

「마라의 교도가 널 납치했다는 소문이 나돌다가 곧 잠잠해졌어. 사람
들은 납치 사건에 마라의 교도가 관련했으면 모두 연좌되어 교도 모두가
감옥에 갇히거나 최소한 성도 밖으로 쫓겨날 거라고 생각했으니까. 그런데
상제 성하께서는 조용히 넘어가셨지.」

'그게 어르신 덕분이었구나. 만약 어르신이 나서지 않았거나 혹은 그
놈이 어르신 말씀을 귀담아듣지 않았으면 교도들은 무사하지 못했겠지.
성도에서 추방하는 정도에 그치지 않고 더 잔인하게 탄압했을지도 몰
라. 내가 쓴 소설 내용처럼…… 어?'

유진의 눈빛이 흔들렸다. 마라의 교도들이 탄압받는 미래를 본 적 있다. 자신의 소설을 통해서.

"이제 더는 알고 싶은 게 없나요?"

생각에 잠긴 유진의 침묵이 길어지자 엘버가 물었다.

"아, 죄송해요."

유진은 황급히 대답했다.

"아직 제가 궁금했던 것들의 반도 여쭙지 못했는걸요."

"아직도요? 뭐가 그렇게 궁금한 게 많아요? 그런 호기심을 누르고 지내느라 답답했겠네요."

엘버가 웃으며 말했다. 그녀는 끊임없는 유진의 질문에 답하면서 속으로는 '어떻게 이런 아이가 내 자손으로 태어났을까. 하늘에서 뚝 떨어진 것 같구나.' 하고 생각했다.

꿈에 들어오기 전에는 크게 기대하지 않았다. 아니카 진이 자신이 전하는 진실을 잠자코 듣기만 해도 다행이라고 각오했다. 그런데 기대 이상이었다.

단순히 이해하는 정도가 아니라 이미 오래전부터 관련 문제를 고민한 사람 같았다. 때때로 엘버가 미처 생각지도 못했던 질문을 던지는 바람에 가물가물한 옛 기억을 샅샅이 뒤져야 했다. 밑천이 탈탈 털리는 기분인데도 그저 흐뭇했다.

"그대 생각에 우선순위가 높은 질문부터 하세요. 우리에게는 시간이 무한하지 않다는 걸 알고 있지요?"

"네…… 저는……."

유진은 머릿속에서 둥둥 떠다니는 수많은 질문 중 가장 중요한 것을 골랐다. 그녀는 이 세계에 온 이후에 가치관이 바뀌었다. 그 검은 구멍으로 뛰어드는 순간부터 가족을 위해 자신을 희생하던 유진은 사라졌다.

자기 자신의 행복을 위해 살자고 결심했다. 그러니 세계의 위기보다도 자신의 문제가 가장 중요했다.

"주술을 배우고 싶어요."

"주술?"

"제가 무엔 가문의 도움을 받기 어렵다는 사실은 이해했어요. 그렇다면 어르신께서 제게 주술을 가르쳐 주시면 되지 않나요?"

엘버가 곤란한 표정으로 고개를 흔들었다.

"이론이라면 얼마든지 가르쳐 줄 수 있어요. 하지만 주술은 한 번 직접 시행해 보는 것이 가장 빠르게 습득하는 방법이에요. 내가 여기서 아무리 설명해도 그대가 꿈에서 깬 후에는 가장 쉬운 주술을 발동하는 것조차 어려울 거예요. 간단한 주술이라면 그 괴물한테도 배울 수 있어요. 그런데 그대가 무엔가를 통해 혹은 나를 통해 배우고 싶은 주술은 그 정도가 아니겠지요."

엘버는 아까 무엔을 통해 주술을 배울 수 없다고 했을 때처럼 낙담하는 유진을 보며 물었다.

"무슨 이유로 그렇게 주술이 배우고 싶어요?"

"저는……."

'내가 주술을 배우고 싶은 이유?'

유진은 새삼 깨달았다. 나무만 보느라 숲을 보지 못하고 있었다. 그녀는 학문에 대한 호기심 때문에 주술을 배우려는 게 아니다. 자신에게 벌어진 기이한 일들과 주술이 관련이 있으므로 원인을 찾기 위해서다.

'그래, 내가 꼭 배워야 하는 건 아니잖아. 잘 아는 사람에게 물어보면 되지. 바로 이분한테.'

엘버는 살아 있는 역사나 다름없었다. 아마 현존하는 인물 중 가장 주술에 통달한 사람일 것이다. 다만, 엘버가 유진의 질문을 정확히 이해해야만 유진이 원하는 답을 줄 수 있을 것이다. 그렇다면 엘버에게 배경지식을 제공해야 한다.

'이분께 전부 말하고 조언을 구하자.'

유진은 엘버와 대화를 나누는 동안 충분한 믿음이 생겼다. 일족과 자손을 위해 자신을 희생한 분이었다. 그 오랜 세월과 고통 속에서 무뎌지지 않은 총기와 흔들리지 않는 심성이 감탄스러웠다.

"어르신. 지금부터 제가 드리는 말씀은 어르신께서 제게 해 주신 이야기들보다 더 믿기 어렵고 황당할 수도 있어요."

유진은 예전에 카세르에게 모든 것을 털어놓았을 때처럼 어릴 때 자신이 납치당한 사건을 말머리로 잡았다. 뒤바뀐 영혼, 다른 세계로 갔던 자신, 다시 돌아온 후 발생한 모든 일을 남김없이 말했다.

기나긴 이야기를 듣는 내내 엘버의 표정이 시시각각 변했다. 중간중간 엘버가 짧은 질문을 던졌다. 이야기의 흐름을 방해하지는 않으면서 핵심을 찌르는 날카로운 질문이었다.

숨기는 내용이 있으면 질문에 제대로 대답할 수 없거나 앞뒤가 안 맞는 말을 하게 되었다. 그래서 유진은 어쩌다 보니 자신이 쓴 소설에 관해서까지 전부 털어놓게 되었다.

유진이 자신의 모든 것을 남긴 없이 말한 대상은 엘버가 처음이었다. 카세르에게 소설 이야기는 하지 못했다. 그런 것까지 말하면 자신이 정신 나간 사람처럼 보일 것 같았다.

세상이 혼란에 빠지는 내용인 데다가 어차피 이 세계와 들어맞지도 않았다. 현실을 살아가는 사람에게 '당신은 내 소설 속 인물이었다'라는 말을 들으면 유쾌하지 않을 테니까 하지 말자고 생각했다.

유진의 이야기가 끝나고 엘버는 한참 아무 말이 없었다. 깊이 생각에 빠진 표정으로 의미 모를 혼잣말을 중얼거렸다. 고개를 끄덕이기도 하고 인상을 쓰며 고개를 좌우로 흔들기도 했다. 유진은 생각을 정리 중인 엘버를 방해하면 안 될 것 같아서 그저 조용히 기다렸다.

어느 순간 엘버는 눈을 감았다. 얼마 후 눈을 뜨는 엘버의 표정에 더는 혼란스러움이 없었다. 그녀의 머릿속에서 모든 것이 제자리를 잡았다. 수천, 수만 개의 태엽 조각들이 정확히 맞물리면서 거대한 시계가 돌아가기 시작했다.

"진."

"네."

"이십 년 전, 라크를 불러냈던 고대 주술과 비슷한 형태의 주술이 발동되었고 그대는 그 주술에 휘말렸어요."

"네?"

유진은 상제가 라크였다는 말을 들었을 때보다 더 놀랐다.

"하지만 그 주술은 봉인이⋯⋯."

"봉인되었지요."

"그리고 완전하지도 않다고 하셨고, 아, 그럼 혹시 어르신께서 거의 완성하셨다던 그 주술로?"

"아니에요. 난 그때 내가 만든 주술은 거의 기록으로 남기지 않았어요. 내가 다시 봉인한 것은 본래 봉인되어 있었던 고대의 주술 조각과 내가 그 주술을 연구하면서 알게 된 내용을 정리한 해석본이에요."

엘버는 작은 한숨을 내쉬며 말했다.

"이제 알겠군요. 내가 왜 마라의 흔적을 찾지 못했는지 알았어요. 마라가 주술로 자신의 자취를 감추고 있었던 거예요. 아마 우리 일족이 보관하고 있던 봉인된 주술을 마라가 탈취한 것 같아요."

엘버가 그동안 의아하게 생각했으나 이유를 짐작할 수 없어서 의심하지 못했던 일이 몇 가지 있었다. 주술이 그중 하나였다.

그녀는 미래를 보기 위해서 주술을 발동할 때마다 항상 약간씩 변형을 가했다. 그래야 다양한 시간대와 가능성의 미래를 볼 수 있기 때문이다. 그러려면 끊임없이 주술을 연구해야 하는데 가끔은 참고할 자료가 필요했다.

엘버는 때때로 상제에게 일족이 보관하고 있는 봉인된 주술이 필요하다고 요구했다. 그런데 어떨 때는 요구한 주술을 받지 못했다. 이유를 물으면 그 주술로 다른 수작을 부릴 것 같아서 안 되겠다느니, 이상한 핑계를 댔다.

'내가 요구한 주술이 없어서 주지 못한 거였어.'

주술을 보관 중인 비고는 여러 곳이며 각각의 위치는 서로 멀리 떨어져 있다. 그리고 비고끼리 서로 연동하는 주술이 걸려 있다. 한 비고에라도 침입 시도가 있다면 다른 곳은 저절로 봉문되어 한동안은 누구도 들어갈 수 없다. 그러니 마라가 침입한 비고는 한 군데일 것이다.

엘버가 기억을 거슬러 올라가 생각해 보니까 요구했다가 받지 못한 고대 주술은 모두 하나의 비고에서 보관 중인 것들이었다. 그리고 하필 그곳에 금기의 주술도 보관되어 있다.

'그 괴물이 마라라는 라크로 무슨 짓을 하려고 했던 걸까.'

마라가 비고의 주술을 탈취했다는 건 그 비고의 위치를 알고 있었다는 뜻이다. 비고의 위치는 엘버의 일족 외에는 상제만이 알고 있다. 일족이 발설할 리 없다. 그러니 상제가 마라에게 가르쳐 줬다는 결론이 나왔다.

'괴물 놈이 일을 꾸몄다가 실패한 게 분명해. 그놈과 마라 사이가 틀어졌고 마라는 비고에서 주술을 훔쳐 도망갔군.'

"그럼 마라한테 고대의 주술이 모두 도둑맞은 건가요?"

"그렇지는 않을 거예요. 주술을 보관 중이던 비고는 여러 군데이고……."

엘버는 대답을 하다 말고 말을 멈추었다.

"진. 이제 남은 시간이 많지 않아요. 그대가 꼭 알아야 할 내용만 선별해서 이야기할게요."

'벌써?'라고 생각하는 유진의 눈빛에 안타까움이 스쳐 지나갔다. 그새 정이 들었나 보다. 지혜로운 어른과 도란도란 대화를 나누는 시간이 좋았다.

"아까 말했지만, 라크는 주술을 직접 발동할 수 없어요. 마라가 주술을 훔쳐 봤자 쓰지 못해요."

이론은 익힐 수 있다. 그러나 라크가 그리는 술식으로는 주술을 발동할 수 없다. 주술은 세계의 기운을 운용하는 기술이며 라크는 이 세계의 질서에서 벗어난 존재이기 때문이다.

그래서 상제가 주술을 신술이라고 이름 붙여 성도민들을 현혹하는 도구로 쓸 때도 사람의 손을 빌려야 했다. 술식을 그리는 자는 모두 사제들이었다.

"그런데 마라는 주술로 자신의 흔적을 감추고 있어요. 틀림없이 인간의 도움을 받고 있을 거예요. 아마…… 방랑족. 그들이 돕고 있는 것 같네요. 그들은 고대 일족의 후손이니까 주술을 어떻게 발동하는지 알고 있겠지요."

"……네?"

유진의 눈빛이 흔들렸다.

"괴물 놈도 그걸 아는 것 같아요. 괴물이 방랑족을 추적한다고 했지요? 방랑족을 잡아 와서 마라의 위치를 알아내려고 시도하는 거예요. 혹은 방랑족을 전부 죽이는 것이 목표일 수도 있어요. 마라가 조력자를 모두 잃으면 숨지 못할 테니까요."

"아……."

'아드리트는 몰랐을 거야.'

아드리트에 대한 신뢰가 잠시 흔들렸으나 유진은 곧 의심을 떨쳐 냈다. 그 아이의 우직한 성품을 믿는다. 그는 활동기에 환수의 영역에서 잠시 몸을 피하는 것조차도 죄책감을 느낀다는 표정을 지었다. 아직 어려서 일족이 라크와 협조한다는 비밀을 듣지 못했을 것이다.

"마라가 주술을 언제 훔쳐 갔는지 정확한 시기는 내가 알지 못해요. 그런데 무척 오래되었을 거예요. 그 주술이 어떤 경로를 거쳤는지 모르겠지만, 마라를 신으로 받드는 인간들 손에 들어갔나 보군요."

엘버는 주술의 조각에 불과한 그것이 오랜 세월 많은 인간의 손을 타면서 변형되고 완성되었을 거라고 추측했다. 지성체의 호기심와 탐구심은 불가능한 일을 가능하게 만든다. 고대 일족이 라크를 불러낸 것처럼.

"그대를 납치한 범인이 마라의 교도라고 했지요. 그렇다면 종교적인 목적으로 저지른 짓이에요. 아마 그 주술을 특별한 의식 절차라고 생각했을 거예요. 신의 강림 같은."

유진은 살짝 입을 벌린 채 고개만 끄덕였다. 마치 미리 정답을 알고 있던 사람처럼 매끄럽게 이야기를 만들어 가는 엘버가 그저 신기했다.

"그대는 신을 부르기 위한 제물이었어요. 사람들은 아니카가 신과 가까운 존재라고 생각하니까요. 그 교도들이 생각하는 신, 마라겠지요. 그 마라를 그대 몸으로 불러내려 했을 거예요."

"하지만…… 실패했어요."

"실패할 수밖에요. 신을 불러낸다고요? 그게 가능하다고 생각하다니, 대단한 상상력이에요. 신께서는 어디에도 계시고 어디에도 없어요. 손에 잡히는 물질이 아니에요. 그 주술은 그저 다른 세계의 무언가를 부를 뿐이에요."

"그럼 왜 저와…… 뒤바뀐 걸까요?"

"그 주술이 어떤 형태로 완성된 것인지 내가 보지 않고서는 확답할 수 없지만……."

엘버는 잠시 생각한 후 말했다.

"이름 때문인 것 같군요."

"이름……? 이름이 같아서요? 단지 그런 이유 때문이라고요?"

"이름은 본질이에요. 존재를 결정해요. 그 주술이 발동될 때 두 사람은 잠시 영혼과 육체가 분리되었을 거예요. 비어 버린 육체는 영혼을 강하게 끌어당겨요. 두 세계가 연결되는 혼돈 상태에서 영혼이 잠시 길을 잃고 이름을 부르는 소리를 좇다가 다른 육체로 들어간 것이지요."

 

*　　　*　　　*

 

카세르는 유진이 의미 모를 말을 하고 잠든, 그날 정오 무렵까지만 해도 기분이 꽤 좋았다. 혹시 누가 침실에 들어갔다가 그녀를 깨울까 봐 아무도 들어가지 말라고 엄명을 내려놓고 오전 내내 들떠 있었다.

그녀가 부른 자신의 이름이 자꾸 귓가에 맴돌아 서류를 보다가 피식 웃었다. '예뻐해 줄게요.'라는 말에 담긴 의미가 궁금했다. 이제나저제나 그녀가 깨어나기만을 기다렸다. 도통 일에 집중하지 못하고 수시로 시간만 확인했다. 참 시간이 더디게 갔다.

그는 오후에 슬쩍 침실로 가 보았다. 그녀는 여전히 깊이 잠들어 있었다. 그는 잠시 유진을 바라보고 서 있다가 조용히 나왔다. 그때까지만 해도 괜찮았다.

그날 저녁, 카세르는 저녁 식사 전에 다시 한 번 침실에 가 보았다. 여전히 잠든 유진을 확인하고 돌아섰다. 밤이 늦어 그가 침실에 자러 왔을 때 그는 아직까지 자는 유진을 보면서 조금 불안해졌다.

'하루 정도는 괜찮겠지.'

카세르는 애써 불안을 가라앉혔다. 그는 경험해 본 적 없는 일이지만, 다른 사람은 며칠 밤새워 일한 후, 혹은 병이 났을 때 꼬박 하루 이상을 자기도 한다고 들었다. 그러니까 하루쯤은 온종일 움직이지 않고 아무것도 먹지 않아도 탈 나지 않을 것이다.

이튿날 아침, 그는 일찍 눈을 떴다. 그녀의 기척에 신경을 곤두세우느라 거의 잔 것 같지도 않았다. 그는 유진의 얼굴을 가까이 들여다보았다. 그녀가 여전히 자고 있다는 것을 확인하자마자 실망했다.

그날은 온종일 일이 손에 잡히지 않았다. 침실에는 아무도 들어가지 못하도록 재차 명을 내린 상태였다. 그는 수시로 침실에 들렀지만, 잠들어 있는 유진의 모습만 봤다.

그 이튿날, 유진이 잠든 지 꼬박 이틀이 넘어갔다. 카세르는 초조해서 어쩔 줄 모르는 상태가 되었다.

*　　*　　*

유진은 엘버의 말 한마디도 놓치지 않으려고 집중했다. 이제 남은 시간이 거의 없었다.

시간에 쫓기자 엘버가 말하는 방식이 달라졌다. 핵심만 간결하게 정리하면서 말투는 빨라졌다. 대화 초반에는 유진에게 '이해했어요?' 혹은 '질문이 있나요?'라고 중간중간 확인했다. 점차 그 과정이 사라졌다.

이 세상에 엘버보다 주술을 잘 아는 사람은 없었다. 고대 일족이 살아 돌아와도 오히려 그녀에게 가르침을 청해야 할 것이다. 엘버에는 무한에 가까운 시간이 있었던 덕분이다.

그래서 가짜 진이 다섯 명의 시녀를 데리고 사막으로 나갔다는 유진의 말을 듣자마자 어떤 상황인지 알 수 있었다.

　세계의 문을 여는 주술을 발동하기 위해서는 이쪽 세계의 축을 고정해야 한다. 문을 열기 전에는 다른 세계가 어떤 형태인지 알 수 없기 때문이다.

　비유하자면 이쪽 세계는 농도가 짙고 저쪽 세계는 농도가 옅다고 할 때 갑자기 두 세계가 연결되면 압력 차이로 삼투압 현상이 발생한다. 한쪽의 세계가 다른 세계로 빨려 들어갈 수도 있다. 그러면 두 세계가 모두 붕괴하는 참혹한 결과로 이어질 것이다.

　그래서 매개를 이용하여 동서남북 사방위를 고정했다. 고정축으로 사용하는 매개는 강한 생명력이 깃든 물건이어야 한다. 남쪽 지역에 자생하는 고목의 뿌리라든가, 동쪽 지역에서 항상 태양의 기운을 받는 호수 위 바위라든가.

　주술의 성공은 매개에 달려 있다는 말이 있을 정도로 적절한 매개를 구하는 것은 어렵다. 수준 높은 주술일수록 재료가 희귀하거나 값비쌌다.

　"생명력이 깃든 재료는 가장 구하기 힘들면서 또 가장 쉽기도 해요. 사람의 목숨으로 대체할 수 있기 때문이에요."

　유진의 눈빛이 잘게 흔들렸다. 한 사람의 목숨을 희생하여 주술을 새긴다는 방랑족이 문득 떠올랐다.

　"고대에는 절대 사람을 희생하여 주술을 발동하지 못하도록 엄격히 금했어요. 법을 어기면 이유 불문, 무조건 참형이었지요. 주술은 사람을 위한 것이지, 주술을 위해 사람이 도구가 되면 안 되니까요."

　"그 시녀들이…… 주술의 재료였군요."

　"목적을 위해 생목숨을 서슴지 않고 도구로 쓰다니. 참 악독한 사람이에요."

"그럼…… 라크의 씨앗은요?"

가짜는 그 씨앗을 얻기 위해 사왕과 결혼을 감행했다.

"원래 하나였던 것은 서로를 끌어당겨요. 그런 의미에서 육체는 영혼을 부르지요. 그런데 그대의 육체와 영혼은 너무 오랫동안 떨어져 있었어요. 그래서 도와줄 매개가 필요해요. 빈 것은 스스로 채우려는 성질이 있지요. 거대 라크의 빈 씨앗이라면 아주 강력하게 당기는 힘이 있어요."

"처음부터 저를 불러오려는 목적이었다고요?"

유진이 얼떨떨한 표정으로 되물었다. 그녀는 지금껏 가짜의 실수 덕분에 자신이 이 세상에 오게 되었다고 생각했다.

"시녀를 다섯 명 데려갔다고 했지요. 그 다섯 명 전부를 주술의 재료로 쓸 목적이라고 가정할 때 내 추측은 이래요. 네 명으로는 세계의 문을 열고 다른 한 명의 몸에는 그대의 영혼을 소환해서 담을 생각이었던 거지요. 만약 주술이 실패했다면 그 시녀가 반작용을 대신 받았을 테고요."

반작용을 대신 받을 희생자. 그건 유진이 얼마 전에 저택을 방문한 주술사에게 들은 이야기와 같았다.

"저를…… 시녀의 몸에 씌울 작정이었다는 말씀이군요."

유진은 경악했다. 만약 가짜의 의도가 성공했으면 어찌 되었을까. 자신은 전혀 영문도 모른 채 시녀의 몸으로 이 세계에서 살아가야 했을 것이다. 평생 감금되었을지도 모른다. 상상만으로도 끔찍했다.

"그대의 영혼이 이 세계에 존재하면 라미타가 그대 본래의 몸에 돌아올 거라고 계산한 것 같군요."

"내 영혼은 시녀 몸에 가두어 두고 라미타만 갖겠다?"

유진은 헛웃음을 터뜨렸다. 가짜는 유진의 몸을 가진 채 계속 이 세계에서 살아갈 수 있었다. 그런데 가짜는 불완전한 아니카로서 만족하지 못하고 전부 갖기를 원했다. 그리고 그 추악한 욕심이 모든 것을 제자리로 되돌렸다.

유진은 크게 숨을 몰아쉬었다. 진실을 알아서 후련한 기분만큼 가짜의 비열한 계획이 괘씸해서 짜증이 밀려왔다. 그리고 찜찜했다. 가짜는 고대 주술을 발동할 정도로 집념이 어마어마했다. 지긋지긋하게 들러붙는 악령처럼 어딘가에 도사리고 있을 것만 같았다.

"라미타는 영혼의 능력이라던데…… 그 주술이 성공했으면 정말 라미타가 돌아왔을까요?"

"그건 모르지요. 나도 이런 일은 처음 들어서요."

"어떻게 그런 엄청난 주술을 해낸 걸까요?"

"절대 성공할 수 없는 주술이에요. 실패해야 마땅해요. 그 주술은 여러 가지가 섞였어요. 어설픈 지식으로 이것저것 다 끌어모아서 주술을 변형시킨 듯해요."

엘버는 쓴웃음을 지으며 말했다.

"하지만 성공했지요. 그런데 세상에는 가끔 그런 일이 있어요. 아주 희박한 확률의 기적."

모든 게 우연의 일치라고? 유진은 묘한 표정으로 중얼거렸다.

"주술은 실패했어요."

엘버가 웃음을 터뜨렸다.

"맞아요. 그 주술을 발동한 사람 입장에서는 완전히 실패한 주술이네요."

"가짜는…… 원래의 세계로 돌아갔을까요?"

엘버는 불안하게 흔들리는 유진의 눈빛을 보며 미소 지었다.

"진. 자각몽을 꾸었나요?"

"네……."

"그렇다면 안심해요. 그대의 육체와 영혼은 온전히 결합했어요. 어떤 삿된 힘도 이제 그대를 흔들 수 없어요."

유진의 얼굴에 환한 웃음이 번졌다. 그녀가 가장 듣고 싶었던 말이었다. 이제는 불쑥 번지는 불안감 때문에 기분이 가라앉는 일은 없을 것이다.

"그대가 다시 돌아온 지 얼마나 되었어요?"

"넉 달이 좀 안 되었어요."

"흠…… 영혼이 이십 년이나 떠나 있었던 것치고는 아주 빠른 결합이군요. 그만큼 그대의 영혼이 강하다는 뜻이에요. 그리고……."

엘버는 유진을 보며 웃었다. 어딘지 모르게 얄궂은 웃음이었다.

"그대를 도와준 사람도 있는 것 같고요."

"저를요? 누가요?"

"영혼이 그대의 몸에 자리 잡으려면 잘 먹고 잘 자면서 시간에 맡길 수밖에 없어요. 그런데 그밖에 아주 효과적인 방법이 있어요. 이성과 기운을 섞으면 돼요."

뒤늦게 엘버의 말을 이해한 유진의 얼굴이 발그레해졌다. 이성과의 동침이 영혼의 적응을 돕는다면 효과를 톡톡히 봤을 것이다. 카세르와 첫 밤을 보낸 후, 특별한 사정이 있지 않고서는 거의 매일 동침했으니까.

"그럼 만약 가짜가 제 몸으로 이성과 동침했다면 그 영혼과 이 육체가 결합했을까요?"

"더 단단히 묶였을 거에요. 만약 아이를 낳으면 완전히 육체의 주인이 될 테고요."

유진은 만약을 가정하니까 섬뜩했다. 가짜가 순결한 몸이 아니었으면 자신은 돌아오지 못할 수도 있었다. 공교롭게도 가짜가 라미타를 얻으려고 계획한 모든 일이 유진을 돕는 꼴이 되었다.

엘버를 바라보던 유진의 눈빛이 흔들렸다. 갑자기 엘버의 몸 뒤로 배경이 보였다. 그녀는 눈을 꼭 감았다가 떴다. 잘못 봤나 싶었지만, 또다시 엘버의 몸이 흐릿해졌다.

엘버가 반쯤 투명해진 자신의 손을 내려다보며 말했다.

"그만 가야 할 시간이에요."

"아……."

엘버는 여전히 하늘을 물들이고 있는 노을을 바라보더니 고개를 돌렸다.

"진. 고마워요. 그대와 대화하는 내내 즐거웠어요. 누군가와 이런 시간을 보낸 것이 얼마 만인지 모르겠네요."

"감사는 제가 드려야지요. 다시 뵐 수 있을까요?"

"어려울 거예요."

"제가 큰 은혜를 입었어요. 어르신이 아니었으면……."

말을 하는 와중에도 엘버의 몸이 점점 더 투명해졌다. 유진은 머릿속에 맴도는 말이 너무 많아서 도리어 말문이 막혔다. 하루가 꼬박 넘는 시간을 자신의 호기심을 채우는 데만 급급했다. 이대로 작별이라니, 아쉽고 죄송했다.

"진. 그대 자신을 위해 살아요. 그대의 행복이 가장 소중한 가치라는 사실을 절대 잊지 말아요."

"어르신……."

유진의 눈에 눈물이 그렁그렁했다. 엘버가 거의 사라지기 직전, 유진은 다급히 소리쳤다.

"어르신. 전 바다를 봤어요. 제 자각몽은 수평선만 보여요!"

그 말을 끝으로 엘버는 완전히 사라졌다. 사라지기 직전, 엘버의 눈이 살짝 커진 것 같았다. 유진은 텅 빈 허공을 바라보며 중얼거렸다.

"······그러니까 그 괴물에게 순순히 당하지는 않을 거예요. 더는 걱정하지 마시고 자책하지도 않으셨으면 해요. 반드시 어르신을 뵈러 갈게요. 이번에는 꿈이 아니라 현실에서요."

＊　　＊　　＊

옆으로 돌아누워 자던 유진이 눈을 뜨자마자 본 광경은 푸른 머리카락이었다. 그녀는 눈을 몇 번 깜빡이면서 상황을 파악했다. 주변이 환한 것으로 봐서 시간은 아침 혹은 낮. 그리고 침대맡에 앉아서 침대에 팔꿈치를 괸 채 두 손으로 이마를 받치고 고개를 숙이고 있는 카세르가 보였다.

저 남자가 이 시간에 여기서 저런 자세로 졸고 있을 리는 없을 것이다. 유진은 의아해하며 살짝 뒤척였다. 갑자기 그가 고개를 휙 드는 바람에 그녀는 흠칫했다.

두 사람의 눈이 마주쳤다. 정지 화면처럼 유진을 바라보던 푸른 눈동자가 흔들렸다. 그는 몹시 조심스럽게 그녀를 불렀다.

"······유진."

"네."

워낙 오래 자서 그런지 목소리가 잔뜩 잠겼다.

"유진."

"네."

카세르는 다시 한 번 부르고 대답을 들은 후 한숨을 내쉬며 두 손에 얼굴을 묻었다. 유진은 그가 너무 심각해 보여서 영문을 알 수 없었다.

"혹시 제가 당신한테 말 안 했어요?"

중간에 잠깐 현실로 돌아왔을 때의 기억이 가물가물했다. 분명히 그와 눈이 마주쳤고 그에게 필요한 내용은 전달한 것 같은데 전부 자신이 착각한 것일 수도 있다.

카세르가 고개를 들었다. 유진은 그의 표정이 아주 이상하다고 생각했다. 그의 눈동자에 충혈된 부분을 발견하고서야 그의 표정이 몹시 지치고 피곤한 사람의 전형적인 모습이라는 것을 알아차렸다. 지금껏 피곤해하는 그를 본 적이 없어서 무척 생소했다.

"중요한 꿈이니까 깨우지 말라는 거? 당신, 꼬박 사흘을 넘게 잤어."

## 6. 바람이 불다

사흘이라면 엘버가 알려 준 예측 범위 안이었다. 잠에서 깬 유진은 벌써 사흘이나 지나갔다는 게 신기했다. 그녀는 이제 막 꿈속에서 엘버와 헤어졌다. 꿈과 현실의 시간 흐름이 다른 것인지, 그녀와 헤어진 후 깊은 잠에 빠져 시간 흐름을 느끼지 못한 것인지는 모르겠다.

"깨우지 말라는 그 얘기 말고, 오래 걸릴 거라는 말은 안 했어요?"

"……했지. 며칠이라고."

카세르가 음울하게 중얼거렸다. 그는 '며칠'이라는 단어를 해석하지 못해서 내내 전전긍긍했다. 이틀인지, 사흘인지, 혹은 그보다 더 오래인지. 사람이 아무것도 먹지 않고 며칠을 버틸 수 있는지 알아보기도 했다.

그는 유진이 잠든 지 이틀이 넘어가는 오후부터는 아무 일도 하지 못하고 계속 침대 곁에 붙어 있었다. 이대로 그녀가 깨어나지 못하면 어쩌나, 불길한 예감이 불쑥 들 때마다 속이 바짝바짝 탔다.

유진의 잠든 얼굴을 바라보다가 깨우고 싶은 충동이 들면 벌떡 일어나서 침실 안을 서성거렸다. 분명히 무엔가에서 받은 그 편지 때문일 거라고 짐작했다. 그 수상한 물질을 그녀가 만지도록 두는 게 아니었다고 자책했다. 무엔가로 당장 달려가려다가도 몇 번을 참았는지 모른다.

그녀가 남긴 당부를 잠꼬대처럼 취급하고 싶은 마음과 아주 중요한 일이니까 방해하면 안 될 거라는 마음이 팽팽하게 맞섰다. 아마 오늘을 넘겼으면 더는 기다리지 못했을 것이다.

"미안해요. 걱정했군요."

유진은 팔을 뻗어서 그의 손등에 손을 올렸다. 그에게 자세한 사정을 전하지 못했으니 영문을 모르는 상태에서 무작정 기다리기 힘들었을 것이다. 입장을 바꿔서 생각해 보니까 자신도 무척 걱정했을 것 같았다.

카세르는 말없이 유진을 물끄러미 바라보더니 한숨을 내쉰 후 말했다.

"몸은 괜찮아?"

"평소 자고 일어났을 때와 똑같아요."

"뭐 좀 먹어야지. 며칠을 굶었잖아."

유진이 뭐라고 대답을 하기도 전에 카세르는 훌쩍 일어나 시종을 불렀다.

'화났나?'

유진은 그의 눈치를 살폈다. 그의 표정이 어쩐지 딱딱했다. 그가 평소에 방긋방긋 잘 웃는 사람이 아니긴 해도 자신과 대화할 때 그의 표정은 항상 부드러웠다.

잠시 후 시녀들이 식사를 가져왔다. 곡물과 채소를 잘게 갈아서 만든 유동식이었다. 늘 먹는 음식이 아닌, 특수식이므로 따로 손이 가는 요리

일 텐데 마치 준비되었던 것처럼 즉시 들어왔다.

유진이 한 숟갈 떠서 먹어 보니까 전혀 퍼진 식감이 없이 씹는 맛이 있었다.

'금방 만든 것 같네. 내가 언제 일어날 줄 알고.'

입 안에 음식이 들어가니까 허기가 밀려왔다. 그녀는 한 접시를 깨끗이 비웠다. 배를 채우고 나니까 며칠 씻지 못한 몸이 꿉꿉했다. 씻고 싶다고 말하자 곧 따끈한 목욕물이 침실로 들어왔다.

사용인들이 윗전을 위해 알아서 준비했을 리는 없었다. 유진이 왕비로서 몇 개월 지내보니까 잡다한 시중을 드는 사람들은 아주 소극적이었다. 절대 지시하는 일 외에는 하지 않았다. 괜히 잘난 척 나서다가 윗전의 눈 밖이 날 수 있으니 그들 나름의 생존전략이었다.

유진은 목욕통 안에 앉아서 시중을 드는 시녀 몰래 히죽히죽 웃었다.

'정말 꼼꼼한 사람이라니까.'

식사도 목욕물도 전부 카세르가 지시했을 것이다. 자신이 언제 일어날지 모르니까 언제든 시간을 맞출 수 있도록 지시한 그의 섬세한 배려가 기분 좋았다. 뿌듯한 행복이 가슴 가득 차올랐다.

유진이 일어난 후 꽤 시간이 지나고 나서야 드디어 두 사람은 응접실 소파에 나란히 앉았다.

"어제 가주님께서 보낸 심부름꾼이 다녀갔어. 내가 적당히 핑계를 대고 돌려보내기는 했는데 걱정하실지도 몰라. 당신이 가서 가주님을 뵙고 와."

"그럴게요."

대답하면서도 유진은 여전히 경직된 그의 표정을 빤히 보았다. 화났다기보다는 건조해 보였다. 어쩐지 그가 느끼는 감정이 뭔지 어렴풋이 알 것 같았다. 너무 피곤해서 감정을 드러내는 것조차 귀찮은, 딱 그런 모습이었다. 그녀도 한때 이리저리 치여 종종거리며 살 때 비슷한 감정을 자주 느끼곤 했다.

유진은 두 손으로 카세르의 얼굴을 감싸 쥐고 눈을 마주쳤다. 그의 푸른 눈동자가 평소보다 흐린 듯했다.

"언제 잤어요?"

"음?"

"사흘 동안 설마 한숨도 안 잔 건 아니죠?"

"……아니야."

대답이 미묘하게 늦었다.

"안 되겠네. 이리 와요."

유진이 소파에서 일어나 그의 팔을 잡아끌었다.

"잠이 얼마나 중요한데요. 사람이 잠을 안 자면 죽어요."

"안 죽어."

카세르는 유진에게 붙들려 침실로 가면서 뚱하게 대답했다. 그가 마음만 먹으면 유진이 온 힘을 다해도 그는 한 걸음도 움직이지 않을 수 있었다. 그런데 그는 마치 항거할 수 없는 힘에 끌려가는 것처럼 못 이긴 척 따라갔다.

"진짜로 죽어요. 실험 결과도 나왔다고요."

"난 괜찮아."

"보통 사람보다는 낫겠지만, 당신 몸이 강철로 만들어지지는 않았잖아요. 잠깐이라도 눈 붙여요. 잠이 부족할 때는 잠보다 나은 약은 없어요. 당신은 지금 분명히 잠이 필요해요."

유진은 카세르를 침대 앞까지 데려간 후 그녀는 침대 위로 올라가 누웠다. 그리고 카세르를 올려다보면서 자신의 옆자리를 손바닥으로 탁탁 두드렸다.

"어서요. 내가 재워 줄게요."

카세르가 픽 웃더니 침대 위로 올라갔다. 유진의 옆에 누워서 그녀가 품 안에 완전히 들어오도록 꼭 끌어안았다. 그녀의 작은 어깨에 턱을 괴고 있으니 갑자기 모든 근심이 사라진 것 같은 안정감이 밀려왔다.

정말 피가 마르는 며칠이었다. 지금껏 살면서 그 정도로 기분이 수시로 오르락내리락 한 적이 없었다. 이번 일로 그는 확실히 알게 되었다. 그녀가 자신의 곁에 없는 나날은 상상할 수가 없다.

그는 슬쩍 고개를 돌려 입술에 닿는 그녀의 목덜미에 입을 맞췄다. 살짝 입술만 붙였다가 점점 더 진득하게 키스했다. 가만히 그에게 안겨 있던 유진이 몸을 흔들었다.

"이런 거 하지 말고 자라고요."

"이런 거?"

카세르가 삐딱하게 되물었다.

"안 잘 거예요? 그럼 지금 아르스 저택으로 갈래요."

"……."

카세르는 속으로 투덜거리면서 더 꼭 유진을 안았다. 이대로 더 있고 싶었다. 그는 '안 자도 괜찮지만, 자는 척이라도 할까.'라고 생각했다. 자야 한다고 주장하는 그녀와 의견이 달랐다. 며칠 안 자도 자신은 아무 문제 없었다.

하지만 그는 점점 나른한 기분이 들어서 당황했다. 몸에 무거운 추가 매달려서 침대 속으로 푹 꺼지는 것 같았다. 그는 평소에 노곤할 정도의 피로를 느낀 적이 없었다. 그런데 요 며칠 정신력의 소모가 컸다. 그녀가 잠들었던 사흘 내내 조바심 내다가 갑자기 안심하니까 긴장도 풀어졌다. 그는 스스로 의식도 못 하는 사이에 잠들었다.

유진은 자신을 꽉 안은 팔의 힘이 풀어진다고 느꼈다. 조심스레 살짝 뒤로 몸을 빼내고 시선을 들었다. 눈을 감은 그의 얼굴이 보였다.

'자나?'

워낙 예민한 사람이니까 시험해 볼 생각은 없었다. 그녀는 더욱 숨을 죽이고 꼼짝하지 않았다. 계속 보고 있는데도 그는 눈을 뜨지 않았다. 느슨하게 풀어진 표정이 무방비해서 그런지 어려 보였다.

'정말 자네.'

평소에 그가 자는 모습을 볼 기회는 없었다. 그의 기상 시간은 항상 그녀보다 일렀다. 아침에 눈을 뜨면 옆에 없었다. 그녀는 즐겁게 이 기회를 만끽했다. 보면 볼수록 흐뭇하게 잘생긴 얼굴이라서 전혀 지루하지 않았다.

'미안해요.'

이렇게 순식간에 잠에 빠져들 정도로, 얼마나 마음고생하며 자신의 곁을 지킨 것일까. 가만히 그를 바라보던 유진은 눈이 후끈해졌다.

참 이상했다. 강하고 유능하고 부유하고, 부족함 없이 모든 걸 완벽하게 갖춘 사람인데 왜 종종 이 남자가 안쓰러운지 모르겠다.


카세르는 두 시간쯤 자고 일어났다. 그리고 유진은 지난 며칠, 자신이 꿈에서 엘버를 만나 나눈 이야기를 그에게 전했다. 한창 대화하는 중에 아르스 저택에서 심부름꾼이 왔다. 저녁을 함께 먹지 않겠냐는, 다나의 초대장이었다. 어차피 가려고 했던 터라 유진은 저녁에 가겠다는 대답을 전했다.

해 질 무렵, 유진과 카세르는 아르스 저택으로 가는 마차 안에서 잠시 멈추었던 대화를 이어갔다.

"그래서 그 씨앗은 내가 갖고 있어야겠어요."

유진이 아니카 모임에서 몰래 빼낸 투명 씨앗에 관해 엘버에게 말했더니 그녀는 몹시 흥미로워했다. 엘버는 그런 씨앗의 존재를 유진의 말을 듣고 처음 알았다고 말했다.

「재밌군요. 영악한 놈. 숨겨 둔 수가 있었다니. 내게 그것에 관해 말한 적이 없으니 그건 놈에게 불리하게 작용하는 물건이에요. 그 씨앗으로 라미타를 측정한다고요? 라미타에 반응하는 건 라크뿐이에요. 그러니 그건 아마 놈의 기운 일부로 만든 것 같네요.」

"어르신께서는 그것의 본질이 라크의 씨앗과 같을 거라고 하셨어요. 그러니 씨앗을 봉인할 때와 같은 방식이면 된 대요."

"그럼 철나무의 기름이 필요하겠군."

건기에 채취한 씨앗은 철나무에서 추출한 기름에 담아 보관한다. 그러면 그 씨앗은 활동기가 되어도 깨지지 않았다.

씨앗을 기름에 담가 두면 시간이 지나면서 씨앗의 기운이 기름에 스며 나온다. 씨앗이 완전히 기름에 녹아 사라진 후 이 기름은 라크를 사냥하기 위해 무기에 바를 때 쓰이고 실생활에서는 연료로도 쓰였다.

"새 기름을 구할 수 있을까요? 아주 질 좋은 기름이 필요해요. 혹시 성도에 올 때 가져온 기름 있어요?"

하나의 기름통에는 하나의 씨앗이 원칙이다. 이미 씨앗을 담갔던 기름에 새로운 씨앗을 담으면 안 된다. 씨앗이 깨지거나 혹은 쓸모없는 기름이 되기 때문이다.

성도로는 라크의 씨앗을 반입하지 못하도록 단속했다. 그래서 이미 제작된 기름은 유통되지만, 새 기름은 쓸 일이 없으니 거래가 없었다.

그리고 철나무 기름은 품질이 다양했다. 높은 등급의 씨앗은 질 좋은 기름에 담아야 했다. 각 왕국에서 자생하는 철나무는 왕국에서 출몰하는 라크의 성질과 어울렸다. 따라서 강력한 라크가 출몰하는 하시 왕국에서 생산되는 기름이 가장 질이 좋았다.

"새 기름은 안 가져왔지. 그건 내가 구할 방법을 알아볼게."

"네. 고마워요."

유진은 마차가 아까부터 계속 서 있어서 어딘지 확인하려고 슬쩍 커튼을 들추었다. 여기도 교통 체증이 있었다. 이 시간에는 은근히 막혔다.

카세르는 아까부터 말을 꺼낼 기회만 엿보고 있었다. 그녀를 흘끔 곁눈질하고는 마침 대화가 끊긴 이 틈에 말했다.

"유진."

"네."

그녀는 카세르가 불러 놓고 말이 없자 시선을 돌렸다. 하지만 그는 눈이 마주친 후에도 잠시 머뭇거렸다.

"……꿈을 꾸던 도중에 잠시 돌아왔을 때, 내게 무슨 말을 했는지 기억해?"

"꿈을 꾸고 있고 며칠 걸릴 거고……. 그런 말을 한 것 같기는 해요. 그런데 그때 상황이 정확히 기억나지는 않아요."

카세르는 충격받은 표정으로 되물었다.

"기억이 안 난다고?"

"어렴풋이만?"

"당신이 내게 한 말이 기억이 안 나?"

굳이 다시 물어보는 그의 태도가 어딘가 이상했다. 그래서 유진이 물었다.

"제가 뭐라고 했는데요?"

"……"

"뭐라고 했길래요?"

"……날 불렀잖아."

유진이 그의 말을 이해하지 못해서 고개를 갸웃했다. 마침 마차가 아르스 저택으로 들어가 멈추어 섰다. 바깥에서 시종이 문을 열었다. 유진은 자리에서 일어나는 그의 표정이 심통 난 소년 같다고 생각했다. 그 묘사 외에는 떠오르는 표현이 없었다.

아르스 저택에 처음으로 가족이 모두 한자리에 모였다. 에녹와 아서는 물론이고 오늘은 에녹의 아내와 아들까지 참석했다. 유진은 그동안 아르스 저택을 드나들며 에녹의 아내, 레네와는 인사를 나눈 적 있지만, 조카와는 오늘이 첫 만남이었다.

저녁 식사를 준비하는 동안 유진은 카세르와 조카를 보러 갔다. 레오스가 태어난 지 약 넉 달 반 정도 지났다.

이 세계에서는 태어난 후 한 번의 활동기 기간을 무사히 보낸 아이는 큰 탈 없이 무사히 자랄 거라고 믿었다. 그래서 태어난 후 최소한 넉 달이 지나기 전에는 외출을 삼가고 가족 이외의 사람과 만남도 자제하는 등 무척 조심했다.

유진은 아이 침대 곁에 바짝 붙어서 계속 탄성을 질렀다. 그녀는 이렇게 예쁜 아기는 처음 봤다. 부모가 다 선남선녀라서 그런지 인형 같았다. 레오스는 누운 채 손발을 바둥거리다가 유진과 눈이 마주치면 방긋방긋 웃었다.

"어쩌면 이렇게 잘 웃을까. 레오스가 참 순한가 봐요. 그렇죠?"

"네. 순한 편이에요."

레네가 웃으며 대답했다.

"안아 보실래요?"

"그래도 돼요?"

"그럼요."

레네가 침대 안에서 아들을 안아 들었다. 그리고 엉거주춤하게 두 팔을 벌리는 유진의 품에 넘겨주었다.

"팔에 힘주셔야 해요. 생각보다 꽤 무거워요."

"네. 으아. 정말 무겁네요. 요 녀석. 너 뭘 먹었길래 이렇게 무겁니?"

유진이 아이를 어르니까 레오스가 까르륵 웃었다. 레네는 그 모습을 신기하다는 듯 바라보았다. 전에는 저런 장면을 보게 될 거라고 상상하지 못했다. 아마 예전이라면 시누이에게 아들을 안겨 준 후 마음이 불편했을 것이다. 아니, 애초에 안아 보겠느냐고 먼저 권하지도 않았을 거다.

레네는 성년 생일이 지난 후 얼마 안 되어 에녹과 결혼했다. 소개를 통해 에녹을 만났고 열렬한 사랑 없이 결혼했지만, 다정하고 성실한 남편에게 불만은 없었다. 시부모님도 모두 좋은 분들이었다. 그러나 레네가 전혀 생각하지 못한 변수가 있었다.

레네는 결혼 전에 시누이가 남편을 무척 따르고 좋아한다는 말은 들었다. 그때는 그저 의좋은 남매구나, 대수롭지 않게 생각했다. 더구나 시누이는 아니카인 데다가 굉장한 미인이었다. 레네는 그저 막연하게 시누이가 좋은 사람일 거라고 믿었다.

결혼 초에는 몰랐다. 그런데 시간이 지날수록 레네는 진과 마주치면 미묘한 불편함을 느꼈다. 신경을 건드리는 말을 툭 던져서 두고두고 곱씹게 한다거나 눈빛에 은근한 적대감을 드러내기도 했다. 밖에서 '수준이 안 맞는 여자가 우리 집에 들어왔다'라는 자신의 뒷말을 했다는 사실을 알았을 때는 상처를 받았다.

차라리 대놓고 괴롭혔다면 문제 삼았을 것이다. 그러나 따지고 들기에는 애매한 기분상 문제였다.

어머니한테 '시누이가 날 싫어해요.', '말을 기분 나쁘게 해요.'라는 말을 슬쩍 돌려서 하소연했더니 '그럼 시누이가 네 친구인 줄 알았니?', '네가 어른스럽게 대응해야지.'라는 말만 들었다.

남편에게 말하면 모른 척하지는 않을 것 같았다. 하지만 레네는 괜히 집안을 시끄럽게 만들고 싶지 않아서 속으로만 끙끙거렸다.

결혼하여 먼 하시 왕국으로 떠난 진이 3년 만에 돌아왔다는 소식을 들었을 때 레네는 마음이 무거워졌다. 그녀는 아이가 감기 기운이 있다는 핑계로 계속 아르스 저택에 가지 않고 미적거렸다. 하지만 다나가 함께 식사하자고 심부름꾼을 보내니 더는 미룰 수 없었다.

오랜만에 만난 진이 따로 할 말이 있다고 해서 레네는 무척 긴장했다. 그런데 전혀 생각지도 못한 사과를 받았다. 진은 레네에게 고개까지 숙이며 말했다.

「내가 예전에 언니한테 잘못을 많이 했어요. 정말 미안해요. 내 마음이 편하려고 일방적으로 사과해서 언니 마음이 풀리기를 강요할 생각은 전혀 없어요. 다만, 앞으로는 절대 예전처럼 그러지 않을게요.」

레네는 타고난 천성이 온순하며 타인에게 악의를 오래 품지 못했다. 그녀는 진심이 담긴 사과를 받고 모든 유감을 풀었다.

귀여워서 어쩔 줄 모르겠다는 표정으로 레오스를 보던 유진이 당황했다.

"레오스 표정이 이상해요. 입술을 삐죽거리면서 곧 울 것 같아요."

"배가 고픈가 보네요. 밥 먹을 시간이 다 되긴 했어요."

레네가 아이를 다시 받아 안았다. 레네의 지시를 받고 하녀가 젖 유모를 부르러 나갔다.

"밥 먹어야 한다니, 그만 나가 볼게요."

유진이 아기의 통통한 볼을 손가락 끝으로 살짝 두드리며 말했다.

"레오스. 저녁 맛있게 먹어. 다음에 보면 고모를 잊지 않고 기억해 줘."

유진과 카세르가 방을 나간 후 레오스가 칭얼거리기 시작했다. 아이의 배꼽시계는 어김없이 정확했다. 레네는 아들 등을 토닥토닥 두드려 달래면서 말했다.

"레오스. 네 고모님이 엄마가 되고 싶으신가 보다. 네가 보기에도 그렇지?"

레네는 오랫동안 아이가 생기지 않아서 속을 끓이는 동안 어디를 가든 아이를 보면 그렇게 예쁠 수가 없었다. 그래서 조카를 보는 시누이 눈빛에서 드러날 듯 말 듯 한 마음을 읽었다. 그녀는 부디 어여쁜 아기가 시누이에게 찾아오기를 기도했다.

방에서 나온 두 사람은 응접실로 향했다.

"정말 귀엽죠? 아, 세상에, 몸서리쳐지는 귀여움이 뭔지 알겠어요."

카세르는 동의를 구하는 그녀의 말에 적당히 맞장구쳤다. 그는 솔직히 그녀의 호들갑을 이해할 수 없었다. 그가 레오스를 본 감상은 작으니까 무척 약할 거라는 우려, 저 작은 아이가 언젠가 제 몫을 하는 한 사람이 된다는 게 신기하다는 정도였다.

'형제의 아이라서 특별한 느낌인가?'

자신은 형제가 없으니 그녀의 감정에 공감할 날은 없을 것이다. 곰곰이 생각해 보니 저 어린아이의 몸에 흐르는 피 일부가 그녀와 같다고 생각하니까 좀 특별한 것 같기도 했다.

"무척 예쁜 아이예요. 우리에게는 어떤 아이가 올까요?"

카세르가 시선을 옆으로 돌렸다. 유진이 고개를 돌려 그와 시선을 마주치며 웃었다.

"아버지가 이렇게 미남이니까 분명히 아주 예쁠 거예요."

카세르의 눈이 살짝 가늘어지더니 걸음을 멈추었다. 언젠가부터 그는 후계자 이야기를 꺼내지 않았다. 두 사람은 아이에 대한 화제를 암묵적인 금기처럼 다루지 않았다.

그런데 그녀는 마치 항상 이런 대화를 나누었던 것처럼 불쑥 말을 꺼냈다. 의도가 담긴 말인지, 생각 없이 나온 말인지, 그는 유진의 속내를 가늠하듯 유심히 보았다.

덩달아 유진의 걸음도 멈추었다. 두 사람은 복도 중간에 멈추어 서서 서로를 바라보았다. 창으로 비치는 저녁의 햇빛이 복도에 길게 늘어졌다.

유진은 할 말이 가득한 표정으로 좀처럼 말을 꺼내지 못했다. 카세르는 처음으로 자신의 인내심이 아주 얕다고 생각했다. 갈증과는 다른 느낌으로 목이 탔다. 그녀가 하려는 말을 다그쳐 알아내고 싶었다.

"나 말이에요."

유진은 맞잡고 꼼지락거리는 자신의 두 손을 내려다보다가 고개를 들었다.

"엄마가…… 되고 싶어요. 그리고……."

그녀는 계속 그와 눈을 마주치지 못하고 다시 고개를 숙였다.

"내 아이 아버지는…… 꼭 당신이었으면 해요."

유진은 홧홧하게 달아오른 얼굴을 두 손으로 감쌌다. 새삼 이런 이야기를 하려니까 민망해서 온몸이 배배 꼬였다. 그런데 꼭 그에게 확실히 말해 두고 싶었다. 가짜와의 계약 때문에 의무감으로 매여서가 아니라 자신의 의지로 선택하는 거라고.

"……유진."

유진은 부끄러워서 대답하지 못했다. 그런데 카세르 역시 불러 놓고 말이 없었다. 그는 속이 울렁거려서 입을 열 수가 없었다.

전에 그녀가 저택을 '우리 집'이라고 부르며 '돌아가자'라는 말을 했을 때 비슷한 감정을 느꼈다. 아니, 그거와 비교할 수 없는 벅찬 희열이 온몸으로 번졌다.

날아갈 듯한 기분이 이런 건가. 온몸이 가벼웠다. 살짝만 발 구르기를 해도 이 저택 지붕까지 올라갈 수 있을 것 같았다.

우리 아이.

그녀의 몸속에서 자신의 아이가 자란다는 상상이 그의 피를 순식간에 뜨겁게 달구었다. 끓어오르는 피는 정염이 되었다. 지금 당장이라도 그녀가 원하는 아이를 주고 싶었다.

시선에 보이는 그의 발끝이 갑자기 성큼 다가오자 그녀는 흠칫 놀라 뒤로 물러났다. 고개를 드니 어느새 그가 부딪칠 정도로 가까이 왔다. 유진은 반사적으로 뒤로 물러났다. 계속 뒷걸음질 치던 그녀의 등은 곧 벽에 닿았다.

그는 유진을 막다른 곳에 몰아넣고 속으로 벽을 짚어 아예 도망칠 길마저 차단했다. 두 사람 코끝이 아슬아슬한 간격을 유지한 상태에서 카세르가 바짝 몸을 밀착했다.

그가 무릎을 세워서 유진의 허벅지 안쪽을 누르듯 파고들었다. 유진이 기겁하여 그의 가슴을 내리쳤다.

"미쳤어요? 왜 이래요?"

그녀는 부지런히 눈동자를 굴려 복도의 양 끝 좌우를 살폈다. 다행히 아무도 없었다.

"당신이야말로 왜 이래? 왜 지금이야? 왜 여기서 이러냐고. 사람 미치게 하는 법을 아주 잘 알아. 응?"

잔뜩 가라앉은 목소리가 탁하게 으르렁거렸다. 푸른 눈동자 속에 뜨거운 기운이 일렁거렸다. 유진이 동그랗게 커진 눈으로 침을 꼴깍 삼켰다. 침실이 아닌 곳에서는 평소 점잖던 사람이 사납게 흥분한 모습을 보니까 당혹스러웠다.

그런데 아무래도 자신이 음전한 숙녀는 못 되는 모양이라고 생각했다. 이 남자를 더 도발하고 싶었다. 그녀는 순진한 표정으로 미처 생각도 못 했다는 듯 천연덕스럽게 말했다.

"그러게요. 여긴 우리 집도 아니고……."

유진은 손바닥으로 그의 가슴을 타고 어깨로 올라가 목덜미를 감쌌다. 그리고 비음이 섞인 달짝지근한 목소리로 말했다.

"저녁도 먹고 가야 하는데요. 괜찮겠어요?"

유진이 과장된 표정으로 시선을 내리떴다. 마치 그의 하복부의 불편한 사정을 염려한다는 듯 살짝 혀를 찼다.

카세르는 절망적인 표정으로 끙, 낮은 신음을 흘렸다. 그녀의 허리를 끌어안으며 어깨에 고개를 묻었다. 이 이상 뭔가를 했다가는 제어할 자신이 없으니 아예 시작도 하면 안 되겠다고 생각했다. 대신 그는 음산하게 선전포고했다.

"이따 집에 가서 보자고."

유진은 뒤늦게 아차 싶었다. 아무래도 너무 놀린 것 같았다. 후환이 살짝 두렵긴 하지만, 그녀 역시 어서 빨리 둘만 있고 싶기도 했다.

그녀는 커다란 덩치로 매달리듯이 자신을 안고 있는 남자의 뒤통수를 한 손으로 쓰다듬었다. 손가락 사이로 부드러운 머리카락이 스치는 느낌을 좋았다. 기분 좋게 웃고 있던 그녀는 헛기침 소리를 듣고 화들짝 놀랐다. 반쯤 돌아서 있는 에녹을 보고 얼른 카세르를 밀어냈다.

"오, 오라버니. 저녁 준비가 다 되었어요?"

"그건 아니고."

고개를 돌린 에녹이 두 사람을 번갈아 보며 잠시 침묵했다. 유진은 에녹의 눈빛에서 자신이 언젠가 공공장소에서 애정행각을 하는 커플을 보면서 느꼈던 감정을 보았다. 에녹한테 발각된 게 이번이 처음이 아니라서 더 민망했다.

"손님이 오셨다. 널 찾아온 손님이야."

"저를요? 제가 여기 있는지 어떻게 알고요?"

"왕가의 저택으로 먼저 갔다가 여기로 왔다고 하더라."

"누군데요?"

에녹이 카세르를 슬쩍 한 번 본 후에 말했다.

"기사 피데스. 성하께서 네게 전하는 말씀을 가져왔대."

순간, 카세르의 표정이 싸늘해졌다.

"남의 집 문을 두드리기에는 적절하지 않은 시간이로군요."

카세르는 피데스의 방문 시각을 문제 삼았다. 남의 집을 방문할 때는 식사 시간은 피하는 것이 마땅한 예의다.

하지만 손님도 손님 나름이었다. 피데스는 기사이고 기사가 상제의 명을 받아 아니카를 만나러 올 때는 그런 예의에 구애받지 않았다. 자주는 아니어도 예전에 이른 아침이나 저녁 늦게 피데스가 방문하곤 했다.

"늦은 시간이긴 하지요."

에녹은 굳이 그 사실을 말하지 않고 적당히 대답했다.

"대체 얼마나 급한 일이라고 합니까?"

이번 질문에는 에녹이 당황했다. 지금껏 기사가 찾아왔을 때 무슨 용무냐고 물은 적이 한 번도 없었다. 상제의 명으로 아니카를 만나러 왔다고 하면 그뿐이었다. 누이동생 일에 무심해서가 아니다. 상제와 아니카 사이에 오가는 이야기를 알아내려 시도했다가는 되레 문제가 될 것이었기 때문이다.

사왕이 그 사실을 설마 몰라서 묻는 것인지, 대답해야 하는 건지, 에녹은 대응할 방법을 몰라서 유진을 쳐다봤다. 마침 유진이 눈치 있게 나섰다.

"갑자기 찾아온 걸 보면 길어질 이야기는 아니겠지요. 지금 가서 만날게요. 일 층 응접실로 가면 되지요?"

"그래."

유진이 카세르의 팔을 잡아 무언의 신호를 보냈다. 그녀는 마뜩잖은 표정으로 돌아서는 그에게 말했다.

"피데스 경은 심부름꾼일 뿐이잖아요."

유진은 아르스 저택으로 오기 직전에 나눈 대화 때문에 그가 상제에게 반감을 드러낸다고 생각했다. 꿈에서 엘버와 나눈 대화 내용이 워낙 방대하여 전부 말하려면 아직 멀었다. 하지만 중요한 사실 몇 가지는 이미 그에게 말했다. 상제의 정체라든가, 상제와 무엔 가문이 얽힌 복잡한 사정이라든가.

"상제 의도가 너무 뻔해."

"무슨 의도요?"

유진은 혹시 해서 물었다.

"심부름꾼으로 피데스 경을 보내는 거요? 피데스 경이 와서 기분 나쁜 거예요?"

유진은 대답 없는 그의 옆얼굴을 보다가 웃었다.

"왜 그래요. 아직도 신경 써요? 난 피데스 경한테 아무 감정 없다니까요."

유진의 말에도 카세르의 언짢은 기분은 전혀 나아지지 않았다. 유진을 의심해서 기분 나쁜 게 아니기 때문이다.

그녀는 엄연히 자신의 아내다. 그런데 상제가 자꾸 피데스를 보내는 것은 그녀의 마음을 흔들려는 의도이므로 남편인 자신을 모욕하는 짓이었다.

상제의 유치한 꿍꿍이가 짜증 나고 피데스도 괘씸했다. 과거에 그 가짜가 피데스에게 아는 사람은 다 알 정도로 공공연하게 호감을 드러냈다고 들었다. 그러니 피데스 역시 아무것도 모르는 상태로 상제에게 이용당하는 건 아닐 것이다.

피데스는 인품이 좋은 기사로 소문이 자자했다. 그자가 정말 인격자라면 알아서 처신해야 할 것 아닌가.

어쨌든 카세르는 피데스에 대한 감정을 한마디로 정의하기가 복잡했다. 그런데 사실은 이런저런 이유를 갖다 붙일 뿐이지 그의 감정은 단순했다. 그자가 유진 눈앞에 알짱거리는 게 싫었다.

유진은 문득 아까 마차에서 내릴 때의 그의 표정이 떠올랐다. 인상적이었지만, 아주 잠깐이었고 마차에서 내린 후에는 그의 태도가 평소와 다르지 않았다. 그래서 마중 나온 부모님과 인사를 나누다가 잊었다. 그런데 지금 그를 보면서 다시 생각났다. 그의 표정이 아까와 조금 비슷했다.

'아까 뭐라 그랬더라.'

유진은 곰곰이 기억을 되짚었다. 카세르가 마차에서 내리기 직전에 했던 말을 염두에 두고 생각하니까 언뜻 떠오르는 장면이 있었다.

「카세르」

그날, 그를 부르자마자 눈을 떠서 '이 사람은 정말 잠귀가 밝구나.'라고 감탄했던 기억이 났다.

유진이 계속 카세르를 바라보고 있으니 그가 고개를 돌렸다. 그녀는 설레는 기분으로 그를 불렀다.

"카세르."

순간, 그의 눈빛이 크게 흔들렸다. 변화가 적나라해서 유진은 웃음을 터뜨렸다. 이름을 부른 게 좋았으면 그렇다고 말을 할 것이지, 왜 혼자 꿍해 있었는지 모르겠다.

"당신이 신경 쓰인다고 하니까 오늘 만나면 피데스 경에게 다음부터는 다른 기사를 보내라고 말할게요."

"……굳이 그럴 것까지는 없어."

"왜요?"

"그자가 상제에게 가서 무슨 말을 할지 모르잖아."

"그럼 얘기 안 할게요. 다음에도 또 피데스 경이 올 거예요. 괜찮은 거죠?"

카세르는 고개만 끄덕였다. 그런데 유진은 그의 기분이 한결 나아진 사실을 느낄 수 있었다. 그저 이름 한 번 불렀을 뿐인데 그토록 질색하던 피데스에게 너그러워지다니.

'사람은 참 다양한 모습을 갖고 있구나.'

유진은 카세르에게 놀랍도록 단순한 면이 있다는 사실을 알게 되었다. 뒤끝이 있는 사람은 아니지만, 은근히 사소한 일을 마음에 둔다. 그리고 그를 알면 알수록 그가 가진 모든 모습이 사랑스러웠다. 그를 좋아하는 마음이 갈수록 커져서 자신의 감정이 어디까지 이를지 궁금했다.

\*    \*    \*

피데스가 전한 내용은 간단했다.

"상제 성하께서 올해의 천신제에 참석하도록 명하셨습니다. 아니카 진과 아니카 플로라. 두 분은 성하를 보좌하여 제례를 주관하는 신성한 임무를 이행하실 겁니다."

유진은 천신제가 뭔지 몰라서 잠자코 듣기만 했다. 상제가 정기적으로 사람들 앞에서 신술을 보여 준다는 말을 들은 기억이 났다. 아마 그런 비슷한 거려니 생각했다.

'플로라와 같이?'

아니카 모임에서 본 것을 마지막으로 플로라와 만난 적 없다. 그런데 그날 충격이 컸는지 다른 사람과도 만나지 않는 모양이었다. 그 모임 후 아니카들을 저택에 초대했을 때 그들이 '아니카 플로라는 요즘 뭐 하는지 모르겠어요.'라고 했다.

유진은 플로라와의 첫 만남이 유쾌하지는 않았지만, 플로라와 잘 지낼 수 있다면 그러고 싶었다. 친구가 되는 건 힘들 것 같고 서로에게 맺힌 게 없는 관계 정도면 족했다.

하지만 플로라는 무척 유감이 많은 듯했다. 가짜가 플로라에게 못되게 군 장면을 봤으니 이해는 했다. 문제는 자신이 과거의 잘못을 사과해도 풀리지 않을 것 같다는 점이었다. 가짜에 대한 플로라의 감정은 경쟁심과 열등감이 더해져 아주 복잡한 것 같았다.

'플로라와 함께한다는 건 그렇다 치고, 참석 의사를 묻는 게 아니라 일방적인 명령이야? 신은커녕 인간도 아닌 주제에.'

유진은 속으로는 불만을 터뜨리면서 겉으로는 황송하다는 듯 대답했다.

"그런 중임을 맡겨 주시다니. 제가 잘할 수 있을지 모르겠어요."

그리고 그녀는 즉답을 피하고 돌려 말했다.

"제가 성하를 직접 뵙고 자세한 말씀을 듣겠습니다. 전해 듣는 설명으로는 그 엄청난 중임을 제가 전부 이해할 수 없을 듯해서요."

"예, 아니카 진. 성하게 곧 찾아뵐 거라는 말씀만 전하면 되겠습니까?"

"네."

"그리고 이 일은 당분간 비밀입니다. 아시겠지만, 정확한 날짜와 참석자를 공표하기 전까지는 천신제에 관련한 어떤 말도 돌아서는 안 됩니다."

"아, 네…… 물론 잘 알고 있어요."

"그럼 저는 이만 가 보겠습니다. 마하의 축복이 영원하시기를."

피데스가 자리에서 일어나 유진에게 꾸벅 고개를 숙이는 순간, 유진은 오랜만에 피데스와 관련된 기억을 봤다. 장소는 바로 이 응접실이었다. 지금처럼 소파에 마주 앉은 상황이 똑같았다.

「피데스 경. 그날 일은…… 사과할게요.」

앳된 가짜의 목소리는 잔뜩 풀이 죽어 있고,

「다시는 그런 일이 없었으면 합니다.」

딱딱한 말투로 말하는 피데스의 표정에는 찬바람이 불었다. 유진이 본 적 없는 냉랭한 모습이었다.

「약간의 장난이었어요. 무도회에서는 그런 일이 종종……」
「아니카 진. 그런 건 장난이 아닙니다. 당하는 사람이 웃으며 넘길 수 있어야 장난이지요. 수상한 약을 탄 음료를 먹이는 것을 어떻게 장난이라고 합니까?」

유진은 기억을 보면서 '맙소사.' 하고 중얼거렸다. 대강의 상황이 짐작되었다. 가짜가 피데스에게 약을 탄 술을 먹인 듯했다. 피데스가 넘어오지 않으니 아예 덮치려고 했던 걸까.

더구나 기억으로 보는 피데스는 지금보다 훨씬 어렸다. 막 청년이 된 풋풋함이 보였다. 피데스와의 나이 차이를 계산하면 가짜가 열대여섯 살 무렵의 일인 듯했다.

'되바라진 것 같으니라고. 구제불능이네.'

유진은 자신이 한 일이 아닌데도 얼굴이 화끈거렸다. 기억의 장면이 바뀌었다.

*「대체 내가 뭐가 부족해요? 경은 내 어떤 점이 싫은 거예요?」*
*「싫은 게 아닙니다. 아니카 진. 저는 신을 모시기로 맹세한 몸입니다.」*
*「그럼 다른 기사들은 뭔데요? 그들은 가짜로 신을 모시나요?」*

가짜는 격앙된 목소리로 언성을 높이고 피데스는 곤란해하는 표정으로 한숨을 내쉬었다. 가짜가 일방적으로 화내는 모습 같지만, 실상은 매달리는 것이나 다름없었다. 유진은 가짜가 자신의 몸으로 저지른 만행이 짜증 났다.

*「두고 봐. 내가 당신만큼은 내 손에 넣고 말 거니까.」*

다시 장면이 바뀌고 가짜가 이를 악물고 중얼거리는 독백으로 기억은 끝났다. 애정인지, 오기인지, 다른 무언가인지, 유진은 피데스에 대한 가짜의 감정을 도통 알 수가 없었다. 어쨌든 유진의 감상을 표현하자면 구질구질하고 징글징글했다. 그리고 갑자기 의문이 생겼다.

"피데스 경."

유진은 일어나는 그를 불러세웠다.

"잠시 괜찮다면 시간을 내주겠어요? 개인적인 질문이 있어요. 오래 걸리지는 않을 거예요."

피데스가 다시 자리에 앉았다.

"내가 오래전에 경을 무척 귀찮게 했지요. 큰 실수도 했고요. 나는 경이 내 얼굴도 보고 싶지 않을 거라고 생각했어요. 내가 결혼했을 때 홀가분했을 거예요. 그런데 왜 성하의 말씀을 전하러 항상 경이 오는 건가요? 혹시 성하의 분부에 억지로 따르고 있는 거라면 내가 성하께 잘 말씀드려 볼게요."

피데스는 잠시 아무 말이 없었다. 그리고 오히려 유진에게 물었다.

"저를 보는 게 불편하십니까?"

"그건 아니에요. 내 입으로 말하기는 그렇지만, 결혼한 후에 내가 좀더 주변을 넓게 보게 되었어요. 나로 인해 불편한 사람이 없기를 바라는 마음이에요."

"저는 괜찮습니다."

"아…… 그래요?"

"예, 더 하실 말씀 없으시면 그만 가 보겠습니다."

"……네."

유진은 카세르가 피데스를 거북해하는 데다가 자신도 그런 기억까지 봐서 민망하고 피데스 역시 마음이 편하지 않을 테니 겸사겸사 서로에게 좋은 방법이라고 생각해서 제안했다. 그가 흔쾌히 받아들일 줄 알았는데……

피데스는 응접실을 나가기 직전에 잠시 멈추어 섰다. 그는 유진을 향해 돌아보지는 않은 채 말했다.

"홀가분하지는 않았습니다."

피데스가 나간 후 유진은 한 대 맞은 기분으로 중얼거렸다.

"뭐야……."

그의 뜬금없는 말이 유진이 '내가 결혼했을 때 홀가분했을 거예요.'라는 말의 대답이라면 어쩐지 의미심장했다.

'이래서야 카세르에게 예민하게 굴지 말라는 말을 못 하겠네.'

유진은 카세르를 재평가했다. 그는 과민한 게 아니라 비상한 촉이 발달한 것이었다.

'이상한 사람이잖아. 가짜가 그렇게 매달릴 때는 내쳐 놓고서는 왜 저렇게 은근히 흘려?'

유진은 이 이야기는 절대 카세르에게 하지 말아야겠다고 생각했다. 지금도 피데스 말만 나오면 날카롭게 구는데 그가 알았다가는 과격한 반응을 보일 것이다. 피데스가 대놓고 질척거린 것은 아니니까 눈치 없이 모르는 척해야겠다.

그런데 피데스와의 일이 아니어도 카세르는 피데스가 전한 상제의 용건을 듣고 격한 반응을 보였다. 피데스는 비밀을 지키라고 당부했지만, 유진은 잠시도 고민하지 않았다.

"당신보고 천신제에 참가하라고 했다고?"

"천신제가 어떤 행사예요?"

"어떤 행사인지는 나도 몰라. 한 번도 본 적 없으니까. 아마 왕이라면 누구도 본 적 없을 거야. 천신제가 열리는 날짜 때문이지. 천신제는 한 해의 마지막 건기가 끝날 무렵에 열려."

활동기가 시작되기 전에 왕이 자신의 왕국으로 돌아가 있으려면 성도에 머물던 왕은 최소한 건기가 끝나기 보름 전에는 왕국으로 출발해야 한다. 유진에게 천신제에 참가하라는 명령은 왕국으로 가지 말라는 말과 같았다.

"천신제라고?"

카세르가 혼잣말을 중얼거리며 기가 찬 헛웃음을 흘렸다. 성도로 올 때 상제가 무슨 수작을 부릴 거라고 어느 정도는 예상했다. 그래서 미리 이런저런 준비를 해 두었다.

그런데 유진이 라미타 등급을 낮추어 말해서 그런지 상제가 그녀에게 딱히 관심을 두는 것 같지 않았다. 어쩌면 예정대로 왕국에 돌아갈 수 있을 거라고 기대했건만. 역시나였다.

카세르는 성도궁에서 주관하는 종교 의식에 관심을 두지 않았다. 하지만 그런 그가 알 정도로 천신제는 유명했다. 상제가 매년 정기적으로 주관하는 유일한 행사였다.

천신제를 직접 본 하시 왕국의 귀족이 '정말 신이 계신다고 믿을 수 있다'라고 잔뜩 흥분하여 말하는 내용을 들은 적이 있었다. 평소 신실한 신앙심과는 거리가 먼 자였다.

"천신제가 열리는 날, 성도궁을 공개한다고 해. 물론 완전한 공개는 아니지만, 그날 하루는 누구나 성도궁 문턱을 넘을 수 있지."

"아주 큰 행사로군요."

카세르는 착잡한 표정으로 유진을 바라보았다. 그녀가 천신제의 의미를 완전히 이해하는 것 같지 않았다. 천신제 참석 여부는 본인이 결정할 수 있는 문제가 아니다.

천신제는 상제의 권위를 상징했다. 만약 상제가 왕에게 참석을 명한다면 왕은 선택해야 할 것이다. 상제의 심기를 거스를 것인지, 왕국 백성들의 희생을 각오할 것인지. 그리고 아마 대부분 왕은 왕국으로의 출발을 늦출 것이다.

사용인이 저녁 식사 준비가 다 되었다는 말을 전하러 문을 두드리는 바람에 두 사람의 대화는 더 깊이 가지 못했다. 어차피 길어질 이야기이니 나중으로 미루고 그들은 식당으로 갔다.

모두가 약간의 시차를 두고 식당에 도착했다. 패트릭이 식사를 시작하기 전, 처음으로 모두 모여 함께 식사하는 오늘의 특별함을 거론하며 짧은 인사말을 하는 동안 다나는 뿌듯한 표정으로 아이들을 둘러보았다.

자신의 세 아이가 저렇게 장성하여 둘은 벌써 결혼을 했고 그 배우자까지 함께 앉아 있으니 감개무량했다. 항상 넓다고 생각했던 식당이 꽉 차 보였다. 먹지 않아도 배가 부르다는 말뜻을 알 것 같았다.

다나의 시선은 특히 유진에게 길게 머물렀다. 기적처럼 되찾은 딸이라 그런지, 다나는 딸을 생각하면 마음 언저리가 시큰했다. 벌써 저 아이가 스물세 살이라는데 다나 눈에는 그저 어리게만 보였다.

"진. 속은 좀 괜찮니? 심하게 체해서 며칠을 고생했다면서."

모두의 시선이 유진에게 향했다. 유진은 사전에 들은 말이 없어서 잠시 당황했다. 카세르가 왜 말해 주지 않았는지 의아했지만, 유연하게 대처했다.

"네, 괜찮아요."

"네게 보낸 사람이 네 얼굴도 보지 못하고 돌아왔다고 해서 내가 얼마나 놀랐는지 몰라."

"걱정하실까 봐 그랬어요. 체하면 별것 아닌데도 겉보기에는 심각한 환자 같으니까요."

"네가 아직도 속이 다 낫지 않았다고 해서 오늘 저녁은 소화에 무리가 없는 요리로 준비했어. 그래서 생각보다 시간이 걸렸구나."

그리고 다나는 다른 가족들을 보며 말했다.

"그러니까 오늘 저녁은 순한 요리로만 준비했으니 맛은 좀 떨어질 거란다. 자, 배고플 테니 다들 듭시다."

유진은 순가락을 들어 수프를 뜨면서 살짝 카세르를 곁눈질했다.

'엄마한테 언제 말한 걸까?'

체했다는 변명은 아르스 저택에 도착한 후 카세르가 만들어 낸 거라고 추측했다. 사흘 만에 일어나 유동식만 먹은 자신이 갑자기 위에 부담스러운 저녁 식사를 하면 탈이 날까 걱정되어 그런 듯했다.

유진은 밥 먹다가 혼자 히죽거리는 모습으로 비추어질까 봐 자꾸 올라가는 입꼬리를 애써 힘주어 끌어 내렸다. 그는 귀에 달콤한 말을 변죽좋게 하는 사람은 아니었다. 그런데 그가 아주 섬세한 부분에서 자신을 배려해 줄 때마다 사랑 고백을 듣는 것 같았다.

'말한 적은 없네.'

두 사람 다 서로에게 '사랑'이라는 말은 한 적이 없다. 하지만 유진은 그가 자신을 사랑한다는 사실을 전혀 의심하지 않았다.

저녁 식사를 마친 후, 유진은 다나가 따로 할 말이 있다고 해서 다나의 침실로 갔다. 다나는 소파테이블 위에 보석함을 내려놓았다. 한 뼘 정도 크기로 작은 장신구를 넣는 용도 같았다.

"가보나 골동품을 모아 두는 창고에서 보관하던 물건이야. 언제 만들어졌는지도 모르겠다. 최소 몇백 년은 됐을걸."

유진은 '문화재네.'라고 생각하며 유심히 보석 상자를 살폈다. 겉을 씌운 가죽은 꺼멓게 색이 바랬고 결이 거칠게 일어났다. 모서리를 장식한 부속품은 금이 아닌지 잔뜩 녹이 슬어 있었다. 상사를 만든 재료는 그다지 값비싸 보이지 않았다.

"네가 납치 사건에 대해 기억나는 게 있으면 말해 달라고 했지? 엊그제 창고에 찾을 물건이 있어서 갔다가 생각이 났어. 그날 네 유모가 널 납치하면서 이것도 같이 훔쳐 갔거든."

“이게 귀한 물건인가요?”

“수집가한테는 인기가 있겠지. 널 찾아서 데려온 기사가 이것도 같이 가져왔어. 유모 시체 옆에 있었는데 우리 집에서 훔친 물건 같다면서.”

그날, 납치된 진을 찾았을 때 범인인 유모는 이미 죽어 있었다고 했다. 유진은 꿈에서 엘버를 만나 많은 정보를 얻은 이 시점에서 다시 생각하니까 그 상황을 새롭게 해석할 수 있었다. 아마 유모는 주술의 제물로 희생된 게 아닐까.

“안에 뭐가 들어 있어요?”

“아무것도 없어.”

“원래부터 없었어요?”

“글쎄다. 그런데 귀한 물건은 넣어 놓지 않았을 거야. 이 상자는 오래되어 가치가 있을 뿐이지. 난 이런 게 우리 집 창고에 있었다는 것도 몰랐어. 밑바닥에 가문 문장이 새겨져 있으니까 우리 것이구나, 했지. 그런데 그때는 내가 내 정신이 아니라서. 이깟 상자가 없어지거나 말거나 전혀 중요하지 않았으니까 기사가 두고 간 걸 그냥 창고에 두라고 해 놓고 잊어버렸어.”

유진이 두 손으로 조심스레 상자를 들어 요리조리 살펴보았다.

“제가 가져가서 봐도 돼요?”

“그러럼.”

“오래된 물건이니까 집안 보물 같은 거 아니에요?”

다나가 웃으며 말했다.

“그런 거 아니야. 내 임의로 처리해도 아무 문제 없으니까 가져가.”

“감사해요, 엄마.”

“그리고 저번에 맞춘 옷이 몇 벌 왔어. 수선할 데는 없을지 한번 입어 보자.”

"······네."

유진은 한 시간 정도 옷 갈아입기를 한 후에야 아르스 저택을 나올 수 있었다.

* * *

카세르는 피데스가 전하고 간 상제의 명령 때문에 머릿속이 복잡했다. 심란한 마음을 내색하지 않으려고 노력했지만, 아르스 저택에서 식사하고 그녀의 가족들과 담소를 나누는 중에도 자꾸 딴생각이 들었다.

귀가 후, 일이 있다는 핑계로 집무실로 들어가서 한참을 고민했다. 그러나 자신 혼자 결론을 내릴 수 없는 문제였다. 그는 무심코 시간을 확인했다가 놀라서 일어났다. 어느새 밤이 꽤 늦었다.

그가 유진의 침실로 들어섰을 때 그녀는 화장대 앞에 앉아서 뭔가를 열심히 쓰고 있었다. 옆으로 다가갔는데도 집중하느라 알아차리지 못했다. 화장대에는 빼곡히 글자를 채운 종이가 여러 장 쌓여 있었다.

그는 한 장을 들어 눈으로 대충 읽었다. 제대로 된 문장이 아니라 단어의 나열이었다. 그제야 유진이 고개를 돌렸다.

"꿈에서 들은 내용을 대충 정리하고 있었어요."

"제대로 자리를 잡고 하지, 왜 불편하게 여기서 하고 있어."

"마음먹고 시작한 게 아니라서요. 어떻게 정리할까 생각하다가 일단은 너무 방대하니까 나중에 기억을 되살리기 쉽게 단어만 써 두려고 했거든요. 그런데 쓰다 보니 집중이 되니까 자리를 옮길 수가 없더라고요."

카세르는 고개를 끄덕이며 종이를 다시 내려놓았다. 그리고 그 옆에 놓인 낡은 보석함으로 시선을 돌렸다.

"이게 가주님께 받은 상자야?"

"네. 잠겨 있어서 아직 못 열어 봤어요."

유진이 화장대에 널려 있는 종이들을 한데 모아 정리하며 대답했다. 카세르는 상자를 들어 이리저리 돌려보다가 옆에 돌출된 단추를 발견했다. 그것을 힘주어 누르니까 탁, 소리가 나면서 잠금이 풀렸다.

"열었네요?"

카세르가 뚜껑을 열었다가 텅 빈 안을 보고 다시 닫았다.

"비었어."

유진은 고개를 끄덕였다.

"밀린 일은 다 끝났어요?"

"아…… 응, 대충."

그녀는 괜히 상자를 만지작거리는 그를 빤히 보았다. 할 말이 있어 보였다. 그가 쉽게 말을 꺼내지 못하는 문제가 대체 뭔지 궁금했다. 그녀는 기다리다 못해서 그의 소매를 잡아당겼다. 유진과 눈이 마주친 카세르는 겸연쩍은 표정으로 상자를 내려놓았다.

"생각해 보니까. 당신 의견을 확실히 들은 적이 없더라."

"네. 뭔데요?"

카세르는 왕국으로 돌아가기 위한 모든 준비를 자신 혼자서만 하고 있었다는 사실을 오늘에서야 깨달았다. 당연히 함께 돌아간다고 생각했지만, 그녀에게는 당연하지 않을 수도 있다. 그녀는 이십 년 만에 부모 형제와 재회했다. 그들과 더 많은 시간을 보내고 추억을 만들고 싶을 것이다.

"상제가 무슨 꿍꿍이가 있든, 당신을 해치지는 못해. 그놈은 라크고 당신은 아니카니까. 그리고 만약 무슨 일이 있다고 해도 아르스 가문에는 충분히 당신을 보호할 힘이 있으니까 괜찮을 거야."

"……네?"

유진은 어리둥절한 표정으로 되물었다.

"다시 또 언제 성도에 올지 알 수 없어. 여기는 당신이 나고 자란 고향이기도 해. 지내는 편의는 아무래도 왕성은 성도와 비교가 안 되지."

카세르의 말을 들으면서 유진은 점점 인상을 찡그렸다.

"저는 성도에 남으라고요? 지금 그런 뜻이에요?"

"당신이 원하는 대로 하라는 뜻이야."

"제가 남겠다고 하면, 당신은 혼자 갈 거예요?"

"……."

카세르는 '가야지.'라는 대답을 머릿속으로 떠올렸으나 차마 말이 나오지 않았다. 그 모습을 보던 유진의 표정이 서서히 풀어졌다. 그가 대답했으면 화가 났을 거다. 그녀는 일어나서 그에게 더 가까이 다가갔다.

"카세르."

유진은 잔잔하게 흔들리는 그의 푸른 눈동자를 올려보며 말했다.

"당신 말은 틀렸어요. 여긴 내 고향이 아니에요. 여기서 자란 사람은 제가 아니라고요. 성도에 남겠다는 생각은 한 번도 한 적 없어요."

"……당신이 천신제에 참석하지 않으면 문제가 될 거야. 그렇다면 내가 당신을 강제로 데려가는 식으로……."

"싫어요. 뭐예요, 그게. 납치당하는 가련한 피해자 노릇을 하라고요? 당신은 범죄자가 되고? 나는 내가 원해서 당신과 가는 거예요. 누가 뭐라고 하면 내가 살기 위해서 어쩔 수 없었다고 하면 돼요."

"살기 위해서라니?"

"사람은 잠을 안 자면 죽는다고 했잖아요. 당신이 없으면 잠을 못 자는데 어떻게 해요."

유진은 팔을 뻗어서 그의 등 뒤로 둘렀다. 반사적으로 자신의 허리를 감는 그의 팔을 느끼며 슬며시 웃었다. 그녀는 그의 가슴에 턱을 대고 뒤로 고개를 젖혔다. 그와 눈을 마주치면서 눈꼬리를 접으며 웃었다.

"당신은, 나 없이 잘 수 있어요?"

그녀와 대화하는 내내 딱딱한 표정이었던 카세르가 그제야 나직이 웃으며 유진을 힘주어 끌어안았다. 다른 복잡한 이유 다 필요 없이, 그녀의 말이 정답이었다. 이제는 예전에 어떻게 혼자서 밥을 먹고 잠을 잤는지 기억나지 않았다. 혼자일 때 상실감을 그녀도 느낀다는 말이 그에게 커다란 위안을 주었다.


이튿날, 유진은 화장대에 올려 둔 낡은 보석 상자를 생각 없이 집어 들었다. 어제 카세르가 발견했던 돌출 장치를 찾아내 눌렀다.

'왜 이걸 훔쳤을까? 딱히 돈 될 만한 물건은 아닌 것 같은데.'

탁, 잠금이 풀리는 소리가 났다. 덮개 뚜껑을 위로 들어 안쪽을 들여다보니까 바닥에 돌돌 말린 종이가 있었다.

'어? 아무것도 없다고 했는데.'

유진은 상자에서 조심스레 종이를 꺼냈다.

'종이가 아니야.'

왕성에서 고서를 본 덕분에 익숙한 촉감의 느낌이 가죽이라는 사실을 알아차렸다. 그녀는 말린 가죽을 양손으로 쥐고 좌우로 펼쳤다.

'이건…… 술식이잖아.'

그러나 어떤 내용의 술식인지는 전혀 알 수 없었다. 유진은 자신의 부족한 지식이 안타까웠다. 가짜가 모은 왕성 서재의 고서들을 나름대로 열심히 뒤졌지만, 완전히 생소한 지식이다 보니까 전혀 감이 잡히지 않았다. 술식에 반복적으로 들어가는 문양 몇 가지만 눈에 익을 뿐이었다.

꿈에서도 시간이 부족하여 엘버한테 주술을 배우지 못했다. 대신, 주술에 관한 배경지식을 얻었다. 현재 시중에 돌아다니는 술식은 크게 세 유형으로 나눌 수 있었다.

첫 번째, 고서에 그려진 술식.

고대에 주술이 얼마나 대단한 기술이었는지 대부분 사람이 잊었다. 그러나 흔적은 남았다. 지구의 고고학자처럼 이 세계에도 옛 문명을 연구하고 파헤치는 자들이 있었다.

다만, 그들이 남긴 주술에 관한 자료는 거의 엉터리였다. 유진이 아드리트에게 고서를 보여 줬을 때 '주술이 절대 성공할 수 없는 술식'이라고 한 것들이 여기 속했다.

두 번째, 마라가 비고에서 훔쳐 마라의 교도들에게 전한 술식.

애초에 원본이 완성형이니 전해지는 술식도 온전할 수밖에 없다. 유진은 고서의 방에 보관된 책 중에서 가짜가 잘라 낸 페이지에 그려진 술식이 여기 해당할 거라고 추측했다.

엘버는 마라의 교도들 사이에서 주술이 종교적 의미로 유행하면서 순수한 의미로 옛 문명의 주술을 연구하던 학문이 침체했을 거라고 말했다. 즉, 술식이 그려진 고서는 원래 일종의 고고학 서적이었는데 어느 순간 마라의 종교 서적으로 변질한 것이다.

세 번째, 신술.

이름만 바꾸어서 상제가 사용하는 신술은 완벽한 주술이었다. 엘버가 상제에게 발동 방법을 알려 준 주술이기 때문이다. 그것들은 효용성보다는 눈으로 보이는 효과 위주라고 했다.

유진이 '성도궁의 비밀 서고에 주술이 보관되어 있으며 가짜가 여기서 수술을 익힌 것 같다.'라고 하니까 엘버는 심각한 표정으로 생각에 잠겨 있다가 말했다.

「내가 그놈에게 알려 준 주술 외에는 모두 일족의 비고에 저장되어 있어요. 그리고 그 안의 주술은 절대 비고 밖으로 반출해서는 안 돼요. 하지만 그놈이 과연 그 규칙에 따랐을지 의문이군요. 긴 세월에 걸쳐 조금씩 사본을 만들어 그 비밀 서고에 둔 것 같아요.」

「무슨 이유로 그랬을까요?」

「아마…… 사제들을 통해 익히게 할 심산이었겠지요.」

엘버는 기가 막힌다는 듯 웃었다.

「그놈이 주술을 완벽히 통제할 계획이었나 보네요. 그러면 내가 더는 필요 없을 테니까요.」

「그 계획이 성공할 가능성은요?」

「아직은 아니지만…… 앞으로는 어찌 될지 모르겠군요.」

잠시 엘버와의 대화를 떠올리던 유진은 다시 손에 들고 있는 술식에 집중했다. 이 가죽에 그려진 술식은 저 세 가지 경우에 모두 해당하지 않았다.

'왜 술식이 아르스 가문의 물건 속에 있지?'

그녀의 손에서 갑자기 가죽 두루마리가 사라졌다. 유진이 깜짝 놀라며 비명을 질렀다.

"뭐야. 어디 갔어?"

혹시 떨어뜨렸나 싶어서 바닥과 주변을 샅샅이 뒤지고 상자 안도 확인했다. 그런데 어디에도 없었다. 완벽히 사라졌다.

그녀는 손에 쥔 보물을 눈 뜨고 빼앗긴 기분이 들어 속상했다. 그녀는 안타까운 마음에 한숨을 푹푹 내쉬며 빈 상자를 다시 들여다보았다.

"분명히 이 안에 있었는데. 내가 들고 있었는데."

유진은 혼잣말하며 상자를 닫았다가 다시 열었다. 그리고 눈이 휘둥그레졌다. 그 안에 둥글게 말린 가죽이 있었다. 처음 봤을 때처럼.

"뭐지……?"

그녀는 조심스레 가죽을 꺼냈다. 펼쳐 보니까 술식이 그려진 그 가죽이 맞았다. 손에 든 채 어느 정도 시간이 지나자 다시 사라졌다. 다시 상자를 닫았다가 열었다. 가죽 두루마리는 그 안, 그 자리에 있었다.

"아…… 이 상자와 가죽 두루마리에 주술이 걸려 있구나."

상자에서 꺼내 일정 시간이 지나면 다시 상자 안으로 되돌아가는 것 같다. 이 상자는 최소한 몇백 년 전의 물건이라고 했다. 이렇게 오랫동안 유지되려면 보통의 주술은 아닐 것이다. 마치 귀한 보물을 지키기 위한 보호장치 같다. 이 상자 자체가 견고한 금고였다.

유진은 술식 두루마리를 물끄러미 보았다. 그리고 상자를 닫고 시녀를 불렀다.

"전하께서는 아직 알현실에 계시니?"

"아닙니다. 왕비님. 집무실에 들어 계십니다."

"내가 지금 전하를 뵈러 갈 것이니, 네가 먼저 가서 고해라."

"예, 왕비님."

잠시 후에 유진은 상자를 들고 일어났다. 집무실 앞에는 시종이 나와 기다리고 있었다. 유진이 오자 바로 문을 열고 유진이 들어간 후 곧바로 바깥에서 문을 닫았다.

카세르는 책상에서 일어나 걸어 나오고 있었다. 유진은 그에게 상자를 건네며 말했다.

"당신이 어제 이거 열어 봤지요? 안에 아무것도 없었어요?"

"비어 있던데."

"열어 줘요."

카세르가 상자를 열어 유진에게 다시 건넸다. 유진은 텅 빈 상자를 보고 당황했다. 그녀는 다시 상자를 닫은 후 열었다. 이번에는 가죽 두루마리가 있었다. 그녀는 상자 내부를 그에게 보여 주었다.

"이거 보여요?"

"······분명히 좀 전에는 아무것도 없었어."

"당신이 닫았다가 다시 열어 봐요."

두 사람은 번갈아 가며 상자를 닫았다가 열었다. 닫힌 상자를 카세르가 열면 비어 있고 유진이 열면 두루마리가 있었다. 그리고 나타난 두루마리는 누구든 꺼낼 수 있었다. 누가 손에 들고 있든, 꺼낸 후 일정 시간이 지나면 사라지는 건 마찬가지였다.

카세르가 유심히 상자 안쪽을 관찰하더니 말했다.

"당신이 단추를 눌러서 열면 안쪽의 장치가 작동되는 것 같아. 당신이 열었을 때 상자 바닥이 좀 더 낮아. 감추어진 밑바닥이 열리는 거지."

"어떤 조건에 반응하는 걸까요? 아르스 가문의 사람······? 아니에요. 엄마는 숨겨진 장치를 열지 못하셨어요. 빈 상자라고 하셨거든요."

"그럼 당신한테 반응하는 거로군."

"아니카라서······?"

"아르스 가문의 피를 이은 아니카라는 조건일 수도 있지."

유진이 탄식하며 중얼거렸다.

"그래서 유모가 이걸 훔친 거였어요. 아마 우연히 내가 이 상자를 열었던 거겠죠."

다나는 유모가 왜 그랬는지 지금도 모르겠다고 말했다.

「오랫동안 지켜봤고 믿을 만한 사람이라서 너를 맡겼는데 그런 짓을 저 유진은 유모의 동기를 알 것 같았다. 유모가 마라의 교도였다고 들었다. 재산을 모조리 갖다 바칠 정도로 독실했지만, 주변에서는 누구도 몰랐다고 한다. 조용한 사람이 돌변하면 무섭다. 이 술식이 범상치 않은 물건이라고 생각하자 광신도 기질이 드러난 것이다.

그러나 이 술식만 훔칠 수 없었을 것이다. 일정 시간이 지나면 상자 속으로 사라지기 때문이었다. 그렇다고 상자째 가져가 봤자 열지 못하면 소용이 없다.

"그럼 유모는 이 술식을 얻으려고 나를 납치한 걸까요?"

카세르가 잠시 생각하더니 고개를 저었다.

"유모이니 당신과 함께 있을 시간이 많았겠지. 당신과 둘이 있을 때마다 상자를 열어서 술식을 옮겨 그리면 돼."

"그건 그래요."

유진은 다른 이유를 찾아보았다. 옮겨 그린 술식으로는 주술의 효과가 없고 이 두루마기 자체가 주술을 발동하기 위한 재료라서 원본이 필요했을 수도 있다.

"이 술식이 대체 무슨 주술이길래……."

"그 상자 속 술식의 발견과 당신을 납치한 이유가 서로 관련이 있을 거야. 당신을 납치한 자들이 발동한 주술이……."

두 사람은 서로 눈을 마주치며 거의 동시에 말했다.

"고대 주술."

"세계의 문을 여는 주술."

시간이 다 되었는지 유진이 펼쳐서 들고 있던 두루마기가 사라졌다. 그녀는 갑자기 떠오르는 생각 때문에 오싹 소름이 돋았다. 이 술식이 세계의 문을 여는 고대 주술과 관련이 있다면 그럴듯한 가설이 떠올랐다.

"혹시 이게…… 그 봉인된 고대 주술의 원본 중 하나라면요?"

카세르의 푸른 눈동자가 흔들렸다가 차분히 가라앉았다. 그는 유진의 말에 수긍하듯 고개를 끄덕였다.

"그 셋으로 갈라서 보관했다는 술식 말이군."

"이거 그거라고 전제하면 왜 아르스 가문에 이게 있죠?"

"둘 중 하나겠지. 어디선가 얻었거나, 원래 주인이었거나."

"원래 주인이라면 그럼 아르스 가문의 뿌리가……."

아니카가 태어난 고대의 세 일족 중 하나. 그들은 고유성을 지키는 다른 두 일족과 다르게 인간들과 동화되어 명맥이 끊어졌다. 그들은 죽은 생명을 되살리는 법을 연구했다. 세 일족 중 '죽음'에 관심을 둔 일족은 그들뿐이었다.

아니카는 라크에게 죽음을 준다. 그리고 라크는 죽음으로 비로소 다시 태어난다. 그런 점에서 통하는 부분이 있었다.

"이 술식을 어르신께 보여 드리면 확실히 아실 텐데."

유진은 갑자기 조급한 마음이 들어서 카세르를 재촉했다.

"어르신이 어디에 갇혀 계신지 찾을 수 있는 거죠?"

"어렵지 않을 거야."

카세르는 대충 찾아볼 조건을 생각해 봤다. 성도 근처일 테고 사람의 접근이 어려우면서도 감시하기 용이한 곳. 그런 조건을 다 갖춘 곳이라면 후보지를 금방 좁힐 수 있을 것이다.

유진은 복잡한 기분으로 두 손에 쥔 상자를 내려다보았다. 갑자기 그가 자신의 허리를 팔로 감아 확 당기는 바람에 놀라 고개를 들었다. 바짝 다가온 그의 얼굴이 바로 눈앞에 있었다. 두 사람의 코가 아슬아슬하게 닿지 않을 정도로 가까웠다.

"전에도 말했지만, 법적으로 절차적으로 우리 결혼은 완전해. 당신도 인정하지?"

"네?"

유진은 갑자기 그가 엉뚱한 말을 해 놓고 대답을 강요하듯 바라보자 고개를 끄덕였다.

"네, 인정해요. 상제가 뭐라고 했어요?"

"아니. 확인해 둬야 할 것 같아서 그래. 당신이 손해나는 결혼했다고 할까 봐."

"무슨 소리예요?"

"당신 라미타는 유례가 없는 정도에 외가는 무엔 가문이라더니, 그 외가는 고대 일족의 후손이래고 이제는 아르스 가문이 또 다른 고대 일족의 직계손이라는 거잖아. 난 보잘것없는 인간이라서 말이야."

유진이 웃음을 터뜨렸다. 그리고 거드름을 피우며 말했다.

"그러니까 잘해요."

"예, 왕비님."

카세르는 까르르 웃는 그녀에게 키스를 퍼부었다. 얼굴 곳곳에 부드럽게 닿았다가 떨어지는 입맞춤은 곧 뜨거운 키스로 이어졌다. 유진은 어느새 기울어진 자신의 등이 소파에 닿아서 정신이 들었다. 그녀는 두 손으로 그의 가슴을 밀어냈다.

"오늘 성도궁 다녀올 거라고 했잖아요. 준비해야 해요."

카세르는 미련이 가득한 눈빛으로 그녀의 입술에 가볍게 키스했다.

"내일 가면 안 되나?"

"아침에 성도궁에 사람 보냈어요."

"꼬마 꼭 데려가."

"알았어요."

유진이 집무실에서 나간 후 카세르는 시종을 불렀다. 그는 시종에게 마차 준비를 지시했다. 그는 오늘도 몰래 뒤를 따라가서 성도궁 근처에서 기다릴 작정이었다. 상제 정체를 알기 전에도 불안했는데 알게 된 지금은 더더욱 절대 그녀를 보내 놓고 집에서 기다릴 수 없었다.

유진은 사제와 함께 복도를 걸었다. 오늘 상제는 기도실이 아니라 알현실에 있다고 해서 평소와 길이 달랐다.

그녀는 저 앞쪽 꺾어지는 모퉁이 너머에서 걸어 나오는 사람을 보고 눈이 커졌다. 함께 걷는 사제보다 머리 하나 이상은 큰 키와 건장한 체격의 남자는 머리카락이 선명한 붉은 색이었다.

'염왕 라이너.'

유진이 성도에 와서 처음 보는 왕이었다.

염왕이 자신을 본 듯해서 유진은 얼른 시선을 내렸다. 신기해서 더 관찰하고 싶은 마음을 꾹 참았다. 예의 문제 때문만이 아니라 가능한 한 왕과는 얽히지 않는 게 낫다.

그녀의 소설에 등장한 왕들은 ─ 도왕만 제외하고 ─ 다 하나같이 성격이 보통이 아니었다. 지금 그녀는 길을 걸어가는 중에 멀리서 걸어오는 양팔 가득 문신을 새긴 근육질 남자를 발견하고 멀리 돌아가는 사람의 심정이었다.

'근데 카세르 성격도 유별났지.'

그녀의 소설 속 카세르는 지금 그녀가 아는 남자와 딴판이었다. 소설 속의 그는 일행에 속한 다른 왕들을 무시하고 자신의 목적을 위해서만 움직였다. 협동심과 사교성 없음의 전형이었다. 그리고 자신이 무슨 생각을 하는지 다른 사람에게 절대 말하지 않는, 속 터지는 캐릭터였다.

'그러고 보니 그 소설은 뭐였는지를 어르신께 여쭙지를 못했네. 다른

이야깃거리가 워낙 많았으니……'

유진과 반대 방향에서 다가오는 염왕과의 거리가 점점 좁혀졌다. 열 사람이 나란히 손을 붙잡고 걸어가도 될 만큼 넓은 복도라서 그들은 멀찍이 떨어진 채 서로를 지나쳐 갔다.

유진이 모퉁이를 돌아섰을 때 염왕이 걸음을 멈추었다. 그는 돌아서서 이미 텅 빈 복도를 응시했다. 그의 붉은 눈동자에 흥미가 감돌았다.

'아니카한테 라크 냄새가 나다니. 재밌군.'

"이봐."

라이너는 곁에서 기다리고 있는 사제를 돌아보지도 않고 말했다. 사제가 얼른 대답했다.

"예, 염왕 전하."

"난 오랜만에 성도궁에 왔으니 구경 좀 하다 가야겠다."

"예?"

라이너가 인상을 쓰며 고개를 돌렸다.

"못 알아들었나?"

"그럼 제가 안내를……."

"됐어. 내가 길을 잃어버릴까 봐?"

"아…… 하오나……."

"금지 같은 데는 안 들어가. 알아서 대충 보다 나갈 테니까 가서 볼일 봐."

사제는 우물쭈물하다가 한숨을 푹 쉬며 대답했다. 왕은 누구보다 어려운 사람이었다. 대부분 사람은 왕이 풍기는 특유의 기운에 압도되어 제대로 눈을 맞추지도 못했다. 그리고 왕은 성도에서 법 외의 존재였다. 즉, 왕한테 봉변을 당하면 피해자는 어디에도 하소연할 데가 없다. 요령 껏 몸을 사려야 했다.

"근데 방금, 아니카는. 누구지?"

"아니카 진 말씀이십니까?"

사제는 의아해하며 말했다. 저 유명한 아니카를 정말 몰라서 묻는 거냐는 표정이었다. 그런데 사제는 곧 염왕이라면 그럴 만하다고 납득했다. 사왕과 염왕, 두 왕은 성도에 거의 오지 않았다. 사왕은 왕국과 워낙 거리가 멀어서 그렇다고 한다면 염왕은 라크 사냥 외에는 세상일에 관심이 없기로 유명했다.

"아니카 진…… 알았으니 가 봐."

사제는 한숨을 푹 쉬고 꾸벅 고개를 숙였다. 걸어가던 중에 못 미더운 표정으로 몇 번을 돌아보았다. 염왕은 그 자리에 가만히 서서 생각에 잠긴 듯 보였다. 사제는 부디 별일 없기를 속으로 빌었다.

유진은 모퉁이를 돌아서서 한참을 걸어간 후에 사제에게 말했다.

"염왕께서 오셨군요. 그래서 성하께서 알현실에 계셨나 봐요."

"예, 원래 거의 뵙지 못하는 분인데 무슨 바람이 불어서 오셨는지 모르겠습니다."

"염왕께서는…… 인간 이외의 것에 관심이 더 많으시지요."

"맞습니다."

사제가 웃으며 맞장구쳤다.

유진은 자신이 아는 염왕에 대한 정보가 일치한다는 사실을 확인했다. 염왕은 라크 사냥에 빠져 있어서 걷기에도 왕국 곳곳을 다니며 환수를 사냥했다. 다른 왕국에 인간을 해치는 환수가 나타났을 때 그 나라의 왕이 직접 퇴치하러 가지 못하는 사정이 있으면 염왕에게 사냥을 요청하기도 했다.

'그럼 내 소설 속 염왕과 성격도 일치하려나.'

염왕은 즉흥적이고 다혈질이었다. 그래서 소설 속에서 카세르와 번번이 부딪쳤다.

저 앞에 알현실 문이 보였다. 유진은 전에 성도궁에 왔을 때와 전혀 기분이 달랐다.

'여기 어딘가에 라크가 있다니.'

라크의 힘은 덩치와 비례하므로 상제의 본체는 어마어마할 것이다. 이 성도궁 안에 그만한 괴물이 숨어 있을 공간이 어디에 있을까.

그녀는 문 앞에 다다라 살짝 시선을 내려 자신의 소매를 봤다. 소매 안에 작아진 꼬마가 숨어 있었다. 불안이 한결 가라앉았다.

두 마리 환수가 유진을 피해 도망친 그 날 이후, 카세르가 장담한 대로 하루 정도 지난 후부터 두 마리는 다시 유진의 곁에 다가왔다. 그런데 미묘하게 태도가 변했다. 전에는 유진을 친구처럼 대했다면 이제는 주인에게 복종하듯 따랐다.

> 「왕에게 종속된 환수는 그들의 질서에서 제외돼요. 라크끼리의 먹이사 슬 관계에서 빠지게 된다고나 할까요. 그러니 환수의 영역에도 영향을 받 지 않아요.」

유진은 성도 전체가 괴물 환수의 영역이라면 아부와 꼬마가 거리낌 없이 성도를 드나들 수 있는 이유를 문자 엘버가 설명해 주었다. 엘버의 말을 듣고서 유진은 사막의 성소에 방문했을 때가 떠올랐다. 성소의 호수 부근은 거북이 환수의 영역이었는데 아부는 전혀 영향을 받지 않았다.

유진은 심호흡을 한 번 하고 안으로 들어갔다. 눈을 감은 금발의 상제 모습이 보였다. 저 생생한 모습이 허상이라니. 그리고 저 모습을 유지하기 위해 다른 감각을 잃었다는 사실은 흥미로웠다.

지금 상제의 상태는 오감을 잃은 인간과 비슷했다. 본래 라크는 왕과 아니카의 기운에 무척 민감한데도 상제는 전혀 느끼지 못한다고 했다.

─어서 오세요, 아니카 진.

"인사 올립니다, 성하. 마하의 축복이 영원하시기를."

유진은 담담하게 인사할 수 있었다. 아마 자신이 이 세상에서 나고 자란 사람이었다면 표정 관리에 실패했을 것이다.

'마하'는 이 세계를 칭하는 이름이자 신을 뜻하기도 했다. 그러니 마하를 상징하는 상제는 이 세계를 살아가는 사람들의 정신 그 자체였다. 상제의 정체를 알게 되면 미치는 사람까지 나올 것이다. 전혀 다른 세상에서 살았던 자신의 이십 년은 저 괴물을 상대하기 위한 최적의 조건일지도 모른다.

─그대에게도 마하의 축복이 영원하기를. 내 전언을 그대가 무사히 받았다고 기사 피데스한테 전해 들었습니다.

"예, 성하. 막중한 임무를 맡게 되었습니다. 그 일로 여쭐 것이 있어서 뵙기를 청했습니다."

「그놈의 모습은 누구를 흉내 낸 거지요? 환수는 새로운 모습을 창조할 수 없다고 하셨잖아요. 환수가 직접 모습을 바꾼 게 아니라 주술을 이용한 거라서 그런가요?」

「주술도 마찬가지예요. 그 사람의 기운으로 만드는 허상이라 그 사람의 본질을 나타내요. 그놈이 아무리 주술의 힘을 빌려 인간의 모습을 흉내 내

도 눈동자는 붉어요. 붉은 눈이 라크의 본질인 거지요. 그리고 라크는 창
조 능력이 없어요. 존재한 적 없는 인간 모습을 창조하지 못해요. 그놈의
모습은 그놈이 본 적 있는 사람이에요.」

「하지만 머리카락이…… 왕 중에 금발은 없어요. 그리고 왕을 제외하면
그런 머리카락을 가진 사람도 없을 텐데요.」

엘버는 묘한 표정으로 유진을 바라보더니 말했다.

「아나카가 라미타를 모두 소진하여 죽음에 이르면 머리카락이 금발로
변해요. 그놈은 죽어 가는 아나카를 본 적이 있는 거에요.」

유진은 상제와 대화하는 도중에도 머릿속에서는 엘버가 했던 말이 순
간순간 떠올랐다. 그녀는 누구도 모르는 세계의 비밀에 한 발을 들여놓
은 듯한 기분이 들었다. 조각난 퍼즐을 끼워 맞추는 희열과 동시에 두려
움도 느꼈다.

─천신제에서 그대가 맡을 역할은 어렵지 않습니다. 나중에 사제를
보내 알려 주도록 하지요.

"예, 성하."

─내게 따로 할 말이 있습니까?

상제는 진이 이혼이나 혹은 결혼 무효까지 주장해도 진이 바라는 대
로 진행되도록 손을 쓰려 했다. 하지만 이상한 소문만 들었다. 사왕 부

부의 사이가 아주 돈독하며 애정을 과시하는 수준이라기에 진이 무슨 의도인지 궁금했다.

'피데스를 그토록 갖고 싶다더니 관심이 전과 달라진 것도 같고……..'

변덕인가. 피데스에 대한 진의 흥미가 하루아침에 식어 버려도 진이라면 그럴 만했다. 그렇다면 진의 욕심이 어디로 향했는지 궁금했다.

상제가 파악한 진은 탐욕스러운 인간이었다. 상제는 오랜 세월의 경험으로 인간의 타고난 본질은 절대 변하지 않는다는 사실을 알게 되었다.

'설마 왕국으로 가겠다는 건 아니겠지?'

진의 라미타가 비록 원하는 수준에 미치지 않는다고 해도 호수를 보는 아니카는 수십 년에 한 번 태어날 확률이었다. 절대 성도 밖으로 나가게 할 수 없다.

"사실은…… 여쭐 일이 있습니다. 제가 왕국으로 떠나기 전에 사제가 되겠다고 약속드렸었지요."

**─ 나는 그대가 원하는 것을 줬고 그대는 나와의 약속을 지킬 거라고 믿습니다.**

"말을 바꾸겠다는 게 아닙니다."

유진은 몹시 심란한 표정으로 말했다.

"제가 아직 하고 싶은 일이 많습니다. 어머니가 연회도 열어 주신다고 했고……."

유진이 우물쭈물 말끝을 흐리자 상제는 '당장 세속의 즐거움을 포기하기 싫다'라는 뜻으로 해석했다. 그는 철없는 아이를 대하는 기분으로 대답했다.

─나와의 약속은 그대가 충분히 세상의 즐거움을 누린 뒤에 지켜도 됩니다.

"그 말씀은…… 넉넉히 시간을 주신다는 뜻인가요?"

─한 번의 순환 후에 다시 이야기합시다.

이쪽 세상도 일 년은 열두 달이다. 그런데 활동기와 건기를 하나로 묶어서 약 여섯 달 반이었다. 즉, 두 번의 활동기와 건기는 일 년으로 딱 떨어지지 않았다.

올해의 새해 첫날이 건기가 시작된다고 할 때 올해와 똑같이 새해 첫날이 건기가 시작되는 해가 오려면 13년 후가 된다. 이것을 한 번의 순환이라고 했다.

"감사합니다. 성하. 저는 틀림없이 약속을 지킬 겁니다."

상제는 13년 후에 사제가 되어도 된다고 말했다. 유진은 천신제에 참가하지 않고 성도를 떠나도 상제가 '사제가 되겠다는 약속을 지켜라.'라면서 붙잡을 수 없는 명분을 만들었다. 오늘 방문의 목적은 그것이었다.

유진은 알현실을 나오면서 작게 숨을 내쉬었다. 그녀는 소매 안에서 꼼짝하지 않고 있는 꼬마에게 속으로 말했다.

'오늘도 무사히. 다행이다, 그렇지?'

그녀는 기다리고 있던 사제와 복도를 걸었다. 아까 돌아섰던 모퉁이를 꺾어지자마자 그녀는 움찔 놀라 멈추어 섰다. 벽에 기대어 서 있던 붉은 머리카락의 남자가 그녀를 향해 고개를 돌렸다.

사제도 덩달아 걸음을 멈추었다가 염왕을 발견했다. 염왕이 자신들을 향해 다가오자 사제의 표정이 굳었다. 사제는 마치 진을 보호하듯 한 걸음 앞으로 나섰지만, 라이너는 사제를 아에 무시하고 유진을 보며 말했다.

"아니카 진."

"염왕 전하."

사제가 그를 부르자 라이너의 표정이 단번에 험악해졌다.

"어딜 끼어들어."

사제는 곧바로 움츠러들었다. 바로 시선을 내리는 모습이 비굴할 정도였지만, 유진은 사제를 비웃지 않았다.

"제게 용무가 있으신가요? 염왕 전하."

"궁금한 게 있어서 말이오. 잠시 시간 좀 내주시겠소?"

"제 기억에는 전하와 저는 초면 같습니다만."

"인사했으니 이제는 초면이 아니지."

말투, 태도, 표정에서 거만함이 흘러넘쳤다. 유진은 새삼스레 카세르가 예의를 아는 사람이라는 사실을 깨달았다.

고작 몇 개월뿐이지만, 유진이 이 세계에 온 이후로 항상 극상의 예우를 받았다. 벌써 그런 대우에 익숙해졌는지 이 정도의 무례로 속이 울컥했다. 그녀는 속으로 '이 미친 새끼가.'라고 중얼거리며 입술 끝만 끌어올려 형식적인 미소를 지었다.

"무례하시군요. 저는 전하와 따로 나눌 말이 없습니다."

"그렇소? 신기한 걸 데리고 다니는 것 같은데. 그대가 말해 주지 않으면 딴 사람에게 물어볼밖에."

라이너의 시선이 잠깐 유진의 손목 언저리를 스쳤다. 유진의 표정이 경직됐다.

'아, 맞다.'

소설 속에서 염왕 라이너에게는 비상한 능력이 있었다. 라크의 기척을 굉장히 예민하게 알아차렸다.

왕은 라크의 기운을 감지한다. 하지만 환수라고 해도 건기가 되면 라크 특유의 기운이 갈무리되어 느끼지 못했다. 그런데 라이너는 라크 냄새를 맡는 능력이 개코 수준이었다.

'꼬마를 알아차렸구나.'

유진은 사제에게 말했다.

"염왕 전하와 잠깐 이야기를 나눌게요. 자리를 비켜 줘요."

그리고 라이너에게 말했다.

"잠시면 된다고 하셨으니 장소는 바꾸지 않겠습니다."

"좋소."

사제가 불안한 표정으로 저 멀리 복도 끝으로 물러났다.

"길들였소? 어떻게?"

사제가 멀어지자마자 곧장 라이너의 시선이 유진의 왼쪽 손목으로 향했다. 유진은 섬뜩한 기분이 들었다. 가까이에서 보는 붉은 눈동자에 기이한 광기가 넘실거렸다. 희귀한 실험체를 발견한 미친 과학자의 눈빛이 저러할 것이다. 그녀는 꼬마를 보호하듯 자신의 오른손으로 소매 아래를 가렸다.

"길들인 게 아닙니다. 이 아이는 환수예요."

"그대가 주인인가?"

"그럴 리가요. 오직 왕께서만 환수를 부릴 자격이 있지 않습니까."

"왕의 환수라는 거요?"

"당연하시오."

그러자 라이너의 눈빛이 변했다. 유진은 미친 사람이 정상인으로 돌아오는 느낌이라고 생각했다. 그는 상당히 흥미가 식은 표정으로 말했다.

"왕의 환수라…… 그렇다 해도 특이하군. 왕이 환수를 남에게 맡기다니. 순순히 그대 곁에 얌전히 있는 것도 신기하고."

잠시 수그러진 흥미가 다시 커지는 낌새였다. 얼른 이 불편한 자리에서 벗어나고 싶은 유진은 내심 짜증이 났다. 아무래도 염왕은 유진의 소설 속 인물 성격과 거의 일치하는 듯했다.

염왕의 라크에 대한 관심은 집착 수준이었다. 라크를 예민하게 감지하는 능력을 타고나서 그런지 그는 먹고 자는 일 외에는 라크 사냥에만 몰두했다.

당연히 왕국은 방치한 상황이고 라바 왕국은 왕국의 주인을 형식적으로 위에 모신 채 알아서 나라를 꾸려 갔다. 왕좌가 비어 있어도 이 세계의 독특한 왕국 구조 덕분에 그럭저럭 유지됐다.

소설 속에서 왕들의 원정대에 염왕이 합류한 이유도 원 없이 라크 사냥을 하기 위해서였다. 그런데 염왕의 동기가 그를 비난할 이유는 될 수 없었다. 어차피 다른 왕 모두 세계 평화라는 거대한 명분이 아니라 개인적인 이유로 전쟁에 나섰다.

카세르가 복수를 위해 나선 것처럼.

"성격이 순한 환수예요. 그리고 환수는 왕의 명령을 따르는 게 당연하지요."

"명령도 명령 나름이지. 라크는 인간을 싫어하오. 주인 외에는 거부한다오."

"하지만 저는 아니카예요. 라크는 아니카를 공격하지 않는다는 사실, 알고 계시잖아요?"

"흐음. 그게 그렇게 연결된다는 건가……."

사실 라이너는 라크의 정체가 환수라고 했을 때부터 이미 흥미가 거의 식은 상태였다. 그가 사냥할 수 없는 라크는 이 세상에서 딱 한 종뿐이었다. 다른 왕에게 종속된 환수.

사냥하려면 못 할 건 없지만, 그랬다가는 모든 왕들과 적이 될 것이다. 세상의 규칙을 아예 무시할 정도로 정신 나가지는 않았다. 그러니 사냥이 불가능한 왕의 환수는 라이너의 관심 밖이었다. 그는 이제 환수가 아니라 눈앞의 아니카에게 흥미를 느꼈다.

지금껏 라이너가 만난 자들은 모두 '두려움'이라는 감정을 밑바닥에 깔고 있었다. 아니카의 감정은 더 복잡했다. 두려움과 거북함에 혐오도 더해졌다. 그나마 보통 사람은 왕에 대한 예의라도 갖추려고 노력하지, 아니카는 그마저도 하지 않았다.

하지만 후계자를 얻으려면 왕이 아니카에게 숙여야 한다. 그 점이 라이너는 몹시 불쾌했다. 그래서 결혼 적령기가 되었는데도 결혼에 관심 없이 라크 사냥만 다니고 있었다.

그런데 자신을 두려워하지도, 혐오하지도 않는 아니카는 처음이었다. 예의는 차리면서도 언짢은 기색을 살짝 드러내는 모습이 아주 매력적이었다. 매력적이라니. 라이너는 자신이 아니카를 상대로 이런 감정을 느꼈다는 게 놀라웠다.

"더 하실 말씀이 남았나요?"

유진은 라이너가 꼬마를 보여 달라고 할까 봐 불안했다. 저 포식자의 눈앞에 작고 어린 꼬마를 내보이고 싶지 않았다.

"그대는 미인이오."

유진은 황당하여 라이너를 쳐다보았다. 자신을 놀리는 건가 싶었는데 라이너의 표정은 진지했다.

"그대처럼 아름다운 아니카는 본 적이 없소."

이렇게 찝찝한 칭찬은 처음 들었다. 어쨌든 좋은 말을 해 주었으니 유진은 의례적으로 화답했다.

"감사합니다. 과찬이세요."

"결혼합시다."

"……."

유진은 순간적으로 자신이 염왕이 한 말을 중간에 듣지 못하고 빠뜨린 줄 알았다. 그가 하는 말에는 앞뒤의 맥락이 없었다. 왕은 신체 능력은 물론이고 두뇌도 뛰어난 줄 알았는데 염왕은 예외인가?

"……농담이 과하시네요."

"이런 농담은 하지 않소."

유진은 속으로 '정말 이 사람은 미쳤나 봐.'라고 생각했다. 소설 속에 등장한 염왕은 종잡을 수 없는 캐릭터이기는 해도 미치지는 않았다.

"그런 말을 하기 전에는…… 상대방에 관한 기본 정보는 알아봐야 하지 않나요? 미혼인지부터요."

"결혼했소?"

"예."

유진이 힘주어 대답했다. 라이너의 붉은 눈이 잠깐 흔들렸으나 그는 대수롭지 않다는 듯 말했다.

"상관없소. 결혼 경력 있는 아니카가 왕과 결혼한 사례가 없는 것도 아니고."

"이보세요."

"평생 남부럽지 않은 사치를 누리게 해 주겠소. 왕국에서 굳이 지낼 필요도 없소. 성도에서 평생 살아도 괜찮소. 후계자만 낳아 주시오."

처음에는 그저 황당하기만 했으나 유진은 점점 불쾌해졌다. 예전에 화장실에서 마주쳤던 아니카가 했던 독설이 떠올랐다. 왕비는 왕의 아이를 낳는 도구라고 했던가.

염왕의 태도를 보니까 그 아니카가 과민한 게 아니었다. 지금 염왕은 아니카를 철저하게 도구 취급하고 있었다.

유진은 마음이 답답해졌다. 왕과 아니카의 비틀린 관계는 어느 한쪽만의 잘못이 아니다. 서로를 경원시하는 남녀가 부부로서 맺어져야 한다는 사실이 비극이었다.

처음부터 이런 관계는 아니었을 것이다. 오랜 세월에 걸쳐 상제, 그 괴물이 교묘하게 작업했으리라. 성자인 척하던 그 얼굴을 떠올리자 속이 부글거렸다.

'교활한 놈.'

"염왕 전하. 이 세상 어딘가에 재물을 대가로 아이를 낳아 주는 여자가 있을지는 모르겠습니다. 어쨌든 저는 아니에요."

"그럼 뭐가 더 필요하오?"

"그걸 모르는 분과 더는 이야기하고 싶지 않군요."

유진은 이쯤에서 대화를 그만두려 했다. 몸의 방향을 들어 라이너의 옆으로 비켜 가려고 하자 라이너가 유진의 앞을 막아섰다.

"아니카 진. 아직 내 말이 끝나지 않았소."

"비켜 주세요."

"아니카 진. 내가……."

라이너는 말을 다 끝내지 못하고 움찔 놀라 뒤를 휙 돌아보았다. 그는 자신에게 달려드는 푸른 뱀을 보고 반사적으로 두 팔을 가슴 앞쪽에 교차했다. 그의 팔에서 화르륵 불꽃처럼 붉은 기운이 솟아올랐다. 입을 쩍 벌린 뱀의 형상이 그대로 라이너의 온몸을 감싼 프라즈와 충돌했다.

쾅, 요란한 소리를 내며 두 기운이 뒤엉켰다.

"큭……."

라이너가 살짝 비틀거리는 몸을 지탱하기 위해 뒷걸음질 쳤다. 푸른 기운과 붉은 기운이 뒤섞이면서 서로를 잡아먹으며 공중으로 흩어졌다.

모든 과정이 눈 몇 번 깜빡이는 순간에 지나갔다. 워낙 순식간이라서 유진은 무슨 일이 일어났는지 정확히 보지 못했다. 그녀는 푸른 뱀이 온 방향으로 고개를 옆으로 빼고 복도 저편을 살폈다가 놀라 눈이 커졌다.

'카세르.'

푸른 머리카락의 남자가 유진과 라이너가 있는 방향으로 다가오고 있었다. 몸 주위로 얇은 막처럼 감싼 푸른 기운이 일렁거렸다. 싸늘하게 가라앉은 표정은 공격 직전의 야생 짐승처럼 사나워 보였다. 성큼성큼 걸어오는 그의 기세가 자못 살벌했다.

서로의 얼굴이 확실히 보일 정도로 가까워지자 라이너가 버럭 소리쳤다.

"무슨 짓이냐, 사왕!"

"너야말로 내 아내한테 무슨 짓이냐, 염왕."

잔뜩 가라앉은 목소리로 카세르가 으르렁댔다.

"아내?"

라이너가 당황하며 돌아보았다. 라이너와 눈이 마주친 유진이 살짝 턱을 치켜들었다. 저 남자가 내 남편이라고요, 라고 말하듯이.

카세르의 주변의 아지랑이처럼 피어오르는 푸른 기운이 뭉쳐져서 또렷한 뱀의 형상을 만들었다. 당장이라도 공격할 것처럼 꼿꼿하게 머리를 세우고 라이너를 노려보았다. 그러자 라이너의 몸 주변에도 붉은 불꽃이 타올랐다.

카세르는 라이너한테 시선을 떼지 않은 채 유진에게 손짓했다.

"이리 오시오. 왕비."

유진은 라이너의 곁을 지나쳐 카세르에게 다가갔다. 복도 끝에 멀찍이 떨어져 있는 사제들 표정을 보니까 완전히 공포에 질려 있었다. 유진도 긴장된 숨을 삼켰다. 언제 터질지 모를 화약고 곁에 서 있는 기분이었다.

유진이 카세르의 손에 닿을 정도로 가까이 다가가자 카세르가 얼른 그녀의 팔을 잡아끌어 자신의 뒤에 감추었다.

라이너가 어이없다는 표정으로 말했다.

"이봐. 이 무슨 파렴치한 취급이야."

"내 아내를 겁박하던 놈을 그럼 무슨 취급해 줘야 하지?"

"겁박이라니. 그저 잠깐 대화를…… 그리고 난 결혼했는지 몰랐다고."

'모르기는.'

유진이 속으로 딴지를 걸었다. 분명히 결혼했다고 했는데 염왕은 전혀 개의치 않아 했다. 자신의 남편이 왕이 아니라 그저 평범한 사람이었으면 염왕의 태도는 분명히 지금과 달랐을 것이다.

그런데 두 남자의 대화 자체는 흥미로웠다. 두 사람이 주고받는 말투에서 제법 친분이 느껴졌다.

"뭐, 오해가 있었던 듯하지만, 내가 실수한 것 같군. 아니카 진. 무례했다면 용서하시오."

염왕이 순순히 물러서자 유진은 뜻밖이라고 생각했다.

"……네. 사과는 받겠습니다."

공중에 떠 있던 푸른 뱀이 흐릿해지면서 카세르의 몸으로 빨려 들어갔다. 그러자 라이너의 몸 위로 넘실거리던 불꽃도 잦아들었다. 조금 전까지 무척 아슬아슬한 분위기였던 것치고는 평화롭게 해소되었다.

"갑시다, 왕비."

끝까지 싸늘한 눈초리로 라이너를 보다가 카세르가 유진의 어깨에 팔을 두르며 보호하듯 돌아섰다. 두 사람이 복도 끝으로 사라진 후 라이너는 멀찍이 서 있는 사제에게 손짓했다. 사제가 잔뜩 굳은 표정으로 다가

왔다.

"사왕이 언제 결혼했지?"

"삼 년 전입니다."

"삼 년……."

까맣게 몰랐다. 라이너는 성도에 3년 넘도록 오지 않았다. 사냥감을 찾으러 오지를 돌아다니니 세상 돌아가는 소식에 어두웠다.

'하여간 별스럽기는.'

라이너는 코웃음 쳤다. 자신이 뭘 어쨌다고 저렇게 난리인지 모르겠다.

'사왕이 좀 갑갑한 구석이 있지.'

무엇에도 구속받지 않고 자유롭게 살아가는 라이너는 온갖 의무에 얽매인 사왕을 보면 참 피곤하게 산다는 생각이 들었다.

그런데 오늘은 과했다. 고지식한 사왕이니 아니카 왕비를 남편으로서 보호하려는 마음을 알겠으나 그래도 지나치게 감정적이었다.

'아, 혹시?'

"결혼이 삼 년 전이면 아이는?"

"아직 없다고 알고 있습니다."

'그래서 그랬군.'

아이가 없다면 아직 저 아니카는 왕의 아이를 낳을 수 있다. 그리고 그 아이가 꼭 사왕의 아이라는 법은 없다. 꽤 오래전 일이기는 하지만, 왕과 결혼을 앞두었거나 심지어는 결혼한 아니카를 다른 왕이 가로챈 예도 있었다. 여러 왕의 구애를 받은 아니카가 어느 왕의 아이를 낳을지는 아니카의 결정에 달렸다.

유진은 마차에 올라타자마자 카세르를 보며 활짝 웃었다.

"어떻게 알고 왔어요?"

"꼬마가 불렀어. 괜찮아?"

"괜찮아요."

유진이 시선을 내려 소매 안쪽에서 작은 다람쥐를 꺼냈다.

"꼬마. 네가 주인님을 불렀어? 왜?"

대답을 카세르가 대신했다.

"왜냐니."

"당신을 부를 만큼 큰일은 아니었어요. 좀 곤란하기는 했지만요. 그런데 당신도 다급히 달려온 것 같지는 않던데요."

"……꼬마가 위급 신호를 보낸 건 아니었거든."

유진의 손등 위에서 꼬마가 빙그르르 돌았다. 유진이 웃으며 꼬마의 머리를 문질렀다.

"꼬마. 똑똑하네. 주인님한테 다양한 신호를 보낼 수 있구나."

카세르는 모르는 척 딴청을 부렸다. 유진을 믿는 것과 별개로 그는 피데스가 몹시 신경 쓰였다. 그래서 성도궁 안에서 애먼 놈이 그녀 주변에 알짱거리면 '수상함' 신호를 보내도록 그가 꼬마에게 가르쳤다. 역시 미리 가르쳐 두기를 잘했다.

마차가 본격적으로 속도를 내어 달리기 시작했다.

"꼬마가 어떤 신호를 보냈든, 굉장히 빨리 왔네요."

저택과 성도궁까지의 거리를 가늠하여 유진이 말했다. 대답 없이 슬쩍 시선을 피하는 카세르를 보며 유진의 눈이 가늘어졌다.

"집에서 나온 게 아니었군요. 외출 중이었어요?"

"근처에 볼일이 있어서 나왔다가……."

"아까는 그런 말 없었잖아요."

"상제와 이야기는 잘 됐어?"

카세르가 말을 돌렸다.

'아까 날 따라왔구나!'

유진은 돌아가는 상황을 짐작하고 그에게 눈을 흘겼다. 꼬마를 딸려 보내는 것만으로 부족해서 뒤를 따라오다니, 과보호다. 솔직히 유진은 꼬마를 데려갈 필요도 없다고 생각했다. 그 괴물이 성도궁 안에서 똬리를 틀고 버틴 세월이 얼만데 보는 눈이 많은 성도궁에서 경솔한 짓은 하지 않을 것이다. 그래도 그 마음이 너무나 고마웠다.

"얼추 계획대로 됐어요. 한 번의 순환 후에 다시 이야기하재요."

"한 번의 순환?"

카세르가 인상을 찌푸렸다.

"그놈이 기어코 당신을 사제로 만들겠다 이거지?"

"아직 멀었어요. 나중 일은 나중에 생각하자고요. 그때 상황이 어떻게 바뀌어 있을지 누가 알아요."

카세르는 심기 불편한 표정으로 중얼거렸다.

'그놈 본체가 뱀이라고 했던가?'

뱀은 인간에게 본능적인 공포와 혐오를 불러일으킨다. 그래서인지 출몰하는 라크 중에는 뱀의 형태를 띤 것이 많았다. 카세르는 그동안 셀 수 없이 많은 뱀 라크의 대가리를 잘라 냈다.

'한 번의 순환? 그날이 오기 전에 네놈 몸통을 조각내 주지.'

카세르는 유진이 엘버에게 들은 이야기를 전해 주었을 때 진실을 알고 난 충격과는 별개로 확 와닿지 않았다. 괴물에게 농락당한 사실이 자존심은 상하지만, 어차피 그놈은 성도 밖으로 벗어나지 못한다고 했다. 성도에서 멀리 있는 하시 왕국은 영향 범위 밖이었다.

하지만 그 괴물이 유진을 노린다면 이야기가 다르다. 감히 괴물 따위가. 카세르는 강한 살의를 느꼈다.

"그런데요. 당신, 염왕과 친분이 있나 봐요?"

"친분은 무슨."

카세르가 코웃음 쳤다.

"오래전에 한 번 봤을 뿐이야. 그자가 환수 사냥을 한답시고 왕국 국경을 넘은 적이 있어."

"그래서요?"

"환수를 잡겠다며 들쑤시고 다닌다는 소식이 왕성에 들어왔지. 선왕께서 계실 때라 내가 그자를 만나러 갔는데, 지금 생각하니 어이가 없군. 자기와 겨루기를 하자는 거야. 그러면 승패에 상관없이 왕국에서 나가겠다면서."

"그래서요?"

홍이 도는 유진의 눈빛이 반짝거렸다.

"겨루기를 했고 그자는 약속대로 갔고 난 왕성으로 돌아갔지."

"에이, 그러지 말고요. 생략하지 말고 다 말해 줘요. 어떻게 겨루기했어요? 프라즈로 싸운 거예요?"

기대 가득한 표정의 유진을 바라보던 카세르가 작은 한숨을 내쉬며 말했다.

"그자도 나도 왕이 되기 전이라, 그때는 프라즈가 불안정하고 잘못 썼다가 폭주하면 큰일 나거든. 그러니 어쩌겠어. 그냥 힘으로 겨뤄야지."

"힘으로요?"

유진이 주먹 진 두 손을 공중에 휘둘렀다.

"이렇게, 치고받고?"

"……개싸움 했지. 꼬박 사흘을 싸웠나."

유진이 웃음을 터뜨렸다. 카세르가 누군가와 뒤엉켜 싸움을 벌이는 모습이 상상이 가지 않았다. 그 일로 두 사람 사이에 미묘한 유대감이 생겼을지도 모르겠다. 싸우면서 친해진다는 말이 있지 않던가.

'아까 다짜고짜 선제공격한 사람은 카세르였지.'

염왕이 문제 삼았으면 일이 커질 수도 있었다. 그런데 오히려 그가 물러났다. 유진은 그가 왠지 카세르에게 호의를 보인다고 느꼈는데 기분 탓이 아닌 것 같다.

"누가 이겼어요?"

"그냥 둘 다 지쳐서 흐지부지 끝났어."

유진은 마음이 뭉클했다. 자신의 남편이 왕이고 그를 사랑하기는 하지만, 막연히 왕이라는 존재를 멀다고 느꼈다. 그런데 이 에피소드가 깨달음을 주었다. 왕도 평범하게 웃고 우는 사람이었다. 그래서 상처받으면 아프고 괴로울 것이다.

"그런데 염왕이 왜 당신을 붙들고 있었던 거야?"

"아……."

유진이 선뜻 대답하지 못하자 카세르가 더 집요하게 그녀를 쳐다보았다.

"염왕이 세상 소식에 어두운가 봐요?"

"사냥만 하러 다닌다니 그렇겠지."

"그래서 제가 당신과 결혼한 사실을 몰랐나 봐요. ……청혼을 하더라고요."

유진은 그의 푸른 눈동자에 싸늘한 빛이 어리자 얼른 말했다.

"그런데 당신이 왔으니까 다 해결됐어요. 더는 문제 삼지 말아요, 네?"

카세르가 마땅치 않은 표정으로 입을 꾹 다물었다.

유진은 얼른 화제를 돌렸다.

"성도궁에서 그런 소란을 일으키고 그냥 나왔는데 괜찮을까요?"

"괜찮아."

"상제가 따지지 않을까요?"

"그럼 기사를 보내겠지. 보내 봤자, 성도궁이 무너지거나 누가 다친 것도 아닌데 어쩔 거야."

카세르는 전혀 신경 쓰는 기색이 아니었다. 염왕과 비교해서 더 상식적인 카세르가 이런 태도를 보이자 유진은 상제와 왕의 관계를 다시 생각해 보았다.

'상제가 왕국의 국정에 전혀 관여하지 않은 건…… 정치과 종교를 분리해서 신성한 존재로만 군림하겠다는 뜻이라기보다는 그냥 왕과 부딪치고 싶지 않았던 게 아닐까?'

엘버가 기억하는 아주 옛날에는 모든 왕이 이 성도 부근에 머물렀다고 했다. 그런데 지금은 모두 성도에서 멀리 떨어진 왕국을 다스리고 있다.

왕은 라크를 소멸시킬 수 있는 유일한 존재. 죽음을 꿈꾸는 라크에게 왕이 얼마나 두렵겠는가.

두 왕이 일으킨 소동이 상제에게 전해졌을 때는 이미 사왕 부부와 염왕 모두 성도궁을 떠난 후였다.

─두 왕이 성도궁 안에서 프라즈를 일으키며 충돌했다는 말입니까?

"예, 성하."

머릿속으로 들려오는 음성이 몹시 날카로워서 사제는 잔뜩 주눅이 들었다.

─그런 일이 벌어지도록 다들 뭘 하고 있었던 겁니까?

"기사가 미처 달려오기 전이었습니다. 그리고 주변에서 만류할 정도로 충돌이 길어지지 않은 터라……."

사제는 내심 은근히 기대했다. 그는 자신이 모시는 상제야말로 신의 대리인으로 누구보다 높은 존재라고 자부했다. 그래서 이번 일로 상제께서 두 왕을 불러 엄히 추궁하여 위엄을 보여 주었으면 했다. 그냥 넘어간다면 왕들이 앞으로도 계속 성도궁 안에서 무엄하게 행동할 것이다.

─ 모든 왕에게 공문을 보내세요. 오늘 이후로 뚜렷한 용무 없이 성도궁 출입을 금합니다. 용무가 있다면 사전에 알리고 출입 허락을 받으라고 하세요.

"예, 성하."

─ 물러가세요.

생각보다 약한 처분에 사제는 실망을 감추며 대답했다.
"예, 성하."
그는 고개를 숙이며 투덜거렸다.
'성하께서는 왕들에게 관대하시단 말이야.'
사제가 나간 후 상제는 잔뜩 표정을 구겼다. 큰일 날 뻔했다. 왕들이 더 강력하게 프라즈를 방출했다면 본체가 잠에서 깨어났을 것이다. 어떤 짐승이든 천적에 민감하게 반응하는 것처럼 라크는 왕의 기운에 예민했다. 왕의 프라즈는 강력한 각성제였다.

본체는 주술의 힘을 빌려 존재감을 지우고 잠들어 있다. 그러나 억지로 잠이 든 것이라서 시간이 흐를수록 주술이 약해지고 외부의 자극에도 깨어날 위험이 있었다. 그래서 일정 주기로 주술을 다시 걸었다. 그때는 상제가 새로 바뀐다는 핑계로 아예 한동안 성도궁 문을 닫아걸었다. 주술을 거는 동안에는 기운이 흐트러지면 안 되므로 사람 모습을 온전하게 형상화하기가 어려웠다. 그러니 사람들 앞에 나설 수 없고 상제로서 할 수 있는 일이 없다.

'아직은 깨어나면 안 돼. 호수를 본 아니카가 둘이나 태어났단 말이다.'

같은 해 같은 날 아니카 둘이 태어난 것, 라미타가 없는 아니카가 태어난 것, 뒤늦게 라미타를 되찾은 것, 아니카들의 자각몽들이 변화한 것, 모두 처음 나타난 변화들이었다.

기대가 컸던 진과 플로라의 라미타가 실망스럽기는 하지만, 어떤 변수가 또 생길지 모른다. 그래서 이번 천신제를 핑계로 두 아니카를 지하 기도실로 데려가서 그들이 지닌 라미타를 직접 파악할 계획을 세웠다.

'천신제 날짜를 얼른 발표해야겠군.'

\*     \*     \*

유진이 성도에 온 지 어느덧 거의 한 달이 되었다. 아르스 저택에서 여는 연회 날짜가 약 보름 후로 확정되었고 어제부터 초대장을 발송하고 있었다.

유진은 지난번에 아니카들에게 약속한 내로 초대장을 넉넉히 챙겨 두었다. 이때 오후에 직접 초대장을 들고 별채에 들를 생각이었다.

다나는 오랜만에 저택에서 여는 연회 준비로 무척 바빴다. 그리고 무척 신이 나 있었다. 온종일 상인과 일꾼이 저택에 드나들었다.

유진이 수시로 들러서 연회 준비를 도우며 내부 인테리어를 자신의 취향대로 조금씩 바꾸었다. 왕성에서 마리안이나 귀부인들한테 좋은 평을 받았던 터라 자신 있었지만, 어머니 마음에도 들지 조심스러웠다. 다행히 다나는 유진이 꾸미는 색다른 장식을 마음에 들어 했다.

유진은 테이블에 앉아 오늘 보낼 초대장을 작성했다. 초대장은 무기명과 기명으로 나뉘었다. 보통은 기명 초대장에 무기명 초대장 여러 장을 첨부해서 보냈다. 그리고 기명 초대장에는 초대하는 사람이 직접 손님의 이름을 자필로 쓰는 것이 올바른 예의였다. 이번 연회의 초대장 이름 작성은 모두 유진이 전담해서 맡았다.

그녀의 발치에서 중고양이 크기의 흑표범이 작은 털실 공을 갖고 놀며 혼자서 뒹굴뒹굴했다. 꼬마만 데리고 성도궁에 가는 게 미안해서 유진은 시간이 날 때마다 아부와 놀아 주려 했다. 사실, 그저 옆에만 두고 내버려 두는 편이었지만, 아부는 유진의 곁에 있는 것만으로도 만족스러워했다.

밖에서 문을 두드리더니 잠시 후 시녀가 들어왔다.

"왕비님. 스벤 경이 뵙기를 청합니다."

유진은 고개를 들어 대답했다.

"안으로 들여라."

그녀가 쓰던 초대장은 대충 정리해 한편으로 밀었다. 잠시 후 스벤이 들어왔다. 그는 고개를 숙여 인사를 올리고 시선을 들었다가 흠칫했다. 유진이 스벤의 반응 때문에 무심코 시선을 옆으로 돌렸다가 그녀 역시 움찔했다.

어느새 아부는 거대한 맹수 크기가 되어 바닥에 엎드려 있었다. 아부는 자신의 작아진 몸을 다른 인간들에게 보이기 싫어했다. 사용인들이 울음을 터뜨리거나 기절하는 일까지 생기자 그나마 타협해서 사용인들이 들어오면 안 보이는 곳으로 숨기만 했다.

유진은 아부를 보며 피식 웃었다.

'특이한 녀석이야.'

모든 라크가 아부처럼 자존심이 강하지는 않을 것 같다. 꼬마와 비교만 해도 아부는 감정이 풍부했다.

"왕비님. 말씀하신 대로 처리했습니다."

스벤은 들어올 때 가죽으로 싸맨 둥근 원통을 두 손에 들고 있었다. 가죽 주머니 안에는 기름이 가득한 유리병이 들어 있을 것이다. 카세르가 구한 새 기름을 유진이 스벤에게 주면서 예전에 맡긴 씨앗을 넣어 가져오라고 지시했다.

"수고했어요. 그건 저 탁자 위에 두세요."

"예, 왕비님."

스벤이 탁자에 기름통을 올려 둔 후 서 있던 자리로 돌아왔다.

"누가 본 사람은 없겠지요?"

"예, 주변 경계는 철저히 했습니다."

"그때 기사 피데스가 접근한 후에는 다른 기사가 온 적은 없고요?"

"예, 없습니다."

유진은 '기사 피데스가 그 물건을 확인했으나 가져가지는 않았다'라는 보고를 들었을 때 상제가 여우처럼 머리를 굴린다고 알아차렸다. 이제 씨앗을 기름통에 담갔으니 상제는 씨앗을 추적할 수 없어 몹시 당황하고 있을 것이다. 상상하니까 깨소금 맛이었다.

스벤이 나간 후, 유진은 나머지 초내장을 작성하면서 기름통의 처리를 고민했다. 기름통의 크기가 제법 컸다. 작은 유리병에 넣을 수 있으면 운반이 쉽겠지만, 씨앗을 담글 때 효과를 보는 데 필요로 하는 최소한의 기름양이 적지 않았다. 괜한 모험을 하고 싶지 않아서 유진은 그보다 더 많이 썼다.

'기름통만 먼저 왕성으로 보내야겠어. 왕국 관리가 돌아갈 때 맡겨야 겠다.'

생각에 잠겨 있던 유진은 갑자기 허벅지 위가 묵직해져서 흠칫 놀랐다. 작아진 아부가 그녀의 다리 위에 뛰어 올라와서 유진을 올려다보며 긴 꼬리를 살랑살랑 흔들었다.

아까 발치에서 놀던 모습보다 더 작아졌다. 유진이 작아진 모습을 좋아한다는 사실을 알고 아부는 바라는 게 있을 때는 꼭 작게 변했다.

"아부. 왜? 이제 혼자 노는 게 심심해?"

유진이 아부의 머리에 손을 대자 아부가 그녀의 손바닥에 머리를 들이밀어 비볐다.

'아, 귀여운 녀석.'

생김새뿐만 아니라 하는 짓도 예쁘니 예뻐하지 않을 수가 없다. 유진은 아부의 유혹에 홀려서 한참을 아부와 놀아 주었다. 그 대신 밤늦게까지 초대장을 작성하느라 카세르의 불만을 샀다.

며칠 후, 유진은 왕에게 보고와 승인 절차를 마치고 왕성으로 돌아가는 관리를 불렀다. 그녀는 관리에게 기름통을 건네며 말했다.

"내일 새벽에 출발한다고 했던가?"

"예, 왕비님."

"귀한 기름이니 조심해서 본국으로 가져다주시오. 총관이나 마리안에게 내가 맡긴 물건이라고 하면서 주면 될 거요. 누구에게도 보이지 말고 잘 숨겨서 가시오."

"분부에 따르겠습니다. 왕비님."

그러나 다음 날 늦은 아침, 새벽 일찍 출발한다던 관리가 유진을 찾아 왔다.

"왕비님. 성도를 나가는 자들에 관한 확인 절차가 오늘따라 유난히 까다로워서 대기가 길었습니다. 알아보니 간소한 차림은 별다른 제지 없이 통과인데 짐이 많은 자들은 샅샅이 수색한다고 합니다. 아무래도 꺼림칙하여 돌아왔습니다."

"그렇소? ……판단을 잘했소. 확인해 보고 어찌 대처할지 말해 주겠소."

"예, 왕비님."

유진은 사람을 시켜 무슨 일인지 알아보았다. 관리의 말대로 나가는 자들에 관한 짐 수색이 강화되었다. 들어오는 자들은 아무런 제지가 없고 나가는 자들도 짐이 없으면 그냥 통과시켰다. 그런데 등에 큰 가방 이상만 메고 있어도 가방을 열어 안의 물건을 확인한다고 했다.

그리고 검사 강화는 며칠 전부터 시작되었다. 지금 성문 앞은 드나드는 자들과 기다리는 자들로 무척 혼잡하다고 했다. 대기가 한없이 길어져서 계획한 시간에 나가지 못해 사람들의 발이 묶였다. 하지만 아예 기사 몇 명이 지키고 서서 짐 수색 과정을 지켜보고 있으니 누구도 불평하지 못했다.

유진이 검사 강화를 시작한 날짜를 따져보니까 스벤이 기름통을 가져온 날이었다. 우연의 일치인가 싶어서 다른 쪽도 조사해 보았다. 성도에서는 새 기름을 쓸 일이 없으므로 취급하는 상인이 제한적이었다. 그런데 그들의 거래 내용을 조사하러 며칠 사이에 감찰관이 방문했다고 한다.

'이놈이 씨앗을 찾고 있어.'

상제는 계속 씨앗을 주시하고 있었던 것 같다. 아마 씨앗을 어디로 옮기는 낌새가 느껴지면 즉시 기사를 보내려 했을 것이다.

'그런데 아예 추적할 수 없게 되니까 당황했겠지. 기름통에 넣었을 거라고 생각한 거구나. 와, 그 괴물 머리 참 잘 돌아가네.'

카세르가 구한 기름의 출처는 걱정 없었다. 그가 어련히 알아서 잘했을 테니까. 그런데 씨앗을 무사히 성도 밖으로 빼내는 일이 만만치 않을 듯했다.

유진은 관리를 불러서 기름통은 가져가지 말라고 지시했다. 그녀는 돌려받은 기름통을 테이블에 올려 두고 고민에 빠졌다. 직접 가져가면 왕의 짐을 함부로 수색할 수 없을 테니까 어찌어찌 방법이 있을 것이다.

'하지만 우리가 성도를 떠날 때 가져가자니, 아직 어떤 식으로 떠나게 될지 알 수 없어서…….'

상황이 곤란해졌다. 성과도 있었다. 이번 일로 이 씨앗이 그 괴물에게 아주 중요하다는 사실을 확인했다.

'그런 것치고는 관리가 허술했는데 말이야. 추적할 수 있으니 아무나 집어 가도 상관없었던 걸까? 하긴, 이걸 기름에 담글 생각을 누가 하겠어. 더구나 성도에서는 구하기 힘든 기름인데. 그리고 별채 안에서 씨앗을 가져갈 사람은 뻔하니까.'

유진은 기름통 처리를 고민하다가 결국, 쓸 만한 방법을 찾지 못했다.

*　　*　　*

카세르가 유진이 기다리던 소식을 전해 주었다. 그가 지도를 펼쳐 손가락으로 가리키며 말했다.

"이쯤에 있어."

성도의 지도였다. 제작과 유통이 금지되어 있지만, 일반인들에게나 해당하는 말이었다.

널찍한 테이블 전부를 덮을 만큼 큰 지도는 형태가 특이했다. 얇은 천 위에 지도를 그렸고 조각보처럼 수십 장을 기워서 하나를 만들었다.

지도 거래는 암시장에서 할 수 있다. 그렇다고 해도 세부 지도는 성도 전체를 통으로 가진 판매상이 없었다. 일부 구역만 제작해서 팔면 지역 마다 구매해서 전체를 끼어 맞추는 건 구매자의 능력에 달렸다.

카세르는 시간이 촉박하므로 사람을 풀어 성도를 조사하기보다는 지도를 사자고 결정했다. 은밀하고 신속하게 구하느라 몇 배의 돈이 더 들었다. 돈값은 하는지 지도의 질은 훌륭했다. 성도의 골목길까지 상세히 나와 있었다.

유진은 카세르가 손으로 짚은 부근을 유심히 보았다. 이 세계에서 작성하는 지도를 처음 보았으나 대충 이해할 수 있었다.

"이 건물이 꽤 큰 편 같아요. 그런데 근처에 다른 건물이 없네요."

"외곽 지역이야. 하지만 이 정도로 비어 있는 땅은 정상적이지 않지. 성도에 거주하는 인구가 갈수록 늘어서 빈 땅이 거의 없다는 말이 나돌 정도이니까. 성도는 연중 내내 공사 중이야. 어딘가에서는 건물을 올리고 있어. 그래서 여기는 건드리지 못하도록 인위적으로 관리한 느낌이 들어."

"소유주가 누구래요?"

"근처에 땅과 건물 매매 중개를 업으로 삼는 자들에게 알아봤더니 정확히 모르더군. 중간에 사람을 끼고 소유주와 연락한 자는 있으나 직접 만났다는 자는 없고."

카세르가 근처 사정을 알아볼수록 기묘했다. 넓은 땅이 그냥 놀고 있는데도 업자들은 크게 관심을 두지 않았다. 땅 주인에게 연락을 시도해 봤다는 자가 있었는데 주인이 팔지 않겠다는 뜻이 완강하여 포기했다고 했다.

장사꾼들이 금방 나가떨어진 태도도 이해가 가지 않았다. 이득이 눈에 보이면 사람들이 달라붙는 것이 올바른 순서 아닌가.

게다가 사람들은 알아서 이 근처에 접근하지 않았다. 텅 빈 땅에 약간 구릉지이고 나무와 수풀이 무성하게 우거져서 치안이 좋지 못했다. 근방에서 실종 사건이 몇 번 있었는데 수사관이 대충 사건을 마무리하고 끝내서 실종자는 찾지 못했다고 한다. 이후 소문이 흉흉해서 사람들이 더욱 꺼리게 되었다.

"이 건물은 저택인가요?"

"저택은 아니야. 근방에 사는 사람도 잘 모르더라고. 그런데 어떤 노인이 말하기를 자신이 어릴 때 어른들한테 들었다면서 오래전에 쓰던 감옥이라더군."

"감옥⋯⋯."

유진은 고개를 들어 그를 바라보았다.

"여기가 맞을 것 같아요. 아니, 맞아요. 여기예요."

"내 생각도 그래."

유진은 다시 지도를 내려다보며 중얼거렸다.

"여기에 어르신이⋯⋯."

"여기가 원래 감옥 용도로 지어진 건물이라면 사람을 감시하기가 쉬운 구조일 거야. 가둔 사람은 물론이고 드나드는 사람까지. 그래서 어떻게 접근해야 할지 모르겠어."

"몸이 날랜 전사들에게 맡기면 되지 않을까요?"

"몸이 날랜 정도로는 안 돼. 복잡한 비밀 구조를 돌파하는 특수 훈련을 받은 인재가 필요해. 하지만 우리 왕국에서 그런 인재는 따로 키우지 않거든."

유진은 무슨 뜻인지 이해했다. 하시 왕국에서 필요한 인재는 사막의 지형에 적응하며 강한 라크와 싸울 무력을 갖춘 전사일 것이다. 그리고 유진은 감동했다.

'이 남자는 나를 정말로 함께 문제를 해결할 동반자로 생각하고 있구나.'

왕국의 부족한 부분을 인정하기란 왕으로서 꽤 자존심이 상하는 일인 텐데도 그는 솔직하게 자신의 고충을 털어놓았다.

얼마 전에 성도궁을 방문했을 때 몰래 뒤따라온 그의 행적을 봐서는 그는 자신을 보호하려는 강력한 의지를 갖고 있었다. 보통 보호하려는 대상 앞에서는 자신의 완전무결함을 드러내려 한다. 거짓말로 허세를 부려서라도.

허세가 없어도 강한 사람이 자신의 남편이라서, 유진은 그가 자랑스럽고 사랑스러웠다.

"……왜?"

카세르가 멋쩍게 물었다. 자신을 바라보는 유진의 눈빛이 달콤한 간식을 발견한 아이처럼 반짝거렸다. 사양할 일은 아니지만, 뜬금없으니 의아했다.

"그냥요. 갑자기 뽀뽀해 주고 싶어서요."

이번에는 카세르의 눈빛이 변했다.

"말로만 하지 말고……."

유진은 자신을 끌어안으려는 그의 팔을 쏙 피하며 말했다.

"당신이 말하는 그런 인재는, 어디서 구할 수 있을까요?"

"구하려면 구할 수는 있어."

카세르는 다시 본론으로 돌아온 척하면서 재빠르게 손을 뻗어 유진을 끌어당겼다. 유진은 순식간에 잡혀 그의 품에 갇혔다. 그녀는 놀란 비명을 질렀다가 웃음을 터뜨렸다. 그는 두 팔을 교차하여 그녀를 단단히 구속한 채 말했다.

"하지만 신원이 불분명한 자들은 일단 제외."

"당신이 생각할 때 신원이 확실하고 그 방면 최고는 누구예요?"

"흠⋯⋯. 플레크 왕국의 전사들? 플레크가 지형이 험난하다고 해. 그리고 라크들이 지형의 특성을 이용해서 은신처에 숨어 있다가 기습하는 일이 많다지. 그래서 전사들이 함정을 파악하는 능력이 뛰어나다고 하더군."

"그럼 플레크에서 사람을 빌려 올 수는 없어요?"

카세르가 고개를 내저었다.

"전사는 왕국의 보물이야. 거래 대상이 될 수 없어. 상대가 도왕이라면 한번 이야기해 보겠지만. 플레크의 명왕과는 전혀 접점이 없어."

'플레크⋯⋯.'

얼음 왕국 플레크. 여섯 왕국 중에서 가장 추운 지역이었다. 유진은 소설 속의 왕국 정보를 떠올리다가 문득 중요한 내용이 생각났다.

'명왕은 왕들의 원정대에 가장 늦게 합류했지. 상제에 대한 반감 때문이었어.'

유진은 시기를 계산해 보았다. 소설 내용대로 현실에서도 같은 일이 벌어지고 있다면 다행히 아직 늦지 않은 것 같다.

"카세르. 명왕이 지금 성도에 와 있나요?"

"왔다는 소리는 못 들었어."

"혹시 지금 오는 중인지 알아봐 줘요. 명왕과 거래할 방법이 있을 것 같아요."

"뭔데?"

"확실하지는 않아요. 헛짚은 것일 수도 있으니까 명왕이 제 이야기에 관심을 보이면 말해 줄게요."

카세르는 그녀가 엘버한테 무슨 들은 이야기가 있나 싶어서 고개를 끄덕였다.

바깥에서 문을 두드리며 왕을 불렀다. 유진이 얼른 그를 밀어내려 했지만, 그가 허리를 감은 팔을 풀지 않아서 벗어날 수가 없었다. 문이 열리고 시종이 들어오는 모습을 보면서 유진은 버둥거리기를 포기했다.

"무슨 일이냐."

카세르가 묻자 시종이 고개를 숙였다.

"전하. 염왕 전하께서 오셨습니다."

"누가 와? 염왕?"

카세르는 확실히 들었으면서도 되물었다.

"예, 전하. 사왕 전하와 왕비님, 두 분을 뵙자고 하십니다."

"나 참……."

카세르가 어이가 없어서 헛웃음만 흘렸다. 사전에 연락도 없이 불쑥 찾아올 만큼 염왕과 가까운 관계가 아니었다. 철없던 시절에 드잡이한 이후, 성도궁에서 그날 처음 봤다. 염왕이 유진에게 다짜고짜 청혼했다는 말이 생각나서 그는 짜증이 확 치밀었다.

유진은 꾹 눌러 참는 것처럼 보이는 카세르의 표정을 살피면서 그가 손님을 홀대하는 말을 할까 봐 선수를 쳤다.

"알았으니 가서 예의를 다해서 손님을 잘 모셔라. 곧 뵈러 가겠다고 해라."

"예, 왕비님."

시종은 왕이 아무 말도 하지 않았는데도 넙죽 대답하고 물러갔다. 시종이 나가자마자 카세르는 불만을 터뜨렸다.

"그자가 당신을 왜 보자는 거야?"

분명히 시종은 '두 분'을 만나러 왔다고 말했다. 그런데 카세르는 염왕이 만나고자 하는 대상에 자신이 없는 것처럼 말했다. 유진은 쓴웃음을 지으며 그를 살살 달랬다.

"오랜만에 당신 만나서 반가워 온 것 같은데 그러지 마요."

"안 반가워."

"다른 왕과 잘 지내서 나쁠 것 없잖아요. 더구나 우리는 같은 편이 많을수록 좋아요. 저 괴물을 우리 힘만으로 어쩌기는 힘들다고요. 얼른 가요. 손님을 오래 기다리게 하면 안 되죠."

유진은 구시렁거리는 카세르의 등을 떠밀었다.

소파에 편하게 등을 기대고 방만한 자세로 앉아 있는 염왕의 모습은 흡사 자신의 거실에 앉아 있는 사람처럼 편안해 보였다. 조금 전 시녀가 내온 차는 그대로 식어 갔다. 구석에서 대기하고 있는 시녀는 염왕이 찻잔에 전혀 손을 대지 않으니 눈치를 살피며 안절부절못했다.

라이너는 차를 싫어했다. 차를 마시느니 술이 나았다. 그런데 대부분 사람은 싫어해도 예의상 한 모금 정도는 마신다. 라이너는 그런 규칙을 무시했다.

시종이 라이너의 곁으로 다가가 고개를 숙였다.

"염왕 전하. 두 분 주인님께서 곧 뵈러 오겠다고 하셨습니다. 잠시만 기다려 주시옵소서."

"불쑥 찾아온 내가 기다려야지."

라이너가 개의치 않는다는 표정으로 손을 내저었다.

심드렁한 표정이었지만, 그는 꽤 기분이 좋은 상태였다. 라크 사냥 외에는 모든 일이 그의 관심 밖이었다. 그리고 그는 성도에 오면 영 기분이 찜찜했다.

걷기에서 활동기로 바뀔 때 느끼는 감각처럼 성도 안에서는 항상 무거운 공기가 자신을 누르는 것 같았다. 프라즈는 변화가 없으니 이유를 알 수 없었다.

그런데 이번 성도 방문에서는 아주 흥미로운 대상을 발견했다. 그는 사왕의 저택으로 오는 길에 마치 라크 사냥을 시작할 때처럼 설렘을 느꼈다.

라이너의 미간이 꿈틀하더니 고개를 돌렸다. 그가 닫힌 문을 쏘아본 잠시 후 문이 열렸다. 나란히 함께 들어오는 사왕 부부를 보며 라이너는 피식 웃었다. 사왕이 들어오기 전에 기운을 드러내서 미리 알아차렸다. 노골적으로 '왜 왔냐?'라고 따지는 듯한 느낌이었다. 어지간히도 못마땅한 모양이었다.

라이너가 느릿하게 자리에서 일어났다. 유진이 인사를 건넸다.

"기다리게 해서 죄송합니다. 염왕 전하. 미리 연락을 주셨으면 손님을 맞을 준비를 해 두었을 텐데요. 갑작스럽기는 하지만, 제대로 인사를 나눌 수 있는 자리에서 뵙게 되어 영광입니다."

유진의 인사말에는 넌지시 라이너를 탓하는 뜻이 담겼으나 라이너는 전혀 미안한 기색 없이 고개를 끄덕였다.

"내가 성격이 급해서 그러니 이해해 주시오. 다시 만나서 반갑소, 아니카 진. 불청객이지만 내 체면을 봐서라도 홀대는 말아 주시오."

그동안 귀족들을 상대하며 살짝 돌려 말하는 화법에 익숙해진 터라 유진은 직설적인 라이너의 말투에 당황했다.

"……홀대라니요. 당치 않은 말씀이십니다."

유진이 카세르를 쳐다봤다. 카세르는 무언의 재촉을 받고 못 이긴 척 말했다.

"성도궁에서 그날은 내가 결례했소. 서로에게 실수했으니 그날 일로 피차 유감은 남지 않았으면 하오."

라이너의 눈에 이채가 스쳤다. 그날 성도궁에서 봤을 때도 부부 사이가 꽤 가까워 보인다고 생각했다. 오늘 보니까 그 느낌이 착각이 아닌 것 같았다.

"딱딱하게 서로 따질 게 뭐가 있나. 안 맞으면 싸우기도 하고, 사는 게 다 그런 거지."

라이너가 소파에 털썩 앉으며 말했다.

"서 있지들 말고 앉으시오."

'누가 집주인인지 모르겠네.'

유진은 어이가 없으면서도 뻔뻔한 라이너가 왠지 밉지 않았다. 앞에서는 주먹질해도 뒤통수는 치지 않을 사람 같았다.

모두 소파에 둘러앉았다. 유진은 그냥 대놓고 라이너에게 용건을 물었다. 라이너와 대화할 때는 그편이 낫겠다고 생각했다.

"어쩐 일로 오셨습니까?"

"나도 초대장 하나 받아 가려고 왔소. 큰 연회가 열린다고 성도가 들썩거리던데. 어딜 가든 이 이야기뿐이더군. 한 열흘쯤 남지 않았소?"

전혀 예상도 못 한 이야기였다. 라이너가 아르스 저택의 연회에 관심을 보이다니. 몇 년에 한 번 성도에 올까 말까 하는 라이너는 당연히 성도에서 사교 활동을 전혀 하지 않았다.

"예. 그렇습니다. 그런데 정말 참석할 생각이세요? 번잡한 곳은 가지 않으시는 줄 알았습니다."

"가끔은 괜찮소. 기분전환도 할 겸."

"한데 염왕 전하. 초대장은 이미 보내 드렸습니다."

성도에서 어지간한 규모 이상의 행사가 열리면 모든 왕의 저택에 초대장을 보내는 것은 관행이었다. 왕은 최고의 귀빈이며 사람들은 자신이 주최하는 연회에 왕이 참석하기를 고대했다.

유진은 어제 모든 초대장 발송을 마무리했다. 당연히 왕가의 저택 모두에 초대장을 보냈다. 왕들에게는 일찌감치 보냈으니까 초대장이 이미 도착하고도 남았다.

라이너가 당당히 말했다.

"못 받았소."

"……예. 초대장을 드리겠습니다."

유진은 두말없이 대답했다.

"초대장을 받자고 왔다는 건가?"

카세르가 묻자 이번에도 라이너는 당당히 말했다.

"물론, 그건 아니지."

"초대장은 핑계 같은데, 그냥 본론을 말하지 그래."

"그럴까?"

유진은 흘끔 카세르를 봤다가 터지는 웃음을 참으며 자연스레 고개를 돌렸다. 라이너를 바라보는 그의 눈빛이 한심한 남동생을 보는 듯했다.

라이너가 아까부터 서 있는 남자에게 손짓했다. 라이너가 동행한 자인지 유진은 처음 보는 남자였다.

"그거 가져와."

"예, 전하."

남자의 발치에는 두꺼운 천으로 덮은 돔 형태의 물건이 있었다. 높이는 남자의 무릎을 넘었고 크기는 두 팔을 둥글게 벌려 끌어안아야 할 정도였다.

남자가 그 물건을 들고 소파테이블 가장자리에 올렸다. 라이너의 지시에 따라 두꺼운 천을 벗겨 내자 새장이 나왔다.

"어머."

유진이 놀라 중얼거렸다. 새장 안에는 독수리 한 마리가 들어 있었다. 그런데 그 독수리의 머리에는 두 개의 뿔이 있었다.

'염왕의 환수. 크라크.'

소설 속에서 염왕은 독수리 모습의 환수를 어깨에 얹고 다녔다. 라크는 날짐승으로 변화하지 않으니 독수리 모습 환수는 무척 특이한 경우였다. 아마 자유자재로 모습을 바꾸는 환수이니 가능했을 것이다. 대신 크라크는 아름답고 거대한 날개를 갖고 있음에도 날지 못했다. 오직 두 다리로만 열심히 뛰어다녔다.

"내가 지난번 일로 아무리 생각해도 신기해서 말이지. 나도 실험을 해 봤단 말이오. 환수를 작아지게……."

"잠깐."

카세르가 라이너의 말을 제지하고 시종에게 나가라고 손짓했다. 대기하고 있던 자들이 썰물처럼 빠져나갔다. 라이너가 자신의 동행인에게도 나가라고 말했다. 이제 응접실에는 세 사람만 남았다.

"어디까지 말했…… 아, 그렇지. 이 녀석을 작아지게 해서 다른 사람 주머니 안에 들어가게 했단 말이오. 아, 이놈이 왜 이래."

라이너가 새장 속 환수를 보며 인상을 찌푸렸다. 독수리가 두 날개를 요란스럽게 펄럭이면서 안절부절못하고 있었다. 독수리의 붉은 눈이 바라보는 방향에는 유진이 있었다. 유진은 꼬마를 처음 본 날이 떠올랐지만, 잠자코 모른 척했다.

"그래서 이 녀석을, 아, 시끄럽네."

라이너가 투덜거리며 다시 새장을 천으로 덮어 버렸다.

"내가 몇 발자국만 멀어지면 딴 사람 주머니 안에서 얌전히 기다리지를 못하더군. 그런데 그대는 어떻게 가능했던 거요? 그때 그 환수는 사왕의 환수가 맞소?"

유진과 카세르가 서로 시선을 마주쳤다.

"내 환수가 맞아."

카세르가 대답했다.

"그 흑표범 환수? 하지만 그런 것치고는 약하던데."

"최근에 얻은 녀석이야."

"어디서?"

"씨앗 저장소에서."

"최근이면 언제?"

"몇 개월 안 됐다."

라이너가 질문을 쏟아 냈다. 유진은 라크에 집착과 가까운 관심을 보이는 염왕의 성격을 재확인하면서 어느새 격의 없는 말투로 주거니 받거니 하는 두 왕을 신기한 기분으로 바라보았다. '사이좋네.'라고, 카세르가 알았다가는 질색할 생각을 했다.

"몇 개월 안 됐으면 나한테 넘겨. 보상은 충분히 해 주지."

카세르가 와락 인상을 찌푸렸다.

"헛소리는 작작해."

"몇 개월 정도면 아직 종속이 느슨해서 괜찮다고."

"그런 문제가 아니라, 내 환수를 왜 넘기라는 거야?"

"거래를 하자는 건데 뭘 이렇게 정색해."

유진은 다짜고짜 '결혼하자'라고 말하던 그 날이 떠올랐다. 머릿속에 떠오르는 대로 불쑥 말하는 건 염왕의 성격인 듯했다. 말하기 전에 깊이 숙고하는 카세르와 정반대였다. 그녀는 헛기침하여 두 사람의 대화를 중단시켰다.

"염왕 전하. 그 환수가 주인과 떨어진 상태에서도 얌전했던 것은 환수가 특이해서가 아닙니다. 그긴 제 능력이에요."

단번에 라이너의 관심 대상이 바뀌었다. 유진은 라이너가 다시 질문 공세에 들어가기 전에 얼른 말했다.

"어떤 능력인지는 말씀드리기 곤란해요. 전하께서도 자신의 비밀을 함부로 공개하지 않으시겠지요."

"으음. 절대로 공개할 수 없는 비밀이오?"

문득 유진은 좋은 생각이 떠올랐다. 염왕을 통해 기름통을 성도 밖으로 빼낸다면? 염왕의 성격이 거칠다는 사실은 널리 알려져 있으니 누구도 짐을 뒤지지 못할 것이다. 그리고 염왕은 최근 성도에 왔으므로 상제의 의심 범위 밖이었다.

"거래는 가능해요."

카세르가 순간 유진을 처다봤지만, 나서지 않았다.

"어떤 거래?"

"물건 하나만 배달해 주세요."

유진은 어떤 물건인지는 자세히 설명하지 않고, 맡기는 물건을 성도 밖의 약속된 장소까지 갖다 주면 그 대가로 라이너의 궁금증을 풀어 주겠다고 말했다.

"간단한 일이군. 좋소."

라이너가 흔쾌히 말했다. 그 물건에 얽힌 사연은 전혀 궁금해하는 눈치가 아니었다. 오히려 그는 오늘 온 김에 그 물건을 가져가겠다고 했다.

"연회에 참석한다고 하셨으니 당분간은 성도에 머무실 계획 아니신가요? 한 번 들리시면 될 텐데요."

"해야 할 일이 있으면 하기 싫어져서 말이오."

말도 안 되는 이유였지만 오히려 유진은 납득이 갔다. 염왕은 정말 멋대로 사는 사람이었다. 그녀는 잠시 고민했으나 시종을 시켜 기름통을 가져오게 했다. 염왕이 신의를 모르는 사람은 아닐 거라고 믿었다.

기름통을 가져오는 동안 라이너가 말했다.

"아, 그리고 한 가지 용건이 더. 이봐, 사왕. 한판 뜰까? 성도에는 공터가 없으니 프라즈는 안 되겠고, 체술로 붙자고."

카세르는 대답할 가치도 없다는 듯 말없이 염왕을 응시했다.

"한동안 라크 사냥을 못 했더니 몸이 근질근질해서 말이야."

"싫다."

"왜?"

"싫다고."

"그러니까 왜?"

유치한 사람과 함께 있으면 같이 유치해지는 걸까. 유진은 오늘따라 카세르가 평소와 달라 보인다고 느꼈다. 나이보다 완벽한 어른 같았던 그가 이십 대 중반 그 나이대의 청년 같았다. 그 모습이 왠지 보기 좋았다.

기름통을 들고 시종이 들어오자 두 왕의 언쟁이 멈추었다. 라이너는 더 미적거리지 않고 기름통과 초대장을 챙겨 일어났다.

"아니카 진."

"예, 전하."

"그날 성도궁에서 그대에게 했던 제안은 그대로요. 충분히 생각해 보시오."

유진은 너무 놀라서 얼어붙었다. 그리고 눈동자만 굴려 카세르를 보았다. 그의 표정은 마치 거대한 폭풍우가 몰려오기 직전 같았다.

카세르가 이를 악무는 목소리로 말했다.

"염왕. 그 제안이란 게, 결혼 어쩌고, 내 아내한테 치근댄 걸 말하는 건가?"

이번에는 라이너가 당황했다. 만사태평이던 라이너의 눈동자가 크게 흔들렸다. 그는 유진과 카세르를 번갈아 보면서 말했다.

"어…… 설마 그걸 말했소? 아니카 진?"

이 심각한 상황에서 유진은 풋, 웃음이 튀어나왔다.

"그런데, 아직 아이가 없……."

라이너는 말하다 말고 카세르의 표정을 보며 입을 다물었다. 그는 얼른 빠른 걸음으로 응접실 바깥으로 걸어갔다. 당장 뒤에서 카세르가 달려들 것 같아서 모골이 송연했다. 다행히 그는 무사히 응접실을 빠져나왔고 응접실 문이 닫히기 직전에 흘러나오는 목소리를 들었다. 나긋나긋하면서도 다정한 음성이었다.

"카세르."

이름을 부르는 소리 뒤에 이어지는 말 내용까지는 들리지 않았다. 라이너는 걷다 말고 멈추어 서서 문이 닫힌 응접실을 바라보았다. 그는 묘한 충격을 받았다. 저 두 사람은 확실히 일반적인 왕과 아니카 부부 같지 않았다.

## 7. 드러난 사실과 감추어진 사실

아니카들의 별채에 초대장을 갖다 두고 며칠 후 유진은 다시 별채에 방문했다. 별채에서 차를 마시거나 소소한 취미 활동을 즐기던 아니카들이 유진이 왔다는 말을 듣고 우르르 몰려나와 반겼다.

"아니카 진. 어서 와요."

"연회 준비는 잘 되어 가요?"

"시간이 왜 이렇게 안 가는지 모르겠어요. 아직도 한참 남았잖아요."

"미리 옷을 맞춰 두기를 잘했다니까요. 요즘 웬만한 의상실은 주문이 밀려서 예약도 안 받는대요."

다들 내화를 주고받는 게 아니라 일방적으로 자신이 하고 싶은 말만 쏟아 냈다. 하지만 누구도 불쾌해하지 않고 즐거워했다. 얼마 후에 있을 연회에 대한 기대감이 한껏 부풀어서 모두 살짝 흥분 상태였다.

유진은 확인할 게 있어서 잠깐 들른 터라 아니카들과 잠깐 앉아서 몇 마디만 나누고 금세 일어났다. 연회 준비를 하러 간다고 하니까 다들 아쉬워하면서도 붙잡지 않았다.

유진은 별채를 관리하는 총집사를 불렀다. 일전에 그녀에게 초대장을 맡겨 두었다. 모든 아니카의 이름을 적은 기명 초대장과 무기명 초대장까지 합하면 아니카들 숫자보다 훨씬 많았다.

"혹시 남은 초대장이 있는가?"

"예, 아니카 님."

총집사가 가져온 바구니 안에는 딱 두 장이 남아 있었다. 무기명 초대장은 전혀 남지 않았고 기명 초대장 두 장만 남았다.

유진은 두 장의 이름을 확인했다. 공교롭게도 둘 다 잘 아는 사람이었다.

"아니카 케이티…… 아니카 플로라…… 이 두 분은 내가 다녀간 후에 별채에 오지 않았나?"

"예, 아니카 님."

유진은 복잡한 심경으로 초대장을 보다가 다른 질문을 했다.

"지난번 내가 다녀간 아니카 모임 때 이 두 분이 모두 참석했지. 알고 있는가?"

"예, 아니카 님."

"혹시 그 이후에 이 두 분이 별채에 들르신 적 있는가?"

총관은 잠시도 고민하지 않고 대답했다. 답은 아는 자의 자신 있는 표정이었다.

"그 후 한 번도 두 분을 뵌 적 없습니다."

"……알았네. 이 초대장은 그대로 갖고 있게. 혹시 두 분 중 누가 이 초대장을 가져가면 내게 알려 주겠나?"

유진은 지난번에 초대장을 맡길 때 총집사에게도 기명 초대장을 주었다. 자신의 이름이 적힌 초대장을 받고 그녀는 무척 감격스러워했다. 그래서인지 그녀는 마치 큰 사명을 맡은 것처럼 비장한 표정으로 대답했다.

"예, 아니카 님. 꼭 알려드리겠습니다."

유진은 별채를 나와 아르스 저택으로 갔다. 오늘 저택의 커튼을 전부 바꾼다고 하길래 오후에 간다고 했다. 커튼 바꾸기를 직접 다나가 할 리는 없으니 유진이 도울 일도 없을 것이다. 그런데 수많은 사람이 움직이는 모습을 보면 활기가 느껴졌다. 오랫동안 잠들어 있던 아르스 저택이 깨어나는 느낌이 들어서 좋았다.

다나와 함께 저택 곳곳을 다니며 커튼 교체를 구경하는 동안 유진은 자꾸 딴생각이 들었다. 주인 손에 들어가지 못한 초대장, 특히 케이티가 신경 쓰였다. 카세르에게 상처를 준 원망스러운 사람인데도 미워할 수가 없었다.

「왕의 아이를 낳은 것을 후회하시나요?」
「후회한 적은 없어요.」

대답하던 표정에는 망설임이 없었다. 케이티는 비록 잘못된 선택을 했으나 최소한 남을 탓하며 현실을 회피하지는 않았다.

유진은 다나에게 자신의 생각을 말하고 조언을 구했다.

"그분께 초대장을 꼭 드리고 싶어요. 심부름꾼을 시켜 건네기보다는 좀 더 자연스럽게 선하고 싶어서요. 혹시 그분과 친밀하게 왕래하는 아니카가 누군지 아세요?"

"오래전에는 아니카 테이아와 친자매 이상으로 절친했지. 두 사람이 항상 함께 다녔거든. 그런데 지금은 누구와 친한지 모르겠구나.”

“아니카 테이아?”

이름이 귀에 익은 듯 낯설었다. 얼마 전에 아니카들에게 초대장을 작성할 때 그런 이름은 본 기억이 없었다.

“그런데 이미 죽은 사람이야.”

“아…….”

“아니카 테이아는 슬란의 왕과 결혼했었지. 그때 아니카 케이티가 사왕과 결혼해서 성도를 떠나고 몇 년 후에 아니카 테이아도 왕과 결혼했어. 자매처럼 함께 다니던 두 아니카 모두 왕과 결혼했다고 사람들이 떠들던 말들이 기억나네.”

“예?”

유진이 놀라서 되물었다.

“도왕 전하와 결혼한 아니카였다고요? 그리고 보니 이름을 얼핏 들은 것도 같아요. 슬란의 왕자를 낳은 분이란 말씀이죠?”

“그래.”

유진의 심장이 불안정하게 뛰기 시작했다. 왕의 둘째 아이를 가졌다가 자살한 아니카가 케이티와 절친한 사이였다니. 그렇다면 테이아의 두 번째 임신 사실을 케이티도 알고 있었을지 모른다. 이 연관성을 이대로 흘려 넘겨서는 안 될 것 같았다.

“엄마. 눈에 띄지 않는 작은 마차 한 대만 빌려주시겠어요?”

\*　　\*　　\*

유진은 차창 밖으로 대각선 방향에 보이는 건물을 바라보았다. 저 2층짜리 건물이 아니카 케이티의 집이었다. 1층에 있는 잡화점도 케이티의 것이다. 대부분은 고용한 직원이 장사를 도맡지만, 가끔은 케이티가 직접 점포를 지킬 때도 있다고 들었다.

케이티의 집 주소와 집안 사정에 관해서는 다나한테 들었다. 유진은 종종 신기했다. 뭔가를 질문했을 때 다나가 대답하지 못하는 내용이 거의 없었다.

「아니카가 직접 장사에 나서는 건 굉장히 드문 일이지. 세간의 시선이 있으니까. 아니카 케이티를 못마땅해하는 아니카들은 대부분 과거 문제로 트집 잡는 게 아니라 아니카 케이티가 아니카의 체면을 손상한다고 생각하기 때문이야.」

「아니카 케이티의 생활이 빈곤한가요?」

「그 건물은 아니카 케이티 소유야. 하지만 빈부의 기준은 상대적이란다. 생활 전선에 뛰어들어야 하는 삶이라면 아니카 눈높이에서는 빈곤한 거겠지.」

유진은 아까 도착했다. 그런데 마차 안에서 내릴지, 말지 결정하지 못하고 있었다. 괜히 온 걸까, 경솔한 짓인가, 카세르에게 말하지 않고 여기 온 것도 마음에 걸렸다.

그녀는 결정을 내리지 못하고 잡화점 쪽만 바라보았다. 그런데 잡화점에서 소란이 일어난 것 같았다. 젊은 남자가 중년 남자를 끌어내듯 점포 밖으로 데리고 나왔다.

중년 남자가 몸부림을 치면서 청년을 거칠게 밀어냈다. 청년은 맞서지 않고 순순히 뒤로 물러났다. 힘이 부족해서는 아닐 것이다. 청년과 중년인은 키와 체격의 차이가 두드러졌다. 청년이 중년인의 억지를 봐주는 느낌이었다.

중년인이 기세등등한 표정으로 고함을 질러댔다. 청년에게 삿대질하며 얼굴이 벌겋게 달아오르도록 소리치는 중년인의 모습이 추악했다.

유진은 눈살을 찌푸렸다. 마차 안에서는 중년인이 뭐라고 말하는지 잘 들리지 않았다. 분명히 듣기 좋은 소리는 아닐 것이다. 이쪽 세상에도 진상 고객이 있나 보다.

중년인의 폭언을 묵묵히 듣는 청년은 잡화점 직원일까. 유진은 저 청년의 처지로 살았던 자신의 과거를 떠올렸다. 온종일 감정 노동을 하고 나면 세상의 인간 전부가 싫을 때도 있었다.

'자기보다 크고 젊은 남자한테 덤비는 일은 흔치 않은데.'

유진이 저 청년이 사회 초년생일 거라고 추측했다. 저 정도 체격 차이가 나면 청년이 눈만 부릅떠도 행패를 부리지 못할 것이다. 바라보는 방향에서는 등만 보이는 청년 표정이 틀림없이 순진할 것 같았다.

'어?'

유진이 놀라서 창문에 바짝 얼굴을 가져갔다. 잡화점에서 나오는 흑발의 중년 부인은 케이티였다. 케이티가 손에 쥔 주머니를 중년 남자에게 주었다. 중년인은 낚아채듯 주머니를 받아 들고는 케이티와 청년을 번갈아 보면서 뭐라고 떠들었다.

유진은 언짢은 표정으로 중년 남자를 노려보았다. 당장 뛰어들어 참견하고 싶었지만 꾹 참았다.

돌아서는 중년인이 걸어오는 방향은 유진이 탄 마차가 멈춰 선 곳이었다. 차창 유리에 특수한 물질을 발라서 바깥에서는 안쪽이 잘 보이지 않았다. 그래서 유진은 바로 창 앞으로 지나가는 중년인 얼굴을 또렷이 볼 수 있었다.

낯선 남자의 얼굴을 노려보다가 유진은 문득 깨달았다. 진상 손님이 아닌 것 같다. 케이티의 처지가 어쨌든 그녀는 아니카다. 대낮에 길가에서 아니카에게 언성을 높일 수 있는 사람이라면 누군지 알 만했다.

'호겐 윌프리드……'

아니카 케이티가 일으킨 추문의 상대방이자 현재 남편.

하필 최악의 순간을 목격한 걸까. 다나한테 대충 듣기는 했지만, 생각보다 훨씬 더 질이 나쁜 남자 같았다.

유진은 심호흡을 한 번 하고 마차에서 내렸다. 케이티 얼굴을 봤더니 꼭 만나고 싶어졌다. 때마침 오늘 케이티가 잡화점을 지키고 있는 듯했다.

유진은 마차에서 내리면서 로브의 후드를 깊이 눌러 썼다. 자신과 케이티의 만남을 누가 알았다가는 뜬소문이 퍼질 것이다. 괜한 구설에 오르지 않기 위해 마차도, 옷차림도 신경 썼다.

유진이 잡화점으로 조심스레 들어갔을 때 아까 마차 안에서 봤던 청년이 상체를 굽혀 물건을 정리하고 있었다.

"저……"

바로 청년이 일어나 고개를 돌렸다. 청년의 키는 가까이에서 보니까 생각보다 컸다. 전사나 기사가 아니고서는 이 정도 장신은 흔치 않았다.

청년은 유진을 보고 놀란 표정을 지었다. 그녀가 후드를 썼어도 가까이에서 보면 눈동자 색이 보일 것이다.

"아니카 케이티를 뵈러 왔습니다."

"아…… 자, 잠시만요. 기다리시면, 아니, 지금 안쪽 방에 계시는데 함께, 아니요, 잠시만 기다리시면……"

청년이 결정하지 못하고 횡설수설했다. 유진이 뒷모습만 보고 짐작한 대로 청년의 표정은 어딘가 어수룩하고 유순했다.

"기다릴게요. 말씀드려 주세요."

"예, 잠시면 됩니다."

청년이 서둘러 안쪽으로 들어갔다. 기다리는 동안 유진은 생각에 잠겼다.

'저 사람⋯⋯.'

안에서 사람이 나오는 기척이 느껴졌다. 곧 청년과 함께 케이티가 모습을 드러냈다.

"오랜만에 뵙습니다. 아니카 케이티."

의아한 표정으로 유진을 보던 케이티는 곧 유진을 알아보았는지 눈을 크게 떴다. 케이티가 말없이 유진을 빤히 바라봤다. 유진은 혹시 케이티가 자신을 쫓아낼까 봐 조마조마했다.

"⋯⋯들어와요."

유진은 돌아서는 케이티의 뒤를 따라갔다. 청년의 옆을 스쳐 지나가는 동안 흘끔 그를 곁눈질했다. 청년은 다시 몸을 굽혀서 하던 정리를 시작했다. 시선을 돌리는 유진의 표정이 복잡했다.

안쪽으로 들어가니까 점포와 분리된 작은 방이 있었다. 두 사람이 마주 앉을 수 있는 소파와 작은 테이블, 벽에 붙인 작은 책상과 의자, 그리고 책장 하나만으로 꽉 차는 방이었다. 규모가 작고 가구나 장식은 모두 허름했으나 초라한 느낌은 없었다. 소유자의 애정이 느껴지는 공간이었다.

"앉아요."

유진은 케이티가 권하는 자리에 앉았다. 케이티가 차 두 잔을 준비해서 테이블에 내려놓으며 유진의 맞은편에 앉았다.

"갑자기 찾아와 곤란하게 해 드렸다면 죄송합니다."

케이티는 무심한 음성으로 대답했다.

"상점에는 언제나 손님이 갑자기 와요. 오늘 내가 상점에 있는지 알고 온 건가요?"

"아닙니다. 뵈러 왔는데 마침 계셨네요."

"어쩐 일로 여기까지 왔어요?"

유진이 초대장을 테이블에 올렸다. 케이티가 집어 들어서 뭔지 확인하더니 다시 테이블에 내려놓았다.

유진은 케이티의 표정을 살폈다. 자신이 저 청년과 마주쳤는데도 케이티는 그다지 동요하는 것 같지 않았다.

'하긴, 내가 무슨 생각을 할지 짐작도 못 하시겠지.'

"얼마 후에 연회를 열어서……."

"알아요. 요즘 그 연회를 모르는 사람이 있을까요. 이걸 내게 주려고 온 거예요?"

"예."

"정말 내가 참석하기를 원해요?"

"예, 와 주셨으면 해요."

케이티가 피식 웃었다.

"이상한 사람이군요. 내가 간다고 해도 말려야 하는 거 아니에요?"

"저를 어떻게 생각하시는지 모르겠지만, 저는 아니카 케이티를 뵙고 싶었어요. 하지만 뵙고 무슨 말씀을 드려야 할지 몰라서 그동안 오지 못했습니다. 때마침 초대장이라는 좋은 핑곗거리가 생겨서 무작정 왔어요. 그런데……."

유진은 워낙 민감한 이야기라서 망설였다. 다짜고짜 찾아와 이런 말을 하는 자신이 무척 무례하다는 자각은 있었다. 하지만 적당히 돌려 말할 표현은 생각나지 않고 도저히 이대로 모르는 척 돌아갈 수도 없었다.

"조금 선 봤던 그 젊은 분, 아드님인가요?"

찻잔을 들던 케이티의 손이 멈칫했다.

"아드님이 카세르의 친동생인가요?"

케이티가 놓친 찻잔이 쓰러져 테이블에 찻물이 쏟아졌다.

테이블을 적시는 물을 망연히 바라보던 케이티가 벌떡 일어났다. 그녀는 수건을 가져와 분주하게 테이블을 닦았다.

"초대장 고마워요. 그날, 가게 될지 아직 모르겠네요. 용건이 끝났으면 이만 가 줘요."

"아니카 케이티. 잠시 더 제 말을 들어 주세요."

"나는 더 할 말이 없어요."

"상점에 들어오기 전에 상점 앞에서 벌어진 소동을 봤어요."

테이블을 닦는 케이티의 손이 멈칫했다.

"그분이 남편, 맞지요?"

"……."

"아드님이 전혀 그분을 닮지 않았어요."

"……자식이 꼭 제 아버지를 닮지는 않아요."

"그렇다면 아드님은 왜 카세르를 닮은 건가요?"

유진은 아까 그 청년과 눈이 마주치자마자 알아차렸다. 갈색 눈동자와 머리카락, 순한 표정이 카세르의 강렬한 이미지와 연결이 안 되어서 그렇지 그 청년의 이목구비는 카세르를 많이 닮았다.

하지만 아니카 케이티의 추문이 기억 속에 깊이 자리 잡은 사람들은 두 사람이 형제라고 짐작하지 못할 것이다. 그리고 성도에 거의 오지 않는 카세르 얼굴을 아는 사람이 드물었다. 왕을 만난 자들도 왕의 얼굴을 똑바로 보며 관찰하지 못할 것이다.

"같은 배에서 태어났으니 닮았겠지요. 이상한 소리 하지 말고 나가요, 아니카 진! 내가 끌어내야겠어요?"

"아니카 케이티. 제가 무슨 딴 속셈이 있다거나 해코지하려는 게 아니에요. 저는 아니카가 왕의 아이를 여럿 낳을 수 있다는 사실을 알아요."

케이티의 눈빛이 흔들렸다.

"성도로 오는 도중에 슬란의 도왕 전하를 뵈었어요. 그분은 아니카 테이아를 잃고 오랜 세월 자책하고 계세요. 아니카 테이아는 도왕의 두 번째 아이를 가지셨었지요."

"……누가 그 말을 해요?"

"도왕께서요."

"도왕이요? 도왕이 알고 있었다고요?"

"도왕께서는 그 아이가 자신의 아이였다고 확신하셨어요."

케이티는 갑자기 온몸에 힘이 빠진 사람처럼 털썩 자리에 앉았다. 그녀는 혼란스러운 표정으로 한참 말이 없더니 눈을 꼭 감았다가 떴다. 그리고 입을 열었다.

"……테이아가 왕과 결혼해서 슬란으로 간 지 사 년 만에 아이를 낳았다는 소식을 들었어요."

유진은 갑자기 시작된 과거의 이야기를 잠자코 들었다.

"나는 그때 이미 왕의 아이를 낳고 몸을 대충 추스를 때쯤이었어요. 테이아가 아이를 낳았다는 말을 듣고…… 난 곧 성도에서 테이아를 만날 수 있겠다고 기대했어요. 아니카들은 대부분 아이를 낳은 후 사오 년 안에는 성도로 돌아가니까요. 나도 그날이 오기를 고대하고 있었고. 그리고 그 후 딱 두 번. 테이아를 만났어요."

케이티는 테이아와 성도에서 다시 만난 그날을 또렷이 기억했다. 오직 성도로 돌아오기만을 기다렸던 자신과 다르게 테이아는 행복해 보였다. 성도에 돌아오면 함께 살자고 말하는 케이티에게 테이아는 미안해하면서 밀했다.

「케이티. 나는 성도에 돌아오지 않을 생각이에요. 이제 슬란이 내 집이

*된 것 같아요. 내 남편과 아이가 그곳에 있는걸요. 케이티가 성도에 돌아오*
*게 되면 가끔 만나러 올게요.」*

케이티는 테이아와의 만남을 충격으로 받아들인 채 하시 왕국으로 돌아갔다. 남편과 아이? 왕과 왕의 아이를 그렇게 표현할 수 있다니, 놀라웠다. 그렇다고 그 일이 케이티의 생각을 완전히 바꾸지는 못했다. 하지만 조금은 다른 시선으로 주변을 볼 수 있게 되었다.

그런데 그 후 성도에서 다시 테이아를 만났을 때 테이아는 겁에 질려 있었다.

　　*「케이티. 나 임신했어요. 어떻게 될 일일까요? 나는 남편이 아닌 남자와*
　　*는 길게 대화한 적도 없어요. 믿어 줘요. 하지만 세상 사람들은 아무도 내*
　　*말을 믿지 않겠지요. 아니면 혹시 내 기억에 문제가 있어서 내가 남편을 배*
　　*신해 놓고 까맣게 잊은 걸까요?」*

테이아는 몹시 혼란스러워했다. 케이티는 너의 말을 믿는다고 위로했지만, 내심 완전히 믿지는 않았다. 아니카가 오직 왕의 아이를 한 명만 낳을 수 있다는 사실은 널리 알려진 진실이었다. 지금껏 예외는 없었다.

그리고 얼마 후, 슬란으로 돌아간 테이아가 죽었다는 비보를 받았다.

과거 기억을 떠올리며 한참을 침묵하던 케이티가 유진에게 말했다.

"두 번째 만났을 때 테이아는 내게 임신 사실을 말한 후 슬란으로 돌아가서 죽었어요. 테이아는 겁이 많아요. 자살이라니. 그런 무서운 짓을 하지 못해요. 테이아가 그런 선택을 할 수밖에 없도록 몰아간 사람이 있거나, 자살로 위장한 살인이라고 생각했지요."

"도왕께서 관여했다고 생각하셨군요."

"……."

"아니카 케이티. 제 모든 걸 걸고 말씀드릴 수 있어요. 도왕께서는 절대 그러실 분이 아니에요. 그분은 아니카 테이아를 잊지 못하고 계세요. 진심으로 아내를 사랑하셨어요."

케이티는 긍정도 부정도 하지 않았다. 유진은 그 오랜 세월 도왕을 의심하고 미워한 것치고는 케이티가 반발하지 않는다는 점을 주목했다.

"혹시 도왕이 아니라 다른 누군가를 의심하신 건 아닌가요?"

테이블에 올려 둔 케이티의 손이 움찔했다.

"아니카 테이아가 진실을 말한 거라면 거짓을 진실로 믿도록 만든 세상이 잘못된 거니까요."

유진은 케이티의 반응을 살피며 조심스레 말했다.

"상제."

이번에는 케이티가 놀라 고개를 들었다. 누가 들을까 봐 두려워하는 것처럼 닫힌 문에 그녀의 시선이 스쳐 지나갔다.

"아니카 케이티. 저는 상제가 진정으로 아니카를 위한다고 생각하지 않아요. 그자는 아니카를 이용하고 있어요."

"아니카 진."

케이티가 창백한 표정으로 유진의 말을 막았다.

"아니카 케이티도 그렇게 생각하셨으니까 두 번째 임신의 진실을 감추신 거지요. 상제에게 알리지 않으셨고요."

케이티는 아연한 눈빛으로 유진을 바라보았다. 마치 신기한 무언가를 보는 눈빛 같기도 했다.

"겁이 없군요."

유진이 멋쩍게 웃었다.

케이티가 길게 한숨을 내쉬었다. 그녀는 체념하듯 회한이 가득한 표정으로 말했다.

"처음에는 도왕만 의심했어요. 그런데 내가 테이아와 같은 상황이 되고 나서야 뭔가가 잘못되었다는 걸 알았지요. 나는 공포에 질렸어요. 누가 내 목을 조를지 전혀 알 수 없으니까요. 아무도 믿을 수 없는 상황에서 난 그저 성도로 달아나는 일밖에 할 수 없었어요. 내가 살기 위해서요. 상제 성하는……."

케이티가 말하다가 미간을 일그러뜨렸다.

"돌이켜보면 난 한 번도 성하의 보호를 받는다고 느낀 적이 없어요. 내가 힘들 때 그분은 실질적인 도움을 전혀 주지 않으셨지요. 신의 뜻을 믿고 인내해라, 틀에 박힌 말씀만 하셨어요. 아니카가 누리는 모든 특권이 다 무슨 소용이에요. 내 마음이 감옥에 있는데."

유진은 부모의 욕심에 휘둘리며 성장기를 보냈던 케이티의 과거를 아는 터라 무슨 의미인지 이해했다.

"저 아이를 낳고 나서 난 절망했어요. 누가 봐도 왕의 아이가 아니니까요. 내 말을 믿어 줄 사람은 세상에 아무도 없을 테니까. 그때 테이아의 절박한 마음을 난 너무 늦게 이해했어요."

케이티의 시선이 문 쪽을 향했다. 문 너머 저 바깥에 있는 아들을 눈에 그렸다.

"……저 아이를 원망했어요. 다정히 보듬어 키우지 못했지요. 그런데 참 착하게 컸어요. 난 사왕에게도 저 아이에게도 고약한 사람이에요."

유진이 손을 뻗어 케이티의 손을 잡았다.

"도망치지 않으셨잖아요. 최선을 다하셨어요. 아니카 케이티처럼 선택할 수 있는 사람은 거의 없을 거에요."

말을 하던 중에 유진은 목소리가 잠겼다. 눈시울이 후끈해져서 빠르게 눈을 깜빡였다. 케이티를 동정하여 운다는 오해를 사고 싶지 않았다.

동정이라니, 누구에게 그녀를 동정할 자격이 있단 말인가.

"앞으로도 절대 상제에게는 알리지 마세요. 지금 모든 이야기를 말씀드리지는 못하지만, 상제를 조심하셔야 해요."

케이티가 굳은 표정으로 고개를 끄덕였다.

"그리고 이 이야기를 카세르에게 말하고 싶어요."

케이티가 고개를 저었다.

"이제 와서 안다고 뭐가 달라지겠어요. 사왕에게 제대로 된 어머니 노릇은 한 적 없어요. 그때 난 그저 내가 살기 위해 도망쳤을 뿐이에요."

케이티는 카세르에게 돈을 받으러 찾아간 기억을 떠올리며 중얼거렸다.

"면목도 없어요."

"어머니."

유진이 아예 두 손으로 케이티의 손을 꽉 잡았다. 케이티가 놀란 눈으로 유진을 바라보았다.

"그 사람에게 말하도록 허락해 주세요. 어머니를 위해서가 아니라 그 사람을 위해서예요. 카세르는 어머니 때문에 무척 많은 상처를 받았어요. 어머니의 사정을 이해한다고 해도 그를 아프게 한 어머니는 여전히 원망스러워요. 그런데 어머니가 어쩔 수 없는 선택으로 떠났다는 사실을 알면 그에게 큰 위로가 될 거예요."

케이티는 입술만 달싹이다가 끝내 아무 말도 하지 못하고 고개를 끄덕였다. 그 후 한참을 두 사람은 말없이 앉아 있었다.

\*　　　\*　　　\*

유진은 잔뜩 긴장한 표정으로 말했다.

"당신한테 고백할 게 있어요. 제가 멋대로 일을 저질렀어요."

"뭔데?"

카세르는 개의치 않는 표정으로 말했다. 유진이 무슨 말을 해도 대수롭지 않게 넘어갈 것처럼 보였다.

유진은 저 표정이 딱딱하게 굳어질, 잠시 후가 두려웠다. 아직 그가 진심으로 화내는 모습을 보지 못했다. 솔직히 평생 보고 싶지 않았다. 그는 어지간한 일에는 화내는 사람이 아니다. 그래서 그가 화를 내면 진짜 무서울 것 같았다.

"아니카 케이티를 뵈었어요."

"별채에서?"

카세르는 유진이 오늘 별채에 들른 후 아르스 저택에 갈 거라고 말한 것을 기억했다.

"아뇨…… 그분이 살고 계신 곳으로 제가 갔어요."

카세르가 말없이 유진을 바라보았다.

"왜?"

짧은 질문을 하는 목소리가 평이했다. 유진은 그의 감정을 알 수 없어서 더 긴장되었다.

"카세르. 당신과 미리 상의하지 않아서 미안해요. 전부터 그분을 뵙고 이야기를 나눠 보고 싶었어요. 하지만 당신의 동의 없이 그럴 생각은 없었어요. 정말이에요. 그런데 오늘은 확인할 게 있어서 그분을 뵈러 갔어요."

카세르는 작은 한숨을 내쉬었다. 그는 이제 생모와 얽힌 감정에서 완전히 벗어나고 싶었다. 요즘 그가 마음먹은 대로 되는 것 같았다. 처음으로 이렇게 오래 성도에 머물고 있는데도 거의 생모를 잊고 지냈다. 그래서 기껏 지운 기억을 일깨우는 그녀의 말에 기분이 상했다.

하지만 필사적인 표정의 그녀를 보니까 마음이 누그러졌다. 유진은 그의 감정 상태에 변화를 일으키는 유일한 사람이었다.

"당신이 필요해서 그랬다면 그걸로 됐어."

더는 듣고 싶지 않다는, 완곡한 표현이었다. 유진은 지금껏 그가 대화를 거부한 적이 없어서 가슴이 철렁했다. 그녀는 짧은 순간 갈등했다. 더는 그의 심기를 건드리지 않고 물러나고 싶었다. 하지만 이 진실만큼은 그에게 꼭 알려야 했다.

"카세르. 잠깐이면 돼요. 제 말을 들어 줘요. 제발요."

카세르는 내키지 않는 표정으로 아무 대답도 하지 않았다. 유진은 그가 자리를 박차고 일어나지 않았으니 일단 들어 보겠다는 뜻으로 해석했다. 이 상태에서 모자 사이에 얽힌 감정을 풀려고 했다가는 오히려 탈이 날 것이다. 그녀는 오직 진실만, 간결하게 전달하자고 마음먹었다.

"성도로 오는 길에 슬란의 왕성에 들렀을 때요. 도왕께서 둘째 아이를 가졌던 아니카 왕비에 관해 말씀하신 내용, 기억하지요?"

"기억해."

갑자기 왜 그 이야기가 튀어나오는지 이해하지 못하겠다는 표정으로 카세르가 대답했다.

"둘째 아이의 임신을 그분만 경험했을까요? 다른 아니카도 둘째를 임신했다면요? 하지만 왕의 특징은 첫째 아이만 물려받으므로 둘째 아이는 왕의 아이라는 증거가 없다면요? 그래서 그 무거운 진실을 홀로 간직한 채 세상의 오해를 받고 있다면요?"

카세르의 표정이 점점 굳었다. 유진은 그와 눈을 마주친 채 더는 말하지 않았다. 그는 충분히 알아들었을 거라고 믿었다. 자신은 그를 설득하려는 게 아니라 단지 진실을 알려 주고 싶을 뿐이었다. 받아들일지 아닐지는 그의 선택에 달렸다.

"당신 말은……."

카세르는 말을 더 잇지 못하고 입을 다물었다. 유진은 한마디로 표현할 수 없는 복잡한 감정이 그의 눈빛에 떠올랐다가 사라지는 모습을 보았다. 조금 화가 나 보이기도 하고 슬퍼 보이기도 했다.

카세르가 자리에서 벌떡 일어나 그대로 응접실에서 나가 버렸다. 유진은 그를 잡지 않았다. 지금 그에게는 혼자 생각할 시간이 필요할 것이다. 그가 얼마나 심란할지 짐작하면 유진은 기분이 먹먹했다.

그날 저녁, 시종이 왕의 전언을 가져왔다. 저녁 생각이 없으니 기다리지 말고 저녁을 들라는 말이었다. 유진은 혼자 밥을 먹고 두 시간쯤 후에 시종을 불러서 물었다.

"전하께서는 어디 계시는가?"

"집무실에 계십니다. 왕비님."

"아직 아무것도 드시지 않으셨나?"

"예, 왕비님. 생각이 없으니 따로 챙기지 말라고 하셨습니다."

"집무실에 혼자 계시는가?"

"아닙니다. 서둘러 처리할 일이 있으신지, 연달아 관리들을 불러들이고 계십니다."

"……그래?"

이 와중에 일하는 건가. 아니면 일로 도피하려는 건가.

유진은 당장 집무실로 달려가서 그를 위로하고 싶은 마음을 꾹 참았다. 생각이 정리되면 그는 스스로 문을 열고 나올 테니까. 그 시간이 그다지 길지 않을 거라고 믿었다.

그날 밤, 기다리지 말고 먼저 자라는 왕의 전언을 시종이 전했다. 유진은 '알았다'라는 간결한 대답으로 시종을 돌려보냈지만, 내심 당황했다. 카세르가 먼저 자라는 말을 보낸 적이 언제인지 까마득했다. 언젠가

부터 그는 유진의 침실에 오겠다며 미리 시종을 보내지도 않았다. 매일 한 침대에서 함께 잠드는 일이 당연해졌다.

그녀는 허허벌판처럼 넓은 침대에 누워 한참을 뒤척거렸다. 자꾸 이런저런 생각이 꼬리를 물었다. 생각이 많아질수록 자책하게 되었다.

'내가 경솔했어. 카세르에게 전부 말하고 나서 그 사람 어머니를 뵈러 갈지 말지 의논하고 결정했어야지. 나 혼자 멋대로 판단하고⋯⋯.'

아침에 눈을 뜨자마자 유진은 자신의 옆자리를 확인했다. 자는 사이에 혹시 카세르가 옆에서 자고 아침 일찍 나간 건 아닐까. 하지만 옆에 누군가 누웠던 흔적은 없었다. 그녀는 시무룩한 기분으로 시녀를 호출했다.

아침 시중을 들러 온 시녀는 유진이 묻지 않았는데도 왕의 근황을 전했다.

"왕비님. 전하께서 아침 일찍 출타하셨습니다. 늦지 않게 돌아오실 거라고 왕비님께 말씀드리라고 하셨습니다."

"그래, 알았다."

유진은 안도했다. 그가 말없이 휙 나간 게 아니라 잊지 않고 말을 남겼으니 그가 자신의 어두운 감정에 매몰된 상태는 아니라고 판단했다.

시녀들이 나간 후 유진은 고개를 갸웃했다. 오늘따라 유난히 시녀들이 자신의 눈치를 살폈다.

'아. 나와 카세르가 싸웠다고 생각하는 건가?'

곰곰이 생각해 보니 그런 오해를 살 만했다. 왕께서 저녁을 거르고 밤에는 침실에 오지도 않고 아침에는 일찍부터 나가 버렸으니 전에 없던 일이나. 아마 두 분 윗전 사이에 심상치 않은 다툼이 있었다고 지레짐작하여 납작 엎드린 모양이었다. 자기들끼리 숙덕거리며 전전긍긍하고 있을 저들 모습을 상상하며 유진은 쓴웃음을 지었다.

'딱 오늘 저녁까지만 기다리자. 오늘 저녁도 안 먹겠다고 나타나지 않으면 내가 쳐들어갈 거야.'

*　　*　　*

'비가 많이 오네.'

아침에 일어났을 때부터 부슬부슬 내리던 비는 곧 장대비로 변했다. 유진이 이 세계에 온 이후 이 정도 규모의 폭우는 처음 보았다. 지구에 살 때 유진은 비가 지긋지긋했다. 조금만 비가 많이 와도 반지하 집의 하수도가 역류했기 때문이다.

다른 걱정은 전혀 할 필요 없이 안락한 집 안에서 바라보는 비는 보기 좋았다. 심란했던 그녀는 창가에 의자를 가까이 붙이고 빗소리에 귀를 기울였다. 꽤 오랫동안 시간 가는 줄 모르고 앉아 있었다.

빗소리 때문에 문이 열리는 소리는 듣지 못했지만, 창문 유리에 어른거리는 형체 때문에 놀라서 고개를 돌렸다. 어느새 가까이 다가온 카세르와 눈이 마주쳤다. 그녀는 얼떨떨한 표정으로 그를 올려다보았다.

카세르가 살짝 미소 지으며 말했다.

"방해했나?"

"아…… 아니, 아뇨."

유진은 마구 고개를 내저으며 벌떡 일어났다. 그대로 그의 품 안으로 달려가 그를 세게 끌어안았다. 그의 팔이 등과 허리를 감으며 마주 안아 주는 느낌이 그녀의 헛헛했던 마음을 푸근하게 감싸 주었다.

손에 닿는 그의 옷이 눅눅했다. 유진은 고개를 들었다. 그의 머리카락도 젖은 것 같았다.

"비 맞았어요?"

"갑자기 쏟아져서."

"젖은 채로 한참 다닌 거죠? 옷을 보니까 이건 완전히 젖었다가 체온에 마른 것 같은데. 감기 걸리면 어쩌려고 이래요."

유진이 속상해서 한마디 했다. 카세르가 '감기?' 하고 중얼거리더니 웃음을 터뜨렸다. 그는 유진의 입술에 빠르게 쪽쪽 입을 맞추더니 키득거리며 말했다.

"나한테 그런 말을 하는 사람은 당신밖에 없을 거야."

카세르는 유진을 부드러운 시선으로 보다가 시선을 들어 허공을 응시하면서 중얼거렸다.

"선왕을 닮았더라고."

"네?"

"에이든. 내 동생."

유진이 놀란 숨을 들이켰다.

"당신 말을 듣고 앞뒤 사정을 조사해 봐야겠다 싶었어. 내 생모……그분 사정을 오래전에 대충 알아본 후에는 그 뒤로 따로 조사하지 않았거든."

카세르가 왕위에 오르고 생모를 처음 만난 날, 그때 카세르는 생모에 관해 알아보았다. 생모의 남편은 어떤 사람이고 아이는 몇이고 경제 상황은 어떤지, 버린 아들을 찾아와 돈을 구걸할 정도로 힘든 건지.

조사 내용은 그를 참담하게 했다. 케이티는 자신의 부모와 완전히 연을 끊은 상태였고 호겐은 도박장을 드나들며 가정을 전혀 돌보지 않았다. 생모와 그녀의 자식들은 아니카가 받는 연금으로 근근이 살고 있었나. 연금이 적지 않을 텐데도 살림이 넉넉하지 않은 걸 봐서는 아마 연금 대부분을 호겐이 탕진하는 것 같았다.

그 후 생모가 돈을 달라고 할 때마다 카세르는 생모가 아니라 호겐의 신변을 조사했다. 그자의 도박 중독은 세월이 갈수록 심해졌다. 카세르는 호겐에게 분노했다가도 자신이 그럴 이유가 뭐가 있나 싶어서 허탈해지곤 했다.

얼마 전에 생모를 직접 만난 후에는 어떤 조사도 하지 않았다. 자신과 관계없는 사람에게 더는 감정을 소모하지 말자고 생각했다.

"예전에 조사했던 내용과 달라진 게 있어. 생활이 전보다 나아지셨어."

처음 조사했을 때 케이티에게는 아무것도 없었다. 그런데 지금은 작지만 번듯한 2층 건물의 소유주였다.

카세르는 그동안 자신이 준 돈이 호겐의 도박 자금으로 허무하게 날아간 게 아니라는 사실을 알게 되었다. 그때 카세르는 메마른 황무지에서 뿌리를 박고 자라난 풀 한 포기를 발견한 기분이 들었다.

카세르의 말을 들으며 유진은 문득 생각났다.

'아…… 어제 일을 한 게 아니라…….'

집무실로 관리들이 드나든다더니, 그 조사를 하는 중이었던 거다. 유진은 자신의 오해가 부끄러웠다. 그는 집무실에 혼자 틀어박혀 현실을 회피한 게 아니었다.

믿기 힘든 진실을 접했을 때 받아들이기까지 한참이 걸린다던데. 유진은 외로운 성장기를 보냈으면서도 강한 마음을 지닌 그를 절로 우러러보게 되었다.

"그분을 뵈었어요?"

"……아니."

카세르는 어제 유진이 마차를 세웠던 바로 그 자리에 마차를 세우고 앉아 있었다. 그가 도착한 시간은 다소 일러서 아직 상점이 문을 열지 않았다. 만약 케이티가 상점 앞에 나타났다면 아마 그는 그대로 마차를 출발해서 떠났을 것이다.

그분의 숨겨진 사정을 알게 된 것과 감정 문제는 별개였다. 생모가 자신에게 모든 걸 털어놓고 화해를 시도했다면 모를까, 감정의 거리는 좁혀지지 않았다.

그리고 카세르는 진즉 생모에 대한 원망을 버렸다. 이미 그녀를 한 사람으로서 동정하기 시작했기에 새삼 달라질 건 없었다.

"뵙고 싶지 않아. 내가 그분에게 잘못한 건 없어."

유진은 그를 안타깝게 보다가 고개를 끄덕였다.

"맞아요. 당신 마음이 가는 대로 해요."

유진은 손을 높이 뻗어 축축한 그의 머리카락을 만지며 말했다.

"그럼 뭐 하느라 비를 맞고 다녔어요?"

"……보자마자 알았지. 내 동생이라는 걸."

카세르는 한 청년이 와서 상점 문을 여는 모습을 보았다. 부슬부슬 내리는 비를 맞으며 청년은 상점 앞에 가림막을 쳤다. 카세르는 언뜻 보이는 옆얼굴만으로도 청년이 누군지 알 수 있었다.

"보이길래…… 그냥 뒤를 따라갔어."

카세르는 무작정 뒤를 밟은 아까 자신의 모습을 떠올리며 피식 웃었다. 딱히 그 녀석과 형제의 해후를 하고 싶은 건 아니었다. 혼자인 줄 알았는데 자신에게 형제가 있다는 게 신기했다.

"토레드 학술원의 학생이었어."

고작 하룻밤만으로는 생모의 경제 상황 정도만 알아낼 수 있었다. 그래서 에이든이 학술원으로 들어가는 모습을 보고 나서 조사한 후에 알게 되었다.

카세르는 성도 사정을 잘 모르는 유진에게 토레드 학술원에 관해 설명해 주었다. 토레드 가문의 초대 가주가 설립한 학교이며 성도 최고의 명문 기관이었다. 역사에 이름이 남긴 위대한 학자를 다수 배출했고 학업에 뜻이 있다면 왕국 백성도 토레드 학술원에 유학했다.

대부분 학술원은 돈 혹은 집안 힘으로 입학할 수 있다. 그런데 오직 토레드 학술원 입학은 성적만으로 가능했다.

"와. 대단하군요."

"응. 그리고 학술원에서 수석을 놓친 적이 없대."

뿌듯해하는 그의 표정을 보니까 유진은 왈칵 눈물이 쏟아질 것 같았다. 자연스럽게 고개를 숙여서 그의 품에 얼굴을 묻었다.

"에이든도 당신 같은 형이 있다는 사실을 알면 무척 자랑스러워할 거예요."

"그럴까?"

"그럼요. 그리고 무척 든든해 할걸요. 형님이 왕이잖아요."

카세르가 웃으며 그녀를 안은 팔에 힘을 주었다. 유진은 그의 품에 완전히 폭 안긴 채 물었다.

"만나 볼 거예요?"

"아직 모르겠어. 우선은 내가 누군지 밝히지 않고 후원해 주려고. 토레드 학술원은 수업료가 상당히 비싸."

가난하지만 성적이 뛰어난 학생은 후원자의 도움을 받았다. 하지만 에이든은 후원자가 없었다. 카세르는 그래서 최근 생모가 돈이 필요하다며 찾아왔다고 짐작했다. 얼마 전이 새 학기 등록 기간이었다.

"그렇게 해요. 당신과의 관계를 지금은 숨겨야 하니까 익명 후원자로 해야겠지요."

유진은 어제 케이티와 나눈 대화를 떠올렸다. 유진이 호겐한테 벗어나기를 원하시면 돕겠다고 넌지시 말하니까 케이티가 말했다.

「처음부터 저런 사람은 아니었어요. 지금은 엉망이 되었지만, 처음에는 멀쩡한 척 날 속였을 수도 있지요. 하지만 내가 죽음을 생각할 정도로 힘들어할 때 날 도와준 유일한 사람이에요. 그 사람이 날 버리기 전에 내가 먼저 버릴 생각은 없어요.」

'이 이야기는…… 말하지 말자.'

모자가 서로를 온전히 이해하기는 어려울 것이다. 케이티 역시 왕의 아이를 제 자식이라고 생각하지 않는 여느 아니카였다. 다만, 그녀는 다른 아니카가 겪지 못한 일을 경험하면서 다른 삶을 살게 되었다.

이번 일로 카세르의 마음이 더 다치지 않아 다행이었다. 유진에게 중요한 건 그것뿐이었다.

"선왕께서는 알고 계셨을까요?"

"……모르겠어."

그 부분은 카세르 역시 계속 고민했다.

「아들아, 마하를 믿지 마라.」

선왕의 유언은 아리송했다. 뭘 알고 계셨던 것인지, 알고 계셨다면 왜 생모와 동생을 저렇게 방치한 것인지, 방치한 것조차 의도하신 것인지, 전부 모호했다.

"선왕께서 알았거나 몰랐거나, 그건 중요하지 않아."

카세르는 자라는 동안 각별한 부정은 느끼지 못했어도 한 사람으로서 선왕은 흠잡을 데는 없다고 생각했나. 하지만 이번 일로 실망했다.

"내 생모는 선왕을 믿지 못해. 선왕께서는 자신의 아이를 낳은 아내에게 그 정도 믿음도 주지 못했다는 뜻이지. 전적으로 선왕의 잘못이야."

그런데 카세르는 과연 자신에게 실망할 자격이 있는지도 알 수 없었다. 자신 역시 후계자를 얻기 위해 아니카와 결혼했다. 왕인 그에게 결혼은 그저 수단일 뿐이었다. 그래서 지금 품에 안고 있는 이 여자의 존재가 그저 기적 같았다.

"유진."

"네."

"당신은 날 믿어야 해. 내가 당신을 믿는다는 사실을 어떤 경우에도 의심하지 마."

카세르는 자신의 부모 사이에 일어난 비극이 반복되는 상황을 가정하면 몸서리가 쳐졌다. 그런 끔찍한 일은 절대 일어나서는 안 된다.

"그럼요. 당신을 믿어요."

유진의 귀에는 '날 믿어'라기보다는 '날 믿어 줘'라는 뜻으로 들렸다. 그래서 자신이 그의 커다란 몸에 폭 안겨 있는 데도 매달리는 남자를 오히려 안아 주는 기분이 들었다. 듬직하면서도 왠지 귀여웠다. 그녀는 미소 지으며 그의 등을 손으로 토닥토닥 가볍게 두드렸다.

＊　　＊　　＊

한창 명상 중이던 피데스는 기도실을 문을 두드리는 소리를 들었다. 그가 기도실에 들어오는 시간은 항상 일정했다. 이 시간에 그가 명상 중이라는 사실을 모르는 사제가 없다. 그러니 다급한 일이 아니고서는 그를 방해하지 않을 것이다.

기도실에서 나온 피데스는 기도실 앞에 서 있는 사제의 얼굴을 알아보고 활짝 웃었다.

“요세프 사제님.”

피데스와 비슷한 나이의 청년이 고개를 숙였다.

“피데스 님.”

“이게 얼마 만인가요.”

“예, 오랜만에 인사드리는군요.”

요세프는 피데스와 비슷한 시기에 성도궁에 들어왔다. 두 청년은 기사와 사제라는 전혀 다른 위치에 있었지만, 깊은 신앙심이나 차분한 성격 등 서로 잘 맞는 부분이 많았다. 사제와 기사 사이에는 보이지 않는 벽이 있어서 이 두 사람처럼 우정을 나누는 경우는 흔치 않았다.

그런데 4년 전, 요세프가 성소로 들어가면서 만날 수 없게 되었다. 성소는 성도궁 안에 있으나 별도의 공간이었다. 높은 담으로 둘러싸여 있고 오직 한 사람만 나올 수 있는 비좁은 문은 항상 굳게 닫혀 있었다.

기사와 마찬가지로 사제들도 계급이 없다. 하지만 성소에 소속된 사제는 특별 대우를 받았다. 신앙심이 깊고 우수한 사제만 소수 선별하므로 사제라면 누구나 성소의 부름을 받기를 원했다.

다만, 성소로 들어간 사제는 외부와 단절된 생활을 했다. 그들은 성소 안에서 신술을 익힌다는 말이 돌았다. 아니카 이외에 성도궁의 비밀 서고에 출입할 자격 있는 사제는 그들뿐이었다.

피데스는 요세프가 성소에 들어가게 되었다는 소식을 들었을 때 언제 다시 만날 수 있을지 기약이 없어 내심 아쉬웠다. 하지만 성소의 부름을 받는 것은 사제로서 큰 영광이었다. 그래서 진심으로 기쁘게 축하해 주었다.

“방해해서 죄송합니다. 드릴 말씀이 있는데, 잠시 괜찮으십니까?”

“괜찮고 말고요. 어디 조용한 데 가서…….”

“피데스 님.”

요세프가 주변을 돌아보며 사람이 없다는 사실을 확인했다.

"기도실 안에서 말씀드려도 되겠습니까? 다른 사람 눈에 띄지 않았으면 합니다."

피데스의 표정이 살짝 굳었다. 요세프의 표정과 말투가 불안해 보였다.

"그렇게 합시다. 지금은 내가 기도실을 쓰는 시간이라서 방해하는 사람이 없을 겁니다."

두 사람은 함께 기도실로 들어갔다.

"길게 말을 나눌 시간은 없습니다. 제가 몰래 빠져나온 거라서요."

피데스는 마치 쫓기는 사람처럼 구는 요세프의 모습이 의아했다. 가장 안전한 성도궁 안이 아닌가.

"제가 성스러운 길을 저버리고 성도궁에서 나가게 되었습니다."

"예?"

사제는 성도궁에 들어올 때 평생을 신께 귀의하겠다고 맹세한다. 하지만 그 맹세가 절대적인 구속력을 발휘하지는 않았다. 사제가 중간에 사제의 길을 포기해도 자애로운 상제는 낙오하는 자들을 용서했다. 사제는 몇 가지 절차를 통해 금언의 서약 등을 한 후에 성도궁에서 나가 일반인으로 돌아갈 수 있었다.

중도 포기자는 제법 많았다. 열 명이 들어오면 한 명은 포기했다. 하지만 피데스가 알기로 성소에 들어간 사제가 성도궁에서 나가는 경우는 거의 없었다.

"요세프 사제님. 대체 무슨 일입니까?"

피데스는 요세프처럼 순수하게 신을 섬기는 사람은 보지 못했다. 사제가 되면 가족들이 성금을 받는다. 그래서 사제 중에는 가난 때문에 성도궁에 들어온 자들이 많았다. 하지만 요세프는 고아였고 자신이 받는 성금은 모두 고아원에 기부했다.

요세프가 어두운 표정으로 대답했다.

"제 믿음이 부족하기 때문이겠지요."

피데스는 더 캐물을 수가 없었다. 지금 가장 괴로운 사람은 요세프일 테니까.

"그럼 어디로 가십니까?"

"델러노입니다."

중도 포기한 사제는 마지막 임무를 수행해야 한다. 여섯 왕국 중 한 곳으로 가서 3년 동안 봉사 활동을 했다. 대부분은 왕국에서 운영하는 구호소에서 의료 봉사를 하며 3년을 보냈다.

"나가기 전에 피데스 님을 꼭 만나서 작별 인사는 하고 싶었습니다. 아무것도 모르고 가진 것도 없었던 고아에게 많은 은혜를 베풀어 주셨습니다."

"별말씀을 다 하십니다. 영영 만나지 못할 것도 아니지 않습니까? 삼 년 후에는 성도에 돌아올 예정이시지요?"

요세프는 그 말에 대답하지 않고 생각에 잠겼다. 피데스는 그를 바라보며 위화감을 느꼈다.

'이상하군.'

요세프는 표정이 밝고 잘 웃던 사람이었다. 성소에 들어가게 되었다며 벅찬 표정을 짓던 그가 왜 세상의 시름을 짊어진 사람처럼 변했는지 알 수 없었다.

"피데스 님. 혹시…… 혹시 제가 성도에 돌아오지 못하면 말입니다. 그 아랫돌 속에…… 아닙니다."

요세프는 꾸벅 고개를 숙였다.

"마하를 축복이 영원하시기를."

피데스가 붙잡기도 전에 요세프는 기도실을 나갔다. 서둘러 쫓아 나갔으나 이미 빠른 걸음으로 저만치 가고 있었다. 피데스는 그를 부르려다가 그만두었다. 아까 요세프가 다른 사람의 기척을 살피던 모습이 마음에 걸렸다.

'성도에 돌아오지 못하다니. 델러노 왕국에서 혹시 요세프 님을 억류라도 한다는 건가?'

기분이 찜찜하여 온종일 그의 머릿속에서 요세프 모습이 맴돌았다.

그날 해 질 무렵에 일과를 마치고 숙소로 가던 길이었다. 피데스는 복도 맞은편에서 다가오는 기사의 기척을 느꼈다. 얼마 전에 성물을 삼켜서인지 다른 기사의 존재감이 선명하게 느껴졌다.

복도 중간에서 두 기사가 마주쳤다. 그들은 서로에게 살짝 묵례만 하고 지나갔다. 얼마간 더 걸어가던 피데스가 걸음을 멈추고 돌아보았다.

'심판관이 어쩐 일로……?'

기사 중에는 '심판관'으로 불리는 자들이 있었다. 그들은 거의 성도에 머물지 않고 특별한 임무를 받아 세상을 떠돌았다. 마라의 악종을 추적하거나 방랑족을 잡아들이거나 중범죄자들을 추포했다.

피데스는 심판관들을 성도궁의 그림자라고 정의했다. 심판관이라는 그럴듯한 이름을 달고 있을 뿐, 그들은 학살자들이었다.

실제로 그들에게는 즉결처형권이 있었다. 범죄자를 그 자리에서 처형해도 타당한 이유만 있으면 상제는 그들에게 책임을 묻지 않았다. 그리고 피데스는 심판관이 죄인을 추포해서 성도궁까지 데려온 모습을 본 적이 없었다.

가끔은 심판관 기사들과 마주치면 섬뜩했다. 그들의 눈빛 속에 감추어진 광폭함이 보일 때가 있었다. 신을 모시는 성직자라고 할 만한 눈빛이 아니었다.

피데스는 세상이 장밋빛은 아니라고 인정했다. 세상 곳곳에 있는 어두운 그림자는 현실이다. 그러니 심판관은 필요악이었다.

그래도 피데스의 마음은 못내 편치 않았다. 교화가 아니라 사냥꾼을 통해 죄인을 처형하는 방식이 옳은 것인가. 그는 줄곧 그 문제의 답을 얻지 못했다.

무거운 한숨을 내쉬고 다시 걷던 피데스가 다시 멈추어 섰다.

「혹시 제가 성도에 돌아오지 못하면 말입니다.」

아까 요세프가 했던 말이 떠오르면서 소름이 쭉 돋았다.

'설마.'

저 심판관이 요세프를……?

피데스는 고개를 내저었다. 요세프가 죄를 지었으면 성도궁에서 나가도 된다는 허락이 내려왔을 리가 없었다.

머리로는 부정하는데 피데스의 심장은 계속 불안하게 뛰었다. 숙소에 들어와 침대에 앉아 피데스는 계속 생각했다. 그리고 아까 요세프가 했던 말을 떠올렸다.

'아랫돌……'

기억을 더듬던 피데스가 벌떡 일어났다. 어릴 때 피데스는 기사이고 요세프는 사제이니 서로 일과표가 전혀 달라서 만날 시간을 내기가 어려웠다. 그래서 두 소년은 자신이 오늘 뭘 했는지, 일기장 같은 편지를 주고받았다. 그것을 숨겨 둔 장소가 바깥 계단 아래의 돌 안쪽이었다.

이튿날 아침 일찍, 사제들이 일어나시 움직이기 전에 피데스는 그 추억의 장소를 찾아갔다. 오래전 일이지만, 기억이 선명하여 금방 찾았다.

계단 뒤쪽의 눈에 잘 안 띄는 곳을 더듬으니 불룩 나온 부분이 느껴졌다. 그는 작은 나뭇가지를 틈에 넣어 돌을 빼냈다. 그리고 안쪽에 손을 집어넣었다. 그는 굳은 표정으로 기름종이에 싸인 물건을 꺼내 얼른 물건을 품속에 넣고 다시 돌을 끼워 넣었다.

피데스는 숙소로 돌아와 문을 잠근 후 품속의 물건을 테이블에 꺼냈다. 기름종이로 돌돌 말아 놓은 물건은 작은 노트였다. 피데스는 고뇌가 가득한 표정으로 노트를 내려다보았다.

피데스가 세운 가설은 이러했다.

요세프가 알아서는 안 되는 비밀을 알아냈다. 그런데 그 비밀은 요세프의 굳건한 믿음을 뒤흔드는 내용이었다. 그래서 요세프는 사제가 되기를 포기하고 성도궁에서 나가기로 결심했다. 그리고 그런 이유 때문에 요세프는 입막음을 위해 살해당할지도 모른다.

피데스는 갈등했다. 이 노트에 적힌 내용이 무엇이든, 이대로 없애 버리고 모르는 채 사는 방법도 있다.

그는 허공을 높이 응시하다가 두 손을 모았다.

'비겁해지지 않겠습니다. 옳은 뜻을 꺾지 않겠습니다.'

그는 결연한 표정으로 노트를 펼쳤다. 첫 페이지에는 짤막한 문장만 쓰여 있었다.

  —어째서. 왜 이것이 신술인가. 어째서 이런 것이 신성한 신의 뜻이
  란 말인가.

\*    \*    \*

카세르는 명왕의 근황을 알아보라고 지시한 수하로부터 보고를 받았다. 명왕이 성도로 오고 있다는 소식이었다. 약 이틀 뒤, 성도에 도착한

다고 했다.

보고서에 따르면 명왕은 상당히 거창한 행렬을 이끌고 오는 중이었다. 말을 타고 이동하는 명왕이 크고 화려한 마차를 직접 호위한다고 했다. 카세르는 그 마차에 누가 타고 있을지 짐작이 갔다.

'선대 왕비인가.'

명왕은 아직 미혼이니 왕이 극진히 모실 정도의 귀빈이라면 왕의 생모뿐이었다. 플레크 왕국의 선대 왕비인 아니카 리자는 성도로 돌아가지 않고 왕국에 남았다. 정확히 말하자면 그녀 역시 아이를 낳고 몇 년후 성도로 돌아갔지만, 플레크의 선대 명왕이 타계하자 왕국으로 다시 갔다.

선대 명왕이 세상을 떠났을 때 지금 명왕의 나이는 겨우 열 살이었다. 아니카 리자는 혼자가 된 어린 아들이 눈에 밟혔던 모양이었다. 왕의 아이를 제 자식처럼 생각하지 않는 다른 아니카와 상반된 행보였다. 아니카 리자의 모성애가 남달랐는지, 전에 없던 일이었다.

그래서 명왕은 모친에 대한 효심이 지극하기로 유명했다.

'플레크의 선대 왕비가 성도로 온다?'

카세르가 알기로는 아니카 리자는 플레크 왕국으로 간 이후에 한 번도 성도를 방문하지 않았다. 그래서 아니카 리자가 거동이 어려울 정도의 환자라느니, 명왕이 모친을 붙잡고 성도에 가지 못하게 한다느니, 소문이 무성했다.

보고서 내용 중에는 그 외에도 신경 쓰이는 부분이 있었다. 명왕이 이번 여정에 동반한 전사의 숫자가 지나치게 많았다. 카세르가 성도에 올 때도 적지 않은 수의 전사를 데려왔는데 명왕이 데려오는 전사의 수는 그 두 배가 넘었다. 그 많은 전사를 데리고 성도로 오는 저의가 의심스러울 정도였다.

'명왕의 모친 호위를 위해서라고 해도 지나쳐.'

카세르는 명왕의 의도를 두 가지 정도로 추측했다. 플레크의 선대 왕비 외에도 삼엄하게 지켜야 하는 귀물을 가져오고 있거나, 명왕이 상제와 담판을 지을 일이 있어서 위력을 과시할 의도이거나.

어느 쪽이든 구체적으로 짐작 가는 이유는 없었다. 수하의 보고서가 더 자세하기를 기대하는 건 과한 욕심이었다. 수십 명의 전사들이 눈을 부릅뜨고 주변을 경계하고 있을 테니 가까이 접근할 수 없을 것이다.

카세르가 말해 주는 보고서 내용을 듣고 유진은 가슴이 두근거렸다. 명왕이 호위하는 마차에 그의 어머니가 타고 있다면 그 이유가 맞을 것이다. 아무래도 명왕의 사정이 소설 내용과 일치하는 것 같았다.

"명왕이 성도에 도착하기 전에 만나 볼 수 있을까요?"

카세르가 고개를 저었다.

"좋은 생각이 아니야. 성도 근방에는 그만한 숫자가 한 번에 묵을 만한 숙소가 없어. 그러니 그들은 주변 경계가 쉬운 트인 장소에서 노숙하겠지. 우리가 명왕을 만나러 가면 눈에 띌 거야. 명왕이 저 많은 전사와 함께 오고 있는데 상제가 모를 리가 없어. 아마 멀찍이서 기사들이 예의 주시하며 지켜보고 있겠지."

"그럼 명왕이 상제를 만나기 전에 먼저 만날 방법이 정말 없어요?"

"그렇다면……."

카세르가 잠시 생각에 잠기더니 말했다.

"명왕이 성도에 들어온 후 성도궁으로 가기 전에 우리가 먼저 만나야지."

"그럴 시간이 될까요?"

"명왕이 성도에 도착하는 시간이 아주 늦으면 이튿날 상제를 만나러 갈 테니까 명왕에게 늦은 시각에 성도에 들어오도록 이동 속도를 조절해 달라고 요청하면 돼. 하지만 그 요청을 명왕이 받아 줄지는 알 수 없어."

"명왕에게 심부름꾼을 보내면서 제가 하는 말을 추가해 줘요. 얼어붙은 피를 녹이는 방법을 알고 있으니, 듣고 싶으면 우리를 먼저 만나라고 해요."

유진이 덧붙인 말은 효과가 있었다. 명왕에게 서신을 전달한 심부름꾼이 신속하게 답장을 받아서 돌아왔다. 카세르는 '알았다'라는 답장치고는 꽤 장문의 서신을 읽으며 미간을 찌푸렸다. 그리고 유진에게 건넸다.

"당신 추측대로 명왕의 모친이 병환 중인 모양이야."

유진은 유려한 필체로 적힌 서신을 읽었다. 서신 안에 명왕의 복잡한 심경이 담겼다. 간절한 기대감과 듣게 될 내용이 기대에 미치지 못해서 실망할지 모른다는 두려움, 거짓말로 자신을 기만했다면 가만두지 않겠다는 위협이 정중한 표현으로 쓰여 있었다.

유진은 쓴웃음을 지었다. 모친의 치료에 매달리는 명왕의 애타는 마음을 거래 대상으로 삼아 미안한 마음이 들었다.

"피가 얼어붙는 병이라니. 그런 병명은 처음 들어."

"소수의 사람만 발병하는 희소병이에요."

소설 속에 등장한 병이라서 알 수 있었다. 유진은 아직 카세르에게 소설 이야기는 하지 못했다. 그녀가 희소병에 관해 말했더니 카세르는 자세한 내용은 묻지 않았다. 아마 엘버한테 들었다고 생각하는 듯했다.

"명왕은 모친 병을 치료할 방법을 찾기 위해 상제를 만나려는 거로군."

카세르는 명왕이 왜 그토록 거창한 행렬로, 건기의 반이 지나간 이런 애매한 시기에 성도에 왔는지 이해가 갔다. 환자인 아니카 리자의 편의를 위해 싣고 오는 사람과 물품이 만만치 않을 테고 그녀가 먼 거리 이동을 견딜 수 있도록 천천히 움직였을 것이다.

"그런데 상제를 만나 봤자 소용없어요. 그 괴물은 병을 고칠 능력도, 지식도 없으니까요."

소설 속에서 명왕이 등장했을 때는 이미 아니카 리자가 세상을 떠난 후였다. 명왕은 모친을 치료해 주지 않은 상제에게 분노하고 있었다.

그는 신의 대리인인 상제가 신과 가까운 존재인 아니카의 질병을 고치지 못할 리가 없으니 상제가 모친의 죽음을 방치한 거라고 생각했다. 플레크 왕국의 왕성이 라크한테 점령당하지 않았으면 아마 명왕은 끝까지 원정대에 합류하지 않았을 것이다.

유진은 자신의 소설 속에 등장하지 않은 숨겨진 진실을 이제 알게 되었다. 상제는 병든 아니카 리자를 외면한 게 아니라 치료할 방법을 알지 못한 것이었다.

"카세르. 명왕에게 다시 서신을 보내 줘요. 일 차 치료법을 알려 주려고요. 그 방법으로 효과를 보면 명왕을 만났을 때 제 말을 더 신뢰하겠지요."


이틀 후, 거의 자정에 가까운 시각에 명왕 니콜라스가 성도에 도착했다. 명왕은 수십 대의 짐마차와 전사들은 성도 바깥에 대기하게 하고 마차 한 대와 십여 명 이하의 동행만 데리고 성문을 통과했다.

워낙 늦은 시간인 데다가 명왕이 위협적인 무력을 동원하여 성도로 오고 있다는 소식을 들은 기사들이 긴장하여 성문을 지키고 있었다. 그런데 껄끄러운 충돌 없이 명왕이 성도로 들어가자 기사들은 안도했다.

"긴장을 풀기엔 일러. 저 전사들이 저대로 얌전히 오늘 밤을 보낼지 알 수 없지."

"맞아. 일단 내일 날이 밝고 명왕이 상제 성하를 알현한 후에 성하께서 무슨 말씀을 내려 주시겠지."

기사들은 성도 안으로 들어간 명왕보다는 바깥에 진을 치고 모여 있는 전사들에게 잔뜩 신경을 곤두세웠다. 기사는 상제한테 받은 성력 덕분에 특별한 능력을 보유하고 있으나 라크와의 실전으로 다져진 전사와 일대일로 붙으면 무력에서는 상대가 안 되었다.

니콜라스는 왕가의 저택에 들어서면서 우선 어머니부터 챙겼다.

"어머니. 늦은 시간까지 이동하느라 많이 고되실 겁니다. 어서 들어가서 주무세요."

"내가 고될 게 뭐가 있겠어요. 몸이 성치 않은 어미를 데리고 긴 여행을 하느라 그대가 고생이 많았지요."

"고생은요. 어머니만 건강을 되찾으시면 바랄 게 없습니다."

리자가 푸근한 미소를 지으며 아들의 손을 잡아 손등을 토닥토닥 두드렸다. 니콜라스는 저택 안으로 들어가는 어머니의 뒷모습이 보이지 않을 때까지 바라보았다. 몇 년 사이에 병의 진행이 빨라져서 부쩍 늙은 어머니를 볼 때마다 마음이 아팠다.

명왕의 곁으로 집사가 조용히 다가왔다.

"손님은?"

"안에 모셨습니다."

니콜라스가 고개를 끄덕였다. 성도에 도착할 예정 시각이 애매하여 사왕 부부와 만날 시간 약속을 정확히 잡을 수가 없었다. 그래서 혹시 자신이 도착하기 전에 손님이 먼저 오면 성심을 다해 모시라고 저택 집사에게 일러두었다.

니콜라스는 손님이 기다린다는 응접실로 갔다. 문을 열고 들어가자 소파에 앉아 대화하던 남녀가 니콜라스를 보며 자리에서 일어났다.

푸른 머리카락의 사내와 검은 머리카락의 여인. 그들이 누군지는 소개를 듣지 않아도 알 수 있었다.

니콜라스는 두 사람에게 다가가 먼저 카세르에게 인사를 건넸다.

"손님을 기다려서 맞이해야 하는데 오히려 기다리게 했으니 예의를 다하지 못했습니다. 너그러운 이해를 바랍니다. 사왕."

"늦은 시각의 만남을 청한 쪽이 우리입니다. 무리한 요청을 받아 주어 고맙습니다. 명왕."

유진은 슬쩍 눈을 돌려 명왕의 모습을 살폈다. 그녀가 지금까지 만난 왕은 총 네 명. 머리카락 색이 제각각이라 그런지 풍기는 느낌이 다 달랐다. 성격도 완전히 달랐다.

명왕의 머리카락은 은색이었다. 윤기가 흐르는 은백색의 머리카락은 백발과 전혀 달랐다. 그리고 눈동자는 옅은 회색이었다. 얼음의 왕국 이미지에 잘 어울리는 모습이었다.

니콜라스가 유진을 돌아보며 말했다.

"이런 자리에서 두 번째 뵐 줄은 몰랐습니다. 아니카 진."

'두 번째?'

유진은 당황했다. 니콜라스를 보며 떠오르는 기억이 전혀 없었다. 유진의 표정을 읽은 니콜라스가 살짝 미소 지으며 말했다.

"기억하지 못하시나 봅니다."

"아…… 죄송합니다."

"그대가 성년 생일이 되기 일 년 전이었을 겁니다. 그대가 왕과 결혼할 줄은 몰랐습니다."

카세르가 못마땅한 표정으로 '왕과 결혼할 줄 알았으면 청혼했을 텐데.'라는 뉘앙스로 말하는 니콜라스를 쏘아보았다. 이놈이나, 저놈이나. 남의 아내를 곁눈질하는 놈들이 넘쳐나서 그는 몹시 심기가 불편했다.

이 빌어먹을 성도를 하루빨리 떠야겠다고 그는 속으로 이를 갈았다.

카세르의 경계 대상 리스트에 명왕 니콜라스가 이름이 올라갔다. 경계 수준에서 위험 단계로 올라가기 전에 니콜라스는 본론으로 들어갔다. 표정이 단번에 심각해졌다.

"아니카 진. 정말 그대가 그 병의 치료법을 알고 있습니까?"

"제가 서신으로 알려드린 조언에 따르셨나요?"

니콜라스가 고개를 끄덕였다.

"이틀 전부터 어머니는 린덴 차를 전혀 드시지 않습니다. 그리고 주무실 때 평소보다 침실 온도를 내렸습니다. 이틀뿐인데도 어머니는 효과를 느낀다고 하셨습니다. 온몸이 떨기는 한기가 한결 덜해지셨다고요. 지금껏 어떤 약을 써도 그 정도의 차도를 느끼신 적이 없었습니다. 하지만⋯⋯ 이해가 가지 않는군요. 그대가 알려 준 방법은 어머니 병환을 악화시킬 것 같은데 왜 나아지는 겁니까?"

"그 병이 사실은 붙은 명칭대로 피가 얼어붙는 병이 아니라 오히려 체내에 지나치게 열기가 많아서 발병하기 때문입니다."

이 병의 초기 증상은 환자가 추위를 많이 타는 것이다. 그런데 그 증상이 나타났다고 해서 바로 병의 진행을 알아채기는 어려웠다.

플레크 왕국은 평균 기온이 낮은 지역이며 하루아침에 기온이 뚝뚝 떨어지는 일이 다반사였다. 증상을 느낀 사람들은 오늘 날씨가 추워서 그렇구나, 혹은 감기 초기인가 보다, 정도로 넘어갔다.

더구나 이 병의 증세는 계단식이었다. 초반에는 증상이 뚜렷이 나타나지 않았다. 전보다 추위를 좀 더 느끼게 된 환자는 시간이 지날수록 그런 상태에 익숙해져서 스스로 자신의 몸이 이상하다고 의식조차 하지 못했다. 그러다 갑자기 증상이 악화한다. 환자가 온몸이 덜덜 떨릴 정도로 한기를 느낄 때쯤이면 이미 병이 완전히 진행된 상태였다.

이 병을 앓는 환자는 무척 드물었다. 이런 병이 존재한다는 사실 자체를 모르는 사람이 더 많았다. 환자를 직접 본 의사조차 거의 없으니 누구도 치료법을 알지 못했다.

"병명을 정확히 말하자면 린덴 차 중독입니다."

"……뭐요?"

니콜라스는 잠시 멍한 표정으로 유진을 바라보다가 고개를 흔들었다.

"그런, 그런 말도 안 되는. 린덴 차는 왕국 백성들이 수백 년을 마셔온 차입니다."

린덴 차는 플레크 왕국의 토산품이다. 이 차를 마시면 몸이 따뜻해지는 효과가 있다. 그 외에 피로 회복에 도움을 주며 피부 미용에도 좋고 숙면 효과도 있었다. 이처럼 장점이 많아서 플레크 사람들은 물처럼 즐겨 마셨다.

그런데 이 찻잎은 추운 지역에서만 재배가 가능했다. 그리고 여타의 찻잎처럼 말리면 차마 입에 댈 수 없을 정도로 쓴맛이 나기 때문에 수확한 후 며칠 안으로 소진해야 했다. 그래서 린덴 차는 타 지역으로 판매하지 못하고 오직 플레크 왕국 내에서만 소비했다.

"린덴 차는 미량의 독성을 품고 있습니다. 그 독은 체내에 열을 내는 성질이 있습니다. 가끔 마시는 정도로는 문제가 되지 않을 만큼의 소량입니다. 그런데 플레크에서는 모두가 이 차를 수시로 마시지요. 다만, 어릴 때부터 이 차를 마시는 플레크 사람들은 대부분 내성이 있을 거예요."

이 차의 독성을 해독하지 못하는 체질이라면 병명조차 알아내지 못하고 죽었을 테니까. 오랜 세월 동안 플레크 왕국에서 그런 특이 체질은 후손을 남기지 못하고 사라졌을 것이다.

"하지만 내성이 없는 외지인이 이 차를 오랫동안 많은 양을 마셨는데 그 사람의 체질이 차의 독성을 해독하지 못하는 경우에는 문제가 됩니다."

니콜라스가 생각에 잠겼다. 그는 어머니의 병명을 알아내려고 사방팔방 뒤지고 다니다가 특이한 병명이 붙은 희소병의 존재를 알게 되었다. '피가 얼어붙는 병'이라는 이름 그대로 이 병에 걸린 사람은 극심한 한기로 고통스러워했다.

아무리 두껍게 옷을 껴입어도, 건강한 사람이라면 땀이 흐를 정도로 방 온도를 높여도 환자는 새파랗게 질린 입술로 따닥따닥 이가 부딪치는 소리를 내며 온몸을 떨었다. 니콜라스는 어머니의 얼음장처럼 차가운 손을 잡을 때면 살아 있는 사람의 손 같지 않아서 섬뜩했다.

그는 수소문 끝에 어머니와 같은 증상의 환자 두 명을 찾아냈다. 그 두 명의 신상 내력을 떠올리자 그의 눈빛이 흔들렸다. 그들은 나이가 든 후 플레크에 정착한, 이곳에서 태어나지 않았다는 공통점이 있었다.

"정말 린덴 차가……."

니콜라스가 중얼거리더니 탄식했다.

"맙소사. 그것도 모르고……."

그의 어머니는 한기를 느낄 때마다 린덴 차를 마셨다. 그 차를 마시면 잠시나마 배 속부터 온몸이 따뜻해진다고 했다. 하지만 아니카 진의 말대로라면 어머니는 매일 독을 마시고 있었던 셈이었다.

"치료법이 있습니까? 어머니께서 나으실 수 있겠습니까?"

"린덴 차를 드시지 않았더니 증세의 완화를 느꼈다고 하셨지요. 그렇다면 아직 손을 쓰기에 늦지는 않았습니다. 당연한 말이지만, 우선 린덴 차는 입에 대지 마시고 체온은 내리는 처방을 해 주세요. 찬 성질을 지닌 약초를 복용하시되 처음부터 강한 약재는 쓰지 마시고요. 약에 관해서는 저보다는 의사가 더 잘 알 겁니다."

니콜라스는 한마디도 놓치지 않겠다는 듯 중간중간 고개를 끄덕이며 유진의 말을 경청했다.

"그런데 이해가 가지 않는 점이 있습니다. 몸에 열기가 너무 많아져서 나타난 병이라면 왜 겉으로 나타나는 증상은 정반대인 겁니까?"

"그것까지는…… 저도 잘 모르겠어요. 저는 우연히 그 병의 치료법을 알았을 뿐이고 그 이상은 잘 모릅니다."

소설 속에서 비바람이 몰아치는 어느 날 밤, 왕들의 원정대는 오지에서 홀로 사는 사냥꾼의 산장에서 하룻밤 묵게 되었다. '활동기에는 위험할 텐데 왜 홀로 이런 곳에 사느냐?'라고 도왕이 물었더니 사냥꾼은 '죽으려고 여기 왔는데 명줄이 긴가 봅니다.'라고 말했다.

사냥꾼은 도왕이 친근하게 이것저것 묻자 긴장을 풀고 자신의 사연을 털어놓았다. 그는 한때 부유한 상인이었다. 그런데 피가 얼어붙는 병에 걸려서 다 죽을 지경이 되었다. 인생이 부질없다고 느낀 그는 다 버리고 죽을 자리를 찾아왔다. 운이 좋은지, 나쁜지, 우연히 병의 치료법을 알아내어 이렇게 아직도 살아 있다고 말했다.

그 사냥꾼의 말에 명왕이 예민하게 반응했다. 명왕은 사냥꾼에게 이것저것 캐물은 후 몹시 비통해했다. 그리고 자신의 어머니가 같은 병으로 오랫동안 고통스럽게 투병하다가 세상을 떠난 이야기를 왕들에게 털어놓았다.

그날 산장의 밤은 일종의 전환점이었다. 명왕이 자신의 아픔을 드러낸 후 다른 왕들도 조금씩 마음을 열기 시작했다. 단순한 동행이 아닌, 동료가 되는 첫걸음이었다.

어쨌든 유진의 소설에서는 피가 얼어붙는 병 자체보다 그 병으로 어머니를 잃은 명왕의 심리에 초점을 맞추었다. 병에 관한 내용은 명왕과 사냥꾼의 대화가 전부였다. 지금 유진이 니콜라스에게 알려 준 내용 중

반은 소설 속에서 그가 했던 말이었다.

유진은 왠지 자신이 약간은 사기를 치는 기분이 들었다.

"아니카 진. 그대는 이 병에 관해 어떻게 알게 된 겁니까? 플레크 사람 조차도 거의 모릅니다. 아, 따지려는 의도는 아닙니다."

"⋯⋯개인적으로 아는 어르신께 들었습니다. 현자라는 표현이 과하지 않은, 지혜로운 어르신입니다. 한데 명왕 전하. 제 말을 전부 믿으시는 겁니까?"

"지금 나는 지푸라기라도 잡고 싶은 심정입니다. 워낙 단서가 없어서 거짓 제보라도 듣고 싶다고 생각한 적도 있었습니다. 이 병의 원인을 말한 사람은 그대가 최초이고 실제로 어머니의 증세가 완화되는 처방을 알려 준 사람도 그대가 최초입니다. 나는 앞이 보이지 않는 어두운 굴속에서 드디어 빛을 발견한 것 같습니다."

니콜라스는 카세르와 유진을 번갈아 보며 말했다.

"자, 이제는 두 분이 내게 호의를 베푼 이유를 말해 주세요. 내가 뭘 도와주면 되겠습니까?"

유진은 명왕의 반응이 예상과 달라서 놀랐다. 사전에 받은 장문의 편지를 읽으면서 명왕의 성격이 까다로울 것 같다고 짐작했다. 소설 속에 등장한 명왕도 무척 깐깐한 캐릭터였다. 치료 방법의 효과를 아직 장담할 수 없는 상황인데 신뢰한다는 태도를 보여 뜻밖이었다.

그런데 카세르는 오히려 명왕의 태도가 이해가 갔다. 만약 유진이 불치병에 걸렸는데 누군가 치료법을 알려 준다면 자신도 명왕처럼 상대방에게 고마운 마음을 드러낼 것 같았다.

유진과 눈이 마주친 카세르가 살짝 고개를 끄덕이며 '당신이 말해.'라는 뜻을 전했다. 유진이 니콜라스에게 말했다.

"정교한 특수 시설에 갇혀 있는 사람을 한 명 구하고 싶습니다. 조용하고 은밀하게요. 탈출 과정에서 소동이 일어나서는 안 됩니다."

니콜라스가 별 고민 없이 고개를 끄덕였다.

"최고의 실력을 갖춘 전사들을 선별해서 보내 드리겠습니다. 그리고 요?"

"왕국의 귀한 전사를 빌려주시는 것만으로 충분합니다."

"아닙니다. 고작 그 정도로 어머니를 구명한 은혜를 갚았다고 할 수 없지요. 뭐든 괜찮습니다. 내가 할 수 있는 일이라면 힘써 보겠습니다."

카세르가 말했다.

"명왕. 그렇다면 뭐 한 가지 물어봐도 되겠습니까?"

"말씀하세요."

"성도에 온 이유가 치료 방법을 알아내기 위해서입니까?"

"그렇습니다."

니콜라스가 미간을 찌푸렸다.

"그동안 여러 번 성하께 어머니 병환에 대해 알리고 치료법을 알려 달라고 청했으나 내가 바라는 답을 주지 않았습니다. 어머니 병세가 악화하여 더는 기다릴 수가 없었습니다."

"성하를 뵙고 치료법을 받기 위해 빈손으로 오지는 않았을 듯합니다. 무엇으로 거래하려 했습니까? 전사들을 많이 데려온 이유와 관련이 있습니까?"

니콜라스는 잠시 아무 말이 없었다. 그는 미묘한 표정으로 카세르를 바라보았다. 거래는 주는 만큼 받아 가는 차가운 관계다. 사왕이 상제를 부정적으로 바라본다는 느낌이 들었다.

"비밀 유지에 무척 신경 썼습니다만, 두 분한테는 굳이 숨길 일은 아니겠군요. 맞습니다. 성하와 거래할 귀물을 성도 바깥에 세워 둔 전사들이 지키고 있습니다. 귀물의 정체는 방랑족입니다."

유진이 흠칫 놀랐다.

"이 방랑족은 좀 다릅니다. 임신 중이고 삶에 대한 열망이 강해요. 자신과 아이의 안전만 보장해 준다면 아는 것을 뭐든 말하겠다고 하더군요. 그 말을 듣는 순간 성하께서 방랑족을 잡아들이는 이유가 그들을 심문하여 정보를 얻기 위해서라는 생각이 들었습니다. 그렇다면 거래할 수 있겠구나, 싶었지요."

유진은 내심 감탄했다. 앞뒤 사정을 전혀 모르면서 거기까지 추측하다니. 아마 명왕이 어머니의 병을 고치기 위해 모든 신경을 그런 쪽으로 곤두세웠기 때문일 것이다.

'방랑족이라고?'

유진의 머릿속에 엘버의 목소리가 떠올랐다.

> 「진. 적의 적과는 손을 잡을 수 있어요. 마라를 만나 보세요. 두 괴물
> 사이에 얽힌 악연을 이용할 방법을 찾을 수 있을 겁니다.」

엘버의 조언에 따라 마라를 만나려면 호드리고 같은 교도를 이용하거나 방랑족을 만나야 한다. 무슨 거짓말을 할지 모르는 호드리고보다는 방랑족을 통하고 싶었다. 아드리트를 만나면 참 좋겠지만, 어디를 떠돌고 있을지 모르는 아드리트와 연락할 방법이 막막했다.

그런데 방랑족을 만날 수 있다니.

그 목적만이 아니더라도 죄 없는 방랑족을 그 괴물이 잡아먹도록 두고 볼 수 없었다.

"명왕 전하. 그 방랑족을 제게 주세요."

"예?"

"이제 상제와 거래할 필요 없으시잖아요. 아니면 방랑족이 세상의 질

서를 어지럽히니까 모조리 잡아 상제에게 보내야 한다고 생각하시나
요?"

"그렇…… 지는 않습니다만."

"방랑족을 내주시면 제가 알려드린 치료법에 더는 부담을 갖지 않으
서도 됩니다. 오히려 제가 과분한 보답을 받았다고 생각하겠습니다."

유진의 표정은 진지하고 간절했다. 니콜라스는 가볍게 웃으며 고개를
끄덕였다.

"알겠습니다. 그 정도는 어려운 일도 아닙니다."

플레크의 전사들을 언제 보낼지, 방랑족은 언제 어떤 방식으로 인계
할지, 간단한 논의를 마치고 유진과 카세르는 명왕의 저택에 왔을 때처
럼 조용히 저택을 빠져나갔다.

이튿날 오전, 카세르는 명왕이 아침 일찍 성도궁에 다녀왔다는 정보
를 받았다. 그리고 추가로 들어온 보고서를 보고 눈살을 찌푸렸다. 상제
가 천신제의 날짜와 참가자를 공표했다. 보통 건기가 끝나기 보름 전쯤
에 발표하던 예년과 비교해서 무척 시기가 일렀다.

상제는 천신제 날짜를 공표하면서 시기를 앞당긴 이유도 덧붙였다.
카세르는 보고서에 쓰인 내용을 읽으며 조소했다.

'신의 계시를 받았다고?'

천신제를 올리는 날에 신의 말씀을 전하겠다는 상제의 발표는 아마
오늘, 날이 저물기도 전에 성도 곳곳으로 퍼져 나갈 것이다. 성도 전체를
들썩이게 할 소식이었다. 천신제 날, 가장 먼저 성도궁에 입장하기 위해
서 오늘부터 성도궁 근방에 노숙하는 극성스러운 자들이 등장할지도 모
른다.

카세르는 교활한 괴물이 부리는 수작이 역겨웠다. 라크 따위가 신의
뜻을 사칭하다니.

그는 보고서를 챙겨 일어나며 시종에게 물었다.

"왕비는 지금 어디 계시느냐?"

"정원의 방에 들어 계십니다."

카세르가 고개를 끄덕이며 시종의 곁을 지나쳐 갔다. 그는 방금 받은 보고서 내용을 생각하느라, 할 말이 남은 듯한 시종의 표정을 보지 못했다.

카세르는 복도를 따라 걸었다. 그 뒤에서 시종이 긴가민가한 표정으로 따라갔다. 시종은 기회를 엿보았으나 그저 확인하기 위해서 생각 중인 왕을 차마 방해할 수가 없었다.

'설마 전하께서 지금 정원의 방에 가시는 건 아니겠지.'

지금 정원의 방에서는 왕비님이 왕국의 귀부인들과 담소를 나누는 중이었다. 이미 보고드린 사항이니 기억력이 남다른 왕께서 잊었을 리가 없을 거라고, 시종은 애써 좋은 쪽으로 생각했다.

왕이 정원의 방의 닫힌 문을 열고 거침없이 안으로 들어간 후에야 시종은 아차 했지만, 이미 늦었다. 시종이 삐질삐질 진땀을 흘리며 얼른 왕의 뒤를 따라 들어갔다.

카세르는 다른 생각에 빠져서 유진이 귀부인들과 만난다는 일정을 까맣게 잊었다. 정원의 방에 있다길래 종종 그랬던 것처럼 그녀가 그곳에서 차를 마시는 줄 알았다. 그는 다짜고짜 그녀를 부르며 성큼 안으로 들어갔다.

"유진. 당신에게 알려 줄 게 있어. 방금 받은 보고서……."

그가 걸음을 멈추었다. 동그랗게 커진 눈으로 자신에게 쏟아지는 귀부인들의 시선 앞에서 그는 몹시 당황했다. 침묵이 흐르고 잠시 어색한 분위기가 연출되었다. 카세르가 겨우 정신을 가다듬어 헛기침하자 귀부인들이 우르르 자리에서 일어나 고개를 숙였다.

유진도 자리에서 일어나서 말했다.

"전하. 어쩐 일이십니까?"

그는 웃을 듯 말 듯 한 표정으로 자신을 바라보는 유진에게 말했다.

"음…… 왕비. 내가 실수했소. 나중에 이야기합시다."

카세르가 서둘러서 나가는 뒷모습을 보며 유진은 웃음을 참았다. 저 남자가 이런 실수를 다 하다니. 그의 뒷모습만으로도 당황하는 표정이 보이는 것 같았다. 그녀는 여전히 고개를 숙이고 있는 귀부인들에게 말했다.

"자, 다들 앉아요. 전하께서 잠시 시각을 착각하셨나 봅니다."

다시 자리에 앉는 귀부인들이 서로 미묘한 표정으로 시선을 교환했다.

이 자리에 있는 귀부인 모두가 왕국 출신이었다. 개중에는 유진이 성도로 올 때 동행한 사람도 있고 유진이 이 세계에 온 후 아예 처음 만나는 사람도 있었다. 다들 성도에서 사왕 부부 사이가 무척 다정하다는 소문을 한 번 이상 들었다. 하지만 그 소문을 증명할 만한 장면을 보는 건 처음인 사람이 많았다.

아까의 짧은 장면 속에 무척 많은 이야깃거리가 담겼다. 왕께서 격의 없이 왕비를 부르는 태도, 아내를 부르며 들어올 때의 표정 등, 꾸밈이 없는 자연스러운 모습이 대놓고 부부애를 과시하는 것보다 오히려 인상적이었다.

담소를 나누는 내내 가장 수다스러웠던 귀부인이 말했다.

"전하께서 왕비님을 이름으로 부르시나 봅니다. 제 이름이 불린 것도 아닌데 제 가슴이 두근거립니다. 왕비님."

귀부인들이 웃음을 터뜨렸다. 유진도 웃으며 말했다.

"둘만 있는 자리에서는 종종 그러시지요."

"저는 전하께서 무척 차가운 분이신 줄 알았습니다. 제가 오해를 했나 봅니다."

"오해는 아닐 거예요. 전하의 다정함은 왕비님 한정 아닙니까?"

또다시 한바탕 웃음이 터졌다.

예상치 못한 왕의 실수 덕분에 이후 분위기는 화기애애했다. 오늘 유진을 처음 만나서 눈치만 살피던 귀부인들도 한결 편안해진 모습을 보였다.

모임을 기분 좋게 마무리하고 귀부인들을 배웅하면서 유진은 따로 조용히 샬럿을 불렀다. 오늘 모임의 목적 중 하나가 샬럿을 자연스럽게 만나는 것이었다.

"백작. 일전에 그대의 조부를 만나서 많은 도움을 받았어요. 그대에게 따로 전할 기회가 없어서 인사가 늦었네요."

유진은 진심으로 샬럿에게 고마웠다. 샬럿의 조부 덕분에 무엔 가문과 연락이 닿았고 엘버를 만날 수 있었다.

"그런데 염치가 없지만, 그대에게 또 어려운 부탁을 하려 해요."

"왕비님. 제가 왕비님께 도움을 드릴 수 있다면 영광입니다."

샬럿은 상대방이 자신을 이용하기 위해 가식적인 태도를 보이는지, 진솔하게 도움을 청하며 고마워하는지 구별할 수 있었다. 예전의 왕비가 전자였다면 지금의 왕비는 후자였다.

"그대가 왕국에서 다급한 소식을 받았다는 핑계를 대고 며칠 안으로 귀국길에 올라 주었으면 해요. 한 사람을 데리고요."

유진은 명왕한테 방랑족을 인계받으면 샬럿에게 부탁하여 왕국으로 한발 앞서서 데려다 놓을 계획을 세웠다.

"그러면 아르스 저택에서 열릴 연회에 그대는 참석할 수 없겠지요. 이 먼 성도까지 함께 와서 그대에게는 번잡한 일만 맡기는군요."

"왕비님. 연회 구경이 뭐가 그리 중요하겠습니까. 저는 괜찮으니 개의치 마시어요."

"정말 고마워요. 백작."

한 가지 일을 해결해 놓고 유진은 카세르를 만나러 갔다. 그녀가 복도 모퉁이를 막 돌았을 때 저 멀리 집무실 안에서 나오는 남자를 봤다. 긴 여행을 한 듯한 차림을 봐서는 성도에 막 도착한 사람 같았다.

'왕국에서 또 관리가 왔나?'

유진이 집무실 문 앞에 다다르자 시종은 안에 고하지도 않고 곧바로 문을 열었다. 그녀는 안으로 들어가자마자 고개를 드는 카세르와 눈이 마주쳤다. 그가 일어나서 책상 앞으로 걸어 나왔다.

"내가 아까 방해했지?"

카세르가 겸연쩍은 표정으로 물었다.

"아니에요. 덕분에 다들 즐거워했어요. 아까는 무슨 일이었어요?"

"아…… 그게."

카세르는 한숨을 내쉬며 말했다.

"일이 좀 꼬였어."

그는 상제가 이번 천신제에 거창한 의미를 부여했다고 설명했다. 상제가 신의 계시를 받았다고 공표한 것은 처음이므로 지금까지의 천신제와 완전히 달랐다. 그리고 상제는 자신을 도와 천신제의 성스러운 완성을 이루기 위한 보조자로 한날한시에 신의 뜻을 받아 태어난 두 명의 아니카를 지정했다.

"당신이 천신제에 참가하지 않으면 아주 곤란해진다는 뜻이지."

유진은 지구에서 살 때 종교가 없었다. 신이라는 존재에 기대 본 적이 없으니 천신제의 상징성이 마음으로 와닿지 않았다. 상제가 이번 천신제에서 신의 계시를 발표한다는 말을 듣고 분노보다는 '무슨 사기를 치려는 거지?'라는 경계심만 들었다.

"얼마나 곤란해지는데요?"

"당신이 천신제에 참가하지 않으면 상제가 천신제를 망친 후에 당신 탓을 할 거야. 성도 사람 대부분이 당신을 비난하겠지."

'상관있나?'

유진은 전혀 안면 없는 사람들이 욕을 하거나 말거나 신경 쓰이지 않았다. 자신은 왕국으로 돌아가서 그곳에서 살 거니까.

다만, 성도에서 계속 살아갈 부모님과 형제들은 마음에 걸렸다. 그런데 어머니 얼굴을 떠올리니까 그 작은 불안마저도 사라졌다.

'엄마가 부당한 압력에 굴할 분은 절대 아니지.'

"그리고 내가 왕국으로 돌아가려고 사전에 손을 써 놨다고 했던 말, 기억하지?"

"네, 기억해요."

"날짜와 시간이 다 정해졌어. 그래서 조금 전에 마지막 확인을 하러 왔거든. 서로 손발이 잘 맞아야 하니까."

유진은 조금 아까 집무실에서 나오던 남자를 떠올렸다.

"정말 나와 같이 가도 괜찮겠어?"

유진은 심각한 그의 표정을 보며 인상을 찌푸렸다.

"왜 그걸 다시 물어봐요? 다 끝난 이야기 아니었어요?"

"그때는 당신이 천신제에 불참해도 어렵지 않게 수습할 수 있을 줄 알았지. 그런데 상제가 이런 식으로 나올 줄이야."

"당신이 걱정하는 게 날 향한 비난이라면 전혀 상관없어요."

"비난 정도가 아니라…… 당신이 아니카가 아니라고 주장하는 자들도 등장할 수 있어."

"누가 주장한다고 해서 제가 아니카가 아닌 건 아니잖아요."

유진은 아니카로서 정체성을 남들이 부정해 봤자 그다지 타격이 없을 것 같았다. 아마 가짜라면 어마어마한 충격을 받을지도 모르겠다.

"배후에서 상제가 부추길 가능성이 커. 아마 상제는 당신이 아니카인지, 아닌지 논란을 만들고 당신 특권을 먼저 박탈할 거야."

"아…… 치사해. 그런데 그놈은 분명히 그러고도 남겠지요. 그래도 상관없어요. 아니카 특권이라 봤자 서고 들어가는 거? 없어도 돼요."

카세르는 유진의 표정을 유심히 보더니 그녀가 진심으로 개의치 않는다고 느끼자 피식 웃었다. 그는 유진의 앞으로 다가가 그녀를 품으로 당겨 안았다.

"이런 말은 당신에게 미안하지만, 당신 영혼이 바뀌어서 오히려 잘 된 것 같아."

유진이 쿡쿡 웃었다. 그녀도 그런 생각을 몇 번 했다.

"동감이에요."

두 사람은 그대로 잠시 끌어안고 있었다.

"그래서…… 언제예요?"

유진이 성도에서 떠나는 날짜를 물었다.

"아르스 연회의 첫날. 내가 먼저 출발할 거야."

"그럼 나는 이틀 후, 연회 사흘째 되는 날이군요."

모든 일에는 항상 앞면과 뒷면이 있듯이 상제의 발표가 오히려 도움을 주는 부분이 있었다. 아르스 저택 연회로 들뜬 분위기에 영향을 받는 사람들은 연회에 참석할 수 있는 자격을 갖춘 이들뿐이었다. 그런데 천신제 발표는 계층에 상관없이 성도 전체를 뒤흔드는 화젯거리였다.

흥분하면 틈이 생긴다. 이 틈을 이용해서 할 일이 많았다. 방랑족을 샬럿 일행에 넣어 무사히 성도에서 내보내고 명왕한테 빌린 전사의 손을 빌려 엘버를 구해 낼 것이다. 모든 일을 유진이 성도를 떠나기 전에 해결해야 한다.

아르스 저택의 연회까지 이제 닷새가 남았다. 며칠 동안 무척 바쁠 것이다.

＊　　＊　　＊

은은한 빛이 뿜어져 나오는 술식 위에 노부인이 앉아 있었다. 그녀는 얼마 전까지만 해도 자신의 신세를 비관하고 과거의 잘못을 끊임없이 자책했으며 괴물을 저주했다.

그러나 이제 엘버는 깊은 한숨을 내쉬지 않았다. 자신의 가슴을 내리치지 않았다. 끊임없이 과거를 떠올리며 '그때 그러지 말았어야지.'라고 후회하지 않았다.

죽어 있던 그녀의 눈동자에 생기가 돌았다. 그녀의 몸은 여전히 시간을 흐름조차 알 수 없는 감옥에 갇혀 있으나 마음은 자유로웠다. 그녀는 깊은 절망 속에서 허우적대다가 희망을 발견했다.

'바다의 라미타?'

엘버는 꿈에서 진한테 들은 마지막 말을 수없이 되뇌었다.

바다는 무한하다. 상제가 예측을 뛰어넘는 괴물이라고 해도 절대 바다를 모조리 삼켜 버리지는 못할 것이다.

엘버는 만약 상제를 죽일 수 있을 능력을 지닌 아니카가 태어나도 라미타를 지나치게 소진한 아니카가 맞이할 비극이 안타까웠다. 하지만 바다의 라미타라면 아무리 퍼내도 마르지 않을 것이다.

'신의 뜻은 위대하시다. 왕과 아니카를 내려 주시어 라크에 대항할 힘을 주시더니 이제는 저 괴물을 상대할 힘을 주시어 균형을 맞추시는구나.'

꿈을 꾼 이후 엘버는 환희에 차서 경건한 마음으로 끊임없이 기도했다.

'아, 이제야 생각이 나다니. 진에게 그 이야기를 하지 않았어.'

진이 영혼이 바뀌었을 때 썼다는 소설. 그것이 무엇인지 말해 주는 것을 깜빡 잊었다.

'소설이라니.'

다시 생각해도 웃음이 나왔다. 그날 꿈속에서 진의 표정이 워낙 진지해서 내색은 못 했지만, 사실은 황당했다. 진이 그것을 자신이 쓴 소설이라고 생각했다는 게 흥미로웠다.

미래를 읽는 고대 일족의 능력은 몇 가지 유형으로 분류한다.

가장 위대한 능력은 '직감의 힘'이었다. 직감의 힘을 지닌 자는 꿈이나 갑자기 눈앞에 나타나는 장면으로 미래를 읽었다. 반드시 다가오는 미래이기에 예언자로 불리기도 했다.

예언자는 희박한 확률로 등장했다. 고대 일족 역사상 단 두 명만이 예언자로 인정받았다.

다만, 예언자가 보는 미래는 모호하고 상징적이었다. 실제로 그 미래가 닥치고 나서야 정확히 알게 되었다.

대부분은 엘버처럼 '증폭의 힘'을 타고났다. 증폭의 힘은 주술을 통해 미래를 읽는 능력이다. 예언자보다는 선명한 미래를 볼 수 있지만, 다가올 확정된 미래는 아니었다.

엘버가 보는 미래는 가능성이었다. 무한한 미래 중에서 엘버가 보는 미래는 그중 일부에 불과했다. 그 일부 중에서도 엘버가 본 여러 가지 미래 중에 무엇이 실현될지, 혹은 그것들 전부가 비껴갈지조차 알 수 없었다.

'진의 능력은…… 읽는 힘.'

미래는 읽는 고대 일족은 타고난 직감이 뛰어났다. 하지만 미래를 본다고 할 만한 능력자는 소수였다.

그중에서 열의 아홉 명이 '증폭을 힘'을 지녔고 나머지는 '읽는 힘'을 지녔다. 읽는 힘을 지닌 자 혼자서는 아무것도 할 수 없지만, 증폭의 힘을 지닌 자와 함께 있을 때 시너지 효과를 발휘했다.

엘버가 미래를 읽기 위해 주술을 발동하면 다양한 미래를 담은 수많은 조각이 사방으로 흩어질 것이다. 그 조각 중 하나를 읽는 능력이 '읽는 힘'이다.

읽는 힘으로 보는 미래는 훨씬 구체적이며 명확했다. 실현되지 않을 미래라고 해도 구체적으로 읽으면 얻을 수 있는 정보가 무척 많다.

그래서 고대에는 읽는 힘의 능력자를 무척 귀하게 여겼다.

엘버는 주술로 미래를 볼 때마다 항상 기도했다. 자신이 보는 미래를 일족 중 누군가 읽을 수 있기를, 괴물에 기만당하는 이 세상의 어두운 비밀을 알아차리고 흐름을 바꿔 주기를.

그런데 불가능하다고 여겼던 기도가 이루어졌다. 아니카로 태어난 후손이 읽는 힘으로 미래를 보고 자신을 만나러 왔다. 이 기적이 믿기지 않았다.

엘버가 시기를 계산해 보니까 진이 태어난 후 약 2년 전후쯤에 미래를 보는 주술을 발동한 적이 있었다. 아마 그때 미래의 조각 하나를 진이 읽은 것 같다. 너무 어린 나이라서 무의식 속에 각인되었다가 나이가 들며 의식 위로 떠올랐을 거라고 짐작한다.

'진이 능력에 대한 사전 지식이 없는 상태였기 때문인가? 뭔가 다르긴 해.'

진이 읽은 미래는 대단히 명확했다. 진이 하나의 이야기로 착각할 만큼 서사가 완벽했다. 읽는 힘이 미래를 구체화한다고 해도 그 정도는 아니었다.

'아마 진이 본 미래와 진의 상상력이 뒤섞인 거겠지.'

읽는 힘의 맹점이었다. 어디까지가 읽은 미래인지, 본인의 상상인지 구별해야 한다. 그래서 읽는 힘을 지닌 능력자는 어릴 때부터 구별하는 훈련을 했다.

'그렇다고 해도…… 진이 라크에 관한 지식은 대부분 그 소설에서 얻었다고 했으니까 그 정도로 방대하고 정확하게 미래는 읽는 능력이 범상치 않아.'

엘버의 조상들은 읽은 자의 상상력을 무조건 배제했다. 하지만 그게 반드시 옳은 방법은 아닐지도 모른다. 잠재력을 억누른 게 아닐까. 마음껏 상상하도록 내버려 두고 아예 이야기를 만들도록 했다면 어땠을까.

'진이 미래를 읽는 새로운 방법을 발견한 거야.'

진을 곁에 두고 가르칠 수 있으면 얼마나 좋을까. 엘버는 자신이 아는 모든 지식을 진에게 물려주고 진이 어디까지 성장할 수 있을지 지켜보고 싶었다. 하지만 그럴 수 없으니 무척 아쉬웠다.

한편으로 흥미로운 점은 진이 읽은 미래에 등장하는 주인공이 '사왕'이라는 점이었다.

능력자가 보는 미래는 보는 자의 시점에서 벗어나지 못했다. 즉, 보는 자와 전혀 무관한 사건과 사람의 미래는 볼 수 없었다.

그래서 지나치게 먼 미래라든가, 일족이 영향을 받지 않는 먼 지역에서 발생하는 일 등은 능력 범위 밖이었다.

만약 엘버가 진의 소설 내용을 훨씬 오래전에 들었다면 진에게 조언했을 것이다. 사왕을 만나 보라고. 너의 운명이 그 남자와 닿아 있다고.

'그런데 이미 사왕과 결혼했으니. 역시 인연인가.'

엘버는 시간 가는 줄 모르고 계속 꼬리를 무는 생각에 빠졌다. 시간의 흐름을 모르는 어두운 감옥 안이라도 매 순간 숨이 붙어 있다는 사실이 지긋지긋했는데 요즘은 사색하는 즐거움에 빠져서 그런 감정을 느끼지 않았다.

그녀는 문을 두드리는 미세한 소리를 듣고 고개를 돌렸다. 천천히 문이 열리는 기척을 느끼며 미간을 찌푸렸다.

"……?"

갑자기 상제가 찾아왔다면 저렇게 조심할 이유가 없었다.

"놀라지 마십시오."

엘버가 제대로 보이지 않는 눈을 크게 떴다. 남자의 목소리가 낯설었다. 감옥을 지키는 경비는 최면 주술에 걸린 상태라 목소리의 고저가 없고 마치 책을 읽는 것처럼 말했다. 그런데 저 남자의 말투는 자연스러웠다.

"누군가?"

엘버의 반응이 차분하자 전사는 안도의 숨을 내쉬었다. 감옥 아래로 내려오면서 전사는 이 거대한 감옥에 노부인 외에 다른 자들이 없다는 사실을 알게 되었다.

그렇다면 노부인은 사람과의 접촉 없이 오랫동안 갇혀 있었을 것이다.

대개 혼자 갇혀 있던 수감자는 사람을 만나면 흥분한다. 그래서 노부인이 크게 소리 지르거나 울음을 터뜨릴까 봐 내심 조마조마했다.

"긴 이야기를 드릴 시간이 없습니다. 이곳에서 나가실 수 있게 도와드리겠습니다."

전사가 안쪽으로 들어가려는 순간 엘버가 말했다.

"속박."

그녀가 한마디 하자마자 전사는 갑자기 꼼짝할 수 없었다. 전사는 경악하여 부릅뜬 눈으로 있는 힘껏 몸을 뒤틀었다. 하지만 몸이 바위가 된 것처럼 굳었다.

"여기까지 어찌 왔느냐? 이 감옥은 출입구부터 이곳에 이르기까지 수많은 감시 장치가 깔려 있다. 네가 몰래 들어왔다고 착각할 뿐이다. 곧, 아니지. 이미 들통났을 것이다."

'범상한 분이 아니시로구나.'

전사는 자신이 탈출시켜야 하는 노부인이 누구인지 자세한 내용은 듣지 못했다. 명왕이 그를 불러 말했다.

「사왕을 뵙고 지시에 따라라. 네 능력을 믿고 내가 너를 천거하였다. 네 능력 이상을 발휘하여 반드시 맡은 임무를 해내야 한다.」

주군께서 그토록 당부하셨으니 아니카 왕비한테 '귀인이시니 예의를 다해서 모셔 오세요.'라는 말을 듣지 않았어도 태도를 조심했을 것이다.

그런데 전사는 '귀인'이라는 말에 담긴 뜻을 이제 이해했다. 노부인의 말투와 태도에서 지배자의 기운이 흘러나왔다. 이 기이한 힘이 자신을 꽁꽁 묶지 않았더라면 아마 자신도 모르게 저절로 무릎을 꿇었을 것이다.

"모두 손을 써 두었습니다. 이곳에 오기 전에 무엔가의 가주님을 뵈었습니다."

전사의 목소리가 한층 더 정중해졌다.

유진은 전사를 감옥으로 보내기 전에 무엔가에 먼저 들렀다 가도록 지시했다. 그녀는 상제가 그 감옥에 틀림없이 무슨 수작을 부려 놨을 거라고 짐작했다.

탈출 작전에 관해 무엔가와 미리 말이 오가지는 않았지만, 무엔가에서도 엘버의 해방을 원하고 있으며 뭔가 방법을 알 거라고 믿었다.

"무엔의 가주님께서는 잠시라면 눈을 속일 방법이 있다고 하셨습니다. 그러니 서두르셔야 합니다."

엘버의 눈빛이 흔들렸다.

'라한이……'

상제가 이 감옥에 깔린 장치들을 허술히 관리했을 리가 없다. 방대하고 교묘할 것이다. 고작 어릴 때 한번 와 본 라한이 전부 파악하는 것은 불가능했다.

무척 오랫동안 무엔의 가주들이 대를 이어 방법을 찾아냈을 것이다. 기댈 단서는 어릴 때 딱 한 번 다녀오는 아이들의 기억력뿐이다. 그녀가 지금껏 지켰던 아이들이 어느덧 자라서 그녀를 지키기 위해 애쓰고 있었다.

"무엔의 가주가 자네를 보냈나?"

"제게 어르신의 탈출을 도우라고 명하신 분은 사왕 전하와 아니카 왕비님이십니다."

엘버가 떨리는 입술을 꼭 깨물었다.

자신의 아이들은 어쩌면 이렇게 사랑스러운가.

이대로 저 전사를 따라 이곳을 벗어나서 그대로 눈이 완전히 멀어 버려도 좋으니 푸른 하늘을 한 번만 볼 수 있다면 얼마나 좋을까.

하지만 엘버는 이 감옥에서 벗어날 수 없다. 그녀가 주술 곧 자체이기 때문에 그 괴물의 눈을 속여 탈출하기란 아예 불가능했다. 그리고 이 주술은 엘버를 속박하면서 동시에 그녀의 생명을 유지해 주고 있었다.

그녀는 이미 아득히 오래전에 평범한 인간의 수명을 넘겼다. 주술 없이는 과연 얼마나 버틸 수 있을까. 하루? 이틀?

목숨에 미련이 있어서가 아니라 아직 자신에게는 역할이 남았다. 이

대로 자신이 주술을 끊으면 이 성도에 사는 무고한 사람들은 어찌 되겠는가.

자신은 성자가 아니다. 다른 이들이 어찌 되든지 말든지, 모든 것을 포기하고 싶은 마음이 들 때도 가끔은, 아니, 그보다는 자주 있었다.

하지만 이토록 사랑스러운 자신의 아이들이 앞으로 살아갈 세상이 아닌가. 혼란이 닥치더라도 그 혼란을 최대한 늦추고 최소화하고 싶었다.

엘버는 주술과 한 몸처럼 얽힌 자신의 상태를 무엔의 아이들에게, 얼마 전에 만난 진에게도 말하지 않았다.

그러니 자신을 구한답시고 사람을 보냈겠지만 고마운 마음만 받아야 할 것 같다.

"나는 함께 갈 수 없다."

"예?"

"너는 돌아가서 내 아이들……. 아니카 진에게 내 말을 전해라. 기억하려고 애쓸 필요 없다. 듣기만 해라. 네가 아니카 진 앞에서 '엘버의 말을 전한다.'라고 말하면 내가 지금 전하는 말을 단어 하나 놓치지 않고 그 아이에게 전해 줄 수 있을 것이다."

엘버가 말하는 동안 전사의 눈빛이 흐릿하게 풀렸다.

"여기까지 오느라 수고했구나."

전사의 눈빛이 다시 또렷해졌다. 그는 잠시 어리둥절한 표정을 지었다. 처음 당부한 말 외에는 무슨 말을 듣기는 했는데 기억이 나지 않았다.

전사는 눈앞의 노부인이 특별한 능력을 지닌 분이라고 또다시 느꼈다.

"가거라."

갑자기 경직된 몸이 풀리는 바람에 전사가 잠시 몸을 비틀거렸다. 그는 몸을 얼른 바로 세우고 엘버에게 깊이 허리를 숙인 후 돌아섰다.

허공을 응시하던 엘버가 눈을 감았다. 그녀의 눈에서 흐르는 눈물이 얼굴을 적셨다. 하지만 그녀의 입술은 미소를 짓고 있었다.

그 긴 세월의 고통이 헛되지 않았다. 자신의 수고를 저 아이들이 알아주고 기억해 준다는 것만으로도 이제 여한이 없었다.

*　　*　　*

여자가 핏덩이 아이를 끌어안고 울부짖었다. '내 아가! 내 아가!' 하고 소리치며 오열하는 여자의 울음소리에 애절한 고통이 가득했다.

여자는 울다가 고개를 들었다. 두 눈에 원한이 가득 찬 여자의 얼굴은 낯이 익었다.

그 순간 유진은 소스라치게 놀라며 잠에서 깼다. 어두운 침실을 고요한 새벽 공기가 감싸고 있었다.

'꿈이구나…….'

얼마나 놀랐는지 아직도 두근거렸다. 꿈에 나타난 여자는 엊그제 명왕한테 인계받은 방랑족 여인이었다. 임신했다더니 눈으로 봐도 알 수 있을 만큼 배가 불러 있었다.

그 방랑족 여인은 내내 무표정이었다. 하지만 유진은 그녀의 눈빛에 감추어진 깊은 절망을 읽었다. 그녀는 자신의 처지가 또다시 어떻게 될지 몰라 낙담한 상태 같았다.

유진은 그녀가 안심할 수 있도록 모든 사정을 이야기하고 싶었지만, 지금은 말조심해야 했다. 그래서 해치지 않을 거라는 말로만 위로하고 샬럿에게 방랑족을 맡겼다.

샬럿은 방랑족을 자신의 측근 하녀로 위장시켜서 늘 곁에 두고 가는 동안 살뜰히 잘 살피겠다고 말했다.

어제 샬럿이 성도를 떠났다는 소식을 받았다. 지금쯤이면 어디까지 갔을까. 호위로 전사 두 명을 딸려 보냈으니 별일은 없을 것이다.

그런데 축 늘어진 어깨로 방을 나가던 방랑족 여인의 뒷모습이 어지간히 눈에 밟혔던 모양이다. 이런 뒤숭숭한 꿈을 다 꾸고.

유진은 소리 없는 한숨을 내쉬었다. 그때 그녀의 허리 아래로 그의 팔이 들어오더니 그녀를 끌어당겼다. 그녀는 느릿하게 눈을 감았다가 뜨는 카세르와 눈이 마주쳤다.

"왜 그래?"

"꿈이……."

"꿈?"

"그냥 이상한 꿈을 꿨어요. 나 때문에 깼어요?"

유진이 실소를 흘리며 한 손으로 그의 볼을 쓸어내렸다.

"당신은 무슨 야생 동물 같아요. 제대로 숙면하기는 해요?"

"잠을 못 자서 피곤한 적은 없으니까 잘 자는 거겠지."

"짧게 자도 푹 자는 건가…… 부럽네요."

카세르가 제 얼굴을 감싼 그녀의 손등을 잡아떼면서 그녀의 손바닥에 입을 맞추었다. 손바닥에 입술만 가볍게 붙였다가 떼는 키스가 그녀의 손목과 팔을 타고 올라갔다.

간지러워서 키득거리던 유진이 흠칫 놀랐다. 어느새 잠옷 속으로 파고든 그의 손이 가슴을 움켜쥐었다.

그가 가슴을 부드럽게 주무르면서 손끝으로 가슴 끝을 문질렀다. 금세 자극으로 도드라진 끝을 그가 손가락으로 살짝 비틀었다.

"아……."

갑자기 달아오르는 분위기가 당혹스러웠다. 유진은 조금 남아 있던 잠기운이 순식간에 날아가 버렸다. 아까보다 침실이 환해진 것으로 봐서는 머지않아 해가 뜰 것 같았다.

하루의 시작부터 이러는 것이 민망해서 유진은 몸을 뒤틀어 그를 밀어냈다.

"하지 마요. 훗……."

목덜미에 입을 맞추던 그가 그녀의 귓가를 핥아 올리며 귓불을 물었다. 유진이 놀라 움츠리자 아예 그는 유진의 몸 위로 올라왔다. 그녀의 잠옷은 가슴 위로 밀려 올라가고 그의 두 손이 가슴을 쥐었다. 그가 그녀의 입술과 눈가에 입술만 닿는 키스를 하며 말했다.

"재워 줄게."

"곧 아침이거든요."

"당신은 꿈자리가 사나워서 제대로 못 잤으니까 한숨 더 자."

"정말 더 자기를 원한다면 이러면 안 되죠."

"왜 안 돼?"

"아침부터 기운 빼고 싶지 않다고요. 그럼 오늘 온종일 피곤하단 말이에요."

"길게 안 할게. 딱 당신이 잠들기 좋을 정도만."

유진은 허락을 구하는 남편의 얼굴을 보며 한숨을 내쉬었다. 눈빛에는 갈급한 욕망이 넘실거리면서 표정만 애처로운 척한다. 당장이라도 자신을 한입에 삼켜 버릴 포악한 욕망이 유진의 눈에 선연히 보였다. 이 남자도 꽤 약아졌다. 그가 매달리면 자신이 약해진다는 걸 알아차린 것이 분명하다.

침실에서의 그는 머릿속에 온통 성욕이라는 본능만 남은 짐승 같았다. 어떻게 해서든 기회를 찾아서 틈을 비집고 들어왔다. 고집이 세지고 억지도 부린다. 평소 모습과 간극이 컸다.

"······약속 지켜요."

유진은 마지못해 말하는 척했으나 이미 그녀의 몸도 반응하고 있었다. 그의 커다란 손이 가슴을 쥐고 희롱할 때부터 아랫배가 아릿하게 저렸다.

사실은 싫지 않으면서 당신이 하고 싶다고 하니까 받아 주는 척, 자신이 제법 앙큼하게 굴고 있다는 생각이 들었다.

혹시 그가 새침을 떼는 자신의 속내를 알아차리지는 않았을까, 슬쩍 그의 표정을 살피려 했다. 하지만 순식간에 덮쳐 오는 입술에 숨을 빼앗겼다.

두툼한 혀를 그녀의 입 안에 깊이 밀어 넣은 그가 혀를 얽어 감아올렸다. 눈이 저절로 감겼다. 혀끝이 그의 입 안으로 빨려 들어가는 감각이 손끝의 찌릿함으로 느껴졌다.

"읏······."

목에서 나오는 소리인지, 코에서 흘리는 소리인지 알 수 없었다. 그녀가 의도한 소리가 아니었다.

격하게 섞이는 키스 끝에 그녀가 숨을 몰아쉬었다. 이내 뜨거운 점막이 가슴을 감싸는 느낌이 전율처럼 다가왔다.

그는 유륜을 따라 혀로 둥글게 훑고 입술을 모아 볼록 돋아난 가슴 끝을 삼켰다. 달콤한 듯 새콤하고 말캉하면서도 탄력이 있고, 그는 그녀의 온몸을 맛볼 때마다 자신의 모든 감각이 극대화되는 것 같았다.

느긋한 애무로 그녀를 진득하게 몰아붙이던 평소보다 오늘은 급했다. 새벽의 혈기가 그의 본능을 부추겼다. 단단하게 벌떡 일어난 그의 분신은 벌써 끝이 미끈거리기 시작했다.

그는 가슴을 깨물고 훑으면서 손으로 그녀의 복부 아래, 소담하게 볼록 올라온 둔덕 안쪽을 더듬었다. 미끈한 애액이 손가락을 적셨다. 손가락을 깊이 밀어 넣으니 학학대는 그녀의 숨소리가 울렸다.

손가락을 감싸는 뜨거운 점막에서 미각이 느껴지는 것 같았다. 그는 혀로 자신의 입술을 핥으며 그녀의 다리 하나를 제 허리에 감더니 허리를 추어올렸다. 붉은 속살을 비집고 바짝 기립한 성기가 쑥 밀고 들어갔다.

"흐읏!"

아래에서 꿰뚫고 들어오는 압박감이 버거웠다. 유진이 턱을 올리며 짧은 비명을 질렀다. 그렇게 몸을 섞었는데도 첫 삽입은 언제나 힘겨웠다.

"하아……. 좋아."

허리를 뒤로 물린 그가 퍽 치고 들어왔다.

"아!"

"당신이 얼마나 꽉 무는지 숨을 못 쉬겠어."

말만 그렇게 하고 그는 거침없이 진퇴를 반복했다. 번들거리는 굵은 기둥이 그녀의 작은 구멍 안으로 쑥 들어갔다가 아슬아슬하게 끝이 걸릴 정도만 빠져나왔다.

두 사람의 사타구니가 맞물리는 부분에서 흐르는 물이 허벅지를 적시고 그녀의 엉덩이골을 타고 흘러내렸다. 살이 부딪칠 때마다 철썩거리는 음란한 소리가 났다.

"아! 흑!"

그녀는 교성을 내질렀다. 몸이 마구 흔들리면서 눈앞도 흔들렸다. 질벽이 한계까지 벌어지는 감각이 고통인지 쾌락인지 알 수 없었다.

그런데 그의 것이 안쪽까지 깊이 들어와 뿌듯하게 가득 채울 때 머릿속이 아찔했다. 단지 육체적 쾌락이 전부라고는 할 수 없는 충만함이었다. 오싹한 소름이 온몸을 내달렸다.

제 아래에서 흐드러진 여자를 바라보며 카세르의 눈빛에 괴괴한 빛이 돌았다. 그는 그녀의 두 다리를 쥐어 자신의 어깨로 올렸다. 흠칫 놀라 바라보는 그녀와 눈이 마주쳤다. 그대로 깊이 쑤셔 박아 넣었다.

"아!"

미간을 찡그리는 그녀의 표정을 보자 묘한 가학심이 치밀었다. 이 세상에서 가장 귀한 보물처럼 아껴 주고 싶다가도 그녀를 모조리 삼켜 버리고 싶은 충동이 종종 치밀곤 했다. 그녀를 안고 있으면서도 갈증이 났다.

만약 그녀가 자신과 함께 왕국으로 가지 않고 성도에 남겠다고 했다면 자신이 과연 혼자 돌아갈 수 있었을지 모르겠다.

그녀를 잠시도 곁에서 떨어뜨릴 자신이 없었다. 그녀 없이 혼자였던 과거의 자신이 어떻게 살았는지 기억나지 않았다.

"아! 카세르, 좀 천천……. 아!"

그가 거칠게 치받을 때마다 유진은 속으로 '이 거짓말쟁이!'라고 소리쳤다. 하지만 그녀는 내일이라도 그 거짓말에 또 넘어갈 자신의 미래를 예측했다.

단단한 끝이 안쪽을 찌를 때마다 눈이 시큰했다. 거듭된 자극을 받은 그녀의 몸은 착실하게 고지를 향해 올라갔다. 힘들면서도 점점 가까워지는 정점을 기대하며 저절로 허리가 떨렸다.

"으응!"

쾌락의 파도가 해일처럼 밀려왔다. 그녀는 정수리에 벼락을 맞은 듯 충격 같은 쾌감에 허우적댔다. 허리가 공중에 떠오르고 흐느끼는 신음이 목에서 흘러나왔다.

카세르는 이를 악물고 움직임을 멈추었다. 조여드는 질벽이 경련하면서 그의 것을 물고 비틀었다. 그는 인내심을 끌어모아 그녀의 절정이 가라앉기를 기다렸다.

그녀의 몸이 늘어지는 느낌이 들자 그는 허리를 물렸다. 그리고 그녀의 몸을 잡아 그대로 뒤집었다.

통통한 그녀의 엉덩이를 잡아 벌리며 그는 뒤에서 밀고 들어갔다. 방금까지 그를 삼켰던 질벽이 부드럽게 그를 빨아들이듯 삼켰다.

"으읏……."

유진이 두 손으로 시트를 거머쥐었다. 뒤에서 그가 퍽퍽 밀고 들어올 때마다 엎드린 그녀의 얼굴이 시트에 밀려났다. 그녀는 숨을 헐떡이며 칭얼거리는 신음을 흘렸다. 나름대로 항의의 표현이었다.

깊이 그녀의 안으로 파고든 그의 몸이 멈칫했다. 유진은 나직한 그의 신음 소리를 들었다. 곧 안쪽에 질척이는 사내의 정이 잔뜩 쏟아져 들어오는 느낌이 들었다. 긴장이 완전히 풀린 유진은 온몸에서 힘이 빠졌다.

손가락 하나 까딱할 수가 없었다. 그녀는 완전히 늘어진 채 자신의 몸을 바로 눕혀 주는 그의 손길을 느꼈다. 자신의 몸을 어루만지는 조심스러운 손길과 얼굴 여기저기에 살짝 닿는 입술을 희미하게 느끼며 까무룩 잠이 들었다.

유진이 다시 눈을 떴을 때는 늦은 아침이었다. 그녀는 시간을 확인한 후 시녀를 부르면서 한숨을 내쉬었다. 푹 자서 그런지 기분은 개운했다.

그래도 속으로 투덜거렸다. 매일 같이 자는데도 항상 짐승처럼 달려드는 남편 때문에 그녀는 종종 의도치 않은 늦잠을 잤다.

그녀가 간단한 아침 식사까지 마친 후에 시녀가 고했다.

"왕비님. 전하께서 왕비님께서 일어나시면 집무실로 모시라고 하셨습니다."

"그 말을 왜 이제 하느냐?"

시녀가 당황하며 대답했다.

"전하께서…… 왕비님께서 아침을 드신 후에 고하라고 하시어……."

유진이 픽 웃었다.

"알았다."

병 주고 약 준다니까. 유진은 도저히 미워할 수 없는 그의 얼굴을 떠올리며 혼자 웃었다. 그녀는 곧바로 집무실에 갔다. 시종이 꾸벅 고개를 숙이며 문을 열었다.

그녀는 평소처럼 성큼 안으로 들어가다가 멈칫했다. 소파에 카세르 외에 한 사람이 더 앉아 있었다. 엘버를 구출하러 보낸 전사의 얼굴을 확인하고 유진이 먼저 사방을 둘러보았다. 하지만 집무실에 다른 사람은 없었다.

그녀는 카세르의 옆에 앉으며 물었다.

"어르신은요?"

카세르가 말없이 고개만 저었다. 유진의 표정이 흐려졌다.

"당신에게만 할 수 있는 말이 있다더군. 어르신의 전언을 가져온 모양이야."

유진이 전사에게 고개를 돌렸다. 눈이 마주친 전사가 꾸벅 고개를 숙였다.

"어르신께서 내게 남긴 말씀이 있다고요?"

"예, 왕비님. 그분은 저와 함께 갈 수 없다고 하셨습니다. 그리고 말씀하시기를, 엘버의 말을 전한다……."

전사가 갑자기 말을 멈추었다. 그의 눈빛이 흐릿하게 풀리고 자세는 오히려 꼿꼿해졌다.

두 손을 자신의 다리 위에 올리고 허리를 쭉 편 채 전사가 허공을 응시하며 말하기 시작했다.

「진. 나는 갈 수 없어요. 그대에게는 자세한 설명을 하지 않았지만, 날 묶은 주술에서 벗어날 방법이 전혀 없어요. 그러니 나는 개의치 말고 그대의 마음이 가는 대로 해요.

그대가 어떤 선택을 하든지 나는 관여하지 않을 거예요. 다만, 하나만 부탁할게요. 이 세상의 혼란이 길어지지 않도록 모든 노력을 다해 줘요.

그리고 그날 깜빡하고 말하지 않은 게 있어요. 그대가 말하는 소설은 소설이 아니라 가능성이에요. 그대는 미래의 조각을 읽은 거예요. 그대는 내 피를 이어받은, 고대 일족의 후손이니까요. 과거 어느 지점에서 비틀렸고 그래서 비껴가 버렸지만, 그대가 본 대로 실현되었을 수도 있는 미래랍니다.」

전사의 목소리이지만, 엘버의 말투였다. 유진의 귀에는 엘버가 자신의 앞에서 말하는 것처럼 들렸다. 어느새 그녀의 눈에 맺힌 눈물이 볼을 타고 흘러내렸다.

「긴말은 전할 수 없어서 아쉽군요. 이 말을 전하는 자는 아무것도 기억하지 못할 테니까 비밀 유지는 걱정하지 않아도 돼요.

진. 고마워요. 레사의 아이. 그리고 나의 아이. 그대를 만날 수 있어서 얼마나 행복한지 모릅니다.

레사에게 했던 말을 그대에게도 할게요. 그대 자신을 위해 살아요.」

유진은 북받치는 울음을 참지 못하고 카세르의 어깨에 고개를 묻었다. 잠시 후 다시 눈빛이 또렷해진 전사는 갑자기 가라앉은 분위기를 느끼고 당황했다.

카세르는 한 손으로 그녀를 감싸 안으며 전사에게 말했다.

"수고했다. 그만 가 봐도 좋다. 자네는 훌륭히 임무를 완수했다."

전사가 꾸벅 고개를 숙였다.

"자네가 보고 들은 것은 모두 명왕께 전해도 좋다. 내 아내가 말한 지혜로운 어르신이 그분이었다는 말도 전하고 명왕께서 관심 있다면 일간 뵙자고 말씀 올려라."

"예, 사왕 전하. 물러가겠습니다."

카세르는 착잡한 표정으로 흐느끼는 그녀의 등을 두드렸다. 엘버가 어떤 삶을 살았는지 유진한테 들었다. 그분이 가여우면서 동시에 신의 대리자 탈을 쓴 괴물에게 분노가 치밀었다.

그는 사실 갈등하고 있었다. 성도에서 무슨 일이 벌어지거나 말거나 관여하고 싶지 않았다. 하지만 저 괴물을 이대로 두어서는 안 되겠다는 확고한 결심이 섰다.

## 8. 탈출

　아르스 저택의 연회는 총 닷새에 걸쳐 열릴 예정이었다. 대부분 연회가 사흘을 넘기는 경우가 거의 없으므로 이번 연회는 무척 규모가 컸다.

　최근 수십 년 동안 성도에서 이만큼 화제에 오른 연회가 없었다.

　연회 전날, 유진은 혼자 먼저 아르스 저택으로 갔다. 다나는 저녁에 갑자기 찾아온 딸을 반갑게 맞이했다.

　"진. 연락도 없이 이 시간에 어쩐 일이니? 내일부터 연회에 참석하려면 오늘 푹 자 둬야지."

　"오늘 밤에는 여기서 자려고요."

　"너 혼자?"

　"네. 그 사람은 내일 올 거예요. 괜찮죠?"

　"그럼. 여기도 네 집이야."

"······드릴 말씀도 있고요."

잠시 머뭇거리는 유진의 태도에서 다나는 심상치 않은 기색을 느꼈다. 그녀는 능숙하게 표정을 관리하며 화제를 전환했다.

"마침 다들 집에 있으니 모여서 차 한잔 마시자꾸나."

모처럼 가주 부부와 그들의 세 아이가 모여 앉아 내일 열릴 연회에 관해 담소를 나누었다.

"준비하시느라 어머니가 고생이 많으셨습니다."

에녹이 말하자 다나가 유진을 바라보며 말했다.

"고생은 무슨. 진이 많이 도와줘서 수월했어. 이렇게 바삐 움직인 게 얼마 만인지 모르겠다. 그래서 재미있더구나."

유진의 표정이 흐려졌다. 이 연회 준비에 어머니가 얼마나 공을 들였는지 곁에서 지켜보았다.

더구나 이 연회의 실질적인 주인공은 자신이었다. 그러니 주인공이 중간에 빠져 버리면 연회의 흥이 깨져 버릴 것이다.

자신은 떠나면 그만이지만, 남은 사람들이 뒷수습을 해야 한다. 겨우 만난 부모님께 효도는커녕 짐만 안겨드리게 되었으니 면목이 없었다.

다나는 아까부터 계속 유진의 표정을 살피고 있었다. 그래서 대화하는 도중에도 자꾸 유진이 딴생각한다는 느낌을 받았다.

"오늘은 일찍 들어가 쉬자. 내일을 준비해야지."

두 아들이 먼저 일어나서 자신들의 방으로 가고 다나는 유진에게 슬쩍 물었다.

"무슨 일이니?"

유진은 다나와 패트릭을 번갈아 보며 말했다.

"어머니, 아버지. 두 분이 함께 들어 주세요."

그들은 다나의 침실에 딸린 응접실로 자리를 옮겼다.

"천신제 발표를 들으셨을 거예요. 제가 중요한 역할을 맡게 되었지요."

"그래."

안 그래도 다나는 이번 연회가 끝나고 그 일에 관해 물어보려 했다.

"저는 그 천신제에 참석할 생각이 없어요. 그래서 엄마. 전 연회 사흘째 되는 날 성도를 떠나려고 해요. 누구도 모르게 조용히 빠져나가는 게 목적이니까 제대로 된 작별 인사를 드리지 못할 수도 있어요."

"대체 이게 무슨 소리야? 네가 왜 그런 식으로 도망치듯 성도를 떠난다는 거니?"

"상제 성하 모르게 떠나야 하니까요."

다나와 패트릭이 말문이 막히는 표정으로 딸을 바라보았다. 전혀 생각지도 못한 말이었다.

유진은 부모님께 어디까지 말해도 되는지 고민이 많았다. 그녀가 아는 모든 이야기는 무척 방대할 뿐만 아니라 이 세상에서 나고 자란 부모님께는 무척 충격적인 진실이었다. 두 분이 이해하고 받아들이기까지 시간이 필요할 텐데 그럴 시간이 없었다.

그렇다고 아예 침묵할 수도 없었다. 그래서 유진은 카세르와 머리를 맞대고 그럴듯한 이야기 하나를 만들었다.

전부 진실은 아니지만, 그렇다고 거짓도 아니며 놀라운 진실이지만, 지나치게 파격적이지는 않아서 받아들일 만한 그런 이야기.

"천신제 날짜는 건기가 끝날 때쯤이지요. 천신제에 참석하면 저는 왕국으로 돌아갈 수 없어요. 성하께서 그 천신제에 절 참가시킨 이유는 저를 왕국으로 돌아가지 못하게 할 목적이 있어서예요."

"성하께서 너를 붙잡아 두려 하신다고? 성하를 뵈러 성도궁에 여러 번 다녀오지 않았니? 그런 말씀을 하시던?"

"더 예전의 일부터 말씀드릴게요. 가짜가 상제와 거래한 게 있어요."

유진은 가짜와 사왕의 결혼은 처음부터 거짓이었다는 사실, 가짜와 상제의 거래, 가짜가 라미타를 얻으려 사왕과 결혼했고 상제도 알고 있었다는 것, 가짜는 유진의 진짜 영혼을 이 세계에 불러내 묶어 놓고 라미타만 빼앗으려 했다는 계략 등을 설명했다.

엘버를 꿈에서 만난 사실은 숨기고 일부 기억을 되찾으면서 알게 되었다고 말했다.

"그 악독한 것이 별짓을 다 했구나. 끔찍하기도 해라."

다나가 가짜에 대한 분노를 터뜨리며 목소리를 높였다.

"사제라니. 네가 왜 사제가 돼?"

패트릭이 말했다.

"진. 사제가 되는 건 본인 의사라고 알고 있다. 네가 성하께 마음이 바뀌었다고 말씀드리면 안 되겠니?"

"지난번에 성도궁에 갔을 때 성하께서 말씀하셨어요. 우리는 거래를 했으니 받은 만큼 줘야 할 거라고요."

다나와 패트릭은 다시 놀란 표정을 지었다. 상제가 그런 세속적인 발언을 했다는 사실이 믿기지 않는다는 눈치였다.

"상제는 절대 그 거래를 없었던 일로 하지 않을 거예요. 제가 강한 라미타를 갖고 있으니까요."

유진은 부모님을 번갈아 보며 심각한 표정으로 말했다.

"이제부터 제가 중요한 말씀을 드릴 거예요. 두 분이 아시다시피 전 영혼이 바뀌어 다른 세상에서 오랫동안 살았어요. 그래서 이곳에 다시 돌아온 후 제 눈에는 아주 이상해 보이는 것들을 발견했어요. 아마 이 세상에서 사는 사람들은 당연한 줄 알아서 의심조차 하지 않는 그런 것들이요."

눈을 감고 미동 없이 앉아 있던 엘버가 고개를 들었다.

'오늘이 길일이구나.'

증폭을 힘을 타고났으나 워낙 오래 살았기 때문일까. 엘버는 가끔 주술의 힘을 빌리지 않아도 미래를 볼 수 있었다. 예언자라고 할 정도는 아니고 미약한 직감에 불과했지만, 길흉 정도는 알 수 있었다.

괴물이 언제 주술을 시작할 거냐고 닦달을 해도 엘버는 주술을 발동하는 날을 선택하는 것만큼은 꼭 자신의 고집대로 했다. 기다리다 보면 불현듯 '이날이구나.' 하고 느껴지는 순간이 있었다.

이십여 년 전, 주술을 발동한 날도 그랬다. 그래서 그때 본 미래를 어린 진이 읽었으니 그날의 직감이 틀리지 않았다.

'이번이 내가 보는 마지막 미래가 될 수 있기를.'

엘버가 손바닥을 바닥에 붙였다. 잠시 후 술식에서 뿜어져 나오던 은은한 빛이 강렬한 빛을 내뿜기 시작했다.

그 시각, 기도실에서 플로라를 맞이해 막 인사를 나누던 상제가 미간을 살짝 찡그렸다. 엘버가 부르는 신호를 받았다. 엘버가 먼저 부를 때는 오직 미래를 보는 주술을 발동할 때뿐이었다.

"성도궁에 자주 왔는데도 지적에 계신 성하께 인사는 자주 드리지 못했습니다. 송구합니다. 성하."

－그대의 존재를 내가 느끼는데 형식적인 인사가 무슨 필요겠습니까. 아니카 플로라. 서고에서 그대가 원하는 것을 찾았습니까?

그동안 플로라는 매일 성도궁으로 와서 거의 서고에서 내내 살다시피 했다. 서고를 지키는 사제의 말로는 플로라가 신술의 고서 구역에서 벗어나지 않았다고 했다.

플로라는 어두운 표정으로 대답했다.

"성하. 제 능력이 부족하여 서고의 책을 온전히 이해할 수 없었습니다."

상제가 고개를 끄덕였다. 당연한 말이다. 주술은 고작 한두 달 정도 책을 들이판다고 익힐 수 있는 지식이 아니다.

'아니카 진은 상당히 빨리 익힌 편이었지.'

그 당시 진의 필사적인 집착과 탐욕을 짐작하지 못하는 상제는 그저 아니카 진이 제법 머리가 좋은 편이라고만 생각했다.

원래 고대 일족의 주술은 교재 없이 사람 대 사람으로만 가르쳤다. 엘버의 일족이 보관하는 고서들은 문외한이 봐서는 절대 이해할 수 없는 내용이었다.

하지만 상제는 자신을 대신해서 주술을 발동할 인간이 필요했다. 그러나 인간은 수명이 짧다. 기껏 주술을 익혀 놓고 죽으면 끝이다. 그래서 오랜 세월에 걸쳐 주술을 익히는 시간을 단축할 방법을 찾아냈다.

서고에는 특별한 책들이 있었다. 일종의 입문서이며 속성법이기도 했다. 그 교재들을 익히면 몇 년 정도면 주술의 원리를 이해하고 주술을 발동할 수도 있다.

하지만 그런 속성법에는 부작용이 많았다. 주술의 반작용을 제대로 설명해 두지 않았다.

실제로 성소에서는 종종 사제가 죽거나 불구가 되는 사고가 발생했다.

고대 일족들이 주술을 어렵게 가르치고 배운 이유는 주술의 위험성을 철저히 숙지하게 하려는 뜻이었지만, 상제는 그런 건 신경 쓰지 않았다.

"성하. 성소에서는 신술을 배운다고 들었습니다. 부디 제게 성소의 출입을 허락해 주시옵소서."

─ 아니카 플로라. 내가 아무리 그대를 아낀다고 해도 원칙은 원칙입니다. 성소에는 오직 사제만이 발을 들일 수 있습니다.

플로라는 결연한 결심을 한 표정으로 말했다.

"그렇다면 성하. 저는 사제가 되겠습니다."

서고에서 읽은 책 내용 전부를 이해하지는 못했지만, 플로라는 신술이 무척 진귀한 힘이라고 어렴풋이 느꼈다. 진이 이 신술 덕분에 라미타가 늘어났다는 게 충분히 가능성 있다고 생각했다.

─ 그대가 사제가 되겠다고요?

"예, 성하."

상제의 입술 끝이 미세하게 올라갔다가 내려왔다. 진에 대한 플로라의 시기와 질투와 이 정도였나? 상제는 인간의 어두운 감정이 좋았다.

─ 그대와 아니카 진은 역시 사이가 좋군요. 두 사람 모두 사제가 되겠다고 하다니.

"진…… 도 사제가 된다고 했습니까?"

플로라가 두 손을 주먹 쥐었다. 이런 것조차 진에게 밀렸다는 생각이 들어 약이 올랐다.

─하지만 아니카 진은 시간을 달라고 했습니다. 아직은 좀 더 세상의 즐거움을 누리고 싶다더군요.

"성하. 저는 내일, 오늘 당장이라도 성소에 들어가고 싶습니다."

─성급한 결정은 내리지 마세요.

"성하. 저는 충분히 생각하고 드리는 말씀입니다."

─며칠 정도는 더 생각해 봐도 됩니다. 그러고 보니 오늘은 아르스 가문에서 성대하게 연회를 연다는 날 아닌가요? 아니카 플로라. 오늘 그 자리에 참석해서 그대가 정말 속세의 즐거움을 버리고 사제가 될 수 있을지 자신의 마음을 다시 한 번 확인해 보세요.

"하오나 성하. 저는……."

─참석하세요. 권유이지만, 명령이기도 합니다. 그대의 진심을 증명하세요.

사제가 되겠다는 플로라의 결심이 진에 대한 어두운 감정에서 비롯된 것이라면 그 감정을 더 자극해 주면 결심이 더 단단해질 것이다. 그런 계산으로 플로라에게 참석을 권했다.
상제는 오늘 연회가 어떤 자리인지 대충 들어 알고 있었다. 아니카 진은 오늘 연회의 주인공으로서 가장 높은 곳에서 빛나고 있을 것이다. 그 모습을 보는 플로라의 박탈감은 어떻겠는가.

플로라가 물러간 후 상제는 사제를 불러서 부를 때까지는 누구도 기도실에 얼씬하지 말라고 지시했다. 기도실에 혼자 남은 상제의 모습이 흐릿해지면서 사라졌다.

＊　　＊　　＊

아침 일찍부터 아르스 저택의 모든 사람이 바쁘게 움직였다. 연회 첫날은 늦은 오후부터 시작하므로 손님들은 그보다 일찍 도착할 것이다.

연회의 본격적인 시작 전까지 손님들이 삼삼오오 모여 앉아서 담소를 나눌 때 대접할 차와 간식 준비만으로도 이미 주방은 정신없었다.

모녀가 느지막한 아침 식사를 막 끝마쳤을 때 사용인이 재봉사와 미용사들이 도착했다고 알렸다. 유진은 '빨리도 왔네.'라고 생각했지만, 다나는 곧바로 유진에게 '이제 슬슬 준비해야겠구나.'라고 말했다.

"벌써요?"

"벌써라니. 오늘 연회 시작은 저녁이 아니잖니. 서둘러야지."

'아직 아침인데요?'

굳이 어머니 말에 반박할 필요는 없어서 속으로만 중얼거렸다. 하지만 곧 유진은 서둘러야 한다는 말뜻을 알게 되었다.

잠시 후 그녀는 사람들에 둘러싸여 본격적인 단장을 시작했다. 미용사들은 유진의 손발톱을 매끄럽게 다듬고 광택을 내는 작업부터 시작했다. 대단히 섬세하고 조심스러운 그 과정은 꼬박 한 시간이 넘게 걸렸다. 이 속도로는 언제 화장하고 머리하고 드레스 착용까지 마칠지 까마득했다.

생각해 보니까 그녀가 왕성에서 몇 개월 지내는 동안 귀부인들을 불러 차를 마시는 자리 정도만 있었을 뿐 다수의 사람이 한꺼번에 모이는 자리에는 참석한 적이 없었다. 그래서 이런 긴 과정이 있는 줄은 몰랐다.

유진은 곁에서 잔심부름하느라 왔다 갔다 하는 소녀에게 시각을 물었다.

"정오가 거의 다 되었습니다. 아니카 님."

'이럴 줄 알았으면 더 늦게 오라고 할걸.'

어제 유진은 카세르에게 정오쯤 오라고 말했다. 그가 정오에 오면 함께 점심을 먹고 차도 마시면서 마지막으로 느긋한 시간을 보낼 수 있을 줄 알았는데 완전히 잘못 생각했다.

그리고 카세르는 유진과 약속한 시각을 정확히 지켰다. 정오가 막 넘어갈 무렵, 왕가의 마차가 아르스 저택으로 들어왔다. 저택으로 올라가는 계단 앞에 마차가 멈추어 서고 대기하고 있던 저택의 사용인들이 마차 문을 열었다.

마차에서 내려와 무심코 시선을 든 카세르는 계단 위에 서 있는 패트릭을 발견했다. 생각지 못한 사람이 마중을 나와 있었다. 그는 걸음을 서둘러 위로 올라가 고개를 숙였다.

"그간 평안하셨습니까."

"모녀가 지금 아주 바빠서 내가 대신 나왔습니다. 지금 집안 분위기가 번잡스러우니 내 서재에 가서 차 한잔합시다."

"예, 회주님."

카세르는 중요하게 할 말이 있다는 패트릭의 속뜻을 알아들었다.

두 남자가 복도를 따라 걷는 중에 지나치던 사용인들이 걸음을 멈추고 고개를 숙였다. 잠시 후 고개를 드는 사용인들이 두 사람의 뒷모습을 보며 목소리를 낮추어 떠들었다.

"두 분이 아주 헌칠하시구먼. 그런데 우리 회주님, 왕 곁에 나란히 가시는데도 왜소한 느낌이 없네. 내가 저 옆에 있으면 난쟁이 같을 텐데."

"회주님도 그렇고 두 분 도련님도 그렇고 풍채와 인물 좋으시다는 거 성도에서 모르는 사람 있나. 아서 도련님을 사위 삼으려고 눈치작전이 대단하다잖아. 오늘 연회에 그 목적으로 오는 사람도 많다던 걸."

"하긴. 이 댁에서 이제 아서 도련님만 남았지."

함께 걸어가는 장인과 사위를 목격한 저택의 사용인들은 다들 비슷비슷한 말을 수군거렸다. 왕의 외모를 품평한다는 자체가 카세르가 저택에 처음 방문했을 때와 비교하면 대단한 변화였다.

그날 사용인들은 바닥에서 시선을 못 뗄 정도로 긴장했다. 원래 성도 민들은 왕을 막연히 두려워했다. 왕의 심기를 거슬렀다가 죽은 사람이 한둘이 아니라는 근거 없는 괴소문을 진실이라고 믿었다.

그런데 사왕이 자주 아르스 저택에 방문하면서 그를 볼 기회가 많아졌다. 그의 성품이 아르스 저택의 주인들만큼이나 점잖다는 사실을 알게 되자 사용인들은 편견을 버렸다.

패트릭은 서재로 카세르를 데리고 들어가서 소파에 마주 앉자마자 본론을 꺼냈다.

"진한테 이야기를 들었습니다. 딸의 말을 믿지 못하는 건 아니지만…… 허, 이거 참."

패트릭은 말을 잇지 못하고 한숨을 내쉬었다. 그는 지금의 상제가 신성력을 이미 오래전에 잃었고, 자격이 없으면서도 신의 대리인 노릇을 하고 있으며, 부족한 신성력을 대신해서 아니카의 라미타를 갈취하여 눈속임하고 있다는 어두운 진실을 딸한테 듣고 밤새 거의 잠을 이루지 못했다.

"성도를 떠나야 하는 이유는 알겠어요. 성도가 진에게 위험한 곳이라면 더 이곳에 머물게 할 수는 없지요. 내가 걱정하는 건, 그 아이가 성도를 떠나는 것으로 모든 문제가 해결되지 않을 것 같아 그럽니다. 진은 자신의 라미타가 강한 편이라고 하더군요."

"예. 상제는 모든 수단을 써서 그 사람을 다시 성도로 부르려 할 겁니다. 그 수단에, 아르스 가문이 이용될지도 모릅니다."

패트릭이 인상을 찌푸렸다.

"우리 집안이 그렇게 만만하지 않으니 그건 걱정하지 않아도 됩니다. 하지만 사왕. 상제와 척을 지면 왕국이 고립될 수도 있습니다."

카세르는 살짝 눈을 크게 떴다. 그는 되레 자신을 걱정하는 말을 들을 줄은 몰랐다.

"염려하실 일은 없을 겁니다."

"나는 고작 상회를 운영할 뿐인데도 책임이란 얼마나 무거운가를 종종 느끼곤 합니다. 한데 나라와 백성을 지켜야 하는 왕의 책임감은 감히 짐작도 못 하겠습니다. 왕에게 왕국과 비견할 가치는 없겠지요. 하지만 사왕. 나는 한 아이의 아버지로서 이기적인 부탁을 하려 합니다. 어떤 경우에도 내 딸을 지키겠다고 약속해 주겠습니까?"

카세르의 눈빛이 흔들렸다. 그는 왕국과 백성을 자신의 모든 것이라고 생각하며 살았던 적이 있었다. 불과 몇 개월 전만 해도 그랬다.

사람의 가치관이 이렇게 바뀔 수도 있는 것일까. 그는 길게 고민하지도 않았다. 유진을 지키기 위해서라면 무엇을 걸어도 아깝지 않았다. 그녀가 없는 세상은 아무런 의미가 없었다.

"약속드리겠습니다."

카세르와 눈을 마주친 채 잠시 말이 없던 패트릭이 풀어진 표정으로 고개를 끄덕였다. 구구절절 긴 말은 없으나 사위의 눈빛에서 진심을 보았다.

"그리고 혹시 진이 제 엄마를 걱정하거든 전해 주세요. 내 여자는 내가 지킬 테니까 안심하라고."

"예, 회주님."

카세르는 묘한 충격을 받았다. 자신이 유진을 바라보듯 패트릭도 다나를 바라본다는 사실이 당연한 일인데도 신기했다.

그는 부모님의 모습을 통해서는 제대로 된 부부가 무엇인지 배우지 못했다. 그런데 비로소 지향할 모습을 발견했다. 세월이 더 지나고 나이가 들었을 때 그들을 닮은 모습으로 살고 싶다고 생각했다.


드디어 드레스까지 모두 입었을 때 유진은 이미 긴 연회를 끝낸 기분이 들었다. 유진보다 조금 더 빨리 준비를 마친 다나가 와서 훈수를 두며 참견하는 바람에 시간이 더 걸렸다.

"어쩜. 장담하건대 오늘 연회에서 가장 아름다우실 거예요. 어쩌면 이렇게 가주님을 닮으셨을까요."

다나가 자신과 딸을 동시에 칭찬하는 마담 자네트의 아부를 들으며 흐뭇하게 웃었다. 거울을 통해 나란히 함께 서 있는 모녀의 모습이 다나의 눈으로 보기에도 흠잡을 데가 없어서 더 기분이 좋았다.

사용인이 두 사람 곁으로 다가와 말했다.

"사왕 전하를 모셔왔습니다. 기다리고 계십니다."

유진이 무슨 소리냐는 듯 의아한 표정을 짓자, 다나가 말했다.

"허전한 목에 마무리를 해야지. 목걸이는 네 남편이 가져오기로 했다면서."

'안으로 모셔라.'라는 다나의 지시를 받고 여자가 문으로 향했다. 유진은 괜히 심장이 뛰었다. 그리고 잠시 후 걸어 들어오는 남자를 보며 그녀는 숨을 멈추었다.

오늘처럼 화려하게 성장한 모습의 그를 처음 보았다. 평소와 다른 스타일로 머리를 단정히 넘긴 모습도 낯설었다. 매일 보는 남편이 오늘따라 더 근사하고 완벽해 보여서 그녀는 첫사랑에 빠진 소녀처럼 설레었다.

카세르는 안으로 몇 걸음 들어오다 말고 걸음을 멈추었다. 그가 미동 없이 유진을 바라보는 시간이 길어지면서 유진의 근처에 서 있던 사람들이 실실 웃으며 슬그머니 자리를 피했다.

자네트의 웃음 섞인 목소리가 끼어들었다.

"사왕 전하께서 눈을 떼지 못하시겠나 봅니다."

여기저기서 숨죽인 웃음소리가 흘러나왔다. 유진이 민망해하는 표정으로 시선을 돌렸다.

카세르가 유진에게 다가가며 뒤쪽으로 손짓하자 따라 들어온 시종이 얼른 들고 있던 보석함을 들고 뒤따랐다. 그는 유진의 등 뒤로 돌아가서 시종이 여는 보석함 안으로 손을 넣었다.

시종이 들고 있던 나무함은 제법 컸다. 그 안에는 목과 어깨를 조각한 흉상이 들어 있었다. 그 흉상의 위에 걸린 목걸이는 카세르가 이전에 의상실을 방문했을 때 따로 구매했던 '부티크의 보물'이라고 불리는 물건이었다.

목을 덮는 베일처럼 다이아몬드가 촘촘한 목걸이가 보석함 속에서 모습을 드러내자 사람들의 눈이 휘둥그레졌다. 비명 같은 탄성 소리를 삼키느라 몇몇은 두 손으로 입을 막았다.

카세르가 목걸이를 유진의 목에 걸었다. 그녀의 목을 완전히 감싸는 다이아몬드 목걸이를 황홀하게 바라보던 자네트가 다나에게 속삭였다.

"두 분 사이가 참으로 다정하시네요. 사랑은 감추지 못한다는 말이 있지요. 저 두 분을 보면 그 말이 정말 진리라는 생각이 들어요, 가주님."

다나가 미소 지으며 고개를 끄덕였다. 저렇게 함께 있는 모습을 한눈에 담으니 정말 잘 어울렸다. 어제 딸한테 들은 이야기 때문에 그녀의 마음 안쪽에 근심이 계속 무겁게 자리를 잡고 있지만, 저 두 사람이라면 어떤 어려움도 뛰어넘을 것 같았다.

'저리 좋아하는 둘은 떼어 놓으려 하다니.'

다나의 마음속에서 상제에 대한 반감은 점점 적대감으로 바뀌었다. 겨우 되찾은 딸을 위협한다면 신이라고 해도 맞설 것이다.

사실 그녀는 이십 년 전 딸을 잃어버렸을 때부터 상제에 대한 믿음을 거의 잃었다. 신의 대리인이 왜 영혼이 뒤바뀐 딸을 알아보지 못하는지 이해할 수 없었다. 그래서 상제가 신의 대리인 자격을 이미 오래전에 잃었다는 딸의 말을 듣고 오히려 '그러면 그렇지.'라는 생각이 들었다.

다나는 옆에서 자네트가 '어머.'라고 중얼거리는 소리를 듣고 딸 부부를 보며 피식 웃었다. 사왕이 한쪽 팔로 유진의 허리를 안은 상태로 두 사람은 거의 얼굴이 닿을 정도로 바짝 가깝게 서서 뭔가 이야기를 하다가 마주 웃었다. 주변에 누가 있다는 사실을 전혀 의식하지 않는 모습이었다.

다나는 사람들에게 손짓하여 모두 내보냈다. 두 사람만의 세계에 푹 빠져 있는 부부만 남겨 두고 모두 조용히 방을 나갔다.

\* \* \*

이른 오후부터 마차들이 줄지어 아르스 저택에 들어오기 시작했다. 예정된 연회의 시작 시각에 가까워질수록 저택의 넓은 홀은 발 디딜 틈 없이 사람들로 가득 찼다.

오늘 참석한 사람들 모두가 오늘이 오기를 손꼽아 기다렸으면서 막상 홀을 가득 채운 사람들을 구경하며 신기해했다.

"세상에. 난 이렇게 많은 아니카들은 처음 봤어요."

"아니카들이 전부 온 건 아닐까요?"

사람들 속에 군데군데 섞인 흑발의 여인들이 고개만 돌리면 보였다. 눈에 띄는 머리카락은 흑발뿐만이 아니었다.

"저분은 명왕 전하?"

"저쪽에는 암왕도 계시네요."

"아, 지금 막 들어오시는 분은 염왕 아니신가요?"

왕이 사교 파티에 참석하는 일은 거의 없었다. 그나마 편왕 정도만 건기에 성도에 올 때마다 한두 번은 규모 큰 사교 모임에 모습을 드러내는 정도일까.

염왕 라이너는 홀을 가득 채운 사람들을 보며 낮게 휘파람을 불었다. 퍽 경망스러운 태도였으나 주변의 그 누구도 눈살 한 번 찌푸리지 않았다. 그가 걸어가는 대로 물살이 갈라지듯이 생겨나는 길을 따라 라이너는 거침없이 안으로 걸어 들어갔다.

딱히 성도에서 사고를 일으킨 적은 없지만, 염왕은 라크 사냥에 미쳐서 밤낮으로 괴물만 쫓아다닌다는 소문이 퍼져 있었다. 한 가지에 지나치게 골몰하는 자는 대개 어딘가 어긋나 있다. 그러니 사람들은 예측이 어려운 라이너와 얽히면 틀림없이 골치 아플 거라고 어림짐작했다.

사람들이 자신을 꺼리는 기색인데도 라이너는 전혀 개의치 않았다. 애초에 어울릴 생각도 없었다.

라이너가 분류하는 인간은 딱 두 부류였다. 자신과 나란히 시선을 맞출 수 있는 자와 아래에 있는 자. 그의 기준에 대부분 인간은 아래에 있었다.

그는 원래 오늘 연회에 참석할 생각이 없었다. 지난번에 초대장을 달라며 불쑥 찾아간 건 그냥 핑계였다. 그런데 그날 배달을 부탁받은 물건 때문에 흥미가 생겼다.

'성문을 지키며 짐 수색하는 게 아무래도 그 물건 때문 같단 말이지.'

성도에서 나가는 자에 대한 짐을 뒤지는 검문이 지금도 계속되고 있었다. 이제 건기가 한 달 반 정도 남았으니 멀리 이동하는 자들은 슬슬 성도에서 떠날 때가 되었다. 그런데 짐 수색 때문에 발이 묶인 자들이 한둘이 아니라서 불만의 목소리가 나날이 커졌다. 본래 그런 일에 관심이 없는 라이너의 귀에 들려올 정도로.

그는 상제가 눈에 불을 켜고 찾는 그 물건의 정체보다도 사왕과 아니카 진이 상제에게 반하는 일을 꾸민다는 것이 더 흥미로웠다.

더구나 오늘 연회에 와 보니 아무래도 심상치 않은 일이 벌어질 것 같다는 예감이 들었다.

'왕들을 다 불러 모아 놨잖아.'

라크 사냥보다 더 재미있는 일일 것 같아서 그는 라크 사냥을 앞둔 것보다 더 흥분되었다.

라이너는 주변을 둘러보고는 중년의 아니카와 함께 있는 명왕에게 다가갔다. 명왕과는 오늘 초면인데도 라이너는 마치 아는 사이인 것처럼 그를 불렀다.

"이보게, 명왕."

니콜라스는 어머니와 대화하다가 고개를 돌렸다. 그는 다짜고짜 자신을 부르는 붉은 머리카락의 사내를 황당하다는 표정으로 바라보았다.

"……염왕."

"연회 주인이 나타날 때까지 카드 한 판 돌리지 않겠나?"

라이너가 손가락으로 가리키는 방향에는 암왕이 테이블에 앉아 이미 카드놀이를 하고 있었다.

니콜라스는 눈살을 찌푸렸다. 예전이라면 아예 대꾸도 하지 않고 무시하거나 염왕의 무례함을 트집 잡아 한마디 했을 것이다. 그런데 그는 불과 며칠 사이에 눈에 띄게 차도를 보이는 어머니를 연회에 모시고 와서 무척 마음이 너그러운 상태였다. 더구나 어머니가 옆에 계시니 분위기가 험악해지지 않도록 말을 받았다.

"어머니를 모시고 와서 곤란하오."

"나는 괜찮습니다. 늙은 어미 곁에 붙어 있지 말고 가서 어울리세요. 명왕."

"괜찮다고 하시지 않나. 가서 내기 카드 한 판 두자니까."

니콜라스는 뻔뻔한 라이너를 어이없다는 표정으로 보았다.

"왜 내기 카드인가?"

"궁금한 게 있는데 그냥 물어보면 말을 안 해 줄 것 같아서."

"본인이 이길 것처럼 말하는군."

라이너가 어깨를 으쓱하며 말했다.

"암왕은 모르겠지만, 자네 정도는?"

니콜라스는 이런 유치한 도발에 호승심이 일어나자 헛웃음이 나왔다. 그는 라이너를 쏘아보다가 시종에게 어머니를 잘 모시라고 일러 놓고 라이너의 앞을 휙 지나쳐 갔다. 니콜라스가 가는 방향에 암왕이 있었다.

암왕 페레드와 마주 앉아 있던 카드 게임의 상대방은 갑자기 나타난 라이너에게 뒷덜미가 잡혀 쫓겨나고 의자를 빼앗겼다. 라이너는 앞에 널려 있는 카드를 모아 테이블 중앙에 휙 던지며 말했다.

"내기 게임도 하시오?"

니콜라스는 곁에 서서 미친놈 보듯 라이너를 내려다보았다. 보아하니 암왕에게 미리 양해를 구해 놓지도 않은 것 같았다. 느닷없이 난입하여 진행 중인 판을 망쳐 놓았다.

다행히 페레드는 노여워하지 않았다. 그는 무심한 표정으로 니콜라스와 라이너를 번갈아 보더니 자신이 들고 있던 카드도 중앙에 던지며 말했다.

"내기 아니면 안 하지."

"잘됐네."

'둘 다 이상하다'라고 생각하며 명왕은 누군가 가져다주는 의자에 앉았다.

페레드가 능숙한 손길로 카드를 섞으며 말했다.

"무슨 내기?"

"이기면 질문 하나."

"나는 궁금한 게 없는데."

"그렇소? 난 암왕께서 왜 이런 자리에 와 있는지부터가 궁금하오만. 나는 왜 왔을 것 같소?"

페레드의 손이 잠시 멈칫하더니 계속해서 카드를 섞었다. '좋다. 그걸로 가지.'라고 말하는 것 같았다. 두 사람 대화를 듣던 니콜라스도 왠지 흥미가 생겼다.

니콜라스는 눈을 돌려 주변을 살폈다. 세 사람이 앉아 있는 테이블 주변으로 일정 거리만큼 사람들이 물러나 있었다. 세 사람이 고함을 치며 대화하지 않는 이상은 들릴 것 같지 않았다.

'그래도 무슨 이야기가 나올지 모르는데 듣는 귀는 조심하는 편이 낫겠지.'

니콜라스가 오른발을 들어 올렸다가 바닥을 내리찍었다. 그의 오른발을 중심으로 둥근 원형의 새하얀 기운이 바닥을 물들이며 퍼져 나갔다. 일핏 바닥에 살얼음이 끼는 것처럼 보이지만, 그것의 일부에 발이 닿은 사람은 온몸을 따끔하게 찌르는 기운을 느끼며 놀라 물러섰다.

뒷걸음을 치는 사람들과 호들갑스럽게 짧은 비명을 지으며 도망치는 사람들로 금세 주변이 소란스러웠다. 잠시 후 세 명이 앉은 테이블을 중심으로 텅 빈 원형의 경계가 만들어졌다.

사람들은 경계 바깥에 밀려난 채 테이블에 앉아 카드를 돌리고 있는 세 명의 왕을 기가 막힌다는 표정으로 바라보았다. 남의 연회장에 와서 이 무슨 행패란 말인가.

"이게 무슨 일이래요."

"세상에, 만약 내가 주최한 자리에서 이런 일이 벌어지면 난 며칠은 몸져누울 거예요."

다들 큰 소리로 말은 못 하고 거의 속삭이듯 해괴한 짓을 하는 왕들을 비난했다. 역시 왕들이 괴팍하다는 소문은 부풀려진 게 아니었다고 수군거렸다. 정작 세 명의 왕은 전혀 신경 쓰지 않았다. 페레드가 섞은 카드를 니콜라스와 라이너 앞으로 던졌다.

"운만 따르는 간단한 게임으로 가지."

"좋소."

페레드의 말처럼 실력이 전혀 필요하지 않은, 그야말로 운에 좌우되는 간단한 게임은 금방 승패가 갈렸다. 승자가 된 라이너는 의기양양한 표정으로 말했다.

"굳이 내 정보를 숨길 이유는 없으니 나부터 말하겠소. 사왕과 흥미로운 거래를 했는데 사왕의 의도가 궁금해서 말이오."

대답을 요구하며 라이너가 페레드를 응시했다.

페레드의 눈빛이 순간 흔들렸다. 얼마 전, 사왕이 찾아와서 통행증을 달라고 했을 때 이유도 묻지 않고 수하를 시켜 내주었지만, 사실은 그 후 사왕의 근황을 알아보고 있었다.

페레드는 왕 중에서 가장 오랫동안 성도에 머물렀다. 더구나 그는 도박판 같은 음지의 장소만 찾아다니며 쉽게 드러나지 않는 온갖 정보를 끌어모았다. 아마 성도의 어떤 정보상도 페레드보다 나은 정보를 갖고 있지 못할 것이다.

그는 도박에 미쳤다는 오명을 마다하지 않았다. 아주 오랫동안 인내심을 갖고 찾고 또 찾았다. 페레드는 상제의 약점이 될 정보를 원했다.

무엇보다 그 사왕이 통행증을 달라고 했을 때 '뭔가 있다.'라고 감지했다. 왕이 누군가의 눈을 속여 움직이고 싶다면 그럴 만한 대상은 상제뿐이었다.

그래서 페레드는 사왕이 무슨 의도인지 알아볼 겸 평소 이런 자리는 코빼기도 보인 적 없는데도 굳이 참석했다.

"나도 비슷하군. 사왕과 거래했고 그 일 때문에 왔소."

페레드와 라이너가 이제는 니콜라스를 응시했다.

니콜라스는 사왕한테 보냈던 전사한테서 신비한 힘을 지닌 정체 모를 노부인을 구하려다가 실패했다는 말을 들었다. 그리고 그 노부인이 어머니 병의 치유법을 알려 준 은인이라는 사실을 사왕의 전언을 통해 알게 되었다.

그 노부인을 감금할 범인으로 상제 외에는 떠오르지 않았다. 자신의 전사가 실패할 정도로 견고한 감옥을 성도에 만들 만한 자가 누가 있겠는가. 더구나 그 노부인이 무엔 가문과 관련이 있는 것 같아서 무엔 가문과 상제의 기묘한 관계성에 의문이 생겼다.

니콜라스는 사왕에게 관련한 더 자세한 이야기를 듣고 그 은인을 어떻게 해서든 구해 낼 방법을 찾아보려고 오늘 연회에 참석했다.

"나도 비슷하오. 나는 거래라기보다는 도움을 받은 편이지."

세 명은 미묘하게 시선을 교환했다. 자리가 자리이니만큼 더 자세한 말은 할 수 없었다.

"이 연회가 재미가 있을지 없을지는 지켜봐야 알겠군."

라이너가 중얼거리며 고개를 돌려 시선을 들었다. 그가 바라보는 방향에는 홀의 가장자리를 둥글게 감싸듯 2층으로 이어지는 계단이 있었다.

다른 두 왕도 시선을 돌렸다. 세 명의 왕을 흘끔거리던 사람들도 자연스레 그 시선을 따라갔다. 그리고 잠시 후 계단 위에서 가주 부부가 모습을 드러냈다. 우아하고 아름다운 중년의 부부 뒤에서 완벽한 그림처럼 매력적인 젊은 부부도 계단을 따라 내려왔다.

잠시 홀에 적막이 감돌다가 곧 탄성과 웃음소리가 섞이는 소음이 가득 찼다. 사람들이 앞다투어 계단 쪽으로 몰려갔다.

가주 부부는 계단을 완전히 내려오지 않고 멈추어 섰다. 사람들을 내려다보는 높이에 서서 다나가 오늘의 참석객들을 천천히 둘러보는 동안 홀의 소음이 점점 가라앉았다. 다나의 목소리가 저 멀리까지 충분히 들릴 정도로 조용해진 후 그녀는 입을 열었다.

"흘러가는 시간을 바라보기만 했습니다. 굳게 닫았던 문을 얼마 만에 여는지 모르겠군요. 그런데도 잊지 않고 찾아 준 고마운 벗들이여, 고맙습니다."

\*       \*       \*

해 질 녘 노을이 하늘을 물들이기 시작했다. 성도의 성문 앞에는 나가려는 자들이 길게 줄을 늘어서 있었다.

"미치겠구먼. 이러다 오늘도 못 나가겠어."

"그러게 말이오. 짐 수색으로 시간을 이렇게 잡아먹을 거면 성문을 닫는 시간이라도 늦추어 주던가."

줄의 뒤편에 서 있는 자들이 불만을 터트렸다. 기사가 서슬 퍼런 기세로 지키고 서 있으니 들리지 않는 곳에서 투덜거릴 뿐이었다. 짐을 포기하고 맨몸으로 나가는 자들도 많았다. 하지만 그럴 수 없는 자들은 꼼짝 없이 기다려야 했다.

성벽 위에 올라서서 하늘을 보며 문을 닫을 시간을 가늠하던 근위병들이 멀리 보이는 먼지구름을 보고 눈을 가늘게 좁혔다. 곧 그것의 정체가 말을 타고 전속력으로 달려오는 사람들이라는 사실을 알게 되었다. 아무래도 심상치 않은 모습이라 근위병들은 아래쪽으로 신호를 보냈다.

근처에 있던 기사들이 전부 성문으로 모였다. 성도를 향해 달려오는 자들은 전사 같았다. 기사들은 굳은 표정으로 인간 띠를 만들어 길게 섰다. 문을 가로막고 섰으니 전사들은 멈추어 서거나 인간 띠가 된 기사들을 말로 걷어차고 돌진하거나, 둘 중 하나를 택해야 할 것이다.

무서운 속도로 달려오던 전사들의 말은 성문 앞에 이르러 멈추어 섰다. 전사 중 하나가 앞으로 나서서 기사들에게 말했다.

"길을 열어 주시오. 우리는 하시 왕국의 전사들이오. 왕국에 변고가 발생하여 사왕 전하를 당장 뵈어야 하오. 급한 일이니 어서 비키시오."

나이가 지긋한 기사의 대표가 말했다.

"세 명 이상의 전사는 왕과 동행할 때만 성도에 들어갈 수 있음이 원칙이오. 더구나 이제 곧 성문을 닫은 시각이니 잠시 여기서 기다리면 사왕 전하께……."

전사가 기사의 말을 자르며 버럭 소리쳤다.

"왕국의 변고라고 하지 않았나! 당장 길을 열지 않으면 우리가 길을 만들겠다!"

흉흉한 기세의 전사는 기사의 권고대로 얌전히 기다릴 생각이 전혀 없는 듯했다. 준마의 말발굽에 차이면 사상자가 나올 것이다. 중년 기사는 갈등하는 표정으로 다른 기사들을 보며 고개를 끄덕였다.

기사들이 물러나자마자 전사들의 말이 빠르게 속도를 높여 성문을 통과해 달려갔다. 이미 저만치 멀어지는 전사들의 모습을 보며 중년 기사가 젊은 기사에게 말했다.

"자네는 어서 성도궁에 가서 성하께 고하게."

"예."

젊은 기사가 즉시 몸을 돌려 성도궁으로 달려갔다.

*　　*　　*

바깥이 어둑해질 무렵에 플로라는 아르스 저택에 도착했다. 이미 연회는 몇 시간 전에 시작되었으니 그녀는 지각생이었다.

연회가 시작할 시각에 도착해야 한다는 규칙은 없다. 오히려 분위기가 한창 무르익을 시간에 맞추어 조금 늦게 가기도 했다.

플로라는 마차에서 내리며 한적한 분위기를 느끼고 당황했다. 예상과 다르게 주변에 사람은커녕 세워 둔 마차도 거의 없었다.

오늘 지나치게 많은 사람이 일찍부터 모여드는 바람에 마차를 세워 둘 자리가 없어서 손님을 태운 마차를 일단 모두 돌려보냈다. 아마 플로라가 한창 붐비는 시각에 왔다면 마차를 탄 채 안뜰까지 들어오지 못했을 것이다.

그러한 사정을 모르는 플로라는 '소문만 무성했던 건가.'라고 생각했다가 계단을 올라갈수록 자신의 착각이었음을 알게 되었다. 활짝 열린 출입문으로 시끌벅적한 소음이 흘러나왔다. 대낮처럼 환한 안쪽의 연회장 풍경이 마치 다른 세상 같았다.

플로라는 한때 자주 드나들었던 이 저택의 홀에 이토록 많은 사람이 모여 있는 광경이 낯설었다. 그녀 기억 속의 아르스 저택은 언제나 조용했다.

이미 분위기는 잔뜩 흥이 올라 있었고 오늘 연회에는 특별한 귀빈들이 워낙 많이 참석했다. 그래서 뒤늦게 입장하는 플로라를 눈여겨보는 사람이 없었다. 어떤 모임에 참석하든 항상 주목을 받았던 그녀는 이러한 소외감이 낯설었다.

"어머, 아니카 플로라."

귀에 익은 목소리가 달갑지 않은데도 플로라는 한편으로는 안도했다. 그녀는 자신 주변으로 사람이 모여들지 않는 연회 분위기가 낯설어서 어찌할 줄을 모르고 있었다.

플로라가 자신에게 다가오는 세 명의 아니카를 보며 입술을 끌어올렸다. 그중 자신을 부른 사람에게 인사를 건넸다.

"아니카 캐시. 즐거워 보이는군요."

캐시는 한 손에는 반쯤 채운 음료 잔을 들고 조금 취기가 오른 발그레한 얼굴로 까르륵 웃었다.

"즐겁고 말고요. 지금 온 거예요?"

"네. 내가 늦게 왔나 보네요."

"이제 시작인데 늦기는요. 아, 정말 최고예요. 음식도 분위기도. 오늘처럼 많은 사람과 이야기해 본 건 처음이에요."

캐시는 취해서 그런지, 의도한 것인지, 미묘한 눈빛으로 플로라를 보며 말했다.

"참 오랜만이네요. 오늘도 못 보나 했지요."

플로라는 대꾸하지 않고 미소만 지었다.

캐시가 과장된 몸짓으로 주변을 둘러보더니 한쪽을 가리켰다.

"아니카 진은 저쪽에 있는 것 같아요. 어서 가 봐요. 근데 오늘 아니카 진 주변에 사람이 워낙 많아서 인사를 나누려면 기다려야 할 거예요."

"……알려 줘서 고마워요."

돌아서는 플로라가 살짝 입술을 깨물었다. 자신이 별채에 가지 않은 동안 그곳의 새로운 실세는 진이 되었을 것이다.

진의 주변에 모여든 아니카들이 비위를 맞추는 풍경이 눈앞에 그려졌다. 저 말 많은 캐시는 물론이고 다른 이들도 분명히 진의 앞에서 자신을 화제에 올려 깎아내렸을 것이다. 진은 고고한 표정으로 가증스럽게 자신을 두둔하는 말을 하는 척, 속으로는 즐거워했을 것이다.

너야말로 진의 곁에 찰싹 붙어 이인자 노릇을 하지 않았냐고 누군가는 말할지도 모르겠다. 분명히 그랬던 적이 있었다. 하지만 3년은 길었다.

플로라는 3년 동안 진의 그림자를 거의 지워 냈다고 생각했다. 진의 친구가 아니라 아니카 플로라로서 오롯이 자리를 만들어 가고 있었다. 다시는 3년 전으로 돌아가고 싶지 않았다.

'성하의 당부 말씀만 아니었어도.'

군이 오늘 여기 참석하라고 명한 상제가 원망스러웠다.

어쨌든 기왕 왔으니 볼썽사납게 도망치는 모습을 보여 줄 수는 없다. 이대로 진을 만나지 않고 돌아가면 얼마나 또 뒤에서 떠들어댈 것인가.

플로라는 캐시가 알려 준 방향으로 무작정 걸어갔다. 진을 찾는 일은 어렵지 않았다. 캐시 말대로 주변에 사람들이 잔뜩 모여 있었다. 플로라가 진을 발견했을 때 진은 중년의 아니카와 포옹으로 인사를 나누고 있었다.

유진의 귀에만 들릴 정도로 아니카 리자가 말했다.

"정말 큰 은혜를 입었어요."

잠깐의 포옹으로는 더 긴말은 할 수 없었다. 리자는 유진의 두 손을 꼭 붙들고 말했다.

"이런 멋진 자리에 초대해 주어서 고마워요, 아니카 진."

그녀가 전하고 싶은 고마움은 다른 것이지만, 치료법을 알려 준 사람이 진이라는 사실은 비밀로 해야 한다고 아들한테 들은 터라 사람이 많이 모여 있는 이런 자리에서는 말을 꺼낼 수 없었다.

리자가 하고픈 말을 이해한 유진이 미소 지었다.

"귀한 손님을 모시게 되었으니 오히려 영광입니다. 아니카 리자."

리자는 자신의 옆에 있는 니콜라스를 보며 푸근하게 웃었다. 니콜라스가 어머니와 눈이 마주치자 미소 지었다. 습관인 듯 자연스러웠다.

"명왕께서 긴 여정 때문에 고단한 어미를 위로해 준다며 오늘 연회의 초대장을 가져왔더군요. 그런데 내가 여행길 중에 감기에 드는 바람에 내내 앓았답니다. 그래서 오늘 오지 못할 줄 알았어요."

"이제는 쾌차하신 건가요?"

"한기를 느끼지 않고 잠도 푹 자고 있답니다."

리자는 감기에 빗대어서 뚜렷한 차도를 보이는 자신의 상태를 설명했다. 아무리 옷을 껴입고 이불 몇 겹을 덮어도 밤새 덜덜 떨면서 자다가 깨기를 수없이 반복하던 그녀가 이제는 밤에 잠들면 한 번도 깨지 않고 아침에 눈을 떴다. 자신이 다시는 단잠의 축복을 누리지 못할 줄 알았다. 그저 꿈만 같았다.

"안색이 편안해 보이시니 다행입니다."

유진은 자신의 능력으로 사람을 목숨을 구하게 되어 무척 뿌듯했다. 자신의 소설, 아니, 자신이 읽은 미래는 이제 사라진 미래가 되었다. 명왕이 모친을 병으로 잃고 고통스러워하는 일은 발생하지 않을 것이다.

'인상이 참 선한 분이구나.'

아니카 리자를 꼭 만나 보고 싶었다. 그녀는 다른 아니카들과 다른 선택을 했다. 왕의 아이를 거부하지 않고 자신의 아이로 받아들였다. 어머니를 바라보는 명왕이 부드러운 눈빛은 리자가 명왕을 사랑으로 보살폈다는 증거였다.

마음 같아서는 따로 자리를 마련하여 이야기를 나누고 싶었다. 그녀는 어떤 마음으로 왕국으로 돌아가는 선택을 했을까. 상제는 어떤 반응을 보였을까. 그녀는 죽은 남편에 대해서는 어떻게 생각하고 있을까.

리자가 유진과 카세르를 번갈아 보더니 아쉬운 표정으로 니콜라스에게 말했다.

"명왕께서도 얼른 성혼하셔야 할 텐데. 나이가 다 찼는데도 어미 곁에서 떨어지지를 않으니 내가 걱정이 많아요."

니콜라스가 민망한 표정으로 헛기침했다.

"어머니. 그런 이야기는 여기서……."

"말 나온 김에 어차피 성도에 왔으니까 찾아봅시다. 마침 오늘 이 자리에 거의 모든 아니카들이 다 왔다더군요. 장차 명왕의 아내가 될 사람이 이 자리에 있다는 뜻 아닙니까?"

"제 의사만으로 되는 일이 아닙니다. 어머니."

니콜라스가 중얼거리며 유진을 응시했다. 그의 시선이 다소 오래 머무르자 카세르는 부아가 났다. 유진을 보는 명왕의 눈빛이 순수한 호의는 아닌 것 같았다. 가뜩이나 연회장 곳곳에서 불경한 눈빛으로 유진을 흘끔거리는 놈들이 한둘이 아니라서 심기가 불편하던 참이었다.

카세르가 자신의 곁에서 반걸음 정도 떨어져 서 있는 유진의 허리를 팔로 감아 품으로 바짝 끌어당겼다. 그리고 보란 듯이 눈에 힘을 주어 니콜라스와 시선을 마주했다.

니콜라스가 미간을 찌푸리며 헛웃음을 흘렸다. 내 여자라고 당당히 소유권을 주장하는 사왕이 부러워서 짜증이 났다.

두 남자가 빠르게 주고받은 기세 싸움을 알아차리지 못한 유진은 '이 남자가 왜 이래?'라고 생각했다. 아무리 부부라도 이런 자리에서 손을 잡는 이상의 신체 접촉은 과했다. 그녀는 팔꿈치로 그를 꾹 누르며 얼른 놓으라고 신호를 보냈다.

'어? 플로라?'

유진은 시선을 돌리다가 플로라와 눈이 마주쳤다. 플로라는 무척 혼란스러운 눈빛으로 유진을 보고 있었다.

'저 사람은 누구지?'

처음에 플로라는 영원히 좁힐 수 없는 격차를 느끼며 좌절했다. 사왕과 명왕을 곁에 세워 두고 중년 아니카와 대화를 나누는 진은 자신과 다른 세계에 사는 사람 같았다.

그런데 보면 볼수록 플로라는 진이 굉장히 낯선 사람처럼 느껴져서 당황했다. 말할 때의 표정과 미소가 알던 사람과 전혀 달랐다.

'진이 왜 저렇게 변한 거야?'

유진은 플로라를 부르려다가 갑자기 웅성거리는 소리가 들려 시선을 돌렸다. 무질서하게 여기저기 모여 있는 사람들 사이가 쫙 갈라지면서 그 사이로 연회장에 어울리지 않는 여행복 차림새의 전사가 다급히 달려왔다.

전사가 곧바로 사왕의 앞에 다가와 고개를 숙였다.

"전하."

"무슨 일이냐."

"잠시도 지체할 수가 없는 급보입니다."

카세르는 유진을 돌아보며 말했다.

"잠시 다녀오겠소, 왕비."

"예, 전하."

유진은 전사와 함께 빠르게 멀어지는 카세르의 뒷모습을 바라보며 두 손을 모아 잡았다. 심장이 뛰었다. 탈출 작전이 시작되었다.

카세르는 장소를 멀리 옮기지 않았다. 비어 있는 발코니로 전사와 들어가고 그 주변을 다른 전사들이 지키고 섰다. 커튼을 내리지 않은 상태라 전사의 말을 듣고 심각해지는 사왕의 표정은 잘 보였다.

잠시 후 발코니에서 나온 카세르가 다나와 패트릭에게 갔다. 심각한 표정으로 길지 않은 대화를 주고받더니 카세르가 두 사람에게 꾸벅 고개를 숙였다. 그다음에 그는 유진에게 갔다. 유진과 나누는 대화도 길지 않았다. 돌아서서 출입문 쪽으로 걸어가는 카세르의 뒤를 유진이 빠른 걸음으로 따라갔다.

잔뜩 들떠 있었던 연회장의 분위기가 순식간에 가라앉았다.

"무슨 일일까요?"

"글쎄요. 아무래도 왕국에 일이 생긴 것 같은데요."

"가주님을 보세요. 내색하지 않으려 하시지만, 표정이 굳으신 것 같지요?"

"설마 사왕께서 이대로 성도를 떠난다는 걸까요?"

사람들의 시선이 사왕 부부를 따라갔다. 출입구 앞에서 멈추어 선 부부가 대화하는 모습이 보였다. 사왕이 아내의 손을 잡아들어 손등에 입을 맞추더니 고개를 숙여 그녀의 입술에 키스했다. 그저 입술끼리 닿았다가 떨어지는 정도의 짧은 키스였지만, 여기저기에서 놀란 탄식 소리가 흘러나왔다.

사왕이 돌아서서 곧 출입문 밖으로 사라졌다. 한참을 출입문 앞에 서서 떠나지 못하는 유진 모습이 무척 애틋해 보였다. 사람들의 표정이 묘했다. 애절한 이별을 나누는 연인의 모습이 감정을 건드렸다.

"소문만 들었을 때는 설마 했는데 말이에요."

"연회가 시작되고 나서 계속 두 분이 함께 있더라고요."

"처음엔 신기했는데…… 왕과 아니카가 저렇게 서로 좋아하는 모습이 이상하지는 않네요. 오히려 더 잘 어울리는 것 같기도 하고."

여기저기서 들려오는 수군거림을 들으며 아니카들은 기분이 얼떨떨했다. 그들은 왕과의 결혼은 불행이 예정된 미래라고 생각했다. 상제의 명으로 왕과 결혼하는 아니카는 가장 가치가 없다는 뜻으로 해석했으니 무척 비참한 일이었다.

하지만 오늘 아니카 진은 무척 행복해 보였다. 찬란하게 빛나던 그녀는 누구도 부정할 수 없는 오늘의 주인공이었다. 믿을 수 없게도 사왕이 아니카인 왕비를 바라보는 눈빛이 무척 다정하여 아내를 진심으로 사랑하는 것처럼 보였다.

'넌…… 왜 모든 걸 갖는 거니?'

플로라가 어둡게 가라앉은 눈빛으로 중얼거렸다. 그녀는 자신의 부모님 곁으로 가는 유진의 모습을 눈으로 좇다가 돌아섰다.

사왕과 전사들이 전속력으로 말을 몰아 성도궁으로 달려갔다.

왕이 성도에 입성할 때, 그리고 성도를 떠날 때는 성도궁에 들러 상제를 알현함이 원칙이었다. 언제부터 시작되었는지 모르는 그 관행이 지켜지지 않은 적이 없었다. 도도한 왕들이 상제를 윗사람으로 받들어서가 아니라 성도의 주인은 상제이며 자신들은 손님이라고 생각했기에 객이 집주인에게 예의를 차린다는 의미로 받아들였다.

카세르는 바깥에 전사들을 대기하게 하고 성도궁 안으로 혼자 들어갔다. 안쪽에서 사제가 달려 나와 고개를 숙였다.

"성하를 알현하러 왔다. 다급한 용무이니 속히 가서 고하라."

사제가 무척 곤란해하는 낯으로 말했다.

"아…… 사왕 전하. 성하께서는 기도실에 계십니다만, 방해하지 말라는 엄명을 내리셨습니다. 성하께서 나오시기 전에 저희가 문을 열 수 없습니다."

조금 전 성문 앞에서 하시 왕국의 전사들과 잠시 실랑이를 벌였던 기사가 카세르보다 한발 앞서서 성도궁에 와 있었다. 하지만 그도 상제를 만나지 못해서 발을 동동거리고 있었다.

"언제까지?"

"송구하오나 알 수 없습니다. 전하."

"오늘은 내가 다음 약속을 기약할 수가 없구나. 그리고 성하께서 기도실 문을 열 때까지 기다릴 수도 없다. 시급을 다투는 일이니 지금 성하를 뵐 수 없다면 난 이대로 성도를 떠나 왕국으로 귀환할 것이다."

사제는 아무 대답도 하지 못했다. 사제는 사왕을 잡을 힘도, 굳게 닫힌 기도실 문을 두드릴 용기도 없었다. 그리고 어느 쪽이 더 중요한지 판단할 능력도 없었다. 왕이 성도를 떠나기 전에 상제를 알현해야 한다는 법이 있는 것도 아니다.

"전사는 한 명 남겨 두도록 하지. 기다렸다가 성하를 알현하라고 하겠다."

"……예, 전하."

카세르는 돌아서면서 중얼거렸다.

'잘됐어. 시작부터 일이 잘 풀리는 기분이야.'

그는 왕국의 씨앗 저장소에서 사고가 발생한 척 일을 꾸몄다. 왕이 직접 가서 수습해야 할 만큼 사건의 규모가 커야 하고 그만한 사고가 일어났는데 근방에 소문이 나지 않을 리 없으니 꼼꼼한 추가 작업이 필요했다.

사전에 말은 맞추어 두었지만, 상제가 이것저것 캐물었다면 빈틈이 없도록 이야기를 꾸미느라 상당히 피곤했을 것이다. 상제가 사고 상황을 파악한답시고 기사를 함께 데려가라고 하면 그 또한 곤란했을 것이다.

'그놈이 지금 성도궁에 없는 모양이군.'

상제가 기도를 핑계로 외부에 모습을 보이지 않는 동안은 엘버를 만나러 가는 거라고 유진이 그에게 말해 주었다.

그는 잠깐, 이대로 유진을 데리고 성도를 떠나고 싶다는 유혹을 받았다. 하지만 지금은 혼자 가야 한다. 사왕이 아내를 성도에 남겨 두고 왕국으로 혼자 가 버렸다고, 모두가 알도록 해야 한다.

카세르는 빠른 걸음으로 성도궁을 나왔다. 상제가 기도실에서 나오기 전에 한시라도 빨리 성도를 떠나는 편이 낫다. 그는 자신을 기다리고 있는 아부의 위에 올라탄 후 전사들을 돌아보며 말했다.

"가자. 자정까지는 전속력으로 달린다."

"예, 전하."

그들은 성도를 가로질러 달려갔다. 성도 안에서는 마차가 아닌, 말을 타고 속도를 내는 일은 금하고 있으므로 거리를 지나가던 자들이 모두가 걸음을 멈추고 바라보거나 수군거렸다.

이미 날이 완전히 어두워져서 진즉 성문을 닫았다. 성문을 지키던 기사는 돌진해 달려오는 자들을 잔뜩 경계하는 태도로 주시하다가 카세르를 알아보고 고개를 숙였다.

"문을 열어라. 성도궁에서 오는 길이다."

기사는 아까 하시 왕국의 전사들이 급한 일이라며 들이닥친 일을 기억했다. 그래시 전사한테 보고를 들은 사왕이 상제를 알현했다는 뜻으로 알아들었다. 곧 기사가 근위병들에게 문을 열라고 신호를 보냈다. 사왕과 전사들이 열린 성문을 통과하여 달리자 순식간에 그들의 모습이 어둠 속에 묻혀 사라졌다.

잠시 후 한 무리의 기사들이 성문으로 달려왔을 때, 이미 사왕과 전사들은 아예 보이지 않았다.

"이런……."

선두의 기사가 낭패라는 표정으로 중얼거렸다. 그들은 성도를 방문한 왕의 근황을 살피는 임무를 은밀히 수행하는 자들이었다. 사왕이 상제를 알현하지 않고 갔다는 말을 뒤늦게 전해 듣고 유례가 없던 일이라 당황해서 달려왔다.

기사가 말의 고삐를 당겨 방향을 돌리며 말했다.

"성도궁으로 갑시다. 성하를 뵙고 말씀을 들어야 할 것 같소."

이런 상황에 관해 따로 상제한테 지시받은 일이 없기에 기사들은 다시 성도궁으로 돌아갔다.

거의 자정이 다 되어서야 기도실 문이 열렸다. 상제는 사왕이 몇 시간 전에 성도를 떠났다는 말을 듣고 날카롭게 사제를 추궁했다.

─사왕이 그냥 가도록 다들 지켜보기만 했다는 겁니까? 더구나 이미 성문이 닫힌 후가 아닙니까? 성문이 닫힌 후에는 내 허락 없이는 문을 열 수 없다는 사실을 모르는 겁니까?

사제가 잔뜩 주눅이 들어 고개를 깊이 수그렸다.

"송구합니다. 성하. 하오나 왕국에 변고가 있다고 서둘러 가야 한다는 사왕 전하의 앞을 저희가 막을 방법이………."

상제는 잔뜩 찌푸린 미간을 풀지 않았다.

─사왕과 전사들만 성도를 떠난 건 확실합니까?

"예, 성하. 틀림없습니다."

상제는 기다리고 있다는 사왕의 전사를 불러 무슨 일인지 들었다. 전사는 왕국의 가장 큰 씨앗 저장소에 화재가 발생하였는데 화재에 휘말려 씨앗이 깨지는 바람에 라크가 저장소를 탈출했다고 말했다.

"개중 강력한 라크가 여러 마리가 있어서 빨리 수습하지 않으면 근방이 초토화될 위기라 다급히 사왕 전하를 모시러 왔습니다. 성하."

상제는 성문을 지키던 기사를 불러서 당시의 상황을 물었다. 전사들이 정말 다급해 보였는지, 먼 길을 온 여행자의 행색이었는지, 사왕이 성도를 떠날 때 동행한 전사들과 같은 자들이었는지 등. 기사들의 증언에서 딱히 이상한 점을 찾지 못했다.

아르스 저택의 연회에 아니카 진이 자리를 지키고 있는지 확인해 보라고 보냈던 기사가 돌아와서 고했다.

"연회는 거의 끝나가고 마차들이 나오기 시작했습니다. 참석객들을 배웅하는 아니카 진을 제 눈으로 보았습니다. 성하."

사왕은 갑작스럽게 성도를 떠났지만, 아니카 진은 이곳에 남았으니 되었다. 그런데 상제는 뭔가가 걸렸다. 하필 지금 이런 일이 벌어졌기 때문일 것이다.

지금 엘버가 주술을 발동하고 있다. 미래를 보는 주술은 완성까지 보통 며칠이 걸렸다. 그러면 상제는 그 며칠 동안 엘버의 곁을 지키고 서서 그녀가 볼 미래를 기다렸다. 원래 이럴 때 싱제는 아예 기도실 봉문을 선언하고 며칠 동안 성도궁에 돌아오지 않았다.

그런데 이번에는 봉문이 아닌, 방해하지 말라는 정도만 지시했다. 아르스 저택 연회에 다녀온 플로라의 심리가 궁금했기 때문이었다. 상황을 살펴보려고 성도궁에 잠깐 와 봤더니 그새 이런 일이 벌어졌다.

하지만 상제는 다시 기도실에 틀어박히는 척 엘버한테 가 봐야 했다. 지금은 다른 어떤 일보다 엘버의 주술이 중요했다. 그래서 상제는 기사들을 불러 모아 지시했다.

—아르스 저택으로 가서 아니카 진을 호위하세요. 아니카 진은 곧 있을 천신제에서 중요한 역할을 맡을 겁니다. 그런데 오늘의 소란이 천신제에 좋지 않은 영향을 미칠까 봐 염려되는군요. 연회가 무려 닷새나 계속된다고 들었습니다. 혼잡한 자리에서는 예측하지 못하는 사건이 발생하곤 합니다. 그대들은 잠시도 아니카 진한테서 눈을 떼지 말아야 합니다.

그리고 일부 기사들에게는 다른 지시를 내렸다.

—즉시 출발하여 사왕의 뒤를 추적하세요. 사왕이 산맥을 넘어 하시왕국 국경을 넘었는지 확인하세요. 바짝 따라잡으라는 말이 아닙니다. 적당히 거리를 두고 흔적을 찾는 정도면 됩니다.

마지막으로 성문을 지키는 기사를 다시 불러서 짐 수색은 성과가 없는지 물었다.
"모든 짐은 철저히 검사하고 있습니다. 지시하신 물건은 아직 나오지 않았습니다. 성하."

—아까 나간 사왕과 전사들은요?

기사가 당황하며 생각에 잠기더니 말했다.

"전사들의 말 옆구리에 작은 주머니가 달렸으나 육포 정도만 들어갈 크기였습니다. 그 외에 짐은 전혀 없었습니다."

상제는 고개를 끄덕였다. 눈썰미가 특히 좋은 기사를 성문에 세워 두었으니 잘못 보지는 않았을 것이다. 기사의 수고로움을 치하하고 돌려보냈다.

'아직 성도 안에 있는 건가. 대체 누구 짓이지.'

투명 씨앗을 아직 찾지 못하여 무척 신경이 쓰였다. 요즘 자꾸 이것저것 걸리는 일들이 생겨서 상제는 점점 신경이 곤두섰다.

'이번에는 꼭 쓸 만한 미래를 봐야 할 거다. 엘버.'

상제는 사제를 불러서 기도를 방해하지 말라고 명한 후 기도실 문을 굳게 닫았다.

\*      \*      \*

자정이 넘어가는 시간에 기사 무리가 아르스 저택을 방문했다. 비록 늦은 시각이지만, 조금 전까지 연회가 한창이었던 터라 저택을 환하게 밝힌 불이 아직 꺼지지 않았다.

"상제 성하께서는 아니카 진의 안위를 지극히 염려하고 계십니다. 성하의 명을 받들어 아니카 진을 저희가 보위하겠습니다."

다나가 기사들에게 말했다.

"성하께 참으로 감사하군. 하지만 오늘은 이미 늦었으니 내일 오시게. 내일 연회는 해 질 녘부터 시작이네."

"가주님. 저희는 모든 연회가 끝날 때까지 아니카 진의 곁에서 잠시도 떨어지지 않을 것입니다. 저희가 밤새 번을 서면서 저택 주변을 경비할 것이니 부디 편안한 밤 되시옵소서."

다나의 눈빛이 살짝 변했지만, 그녀는 언짢은 내색 없이 부드럽게 말했다.

"……이런 수고를 끼치다니. 고맙네."

"수고라니, 당치 않습니다. 해야 할 일을 할 뿐입니다."

다나는 유진과 둘만 남은 자리에서 노여움을 드러냈다.

"상제가 아주 의도가 뻔한 짓을 하는구나. 이게 감시가 아니고 뭐란 말이니. 진. 정말로 너는 성도에 있으면 안 되겠다."

유진은 쓴웃음을 지으며 고개를 끄덕였다. 카세르가 성도를 떠나자마자 힘으로 누르려는 상제의 짓이 소름 끼치도록 인간 같다는 생각이 들었다. 인간과 괴물. 과연 어느 쪽이 상대를 흉내 내는 것일까.

닷새의 연회는 긴 편이라서 연회를 시작해서 끝나는 시각이 매일 달랐다. 첫날의 연회는 오후부터 시작해서 자정이 되기 전에 끝나고 둘째 날의 연회는 저녁부터 시작해서 자정 무렵에 끝났다. 둘째 날 연회가 끝날 때까지 기사가 항상 한두 명은 유진의 근처에 있었다.

"역시 아르스 가문의 연회는 특별하네요. 성하께서 기사를 보내 경비까지 서게 하시고."

"아르스 가문 연회이기 때문이 아니라 아니카 진 덕분 아닌가요?"

사람들은 연회장 곳곳에서 보이는 기사들이 감시의 목적으로 이곳에 있다고는 전혀 생각하지 않는 눈치였다.

셋째 날의 연회는 다시 오후부터 시작했다. 이른 오후부터 저택 안으로 마차들이 줄지어 들어왔다. 연회를 열기 전부터 모두가 예상했지만, 이번 연회는 대성황이었다. 연회의 셋째 날인데도 첫날과 비교해서 홀을 가득 채우는 사람의 숫자가 거의 줄지 않았다.

'오늘.'

유진은 단장을 마치고 거울 속 자신을 비추어 보면서 중얼거렸다. 오늘, 그녀는 성도를 떠날 것이다.

연회의 첫날, 사왕이 갑작스럽게 연회장을 떠난 후 술렁거리던 분위기는 금세 평온은 되찾았다. 왕비가 된 아니카가 성도에서 혼자 지내는 모습이 흔한 광경이라서 유진이 이번 활동기에는 성도에서 지내도 누구도 의아하게 여기지 않을 것이다.

하지만 왕과 결혼한 다른 아니카가 그랬던 것처럼 유진이 사왕과 별거할 거라고 생각하는 사람은 없었다. 사왕은 급히 왕국으로 귀환해야 했고 유진은 천신제에 참석해야 하니까 어쩔 수 없었을 뿐이라고 생각했다. 아무도 의식하지 못하는 사이에 사람들의 생각에 미묘한 변화가 일어났다.

"반가워요. 셀리나 양."

"뵙게 되어 영광입니다. 아니카 진. 이런 근사한 연회는 처음이에요."

소녀가 발갛게 상기된 표정으로 인사했다. 소녀가 얼마나 흥분했는지 표정만 봐도 알 수 있었다.

보통 열대여섯 살부터는 부모와 동행하여 사교 모임에 참석했다. 다만, 성년이 되기 전에는 늦은 시각 연회는 참석할 수 없다. 소녀는 오늘 해가 지기 전에는 연회장에서 나가야 할 것이다.

눈빛이 반짝거리는 소녀가 귀여워서 유진은 좀 길게 대화를 나누었다.

"즐거운 시간 되기를 바라요."

"감사합니다. 아니카 진."

돌아서면서 유진은 손으로 입가를 살짝 가리며 재빠르게 입 주변을 움직여 근육을 풀었다. 며칠 내내 웃기만 했더니 얼굴에 경련이 일어날 것 같았다. 사람들을 스쳐보던 그녀의 시선이 멈추었다.

멀찍이 술잔을 들고 홀로 서 있는 라이너가 보였다. 볼 때마다 라이너는 혼자였다. 사람들은 염왕에게 접근하지 않았고 그 역시 사람들과 어울릴 생각이 없는 듯했다.

암왕과 명왕은 첫날만 참석했다. 니콜라스는 카세르가 떠난 후 얼마 안 되어 돌아갔다. 어머니 건강 때문에 오래 있을 수 없다고 유진에게 작별 인사를 건네며 덧붙여 말했다.

「두 분께 듣고 싶은 이야기가 있었는데 다음을 기약해야겠군요. 좀 먼 여행이 되겠지만 말입니다.」

명왕은 조만간 하시 왕국으로 찾아가겠다는 것처럼 말했다. 활동기 시작이 얼마 남지 않은 이번 건기에는 어려울 테고 아마 다음 건기에는 손님맞이 준비를 해야 할 것 같다.

'염왕은 무슨 생각인 거지?'

연회를 즐기는 사람으로는 보이지 않았다. 유진은 염왕이 이런 자리에 나타난 자체가 놀랍다는 소리를 사람들한테 여러 번 들었다. 그런데 벌써 사흘째 꼬박 참석하고 있다.

잠시 라이너와 눈이 마주쳤다. 라이너가 살짝 고개를 까딱했다. 유진은 눈인사를 건네고 얼른 시선을 돌렸다. 연회장 곳곳에 기사들이 있으니 다른 왕과 친해 보이는 모습을 보여서 좋을 게 없었다.

유진은 오후부터 잠시도 쉬지 않고 연회장을 누비고 다녔다. 많은 사람과 인사하고 대화하며 무척 바쁜 시간을 보냈다. 그래서 해가 완전히 진 후에 잠시 쉬겠다며 2층으로 올라가는 그녀를 누구도 이상하게 보지 않았다.

참석자들을 위한 휴게실은 1층에 모두 있었지만, 유진은 조용한 곳에서 쉬고 싶다는 이유로 2층에 있는 작은 응접실로 들어갔다. 그녀의 뒤를 따라온 두 명의 기사가 문 앞을 지키고 섰다.

조용한 곳에 비로소 혼자가 된 유진은 한숨을 내쉬었다. 그녀는 닫힌 문을 바라보며 중얼거렸다.

"혹시 몰라서 미리 대비하지 않았으면 큰일 날 뻔했잖아."

설마 기사들이 저렇게 따라다닐 줄은 몰랐다. 저택에서 빠져나가는 은밀한 경로를 준비하면서도 '이렇게까지 해야 할 필요가 있을까?'라고 생각했는데 역시 준비는 과해서 후회할 일이 없는 것 같다.

유진은 어깨와 등을 덮은 숄을 벗어 안쪽에 매달아 둔 작은 주머니를 열었다. 손가락만 한 다람쥐가 쏙 머리를 내밀었다. 유진이 코끝을 찡긋거리는 꼬마의 머리를 쓰다듬었다.

"꼬마. 오늘도 고생했어."

연회가 시작된 날부터 꼬마는 숨어 있는 장소만 바뀌었고 계속 유진의 곁에 있었다. 오늘 꼬마는 유진의 탈출을 돕는 중요한 역할을 맡을 것이다.

유진은 소파테이블 아래에 있는 바구니를 끌어당겼다. 바구니 안에는 움직이기 편안한 여행복과 신발, 로브 등이 준비되어 있었다. 그녀는 재빠르게 드레스를 벗고 옷을 갈아입었다.

등에 메는 작은 가방에는 약간의 비상식량과 돈, 무엔가에서 받은 나무 상자가 들었다. 유진은 귀한 술식이 담긴 이 상자만큼은 다른 사람 손에 맡기기가 불안했다. 다행히 크기가 작아서 직접 들고 가도 무리가 없었다.

"가자, 꼬마."

유진이 테이블에 손을 올리자 꼬마가 그녀의 손을 타고 어깨로 올라갔다. 그녀는 난로 쪽으로 고개를 돌렸다. 이 응접실을 휴게실로 택한 이유는 비밀 통로가 있기 때문이다.

순간 유진은 갑자기 눈앞에 보이는 광경 때문에 걸음을 멈추었다.

사막이었다. 모래바람이 부는 언덕을 누군가 올라가고 있었다.

'가짜의 기억인가?'

어떤 계기도 없이 갑자기 떠오른 기억이 당혹스러웠다. 계속 보이는 광경에 집중하고 있으니까 모래 언덕을 넘어가는 두 사람 얼굴이 보였다. 두 사람 다 후드를 쓰고 두 눈만 내놓고 전부 가려서 제대로 알아볼 수 없었다. 그런데 누렇게 모래가 날리는 바람 사이로 한 사람의 푸른 눈동자만큼은 선명히 보였다.

'아…… 카세르?'

장면이 바뀌었다. 바람이 완전히 멎은 사막 한복판이었다. 모래 언덕 꼭대기에 엎드린 채 두 사람이 바라보는 방향에 오아시스가 있었다.

"왕자님. 정말 저기로 가실 겁니까? 영역이 굉장히 넓은 환수라고요. 잘못 건드렸다가는 큰일 나십니다."

투덜거리는 목소리는 변성기 중인지 매우 거칠었다.

"넌 여기까지 와서 또 그 소리냐?"

유진이 살짝 인상을 찡그렸다. 목소리가 앳되어서 그런가? 아니면 천으로 입을 감싸서 그런가. 유진이 기억하는 카세르의 목소리와 미묘하게 달랐다.

"왕자님. 첫 환수는 그냥 적당한 놈으로 잡고 저놈은 나중에 도전합시다. 분명히 왕성을 떠날 때만 해도 왕비님께 그러겠다고 하지 않으셨습니까. 그러니까 전사가 동행하지 않고 저만 왕자님을 따라가는 것도 허락하신 겁니다."

"부왕께서는 대단한 놈을 첫 환수로 사냥하셨다."

"그야 사왕 전하께서는 워낙……."

푸른 눈동자가 노려보자 종알거리던 자가 입을 다물었다.

"내가 손쉬운 놈으로 환수 사냥에 성공하면 부왕의 아들이라고 어디가서 말하기가 부끄러울 거야. 어머니도 실망하시겠지."

"실망하실 리가 없는데요."

"시끄러워. 입 다물고 따라와."

탁탁.

두드리는 소리를 듣고 유진은 흠칫 놀라 현실로 돌아왔다. 숨죽이고 있으니 잠시 후 다시 두드리는 소리가 들렸다. 소리가 들리는 쪽은 커튼을 쳐 둔 발코니 창 방향이었다.

그녀는 심장이 마구 뛰고 식은땀이 났다. 누굴까. 일이 어긋나는 건가. 무시할까. 얼른 비밀 통로를 열고 여기서 나갈까, 빠르게 떠오르는 여러 가지 생각 사이에서 망설였다.

탁탁.

바깥에서 누군가 또 창틀을 두드렸다.

"아니카 진."

이번에는 목소리도 들렸다.

'염왕?'

유진은 발코니로 다가가 커튼을 걷지 않고 말했다.

"누구시지요?"

"나요. 라이너."

"……염왕 전하. 여기는 출입문이 아닙니다."

"나름대로 생각해서 이쪽으로 온 것이오만. 내가 휴게실 문을 두드리면 곤란하지 않소?"

유진은 실소를 터뜨렸다. 자신이 읽은 미래에서 라이너와 카세르가 사사건건 부딪친 이유를 확실히 알겠다. 두 사람 성향은 완전히 달랐다.

"무슨 일이십니까?"

"그대가 연회 내내 달고 다닌 환수가 궁금해서 말이오."

유진이 작은 한숨을 내쉬었다. 라이너가 사흘 연속 연회에 참석하는 이유가 '혹시 꼬마 때문이 아닐까?'라고 생각은 했다. 다가와서 이것저것 물을까 봐 얼마나 신경 쓰였는지 모른다. 그런데 딱히 근처에 오지 않길래 환수가 아닌 다른 이유가 있는 줄 알았더니…….

'뜻밖에 최소한의 눈치는 있는 사람이었네.'

조금 전 라이너가 한 말대로 발코니 창문을 두드린 것이 기사들이 다 알도록 정식으로 찾아온 것보다 나았다.

'이 세상에서 라크가 사라지면 가장 슬퍼할 사람은 염왕이 아닐까.'

라크에 대한 염왕의 집착이 애정인지 증오인지 모르겠다. 그런데 원하는 게 아주 분명한 사람이라서 상대하기는 편했다. 상제와 싸울 때 다른 사람은 몰라도 염왕만큼은 반드시 아군이 될 것 같았다.

유진은 잠금쇠를 열면서 말했다.

"들어오세요."

발코니 창을 열고 응접실 안에 성큼 들어오자마자 라이너는 유진의 차림새를 보고 묘한 표정을 지었다. 그리고 그녀의 어깨에 올라가 있는 꼬마를 발견하자 곧바로 관심을 보였다.

"그 녀석인가?"

"네."

"사왕은 성도를 떠나지 않은 거요?"

"그 사람은 그날 성도를 떠났어요."

라이너는 꼬마를 뚫어지게 응시했다. 꼬마는 염왕의 시선이 부담스러운지 유진의 등 뒤로 몸을 숨기고 어깨 위로 빼꼼히 눈만 내밀었다. 라이너는 애완동물처럼 주인이 아닌 사람 곁에 붙어 있는 환수가 아무리 봐도 신기했다.

"사왕이 없는데도 주인과 떨어져서 얌전히 있는단 말이오?"

종속된 환수는 주인과 일정 거리 이상 떨어지면 라크의 본성을 드러냈다. 그게 통설이었다.

"어떻게 가능하지? 이 환수의 능력이 아니라는 게 정말이오?"

"전하. 궁금하신 모든 것들은 나중에 말씀드리겠다고 지난번에 약속드렸어요. 그런데 오신 김에 저를 좀 도와주시겠어요? 저는 기사들의 눈을 피해서 저택을 나가려고 해요. 도와주시면 이 세상에서 가장 크고 강한 라크가 어디 있는지 말씀드릴게요."

"가장 크고 강한 라크?"

라이너의 눈이 번뜩였다.

"얼마나 크고 강하다는 거요?"

"전하께서 지금껏 한 번도 본 적 없을 정도로요. 조금의 과장도 없다고 제 명예를 걸겠어요."

"좋소. 그런 거래라면 하고말고. 내가 뭘 도와주면 되겠소?"

라이너는 왜 기사를 피하는지, 어디를 가려는지, 그런 질문은 전혀 하지 않았다. 라이너가 다시 발코니 창을 통해 나간 후 유진은 피식 웃으며 중얼거렸다.

"거래하기는 정말 편한 사람이네."

그녀는 벽난로로 가서 숨겨진 장치를 조작했다. 잠시 후 벽난로 전체가 천천히 돌아가더니 뒤로 이어지는 통로가 드러났다. 유진이 닫힌 문을 한번 흘끔 보고는 통로로 들어갔다. 그녀가 들어간 후 다시 벽난로는 원래의 형태로 돌아왔다.

유진은 갖고 들어온 드레스는 통로 입구에 버려두고 어두운 길을 따라 걸었다. 앞이 보이지 않았지만, 이미 몇 번 시험 삼아 가 봤기 때문에 거침없이 속도를 냈다. 어깨에서 꼬마가 찍찍, 소리를 내자 유진이 속도를 늦추었다. 곧 내려가는 계단이 발끝에 닿았다.

벽에 손을 짚고 조심조심 계단을 내려간 후 다시 길을 따라 걸었다. 드디어 통로가 끝나고 막다른 곳이 나왔다. 그녀는 벽에 매달린 철 사다리를 타고 올라갔다. 통로에서 나가는 천장 덮개 문을 열기 전에 꼬마에게 속삭였다.

"근처에 누가 있니?"

꼬마는 아무 소리도 내지 않았다. 주변에 사람이 없다는 뜻이었다. 유진이 덮개 문을 천천히 들어 올렸다. 통로는 본채에서 다소 떨어진 곳에 있는 온실 바닥과 연결되어 있었다. 이 온실에서 저택의 뒷문까지 멀지 않았다.

원래는 뒷문을 통해 저택에서 몰래 나가는 것이 간단한 일일 줄 알았다. 뒤뜰 근처에 경비를 세우지 않도록 다나가 알아서 조치할 수 있을 테니까. 하지만 기사들이 오는 바람에 차질이 생겼다. 기사들은 연회장 안은 물론이고 저택 곳곳을 경비를 핑계로 돌아다녔다.

그래서 기사들의 시선을 끌 작전을 짰다. 아마 지금쯤 주방에서는 사고가 나서 가짜 환자가 발생했을 것이다. 연회장 어디에선가는 갑자기 혼절하는 사람이 있을 것이며 사람들의 눈을 피해 밀회를 즐기고자 하는 남녀들이 뒤뜰로 나가서 기사들의 시선을 분산시킬 것이다.

'염왕까지 가세하면 도움이 되겠지.'

유진은 라이너에게 뒤뜰에서 약간의 소란을 일으켜 달라고 말했다. 뒷문 근처에 기사가 있다면 잠시 한눈을 팔 수 있도록.

유진이 조심스럽게 주변을 둘러보며 온실에서 나올 때쯤 다나가 유진이 쉬고 있는 응접실로 들어갔다. 다나는 텅 빈 응접실을 쓸쓸한 표정으로 둘러보았다. 미리 작별 인사는 나누었어도 서운했다. 다시 언제 딸을 볼 수 있을지 기약이 없었다. 돌이켜 보니 지난 한 달 반이 마치 꿈만 같았다.

그녀는 크게 숨을 몰아쉬고 표정을 다듬은 후에 응접실에서 나갔다. 문 앞을 지키고 있는 기사들에게 말했다.

"피곤했는지 잠깐 잠이 들어 있네요. 잠시 자게 두려고 해요. 내가 이따 올 때까지 누구도 그 아이 휴식을 방해하지 않도록 해 줘요."

"예, 가주님."

다나는 시간을 벌었다. 기사들이 유진을 오랫동안 보지 못해서 이상하다고 느낄 때 이미 그녀는 성도를 벗어났을 것이다.

흑색 로브로 온몸을 감싼 유진은 수시로 주변을 돌아보며 움직였다. 온실에서 뒷문까지의 거리가 얼마 안 된다는 기준은 순전히 다나의 관점이었다. 마차로 이동해야 할 정도로 한참 걸어 나가야 하는 정문에 비하면 가깝다는 뜻이었다.

긴장해서 그런지 사전 답사를 왔을 때보다 훨씬 멀게 느껴졌다. 어깨 위에서 꼬마가 조용하다는 사실이 위안이 되었다. 예민한 라크의 감각으로 주변에 사람의 기척을 느낄 수 없다는 뜻이니까.

매일 뒷문을 점검하는 사용인이 말하기를, 지난 이틀 동안 뒷문으로 오가는 동안 항상 기사와 마주쳤다고 했다. 그러니 지금은 잠시 빈틈이 생긴 것이리라.

'기사들의 시선 끌기를 다들 잘해 주고 있는 모양이네.'

다나가 입이 무겁고 연기력이 좋은 자들을 고용했다고 하니까 어설프지는 않을 것이다. 염왕이 꽤 도움이 되었을 수도 있다.

유진은 걸음을 서둘렀다. 심장이 요란하게 뛰었다. 갑자기 누군가 뒤에서 뒷덜미를 삼아챌 것 같은 기분이 들었다. 무사히 뒷문에 이르렀을 때, 주먹 쥔 손은 식은땀으로 축축했다.

그녀는 주변에 아무도 없는지 확인한 후 사람 키의 두 배가 훌쩍 넘는 거대한 철문을 올려다보았다.

뒷문은 저택에서 필요한 물품을 들일 때만 사용했다. 연회 준비로 최근에는 수시로 여닫았지만, 평소에는 열흘에 한 번 열까 말까 했다.

오늘은 뒷문을 잠가 두지 않기로 했다. 그래도 유진은 열 수 없다. 무거운 철문은 그녀가 온몸을 기대 밀어 봤자 꼼짝하지 않을 것이다. 그런데 유진 곁에는 장정 네댓 명보다 힘 좋은 도우미가 있었다.

"꼬마. 문 열어."

꼬마는 유진의 몸을 타고 바닥으로 내려왔다. 꼬마가 온몸을 부르르 떨더니 부풀어 오르듯 덩치가 커졌다. 손가락 크기의 다람쥐가 순식간에 거대 다람쥐가 되었다. 유진이 예전에 성도에서 맞닥뜨렸던 거대 쥐와 거의 크기가 비슷했다.

'같은 종인데…… 왜 쥐는 징그럽고 다람쥐는 귀여울까.'

유진이 시답지 않은 의문을 떠올리는 동안 꼬마가 철문에 머리를 들이밀고 힘을 주었다. 문이 서서히 뒤로 밀려났다. 사람 한 명 빠져나갈 만큼 틈이 벌어지자 유진이 얼른 그 사이로 빠져나갔다.

작아진 꼬마 역시 그 틈으로 나간 뒤 다시 몸을 키워서 벌어진 문을 밀어 닫아 놓았다. 철문은 잠긴 것처럼 감쪽같았다. 미리 몇 번 연습했던 터라 모든 과정은 아주 빠르게 끝났다.

"잘했어. 가자."

유진이 꼬마를 향해 손을 내밀었다. 다시 조그맣게 줄어든 다람쥐가 폴짝 그녀의 손 위로 뛰어올랐다.

아르스 가문의 저택을 둘러싼 상당한 넓이의 땅은 전부 가문의 소유였다. 아르스 가문뿐만이 아니라 성도에 있는 대저택 대부분이 형태가 비슷했다. 그래서 집과 집이 다닥다닥 붙어 있지 않았다.

뒷문으로 나가면 짐마차가 들어오는 외길이 쭉 뻗어 있고 좌우로 나무를 심어 놓았다. 유진이 길을 따라 빠르게 걸었다. 한고비를 넘겼더니 발걸음이 가벼웠다.

외길이 끝나기 전에 로브를 쓴 사내가 마치 어둠에서 나온 것처럼 모습을 드러냈다. 사내가 유진에게 꾸벅 고개를 숙였다. 유진은 놀라지 않고 살짝 고개를 끄덕였다. 스벤과 만나기로 사전에 약속해 두었다.

처음부터 스벤이 유진을 돕지 않은 이유는 기사가 근처에 있는 전사의 기척을 알아차릴 수 있기 때문이었다. 그래서 스벤은 저택 가까이 접근하지 못하고 안절부절못하며 기다리고 있었다.

두 사람은 아르스 저택에서 조금 멀리 세워 둔 마차까지 걸어갔다. 거리에는 오가는 사람이 제법 있었다. 두 사람 모두 로브를 입고 후드를 써서 얼굴을 알아볼 수 없겠지만, 그래서 더 수상해 보일 가능성이 있었다. 특히 스벤의 장신은 눈에 띄므로 기억하는 목격자가 있을 것이다.

기사들이 스벤을 유진의 조력자라고 오해하도록 의도한 사전 공작이었다. 스벤도 오늘 성도를 떠날 예정이다. 유진과 전혀 다른 방향으로 길을 잡아서 추적 과정을 교란할 것이다.

유진이 마차에 올라타고 스벤은 마부석에 앉았다. 마차는 성도의 번화가와 정반대 방향으로 달려갔다.

＊　　＊　　＊

피데스는 기도실에 앉아 두 손을 이마에 대고 아까부터 계속 같은 말만 중얼거렸다.

'신이시여. 모르겠습니다. 제가 어찌해야 하는 겁니까?'

그는 요세프한테 받은 노트를 읽은 후 지독한 혼란에 빠졌다. 요세프의 말만 듣고 모든 것을 판단할 수 없지만, 그가 그런 거짓말을 꾸몄을

리가 없었다. 그래서 피데스는 조용히 다른 조사를 했다.

요세프처럼 성소에 들어갔던 사제가 성도궁을 떠난 적이 과거에도 몇 번 있었다. 그들도 마지막 봉사를 하러 왕국으로 떠났다. 3년이 훌쩍 넘었으니 다들 성도에 돌아왔어야 한다.

그런데 그들 중 누구도 돌아온 자가 없었다. 그 사실을 알고 난 후 피데스는 누군가에게 호되게 두들겨 맞은 기분이 들었다. 왠지 그들 모두가 이 세상 사람이 아닐 것 같았다.

그는 신앙처럼 믿고 따르던 상제의 이중적인 모습에 크나큰 충격을 받았다. 성소에서 벌어지는 그 끔찍한 일들을 조장하고 침묵하지 않는 자를 제거해 버리는 상제의 잔인함은 절대 신의 대리인이 갖춘 덕성이라고 할 수 없었다.


　　—이건 신술이 아니다. 기만술이다. 모두가 속고 있다.


요세프의 노트 속 한 구절 문장이 그의 머릿속에서 끊임없이 맴돌았다.

그는 기도실에서 넋 놓고 앉아 있다가 한밤중이 되어서 나왔다. 이 시각에는 거의 사람이 없을 텐데 복도에 사제들 여럿이 모여서 대화를 나누고 있었다. 묵례만 하고 곁을 지나치려던 피데스가 걸음을 멈출 수밖에 없는 대화 내용이 들렸다.

"아니카 플로라가 사제가 되신다니."

"성소에 들어가실 거라고 하더군요."


＊　　＊　　＊

마차는 인적이 드문 성도의 변두리에 멈추었다. 최종 목적지까지는 마차로 더는 이동할 수 없었다. 성도 안의 유일한 산으로 올라가는 초입이었다.

성도의 지형은 거의 평지였다. 일부 구릉지가 있으나 면적이 넓지 않았다. 그래서 동서남북 네 곳의 성문을 열면 중앙 광장까지 직선으로 닦아 놓은 쭉 뻗은 길 끝에 있는 거대한 광장 나무가 바로 보였다.

그런데 성도 남서쪽 방향 외곽으로 가면 성벽과 거의 맞닿은 위치에 돌산이 하나 있었다. 이 산은 형태가 특이했다.

급격히 경사가 가파르게 오르며 정상에 이르면 산을 위에서 반을 자른 것처럼 깎아지르는 절벽에서 끝났다. 그러니 산을 오른 길과 반대 방향으로 내려오는 것은 불가능하고 올라갔던 길을 따라서만 다시 내려올 수 있었다.

만약 기사들이 유진이 사라진 사실을 예상보다 빨리 알아차린다고 해도 그녀가 이쪽으로 왔다고는 짐작조차 못 할 것이다. 산으로 올라가 봤자 막다른 길이기 때문이다.

유진은 초조한 기분으로 마지막 조력자가 나타나기를 기다렸다. 정확한 시간을 약속할 수 없었기에 대충 자정 전후 두 시간 안에 만나기로 했다. 몇 시간을 더 기다려야 할 수도 있었다.

창문도 없는 마차 안은 완전한 암흑이었다. 유진이 손등을 들어 올렸다. 팔을 타고 손등에 올라오는 꼬마의 움직임이 느껴졌다. 유진은 어둠 속에서 붉게 빛나는 작은 안광을 바라보며 말했다.

"꼬마. 여기에 우리가 있다고 신호 보내고 있는 거지?"

꼬마가 대답처럼 삭은 울음소리를 냈다.

"저택 상황은 지금 어떠려나. 아직 안 들켰을까……."

시간은 더디 흘렀다. 도망치는 처지에서 가만히 기다리는 일은 참 못할 짓이었다.

얌전히 손등에 앉아 있던 꼬마가 갑자기 제자리에서 빙그르르 돌았다. 붉은 안광이 좀 더 강하게 빛을 내는 것 같았다. 꼬마의 울음소리를 들으며 유진은 벌떡 일어나 마차 문을 열었다. 문 앞에 서 있던 스벤이 고개를 돌렸다.

"스벤 경. 왔어요."

"예?"

스벤이 주변을 둘러보다가 움찔했다. 어둠 속에 두 개의 붉은 덩어리가 둥둥 떠 있었다. 본능적인 공포로 등골이 오싹했다. 그는 저 짐승이 자신을 해치지 않을 거라는 사실을 알았다. 그런데 두 개의 안광이 자신을 향해 순식간에 달려들자 자신도 모르게 방어 자세를 취했다.

흑표범은 경직된 자세의 스벤은 안중에도 없었다. 그대로 스벤을 지나쳐 유진에게 달려갔다. 아부의 힘에 뒤로 밀려나면서도 유진은 아부를 끌어안고 웃음을 터뜨렸다.

"아부. 어쩜 이렇게 시간을 잘 맞췄어?"

유진은 두 손으로 아부의 머리를 쓰다듬으며 재회의 기쁨을 나누었다. 사람만 한 크기의 흑표범이 고양이처럼 그녀의 품에 머리를 비볐다.

아부는 꼬마가 보내는 신호를 받고 정확히 유진이 있는 곳을 찾아냈다. 종속된 환수끼리는 신호를 보낼 수 있었다.

그런데 그 신호는 왕과 환수가 서로를 부르는 것과 전혀 의미가 달랐다. 종속된 환수끼리 적이 아니라고 인식하는 식별에 불과했다. 환수끼리 신호를 주고받으며 의사소통하는 이 모습을 봤다면 라이너뿐만 아니라 다른 왕들도 '어떻게 그게 가능하지?'라고 캐물었을 것이다.

스벤이 겸연쩍은 표정으로 자세를 풀었다. 그는 예전에 아부를 보면서 '저 환수는 인간을 얕잡아 보는구나.'라고 생각했다. 왕의 고고한 환수가 왕비님 앞에서 고분고분한 모습은 처음 보는 광경이 아닌데도 신기했다.

"스벤 경. 안장을 준비해 줘요."

"아, 예. 왕비님."

스벤이 마부석에 실은 물건을 꺼내러 갔다.

"아부. 앉아."

아부가 훈련된 군견처럼 궁둥이를 바닥에 붙였다.

"아부. 네 등에 날 태워 줘야 해. 그래서 내가 굴러떨어지지 않도록 네 몸에 줄을 묶을 거야. 잘 해 줄 수 있지?"

이미 작전을 계획하는 단계에서 아부에게 한차례 설명했지만, 유진은 다시 한 번 동의를 구했다. 그리고 자신의 몸 어딘가에 붙어 숨어 있는 꼬마를 불러 손에 쥐고 아부에게 보여 주었다.

"꼬마도 나와 함께 탈 거야. 괜찮지?"

그녀는 조마조마한 심정으로 아부의 반응을 기다렸다. 아부가 잠시 꼬마를 응시하다가 콧바람을 내뿜으며 고개를 획 돌렸다. 마지못해 받아들인다는 태도였지만, 한입에 덥석 삼켜 버리던 예전에 비하면 이게 어딘가. 유진이 얼른 아부의 몸을 토닥토닥 두드리며 칭찬해 주었다.

"착하다. 아부."

"왕비님. 준비되었습니다."

스벤이 특수 제작한 가죽 안장을 들고 다가왔다.

"아부. 좀 더 크게."

유진이 요구하는 대로 아부가 현재 상태보다 두 배 정도로 덩치를 키웠다. 유신은 스벤한테 안장을 받아서 목 끈을 아부의 머리 위로 씌웠다.

"목이 딱 맞아야 하는데. 아부. 더 커야 해."

아부가 서서히 덩치를 키우는 동안 유진은 목줄 안에 넣은 손으로 빈틈을 가늠했다. 가죽줄이 적당히 딱 맞게 죄어들자 유진이 '이제 됐어.'라고 말했다. 앉아 있는 아부를 유진이 올려봐야 할 정도로 거대한 짐승이 되었다.

나머지 줄을 아부의 온몸에 단단히 연결하는 작업을 스벤도 거들었다. 유진이 다리 사이에 줄을 넣어 연결하는 동안에는 얌전하던 아부가 스벤이 손을 대자 으르렁거렸다.

유진이 아부의 콧잔등을 탁탁 치면서 야단쳤다.

"왜 그래, 아부! 스벤 경이 도와주는 거잖아."

짐승이 구시렁거리는 것처럼 끙끙 소리를 내더니 조용해졌다. 스벤은 거대한 짐승을 거침없이 내리치는 유진을 보면서 기시감을 느꼈다. 지난 활동기에 거대 쥐를 향해 말을 몰아 달려가던 왕비님 모습이 떠올랐다. 그때 일을 생각하면 아직도 가슴이 선뜩했다.

자신이 모시는 주인은 지나치게 겁이 없었다. 돌출 행동을 하는 분이 아닌데도 왕께서 수시로 전사들을 불러서 왕비님 호위를 빈틈없이 하라고 강조하는 심정을 알 것 같았다.

기본 줄을 아부의 몸에 고정하는 1차 작업을 끝냈다. 유진은 자신의 몸에 딱 맞게 제작된 특수 안장을 걸쳐 입고 아부의 등에 올라탔다. 기본 줄과 그녀가 입은 안장을 연결하는 마지막 과정이 남았다. 줄이 단단히 묶이도록 스벤이 몇 번을 점검하며 보조한 덕분에 수월히 끝났다.

"왕비님. 전하를 만나시기 전까지는 절대 안장을 풀면 안 됩니다."

"알아요."

안장과 줄을 연결하는 과정이 복잡해서 혼자 힘으로는 다시 연결할 수 없었다. 이 특수 안장 없이는 아부가 한 번 뛰어오르기만 해도 유진은 튕겨 날아갈 것이다.

"부디 조심하십시오."

"스벤 경도. 무사히 왕국에서 다시 봐요. 아부, 가자."

아부가 돌산 위로 달려 올라갔다. 산속의 어둠은 거대한 짐승을 순식간에 삼켰다.

스벤은 아무것도 보이지 않는 산 방향을 응시했다. 발걸음이 떨어지지 않았다. 전사 몇 명보다 든든한 환수가 두 마리나 왕비님 곁에 있다. 머리로는 알면서도 직접 왕비님을 호위하지 못하여 죄스러웠다.

그는 한숨을 내쉬며 돌아섰다.

'나도 가자.'

그에게도 할 일이 있었다. 그는 사왕이 준 통행증을 들고 델러노 왕국을 지나 하시 왕국으로 향할 것이다. 기사들이 자신을 왕비님으로 착각하도록 교묘한 흔적을 남길 것이다.


아부는 험한 돌산을 빠르게 달려 올라갔다. 비록 높은 산은 아니어도 한밤중에 제대로 길도 없는 산을 걸어 올라가려면 밤을 꼬박 새워야 할 것이다. 하지만 짐승한테 어둠은 전혀 방해되지 않았다. 유진이 '벌써 다 왔어?'라고 생각할 정도로 아부는 금세 정상에 이르렀다.

아부가 정상 부근에서 빙그르르 돌더니 유진이 절벽 아래쪽을 볼 수 있도록 방향을 잡았다. 유진은 저 아래 까마득한 절벽 아래를 상상하며 진저리쳤다.

'여기서 추락했다가는 뼈도 못 추릴 거야.'

절벽 바로 아래보다 조금 떨어진 곳에 일정한 간격으로 쭉 늘어선 빛이 보였다. 성벽 위에 세워 둔 등이었다. 이 돌산을 에워싸는 형태로 성벽이 있었다.

걷기도 힘든 이 밤중에 누군가 절벽을 타고 내려가 성벽을 타 넘을 가능성은 없었다. 한낮이라도 어렵다. 절벽에 매달린 사람은 단번에 근위병 눈에 띌 테니까. 그러니 이 돌산의 절벽은 천혜의 방어막이었다. 그래서 이쪽 성벽의 경비가 가장 허술했다.

성도는 성문이 열려 있는 동안에는 누구나 자유롭게 출입할 수 있었다. 하지만 성문이 아닌 곳을 이용한 출입, 즉, 성벽을 타 넘는 등의 행위는 몹시 엄하게 처벌했다.

대낮에도 성도를 빙 둘러싼 성벽 위를 근위병들이 수시로 순찰했다. 해가 진 후에는 경비가 더 강화되었다. 그야말로 물샐틈없는 방비였다.

성벽 위를 순찰하는 근위병의 숫자가 얼마나 많은지 성벽을 따라 걸어가면 저 앞에 걸어가는 다른 근위병의 등이 보인다고 할 정도였다.

그런데 평화로운 성도에서 항상 긴장감을 유지하기는 어렵다. 언제부턴가 근위병들은 자기들끼리 위법적 관행을 만들었다. 밤샘 순찰은 수당이 짭짤하므로 거짓으로 이름을 올려서 돈을 타갔다.

열 명이 할 일을 아홉 명이 하면 순찰 구역에 공백이 생길 수밖에 없다. 그래서 그 공백을 절벽 앞 성벽 순찰로 돌렸다. 다른 곳은 수시로 왔다 갔다 하지만 절벽 앞 성벽 위는 띄엄띄엄 오갔다.

유진은 저 성벽을 넘어 성도를 빠져나가려 한다. 이 작전은 그녀를 돕는 두 마리 환수가 없었으면 불가능했다. 누구도 유진이 어떤 방식으로 성도를 떠났을지 알아내지 못할 것이다. 왕의 환수가 주인이 아닌 사람의 지시에 따르는 일은 상식적으로 가능하지 않기 때문이다.

유진이 크게 심호흡했다. 마음의 준비를 마친 후 아부의 목덜미를 두드렸다.

"가자."

아부가 움직이자마자 유진은 자세를 바짝 낮추고 두 손으로 짐승의 털을 꽉 잡았다. 그녀는 몸이 붕 떠오르는 순간의 짧은 무중력을 느끼며 이를 악물었다.

아부가 절벽 아래로 뛰어내렸다. 중간중간 절벽의 튀어나온 돌부리를 밟을 때마다 유진은 속으로 비명을 질렀다. 타고 있던 롤러코스터가 낙하하다가 갑자기 위로 올라갈 때처럼 중력의 압력을 온몸으로 받았다. 안장으로 몸을 묶지 않았으면 아마 날아가 버렸을 것이다.

'으아아아!'

'놀이기구 타는 셈 치면 되겠지'라고 쉽게 생각했더니만 비교할 대상이 아니었다. 낙하할 때의 무중력과 착지했다가 뛰어오르는 순간의 압력을 짧은 간격으로 번갈아 느끼니까 속이 금방 울렁거렸다.

아부는 벽처럼 깎인 절벽을 마치 평지처럼 디디며 절벽 아래로 내려왔다. 그리고는 그대로 속도를 늦추지 않고 성벽으로 달려갔다.

짐승은 예민한 감각을 활짝 열고 인간의 기척을 찾아보았다. 마침 지금 근처에는 아무도 없었다. 영민한 짐승은 누구의 눈에도 띄지 않고 성벽을 넘어야 한다는 사실을 이해했다.

아부가 땅을 박차고 성벽을 디뎠다. 성벽에 발이 닿으면 곧바로 성벽을 지지대 삼아 도약했다. 거대한 크기에 어울리지 않을 정도로 움직임이 날렵했다. 빠르게 성벽을 타고 올라간 아부는 성벽 위를 가로질렀다.

어느 순간부터 유진은 눈을 꼭 감고 있었다. 어차피 사방이 깜깜했지만, 눈을 감으니까 울렁거리는 속을 진정시키는 데에 도움이 되었다.

또다시 아부가 아래로 뛰어내리는지 몸이 붕 떠올랐다. 유진은 아부의 털을 쥔 손에 잔뜩 힘을 주었다. 가죽줄이 자신과 아부를 묶고 있다는 사실을 아는데도 손에서 힘을 뺄 수가 없었다.

몸의 흔들림이 한결 널해졌다. 유진은 눈을 뜨고 상체를 살짝 들었다.

"아부, 멈춰."

아부가 속도를 늦추면서 멈추어 섰다. 유진은 사방을 둘러보았다. 어둠 속에서 언뜻 평지가 보였다.

"……성벽을 넘은 건가?"

그녀는 중얼거리면서 활짝 웃었다.

"나왔구나! 성도를 빠져나왔어."

유진이 두 팔을 벌려 아부의 목덜미를 끌어안았다.

"수고했어, 아부. 정말 잘했어."

그녀는 흥분된 목소리로 말했다. 만면에는 미소가 가득했다.

"자, 이제 네 주인님께 가자."

곧 카세르를 만날 수 있다고 생각하니까 마음이 조급해졌다. 그녀는 호기롭게 아부에게 '전속력으로 가자.'라고 말했으나 곧 다시 아부를 멈춰 세웠다. 계속 몸이 흔들리는 바람에 아까 뒤집혔던 속이 진정되지 않았다.

"안 되겠다. 아부. 천천히 가자."

그러나 곧 느릿하게 움직이는 흔들림조차 점점 견디기가 더 힘들었다. 그녀는 몸이 기억하는 덕분에 이 세계에 오자마자 말을 탈 줄 알게 되었지만, 근육 조직이 유연하게 움직이는 표범의 등은 승마보다 훨씬 난도가 높았다.

유진은 몇 번 헛구역질하고 나서부터는 아예 가죽 줄을 풀고 아부의 등에서 내려왔다. 그녀는 아부와 함께 걷기 시작했다.

얼마나 걸었을까. 발바닥에서 불이 나는 것 같았다. 오늘은 오후부터 내내 쉬지 않고 연회장을 돌아다녔다. 이미 많은 체력을 소진한 상태에서 점점 피로가 밀려왔다.

속은 좀 편안해졌지만, 다시 아부의 위에 탈 수 없었다. 일단 풀어낸 줄은 혼자 다시 묶을 수 없다. 특수 안장이 없이는 절대 아부 등에 타면 안 된다고 카세르가 단단히 경고도 했다.

말안장이 없으니 아부한테 말로 변화하라고 해 봤자 그녀는 안장 없는 말 위에 탈 자신도 없었다.

"아부. 네 주인님 있는 곳까지는 아직 멀었겠지?"

카세르와는 암왕의 왕국, 디쿠스 국경 근처에서 만나기로 했다. 성도의 성문을 나와 말을 달려서 약 두 시간 정도 거리였다. 대개 사람들은 성도를 성벽 안쪽의 도시만으로 한정해서 생각하지만, 왕국의 국경과 맞닿은 땅까지 성도에 속했다. 사람은 거주하지 않는, 일종의 완충지대였다.

유진은 고개를 흔들어 쏟아지는 잠을 쫓았다. 걷는 중에도 잠이 왔다. 갑자기 아부가 '캬오오' 하고 울음소리를 냈다. 그녀는 느릿하게 고개를 돌려 아부를 쳐다봤다.

"유진."

너무 잠이 오니까 눈을 뜨면서도 꿈을 꾸는 건가. 유진은 갑자기 눈앞에 나타난 남자를 멍하게 바라보았다. 그의 단단한 팔이 자신을 끌어안고서야 그녀는 깨달았다. 현실이구나.

"카세르."

계속 긴장하고 있었나 보다. 유진은 갑자기 안도감이 밀려왔다. 웃음이 저절로 났다. 고작 며칠인데 이 품이 정말 그리웠다.

"여기가 국경이에요?"

"아니야. 당신이 너무 늦어서 찾으러 왔어."

카세르는 유진을 꽉 안았다가 손으로 그녀의 얼굴을 어루만지고 그녀의 얼굴 곳곳에 입을 맞춘 후 다시 끌어안았다.

"왜 아부를 타지 않았어? 안장이 살못됐어?"

"아뇨. 아부 등 위가 많이 흔들려요. 멀미가 나서 내렸어요."

유진은 온몸을 그에게 기대며 어리광을 부렸다.

"졸려요. 지금 여기서도 쓰러져서 잘 수 있을 것 같아요."

"그럼 아부를 타고, 아, 멀미가 났다고 했지."

카세르는 돌아서서 그녀에게 등을 보이며 자세를 낮추었다.

"업혀."

유진은 배시시 웃으며 사양하지 않고 얼른 그의 등에 올라탔다. 카세르가 그녀를 업고 걷기 시작했다. 도망가는 두 사람 처지에 어울리지 않게 느긋한 데이트를 하는 기분이라서 유진은 키득거렸다.

"성도를 떠나는 날이요. 상제가 뭐래요?"

"못 만났어. 기도실에서 기도 중이라더군."

"기도요? 그렇다면…….."

"아마 성도궁에 없었던 거겠지."

그렇다면 상제는 엘버를 만나러 간 상태였을 것이다. 유진은 괴물한테 붙잡혀 있는 엘버를 생각하니까 마음 안쪽이 아릿했다. 그녀는 탈출 과정을 카세르에게 이야기하다가 어느 순간에 잠이 들었다.

카세르는 그녀의 몸에서 힘이 빠지며 완전히 기대는 느낌을 받았다. 등 뒤에 닿는 그녀의 온기가 그의 불안을 가라앉혔다. 비로소 모든 게 제자리를 찾은 것 같았다.

약속 장소에서 그녀를 기다리는 동안 그는 잠시도 가만히 있지 못하고 서성거렸다. 길이 어긋날까 봐 이러지도 저러지도 못하고 있었다. 그러다가 아부가 부르는 소리를 감지하고 즉시 달려갔다. 멀지 않은 곳에 아부가 왔다는 뜻이었다. 아부 곁에 그녀가 없을까 봐 얼마나 두려웠는지 모른다.

칭찬에 인색한 그가 아부를 돌아보며 말했다.

"잘했다."

두 마리의 환수가 아니었으면 절대 이 작전은 성공할 수 없었을 것이다. 주인의 칭찬이 그리 싫지 않은지, 아부가 낮게 울음소리를 내어 대답했다.


유진은 어두운 사막을 밝히는 모닥불을 응시했다.

'여긴 어디지? 꿈인가?'

불꽃이 일렁이는 모닥불 곁에 한 사람은 앉아서 뭔가를 먹고 있고 한 사람은 모닥불을 등지고 돌아누워 있었다.

"왕자님. 벌써 닷새째입니다. 저놈은 그냥 포기하시죠."

유진은 '아' 하고 탄식했다. 그녀가 저택을 빠져나오기 직전에 봤던 기묘한 장면이 이어지고 있었다. 그녀는 어린 청년의 얼굴을 유심히 보았다. 어두운 밤이고 불꽃 그림자가 너울거려서 생김새를 정확히 알아보기는 어려웠다. 그런데 아는 얼굴은 아닌 듯했다.

청년이 돌아누운 사람을 보며 다시 말을 걸었다.

"물속에서 꼼짝도 안 하는 녀석을 무슨 수로 잡으시게요. 사왕 전하께서 오셔도 불가능할 겁니다."

"……요그."

"예, 왕자님."

"이제 겨우 닷새야. 포기하기엔 일러."

요그라고 불린 청년이 한숨을 내쉬었다. 청년은 왕자의 시종이라기에는 표정이나 말투가 가벼웠다. 수직적인 상하 관계보다는 격의 없이 가까워 보였다.

"이제 식량도 다 떨어져 간다고요."

"코앞에 오아시스가 있는데 먹을 걸 못 구할까."

청년이 나뭇가지를 들어 모닥불을 들쑤시더니 머뭇거리며 말했다.

"근데요, 왕자님."

"어."

"며칠 더 여기 계시면 아마 전사들이 올 텐데요."

"뭐? 야!"

돌아누워 있던 사람이 벌떡 몸을 일으켰다. 모닥불에 비치는 어린 청년의 얼굴을 보는 순간 유진은 눈을 떴다. 해 뜰 무렵의 새벽하늘을 응시하며 그녀의 눈빛이 흔들렸다. 유진은 몸을 일으켰다. 그녀는 동그랗게 몸을 말고 누운 흑표범 털 속에 파묻혀 있었다.

'카세르가 아니야.'

청년은 카세르를 닮았다. 그러나 카세르는 아니었다.

'읽는 힘······.'

전사의 입을 통해 엘버의 말을 들은 후 유진은 '미래의 조각을 읽었다'라는 뜻이 뭔지 파악하기 위해서 샬럿의 외조부를 통해 무엔 가문에 연락했다. 그리고 미래를 읽는 일족의 힘이 어떤 능력인지 정보를 얻을 수 있었다.

'어르신께서 미래를 보는 주술을 발동하셨구나.'

그래서 상제가 자리를 비운 것이었다.

'가능성····· 실현될 수도, 아닐 수도 있는 미래······.'

유진은 벅차오르는 기분으로 숨을 몰아쉬었다. 자신은 미래의 조각을 읽었다. 읽는 자가 보는 미래는 본인과 직접 관련이 있는 미래다.

"일어났어?"

유진은 자신에게 다가오는 남자의 얼굴에서 조금 전 그녀가 본 미래에 등장한 청년의 흔적을 발견했다. 그를 닮은······ 그의 아들, 그리고 자신의 아들.

그녀가 본 장면만으로는 얻을 수 있는 정보가 많지 않았다. 그런데 왠지 길고 긴 이야기의 에필로그를 본 기분이 들었다. 모든 고난이 끝나고

'그래서 모두 모두 행복하게 살았습니다.'라고 말하는 그런 마무리.

엘버는 '읽는 미래'가 가능성일 뿐이라고 했지만, 유진은 그 미래를 확정된 미래로 만들고 싶었다. 할 수 있을 것 같았다. 그녀는 카세르를 보며 두 팔을 벌렸다. 카세르는 의아해하면서도 한편으로는 기뻐하는 기색으로 그녀를 끌어안았다.

"좀 더 자도 괜찮아. 해가 완전히 뜨면 그때 국경을 넘을 거니까."

"이렇게 여유 부려도 괜찮아요?"

"당신이 자는 동안 국경 근처까지 왔어. 기사들이 추적해 따라왔으면 벌써 왔겠지."

카세르는 어젯밤 잠든 유진을 업고 꽤 오랫동안 걸었다. 어차피 날이 밝은 후 디쿠스 왕국으로 들어갈 생각이었으니 서둘러 가 봤자 소용없었다. 밤이라도 국경을 넘을 수 있지만, 아무래도 검문이 까다로웠다.

걷는 동안 추적자가 있는지 살펴보라고 아부를 성도 쪽으로 보냈는데 그녀의 탈출이 아주 성공적이었는지, 전혀 낌새가 없었다.

"카세르. 제가 읽은 미래요. 내가 다시 이 세상으로 돌아왔을 때 소설 속에 들어왔다고 착각하게 했던 그 이야기."

유진은 자신의 소설이 허구의 이야기가 아니라 어쩌면 도래할 수 있었던 미래라는 사실을 알게 된 후 카세르에게 모두 말했다.

"많은 게 달라졌지만, 당신이 다른 왕국을 여행하게 되었다는 점은 비슷한 것 같아요. 원래 당신이라면 슬란 왕국 이외의 나라 땅을 밟을 일이 없었겠지요."

카세르가 떨떠름한 표정으로 말했다.

"낭신이 본 미래에서 나오는 나는 내가 아니야. 난 그런 독불장군이 아니라고."

"당신과는 무척 다르긴 해요. 같은 사람이라고 생각 안 해요."

유진은 그가 미래에 등장한 자신의 모습을 마음에 들지 않아 하는 것 같아서 그의 말에 동조했다. 그런데 내심 그 미래의 카세르 모습에서 그의 고집스러운 성격이 언뜻 보인다고 생각했다.

사람은 다양한 모습을 지니고 있다. 평생 자기 자신의 진정한 모습을 알지 못하는 사람이 많을 것이다. 어떤 계기로 인해 변하기도 하고 극한의 상황에서 본성이 드러나기도 하니까.

아마 유진이 본 미래에서는 그를 그렇게 변하게 만든 계기가 있었을 것이다. 그를 무척 분노하고 절망하게 만드는 사건이 있었을 거라고 짐작했다. 단순히 백성들이 죽고 다치는 정도가 아니라 훨씬 소중한 사람, 가령 마리안이 죽었다든지.

유진은 카세르가 이제 겨우 존재를 알게 된 친동생을 바로 인정한 후 그에 대한 애틋한 마음을 드러내는 모습을 보고 그의 일면을 알게 되었다.

그는 자신의 소중한 사람에게는 깊은 애정을 품는 사람이었다. 겉모습은 냉정해 보이는데 사실은 무척 다정했다. 그러니 소중한 사람을 잃었을 때 그가 느끼는 상실감은 클 것이다. 그의 성격마저 뒤바꿀 정도로.

그래서 유진은 그의 곁에서 그와 꼭 행복해지고 싶었다. 만약 자신이 비극적으로 그를 떠나게 되면 그가 어떻게 변할지 알 것 같았다. 미래에 등장한 카세르처럼 건조한 사막처럼 삭막한 그의 표정은 생각만 해도 마음이 아팠다.

"당신이 봤다는 그 미래. 자주 생각해?"

"예전에는 그랬지만, 요즘은 거의 생각 안 해요."

유진은 달갑지 않아 하는 그의 표정을 살폈다. 생각해 보면 카세르에게 그 미래 이야기를 처음 했을 때도 반응이 석연찮았다.

"미래에서 본 당신하고 지금 당신하고 비교하지 않아요."

카세르가 고개만 끄덕였다.

'내가 본 미래에 나온 자신의 성격이 마음에 안 드나 봐.'

유진은 가능한 한 그 미래 이야기는 하지 말아야겠다고 마음먹었다. 그런데 카세르가 불편해하는 이유는 그녀가 전혀 짐작도 못 하는 부분이었다. 그는 그녀의 기억에 다른 놈—그게 미래의 자신이라고 해도— 이 있다는 사실 자체가 언짢았다. 자기 자신을 질투하는 셈이라 차마 말을 하지 못하고 속으로만 투덜거렸다.

그는 이제 거의 밝아진 하늘을 쳐다본 후 화제를 돌렸다.

"간단히 요기만 하고 출발하자."

카세르가 가방을 뒤져 육포를 꺼냈다. 유진이 받아서 입에 물자마자 미간을 찡그리며 뱉었다.

"이거 맛이 이상해요."

"이상하다고?"

카세르가 제 손에 있던 육포 일부를 떼어 내 맛보았다. 얇게 가공하여 훈제한 최고급 육포는 여행자들이 흔히 들고 다니는 것과 품질이 달랐다. 입맛이 까다로운 귀부인 입맛에도 흠잡을 데가 없어서 귀부인들이 간식거리로 두고 먹기도 했다.

"이건 괜찮아."

그는 자신의 육포를 그녀에게 건넸다. 유진이 그것을 입에 넣었다가 이번에도 바로 뱉었다. 육포 특유의 향이 몹시 거슬렀다.

"아무래도 제 입맛이 이상한가 봐요. 멀미가 아직 안 가라앉았나……."

"심하게 멀미했으면 그럴 수도 있지. 저 녀석 등 위가 보통 흔들리는 게 아니니까. 육포 말고 다른 걸 줄게."

카세르는 건과류와 마른 과일을 한 줌 꺼내서 그녀의 손바닥에 쏟았다. 그가 혼자 움직이는 거였으면 육포만 싸고 말았을 것이다. 그런데 유진이 함께라서 비상식량을 신경 써서 준비했다.

유진이 말린 과일을 입 안에 넣고 우물거리다가 고개를 끄덕였다. 이건 딱히 거부감이 없었다. 카세르는 빠른 속도로 먹어 치우는 그녀를 부드러운 시선으로 바라보았다.

"속이 든든하지는 않은 음식이라 금방 소화가 될 거야. 국경을 넘으면 제대로 된 식사부터 하러 가자."

그들은 간단한 식사를 마치고 출발했다. 두 사람 다 두건으로 머리를 꼼꼼히 싼 후에 후드를 썼다. 잘못해서 후드가 벗겨지면 단번에 두 사람 정체가 드러날 위험이 있었다.

꼬마는 유진의 어깨에 타고 아부는 카세르 어깨에 둘러멘 가방에 들어갔다.

원래 아부는 유진의 다른 쪽 어깨에 올라타려 했다. 그런데 아부가 아무리 몸을 줄여도 꼬마처럼 작아질 수는 없었다.

유진은 어깨가 얹는 건 못해도 안고 가는 건 괜찮지 않냐고 의견을 제시했다. 하지만 카세르는 고개를 저었다.

"먼 거리를 가야 하는데 저 녀석을 안고 가겠다고? 당신이 금방 지쳐서 안 돼."

아부는 카세르의 손에 잡혀 가방으로 들어가면서 불만스럽게 울었다.

＊　　＊　　＊

기사들은 유진이 쉬고 있는 응접실 앞을 한참 동안 지켰다. 잠든 딸을 누가 깨우지 않도록 신경 써 달라는 다나의 부탁을 충실히 이행하려고 처음에는 기합이 잔뜩 들어가 있었다. 그런데 조금 이따 깨우러 오겠다는 다나는 소식이 없고 계속 시간이 지나갔다.

기사가 닫힌 문을 돌아보며 중얼거렸다.

"오랫동안 주무시는군. 이대로는 연회가 다 끝나겠는걸."

"내가 가주님께 다녀오지."

다나를 만나러 1층 연회장으로 내려갔던 기사가 잠시 후 혼자 돌아왔다. 왜 혼자 오느냐고 묻는 다른 기사에게 그는 대답했다.

"사람들과 한창 대화 중이시더군. 말씀을 올릴 분위기가 아니었어."

두 기사는 잠시 더 기다리다가 직접 문을 두드리기로 했다. 이때까지만 해도 기사들은 깜빡 잠이 들어 연회를 마무리하는 자리에도 참석하지 못하는 유진을 염려하는 마음이었다.

"아니카 진. 연회가 거의 끝나갑니다."

기사들은 몇 번 문을 두드려도 안에서 아무 반응이 없자 표정이 심각해졌다.

"무슨 일이 있으신가?"

"자네는 가서 서둘러 가주님을 모셔 오게."

멋대로 문을 열고 들어갈 수는 없으니 기사가 다나를 데리러 갔다. 이번에는 다나와 함께 돌아왔다. 다나는 안으로 들어간 후 빈 응접실을 다시 한번 돌아보고 벽난로 쪽으로 시선을 돌렸다.

지금쯤 어디까지 갔을까. 해가 진 후의 성벽의 경비는 무척 삼엄했다. 과연 그 철통 경비를 뚫고 무사히 나갔을까. 계획대로면 성도를 빠져나갔어야 한다. 잘하면 사왕과 만났을 수도 있다.

「엄마. 제가 몰래 떠나는 건 제 독단이에요. 엄마도, 가족 누구도 모르는 거예요. 그러니까 절대 무리해서 제가 없다는 사실을 숨기지 마세요. 기사들이 뭔가 눈치를 채면 오히려 엄마가 선수를 치세요.」

성도는 엄연히 상제의 영역이었다. 성도 곳곳에 미치는 상제의 영향력을 무시할 수 없다. 명분 없이는 상제와 맞서서는 안 된다.

그래서 유진은 자신이 천신제에 참석하라는 상제의 명을 어기고 몰래 성도를 떠난 것을 혼자 꾸민 일로 보이도록 계획했다. 사왕은 진즉 왕국으로 홀로 떠났으며 성도에 있는 가족들은 누구도 몰라야 한다. 그녀는 저택에서 빠져나가는 과정에서 누구의 손도 빌리지 않았다. 트집잡힐 여지를 두지 않았다.

스벤이 그녀를 도운 척 꾸몄지만, 스벤은 그녀의 호위이고 왕과 무관하게 모시는 분의 뜻에 충실히 따랐을 뿐이라고 주장할 수 있다. 그리고 스벤은 적당한 시기에 기사들에게 꼬리가 잡힐 것이다. 당연히 스벤의 곁에는 유진이 없다.

스벤은 그때 그저 자신은 왕의 명을 받아 임무를 수행 중이라고 잡아뗄 계획이다. 유진이 사라졌다는 말을 기사한테 듣고 더 놀란 척을 할 것이다. 유진을 추적하던 기사들은 엉뚱한 사람만 쫓은 셈이 될 것이다.

다나는 테이블 서랍에서 편지를 꺼냈다. 미리 준비해 둔 편지를 들고 다급히 문을 열고 나갔다. 그녀는 혼란스러운 표정으로 기사들을 다그쳤다.

"이 앞을 계속 지키고 있었나? 잠시도 눈을 떼지 않고?"

"예, 가주님. 자리를 비운 적이 없습니다."

"진이, 그 아이가 없어."

"예?"

"내게 편지 한 통만 남겨 놓고 사라졌단 말이네. 문 앞을 지키고 있었다면서 대체 이 아이가 어디로 나갔다는 말인가?"

기사들이 다급히 응접실 안으로 들어갔다. 그리 넓지 않은 응접실에 사람이 숨을 만한 곳은 없었다. 응접실 곳곳을 뒤지던 기사가 발코니 창을 살피다가 말했다.

"이곳의 잠금이 풀려 있습니다. 원래 잠가 두지 않습니까?"

다나가 대답했다.

"모든 창은 해가 지면 잠그는데 열려 있다니!"

다나는 사색이 되어 말하면서도 속으로는 '진이 꼼꼼히 뒤처리를 했구나.'라고 생각했다. 아까 유진을 찾아온 라이너가 나간 후에 그대로 열린 채 둔 것이 공교롭게도 상황과 잘 들어맞았다.

다나는 서둘러 연회를 마무리 지었다. 이미 거의 끝날 시간이 되었기에 자연스럽게 사람들이 퇴장을 시작했다. 손님들이 저택에서 나가는 동안 기사들은 다나의 적극적인 협조를 받으며 저택 곳곳을 뒤지고 다녔다.

마지막 손님의 마차가 저택을 떠날 때쯤, 기사들은 유진을 찾기는커녕 어떤 방법으로 저택을 나간 것인지 흔적조차 찾지 못하자 상황의 심각성을 알아차렸다. 기사 일부는 왕가의 저택으로 달려가고 일부는 성도궁으로 갔다.

성도궁으로 간 기사는 상제를 만날 수 없었다. 기도실 문은 다음 날 아침이 되어서야 열렸다.


―어머니. 왕국의 변고가 생겨서 그 사람은 지금 밤낮으로 달려가고 있을 텐데 저는 이곳에서 화려한 불빛 아래 웃고 떠드는 일이 죄스럽게 느껴졌어요.

저는 지난 삼 년 동안 왕비의 역할에 충실하지 못했어요. 그런데 왕비가 아랫사람을 편할 대로 부리는 자리가 아니라 무거운 의무와 책임을 지닌 자리라는 사실을 이제 조금씩 배우고 있어요.

**죄송해요. 어머니. 아직 연회가 이틀이 더 남았고 상제 성하께서 제게 천신제에 참석할 성스러운 기회도 주셨는데…… 저는 비겁하게도 몰래 도망치는 방법을 택했어요. 현명하지 못한 저를 용서하세요.**

기사가 전해 준 긴 편지를 읽어 내려가며 상제의 표정이 차갑게 식었다.

편지에는 참고할 만한 정보가 전혀 없었다. 연회를 즐기는 자신의 모습에 죄책감을 느낀 그녀가 저택을 빠져나가서 대체 어디로 갔다는 건가. 자숙하겠다는 것도 아니고 왕국으로 가겠다는 말도 없다. 성도를 기사들이 밤새 뒤지고 다니는데도 찾지 못할 정도로 감쪽같이 증발해 버렸다.

'아니카 진…… 생각지도 못한 방식으로 날 기만하는군.'

상제는 천신제 참석을 명할 때 받아들이는 유진의 태도가 이상하다고 생각했다. 겉으로는 기꺼워하는 척하면서 진심이 아닌 듯 보였다. 사왕이 혼자서 성도를 떠났다고 하는데도 왠지 미심쩍어서 기사들을 유진의 곁에 붙여 감시하게 했다.

'내가 한 방 맞았어.'

연회를 망치는 짓을 할 줄이야. 일을 꾸며도 연회가 끝난 후일 거라고 생각해서 방심했다. 엘버의 주술 때문에 정신이 딴 데에 가 있었던 이유도 있었다.

— 내가 분명히 말했습니다. 아니카 진 곁에서 잠시도 떨어지지 말라고 했습니다.

기사가 고개를 떨구었다.

"송구합니다. 성하."

─아니카 진의 행방불명 사실을 자정 즈음에 알았다면서 아침이 될 때까지 대체 뭘 한 겁니까?

"왕가의 저택에서는 아니카 진이 온 적 없다는 말만 하면서 문을 열어 주지 않았고……."

─아니카 진이 왕가의 저택 안에 숨어 있다면 오히려 그건 문제가 안 됩니다. 언제까지나 숨어 있을 수는 없을 테니까요. 그 안을 뒤지는 일이 중요한 게 아니에요.

"……예, 성하."

─아니카 진이 아르스 저택에서 나간 건 확실합니까?

"어떤 방식으로 아니카 진이 저택을 나갔는지는 알아내지 못했습니다. 뒷문이 의심됩니다만, 아니카 진 외에 저택 안의 사람 중 사라진 사람이 없습니다. 그 뒷문은 기사들 다섯 명이 매달려 겨우 움직일 징도로 무거워서 아니카 진이 조력자가 없이 어떻게 문을 열었는지가 의문입니다. 그런데 그 시간 때쯤에 근처에서 두 사람이 마차를 타고 가는 모습을 봤다는 목격자가 있었습니다."

─그 마차의 경로를 알아보고 지난밤 성벽의 방비가 어땠는지, 수상하게 접근하는 자는 없었는지 확인하세요.

"예, 성하."

기사가 나간 후 상제가 짜증스럽게 혀를 찼다. 빠릿빠릿하게 알아서 움직이지 못하는 자들의 아둔함이 한심했다. 그런데 상제 역시 도무지 이해가 가지 않았다. 아니카는 라미타를 지닌 외에는 평범한 보통 여자에 불과했다. 대체 무슨 수로 진이 기사들의 눈을 속인 것일까.

'설마 성도를 빠져나간 건 아니겠지?'

상제는 사제를 불러서 지시했다.

—아니카 진의 실종 사실을 공표하세요. 아니카 진의 행방불명이 본인의 의사와 관계없을 수도 있습니다. 아니카 진의 안위가 위협받을 가능성이 있어요. 동원할 수 있는 자들을 모두 동원하여 아니카 진의 행방을 찾으세요.

"예, 성하."

연회의 나흘째 되는 날, 일정대로라면 저녁부터 연회가 시작된다. 그러나 그날 오후에 모든 참석객들 앞으로 아르스 가문에서 보낸 사죄 편지가 도착했다. 갑작스러운 연회 중단 소식을 듣고 사람들은 불쾌해하기보다는 연회가 중단된 배경에 더 관심을 보였다.

가문의 이름을 걸고 개최하는 연회가 성공했는지 실패했는지 여부는 그 가문에 대한 평판을 좌우했다. 고작 며칠의 연회조차 제대로 마무리 짓지 못한다는 인식은 주변의 눈을 의식하는 상류층 사람들에게 크나큰 타격이었다.

아르스 가문의 명성이 이만한 일로 깎여 나가지는 않겠지만, 그 아르스 가문에서 벌어진 일이라서 사람들은 더욱 호기심을 드러냈다. 그날 오후에 번화가의 의상실, 찻집, 클럽 등 사람들이 모여드는 장소는 대성황을 이루었다.

"들었어요? 아니카 진이 실종됐대요."

"세상에. 누가 그래요?"

"성도궁에서 공표했어요. 지금 아니카 진을 찾느라 성도 전체를 뒤지고 있다나 봐요."

소문은 빠르게 퍼졌다.

*　　　*　　　*

편왕 아킬이 성도궁을 방문했다. 상제가 알현실에서 그를 맞이했다.

"이제 왕국으로 돌아가려 합니다. 성하."

**―건기가 끝나려면 아직 한 달은 족히 남았습니다만, 서둘러 돌아가시는 이유라도 있습니까?**

편왕의 델러노 왕국은 성도와 국경을 접한 왕국 중에서 수도까지의 거리가 가장 가까웠다. 성도를 나서서 말을 달려 이틀이면 수도에 당도할 수 있으니 편왕은 평소에 거의 건기 막바지까지 성도에 머무는 편이었다.

"딱히 이유는 없습니다. 그저 이번 건기에는 성도 생활이 재미가 없군요. 모두의 관심이 지나치게 한군데 쏠려서 말입니다. 그래서 다른 연회들이 모두 시시했습니다."

상제는 편왕이 무슨 뜻으로 하는 말인지 대충 이해했다. 이번 건기는 아니카 진의 라크 나무 소문부터 시작해서 아르스 가문의 연회까지, 사왕과 아니카 진, 아르스 가문을 둘러싼 화제가 항상 사람들의 관심 대상이었다. 다양한 즐거움을 찾는 사람이라면 재미가 없었을 것이다.

사교 모임에 자주 얼굴을 내미는 편왕이 아르스 저택의 연회에는 가지 않았다는 정보는 이미 들어 알고 있었다.

─다가오는 활동기에 부디 왕국이 평화롭기를 바랍니다. 편왕께 마하의 축복이 함께하기를 기도하겠습니다.

"감사합니다. 성하. ……한데 성하. 오기 전에 묘한 소문을 들었습니다만. 아니카 진은 여전히 행방을 알 수 없는 상태입니까?"

상제가 근심이 가득한 한숨을 내쉬었다.

─안 그래도 걱정이 많습니다. 갑자기 사라진 것처럼 찾을 수가 없습니다. 워낙 옛날 일이라 편왕께서 기억하는지 모르겠습니다. 아니카 진은 아주 오래전에도 납치되어 실종된 적이 있습니다. 이번에도 그런 험악한 일에 휘말렸을까 봐 염려됩니다.

"흐음……."

아킬이 미묘한 소리를 내며 턱을 문질렀다. 상제는 심상치 않은 느낌이 받고 아킬에게 물었다.

─편왕. 들은 이야기라도 있으십니까? 터무니없는 정보라도 괜찮으니 부디 말씀을 주십시오.

"본국의 상인 연합이 성하를 뵙고 꼭 드릴 말씀이 있다고 합니다만."

아킬이 슬쩍 말을 돌렸다. 상제의 입가에 냉소가 스쳐 지나갔다. 상제를 알현하고자 줄을 선 자들이 끝이 없었다. 상제는 성도민들을 우선순위에 두고 만나기 때문에 왕국 출신 외지인이 상제를 알현할 가능성은 거의 없었다.

─신의 뜻을 간절히 바라는 신자에게 믿음을 전하는 일이야말로 마땅히 내 소임이지요.

상제는 곧바로 사제를 불러서 알현 신청자 명단을 가져오라고 지시했다. 그리고 아킬이 보는 앞에서 명단 순위를 조정했다. 사제가 나간 후 아킬이 마침 생각났다는 듯 말했다.

"그러고 보니 관련 있는 일인지는 모르겠습니다. 얼마 전에 사왕한테 부탁을 받아 통행증을 주었습니다. 검문하지 않는 특별 통행증이었지요."

─통행증? 사왕이 어떤 목적으로 사용할지 모르는데 그런 것을 내주었단 말입니까?

"사왕과 긴 이야기를 나누었습니다."

아킬은 방금 상제와 거래한 것처럼 사왕과도 거래했다는 말을 돌려 말했다.

─사왕이 통행증이 필요한 이유를 말했습니까?

"모릅니다. 묻지도 않았습니다."

정말 모른다는 것인지, 알아도 말하지 않겠다는 것인지 태도가 모호했다. 하지만 상제는 캐물어봤자 더는 얻을 게 없을 거라고 결론을 내렸다.

**─ ……편왕께서 큰 도움을 주셨습니다.**

"별말씀을요. 그럼 이만 가 보겠습니다. 마하의 축복이 영원하시기를."

성도궁은 나서는 아킬의 입가에 비릿한 미소가 떠올랐다. 그는 얼마 전, 사왕을 다시 만나 통행증을 주면서 나누었던 대화를 떠올렸다.

「사왕. 이 통행증을 주는 대신 그대는 내게 어떤 대가를 지급할 겁니까?」

「편왕께서 원하시는 것을 말씀해 주십시오.」

「사왕께서 이 통행증을 사용하여 남의 눈을 피해 움직여야 하는 이유가 뭔지 생각해 봤습니다. 누구의 눈을 속이려 하는 걸까……」

카세르와 아킬, 두 사람 입에서 상제라는 단어는 나오지 않았다. 그러나 주고받는 눈빛으로도 의미는 통했다.

「성도궁에 등을 돌릴 셈입니까?」

「아직 확실하지는 않습니다. 그런데 만약 이 통행증을 사용해야 하는 상황이 온다면 돌이킬 수 없을 겁니다.」

「그 돌이킬 수 없는 상황. 어디까지 염두에 두고 있습니까?」

_「추가적인 도움을 주신다면 편왕께서 원하는 걸 얻을 수 있도록 나도 돕겠습니다.」_

그날 두 사람은 통행증을 주고받으며 새로운 거래를 했다. 오늘 아킬이 상제를 만나서 통행증에 관한 정보를 흘린 것이 바로 그 거래 내용이었다. 사왕이 어떤 계획이 있는지 자세한 내용은 듣지 못했으나 상제의 정보력에 혼란을 일으키려는 의도라고 눈치챘다.

'내가 원하는 것⋯⋯.'

마차에 올라타는 아킬의 눈빛이 싸늘하게 가라앉았다.

'그 쓰레기들을 모조리 쓸어 버리는 것이지.'

델러노 왕국은 다른 왕국들보다 마라의 신도들이 많았다. 성도에서 멀리 떨어진 하시 왕국에도 많다고는 하는데 그곳은 워낙 멀고 그곳에서 마라의 교도들이 활동해 봤자 성도민들을 포교 대상으로 포섭할 수 없었다.

델러노 왕국은 성도에서 가깝다 보니까 마라의 교도들이 중요한 거점으로 삼았다. 그래서 기사들이 이단자들을 잡으러 왕국 땅 곳곳을 뒤지고 다녔다.

특히 심판관이라는 거창한 이름을 달고 왕국의 땅을 무단으로 헤집고 다니는 무도한 그놈들을 생각하면 아킬은 이가 갈렸다.

'심판관? 그놈들은 피에 미친 살인광들이야.'

델러노 왕국에서는 아주 오래전부터 한적한 변두리 작은 마을의 주민이 모두 살해당하는 끔찍한 사건이 발생했다. 드러나지 않은 사건이 얼마나 더 있는지도 알 수 없다.

아킬은 그 사건들의 범인으로 심판관들을 의심했다. 거의 확신에 가까웠다. 그놈들은 죄인을 잡는다는 명분으로 살인을 유흥으로 즐기고 있다. 자신의 왕국에서 자신의 백성들을 감히.

처음에는 상제에게 따져 물을까 했지만, 상제가 심판관들이 어떤 자들인지 모를 리가 없다. 알면서도 그놈들을 내버려 두는 상제의 오만함에 아킬은 모멸감을 느꼈다. 그리고 신의 대리인이라면서 사람 생명을 하찮게 여기는 상제의 이중성이 가증스러웠다.

그는 상제의 가면을 벗기고 자신의 무고한 백성을 살해한 심판관들을 모조리 도륙하겠다고 마음먹었다. 어떤 이유에서건 상제와 맞서는 자와 기꺼이 손을 잡을 것이다.

*      *      *

스벤이 성도를 떠나 델러노 왕국으로 들어간 정황을 발견하고 기사들이 추적을 시작한 때는 유진이 사라진 지 약 이틀 만이었다. 이틀 동안 유진과 카세르는 상당한 거리를 이동했다.

디쿠스 왕국으로 들어간 후 카세르는 말 한 마리가 끄는 작은 마차를 마련했다. 유진을 태우고 카세르가 직접 마차를 몰았다. 두 사람 다 얼굴을 다른 사람에게 보여서는 안 되기 때문에 낮에는 가능한 한 인적이 드문 길을 찾아 이동했으며 해가 지면 숙박이 가능한 마을로 들어갔다.

여정은 순조로웠다. 별다른 일 없이 열흘이 지나갔다. 카세르가 가진 통행증 덕분에 어디에서도 무사통과했다.

'질서가 잘 잡혀 있군.'

카세르는 뜻밖이라고 생각했다. 그는 솔직히 디쿠스 왕국을 경로로 택하면서 내심 걱정했다. 암왕이 국정을 살피지 않으니 곳곳에 규율이 무너져 있을 테고 통행증이 과연 얼마나 위력을 발휘할지 의심스러웠다.

그런데 아주 작은 마을에 들렀을 때조차 통행증을 보여 주는 것만으로도 검문하는 자의 눈빛이 긴장했다. 나라에서 발행한 공문서의 권위가 구석구석 영향을 미친다는 뜻이다.

점심 식사 때가 되어 카세르는 마차를 세웠다. 마차 문을 열었더니 유진이 마차 벽에 기대어 자고 있었다. 그는 안쓰러운 시선으로 바라보았다.

유진이 말로는 괜찮다고 하는데 힘들어 보였다. 인적이 드문 길은 제대로 정비되어 있지 않아서 길이 험했다. 마차의 흔들림이 크니까 금방 지칠 것이다.

〈다음 권에서 계속〉